KB113680

붉은 홍 紅

붉을 홍紅 3

초판 1쇄 찍은 날 | 2019년 10월 7일
초판 1쇄 펴낸 날 | 2019년 10월 17일

지은이 | 김정화
펴낸이 | 서경석

편 집 책 임 | 이은주
편　　　집 | 박지원
신주영
김나경

펴 낸 곳 | 도서출판 청어람
등록번호 | 제387-1999-000006호
등록일자 | 1999. 5. 31
어람번호 | 제11-0104호

주소 | 경기도 부천시 원미구 부일로 483번길 40 서경B/D 3F (우) 14640
전화 | 032-656-4452 팩스 | 032-656-4453
http://www.chungeoram.com
E—mail | chungeorambook@daum.net

ISBN 979-11-04-92053-0 04810
ISBN 979-11-04-92050-9 (SET)

2부

붉을 홍 紅

콩쥐팥쥐 잔혹사

김정화 장편소설 3

chungeoram romance story

도서출판 청어람

목 차

2부 콩쥐팥쥐 잔혹사

1장. 단(丹) • 009

2장. 죄를 새긴 자 • 056

3장. 해후(邂逅) • 094

4장. 선택 • 158

5장. 대면 • 228

6장. 진실 • 277

7장. 생(生) • 321

8장. 귀한 여인 • 374

종장. 붉을 홍(紅) • 425

외전. 푸를 청(青) • 440

남원에서 보내는 편지 • 486

작가 후기

참고 문헌

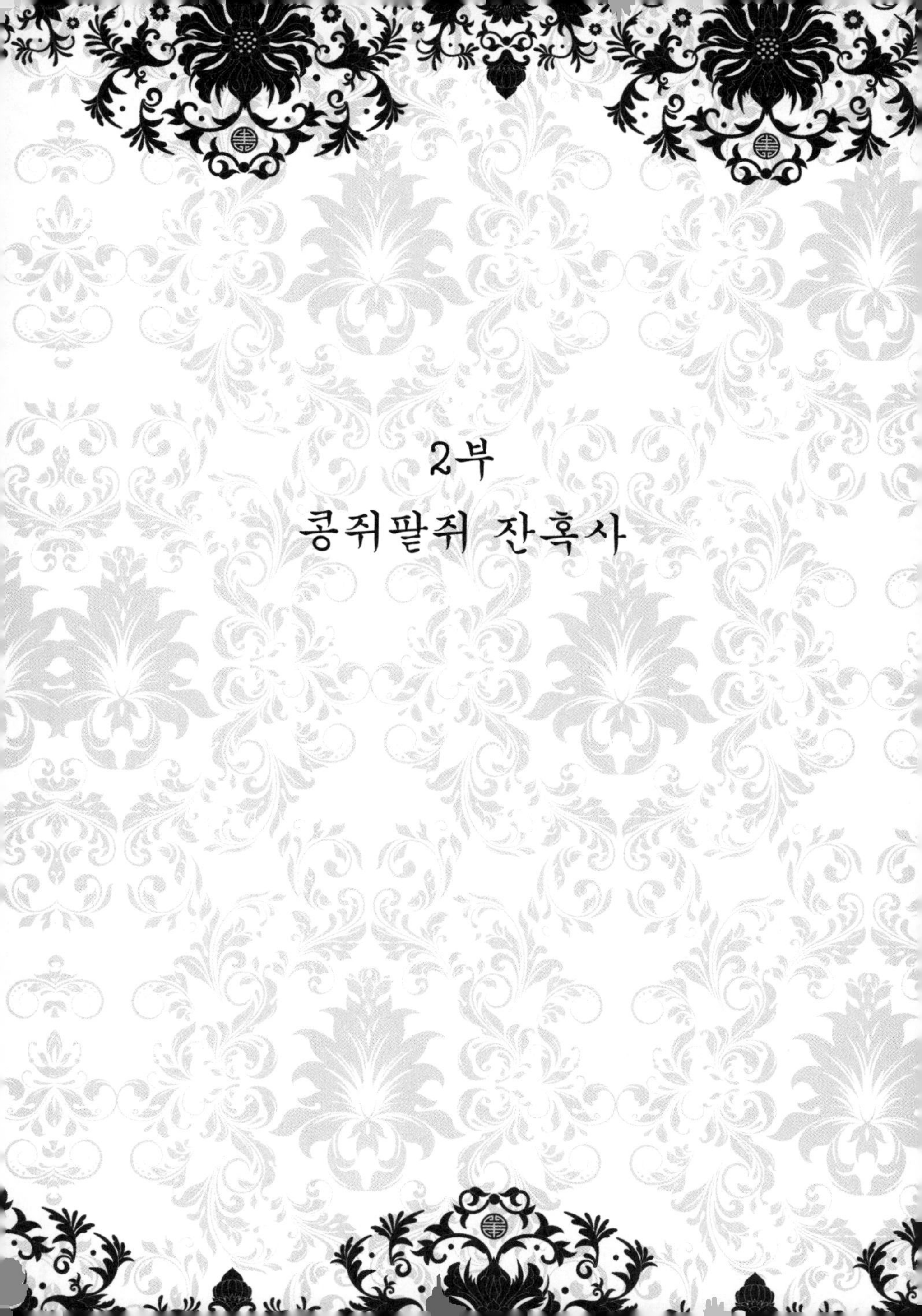

2부

콩쥐팥쥐 잔혹사

＊ 작중 등장하는 기방(妓房)의 모습은 기록에 기초하여 상상을 덧붙인 것으로 실제와는 다릅니다.

＊ 작중 대둔산(大芚山)의 설정은 완전한 허구이며 실제 대둔산과는 관련이 없습니다.

1장. 단(丹)

"마님."

목욕간 문 앞에 서 있던 계집종이 찬바람에 시린 어깨를 움츠렸다. 안에서 대꾸가 없자, 계집종은 다시 한번 목소리를 높였다.

"마님. 저 꽃분이입니다. 목욕 시중을 들러 왔습니다."

그제야 '들어오라'는 작은 소리가 들려왔다. 양팔에 새하얀 무명천을 잔뜩 껴안은 계집종 꽃분이가 낑낑대며 문을 열었다.

목욕간은 목간통에서 피어오른 뿌연 김으로 가득 차 있었다. 목욕통 안에 몸을 담그고 있던 젊은 여인이 고개를 돌렸다.

여느 정숙한 부인이 그러하듯, 목욕통에 들어앉은 여인은 얇은 속저고리와 속적삼을 입은 상태였다. 물에 젖은 얇은 옷깃 사이로 비치는 살빛은 희고 말간 우윳빛이다. 같은 여자임에도 한 번 만져 보고 싶다는 충동이 일 만큼 청아한 살결이었다.

"마님, 머리 먼저 감겨 드릴게요. 손톱도 다듬어 드리고요. 혹시라도 목욕물이 식으면 바로 말씀하십시오. 가마솥 가득 물을 끓이고 있으니까요."

"알았다."

'마님'이라 불린 여인의 답은 그것이 전부였다.

여인은 본래부터 말수가 적었다. 칠 년 동안 여인을 곁에서 모신 꽃분이가 종알종알 수다를 늘어놓아도, 늘 돌아오는 답은 '그렇구나.' 혹은 '알았다.' 정도에 지나지 않았다. 그러므로 꽃분이는 마님의 고요한 성정에 이미 익숙해져 있었다.

"볼 때마다 느끼는 거지만 어찌 이리 살결이 희고 고우실까요."

여인의 머리칼에 잿물을 뿌리던 꽃분이가 감탄한 듯 종알거렸다. 손으로 숱 많은 머리칼을 비비자, 뽀글뽀글 작은 거품이 일어났다.

"참 신기해요. 마님께서는 선녀처럼 새하야신데, 따님이신 팥쥐 아씨는 어쩜 그리 까무잡잡하신지……."

헛. 저도 모르게 머릿속으로 생각하고 있던 것을 입 밖으로 내뱉고 말았음을 깨달은 꽃분이가 다급히 고하였다.

"다, 다른 뜻은 아닙니다, 마님."

"그래."

여인의 목소리는 담담하다. 건조한 어조에는 어떤 감정도 담겨 있지 않았다.

"송구합니다, 마님."

몹시 민망해진 꽃분이는 입을 꾹 닫고 여인의 머리를 감기는 데 집중했다. 잿물 냄새를 감추기 위해 청나라에서 들여온 향유를 머리에 뿌리자 달콤한 향기가 확 퍼졌다. 머리를 감기고, 향유를 뿌리고, 젖은 머리를 말리는 꽤 긴 시간 동안 여인은 마치 잠든 것처럼 고요히 눈을 감고 있었다.

'요놈의 입이 방정이야.'

마님의 모습을 살피던 꽃분이가 눈을 굴렸다.

'하지만 틀린 말은 아니잖아? 애당초 이리 젊은 마님에게 그리 큰 딸이 있을 리 없는 것을……. 친딸은 절대 아닐 거야.'

마님의 머리칼을 굵게 땋아 내리던 꽃분이의 눈동자에 궁금증이 차올랐다.

사실 꽃분이만 그런 생각을 하는 것은 아니었다. 이 집에서 숙식하는 몸종 넷 중 누구도 팥쥐가 마님의 딸이라는 사실을 믿지 않았다. 그저 분분하게 추측할 뿐이었다.

"과부 아니겠어? 죽은 서방의 자식이라도 데리고 온 거겠지."

"아니면 정말로 요녀일지도 몰러. 생긴 것도 좀 요사하잖아. 저리 젊어 봬도, 어쩌면 수백 살 먹은 요녀인지 모른다구."

"서방을 떠나 도망 온 건지도 모르지. 처음 여기 왔을 때부터 딱 야반도주한 모양새였잖아. 안 그래?"

"쉿! 주인나리께서 들었다간 경을 치네. 혹시라도 그런 소리 말게."

여인은 지극히 비밀스러운 사람이었다. 칠 년 전, 칠흑처럼 새까맣게 옻칠을 한 가마를 타고 별채에 나타난 순간부터 그러했다.

여인은 거의 두 해가 넘도록 입을 굳게 닫은 채 방 안에 칩거했다. 주인나리가 별채를 찾아올 때나, 팥쥐와 이야기를 나눌 때 외에 그녀의 입은 좀체 열리는 법이 없었다.

사실 팥쥐 아씨가 마님의 '딸'이라는 것 역시 여인의 입으로 확인된 사실은 아니었다. 언제부터인가 팥쥐가 주인나리를 '아버지'라 불렀기에 다들 그리 여기고 있을 뿐이다.

이 집의 모든 권솔들은 여인을 주인나리의 부인이라고 생각했다. 어차피 본부인이 세상을 뜬 지 한참이었다. 게다가 주인의 사랑이 워낙에 지극했으므로 설령 첩실이라 해도 안주인 대우를 받는 것은 당연한 일. 비록 혼례를 올리지는 않았지만, 주인나리나 마님은 여느 부부들처럼 서로에게 깍듯하게 예를 갖추었다. 평소 감정이 없는 사람처럼 서늘한 마님 역시 주인나리에게만은 다정했다.

그러나 칠 년간 여인의 수족이 되어 살아온 꽃분이는 알고 있었다. 주인나리와 마님의 관계는, 여느 부부들과는 크게 다르다는 것을.

“마님. 손톱을 다듬어 드릴게요. 손을 이리 주십시오.”

꽃분이의 말에 눈을 뜬 여인이 따뜻한 물에 데워져 끝이 발갛게 물든 손을 내밀었다. 꽃분이의 손에 들린 가위가 조심스레 움직이기 시작했다.

“마님, 손톱은 여기 복주머니에 잘 모아놓겠습니다. 혹시라도 쥐나 새가 와서 먹어버리면 큰일이니까요.”

“무엇이 큰일이더냐?”

여인이 물었다. 그렇다, 아니다 하는 단답 외의 말을 하는 적이 드문 마님이라, 질문을 받은 것만으로도 신이 난 꽃분이가 호들갑스럽게 대답했다.

“모르십니까? 오래 묵은 쥐나 새가 사람 손톱을 먹으면, 손톱 주인의 모습으로 둔갑한다니까요. 물론 마님께서는 걱정 안 하셔도 됩니다. 제가 처음 모실 때부터 이 복주머니에 마님의 손발톱을 잘 모아 담아두고 있으니까요.”

“고맙구나. 마음 써주어서.”

여인이 희미하게 웃었다. 그녀가 저런 미소를 짓는 것 역시 결코 흔한 일은 아니었다.

“에이, 당연한 말씀을요. 생각해 보세요. 만일 이 집에 안주인이 두 명이라면 대체 누구 말을 듣고, 저는 또 누구를 쫓아다녀야 할지 벌써부터 하늘이 노란걸요."

퍽 재밌다는 듯 종알종알 수다를 늘어놓던 꽃분이의 시선이 여인의 손목 언저리에 닿았다. 늘 궁금한 것이 있었는데, 마님의 기분이 좋아 보이니 이참에 물어보면 어떨까 싶었다.

"그런데 마님. 마님 손목에 점 말이에요. 참 신기하단 말입니다. 제가 처음 마님의 시중을 들었을 때는 분명 이런 점이 없었는데……."

꽃분이가 여인의 왼 손목 옆쪽에 자리 잡은 또렷한 점 세 개를 바라보았다. 점은 누군가 부러 콕콕 찍어 그린 것처럼 삼각 모양을 하고 있었다.

"조그만 점이야 저절로 생기는 경우도 왕왕 있지만, 이렇게 짙은 점이 그것도 세 개나 생기다니 신기한 일입니다. 꼭 바늘로 떠서 먹을 넣은 연비(聯臂)[1]처럼 선명하니까요."

"……."

마님에게서는 대답이 없다. 손톱을 자르는 데 몰두하던 꽃분이가 고개를 들었다. 어느새 마님은 또다시 잠이라도 든 사람처럼 눈을 감고 있었다.

그러나 마님을 모신 시간이 무려 칠 년. 가끔 실수도 하는 꽃분이었으나 이런 눈치마저 어둡지는 않았다. 제 질문이 마님의 심기를 불편하게 한 것이다. 꽃분이는 마님의 입에서 튀어나올 다음 말 역시 얼추 짐작하고 있었다.

"꽃분아."

"예, 마님."

"다 했으면 이만 나가보아라."

"예, 마님……. 저, 고뿔 드시면 큰일이니 목간물이 식기 전에 나오셔요. 쇤네가 별당으로 요깃거리를 가져다 드리겠습니다."

1) 정표로 새기는 문신

"그래."

대답하는 여인은 여전히 눈을 감고 있었다. 공손히 고개를 조아린 꽃분이가 조심조심 목욕간 문을 여닫았다.

"참 어려운 분이야."

걸음을 옮기던 꽃분이가 중얼거렸다.

긴 세월을 함께했으니 조금 살가워질 법도 하건만, 마님은 결코 곁을 내주는 법이 없었다.

한동안 꽃분이는 물론이거니와 몸종들 역시 마님에 대한 궁금증을 가졌지만 대부분 체념했다. 마님 스스로 신상에 대해 발설하는 일은 결코 없었고, 딸이라는 팔쥐 아씨는 마님에 대해 캐묻는 기색만 보여도 눈에 쌍심지 먼저 켜곤 했기 때문이었다. 무엇보다 마님의 심기를 조금이라도 불편하게 하는 것은 주인나리께서 용납하지 않았다.

그런 까닭에 꽃분이를 비롯한 이 집 권솔들이 마님에 대해 아는 것은 오직 한 가지, 그녀의 이름뿐이었다. 그마저 주인나리가 그렇게 부르므로 알고 있는 것에 지나지 않았지만.

"단(丹)아."

단.

마님과 둘이 있을 때면, 주인나리는 그녀를 그렇게 부르곤 했다.

❀

끼익— 꽃분이가 떠나느라 여닫힌 문틈으로 바깥 공기가 들어왔다.

아직 목욕물이 식지 않았지만 겨울바람은 꽤 매서웠다. 물 밖에 나와 있는 어깨 위로 찬바람이 불어 스산했다.

홍(紅).

그게 그녀의 진짜 이름이다.

칠 년 전, 홍은 목을 매 죽은 사람이 되어 월야관에서의 생을 마감했다. 홍의 얼굴을 아는 이가 완주의 작은 고을까지 들어올 가능성은 희박했으나, 기생 시절 쓰던 이름을 계속 사용할 수는 없다는 것이 최만춘의 뜻이었다. 최만춘은 홍에게 '단'이라는 새 이름을 지어주었다.

감히 몸종들이 그녀의 이름을 함부로 입에 담을 수는 없는 일. 그렇기에 '단'은 최만춘만이 유일하게 부를 수 있는 이름이었다.

"으음……."

소슬하던 한기가 가라앉았다. 목간통 가장자리에 머리를 기댄 홍이 낮은 소리를 내뱉었다.

칠 년. 홍이 최만춘의 집에서 새로운 삶을 시작한 지 꼬박 칠 년이 흘렀다. 그러나 아무리 시간이 지났다 해도 그날의 기억은 어제의 일인 듯 생생하다.

비통하고 고통스러웠던 밤.

처음 별당 뜰에 발을 내디뎠을 때, 참담한 홍의 마음과는 달리 사방에는 짙은 매화꽃 내음이 넘실거렸다. 그 향기 탓에 홍은 그때가 봄이었음을 기억한다.

눈보라 쏟아지던 겨울날 시헌을 만나, 채 두 번의 계절만큼도 못 되는 짧은 사랑을 하고 그를 잃어야 했던 봄. 그리고 월야관을 떠나 그녀로서는 상상조차 하지 못했던 낯설고 고요한 삶으로 들어오게 된 봄.

칠 년의 시간은 많은 것을 바꾸었다.

마님, 혹은 안주인이라는 호칭은 홍이 바란 것은 아니었다. 제가 그리 불리는 까닭조차 홍은 잘 알지 못한다. 처음 일이 년간, 그녀는 슬픔에 잠겨 제 방 안에 유폐되다시피 생활했기 때문이었다.

긴 시간이 지난 후에야 홍은 별당 밖으로 나왔다. 이미 그때부터 모든 몸종들은 홍을 마님이라 부르며 깍듯이 모시고 있었다.

철썩, 철썩.

목간통에 푹 잠겨 있던 홍이 몸을 일으켰다. 목욕간 바닥에 물이 흘러 넘쳐 바닥이 흥건해졌다. 땋아 내린 머리채가 흔들리자 향긋한 향유 냄새가 풍겼다.

최만춘은 수시로 이렇게 사치스러운 물품들을 사 오곤 했다. 향유, 향주머니 같은 귀한 물건들에서부터 금붙이며 보석을 박은 장신구들, 화려한 비단 옷가지들까지. 집 안에서만 머물 뿐 문 밖으로 나가는 일이 극히 드문 홍에게는 지나치게 호사스럽게 느껴지는 것들이었지만, 어쨌든 집으로 돌아오는 그는 빈손인 적이 없었다.

이곳에서 홍의 삶은 대단히 평온했다. 최만춘은 그녀를 지극하게 배려했고, 주인의 이런 태도는 몸종들에게도 영향을 끼쳤다. 몸종들은 안주인에게 하듯 당연스레 홍에게 복종했다. 비록 저들끼리 있을 때 무슨 이야기를 떠들어댈지는 모르는 일이었지만.

처음 이곳에 왔을 때 홍의 심신은 반미치광이처럼 처참했었으나, 세월이 흐르며 그녀는 차차 회복되었다. 대부분 홍의 하루는 먹먹한 고요 속에서 평화롭게 흘러갔다. 싫은 일을 할 필요도, 정해진 규칙에 따라 움직일 필요도, 억지로 웃거나 몸단장을 할 필요도 없었다.

그러나 시헌의 기억은 여전히 마치 어제 일인 것처럼 문뜩문뜩 떠올랐다.

눈보라를 뚫고 나타났던 순간의 시헌. 밤을 틈타 제게 입술을 포개고 허리를 끌어안던 시헌. 대발식 날 돈뭉치를 내던지며 홍을 노려보던 시헌. 그녀 위에서 폭우처럼 눈물을 쏟아내며 연모한다 고백하던 시헌…….

그리고 그들이 함께했던 마지막 순간. 바닥으로 고꾸라지는 생의 마지막 순간에조차 홍에게서 시선을 떼지 않던 시헌.

매해 돌아오는, 겨울부터 봄까지 두 번의 계절. 그와의 기억 역시 곳곳에서 홍을 찾아왔다.

그러나 칠 년은 긴 세월이었다.

처음 이 년간, 홍은 숨조차 쉴 수 없을 만큼 고통스러워했다. 그녀는 거의 잠을 자지 못했고, 곡기를 끊다시피 하여 앙상하게 말라갔다. 원인 불명의 열증으로 생사를 오가기도 했다. 그럼에도 목숨은 모질었고, 홍은 살아남았다.

기억은 변함없었으나 흐르는 시간에 닳고 바랬다. 상처가 아문 것은 아니었지만 홍은 고통에 무뎌지고 익숙해졌다. 시헌을 여전히 사랑했다. 그러나 그가 이 세상 사람이 아니라는 사실을 받아들이자 결국 체념하게 되었다.

세월은 눈부시게 빛나던 홍 역시 변화시켰다. 말갛던 소녀의 모습은 더 이상 찾을 수 없었다. 칠 년의 시간은 홍을 완연한 여인으로 만들었다.

그러나 몸종들은 이렇게 수군대곤 했다.

"마님은 어찌 저리 아리따우실까? 처음 여기 오셨을 때나, 지금이나 한결같으시네."

"참으로 절색이긴 한데……. 나는 마님을 보면 좀 기분이 그래."

"아따, 뭐가 좀 그렇당가? 너무 고와서 시샘이라도 나는가?"

"시샘이 아니라, 마님을 보고 있으면 너무 슬퍼지거든. 꼭 세상 슬픔이란 슬픔은 다 짊어진 사람처럼 울적하잖여. 그래서 좀 그래."

"하긴. 자네 말이 맞긴 허지. 대체 무슨 사연이 있기에 저리 젊고 아름다운 부인께서 늘 슬픈 표정이신지……."

홍의 세상은 고요했다. 세상의 맨 끝, 먼 바다에 존재하는 섬처럼 적요했다. 최만춘도, 팔쥐도, 그 누구도 그녀의 주위를 맴도는 적막을 깨뜨리지 못했다.

똑똑- 목욕간 문을 두드리는 소리. 의복을 입던 홍이 고개를 돌렸다.

"누구시오?"

"저예요."

"으응."

낮익은 목소리였다. 이어 끼익 소리와 함께 열린 문틈으로 까무잡잡한 소녀가 모습을 드러냈다.

칠 년의 세월은 홍의 모습만을 바꾼 것은 아니었다. 떠나올 때 열 살 어린아이이던 팔쥐 역시 과거의 모습을 찾을 수 없을 정도로 크게 달라졌다.

팔쥐의 나이 올해 열일곱. 박색인 용모가 피지는 않았으나, 그사이 팔쥐는 애티를 벗었다. 여전히 키는 작달막했지만 비쩍 곯았던 몸에는 약간의 살집이 붙었고 안색 역시 좋아졌다.

무엇보다 달라진 건 팔쥐의 태도였다. 그녀는 더 이상 땅을 쳐다보며 걷지 않았고, 말도 과거처럼 심하게 더듬지 않았다. 여전히 남의 눈치를 살피곤 했지만, 그렇다고 예전처럼 악에 받치지는 않았다. 마음이 편해진 탓인지, 화가 치밀어 오르면 이성을 잃고 날뛰던 모습 역시 먼 과거의 일이 되었다.

"아이, 참."

팔쥐가 종종대며 홍에게 다가왔다. 팔쥐의 손에는 솜을 넣어 누빈 두툼한 장옷이 들려 있었다.

"어서 이거 입어요. 목간하고 바로 찬바람 쐬면 고뿔든다니까."

"별당까지는 지척인데, 뭐."

"또 열병이라도 나면 어쩌려고 그래요. 어서 입어, 언니."

'언니'라는 말을 무심결에 내뱉은 팥쥐가 제풀에 깜짝 놀란 표정을 지었다.

"입에 붙어서……. 조, 좀체 습관이 안 드네. 아니, 안 드네요."

팥쥐가 머쓱한 표정을 지었다.

"팥쥐야. 우리 둘이 있을 때야 상관없지만, 남들이 듣기라도 하면 어쩌려고."

"미, 미안……. 다시는 안 그럴게요."

칠 년의 세월은 팥쥐의 많은 것을 바꾸었지만, 홍을 향한 태도만큼은 바꾸지 못했다. 예나 지금이나 홍은 팥쥐의 전부였다.

팥쥐는 최만춘의 허락 하에 그를 아버지라 부르고 있었다. 그렇기에 당연히 홍을 어머니라 불러야 하는 상황이었으나, 팥쥐는 좀체 그 호칭에 익숙해지지 못했다.

"팥쥐야. 나를 언니라고 부르는 것을 다른 이가 들었다간 흉한 소문이 나. 나리를 위해서도 그리하면 안 돼. 알았지?"

"예. 알았어요."

팥쥐가 고분고분 대답했다.

"그래. 그럼 이만 나가자."

걸음을 떼던 팥쥐의 손을 바라보았다.

"그 반지는 어디서 났어?"

"아아, 이거!"

팥쥐가 배시시 웃으며 손을 들어 보였다. 짤따랗고 투박한 손가락에는 연녹색 옥반지가 끼워져 있었다.

"콩쥐 언니가 주었지요. 자기는 이런 거 많으니 필요 없다면서 가지랬어요. 신기하게, 맞춘 것처럼 손에 꼭 맞아요."

"곱다."

홍의 칭찬 덕에 팥쥐의 입이 헤벌쭉 벌어졌다. 팥쥐가 들뜬 표정으로 목욕간 문을 열었다.

열린 문 사이로 왈칵 찬바람이 몰아쳤다. 성급히 튀어 나가려던 팔쥐가 목을 움츠렸다.

"어, 아버지!"

최만춘을 발견한 팔쥐가 그를 향해 종종걸음 쳐 다가갔다.

"팔쥐 너도 여기 있었던 게냐?"

"예. 모, 목욕하시다 혹시 고뿔이 들까 봐서 장옷을 가져다드린 참입니다. 이제 들어오셨습니까, 아버지?"

"그래. 잘하였다. 당과를 사다놓았으니 꽃분이에게 가져다 달라고 해라."

"당과요? 고맙습니다, 아버지."

진즉부터 화색이 돌던 팔쥐의 얼굴이 확 펴졌다.

"날이 추우니 팔쥐 너도 어서 안으로 들어가라."

아무래도 최만춘은 홍에게 할 말이 있는 모양이었다. 분위기를 파악한 팔쥐가 꾸벅 절을 하곤 총총 사라졌다.

"단아."

멀거니 최만춘을 바라보던 홍이 아, 하고 작은 소리를 냈다.

꽤 긴 시간 저 이름으로 불려왔으니 익숙해질 법도 한데, 여전히 남의 이름처럼 들릴 때가 있다.

"예, 나리."

"날이 춥다. 우리도 사랑으로 들어가자. 긴히 상의할 것이 있다."

"예."

홍이 먼저 걸음을 떼었다. 최만춘은 그녀와 나란히 보폭을 맞추어 걷기 시작했다.

휘잉, 소슬한 칼바람이 불었다. 갓 목욕을 마친 탓에 한기가 들어 홍은 몸을 움츠렸다. 최만춘이 홍의 어깨를 한 팔로 감쌌다.

"……."

홍의 몸이 설핏 긴장했다. 그러나 최만춘에게 전해지지는 않았을 것이다.

사랑에는 따뜻하게 김이 오르는 차가 준비되어 있었다.

긴 시간 동안 부부이되 부부가 아닌 듯 살아온 홍과 최만춘이 서로를 마주했다.

"반지도 얻고, 당과도 생기고."

팥쥐는 모처럼 싱글벙글이었다. 간밤에 돼지꿈을 꾼 것도 아닌데 어찌 이런 횡재를 했는지 모르겠다. 예쁜 반지를 얻은 것도 기뻤지만, 무엇보다 좋은 것은 그것을 준 사람이 콩쥐라는 사실이었다.

팥쥐가 홍과 함께 이곳에 당도했을 때 콩쥐와 팥쥐는 열 살 동갑내기였다.

칠 년의 세월이 흘렀고, 그들은 열일곱 처녀로 자라났다. 콩쥐와 팥쥐의 나이는 같았지만, 콩쥐가 반년 일찍 태어났고 겉으로 보기에도 두어 살 위로 보였으므로 자연스레 언니 노릇을 하게 되었다.

팥쥐는 군말 없이 콩쥐를 언니라 불렀지만 둘의 사이는 미묘했다. 콩쥐는 팥쥐를 좋아하는 것 같지는 않았다. 꽤 긴 시간을 한 집에서, 명목뿐일지언정 자매로서 살았지만 다정하게 구는 일은 좀처럼 없었다. 그렇다고 월야관 사람들처럼 팥쥐를 무시하지도 않았다. 그저 나름의 경계가 있는 듯 데면데면할 뿐이었다. 그랬던 콩쥐가 무슨 바람이 불었는지 반지를 내준 것이다. 반짝반짝 윤이 나고, 눈이 시리도록 말간 옥반지를.

팥쥐가 이런 귀한 장신구를 가져 보는 것은 처음이었다. 반지를 손에 쥐어주던 콩쥐와 나눈 대화를 떠올리던 팥쥐의 얼굴에 함박웃음이 걸렸다.

❀

"어, 언니……. 이리 귀한 걸 다……. 나는 이런 거 필요 없는데……. 어울리지도 않구."

"왜. 곱기만 한데. 나는 그런 거 많으니 마음 쓰지 말고 가져."

"고마워."

하도 감격스러워, 팥쥐는 마음까지 벅차올랐다. 콩쥐가 건네준 옥반지는 손가락에 꼭 맞았다.

"별것도 아니고만. 그리 감복할 거 없다니까."

대수롭지 않게 대답한 콩쥐가 팥쥐를 보며 꾸밈없이 웃었다.

저렇게 환하게 웃는 콩쥐는 묘하게 홍을 닮았다. 콩쥐와 홍의 이목구비가 닮은 것은 아니었다. 콩쥐는 단아하고 순한 인상이었고, 홍은 보다 화려한 생김새를 가졌다. 그럼에도 홍과 콩쥐 사이에는 묘하게 닮은 분위기가 존재했다. 그래서 팥쥐는 더욱더 콩쥐와 가깝게 지내고 싶었다.

"그, 그래두 마음이 너무 고마워서……. 나는 언니에게 아무것도 해 준 게 없는데……."

"흠……. 정 그리 생각하면, 나 대신 뭐 하나 도와줄 수 있을까?"

"응. 그럼. 뭐든지 말해!"

"시전 입구에 있는 포목점 알지? 거기서 오늘까지 내 당저고리를 지어주겠다 했는데, 여태 소식이 없지 뭐야. 그래서 그러는데, 네가 시전에 좀 다녀와 줄래?"

"시전에?"

무엇이든 들어주겠노라 호언장담한 것과는 달리 팥쥐의 목소리에는 기운이 빠져 있었다. 어쨌든 고드름이 꽝꽝 얼어붙을 정도로 모진 날씨였으므로.

"왜? 너무 추운가? 하긴, 그리 가깝지도 않은데 어렵겠지? 당연히 몸종을 보내야 하는 일인데 오늘은 다들 바쁘다지 뭐야. 이제나 저제나 기다리던 중한 물건이긴 한데……."

"아, 아니야! 내가 갈게, 언니. 내가 다녀올게. 나 걸음도 빠르고, 추위도 별로 안 타잖아. 그, 금방 다녀올 테니 걱정 말어."

"정말?"

콩쥐가 팥쥐를 바라보며 해사하게 웃었다.

"동생 잘 둔 덕에 걱정을 덜었어. 진짜 내가 복이 많다. 날 추우니까 따뜻하게 껴입고 다녀와야 해. 알았지?"

"으응. 그럼! 알았어! 내 어머니만 보고 금방 다녀올게."

"어머니?"

콩쥐의 표정이 살짝 흐려졌다.

"어머니한테 내 심부름하러 간다고 말하려구?"

"아, 아니? 마, 말 안 할게. 그냥 잠시 살 게 있어서 시전에 다녀온다면 되지, 뭐."

❀

"아우, 춥긴 춥네……."

대문간을 나선 후 기껏 몇 걸음 떼지도 않았는데 벌써 손이 얼었다. 손마디를 호호 불어 녹이던 팥쥐의 입술에 차디찬 것이 닿았다. 콩쥐가 건네준 옥반지였다.

문득 어디선가 주워들은 말이 생각났다. 옥으로 만든 물건을 추운 곳에 놓아두면, 얼음이 쪼개지듯 반으로 쩍 갈라져 못 쓰게 되어버린다던가.

"아우, 그러면 큰일이지."

팥쥐가 곱은 손으로 반지를 빼 손에 쥐었다.

그때 갑자기 불쑥, 나타나 팥쥐의 앞을 가로막은 그림자. 화들짝 놀란 팥쥐는 옥반지를 놓치고 말았다. 바닥에 떨어져 데굴데굴 굴러간 옥반지가 앞을 막아선 이의 발치에 툭, 부딪쳐 멈추었다.

“너…….”

스무 살 즈음. 꽤나 날렵한 체구를 가진 청년이 반지를 집어 들었다.

옆으로 긴 눈에 미심쩍은 빛이 감돌았다. 꽤나 살벌한 눈매였다.

“왜 네가 이 반지를 가지고 있어?”

고개를 든 팥쥐의 시선이 저를 내려다보고 있는 청년과 마주쳤다.

당연히 팥쥐는 그가 누구인지 알고 있었다. 그는 늘 콩쥐의 뒤꽁무니를 따라다니는 옆집 도령, 천(天)이다.

“이리 내요!”

팥쥐가 성급히 천에게 다가서며 손을 내밀었다.

그의 손에 옥반지가 들려 있었다. 콩쥐가 준 물건이기에 의미가 있기도 했지만, 팥쥐로서는 처음 가져 보는 귀한 장신구이기도 했다.

“어서 이리 내라고!”

순식간에 천에게 달려간 팥쥐가 그에게서 옥반지를 빼앗았다.

천으로서는 전혀 예상치 못한 일이었다. 아무리 음산한 계집애일지언정 나이가 꽉 찬 처녀가, 눈을 희번덕대며 제 손에서 반지를 채갈 줄이야. 팥쥐의 손톱에 쓸린 손이 쓰라려, 그는 얼굴을 찡그렸다.

“내 물건에 소, 손대지 마요!”

팥쥐가 버럭 소리를 질렀다.

천이 인상을 찌푸리며 뒤로 한 발짝 물러났다. 꽤나 날렵한 몸짓. 순식간에 팥쥐와 천 사이의 거리가 벌어졌다.

“네 거라니? 대체 무슨 근거로 이게 네 물건이라는 거냐?”

“근거라니? 근거가 달리 어디 있어요? 제 거니까 제 거라고 하지…….”

천이 신경질적으로 팥쥐를 쏘아보았다.

콩쥐의 의붓동생. 대외적으로는 그런 이름으로 불리고 있었지만, 콩쥐가 늘 말했듯 근본도 출신도 알 수 없는 이상한 계집애였다.

콩쥐는 팥쥐 모녀를 소름 끼치게 싫어했다. 그러면서도, 아버지가 늘 모녀를 감싸고도는 까닭에 싫은 티조차 낼 수 없다고 울먹거리던 게 몇 번이던가.

가여운 콩쥐. 저 팥쥐라는 계집애와 그 어미라는 여자가 별당에 들어앉은 이후, 콩쥐가 마음 기댈 이는 저, 천뿐이었다.

"웃기지 마. 그거 콩쥐 거잖아. 내가 콩쥐에게 선물한 거라고."

"코, 콩쥐 언니가 저 가지라고 준 거예요!"

삽시간에 천의 얼굴이 구겨진다. 약간 당황한 듯하던 그의 표정이 금세 험악해졌다.

그럴 리가. 제가 저 옥반지를 사려고 양반 체면을 구겨가며 얼마나 험한 일을 했는지 콩쥐는 잘 알고 있었다. 그걸 아는 콩쥐가 저걸 주었을 리 없다. 절대 그럴 리 없었다.

"어디서 거짓부렁이야?"

천이 픽 코웃음을 쳤다. 생각해 보니 괘씸하기 짝이 없었다. 그가 옥반지를 노려봤다. 그새 팥쥐는 옥반지를 손가락에 낀 채였다. 덤벼들어 반지를 빼앗고 싶었지만, 어쨌든 사내가 되어 외간 처자 몸에 손을 댈 수는 없는 노릇이었다.

"콩쥐에게 내 물어볼 거다."

"무, 물어봐요! 물어보라고! 내게 준 게 맞다고 하면, 그때는 내 앞에서 무릎 꿇고 빌어야 할 줄 아시오!"

"뭐? 무릎을 꿇어?"

기가 막힌 듯 팥쥐를 노려보던 천이 고개를 까딱거렸다.

저를 대하는 콩쥐의 태도가 아무리 오락가락 할지언정, 결코 제 진심을 외면할 그녀가 아니었다. 무엇보다 콩쥐는 곧 그의 색시가 될 예정이었으니까. 천은 당연히 콩쥐를 믿었다.

"그러든가. 웃기는 계집애……."

천이 중얼거렸다. 도끼눈으로 그를 노려보던 팥쥐가 부러 발을 쾅쾅 구르며 멀어졌다.

은은한 차 향기가 사랑 안에 떠돌았다.

그윽한 향기를 풍기는 찻잎은 물론이거니와 차를 담은 다기며 잔들 모두 청나라에서 들여온 귀중한 것들이었다. 흰 백자의 겉에는 눈이 시리도록 새파란 청화(青花) 무늬가 아로새겨져 있었다. 유약을 발라 윤기가 흐르는 다기 위로 문틈으로 스며든 햇살이 미끄러졌다.

왕족이 아닌 백성들이 예순 칸 이상의 집을 짓는 것은 국법에 금해진 일이었다. 정작 왕족들은 규제를 어기고 백 수십 칸짜리 집을 지어 살곤 했지만, 본래 나라법이란 건 계급의 밑을 받치는 이들에게 더 혹독한 법이다. 그런 까닭에 최만춘 역시 그가 가진 부에 비해 하잘것없다 할 수 있는 집에 기거할 수밖에 없었다.

그러나 집의 크기가 아담할 뿐, 집을 구성하는 것들은 결코 소박하지도, 평범하지도 않았다.

소 한 마리 가격에 맞먹는 다기와 찻상. 그리고 검소한 앵곡 사람들의 눈을 튀어나오게 할 법한 값비싼 비단으로 지은 의복들. 궁궐의 진수성찬이 부럽지 않은 정갈한 음식이며, 먼 서역을 거쳐 들어온 향료와 향신료까지. 그뿐 아니라 집 깊은 곳에는 값비싼 도자기며 금붙이가 보관되어 있었다.

최만춘의 취향은 대단히 사치스럽긴 했지만, 흔히 우연찮게 일확천금을 얻어 졸부가 된 이들처럼 천박하지는 않았다. 그는 질 좋은 차, 진귀한 음식, 장인이 만든 물건, 명나라나 고려 시절의 아름다운 골동품들을 좋아했다. 그리고 무엇을 사들이든 간에 그의 재력은 마를 줄 몰랐다.

"하나 들어보아라. 사탕(沙糖)[2]이다."

"예, 나리."

홍은 잠자코 최만춘이 내미는 사탕을 받아 들었다. 반투명한 갈색 결정을 입안에 넣자 깜짝 놀랄 만큼 진한 단맛이 밀려왔다. 그러나 다소 과도한 달콤함이었다. 입안이 얼얼하도록 다디단 맛의 뒤끝이 들척지근하게 남았다.

"무슨 일 때문에 보자셨습니까, 나리."

"단아."

"……예."

최만춘의 입에서 '단'이라는 이름이 나오자, 까닭 없이 홍은 긴장했다. 이제 세월에 무뎌질 때도 되었건만 그 이름은 잘 적응이 되지 않았다.

"단이라고 부르면 항상 답이 늦는구나. 이름이 아직도 낯선 게냐?"

마치 홍의 생각을 읽기라도 한 듯 최만춘이 물었다. 속내를 들킨 홍의 얼굴이 살짝 붉어졌다.

"익숙해져야지, 하고 생각은 합니다만……. 아직까지는 그렇습니다. 차차 나아지지 않겠습니까, 나리."

"이름에 익숙해지는 것도 그렇지만, 나를 '나리'라고 부르는 것도 이제 그만할 때가 되지 않았느냐?"

홍이 최만춘을 마주 보았다. 그는 천천히 차의 향을 음미하고 있었다. 작은 한 모금이 목으로 넘어가자, 성난 것처럼 보이는 울대가 움찔거렸다.

칠 년의 세월은 팔쥐를 처녀로 성장시켰고, 소녀였던 홍을 성숙한 여

2) 설탕의 옛 이름

인으로 만들었다. 그러나 최만춘은 세월의 영향을 그다지 받지 않은 듯 보였다.

먹처럼 유독 새까만 머리칼과 짙은 눈썹, 사나운 기세가 느껴지는 우뚝한 콧날, 그저 보는 것만으로도 대단히 과묵한 사내임을 알아챌 수 있는 굳건히 닫힌 입술. 그의 피부는 여전히 가무잡잡하고 두꺼우며 주름이 없고, 딱 벌어진 체격에도 흐트러짐이 없었다. 차르르 윤기가 흐르는 비단옷을 입고 찻잔을 손에 든 모습에서는 가진 자 특유의 여유가 느껴졌다.

그러나 복장이나 태도가 고상하다 하여 타고난 강인함이 숨겨지지는 않았다. 최만춘은 여전히 당장에라도 말에 뛰어올라 전장(戰場)을 누비는 것이 천직인 사람처럼 보였다.

최만춘이 홍과 다시 시선을 맞추었다.

"팔쥐는 나를 아비라 부른 지 오래되었다. 집안 몸종이며 근방 사람들도 팔쥐와 너를 모녀 사이로 여기고 있지."

"예. 알고 있습니다."

"네가 나의 첩실도 아니지 않으냐. 하니, 나리라고 부르는 대신 이제 서방님이라는 호칭을 쓰면 어떨까 하는데……."

최만춘이 그답지 않게 말끝을 흐렸다.

"……."

잠시 대꾸하지 못하던 홍의 손이 애꿎은 찻잔을 만지작거렸다. 저도 모르게, 홍은 지나치게 달다고 생각한 사탕을 집어 입에 넣었다. 이 과한 단맛이 사라질 때까지는, 답을 미룰 시간을 얻을 수 있으리라.

"싫은 게냐?"

"아니요. 어찌 제가 싫다고 할 수 있겠습니까, 나……."

습관처럼 튀어나오는 '나리'라는 말을 홍은 급히 삼켰다. 그러나 '서방님'이라는 말 역시 입 밖으로는 나오지 않았다.

최만춘은 홍의 삶을 구원했다. 당시의 홍이 그것을 바랐든, 아니었든 간에 그는 그녀를 위해 위험을 무릅썼고 헌신했다. 그로 인해 팔쥐 역시 목숨을 건졌으며 새 삶을 부여받았다.

칠 년간 최만춘이 홍에게 베푼 것은 일일이 말로 열거할 수 없을 정도로 많았다. 조용히 삶을 영위할 수 있는 집, 온갖 의복이며 장신구들, 결코 신변에 무슨 일이 일어나지 않으리라는 믿음까지.

비록 시헌의 기억이 불쑥불쑥 튀어나와 홍을 괴롭혔을지언정, 그것은 그녀 혼자 짊어지고 가야 하는 짐일 뿐이다.

저를 향한 최만춘의 마음이 속속들이 진심이라는 것 역시 홍은 알고 있었다. 그녀를 바라보는 그의 눈에 담긴 미미한 열기는 지난 칠 년간 단 한 번도 꺼진 적이 없었으므로. 비록 마음이 서로 닿아 있지는 않으나, 그는 홍을 진심으로 사랑하고 있었다.

"답이 어려운 모양이구나."

"송구합니다."

"아니다. 차차……. 시간이 해결해 주겠지."

갑자기 최만춘 손을 들어올렸다. 아직 물기가 남은 머리채에서 떨어진 물방울이 홍의 이마를 따라 흐르고 있었다. 거친 손끝이 홍의 이마를 살짝 스쳤다. 뜨거웠다. 저도 모르게 흠칫 긴장하던 홍이 애써 숨을 고르며 어깨를 내렸다.

홍이 그를 사랑하지 않는다는 걸, 최만춘도 안다. 그러나 그가 알고 있다 해서 몸의 반응으로 그 사실을 확인시킬 필요는 없었다.

불현듯 마음이 아팠다. 저라는 계집은 어떤 존재이기에, 먼 옛날 가졌던 독하고도 이기적인 성정을 여전히 버리지 못하는 것일까. 그녀는 그토록 큰 은혜를 입었을 뿐 아니라 지금도 그에게 기대어 삶을 의탁하고 있는 처지였다. 그냥 주어버리면 되지 않는가. '서방님'이라는 말 한마디가 뭐가 어렵다고…….

"내 말은, 네가 나를 '나리'라 부르는 이상 안주인으로 인정받기는 어렵다는 뜻이다. 본부인과 첩실의 처우가 크게 다름을 너도 알고 있지 않으냐. 훗날의 일이 되겠지만, 내가 세상을 뜬 후에 유산을 물려받는 데도 문제가 생기게 될 게다."

"그런 말씀 마십시오……. 어찌 제가 그런 것을 바라겠습니까."

다시 한번 홍은 '나리'라는 말을 꿀꺽 삼켰다. 입안이 아리도록 달콤한 사탕을 두 개나 먹었음에도 어찌 이리 입맛이 쓴지 모를 노릇이었다.

"내가 바라는 일이다."

최만춘이 찻잔을 만지작거리던 홍의 손을 잡았다.

"내가 네게 부탁하는 게야. 내가 있을 때만 네가 안전하기를 바라지 않는다. 나는 내가 없을 때도 네가 안전했으면 좋겠구나."

멈칫, 홍이 작게 숨을 내쉬었다. 그는 이번에도 느꼈을 것이다. 그의 손이 닿는 순간 홍이 얼마나 긴장하는지를.

뜨거운 열기를 남긴 그의 손이 떨어졌다.

"아무튼 그건 다음에 이야기하도록 하고……. 상의할 것이 있어 자리를 청하였다."

"예. 말씀하십시오."

"그래. 임금께서 간택을 마치셨다."

"임금이요?"

홍이 어색하게 되물었다.

하기야, 그녀에게 '임금'이란 말은 먼 하늘의 별처럼 느껴지는 이름이었다. 평생을 월야관에서, 그리고 지난 칠 년간 최만춘의 집 별당을 거의 벗어나지 않은 채 고요히 살아가고 있는 그녀가 '임금'이란 이름에 관심을 보일 일은 없었다.

"임금께서 중전을 간택하셨다는 뜻이지. 민간에 내렸던 금혼령이 해제되었다는 말이다."

그러나 '중전'이라는 말을 듣는 순간 홍의 가슴은 덜컥 내려앉았다. 당연히 그 말의 의미를 모르지는 않았다. 그러나 홍에게 그 지엄한 호칭은, 뜻 이상의 큰 의미를 가지고 있었다.

그녀가 사랑한 시헌은 그렇게 불렸었다. 외척, 귀한 공자, 중전의 남동생…….

"당시 새 임금의 춘추가 아직 열서넛밖에 되지 않으신 까닭에, 하필 콩쥐와 팥쥐 또래에게 금혼령이 내렸지 않았느냐. 이제 금혼령이 해제되었으니 콩쥐와 팥쥐의 혼처를 알아보는 게 좋지 않을까 생각했다."

"……."

"단아?"

"아, 예."

멍하니 생각에 잠겨 있던 홍이 번쩍 고개를 들었다. 그녀가 어색한 미소를 지었다.

시헌의 자형이었던 조선의 임금은 두 해 전 세상을 떠났다. 임금이 붕어했을 때, 중전의 자리는 이미 공석이 되어 있었다. 시헌의 누이였던 중전이 몇 해 전 공주를 낳다 세상을 떠났기 때문이었다. 왕위는 임금과 후궁 사이에서 태어난 군(君)에게 넘어갔다. 만일 시헌이 살아 있다면, 그는 지금쯤 그토록 싫어했던 '외척'이라는 이름을 벗었을 것이다.

그러나 이제 모두 부질없는 생각이었다. 시헌은 죽었다. 그는 오직 홍의 마음속에만 살아 있을 뿐이다. 칠 년 전, 아름다운 약관 선비의 모습으로.

홍은 문뜩문뜩 깨우치곤 했다. 제 삶에 더 이상 그런 눈부신 겨울날과 향기로운 봄날이 오지 않으리라는 것을.

"무슨 생각을 하고 있느냐?"

"아……."

최만춘의 목소리가 생각에 잠겨 있던 홍을 현실로 불러들였다.

"일단 팥쥐에게 물어보겠습니다. 나이가 열일곱이나 되었는데도 아직 늦된 구석이 있어서……. 나리에게 누가 되지나 않을지……."

"혼인하라 강요하는 것이 아니라, 의중을 묻는 것이니 어렵게 생각할 것 없다."

"예."

"콩쥐에게는 은 진사(進士) 댁에서 혼담이 들어왔다. 나쁘지 않은 자리 같은데, 단이 네 뜻은 어떠하냐?"

"제 뜻이요?"

홍이 되물었다. 팥쥐는 제가 이곳에 올 때 딸려온 아이였다. 그러므로 팥쥐의 혼사를 홍과 의논하는 것은 자연스러운 일이다. 그러나 콩쥐는 최만춘의 딸이었다.

"비록 피를 나눈 자식은 아니지만 나는 팥쥐 역시 내 딸이라 생각한다. 같은 까닭으로, 네가 콩쥐가 혼인할 때 안주인 역할을 해주기를 바란다. 청을 들어줄 수 있겠느냐?"

"아, 예. 그럼요."

홍이 나지막하게 대답했다.

홍은 콩쥐와 가깝지 않았다. 애당초 가까워지기엔 어려운 관계임을 그녀는 이해하고 있었다. 어느 날 갑자기 들이닥쳐 아버지의 옆자리를 차지한 젊은 여인을 살갑게 여길 자식이 어디 있겠는가.

그러나 지금껏 최만춘이 팥쥐를 얼마나 아껴주었는지 아는 홍이었다. 그의 청을 거절할 수는 없었다.

"은 진사 댁이라면……."

"콩쥐를 따라다니는 천이라는 도령의 집이다."

"아. 먼발치서 본 적이 있습니다."

별당 밖으로 나서는 일이 좀체 없는 그녀였기에 천이라는 도령은 몇 차례 스치듯 보았을 뿐이다. 팥쥐가 구시렁대기를, 시커먼 사내가 매일

같이 담장 아래서 콩쥐를 기다리고 있다던가.

"콩쥐의 의중이 가장 중요하지 않겠습니까."

"역시 그러하겠지? 하면, 너에게 청이 하나 더 있다."

"말씀하십시오."

"내 평안도에 볼일이 있어 내일 일찍 출타할 것이다. 보름 이상 집을 비울 것이니, 그사이 네가 콩쥐에게 혼사에 대해 뜻을 물어줄 수 있겠느냐?"

"제가요?"

저도 모르게 홍이 되물었다. 최만춘이 작게 고개를 끄덕였다.

"콩쥐도 다 컸으니, 무심한 아비보다야 같은 여인에게 더 속내를 내보이지 않겠느냐. 천 도령에 대해서는 그 아이의 속을 영 모르겠으니."

이내 홍은 최만춘의 의중을 깨달았다. 그는 콩쥐와 홍의 사이가 좀 더 온화해지기를 바라는 모양이었다. 어쨌든 계모와 딸, 즉 모녀 사이가 되어야 할 관계였으므로.

"알겠습니다."

홍은 결국 수긍했다. 콩쥐와 살갑게 지내지는 못했지만, 그렇다고 말 한마디 섞지 않을 만큼 사이가 나쁜 것도 아니었다. 최만춘에게 큰 은혜를 입었으니 그의 청을 들어주는 것이 당연했다.

"고맙구나."

최만춘이 옅게 미소 지었다.

"한데, 어쩐 일로 평안도에 그리 오래 머무십니까?"

홍이 화제를 바꾸었다. 최만춘은 본래 출타가 잦았다. 그사이 그의 행동반경은 조선팔도로 넓어졌고, 근래는 전주 같이 가까운 곳으로 가는 일은 잘 없었다. 그는 한 번 집을 떠나면 최소 대엿새, 길면 보름 이상 돌아오지 않았다.

홍은 가끔 궁금했다. 최만춘이 대체 무슨 일을 하는 사람인지.

"좋은 도자기가 들어왔다 하여 감정해 볼 겸 가는 게다. 이번에 돌아오면 봄까지는 출타하지 않고 머물 것이다."

"평안도는 여기보다 추위가 더 혹독하지 않습니까?"

"지금 내 걱정을 해주는 것이냐?"

최만춘이 엷게 웃었다.

"어찌 걱정하지 않겠습니까."

"단아."

"예, 나리."

또다시 '나리'라는 말이 튀어나온 탓에 당황한 홍이 찻잔으로 시선을 내렸다.

"나는 잘 모르겠다."

"무엇을 잘 모르십니까?"

"내가 너를 행복하게 하고 있는 것인지를. 내 너를 데려오며 그리 다짐하였는데, 세월이 흐를수록 점점 자신이 없어지는구나."

홍이 시선을 들었다. 그러나 이번에는 최만춘의 시선이 아래를 보고 있었다.

문득 까마득한 먼 과거의 일이 생각난다. 자진할 마음을 먹었던 그녀의 방으로 저벅저벅 걸어 들어오던 그의 눈빛이. 그때 외에, 그가 약해 보인다는 생각을 한 것은 실로 오랜만의 일이었다.

"……."

습관처럼 '송구합니다'라는 말을 내뱉으려던 홍이 입을 다물었다.

대체 어떤 사내가 그처럼 긴 세월 오매불망 저만을 바라볼 수 있단 말인가. 그토록 큰 은혜를 입고, 두 명분의 목숨과 삶을 의탁한 채 살아가고 있으면서 행복한 척, 연모하는 척조차 하지 못하는 제가 혐오스러웠다.

"저는 행복합니다."

"거짓을 말할 필요는 없다."

"왜 거짓이라 생각하십니까?"

불현듯 최만춘이 쓰게 웃었다. 그의 시선이 홍에게로 향했다.

칠 년의 세월. 감히 손을 댈 생각조차 할 수 없을 만큼 처연하던 소녀는 그의 집 별당에서 인고의 세월을 보낸 끝에 여인이 되었다.

여인이 된 홍은 믿기지 않을 만큼 아름다웠다. 그러나 그녀는 동기이던 시절의 반짝임을 잃었다. 값비싼 옷, 화려한 장신구, 그 어떤 진귀한 선물과 희귀한 음식도 그녀의 생기를 되돌리지는 못했다.

그래서 최만춘은 모르지 않았다. 오직 그녀만을 바라보고 있었기에 더 잘 알고 있었다.

홍은 행복하지 않았다. 제가 단이라 부르기 시작한 순간부터, 홍이라는 이름을 가졌던 여인은 행복하지 않다…….

"아무래도 너를 보호한다는 명분 아래 지나치게 오래도록 가두어둔 것 같구나."

홍의 물음에 대답하는 대신, 최만춘은 제게로 탓을 돌렸다.

"내 몇 년 전부터 꾸준히 말하였지 않으냐. 이제는 집 안에만 머물러 있을 까닭이 없다. 완주 어디를 돌아다닌다 해도 너를 아는 이를 마주칠 일은 없을 것이다. 집 안에만 있는 것은 건강에도 좋지 않으니, 이제 슬슬 바깥나들이도 하며 사는 것이 어떻겠느냐?"

홍은 잠시 대답을 망설였다. 지난 칠 년간 그녀는 거의 외출하지 않았다. 집 안에서만 머무는 날이 길어지니, 이제는 문 밖으로 나가는 상상만으로도 두려운 마음이 드는 지경에 이르렀다.

그러나 최만춘의 진심 어린 충고를 거절하여 그의 마음을 상하게 하고 싶지는 않았다.

"예. 그리하겠습니다."

"시전 초입에 큰 방물상이 하나 있다. 주인과 나는 오래도록 막역한 사이지. 그 안주인이 마침 비슷한 연배이니 찾아가 보아라. 말동무가 되어줄 것이다."

"알겠습니다."

"원하는 물건이 있으면 무엇이든 달라 해라. 군말 없이 내어줄 것이다. 내 평안도에서 돌아오면 값을 치를 테니."

"그리하겠습니다, 나……."

홍이 말끝을 흐리는데, 밖에서 굵직한 목소리가 들려왔다. 최만춘이 방문을 살짝 열었다.

"주인마님, 아재비가 오셨습니다."

집의 유일한 사내종인 돌쇠가 고하였다.

"곧 나가겠다."

"예, 행랑에서 잠시 기다리시라 하겠습니다."

공손히 고개를 숙인 돌쇠가 자리를 떴다.

"……."

홍의 시선은 문간에 머물러 있었다.

여닫힌 문 사이로 보였던 바깥 풍경. 언제부터 날리기 시작했는지 모를 싸락눈 탓에 세상이 새하얬다. 심장이 덜컹했다. 흩날리는 눈송이가 바늘이 되어 생살을 찌르는 것처럼 마음이 아팠다. 눈이 올 때면 늘 도지는 고질병이었다.

칠 년. 칠 년이면 이제 그만할 때도 되었잖아.

홍이 아닌 '단'으로 살아가야 하는 것이 피할 수 없는 운명이라면, 이제 그만 그에 순응하여 살아가는 것도…….

"……서방님."

홍의 입에서 마침내 그 말이 튀어 나왔다. 입안에 꺼끌꺼끌하게 맴돌던 말을 내뱉으니 차라리 마음이 편했다.

"단아."

최만춘의 목소리가 희미하게 진동했다. 그가 홍에게서 '서방님'이라는 말을 듣기까지 무려 칠 년이라는 세월이 걸렸다.

"내가 부담을 지운 것이냐? 천천히 해도 관계없는 일이다."

"진즉 이리 부르는 것이 옳았습니다."

"그, 그렇다만……."

최만춘은 그답지 않게 말을 더듬었다. 그의 눈동자가 홍을 바라본다. 칠 년간, 단 한 순간도 꺼지지 않았던 열기의 온도가 조금 더 올라간 듯도 했다.

고단한 세월이었으리라. 홍은 그것을 모르지 않는다. 주변 사람들이야 최만춘과 홍이 부부, 혹은 주인마님과 애첩처럼 살아간다고 알고 있었지만 실상은 그렇지 않았다. 그들은 단 한 번도 동침하지 않았다. 부부처럼 함께 차를 마시고, 담소를 나누고, 때로 손을 잡고 뜰을 거닐곤 했으나 거기까지였다.

오직 꽃분이만이 그 사실을 알고 있었다. 아무리 늦게까지 시간을 보낼지언정, 그들은 함께 잠들지 않는다는 것을.

"서방님."

홍이 결심한 듯 입을 열었다. 최만춘의 인내에 감사했지만, 그렇다고 제 삶을 구한 것에 대한 보답으로 그와 동침해야 한다 생각지는 않았다. 단지 이제 때가 되었을 뿐이리라. 그에게 보답할 때가 아닌, 그녀의 과거와 작별할 때가.

"오늘 밤……. 별당에서 주무시지 않으시겠습니까?"

그리하여 다시 한번 합(合)을 청한다.

홍의 사내가 아닌, 단의 사내가 될 그에게.

제 방에 앉아 눈 오는 문밖을 바라보던 콩쥐의 시선이 먼 하늘에 닿았다. 듬성듬성 휘날리던 눈발은 잠깐 사이 꽤 거세어졌다. 하늘이 얼어붙은 논처럼 은빛인 걸 보니 당분간은 눈이 그치지 않을 듯싶었다.

"안 나가길 잘했어."

콩쥐가 작게 중얼거렸다. 이런 날 밖에 나갔다간, 뺨이 얼어붙어 주정뱅이처럼 홍조가 올라 고생하기 마련이었다.

"으음……."

콩쥐의 시선이 뜰 너머 담장에 머무른다. 담벼락 위 비죽 솟은 머리. 제 아비를 제외하고, 근방에 담장 위로 상투가 보일 만큼 키가 큰 이는 딱 한 명뿐이었다. 특히 그 장소가 콩쥐의 방 너머라면 더더욱.

"천."

콩쥐의 부름에, 담장에 가려져 있던 천의 얼굴이 비죽 튀어나왔다. 그가 콩쥐에게 손짓을 했다.

"콩쥐야, 잠깐 밖으로 나와."

"왜?"

"할 얘기가 있어."

콩쥐가 다시금 하늘을 바라보았다. 여전히 눈은 그칠 기미가 보이지 않았다.

"아버지 계셔. 안 돼."

"그럼 여기까지라도 잠깐만 나와. 꼭 할 말이 있다고."

천의 목소리는 꽤나 간절했다. 마지못한 듯, 콩쥐는 어깨에 장옷을 두른 채 뜰로 걸어 나갔다. 천과 콩쥐의 시선이 담장을 사이에 두고 마주쳤다.

"콩쥐 너는…… 나한테 할 얘기 없어?"

"네가 불러놓고서는 무슨 소리야?"

"궁금하지도 않았어? 나, 집에 보름 만에 돌아왔다. 우리 보름 만에 보는 거라고."

"아."

콩쥐가 그제야 깨달았다는 듯 외마디 소리를 냈다.
하루가 멀다 하고 주인 찾는 개새끼처럼 제집 앞을 어슬렁대던 천이었다. 천의 모습이 보이지 않았던 게 벌써 보름이나 되었나? 그러나 사실 콩쥐는 별 관심 없었다.
"뭐 하느라 보름씩이나 안 보였는지도 안 물을 거냐?"
"뭐 했는데?"
콩쥐의 목소리에 약간의 짜증이 묻어났다. 눈이 쏟아지는 날 저를 불러놓고 말장난 같은 소리나 하고 있으니 속이 뒤틀릴 수밖에.
"나…… 별시(別試)[3]를 치렀다."
"별, 뭐?"
"별시. 무관들이 치르는 과거 말이야."
"……그랬어?"
콩쥐의 목소리가 확 누그러졌다. 그녀의 눈동자에 작은 기대가 떠올랐다.
"급제했어. 곧 관직을 받게 될 거다."
"천아……."
"이번에 옆 고을 장수에 새로운 원님이 왔거든. 한양에서 내려왔다는 젊은 원님이다. 아마 그곳으로 가게 될 거다."
마침 떨어진 눈송이가 콩쥐의 속눈썹에 맺혔다. 그녀가 두 눈을 깜빡거렸다.
"내 늘 말했잖아. 꼭 무관이 되고 말 거라고. 그래서 말인데……."
"잠깐만."
콩쥐가 천의 말을 끊었다. 그간 천에게 너무 쌀쌀맞게 군 게 아닌가 문득 걱정스러웠다. 과거고 뭐고 입으로만 나불대는 줄 알았는데, 정말로 뜻이 있긴 했었던 모양이었다.

3) 비정기적인 과거시험

"천아. 뒷문으로 와. 내가 문을 열어줄게. 내 방에서 얘기하자."

"네 방?"

천이 얼빠진 얼굴로 물었다. 십수 년을 알아온 그들이었으나, 콩쥐가 제 방에 들어오라 청한 것은 처음 있는 일이었다.

"응. 내 방. 아랫목이 따뜻해. 당과 먹고 갈래?"

콩쥐의 입꼬리가 살짝 올라갔다. 그러나 무언가에 홀린 사람처럼 콩쥐를 바라보던 천의 대답은 예상 밖이었다.

"아니."

"싫다고?"

"너, 아직 대답해 주지 않았잖아."

"무슨 대답을 말하는 건데?"

"나와 혼인하겠다고 약조하지 않았잖아. 정혼자도 아닌데, 처녀 방에 함부로 들어갈 수는 없어."

콩쥐의 얼굴이 아주 살짝 구겨졌다.

"우리 집에서 너희 집에 혼담을 넣은 지 벌써 보름이 다 되어가. 왜 답을 주지 않는 건데?"

"그거야……. 혼사야 아버지께서 결정하실 문제이니까 그렇지. 어찌 여인인 내가 그런 일에 왈가왈부할 수 있겠어? 아버지께서 아직 결정을 못 하신 걸 거야."

"우리 아버지께서 말씀하시길, 너희 아버지는 콩쥐 네 뜻이 가장 중요하다고 하셨다던데. 네 의중을 물은 후에 답을 주겠다고……."

"아버지는 아무 말씀 안 하셨어. 출타하셨다 돌아오신 지도 며칠 안 되었는걸."

천이 담담한 눈빛으로 콩쥐의 얼굴을 응시했다.

천이 콩쥐를 처음 만난 것은 꼭 십 년 전, 그의 나이 열 살 때였다. 당시의 천은 십리 근방에 또래 벗이라고는 단 하나도 없는 쓸쓸한 소년이었다.

외로웠던 어느 봄날, 고택으로 이사 온 소녀를 본 순간 이유도 모른 채 소년의 심장은 발등까지 쿵 추락했다. 단 한 번도 고분고분 천의 뜻에 따라주는 적 없는 콩쥐였지만 그는 오히려 그래서 그녀가 더 좋았다. 천은 다가갈수록 멀어지는 무지개를 좇는 사람처럼 콩쥐를 따라다녔다.

소년은 어른이 되었고, 여인으로 성장한 소녀를 제 짝으로 맞고 싶었다. 지난 십 년간 그가 바란 것은 그 하나뿐이었다.

"왜 그런 눈으로 봐? 정말이라니까. 아버지께 아무런 말씀도 못 들었어."

"그럼, 네가 나한테 직접 말해주면 되잖아."

"뭘?"

"나와 혼인할 건지, 아닌지. 아버지를 통해 전할 필요 없이, 네가 직접 말해주면 되는 거잖아."

"그거야……."

콩쥐는 여인 처지에 어찌 그런 말을 꺼내냐는 듯 눈을 내리깔았다.

아직 콩쥐는 제 미래를 어떤 사내에게 맡길지 확정하지 않았다. 천은 양반이긴 했지만 가난했다. 별시에 합격했다는 말에 귀가 솔깃해진 것은 사실이었으나, 그 사실 하나가 미래를 보장해 주는 것은 아니었다.

"대답 안 할 거야?"

천의 태도는 평소 같지 않았다. 늘 저만 보면 발정이라도 난 것처럼 안달이더니, 오늘따라 표정도 말투도 꽤나 단호하고 대범했다.

가진 것이라고는 양반 신분 하나가 전부인 주제에, 고작 별시에 붙었다고 벌써부터 어깨에 힘이 들어간 건가.

"천."

"응."

"나, 네가 좋아."

"콩쥐야……."

천의 눈동자가 흔들린다. 십 년 동안 그는 오직 콩쥐만을 연모했다. 그러나 그녀는 단 한 번도 그의 구애에 답을 준 적이 없었다.

"정말이야. 나, 너를 좋아해."

콩쥐로서는 짖는 개에게 뼈를 물려 입을 다물게 하듯 내던진 말에 지나지 않았으나, 천에게는 이다지도 무겁고 절실한 말.

"좋으면…… 나한테 시집 올 거지?"

"……."

"나와 혼인할 거지? 그럴 거잖아. 맞지?"

그리고 애써 덤덤하게 주인의 눈길을 기다리던 큰 개는, 결국 참지 못하고 꼬리를 흔들고야 말았다.

"한데, 천……."

콩쥐가 수줍은 듯 내리깔고 있던 시선을 들어 올렸다. 차가운 눈송이가 자꾸 달라붙는 탓에 언 뺨이 시렸다.

"난 한성으로 가고 싶어."

"뭐라고?"

"한성에 가서 살고 싶어. 이렇게 비좁은 촌구석에서 살아가는 거, 너는 지겹지 않아?"

"지겨워?"

천은 '지겹다'는 말의 뜻을 모르는 사람처럼 되물었다.

완주, 그리고 완주에서도 한적한 고을인 앵곡. 물론 천도 이 마을에서 살아가는 게 지겨웠던 시절이 있었다. 십 년 전에 말이다. 또래 소년은커녕 집안 식솔들 외에 사람 구경조차 힘들던 시절의 일이었다. 그러나 콩쥐가 그에게 찾아온 이후, 천은 단 한 번도 지겹거나 떠나고 싶었던 적이 없었다.

"그래. 내가 늘 얘기했잖아. 나는 여기서 살고 싶지 않아. 한성도 보고, 너른 세상도 보고 싶어. 이런 촌에 처박혀서 늙어가긴 싫어."

"나랑 혼인해서 장수로 가자. 그러면……."

"장수라고 뭐가 달라?"

갑갑한 마음에 격앙되려는 음성을 콩쥐는 가까스로 억눌렀다.

"식년시(式年試)[4]에 급제하면 되잖아. 그러면 너는 뭐든 다 할 수 있어. 어엿한 벼슬도 할 수 있고, 나와 혼인도 할 수 있다고."

"식년시."

천이 힘없이 중얼거렸다.

식년시에 급제하는 게 어디 말처럼 쉬울까. 별시에 급제한 것만도 결코 만만한 일은 아니었다. 형편이 넉넉지 않아 제 소유의 말 한 필 없는 처지에, 날고 긴다 하는 무인들이 몰려드는 식년시에서 어찌 급제를 한단 말인가.

"콩쥐야. 나…… 하나만 물을게."

"뭔데?"

"내가 준 옥반지, 팥쥐가 가지고 있던데."

"……응?"

콩쥐는 잠시 멈칫했다. 망할 것. 그걸 줬다고 또 동네방네 자랑이라도 하고 다닌 겐가.

옥반지는 천이 지난 제 생일날 선물로 주었던 것이다. 별거 없는 싸구려였으나 뭐라 변명을 하긴 해야 했다.

"그게 팥쥐한테 있다고?"

콩쥐가 눈을 동그랗게 뜨며 되물었다. 정말이지 생전 처음 듣는 소리라는 듯이.

"몰랐어?"

"당연하지. 몰랐어. 혹시 비슷한 물건을 보고 착각한 거 아냐?"

4) 3년마다 치르는 과거

"그럼 네 방에 가보면 되겠네. 반지가 있나 없나 확인하면 되잖아."

"어어……. 아, 참!"

마침 생각났다는 듯 콩쥐가 무릎을 쳤다.

"세상에……. 아까 팥쥐가 방에 다녀갔거든. 장신구며 댕기 정리하는 걸 한참이나 부러운 눈으로 쳐다보더니……."

하아, 콩쥐가 난감하다는 표정으로 한숨을 내쉬었다.

"손을 감추고 냅다 도망가더라니……. 그때 들고 간 모양이네."

"걔가 훔쳐 간 거라고?"

"응. 그런가 봐. 너도 알잖아. 팥쥐 고것 성격 이상한 거……."

"……."

천은 잠시 묵묵했다. 그가 콩쥐의 눈을 물끄러미 응시했다. 그를 마주 본 콩쥐가 눈을 느리게 깜빡거렸다. 마치 나도 이런 일이 생겨서 당황스러워, 유감이야— 라고 하는 듯이.

"어쨌든 네가 생일 선물로 준 반지인데……. 잘 간직하지 못하고 손 타게 해서 미안해. 내가 잘 타일러서 돌려받을게."

콩쥐의 목소리에는 짙은 애석함이 담겨 있었다. 미안하다 말하는 그녀의 음성은 꿈결처럼 달콤했다.

"이만 가볼게. 식년시 얘기는…… 나중에 하자."

"응. 들어가, 천."

천이 몸을 돌리자마자 콩쥐 역시 휙 담장을 등졌다. 이내 그녀의 얼굴에 짙은 짜증이 떠올랐다.

애당초 저를 연모한 건 천이었다. 그건 천의 선택이었다. 그가 저를 사모한다 해서, 그녀가 그 마음을 되돌려 줄 까닭이란 없는 법이다. 평생 계집 뒤꽁무니나 쫓아다닐 줄로만 알았던 사내가 자신 덕분에 별시에 급제했으니, 그에게도 잘된 일 아닌가.

기실 콩쥐가 천을 선택할 가능성은 크지 않았다. 하도 천이 집요하게 굴기에 그 가능성을 최대치로 만들 방법을 알려주었을 뿐이다. 식년시에 급제하여 어엿한 무관이 되는 것. 그것만이 멍청한 천이 가질 수 있는 실낱같은 희망일 것이다.

"그나저나 팥쥐 그 흉물은 왜 안 오는 거야?"

콩쥐가 작게 툴툴댔다. 당저고리는 초상화를 그릴 때 입기 위해 급히 맞춘 것이었다. 초상화는 완주며 전주 근방의 양반가를 드나드는 중매꾼에게 전해질 것이다.

콩쥐에게 천은 최후의 보루일 뿐이었다.

챙!

콩쥐가 제 방으로 들어간 직후. 얼어붙은 듯 안채 뜰 초입에 서 있던 팥쥐가 중지에 끼고 있던 옥반지를 빼 바닥에 내팽개쳤다. 모진 추위 속에 시전을 오간 탓에 꽝꽝 얼어 있던 옥돌이 반으로 펑 쪼개졌다. 팥쥐는 손에 들고 있던 분홍색 당저고리마저 바닥에 내던졌다.

떠나는 팥쥐의 발에 짓밟힌 분홍 비단옷 위로 흰 눈이 소록소록 쌓여갔다.

낮 시간 몰아쳤던 눈보라는 오래지 않아 그쳤다. 담벼락이며 뜰 곳곳에 쌓였던 눈은 부지런한 몸종들에 의해 깨끗이 치워졌다.

이윽고 밤이 찾아왔다. 한파가 기승을 부린 탓에, 달 주변을 떠도는 달무리마저 푸르스름하게 얼어붙은 것 같은 밤이었다.

칠 년 전, 홍이 최만춘의 집에서 새 삶을 시작했을 때 가장 적응되지 않았던 것은 바로 밤의 적막함이었다. 가야금 소리나 술 취한 사람들의 목소리며 기생들의 웃음소리, 여흥을 즐기는 이들의 들뜬 소리가 들리지 않는 밤. 이름 모를 산새 소리만이 들리는 고요하기 짝이 없는 밤은 오히려 홍을 잠 못 이루게 했다.

적막 속에 귀를 기울이다 보면 오만 생각들이 밀려들기 마련이었다. 그리고 어떤 생각을 하든, 마지막에 떠오르는 것은 결국 해사하게 빛나는 시헌의 얼굴이었다.

"단아."

"예…… 서방님."

고즈넉한 별당. 방 안에 켜진 노란 등불이 옅게 일렁거린다. 방에는 작은 주안상이 들어와 있었다. 홍은 이곳에 온 이래 술을 입에 대지 않았다. 오랜만에 맡는 알싸한 술 냄새는 자연스럽게 먼 과거의 기억을 불러왔다.

최만춘이 그들 사이에 드리워져 있던 어색한 침묵을 깼다.

"무슨 생각을 하고 있느냐?"

"예전…… 생각이요."

"예전 생각?"

홍이 고개를 들어 최만춘을 바라보았다. '그곳'의 이름을 입에 담으면 큰일이 나기라도 하는 것처럼 홍은 잠시 망설였다. 그리고 덩어리를 뱉어내듯 간신히 입을 열었다.

"월야관에서의 일이 생각나서……."

"무슨 일 말이냐?"

"나리……. 아니, 서방님께서, 제게 함께 술 한 잔을 기울이자고 하셨던 기억이 나서요."

최만춘의 시선 역시 칠 년 전 어느 날을 헤매었다.

평생 삶을 일구느라 정신없었던 사내가, 전주 기방에서 잃어버린 마음을 되찾았던 날. 그 기억들.

"그랬었지. 기억이 나는구나."

"그간 서방님과 자주 차를 마시고, 끼니를 겸상하기도 하였는데 술을 마시는 것은 처음이라……. 그때 생각이 잠시 났나 봅니다."

"술상을 앞에 두고 있는 것이 내키지 않으면 상을 치우겠다."

"아닙니다. 불편하지 않습니다."

"으음."

최만춘이 제 앞에 놓은 술잔을 비웠다. 석 잔째의 술이었다. 당연하게도 이 정도 마셨다고 취기가 오르지는 않는다. 그는 본디 취하려고 술을 마시는 사람도 아니었고, 취기를 빌어 무언가를 해결해야 할 만큼 용기 없는 사내도 아니었다.

"단아."

"예, 서방님."

그래. 그 말이면 족했다. 단, 하고 부르면 서방님이라고 답하는 그 목소리. 마침내 그것을 이루었으니 된 것이다.

최만춘의 손이 주안상을 구석으로 밀어냈다. 홍의 눈동자가 긴장하는 것이 보였다.

"걱정이 되느냐?"

"아닙니다."

"나에게 별당에 들라 한 것을 후회하지는 않고?"

"후회하지 않습니다."

그녀의 목소리가 미세하게 떨렸지만, 후회하지 않는다는 말은 사실이었다.

홍이라는 이름, 천한 창기의 신분, 타고난 운명과 싸워 이길 수 있을 것이라 믿었던 철없던 시절. 그 모든 것들은 이제 더 이상 그녀와 관계없는 일이다. 이제 그녀는 홍이 아닌 단, 창기가 아닌 양인이자 어엿한 향리의 부인이 될 것이었으므로.

운명을 깨부수고, 제 불행한 삶으로부터 자유를 쟁취하리라 어찌 믿었던가. 그건 부질없는 생각이었다. 그런 것이 애당초 가능했을 리 없다. 헛꿈을 꾼 것이다. 겨우내 쏟아진 폭설이 아무리 길어야 한 계절 이상 가지 못하는 것처럼. 본래 꿈이란, 이뤄질 수 없기에 꿈이라 불리는 것이리라.

후-

최만춘이 등잔불을 불어 껐다. 방 안은 순식간에 캄캄해졌다. 잠시 아득한 적요가 맴돌았다.

아주 희미하게 비치는 문밖 달빛으로 인해 흐릿한 인영만을 식별할 수 있는 방 안. 옷자락이 부딪치며 낮게 서걱대는 소리가 들렸다. 그리고 홍의 손 위에 포개지는 뜨거운 사내의 손. 극도의 긴장이 밀려들었지만, 홍은 내색하지 않으려 애쓰며 되뇌었다.

'할 수 있어. 할 수 있다고…….'

최만춘을 원할 수 있다. 그를 사랑할 수 있다. 그의 아내로서 남은 평생을 살아갈 수 있다.

시헌을 잊을 수 있다.

최만춘의 숨결이 홍에게로 다가왔다. 입술이 살짝 닿을락 말락 스치려는 순간, 그의 행동이 멈추었다.

"밖에, 누구냐?"

최만춘의 숨결이 한 뼘 뒤로 물러났다. 알 수 없는 위협으로부터 보호하려는 것처럼 그는 홍의 어깨를 감쌌다. 그리고 활짝 방문을 열었다.

"어……."

어둠 속에 서 있던 그림자가 소스라치며 얼어붙었다.

"아, 아버지……."

팥쥐가 당황한 듯 양손을 맞잡았다. 눈앞이 새까매진 기분이었다.

팥쥐는 최만춘에게 큰 마음의 빚을 지고 있었다. 저를 딸로 받아준 그를 실망시키지 않기 위해 안간힘을 썼다. 그랬을지언정, 깊은 밤 홍을 안고 있는 그와 마주치는 것은 다른 이야기였다.
"팥쥐야."
불청객이 모종의 위험이 아닌 팥쥐일 뿐이라는 것을 깨달은 최만춘의 음성은 낮고 태연했다.
"아, 아버지! 자, 잠이 오지 않아서요. 그럼 저, 저는 이만……."
무어라 대꾸를 할 겨를도 없이, 코가 무릎까지 닿도록 꾸벅 인사를 한 팥쥐가 자리를 떠났다. 마치 도망치듯 조급한 걸음이었다.
"음……."
최만춘이 낮은 소리를 냈다. 굳이 신경 쓸 까닭 없는 사소한 일, 그러나 그로서도 다소 민망한 상황이긴 했다.
"갑자기 문을 열어 놀라지는 않았느냐?"
제 팔에 닿아 있는 홍의 어깨가 긴장으로 단단해져 있다는 것을 깨달은 최만춘이 물었다. 칠 년 내내 홀로 밤을 보내온 그녀였다. 긴장하지 않는다면 그것이 더 이상한 일일 것이다.
"괜찮은 것이냐?"
"……."
"많이 당황한 모양이다."
그러나 여전히 홍에게서는 대답이 돌아오지 않았다.
홍은 활짝 열린 문 바깥을 보고 있었다. 마치 세상 처음 보는 낯선 것을 마주한 사람처럼, 그녀의 크게 확장된 눈은 오직 문밖만을 응시했다. 혹시 무엇이 있나 싶어 최만춘마저 문밖으로 시선을 돌렸다. 그러나 보이는 것은 그저 어둠뿐이었다.
단지 새까만 어둠이 깔린 밤이 아닌, 하얀 밤.
언제부터 이리 눈발이 거세어졌는지 모를 노릇이었다. 그가 별당으로 찾아왔을 때 드문드문 떨어지던 눈송이는 어느덧 세상을 뒤덮을 듯한 폭설이 되어 있었다.

휘잉— 휘파람처럼 스산한 바람 소리가 들렸다. 활짝 열린 문으로 눈송이들이 우수수 쏟아져 들어왔다. 기이한 홍의 태도를 주시하고 있던 최만춘이 문을 닫기 위해 팔을 뻗었다.

그 순간, 홍은 최만춘의 팔을 붙잡았다. 그 손길이 생명줄을 붙드는 것처럼 절박한 까닭에, 그는 행동을 멈출 수밖에 없었다.

"닫지 마십시오, 제발……."

그리고 다시금 홍은 문밖을 본다.

눈. 쏟아지는 눈. 홍이 시헌을 처음 만났던 그날에도 이렇게 눈보라가 휘몰아쳤었다.

기별도 없이 쏟아진 폭설이 뜰과 담벼락과 처마 위에 쌓이고, 어린 동기가 사는 별당 앞 섬돌 위에 쌓이고, 천지에 쌓여 온 세상을 새하얗게 물들였던 날. 그 눈보라를 뚫고 홍의 앞에 나타났던 시헌의 갓 위에도 눈보라는 희게 몰아치고 있었다.

갓이며 어깨 위에 쌓인 눈을 털어내던 시헌의 도포 소맷부리에 튀어 있던 먹 자국이 떠올랐다. 그에게서 풍겨오던 자욱한 묵향과 상쾌한 겨울바람 냄새가 진동하는 듯한 환취(幻臭)가 일어났다. 날카로운 바늘을 제 생살로 밀어 넣던 몇 해 전 밤처럼 통증이 밀려왔다.

겨우내 내린 눈이 아무리 단단히 얼어붙었어도, 길어봤자 춘분 후에는 다 녹아 사라진다던가.

아니, 눈은 녹지 않는다. 이미 칠 년이 지났음에도 홍의 마음속에 켜켜이 쌓여 얼어붙어 버린 그날의 눈은 결코 녹지 않았다. 녹기는커녕 눈물을 먹고 커져 더 크고 무겁고 굳세졌다.

그래서 홍은 잊을 수 없었다. 기억이 너무 커서, 마음이 너무 무거워서, 추억이 너무 견고하고 단단해서…….

여전히, 너무나 사랑해서.

"으흐흑……."

시헌을 잊을 수가 없다.

칠 년이 아닌 칠십 년, 칠백 년이 흐른다 해도 도저히 그를 잊을 자신이 없었다.

"으흑……."

홍의 입에서 울음이 터졌다. 하염없이 내리는 함박눈처럼 눈물이 펑펑 쏟아졌다.

미간을 찌푸린 채 홍을 내려다보던 최만춘의 손이 그녀의 어깨에서 떨어졌다. 위로할 줄을 몰라서 손을 뗀 것은 결코 아니었다. 단지 그는 본능적으로 깨달았을 뿐이다. 제가 위로한다 하여 그칠 눈물이 아니라는 것을.

그리고 최만춘은 그제야 깨달았다. 눈이 유독 많이 쏟아지는 날마다, 홍의 눈이 퉁퉁 부어올라 있던 까닭을.

"단아."

홍은 대답하지 않은 채 흐느꼈다. 눈 쌓인 밤빛이 그녀의 얼굴을 비추었다. 눈물이 뚝뚝 떨어지는 눈가는 생채기라도 난 것처럼 선연하게 붉디붉었다. 잠시 동안 홍을 바라보고 있던 최만춘이 시선을 거두었다.

모두가 지나온 제 삶의 업보이겠지. 그러나 그는 결코 포기하지는 않을 것이다.

자리에서 일어선 최만춘이 별당을 떠났다. 그의 걸음을 따라 눈밭에 움푹움푹 생겨났던 깊은 발자국 위로 금세 흰 눈이 쌓여갔다.

"장옷이라도 걸쳐 입고 나올걸……."

몸을 잔뜩 움츠린 팥쥐가 원망스러운 표정으로 하늘을 올려다보았다. 목덜미 사이로 눈송이가 들어와 쭈뼛 소름이 끼쳤다. 팥쥐가 신경질적으로 제 머리며 어깨를 털어냈다. 그러나 머리를 터는 사이 어깨에, 어깨를 터는 사이 다시 머리에 눈이 쌓이고 있었다.

"이러다 얼어 뒈지겠네."

팔쥐가 뒤를 돌아보았다. 몇 걸음 뒤로 제집 솟을대문이 보였다.

"그냥 돌아갈까……."

생각하던 팔쥐가 도리도리 고개를 저었다.

제 방에서 딱 다섯 걸음이면 당도할 수 있는 홍의 방에 최만춘이 와 있지 않은가. 어린 시절을 기방에서 보낸 탓에 팔쥐도 알 건 다 알았다. 이토록 깊은 밤, 둘이 무엇을 할지는 뻔한 일이다. 그런 별당으로 되돌아가 잠들 자신이 없었다.

월야관에서 그랬듯, 이곳에서도 팔쥐는 외톨이였다.

최만춘은 좋은 계부였다. 하지만 그들의 관계가 친부녀간처럼 살갑거나 애틋할 리는 없었다. 콩쥐와 가까이 지내고 싶은 마음에 알랑방귀까지 뀌어가며 비위를 맞추려 노력했지만, 낮의 일로 그녀는 저를 이용했을 뿐이라는 것을 깨달았다.

몸종들 역시 다르지 않았다. 대놓고 무시하는 법은 없었지만 그렇다고 다른 식구에게 하듯 깍듯이 예를 차리지도 않았다. 환경은 완전히 달라졌지만 과거나 지금이나 팔쥐는 군식구에 지나지 않았다.

결국 제 곁에 있어주는 건 홍뿐이라고 생각했는데…….

눈이 와서 그런가, 몸뿐 아니라 마음까지 선득했다.

"조금만 더 있다가 들어가야지……. 갈 데도 없구……."

팔쥐가 낮게 중얼거렸다. 그때였다. 갑자기 휙, 지척에 나타난 검은 그림자.

"으앗!"

"으아아아악!"

팔쥐가 버럭 고함을 침과 동시에 그림자 역시 꽥 비명을 질렀다.

"아이 씨, 너, 뭐냐!"

그제야 팔쥐 역시 그를 알아봤다. 하필 여기서 천을 마주칠 건 또 뭔

가. 원수는 외나무다리에서 만난다더니 딱 그 짝이었다.

"뭐긴 뭐예요. 사람이지. 누, 눈 안 달렸어요?"

"누가 사람인 걸 모른대? 대체 이 시간에 거기서 뭐 하는 거야?"

"남이야 뭘 하든 무슨 상관이에요? 내가 더 놀랐구만……."

"뭐……."

하기야, 생각해 보니 팥쥐 말이 틀린 것도 아니었다. 천이 입맛을 쩝다셨다.

저는 허우대가 멀쩡한 데다 무예까지 익힌 사내이고, 팥쥐는 나이보다 한참 덜 자란 계집애였다. 한데 제가 더 호들갑을 떤 것 같아 좀 민망스러웠다.

"뭘 하러 도, 도둑놈처럼 남의 집 담벼락 아래를 기웃거리는지 모르겠지만, 갈 길 가세요."

"뭐, 도둑놈?"

천이 되물었으나, 팥쥐는 쌩하니 걸음을 옮길 뿐이었다. 기실 발길 닿는 대로 걷는 것에 지나지 않았지만.

"웃기는 계집애가. 너 나한테 도둑놈이라고 했냐?"

긴 다리를 놀려 팥쥐에게 다가선 천이 목소리를 높였다. 아무리 제가 콩쥐한테 호구처럼 끌려다닌다 해도 세상천지 위아래가 분명하지 않은가. 엄연히 저는 반가의 도령이고, 팥쥐는 중인의 의붓딸이었다.

팥쥐가 우뚝 자리에 멈춰 섰다.

"도련님께서는 저보고 도둑년이라고 안 했습니까?"

"그거야……."

갑자기 말문이 막힌 천이 눈을 굴렸다.

"됐고요. 시비 걸지 마요. 제, 제발 나 좀 내버려 두라고요."

팥쥐가 천으로부터 시선을 돌렸다. 한 번만 더 옥반지 가지고 주절거리기만 해 봐라. 대갈통을 부숴 버릴 테니.

애써 꾹꾹 눌러 참고 있는 성질머리가 펑 하고 터져 버릴 것만 같았다.

"야……."

운을 떼려는 천의 코앞으로 팥쥐의 정수리가 휙 스쳐 지나갔다.

팥쥐는 콩쥐로부터 옥반지를 받았다 했다. 그러나 콩쥐는 제가 준 것이 아닌, 팥쥐가 반지를 훔쳐 간 것이라 말했다. 누구 말을 믿어야 할까. 답은 자명했다. 그토록 긴 시간 콩쥐 하나만을 연모해 왔는데, 어찌 콩쥐가 아닌 팥쥐의 말을 믿는단 말인가.

"제길……."

천이 혼잣말을 내뱉었다.

콩쥐를 믿어야 해. 믿어야 한다고. 그렇지만 이상하게 마음 한편이 자꾸 시큰거렸다.

"야!"

천이 껑충 뛰어 팥쥐에게로 달려갔다.

"야! 미쳤냐? 거기가 어디라도 계집애가 겁도 없이 가? 이렇게 눈 오는 날에는 산짐승이 내려온다고. 호랑이한테 물려가고 싶어?"

그러나 팥쥐는 천의 말을 귓등으로도 듣지 않는 듯했다. 그녀는 그저 묵묵히 눈을 털어내며 밤길을 걷고 있을 뿐이었다.

"야, 좀……."

천이 팥쥐의 어깨를 붙잡았다.

"놔, 놔요!"

질색하며 팥쥐가 몸을 비틀었다. 미친 도령 같으니. 안 그래도 속이 시끄러워 죽겠는데 왜 종일 저를 괴롭히는지 모를 노릇이었다.

팥쥐가 곁눈질로 사방을 훑어봤다. 눈이 허옇게 쌓여 있기에 망정이지, 돌부리라도 보였다면 천의 머리를 찍어버리고 말았을 것이다.

"팥쥐야."

"아, 왜요!"
"저기."
후, 천이 한숨을 내쉬자 뿌연 입김이 흩어졌다.
"미안해. 낮에 일은. 내가 오해했다고."
"……."
팔쥐가 천을 올려다본다. 작은 눈동자 안에 원망이 그득했다.
"아무튼 그냥 집에 좀 가면 안 되냐? 너 그러다 얼어 죽어."
"나, 남이사 뒈지든 말든."
"너는 계집애가 말하는 게 왜 그따위냐. 너 그러다 시집 못 간다."
"웃기고 자빠졌네. 네 걱정이나 하세요."
팔쥐가 휙, 몸을 돌렸다. 천이 무어라 반박할 새도 없이 팔쥐는 눈 쌓인 밤길을 내달리기 시작했다. 눈이 발목까지 쌓여 있는데, 처녀가 어찌 저리 뜀박질을 잘하는지 모를 노릇이었다.
"야, 야! 너, 지금 나한테 너라고 했어?"
뒤늦게 소리쳐 보지만 이미 팔쥐는 저만치 달려 나가 있었다. 휘몰아치는 눈보라가 거센 탓에, 이내 팔쥐의 모습은 천의 시야에서 사라져 버렸다.
"나 참."
천이 중얼거렸다. 아무리 생각해도 기가 막힌 일이었다.
"하……."
잠도 오지 않고 해서 눈밭이나 좀 달릴 생각이었는데 이상한 계집애 때문에 다 망쳤다. 하얀 한숨을 쏟아내던 그가 발길을 돌렸다.

2장. 죄를 새긴 자

"마님."

이른 아침, 꽃분이가 방문을 살짝 두드렸다. 꽃분이의 손에는 김이 오르는 따뜻한 소셋물이 담긴 나무통이 들려 있었다.

"아직 주무시나……."

나무통을 마루에 내려놓은 꽃분이가 방문을 열었다.

"마님, 소셋물 가져왔습니다. 드릴 말씀도 있구……."

"으음."

홍이 눈을 떴다. 문틈으로 들어온 햇살이 눈이 부셔, 그녀가 가느다랗게 눈살을 좁혔다.

"혹시 편찮으십니까? 오한이 든다거나, 어디가 불편하시다거나……."

마님의 낯빛이 평소보다 창백한 데다 얼굴이 유독 부어 있어 나온 물음이었다. 그러나 홍은 고개를 저었다.

"아니야. 괜찮다. 소셋물을 다오."

"예, 마님."

마루에 놓았던 나무통을 이영차, 들어 올리던 꽃분이가 잠시 멈칫했다.

"마님, 머리맡에 그게 무엇입니까?"

꽃분이의 말에 홍 역시 그제야 방바닥을 내려다본다. 푸른 비단보에 싸인 무언가가 베갯머리에 놓여 있었다.

홍이 무심코 그것을 집어 들었다. 쩔그렁, 예상보다 훨씬 무거운 탓에 그녀의 손목이 아래로 툭 떨어졌다. 그 바람에 비단보에서 튀어나온 물건이 바닥으로 쿵 떨어졌다.

"……."

커다란 열쇠가 하나, 둘, 셋, 넷…….

열쇠는 여러 개였다. 대단히 무거운 것이 필시 무쇠와 같은 재질로 만들어졌을 것이다.

"세상에, 마님께 열쇠를……."

꽃분이는 차마 말을 잇지 못했다. 이상할 정도로 격한 반응이었다.

"어찌 그러느냐?"

"어찌 그러다니요. 마님, 이거……. 열쇠잖습니까요."

"이 열쇠가 무엇이기에?"

"마님! 이건 곳간과 광 열쇠입니다. 늘 주인나리께서 들고 다니시는 물건이잖아요."

홍이 다시금 열쇠 뭉치를 내려다보았다. 각각의 열쇠마다 모란이며 잉어처럼 복을 비는 무늬들이 세공되어져 있는 것이 그제야 눈에 들어왔다.

"보십시오. 곳간 열쇠도 있고, 주인나리께서 사들이신 귀한 물건들을 보관하는 광 열쇠도 있고요. 게다가……."

침을 꼴깍 삼킨 꽃분이가 목소리를 낮추었다.

"사랑방에 있는 궤의 열쇠도 있잖습니까. 그거, 돈궤란 말입니다."

"이걸 왜 나에게……."

"왜긴 왜겠습니까. 마님께 집안 살림을 죄 넘겨주시겠다는 뜻이겠지요. 이 집의 진짜 안주인이 되신 거라고요."

홍은 말을 잇지 못했다. 안주인이라니. 차마 받을 수 없었다. 그러나 최만춘은 이른 아침 집을 떠났으리라.

"이 열쇠를 어찌해야 하누."

"어찌하시긴요. 잘 보관하셔야지요. 그간 주인나리께서 출타하실 때는 콩쥐 아씨께 열쇠를 맡기셨거든요. 한데 마님께 열쇠를 주셨으니, 몸종들도 필요한 게 있으면 별당으로 허락을 구하러 올 것입니다요."

문득 홍은 콩쥐에게 열쇠를 주어버리는 게 어떨까, 하는 생각을 했다. 그러나 아니 될 일이었다. 설령 그리 한다 해도 최만춘을 만난 후에 돌려주는 것이 옳을 것이다.

지난 밤 최만춘에게 동침을 청한 것은 홍 자신이었다. 그를 불러놓고서 눈물바람을 한 끝에 터덜터덜 떠나가게 하지 않았나. 그가 무슨 생각으로 잠든 제 머리맡에 열쇠 꾸러미를 놓고 갔을지 감히 상상조차 되지 않았다.

"그나저나, 마님. 안 그래도 전해 드릴 말씀이 있었습니다."

망연히 열쇠 더미를 바라보던 홍이 시선을 돌렸다.

"주인나리께서 아침 일찍 출타하시며, 특별히 저를 불러 당부하셨거든요. 오늘 시전에 청나라에 다녀온 보부상 여럿이 들어온대요."

"보부상?"

"예. 해서, 오늘 마님을 모시고 시전에 다녀오라 하셨습니다. 보기 힘든 진귀한 물건이 많이 있을 거랬어요. 원하는 것은 무엇이든 사시라고 전하셨습니다."

"시전에 나가본 지 무척 오래되었는데……."

"걱정 마시어요. 그래서 쇤네더러 마님을 모시고 가라 하신 게지요.

바가지를 쓰시지 않도록 쇤네가 곁에서 도와드리겠습니다."

"……알았다."

결국 홍은 수긍했다. 최만춘의 청이었다. 그가 바라는 것이라고는 단 하나도 들어주지 못하는 처지에 이마저 거절할 염치는 없었다.

"조반을 드신 후에 출발하면 되겠어요. 다행히 볕이 좋아서 눈이 많이 녹았답니다."

"그런데, 꽃분아."

"예, 마님."

"우리 둘이서만 말고, 팥쥐와 콩쥐를 데려가도 될까?"

"아씨들을요? 어머! 정말 좋은 생각이에요. 마님."

최만춘은 홍과 콩쥐가 가까워지기를 바랐다. 이렇게나마 그를 향한 마음의 죄책감을 덜고 싶었다.

그때였다. 갑자기 악에 받친 고함 소리가 조용하던 집을 흔들었다. 주인 덕에 좋은 구경을 할 생각에 들떠 있던 꽃분이가 소스라치며 고개를 쳐들었다.

"이 무슨 소리냐?"

홍 역시 몸을 일으켰다. 팥쥐가 뭔가 사고를 친 게 아닐까, 하는 불안감이 엄습했다. 다시 한번, 표독스러운 외침 소리가 들렸다.

"콩쥐 아씨 목소리입니다! 마님, 소인이 가보겠습니다."

"나도 가겠다."

오히려 먼저 걸음을 내디딘 것은 꽃분이가 아닌 홍이었다. 꽃분이 역시 다급히 뜰을 가로질렀다.

"이 저고리가 얼마나 귀한 건지나 알고 이 꼴을 만들어? 보자 보자 하니까……!"

콩쥐의 고함 소리, 악다구니 소리. 소란의 진원지는 별당의 반대편,

즉 팥쥐의 방 앞뜰이었다.
"네가 이렇게 만들었으니, 당장 빨아오든 새로 구해오든 해!"
콩쥐가 손에 들고 있던 분홍 당의를 팥쥐에게 집어 던졌다. 비단 저고리가 축축한 땅에 나뒹굴었다.
저게 어디 보통 저고리인가. 중매쟁이에게 들려 보낼 초상화를 그릴 때 입으려고 특별히 맞춘 당의였다. 저걸 땅바닥에 내팽개치고 가다니, 팥쥐 저년이 정녕 미친 게다.
"소, 손이 없어, 발이 없어? 내가 언니 몸종이야? 사람을 도, 도둑으로 몰아놓고 고작 저고리?"
팥쥐의 목덜미가 파들파들 경련했다. 기실 악에 받치는 걸로는 세상 누구에게도 뒤지지 않는 팥쥐 아닌가. 팥쥐 역시 가까스로 화를 누르고 있었다. 결코 사고를 치지 않으리라 홍과 굳게 약속했기 때문이었다.
오호라, 말대꾸도 할 줄 아는 계집이었어? 콩쥐가 도끼눈을 떴다.
"근본도 모르는 말더듬이가 감히 어디서 말대답이야? 아버지께서 딸 대우를 해주니까 네가 정말 뭐라도 된 것 같아?"
"……."
팥쥐가 빈주먹을 꽉 쥐며 이를 악물었다. 무슨 소리를 듣는다 해도, 눈을 까뒤집거나 이성을 잃어 홍을 난감하게 만들 수는 없었다.
"어디서 감히 눈을 치뜨고 쳐다봐? 더럽게 생긴 게. 재수 없게."
짜악-! 콩쥐의 손이 팥쥐의 뺨으로 떨어졌다. 팥쥐의 고개가 옆으로 획 돌아갔다. 중심을 잃은 팥쥐의 왜소한 몸뚱이가 비틀거렸다.
순간 들려오는 빠른 발소리. 홍과, 그 뒤를 허둥지둥 따르는 꽃분이의 모습을 본 콩쥐가 잘근 입술을 깨물었다.
"아이 씨……."
콩쥐가 낮게 내뱉었다.
모든 게 팥쥐 저 흉물 때문이다. 어린 시절에야 마음 내키는 대로 행동했지만, 머리가 커진 이후 이런 성질을 내보인 적 없었는데.

"팥쥐야!"

빠른 걸음으로 다가온 홍이 팥쥐의 얼굴을 살폈다.

"꽃분아. 팥쥐랑 내 방에 가 있어라."

"하지만 마님……!"

"어서."

홍이 단호하게 내뱉었다. 안달복달하던 꽃분이가 팥쥐를 이끌고 자리를 떴다.

"이게 무슨 짓인가? 어찌 손찌검을 하는 거냐고."

홍을 마주 보던 콩쥐가 슬그머니 시선을 내렸다.

아버지의 애첩. 결코 그 이상은 될 수 없는 여자. 콩쥐는 홍에 대해 늘 그렇게 생각했다. 그런 주제에 제게 하대하는 것부터가 마음에 들지 않았다. 물론 그 역시 아버지의 뜻이긴 했지만.

"팥쥐가 제 당의를 망쳤어요. 이것 보라고요."

콩쥐가 바닥에 나뒹구는 분홍 저고리를 들어 올렸다. 간밤 눈 내리는 뜰에 내던져져 있던 저고리는 본래의 색을 가늠하기 어려울 정도로 망가진 상태였다.

"그래서 원래대로 돌려놓으라고 말했을 뿐이에요."

홍이 낮은 한숨을 내쉬었다.

퉁퉁 부어올라 있던 팥쥐의 뺨이 떠올랐다. 팥쥐의 성정이 어떤지 홍이 모를 리 있겠는가. 팥쥐가 손찌검을 당하고서도 화를 억누른 건, 콩쥐가 최만춘의 딸이기 때문이었다. 최만춘은 그들의 은인이었고, 콩쥐는 그가 사랑하는 딸이었으므로.

"그렇다고 이렇게까지 해야겠어? 언니답게 말로 타이르면 좋았을 것을……."

애매한 곳에 시선을 두고 있던 콩쥐가 고개를 들었다. 마주 본 그들의 눈높이는 비슷했다.

아버지는 저 여자를 '어머니'라 부르라 강요하지만, 민망할 만큼 홍과 콩쥐의 나이 차는 얼마 되지 않았다. 많아봤자 예닐곱 살 차이쯤이나 날까.

"언니라니요? 저는 동생 없어요."

콩쥐가 빳빳하게 고개를 쳐들었다.

착한 척, 연약한 척, 순진한 척하는 것은 아버지 앞에서였다. 첩실 따위의 앞에서까지 네네 하고 숨죽일 까닭이 무어란 말인가. 아무리 저 여자라면 껌뻑 죽는 아버지인들 자식이 아닌 첩 편을 들리는 없었다.

"내 동생 아니니, 언니답네 마네 소리 하지 마십시오. 그리고 별당께서도 어울리지 않게 훈계하려 들지 마시고."

콩쥐의 노골적인 비아냥에, 홍의 얼굴이 서늘하게 굳었다.

"아버지께서 거둬주니 모녀 둘이서 제 세상인 줄 아는 모양인데, 첩이면 첩답게 하세요."

홍이 치마폭을 꾹 쥐었다. 잠시 같은 눈높이를 가진 두 여인은 서로를 응시했다.

먼저 시선을 떨어뜨린 것은 홍 쪽이었다.

"저고리값은 내가 물어주도록 할게."

홍의 말을 들은 콩쥐가 피식 웃었다. 승리자의 미소였다.

"저고리값, 어차피 내 아버지 주머니에서 나오는 거 아닙니까?"

코웃음을 친 콩쥐가 발길을 돌렸다. 그때였다.

"콩쥐."

홍의 목소리에, 콩쥐가 뒤를 돌아보았다.

"팥쥐에게 부족한 점이 있다는 거, 나도 알아. 그러니 팥쥐가 실수하는 게 있으면 내게 먼저 말해줬으면 하네. 손찌검을 하거나, 아까처럼 모질게 말하지 말고."

"……"

무어라 운을 떼려던 콩쥐가 입을 다물었다. 방금 전과는 다른 홍의 태도 때문이었다. 홍의 눈빛, 표정, 말투. 모두가 미묘하게 달라져 있었다. 저를 물끄러미 보고 있는 눈동자가 방금 전과는 달리 형형하여 콩쥐는 마른침을 삼켰다.

"……"

가타부타 대꾸 없이, 콩쥐는 몸을 휙 돌렸다.

그제야 그런 생각이 들었다. 별당 계집 역시 저처럼 펄떡대는 본색을 감추고 있는 것이 틀림없다는 생각이. 저 계집 역시 아비 앞에서 순진한 척 고상을 떠느라 삶이 꽤나 피로할 것이다.

한바탕 폭풍이 지나간 집 안은 곧 고요해졌다.

"남원댁."

점심마저 거르고 두문불출하던 콩쥐가 행랑채를 기웃거렸다. 부엌일을 주로 하는 몸종, 남원댁이 졸린 표정으로 문을 열었다.

"예, 콩쥐 아씨. 무슨 일이십니까요?"

"꽃분이는 어디 갔어?"

"어찌 찾으십니까요?"

"밤새 섬돌 위에 신을 내버려 뒀더니 푹 젖었어. 신을 좀 말려오라고 시키려고."

남원댁이 난감한 듯 눈을 굴렸다.

"아씨. 다른 신을 신으시면 안 되시겠습니까?"

"싫어. 꽃분이 어디 갔냐니까?"

"꽃분이는 시전에 나갔습니다. 별당마님이랑 팥쥐 아씨 모시고서요. 청나라 물건을 실은 보부상들이 들어왔다 하던데요."

"청나라 물건?"

"예."

콩쥐의 입이 벌어졌다. 청나라에 다녀온 보부상이 완주까지 내려오는 것은 극히 드문 일이었다.

"남원댁. 아버지께서 광이며 궤 열쇠들 어디에 두셨어?"

평소 출타하실 때마다 제게 열쇠 뭉치를 맡기던 아버지였다. 콩쥐는 사랑방 궤에 든 돈을 좀 꺼내 시전에 갈 생각이었다. 평소 보기 드문 진귀한 물건들이 많을 텐데, 이 기회를 놓칠 수는 없었다.

"저, 아씨. 열쇠는……."

아침에 콩쥐와 마님 사이에 발생한 소요를 알고 있는 남원댁이 눈치를 살폈다.

"열쇠는, 나리께서 별당마님께 드렸는뎁쇼. 제게도 앞으로 곳간에 갈 일 있을 때는 마님께 말씀드리라구……."

"뭐?"

콩쥐의 표정이 순식간에 구겨졌다.

그래서 그리 당당했던 겐가. 칠 년 내내 별당에만 처박혀 있던 계집이 갑작스레 외출을 나선 이유를 알 것도 같았다. 곳간이며 돈궤 열쇠까지 받았으니, 제가 진짜 이 집의 안주인이 된 양 착각하는 게 틀림없었다.

"하……."

콩쥐가 탐탁지 않은 듯 한숨을 내쉬었다. 첩에 지나지 않는다 생각했는데, 아버지께서 열쇠까지 내줄 줄은 꿈에도 몰랐다. 무엇보다 당장 시전에 갈 수 없다는 사실에 몹시 화가 났다.

"남원댁. 팥쥐도 같이 나갔다고 했어?"

"예, 아씨."

그 말인즉슨, 지금 별당은 텅 비어 있다는 뜻이다. 콩쥐가 홱 몸을 돌렸다.

별당은 조용하다 못해 스산했다.

본래 홍과 콩쥐는 살가운 사이는 아니었다. 그러나 얼굴을 마주치면 몇 마디나마 말을 나누었고 아버지의 권유에 못 이겨 함께 차를 마시는 경우도 있었다. 그렇지만 콩쥐가 홍의 방 안에 들어가는 것은 처음 있는 일이었다.

방 안에 들어선 콩쥐가 생경한 시선으로 주변을 둘러보았다. 방에는 농과 문갑, 반닫이와 빗접 등 제 방과 다를 바 없는 세간살이들이 놓여 있었다. 콩쥐의 방에는 도자기며 초충도 족자라도 있었는데 그마저 없는 홍의 방은 꽤 단출했다.

"어디에 뒀지?"

콩쥐가 조심스레 문갑 서랍을 열었다. 그녀는 돈궤 열쇠를 찾는 중이었다.

최만춘은 집을 비울 때마다 사랑방에 있는 돈궤에 기십 냥가량의 돈을 넣어두곤 했다. 어차피 식솔들 쓰라고 둔 돈이었으니, 그걸 좀 꺼내 시전에 나갈 생각이었다.

"그럼 저긴가……."

이번에는 농을 열어본다. 횃대에 걸린 옷들이 사락사락 스치는 소리가 났다. 빽빽이 걸린 치마며 장옷과 같은 긴 옷들 때문에 농 내부는 잘 보이지 않았다. 콩쥐는 치마폭들 사이로 손을 넣어 농 안쪽을 더듬었다.

"으음……."

이윽고 손에 잡히는 네모난 함 하나. 콩쥐가 옻칠을 한 나무로 만든 함을 꺼내 들었다. 정체를 알 수 없지만 무언가 중요한 물건을 넣어두기엔 안성맞춤으로 보이는 물건이었다. 콩쥐가 먼지 쌓인 뚜껑을 열었다.

"예쁘네."

함에 들어 있던 물건은 콩쥐가 고대하던 열쇠 꾸러미는 아니었다. 그러나 콩쥐에게도 필요한 물건이긴 했다.

❀

"아씨, 비단 좀 보고 가십시오!"

"이게 그 유명한 청나라 능단입지요. 한번 만져 보세요. 어서요!"

"노리개 구경하시오! 가락지며 팔찌, 뭐든지 말만 하시오! 제일 좋은 물건으로 보여 드리리다!"

장터는 평소보다 배 이상 북적였다. 시전이라고 해 봤자 몇 개 되지 않는 완주에서는 보기 드문 풍경이었다.

조선 팔도를 넘어 청을 오가는 손 큰 보부상들은 주로 인삼이나 은, 초피(貂皮)[5] 등을 싣고 떠났고, 돌아올 때는 장신구며 비단, 약재들을 가지고 돌아왔다. 그 덕에 시전은 평소 본 적 없는 화려한 물건들로 가득했다. 곳곳에서 처음 맡아보는 이국적인 향기가 풍겼다.

그러나 홍은 팥쥐와 꽃분이에게 향주머니 하나씩을 사주었을 뿐이다. 그녀는 진귀한 물건들에는 별 관심을 보이지 않았다. 워낙 오랜만의 외출이 낯선 탓도 있었고, 콩쥐와의 다툼이 신경에 거슬렸기 때문이기도 했다. 무엇보다 의복이며 장신구는 지금 가지고 있는 것만으로도 충분하다 못해 넘칠 지경이었다. 그런 까닭에, 홍은 시전 구경을 일찍 끝내고 목적지인 포목점에 들어섰다.

"에구머니나! 이게 누구시오? 최 향리 댁 별당마님 아니시오?"

몇 차례 집에 방문한 적이 있는 포목점 여인이 아는 척을 했다.

"며칠 전에 콩쥐가 맞췄다는 분홍색 당저고리, 같은 것으로 하나 지어줄 수 있습니까?"

5) 담비가죽

홍의 물음에, 포목점 여인이 난감한 듯 손을 마주 비볐다.

"이를 어쩌나……. 방금 전에 의복 수십 벌을 한꺼번에 주문받아 여유가 없는데……."

잠시 고민하던 여인이 어쩔 수 없다는 듯 고개를 주억거렸다.

"하지만 다른 이도 아니고 최 향리 댁 부탁이시니 들어드려야지요. 게다가 별당마님께서 이리 몸소 찾아와 청하시는데, 하는 수 없지."

포목점 여인이 선심이라도 쓰듯 내뱉었다.

최 향리는 늘 최고급품만 구입하는 손 큰 고객이다. 그 집의 청을 거절하여 거래가 끊기기라도 했다간 이만저만 손해가 아니었다.

"그런데 대체 누가 의복 수십 벌을 한 번에 주문했대요? 그 많은 옷이 어디 필요하다고?

대화를 듣고 있던 꽃분이가 호기심을 이기지 못하고 물었다.

완주는 크지 않은 고을이었다. 한꺼번에 수십 벌이나 되는 의복을 주문할 만한 사람이 있을 리 없다.

"무관들이 입는 철릭이라네."

"무관이요?"

반문하는 꽃분이의 눈이 휘둥그레졌다. 수십 명의 무인이 한꺼번에 옷을 맞추다니, 더욱더 이해가 가지 않는 이야기이기 때문이었다.

"얼마 전에 장수에 새 현감이 부임했거든. 그 나리께서 주문하신 것이야. 관청의 무관들에게 지급할 것이라고."

"현감이면, 원님 말씀입니까?"

"그럼, 원님."

'원님'이라는 이름을 입에 담던 여인이 황홀한 표정을 지었다.

"여기 오는 길에 혹시 그 원님 못 마주쳤는가?"

"제가 그 원님을 언제 봤다고요. 마주쳤대도 알 리 없잖습니까요."

"무슨 소리를! 꽃분이 너도 그 나리를 보았다면, 절대 그리 태연할 수 없을걸. 아유, 살다 살다 내 그렇게 잘생긴 사내는 처음 봤지 뭐여. 물론 최 향리께서도 대단한 미남자이시지만, 현감 나리에게는 댈 게 못되는……."

주절주절 떠들던 포목점 여인이 아차, 싶었는지 말끝을 흐렸다. 하필 다른 이도 아닌 향리의 부인이나 다름없는 여인 앞에서 흰소리를 늘어놓다니 난감하기 짝이 없는 일이었다.

"그럼 뭐 해요? 현감이라면 보나 마나 중늙은이일 텐데."

주인나리를 깎아내리는 말에 기분이 상한 꽃분이가 입을 비죽댔다.

"중늙은이는 무슨! 젊어. 그것도 아주 새파랗게 젊다고! 아직 서른도 안 되었을 것이네."

포목점 여인이 중얼거렸다.

"그렇게 생긴 사내랑 며칠만 살아봤으면 평생 여한이 없겠……. 에구머니, 내가 마님 앞에서 무슨 헛소리를 하고 있담. 마님, 이년이 오늘 눈호강을 하여 정신이 어떻게 된 모양입니다."

묵묵히 자리를 지키고 있는 홍과 팥쥐를 본 후에야 정신을 차린 포목점 여인이 호들갑스럽게 말을 이었다.

"당저고리는 열흘 안에 새로 지어 댁으로 보내겠습니다. 걱정 마시고 기다리시어요."

여인이 홍을 향해 아첨 섞인 미소를 지었다.

"마님, 이제 집으로 돌아가시지요. 까딱하다간 끼니때를 넘길지도 모릅니다요."

슬슬 허기가 진 꽃분이가 홍을 재촉했다. 오가는 인파 탓에, 그들이 시전을 벗어나 귀로(歸路)에 오르는 데는 약간의 시간이 걸렸다.

"아흐……."

그 시각. 진즉 집을 나선 콩쥐는 아직 시전 근처에도 이르지 못한 상태였다.

평소 걸음이었다면 이미 시전에 도착하고도 남았으리라. 그러나 그녀의 걸음은 좀체 속도를 내지 못했다.

"아으으, 발이야……."

콩쥐가 원망스러운 표정으로 제 발을 내려다보았다.

비단 꽃신. 이것이 문제의 원인이다. 꽃신은 홍의 방 농 안에서 발견한 물건이었다. 신 자체는 깨끗했지만, 신이 들어 있던 목함 위에 뽀얗게 먼지가 앉은 것으로 보아 꽤 긴 세월 그 자리에 놓여 있었을 것이다.

'보나 마나 아버지께서 사주신 거겠지.'

콩쥐가 알기로 별당 계집은 이 신 말고도 좋은 가죽이며 비단으로 지은 꽃신을 열 켤레쯤은 더 가지고 있었다. 그러니 농 안에 처박혀 있던 신 하나가 사라졌다 해도 절대 눈치채지 못할 것이다. 게다가 마침 제 꽃신이 젖어 난감한 상황이기도 했다. 해서, 콩쥐는 별 고민 없이 홍의 신을 신고 시전으로 나선 참이었다.

그러나 신은 콩쥐에게 지나치게 꽉 끼었다. 울퉁불퉁 자갈돌이 즐비한 길을 걷는 사이, 어느새 뒤꿈치의 고통은 참을 수 없는 지경에 이르렀다.

"아얏!"

발뒤꿈치에 칼에 베인 듯한 통증이 밀려왔다. 더 이상은 도저히 발을 뗄 수가 없었다. 차라리 신 따위 내버리고 맨발로 가는 게 낫다 싶었지만, 코앞에는 징검다리가 놓인 개울이 유유히 흐르고 있었다.

"다시 집으로 돌아갈까."

콩쥐가 인상을 쓰며 중얼거렸다. 그러나 애매한 거리였다. 되돌아가느니 시전까지 가는 것이 더 가까울 것도 같았다.

"하여간에 아침부터 일진이 사납더라니……."

이를 악물고 징검다리를 하나, 둘 넘어가던 콩쥐가 다시 걸음을 멈추었다. 꽃신을 벗어든 콩쥐가 뒤꿈치를 살폈다. 하얀 버선 뒤축에 새빨간 선혈이 배어나오고 있었다.

"피……."

한동안 제 발을 살피느라 울상이던 콩쥐가 꽃신을 든 채 고개를 들었다.

"……."

터덕터덕 느리게 다가오는 검은 말 한 필. 그 말 위에 올라앉은, 역시나 검은 철릭 차림의 사내를 본 콩쥐의 시선이 잠시 정지했다.

대단히 아름다운 사내.

사내는 마치 여인처럼 선이 고운 얼굴을 하고 있었다. 아주 가까운 거리는 아니었지만, 그의 다소 날카로운 눈매와 미려한 콧날을 알아보는 것은 어렵지 않았다.

스물예닐곱 살쯤 되었을까. 검은 철릭부터 머리에 쓴 흑립(黑笠), 심지어 타고 있는 말까지 온통 검정 일색인 모습에 대비되는 창백한 살결은 빛을 머금은 듯했다. 수려하고 위풍당당한 모습이었다.

그러나 한동안 그를 바라보던 콩쥐의 시선은 어느덧 사내가 아닌, 그가 올라타 있는 거대한 흑마에게로 향하여 있었다.

최만춘은 좋은 말을 수집하는 것을 큰 기쁨으로 여겼다. 집에는 이미 훌륭한 말이 여러 필 있었지만, 콩쥐는 아버지의 마구간 어디에서도 저렇게까지 풍채가 뛰어난 말을 본 적은 없었다. 그야말로 명마였다. 저런 말이라면 수백 냥은 나간다. 그리고 저런 말을 타는 사내라면, 상상을 초월할 만큼의 재력을 지니고 있을 것이 분명했다.

"낭자, 안심하고 건너오시오."

사내가 입을 열었다. 아마도 그는, 순진한 처녀가 시커멓고 커다란 짐승을 보고 놀란 나머지 겁을 먹은 것이라 생각하는 모양이었다.

"아……. 예."

콩쥐가 사내를 바라보았다.
그는 그가 타고 있는 흑마의 분위기를 닮았다. 검은색 일색에 본 적 없을 만큼 당당한 태도, 온몸에는 흐르는 고고한 귀태. 게다가 두르고 있는 모든 것은 한눈에 보아도 값비싼 고급품들이었다.
"어……!"
순간 신을 신으려던 콩쥐의 손이 살짝 미끄러졌다. 비단 꽃신 한 짝이 데구르르 징검돌 위를 굴렀다. 이어서 퐁당! 하는 경쾌한 소리와 함께 꽃신은 개울물에 빠져 버렸다.
"아아, 이를 어째……."
콩쥐가 당황한 표정으로 징검돌 아래를 내려다보았다.
겨우내 비가 거의 오지 않은 탓에 물은 깊지 않았다. 기껏해야 종아리 정도에 차오를 만한 깊이였다. 하지만 물이 얕다 하여, 다 큰 처녀가 외간 사내 앞에서 치마를 걷어 올릴 수는 없지 않은가?
"어떡하지……."
한눈에 봐도 측은할 만큼 당황한 표정으로 콩쥐는 사내를 바라보았다. 사내와 콩쥐의 시선이 마주쳤다. 사내는 이내 말에서 뛰어내려 그녀에게로 다가왔다.
"도움이 필요하시오?"
사내의 물음. 가까이 다가온 사내가 상당히 장신인 탓에 콩쥐는 고개를 젖히고 그를 올려다봐야 했다. 물론 그녀는 워낙 대단한 체구를 가진 아비를 두었기에 이런 상황이 낯설지는 않았다.
"아……."
콩쥐는 섣불리 입을 열지는 않았다. 잠시 그와 시선을 맞추고 있던 그녀가 외간 사내와 눈을 마주쳤다는 사실을 비로소 깨닫기라도 한 것처럼 수줍게 시선을 떨어뜨렸다.
"신이…… 물에 빠지는 바람에요……."

"내 꺼내 드리리다."

사내는 별다른 고민조차 없이 목화와 버선을 벗고 개울로 뛰어들었다. 각반(脚絆)이 젖는다는 사실에는 신경 쓰지 않는 듯했다.

수심은 사내의 종아리 절반에도 미치지 못했고, 유속 역시 매우 약했다. 고작 몇 걸음 만에 사내는 신을 주워 들었다.

"여기……."

비로소 그는 제가 물에서 건져 낸 비단 꽃신을 바라본다.

운혜라고 불리는 여인들의 신. 봄날처럼 푸릇한 연둣빛 꽃신의 앞코와 뒤축에는 선명한 홍색 구름무늬가 아로새겨져 있었다.

그 운혜 한 짝을 움켜쥔 채, 사내는 개울 안에 우두커니 서 있었다.

날이 푹한들 한겨울이었다. 사이사이 살얼음이 무딘 칼날처럼 떠다니는 개울물은 살을 엘 듯 차가웠다. 그러나 그는 추위와 같은 감각을 모조리 상실한 듯, 귀신에라도 홀린 사람처럼 제 손 위에 놓인 연둣빛 꽃신을 바라보고 있을 뿐이었다.

사내가 느리게 눈을 깜빡였다. 그는 추위를 잊었을 뿐 아니라, 몇 걸음 너머 징검다리 위에 서 있는 여인의 존재마저도 잊었다.

그저 그 자신과 운혜 한 짝. 세상 속에 오직 그 둘밖에 없는 것처럼.

"나리?"

얼어붙기라도 한 듯 미동 없는 그를 바라보던 콩쥐가 입을 열었다.

"어찌 그러시는지요. 일단 물 밖으로 나오시는 것이……."

"이 신, 어디서 났소?"

"예?"

콩쥐가 반문했다. 그녀의 얼굴에 당황한 기색이 번졌다.

설마 소문으로만 들었던 박수무당 같은 건가. 이 신이 제 것이 아닌 훔친 물건이라는 걸 알아보기라도 한 걸까?

"어디서 나다니요?"

콩쥐가 대체 무슨 생뚱맞은 소리냐는 표정으로 되물었다. 세상모르는 순진한 처녀의 눈동자가 그를 빤히 바라본다. 다시금, 콩쥐는 어쩔 줄 모르겠다는 듯 시선을 내리깔았다.

"이 신 말이오. 낭자가 신고 있는 운혜……."

순간 사내의 눈동자에 빛이 돌아왔다. 뭔가에 얻어맞기라도 한 사람처럼 그는 잠시 멍하니 서 있었다. 그가 낮은 탄식 같은 소리를 흘렸다.

사라졌던 감각들이 빠르게 돌아왔다. 물소리, 바람 소리, 꽤나 당황한 듯한 여인의 목소리, 그리고 이어 발끝에서부터 날카로운 냉기가 엄습했다.

"제 신입니다만……. 제 신에 무슨 문제라도……."

"아, 아니오."

사내는 다시금 연둣빛 운혜를 내려다보았다.

운혜는 사대부 여인들이 두루 신는 신이고, 연둣빛과 홍색 역시 흔하게 같이 쓰이는 색채였다.

세상에 같은 신발이 어디 한 켤레뿐이랴. 제게만 그토록 특별하지, 타인들에게는 전혀 특별할 것 없는 꽃신일 뿐이다.

저벅저벅, 그는 물살을 가르고 여인이 있는 징검다리로 되돌아갔다. 하도 오랫동안 얼음장 같은 물속에 서 있었던 탓에 발이며 종아리의 살갗이 터질 듯 따끔거렸다.

"괜찮으십니까…… 나리?"

"괜찮소. 당황하게 하여 미안하오."

그가 꽃신을 콩쥐에게 내밀었다.

"아닙니다. 신을 건져 주셨으니 이 은혜를 어찌 갚아야 할지……."

"당연한 일을 했을 뿐이오."

"아얏……."

꽃신을 다시 신으려던 콩쥐가 인상을 찌푸렸다. 사내의 시선이 콩쥐의 하얀 버선발에 닿았다.

"다친 것이오?"

"조금이요. 심하지 않습니다. 괜찮습니다, 나리."

그러나 입으로 괜찮다 말하는 콩쥐의 표정에는 고통이 여실히 드러나 있었다. 사실 발뒤꿈치를 다친 것은 거짓이 아닌 진실이었으니까.

그에게는 선택의 여지가 없었다. 어찌 부상을 입어 제대로 걷지도 못하는 여인을 내버려 두고 홀로 떠난단 말인가. 그가 입을 열었다.

"낭자. 내 말에 태워 댁까지 데려다 드리겠소."

"하지만……. 어찌 잘 모르는 분께 도움을 받겠습니까……?"

사내가 콩쥐를 바라보았다.

"나는 옆 고을 장수현(縣)의 현감이오. 사람들을 돌보는 것이 내 일이므로, 곤란한 지경에 있는 여인을 두고 갈 수는 없소."

사내의 목소리는 친절하다기 보단 단호했다.

"말에 태워 드리리다."

사내가 콩쥐에게 손을 내밀었다.

"나리, 조금만 천천히……. 너무 빠릅니다."

"많이 불편하시오?"

"예……. 처음이라서요."

타닥타닥, 일정한 간격으로 들려오던 말발굽 소리가 멈추었다.

"잠시 쉬어갑시다. 한숨 돌리면, 낭자께서도 한결 편해지실 것이오."

"예. 저……. 잠시 내려도 되겠습니까?"

"오래 쉬지 않을 것이오. 다시 말에 오르내리는 게 오히려 더 힘드실 듯하오."

"아, 예."

검은 말 위에 올라타 있던 콩쥐가 아래를 내려다보았다. 자신이 장수

현의 현감이라 밝힌 사내와 콩쥐의 시선이 마주쳤다. 하아, 하아 숨을 내쉬던 콩쥐가 힘겹게 미소를 지었다.

"괜찮으시오?"

"그래도 처음 말에 오를 때처럼 무섭지는 않습니다. 나리께서 곁에 있어주시니 한결 마음이 놓입니다."

"다행이오. 마을까지는 멀지 않으니, 오래지 않아 도착할 것이오."

"예, 나리."

콩쥐는 눈을 내리깔고 얌전하게 대답했다. 그녀가 옷소매로 조심조심 이마를 훔쳤다. 말 타기가 처음인 탓에 긴장하여 흐르는 식은땀을 닦는 것처럼 보였지만, 기실 땀은 한 방울도 나지 않았다. 애당초 긴장할 까닭이 전혀 없었으니까.

말 타기에 취미를 잃은 지 꽤 시간이 흐르긴 했으나 어린 시절 콩쥐는 제 소유의 조랑말까지 가졌었다. 당연히 그녀는 승마에 능숙했다. 단지 여인답게 얌전한 모습을 보이기 위해 말을 두려워한다고 거짓말을 했을 뿐이다.

집으로 바래다주겠다는 제안을 들었을 때, 콩쥐는 당연히 사내가 저와 함께 말을 탈 것이라 여겼다. 그러나 그는 콩쥐만을 말에 태운 채 말고삐를 잡고 걷는 것을 선택했다.

사소한 일이라 지나칠 수도 있지만, 그런 작은 행동에서 사내의 성정을 엿볼 수 있었다. 사내는 여인을 가까이 하지 않으려는 듯 보였다. 콩쥐는 그 까닭이 궁금하여 부러 시간을 끄는 중이었다.

"어찌 옆 고을 원님께서 노복도 없이 홀로 나오셨습니까?"

"본래 나는 혼자 다니는 것을 즐긴다오."

"완주에는 어인 일로 오셨는지 궁금합니다."

"관아에 필요한 장비를 구하러 시전에 다녀오는 길이오."

대화는 드문드문 이어졌다. 사내가 먼저 입을 여는 경우는 없었고,

콩쥐가 질문을 던지면 짧게 대답하는 식이었다.

잠시 대화가 끊긴 사이, 콩쥐는 다시금 사내의 모습을 뜯어보았다.

칙칙한 의복으로 가린다 하여 용모의 수려함이 퇴색되지는 않았다. 힘 있는 붓질로 그린 듯 사선으로 뻗은 짙은 눈썹, 다소 길게 뻗은 눈매와 날카로운 눈빛은 그가 결코 호락호락하지 않은 성미의 소유자임을 의미했다.

사내의 분위기는 차가웠고, 그 탓에 다소간 예민한 인상을 주었다. 게다가 그의 태도에는 타고난 듯한 묘한 위압감이 있었다. 보통의 담을 가진 사람들이라면, 그의 성미를 거스르는 것이 쉽지 않으리라.

"나리."

"말씀하시오."

"늘 집에만 있어, 이렇게 한 고을의 원님을 직접 뵈옵는 것은 처음이랍니다. 사실 생각과 다른 모습이라 많이 놀랐습니다."

"무엇이 다르다는 것이오?"

사내가 물었다. 그와 눈이 마주친 콩쥐가 살짝 미소를 지었다.

"원님이라는 분이 이토록 젊으실 줄은 몰랐거든요. 게다가 옷차림도 여느 선비와는 조금 다르시고……."

이내 콩쥐가 덧붙였다.

"혹시나 오해하실까 봐 말씀드리는데, 나리께서 원님이 아닐까 의심하는 것은 전혀 아니랍니다."

"오해하신대도 그럴 만하다고 생각하오. 팔도의 현감들 중에서 가장 젊은 것이 사실이니."

"역시 그러셨군요."

"복장은, 다른 까닭은 없소. 나는 본디 무관직이오."

"아아……."

콩쥐가 알겠다는 듯 고개를 끄덕였다.

조선 전체에서 가장 젊은 현감. 그 말인즉슨 그가 집안이든, 능력이든 무언가 특출한 데가 있는 사람임을 의미한다.

문관이 아닌 무관이라는 말은 조금 실망스러웠다. 본디 같은 관직이라도 무인보다는 문인을 위로 대우하는 시절이었기 때문이었다.

장수는 작고 평화로운 고을이었다. 그런 곳에 무관직이 현감으로 왔다는 사실이 이상하게 느껴졌으나, 콩쥐는 호기심을 드러내지는 않았다. 문반이니 무반이니 하는 것은 사내들이나 관심을 가질 법한 일들이었다. 그런 것을 물어 여인답지 못하다는 인상을 주고 싶지는 않았다.

콩쥐가 가장 궁금해하는 것은, 그의 직책이 아닌 다른 문제였다.

"어떻게 이 은혜를 갚아야 할지 모르겠습니다. 신을 건져 주시고, 말까지 태워 데려다주시니……."

"응당 해야 할 일을 했을 뿐이오. 마음 쓰지 마시오."

"그래도……."

콩쥐는 마침내 계속 입안을 맴돌던 질문을 던졌다. 최대한 태연하게, 아무 뜻 없이 묻는 것처럼.

"이리 세심한 성격이시니, 부인께서는 참으로 행복하시겠습니다."

콩쥐가 살짝 그의 눈치를 살폈다. 대답은 곧바로 돌아왔다.

"부인은 없소."

"아……."

혹시라도 반기는 기색이 묻어날까, 콩쥐는 급히 입을 다물었다.

그러나 이상한 일이긴 했다. 사내의 나이는 스물예닐곱 정도. 현감치고 상당히 젊었지만 그렇다고 혼례를 올리지 않았을 나이는 아니었다. 물론 관리들이 본가에 가족을 남겨둔 채 홀로 내려오는 경우가 흔하긴 했다. 하지만 그는 분명 부인이 없다 하지 않았는가.

궁금증을 해소하기 위해 콩쥐는 눈치 없는 순진한 처녀 흉내를 내기로 마음먹었다.

"부인과 일가 분들을 한성에 두고 오셨나 봅니다. 많이 그리우시겠습니다."

사내는 아무런 동요 없이 곧 대꾸했다.

"아니오. 나는 혼자라오."

"아……. 송구합니다, 나리."

"송구하실 것 없소."

그의 말은 빈말처럼 들리지는 않았다. 그의 목소리에 부인에 대한 일말의 회한이라도 있었다면 콩쥐는 그것을 감지했으리라. 그러나 그에게서는 아무런 감정도 느껴지지 않았다.

사내가 콩쥐를 돌아보았다.

"이제 출발할까 하는데, 괜찮으시겠소?"

"예, 나리."

사내가 다시금 말고삐를 손에 쥐었다. 말의 옆구리를 툭툭 치던 그의 눈에 여인이 신은 연둣빛 운혜가 들어온다. 순간 칼날에라도 베인 것처럼 심장이 옥죄었다.

먼 과거에, 그는 이것과 같은 연둣빛 꽃신을 신은 여인을 말에 태웠었다.

밀려드는 기억들. 그러나 그는 빠르게 상념에서 빠져나왔다.

저건 그냥 흔한 신에 지나지 않는다. 꽃신 따위가 무슨 의미가 있단 말인가. 그걸 신고 있는 이가 그녀가 아닌 것을…….

말이 움직이기 시작했다. 여인이 다시 두려워하는 기색을 보이는 까닭에 그는 최대한 말의 속도를 늦추었다.

"혹시 이곳에 연고가 있어 내려오신 것입니까?"

사내는 잠시 대답을 생각하는 듯했다.

"장수나 완주에는 연고가 없소. 부인이 전주 사람이었다오."

"아, 그러셨군요. 그래도 나리께서 벼슬을 하시어 전주 근처에 오셨으니, 돌아가신 부인께서도 기뻐하시겠습니다.”

“……음.”

사내가 애매한 소리를 내뱉었다. 그가 불현듯 콩쥐를 응시했다.

이상할 만큼 질문이 많은 여인이었다. 아무것도 모른다는 듯한 얼굴을 하고 있으나, 눈을 굴리는 습관으로 볼 때 호기심 많은 성격임이 분명했다.

긴 세월 누구에게도 곁을 내주지 않았던 그였다. 아무리 순진한 처녀인들 타인에게 제 신상을 알려주는 것이 내키지는 않았다. 그러나 오해는 바로잡는 것이 옳았다. 그의 부인이었던 여인은 멀쩡히 살아 있으니까.

“부인은 세상을 떠나지 않았소. 그저 예조(禮曹)에 혼인 해제를 청하여 허락을 받았을 뿐이오.”

“혼인 해제요? 아…….”

이 순간만큼은 콩쥐도 당황했다.

혼인을 해제한다는 건 이혼을 뜻한다. 콩쥐도 드물게 양반들 사이에 그런 일이 있다는 소문을 듣긴 했다. 그러나 아무렇지 않은 일인 양 이혼을 말하는 그의 태도는 다소 충격적이었다.

“놀라셨나 보오.”

할 말을 잃은 콩쥐를 바라보던 사내가 엷게 웃었다.

“송구합니다. 저 때문에 기분이 상하셨습니까?”

“아니오. 대부분의 사람들이 그런 반응을 보인다오. 익숙하오.”

단지 이혼했음을 드러내는 것만으로도 사람들은 이렇게 당황하곤 했다. 그가 혼인을 해제하며, 부인에게 재산의 절반을 떼어주었다는 사실까지 말해준다면 그녀는 아마 까무러칠지도 모른다. 그의 가족 모두가 그러했던 것처럼.

“기분이 좀 이상하구려.”

“제가 무슨 실수라도 하였습니까?”

“아니오. 그저 처음 보는 낭자 앞에서 개인사를 털어놓는 것이 이상해서요. 나에게는 드문 일이라서 그렇소.”

“나리.”

“예.”

“제 이름은 공심입니다. 성은 최가이고요.”

갑작스러운 통성명이었다.

“아, 다른 뜻은 아니고……. 무얼 하시는 분이고, 어떻게 이곳에 오셨는지 나리께서 말씀해 주셨으니까요. 저도 제 소개 정도는 해야 할 듯하여…….”

사내의 시선이 콩쥐에게로 향했다.

여인의 존재는 자꾸만 이상한 기시감을 불러일으켰다. 아마도 수천수만 번 돌이키고 또 돌이켰던 그날의 기억을 닮아 있었기 때문이리라.

그와 처음 마주쳤던 날의 그녀도 저리 스스럼없이 질문을 던졌었지.

갑자기 그런 생각이 들었다. 이건 어떤 징조가 아닐까. 지난 칠 년간, 오직 하나만을 바라며 살아온 삶. 이제야 뜻을 이루기 위한 첫 발을 내디딘 그에게 하늘이 전달하는 계시 같은 것 말이다.

“하지만 공심이보다는 다른 이름으로 주로 불리어요.”

“어떤 이름입니까?”

“콩쥐라고 다들 부릅니다. 아명(兒名)이지만, 이제 제 이름보다 이게 더 익숙해요.”

사내가 고개를 끄덕였다.

“나도 그렇소. 내 본 이름은 잊은 지 오래라오.”

콩쥐가 그를 빤히 바라보았다. 그제야 사내는 제가 결례를 했음을 깨달았다. 여인이 먼저 이름을 밝혔음에도 제 이름을 알려주지 않았던 것이다.

"성은 김이고, 자(字)는 명우요."

"좋은 뜻을 가진 이름이군요."

"그런 것 같소?"

사내가 문득 되물었다. 애매한 말투였다.

콩쥐는 그가, 여느 여인들이 그렇듯 그녀 역시 문자를 알지 못하리라 여긴다고 생각했다. 하지만 콩쥐는 천자문과 소학(小學)을 익혔고, 맹자와 논어도 어느 정도 알고 있었다.

게다가 그는 문관이 아닌 무관이라 했다. 그에 비하여 제 학식이 크게 부족할 것 같지는 않았다. 물론 그렇다 해서 빼기거나 거만한 티는 내지 않을 것이다. 세상에 저보다 똑똑한 여인을 좋아할 사내란 없는 법이니까.

여인이란, 다소 부족한 듯하여 사내로 하여금 보호하고픈 마음을 불러일으키는 것이 최고였다. 멍청한 천이 늘 제게 안달복달 끌려 다니는 것을 보면 알 수 있지 않은가.

"그럼요. 배움이 많지는 않지만, 문자를 아주 모르지는 않습니다. 밝을 명(明)자에 복 우(禑)자 아닙니까? 한 번에 알았습니다."

"……."

사내는 잠시 말이 없었다.

제 스스로 지은 자호(自號). 그렇지 않아도 관직에 나선 이후, 그가 사용하는 이름에 대한 억측이 난무했다. 콩쥐의 말처럼 뜻이 좋은 흔한 이름이었다면 누구도 그의 자를 두고 수군대지는 않았으리라.

"아닙니까?"

콩쥐가 반문했다.

"아니오."

"그럼 무슨 자를 쓰시는지……."

혼인을 한 양반 사내가 이름이 아닌 자를 쓰는 건 흔한 일이었다. 그는 관(官)의 문서에도 본명 대신 자를 사용하곤 했다. 새 이름을 숨길 이유는 전혀 없었다.

"새길 명(銘)에 허물 우(訧)."

"새길 명에 허물 우요……?"

콩쥐가 눈을 깜빡였다. 사대부가 쓰는 자호라기엔 꽤나 이상한 이름. 저런 불길한 글자를 이름으로 쓴다는 얘기는 들어본 적도 없었다.

그러나 그런 반응에 익숙한 사내는 별다른 감정을 내보이지 않았다. 다시금 그의 눈길이, 등자에 닿지 못하고 말 옆구리에서 흔들리는 여인의 발에 신겨진 꽃신으로 향했다.

연둣빛 운혜를 보고서 세상이 무너진 것처럼 극심한 고통을 느낀 것, 이런 겨울날이 오면 매일 밤잠을 이루지 못하는 것, 사내답지 못하게 홀로 술잔을 기울이다 눈물을 흘리곤 하는 것.

결코 다시 걸을 수 없다던 사내가 이를 악물고 다시 일어난 것, 긴 세월 두문불출하며 오직 하나의 목표를 가지고 무예를 익힌 것. 집안의 기대를 내팽개치고 문관이 아닌 무관이 된 것.

지난 칠 년간의 삶이 쏜살같이 머리를 스쳤다.

고통스러운 삶이었다. 그녀를 따라 죽는 것이 옳다고 생각했으나, 그에게는 분명한 목표가 있었다.

명우(銘訧). 제 죄를 마음에 새긴다는 의미의 자호.

정인을 죽게 한 죄. 그 죄를 평생 마음에 새기고 속죄한다. 그 속죄가 끝나면, 그는 기꺼이 그녀에게로 갈 것이다.

휘잉, 바람이 불었다. 대충 여민 철릭 자락 사이로 냉기가 들어왔다. 바람에 시린 것은 목덜미, 기억에 시린 것은 가슴팍인데 정작 날카로운 통증은 팔 안쪽에서 왔다.

어느 밤, 스스로 바늘을 쥐고 생살을 떠 먹으로 물들인 자리.

상처는 당연하게도 오래전에 아물었지만, 바늘로 살을 꿰뚫던 순간의 아픔은 그녀를 떠올릴 때마다 소름 끼치도록 생생하게 찾아왔다.

'꼭 네가 살아 있는 것 같아, 그렇지?'

붉을 홍(紅).

이제 명우, 즉 죄를 새긴 자라는 이름으로 스스로를 칭하는 사내, 시헌의 팔에 새겨진 홍의 이름 위로 겨울 눈이 내리기 시작했다. 그들이 처음 만났던 그날처럼.

앵곡 초입부터 눈발이 거세졌다. 너붓너붓 흩날리는 눈송이가 콩쥐의 뺨이며 말의 검은 갈기, 사내의 흑립 위로 떨어졌다. 드문드문 민가가 보이는 인적 없는 길. 들리는 것이라고는 다그닥대는 말발굽 소리뿐이다.

'명우'라는, 사대부의 자호라기엔 꽤나 기이한 이름을 가진 사내는 통성명 이후 눈에 띄게 말수가 줄었다. 그는 몸만 여기 있을 뿐, 정신은 다른 세상을 헤매는 사람 같았다.

'이대로 보낼 수는 없어.'

콩쥐의 미간이 좁아졌다.

사내는 젊고 아름다웠으며, 한눈에 보기에도 대단한 부자였다.

물론 콩쥐에게 사내의 부(富)는 중요한 요건은 아니었다. 그녀의 아버지에게도 돈이라면 남부럽지 않게 많았으므로. 그러나 모든 것을 가진 아비는 오직 하나만큼은 콩쥐에게 물려주지 못했다.

양반의 신분.

콩쥐는 그것을 바랐다. 콩쥐에게 필요한 것은 권력과 너른 세상, 두 가지였다.

아무리 최만춘이 날고뛰는 인물이라 해도, 그것은 완주에 한정된 얘기일 뿐이다. 완주를 벗어나는 순간 아비는 평범한 중인, 별것 없는 향리가 되었다. 중인 향리의 딸인 콩쥐의 신분 역시 다르지 않았다.

그러므로 방법은 하나뿐이었다. 양반 사내와 혼인하여 반가의 부인이 되는 것.

그러나 관의 잡일이나 도맡는 초라한 하급 관리의 부인으로 살기를 바라지는 않았다. 천이 제아무리 제게 목을 매단다 해도, 가진 것이라고는 불알 두 쪽밖에 없는 한량의 아내로 평생을 보내는 것은 끔찍한 일이었다.

남녀 간의 사랑? 콩쥐에게 그런 건 우스운 얘기일 뿐이다. 콩쥐가 바라는 것은 최대한 권세가 있고, 최대한 높은 벼슬을 하는 신랑감이었다. 그런 그녀 앞에, '명우'라는 사내가 마치 운명처럼 나타난 것이다.

사내는 혼인을 해제하는 데 예조의 허락을 받았노라 말했다. 혼인에 예조가 개입했다는 것은, 그가 매우 지체 높은 집안의 자손이라는 뜻이었다. 물론 사대부가 중인 여인과 혼인하는 경우는 드물었지만, 신분이 낮은 여인을 재취(再娶)로 들이는 경우는 얼마든지 있었다. 게다가 그는 한성 사람이라고 하지 않았는가. 지방에 부임한 현감들은 보통 삼사 년 지역을 다스린 후에 한성으로 되돌아가곤 했다.

한 마디로 그는 콩쥐가 바라는 모든 것을 갖춘 사람이었다.

"나리."

콩쥐가 가만가만 그를 불러본다. 그러나 사내에게서는 대답이 없었다. 여전히 그는 딴생각에 잠겨 있었다.

'어떡하지.'

저만치 보이는 제집 솟을대문이 가까워질수록 콩쥐의 마음은 조급해졌다.

사내는 흠잡을 데 없이 예를 갖추었지만, 그것은 몸에 밴 습관에 지나지 않았다.

콩쥐는 열일곱, 한창 피어날 시기의 젊고 아름다운 처녀였다. 천이 아니라도 고을 근방에 콩쥐를 흠모하는 남정네가 여럿이었다. 그러나 명우라는 자는 달랐다. 그는 콩쥐에게 사내로서 가질 수 있는 일말의 관심조차 보이지 않았다.

'이대로 헤어진다면, 나리와의 인연은 이걸로 끝이야.'

콩쥐가 잘근 아랫입술을 깨물었다.

'그럴 순 없지.'

그를 놓칠 순 없다. 완주 촌구석에 파묻혀 살아가기엔 제 삶이 너무나 아깝지 않은가. 어떻게든 그와 자신의 인연을 엮어야만 했다.

결심한 듯, 콩쥐가 낮게 심호흡을 했다.

"아악!"

순간, 놀란 말이 히힝! 앞발을 들어 올렸다. 상념에서 깨어난 사내가 급히 고삐를 당겼지만 이미 늦었다.

쾅!

낙마한 콩쥐의 몸이 얼어붙은 겨울 땅 위에 나뒹굴었다.

"아이고, 날씨 참 요상하기도 하지. 안 그렇습니까, 마님? 용을 쓰고 오는 내내 눈이 쏟아지더니, 막상 집에 다 와가니 뚝 그쳐 버리는구먼요. 어쩜 이리 얄궂을까요."

작정한 듯 쏟아지던 눈발이 성기어지더니 순식간에 소강했다. 뿌연 하늘을 올려다보던 꽃분이가 불만스러운 표정으로 툴툴거렸다.

"차라리 방물상에서 눈이 그칠 때까지 기다릴 걸 그랬어요. 마님이랑 팥쥐 아씨랑 눈을 홀딱 맞았으니 이를 어째……."

잰걸음을 놀리던 꽃분이가 홍과 팥쥐의 장옷 위에 묻은 눈을 슬슬 털어냈다.

"집에 도착하자마자 아랫목에 배를 깔고 몸을 지지셔야 해요. 혹시라도 고뿔이 들면 큰일이니까요."

순간, 주절주절 입을 쉬지 않던 꽃분이의 눈살이 좁아졌다.

"으잉? 저 말은 뭐지?"

홍과 팥쥐 역시 꽃분이가 가리키는 곳을 바라보았다. 저만치 앞에 보이는 그들의 집 솟을대문. 그녀들의 눈길을 끈 것은, 대문간 앞을 막 떠나는 커다란 검은 말과 그 위에 올라탄 사내의 모습이었다.

"아버지께서 다시 돌아오셨나?"

"에이, 그럴 리가요. 척 봐도 주인나리보다는 훨씬 젊은 분으로 보이는걸요."

"그, 그런가……."

"주인나리를 찾아온 손님이었나 보지요. 자, 어서들 들어가시어요. 쇤네가 뜨끈한 걸 좀 내가겠습니다."

대문간에 도착한 꽃분이가 큰 소리로 '남원댁!'을 외쳤다. 이내 묵직한 나무문이 열렸다.

"남원댁! 어서 쌍화탕이든 뭐든 간에 뜨뜻한 걸 좀 준비해 주세요. 마님이랑 아씨 고뿔 들면 큰일이니까. 에? 뭐요? 에구머니나! 낙마요? 콩쥐 아씨가? 어찌하다가……."

홍과 팥쥐가 집을 비운 사이 콩쥐에게 사고가 있었던 듯하다. 소식을 전하는 남원댁의 얼굴은 파리하게 질려 있었다.

문간으로 들어서던 홍이 불현듯 고개를 돌려 바깥을 내다보았다.

멀어지는 말과 사내의 뒷모습. 거대한 흑마와, 그에 올라탄 사내의 모습은 순식간에 검은 점이 되어 뿌연 세상 속에 파묻혔다.

별당을 나선 홍이 하늘을 올려다본다. 여전히 하늘은 탁한 회색. 당장에라도 눈이 쏟아져도 이상할 것 같지 않은 날씨였다. 올겨울에는 눈이 잦았다.

"……."

홍이 제 손에 들린 작은 주머니를 만지작거렸다. 청나라에서 들여왔다는 향주머니에서 달콤한 이국의 향기가 났다.

팥쥐는 물론이거니와 꽃분에게까지 향낭을 사주었는데, 아무리 다툼이 있었던들 콩쥐 것만을 빼놓을 수는 없는 노릇이었다. 게다가 낙마하는 사고까지 있었다지 않은가. 홍은 안부도 묻고 향낭도 전할 겸 콩쥐의 방을 방문하려던 참이었다.

최만춘은 홍과 딸의 관계가 친밀하기를 바랐다. 은인과 같은 그의 바람을 들어주기 위해, 홍은 약간의 자존심쯤 굽히기로 마음먹었다.

"콩쥐야."

홍이 나지막이 콩쥐를 불렀다. 안에서 후다닥, 인기척이 들렸다. 이윽고 방문이 살짝 열렸다.

"왜요?"

"콩쥐야. 낙마하였다고 들었는데 몸은 괜찮은 게냐?"

"괜찮습니다."

콩쥐가 싸늘하게 대꾸했다.

콩쥐는 홍의 방문이 그다지 반갑지 않았다. 내내 별당에 처박혀 있던 그녀가 갑작스레 여기저기 들쑤시는 것이 못마땅했다. 열쇠를 받았으니 제가 안주인이라고 생색을 내는 것처럼 느껴졌기 때문이었다.

계모라고 해 봤자 기껏 열 살 차도 나지 않는 여인이었다. 조만간 병문안을 올 것이 틀림없는 현감께서 저 요사한 얼굴에 홀리기라도 했다간 큰일이었다. 무슨 일이 있어도, 저 계집이 안채에 얼씬하지 못하게 할 방도를 생각해야 하는데…….

그때였다. 툭- 홍의 손에 들려 있던 비단 향낭이 바닥으로 떨어졌다. 덜덜 떨리는 손으로, 홍은 섬돌 아래 아무렇게나 나뒹굴고 있는 연둣빛 운혜를 집어 들었다.

"아……."

콩쥐의 표정이 일그러졌다. 낭패였다. 현감 생각에 정신이 팔려, 남의 신을 훔쳐 신고 나온 걸 깜빡한 것이다.

“이 신이 왜 여기 있어?”

콩쥐의 머리가 바삐 돌았다. 무어라고 핑계를 대야 할지 난감했다.

“이 신이…… 왜 여기 있냐고.”

할 말을 찾던 콩쥐가 홍을 바라보았다. 저 계집, 주제에 저렇게 싸늘한 표정도 지을 줄 아나. 괜스레 기분이 나빠졌다.

“제 신이 젖어서 잠시 빌렸어요. 안 그래도 돌려주려던 참…….”

철썩!

홱, 콩쥐의 모가지가 돌아갔다.

콩쥐는 제게 무슨 일이 일어난 건지 깨닫지 못했다. 눈앞에서 번쩍 은빛 섬광이 튀었다.

누군가를 때려본 적은 있을지언정, 태어나서 단 한 번도 손찌검을 당해본 적 없는 콩쥐였다. 그녀가 제가 맞았다는 사실을, 그것도 다름 아닌 아비의 첩실에게 뺨을 맞았다는 사실을 깨닫는 데는 약간의 시간이 걸렸다.

“다, 다, 당신……!”

거칠게 일렁거리던 콩쥐의 눈동자가 당황으로 굳어졌다.

내내 별당에 처박혀 궁상이나 떨고 있는 우울한 계집이라 여겼는데. 그녀는 콩쥐로서는 평생 처음으로 목격하는, 지독하게 독기 어린 눈빛을 하고 있었다.

귀신처럼 허연 얼굴로 별당에 은거하던 여인의 눈가가 저리 붉었던가. 콩쥐는 처음 알았다. 불길이 담긴 듯한 눈을 마주하자니 온몸에 스멀스멀 소름이 끼쳤다. 당장에라도 제 목을 비틀고 숨통을 끊을 것 같은 눈빛. 그녀에게서는 지독한 독취가 났다.

“자, 잘못했어요.”

콩쥐가 저도 모르게 내뱉었다.

연둣빛 운혜를 집어 든 홍이 콩쥐의 방 앞을 떠났다. 시헌의 선물, 꽃신 한 짝은 어떤 까닭인지 물에 젖어 있었다. 나머지 한 짝 역시 그녀의 눈물에 젖어 축축해졌다.

❀

한참 동안 시헌은 쉬지 않고 말을 달렸다. 말은 거침없이 속도를 냈다. 콩쥐라는 여인이 사는 높다란 솟을대문이 멀어지고, 띄엄띄엄 자리한 민가들이 뒤로 휙휙 사라졌다. 어느덧 흑마는 인적이 없는 산길 초입에 이르렀다.

잎사귀가 죄 떨어져 앙상한 나무들로 가득한 산중. 그는 고삐를 당겨 말의 속도를 늦추었다.

"너답지 않구나."

흑마의 갈기를 쓰다듬으며, 시헌이 말의 귓가에 속삭였다.

시헌이 병상에서 회복하여 다시 걷게 된 이래 거의 오 년간 애지중지 아껴온 말. 흑마는 청나라 상인들이 서역에서 데려온 혈통 좋은 명마였다. 지금껏 단 한 번도 사고를 일으킨 적 없는 말이었는데, 다른 이도 아닌 여인을 떨구다니 꽤나 난감한 일이었다.

낙마 이후, 콩쥐라는 여인은 눈물을 흘리며 고통을 호소했다. 시헌에게는 선택의 여지가 없었다. 그는 지척에 위치한 콩쥐의 집까지 그녀를 부축했다.

집안 어른을 만나는 것이 도리였겠으나 주인도, 부인도 모두 출타 중이라 하여 어쩔 수 없이 걸음을 돌려야만 했다.

"어쩔 수 없다. 며칠 안에 다시 한번 병문안을 가는 수밖에."

그의 말을 알아듣기라도 한 듯, 흑마가 히힝 낮게 울었다.

"한데, 참 이상하지. 모든 일들이……."

시헌이 나지막하게 혼잣말을 했다.

비단 꽃신. 기이했던 하루는 그것으로부터 시작되었다.

시헌이 홍에게 선물했던 연둣빛 운혜를 닮은 꽃신. 그가 홍을 사랑하던 그 계절처럼 변덕스럽게 쏟아지던 눈. 처음 마주쳤던 순간의 홍이 그러했듯 유난히 말이 많던 여인. 그리고 결코 잊을 수 없는 기억으로 남았던 낙마까지…….

마치 기억을 복기하는 것 같았던 하루.

"아무 의미 없는 일일 뿐이겠지?"

시헌은 그 자리에 누군가가 존재하는 것처럼 물었다.

"흔해 빠진 꽃신, 당연한 겨울 눈, 그저 호기심이 많은 여인, 운이 나쁜 낙마일 뿐이겠지."

시헌의 입에서 나온 숨결이 뿌옇게 흩어졌다.

칠 년을 이렇게 살았다. 지난 칠 년간 시헌은 단 한 순간도 홍을 잊어본 적이 없었다. 매 순간, 당연한 일상 하나하나에 의미를 부여하면서. 실오라기 하나, 마른 낙엽 한 장, 부는 바람 한 줄기, 무심하게 흘러가는 삶의 모든 찰나마다 홍을 떠올리면서.

"……홍아."

홍. 나의 홍아.

"그립다."

그립다. 그리워, 네가.

여전히 가슴이 미어지고 숨이 턱 막히도록 사무치게 그립다.

❀

"홍……."

대둔산 산길은 요물의 아가리처럼 새까맣다. 짙은 어둠 속에서는 소름 끼치는 악의가 악취처럼 밀려왔다.

"홍아……."

홍의 비명, 애끓는 울음소리. 쾅, 쾅! 제 뼈를 조각내고 몸을 망가뜨리던 끔찍한 고통.

"홍아……. 제발……."

온 세상이 새까맣게 잠겨가던 마지막 순간, 꺼져 가는 정신을 붙들기 위해 애쓰던 시헌의 눈에 비치던 홍의 모습. 그녀의 입에서 쏟아지던 검디검은 피…….

이후 시헌의 모든 기억은 흑암 속에 파묻혔다. 그의 몸은 완전히 망가졌다. 죽음이 그를 뒤덮었다.

긴 시간 사경을 헤매던 시헌이 정신을 차렸을 때, 그는 전주가 아닌 한성 본가에 있었다. 대둔산의 암흑이 그를 휘감았던 날로부터 수십여 일이 지난 후였다.

죽음과의 싸움으로 흘려보낸 긴 시간. 처음 깨어났을 때, 그에게 닥쳐 들었던 현실 하나하나가 너무나 기가 막혀 시헌은 그중 무엇도 받아들일 수 없었다.

가장 큰 고통은, 당연하게도 홍의 죽음이었다.

"그 계집은 목을 매달아 자결했다."

어머니의 목소리는 싸늘하기 짝이 없었다. 그러나 시헌은 그 말을 믿지 않았다. 그것이 가능했다면, 그는 당장 자리를 박차고 일어나 전주까지 내달렸을 것이다. 그러나 그는 전주는커녕 제 방문 밖으로도 나갈 수 없는 처지였다. 시헌의 다리 전체와 둔부, 어깨까지 어디 하나 멀쩡한 곳이 없었기 때문이었다.

시헌이 제 의지대로 몸을 움직일 수 없다는 끔찍한 사실을 깨닫고 받아들이는 데는 적지 않은 시간이 걸렸다. 전국 팔도의 의관은 물론이거니와 청나라에서 데려온 침술사마저 시헌의 상태를 낙관하지 못했다.

대부분의 사람들은 그가 평생 걷지 못할 것이라 생각했다.

홍의 죽음, 망가진 몸뚱이.

그러나 그것이 끝은 아니었다. 단지 이전의 두 상황에 비하여 고통스러운 일은 아니었다는 것이 그나마 위안일까.

정신이 든 며칠 후, 시헌은 예상조차 하지 못했던 이를 제 방에서 마주했던 것이다.

"서방님."

"……."

가까스로 움직일 수 있는 것은 상체뿐이었다. 앉는 것조차 힘겨워 자리에 누운 채, 시헌은 저를 서방님이라 부르는 여인을 바라보았다. 몸뿐 아니라 머리까지 어떻게 된 모양이다. 시헌이 그녀의 이름을 떠올리는 데는 꽤 긴 시간이 필요했다.

설희.

외숙부 강영완과 친분이 있다던, 전주 판관의 여식.

"지금 내게 서방님이라 하시었소?"

"예, 서방님."

이상할 만큼 무미건조한 어투였다. 설희가 말을 이었다.

"서방님께서 사경을 헤매고 계실 때긴 합니다만, 소첩은 분명 서방님과 혼례를 올린 몸입니다. 해서 그리 부를 뿐입니다."

"하지만 그대가 대체 왜……."

설희가 옅게 웃었다. 이전의 또랑또랑함이라고는 없는 체념 어린 미소였다.

"어머님께서는 귀한 아드님께서 총각 귀신이 될까 두려우셨던 모양입니다. 소첩의 아버지께서는 딸을 팔아서라도 중앙 관직을 얻기를 희망하신 것이고요."

"……."

"송구하옵니다만, 서방님. 소첩도 제 의지로 기꺼이 시집오지는 않았나이다."

그제야 시헌은 상황을 이해했다.

혼인을 못한 채로 죽는 것이 엄청나게 흉한 일이라는 믿음이 횡행하던 시절이었다. 그리하여 그가 생사를 넘나드는 사이, 그의 어머니와 설희의 부친 사이에 혼약(婚約)이 맺어진 것이다.

그의 생각 그대로였다. 설희는 부인이라기보단 병자를 수발하는 하녀에 가까웠다. 애당초 그런 용도로 시집 온 여인이었다. 당연하게도 부부로서의 정은 전혀 없었다.

그러나 시헌이 걷기 위해 사투를 벌인 긴 시간 동안, 그들 사이에는 부부애 대신 동료애가 자리 잡았다. 다시금 일어서고야 말겠다는 시헌의 의지는 설희에게 큰 감명을 주었다. 또한 그는 팔려온 처지나 다름없음에도 저를 위해 헌신하는 설희에게 깊은 고마움을 느꼈다.

마침내 시헌이 제 의지로 두 발을 디디고 일어나 걸었던 그날. 그는 설희에게 자유를 주었다. 설희는 시헌이 꿈꾸었으나 결코 이뤄내지 못한 세상, 청으로 가는 배에 올라 조선을 떠났다.

이후 시헌의 삶은 수련의 연속이었다. 그는 검과 활, 말을 벗 삼아 살았다.

오직 하나의 목표를 위하여.

3장. 해후(邂逅)

바스락, 마른 나뭇잎이 부서지는 소리.

완주로 향하는 길목, 흑마에 올라 야트막한 산길을 가로지르던 시헌이 번쩍 고개를 쳐들었다.

"누구냐!"

시헌이 등을 꼿꼿이 세웠다. 그가 허리춤에 차고 있던 장검의 검파(劍把)를 손에 쥐었다. 온몸의 세포 하나하나가 팽팽하게 긴장했다.

"……음."

그러나 앙상한 나뭇가지 사이로 나타난 건 먹이를 찾아 나선 듯한 산토끼 한 마리. 쭈뼛 차올랐던 긴장이 풀어지는 바람에 등줄기가 뜨끈했다.

산길, 수풀이 우거진 길이나 빛이 들지 않는 지역을 지날 때 시헌의 신경은 극도로 날카로워졌다. 어떤 위협이 닥칠지 모른다는 생각에 한시도 긴장을 늦출 수가 없었다. 그것은 대둔산, 홍을 잃게 했던 그 끔찍한 장소가 시헌에게 안겨준 고통스러운 습관이었다.

한참을 달리던 흑마가 마침내 산길을 벗어났다. 그제야 시헌은 주변을 둘러볼 여유를 되찾았다.

며칠 전, 연둣빛 꽃신을 신고 있던 여인을 마주쳤던 날보다 한결 맑은 하늘이었다. 칼바람은 여전히 매서웠지만 눈이 올 기미는 보이지 않았다.

그로서도 어쩔 수 없는 완주행(行)이다. 제 말을 타다 낙상했으니, 사대부의 도리로 병문안을 가지 않을 수도 없는 노릇이었다. 부디 여인이 크게 다치지 않았기를 바라는 수밖에 없었다. 지금은 도저히 다른 일에 신경 쓸 겨를이 없는 상황이기 때문이었다.

"얼마 남지 않았어."

시헌이 낮게 중얼거렸다. 완주까지의 여로 역시 얼마 남지 않았지만, 시헌의 말은 '거리'가 아닌 '시간'을 뜻하고 있었다.

말을 달리던 그가 시선을 돌렸다. 먼 북쪽, 차디찬 겨울 공기에 휩싸여 있는 기암괴석으로 이루어진 산. 다름 아닌 대둔산이다.

준비는 착실하게 진행되고 있었다. 시헌은 머지않아 저곳을 찾을 것이다.

식년시 무과(武科)에 장원으로 급제한 명문가의 인재. 굳이 과거에 급제했다는 사실을 차치하고서라도, 시헌은 원한다면 얼마든 요직을 차지할 수 있었다.

안타깝게도 중전이었던 그의 누이는 산고 끝에 세상을 떠났다. 오래지않아 임금 역시 붕어(崩御)했다.

새 임금은 선왕의 후궁 소생이었다. 어린 나이에 즉위하여 기댈 데 없던 소년 왕은, 선대 중전의 동생인 그를 '외숙부'라 부르며 공경했다. 권력의 중심에서 한참 먼 작은 고을의 현감이 되고 싶다는 시헌의 요청에 왕은 고개를 갸웃했다.

"외숙부. 어찌하여 조정을 떠나 그 먼 곳에 한낱 현감으로 가기를 청하시는 겁니까?"

"신이 반드시 해야 할 소임이 있어 그렇습니다, 전하."

"소임이라니, 그것이 무엇이기에요?"

"대둔산 지역에 산적이 창궐하여, 근방 백성들은 대낮에도 산길을 지나지 못합니다. 근 십년간 약탈과 살생이 끊이지 않았음에도 여전히 산적들은 산속에 은거하고 있습니다."

"선왕마마 시절부터 대둔산 도적들에 대한 상소가 많았다는 것은 과인도 알고 있지요. 해서?"

"신은 대둔산 도적들을 토벌하기를 바랍니다. 뜻을 이룰 수 있도록 해주십시오, 전하."

그의 연인을 죽이고, 그의 삶을 망가뜨린 이들에게 복수하는 것. 그리고 그 찬란하도록 잔혹할 복수를 끝마친 후, 그를 기다릴 홍의 품으로 떠나가는 것.

그것이 시헌을 이날까지 살게 한 유일한 열정이었다.

방 안에서는 콩쥐의 몸단장이 한창이었다. 경대 안에는 분통이며 연지, 온갖 장신구들이 즐비했다. 화장 도구들은 남원댁의 옆구리를 찔러 구해온 것들이었다.

명우라는 사내는 분명한 사대부의 자손이었다. 결코 기생이나 천출처럼 천박한 화장을 해서는 그의 호감을 얻어낼 수 없을 것이다. 보일락 말락 살짝 연지를 묻힌 콩쥐의 손끝이 제 입술을 스쳤다.

순간 밖에서 덜그럭 소리가 났다. 설마 하는 마음에 콩쥐는 살짝 문을 열고 밖을 내다보았다. 그러나 쓱 지나가는 것은 부산한 꽃분이의 치맛자락뿐.

"에이 씨."

콩쥐가 실망스러운 표정을 지었다.

어엿한 반가의 자손이라면 당연히 예의를 지켜야만 했다. 말의 살점을 잡아 뜯는 수고까지 하며 낙마하는 위험을 감수했는데, 사흘이나 지났음에도 사내는 코빼기조차 보이지 않았다.

덕분에 콩쥐는 매일 아침 기생이라도 된 양 거울을 보고 몸단장을 하는 일상을 보내는 중이었다. 아픈 척을 해야 했기에 방문 밖에도 웬만해선 나가지 않았다. 물론 바깥출입을 하지 않는 데는, 별당 모녀의 꼴이 보고 싶지 않은 이유도 포함되어 있었지만.

"뻔뻔한 년들."

콩쥐가 나지막하게 내뱉었다.

쟁취하는 것이 삶이다. 그런 사내가 제 앞에 나타난 것은 분명한 운명의 계시였다. 콩쥐는 반드시 그를 사로잡아 혼인에 이르고 말 것이다.

그리고 원하는 바를 이룬 후에는, 눈엣가시인 저 모녀의 꼴 역시 보지 않아도 되겠지. 그때가 되면 그년들이 무얼 하며 지지고 볶든 알 바 아니었다.

"또 눈……."

콩쥐가 오만상을 찌푸렸다. 옅게 분칠을 한 뺨이 일그러졌다. 지긋지긋하게도 또다시 눈이 내리고 있었다.

"팥쥐야. 몸은 좀 어때?"

"이, 이제 다 나았어요."

팥쥐의 두 칸짜리 조그만 방. 홍과 팥쥐는 군불을 뗀 아랫목에 앉아 도란도란 이야기를 나누고 있었다. 시전에서 돌아오는 길에 눈을 맞은 탓인지 가벼운 고뿔을 앓았던 팥쥐는 오늘에서야 열이 내렸다.

"팥쥐야."

"……예에."

홍에게 깍듯이 존대를 하며 '어머니'라고 부르는 건 팥쥐에게 아직 익숙지 않은 일이었다. 그런 까닭에 요즘 팥쥐는 부쩍 말수가 줄었다.

"너까지 콩쥐와 으르렁대지는 않았으면 좋겠어."

"그 계, 계집애는 도무지 정이 안 간단 말이에요."

"아무리 미워도 언니에게 계집애라니. 나리의 얼굴을 봐서라도 그러면 아니 된다."

"……."

"어차피 콩쥐는 머지않아 시집을 갈 거야. 그때까지만 참으면 돼."

팥쥐가 홍을 빤히 바라보았다. 팥쥐의 꺼먼 얼굴에 속을 알 수 없는 표정이 떠올랐다.

"어찌 그런 눈으로 나를 보니?"

"많이…… 달라졌어요."

"무엇이?"

"예전의……."

팥쥐가 잠시 말을 멈추었다. 단둘이 있는 순간만은, '어머니'라는 낯간지러운 호칭으로 홍을 부르고 싶지 않았다.

"예전의 언니는 이렇지 않았는데. 월야관 시절 말이에요. 세, 세상 두려울 것 하나 없는 사람 같았는데……."

"지금의 나는 달라졌어?"

팥쥐에게 되물어보지만, 답은 홍 자신이 누구보다 잘 알고 있었다. 달라졌다마다. 홍은 없다. 그녀는 다른 사람이 되었다.

"이제 '홍'이 아닌 '단' 같아요. 아버지께서 부르시는 이름처럼……. 지, 지체 높은 부인 같아요. 행동하는 것도, 말하는 것도……."

홍은 팥쥐의 얼굴을 가만히 바라본다. 칭찬인지, 비난인지 뜻을 가늠하려는 듯이.

"팔쥐야. 있잖아……."

생각에 잠겨 있던 홍이 입을 열었다.

"세월은 사람을 변하게 해. 닳게 하고, 지치게 하고, 포기하게 하고……."

그리고 단 한 번도 해 본 적 없는 이야기를 꺼내었다.

"가진 것 없이 비천했지만, 나는 그때가 그립다."

"그리워요?"

팔쥐가 무심코 되물었다. 끄덕, 홍의 고개가 움직였다.

"나, 나는 하나도, 정말로 다, 단 하나도 안 그리운데……."

팔쥐의 말에 홍이 옅게 웃었다. 그때였다.

"마님, 여기 계십니까? 곳간 열쇠가 필요해서요."

문밖에서 들리는 남원댁의 목소리.

"알았네. 기다리시게."

홍이 자리에서 일어섰다.

참으로 속을 알 수 없는 하늘이다. 남원댁과 곳간에 들어설 때만 해도 한두 개 눈발이 흩날리는 정도였는데, 얼마 되지도 않는 사이 눈은 앞이 보이지 않을 만큼 펑펑 쏟아지고 있었다.

지난 칠 년의 시간 동안, 이토록 모질게 쏟아지는 눈은 손에 꼽을 정도로 드물었다. 그러나 무슨 조화인지 모르겠다. 이번 겨울에만 벌써 몇 번째 폭설인지.

얼마나 더 슬프라고. 얼마나 더 그리우라고…….

장승처럼 우두커니 서 있던 홍의 머리며 어깨에 흰 눈이 쌓여갔다.

그때였다. 멀찌감치 대문간에서 들려오는 소리가 홍을 일깨웠다.

"……이리 오너라."

사내의 목소리.

휘잉, 불어닥치는 모진 바람 탓에 기척을 알리는 소리는 뭉개져 선명치 않았다. 알 수 있는 것은 방문객이 제집을 찾아왔다는 사실뿐이었다.

몸종도 아닌 아녀자가 대문간 문을 여는 것은 경우 없는 일이라 두리번대며 노복을 찾아보았지만, 눈보라 탓에 행랑채에 숨었는지 아무도 보이지 않았다.

종종걸음으로 대문간으로 다가간 홍이 질러져 있던 빗장을 풀었다. 이윽고 끼익- 하는 소리와 함께 대문이 열렸다.

마침 쏟아지는 눈송이가 홍의 눈에 들어갔다. 눈알이 얼기라도 할 듯 차디찼다. 시야가 흐려졌다. 홍은 눈을 깜빡였다.

검은 옷 일색의 사내.

"……."

그렇게, 그들의 시선이 마주쳤다.

시간이 멈추었다. 들려오던 소리도, 공기의 흐름도, 소슬한 냉기와 쏟아지는 눈의 차가운 감촉도 더 이상 존재하지 않았다. 세상이 고요히 정지했다.

한 김 내뱉는 숨결, 사락사락 머리 위에 쌓여가는 눈, 언 바람. 백야(白夜)처럼 희디흰 적막에 주변이 숨을 죽였다. 새하얀 심연이 모든 것을 집어삼켰다.

살아 있는 것은 오직 그들의 눈동자뿐이었다.

열린 대문 안에 서 있는 여인.

시헌은 그녀를 바라보고 있었다. 그를 마주 보던 여인의 눈에 파문이 일었다. 마치 먹물 한 방울을 똑 떨어뜨린 것처럼 여인의 눈동자가 순식간에 새카매졌다.

"……."

시헌은 얼어붙은 채 말이 없었다. 지난 칠 년간 단 한 순간도 잊어본 적 없는 기억 속 얼굴이 눈앞의 모습과 교차했다.

그녀는 해사한 소녀가 아닌 원숙한 여인의 얼굴을 하고 있었다.

홍은 야생에서 튀어나온 것처럼 생생하게 반짝이는 눈빛을 가졌었다. 그러나 눈앞의 여인은 침묵하며 세월을 보낸 사람 특유의 조용한 분위기를 지니고 있었다. 홍은 어디서나 단번에 눈에 띌 만큼 화려했지만 여인의 인상은 어둡고 우울했다. 홍은 제 욕망을 드러내는 것을 망설인 적 없는 거침없는 여인이었으나 그녀는 지극히 고요하고 비밀스러운 사람처럼 보였다.

시헌은 세상 가장 천한 밑바닥에서 찬란하게 빛나던 홍을 기억한다. 그러나 여인은 태생부터 고귀한 사람처럼 정교하게 다듬어진 우아함을 가지고 있었다.

여인은 그의 기억보다 더 아름다웠고, 그가 매일 꿈속에서 마주치던 것보다 더 검은 눈동자를 가졌다.

"……."

홍은 그를 바라보고 있었다.

칠 년. 최만춘의 집 뒤편, 고즈넉한 별당에서 살아온 세월이 너무 길었던 걸까.

외간 남정네는커녕 집 안의 노복과도 거의 마주치는 일 없이 살아온 삶이었다. 젊은 사내를 보는 것이 워낙 오랜만이라 기억이 혼동을 일으킨 걸지도 모른다.

시헌은 청아한 눈매를 가진 사람이었다. 그러나 문간에 서 있는 사내는 맹수처럼 날이 선 강인한 눈빛을 지녔다. 시헌은 날렵하고 호리호리했으나 사내의 몸은 슬쩍 보아도 알아챌 수 있을 만큼 빈틈없이 단련되어 있었다.

시헌은 기쁨, 슬픔, 분노 무엇이든 쉽게 드러내는 사람이었지만 눈앞에 있는 사내는 어떤 감정도 내비치지 않는 완벽한 무표정이었다. 시헌은 절제라는 것을 모르는 이였으나 사내의 태도에는 인내와 극기가 고스란히 배어 있었다.

그 어떤 말도 소리가 되어 나오지 않았다. 거대한 돌덩이로 목구멍을 틀어막은 듯했다. 사내도, 여인도 그저 서로를 바라볼 뿐이었다.

문턱 위에 흰 눈이 쌓여간다.

"마님!"

행랑채에서 들려오는 목소리.

활짝 열린 대문간에 얼어붙어 있던 시간이 흘러가기 시작했다.

휘파람처럼 스산한 바람 소리가 귓전을 때렸다. 펑펑 쏟아지는 흰 눈이 머리며 어깨 위에 소록소록 쌓이는 소리가 들려왔다. 뺨을 치는 눈송이는 오싹 소름이 끼칠 만큼 차디찼다. 콧속을 얼어붙게 만드는 알싸한 물비린내, 진동하는 청량한 눈 냄새가 후각을 일깨웠다.

"마님! 어찌 눈을 그리 맞고 계십니까요?"

신을 꿰어 신은 채 종종걸음으로 다가온 남원댁이 우뚝 멈춰 섰다.

"손님이 오셨구먼요. 아……!"

남원댁이 외마디 소리를 냈다. 며칠 전부터 콩쥐가 신신당부하던 이야기가 떠올랐기 때문이었다.

"나리, 콩쥐 아씨를 찾아오신 게지요? 김씨 성에 명자, 우자 함자를 쓰신다는 나리 아니십니까?"

시헌은 잠시 말을 잇지 못했다. 여전히 입술을 꿰매 붙이기라도 한 것처럼 말문이 트이지 않았다.

"……그렇소. 내가 김명우요."

"예. 나리께서 오실 것이라 미리 말씀을 들었습니다. 이리 오십시오. 콩쥐 아씨께로 안내해 드리겠습니다."

남원댁이 시헌에게 손짓을 했다.

콩쥐가 남원댁에게 한 부탁은, 사내를 모셔오라는 것 하나만은 아니었다. 현감이 별당 여인을 마주치는 일이 없도록 해달라 당부를 받았던 것이다. 아버지에게 말이 들어가는 것을 원치 않는다는 이유였다. 한데 일이 이렇게 되었으니, 대충 둘러대어 자리를 피하게 하는 것이 상책이었다.

"마님, 이 나리님의 말을 타다 아씨께서 낙마하셨다는구먼요. 해서 병문안을 오신 모양입니다."

남원댁이 두런거리는 사이, 꽃분이가 눈보라를 뚫고 달려왔다. 장옷조차 걸치지 않은 채 눈을 맞고 있는 홍을 본 꽃분이가 비명에 가까운 소리를 내질렀다.

"마님! 에구머니나, 이 눈 쌓인 것 좀 봐! 이러고 계시다 마님께서 고뿔에라도 걸렸다간 저나 남원댁 같은 몸종들이 주인나리께 혼이 납니다! 어서 들어가세요! 어서요!"

남원댁은 시헌을, 꽃분이는 홍을 재촉했다. 홍이 꽃분이에게 떠밀려 별당으로 걸음을 옮기는 사이 시헌은 문지방을 넘어 대문 안에 들어섰다.

쏟아지는 눈 속에서 짧게 맞닿은 시선이 서로를 스쳤다. 시헌은 안채로, 홍은 사랑채 뒤 별당으로 나뉘어 멀어졌다.

"마님!"

홍의 몸이 잠시 휘청했다. 당황한 꽃분이가 홍의 몸을 지탱했다.

"이럴 줄 알았습니다. 어이구, 입술까지 퍼렇지 않습니까. 어서 들어가세요. 이러다 크게 앓으십니다."

"......"

홍은 대답 대신 다시금 몸을 곧추세웠다. 오한이 드는 것은 몸이 아닌 마음이었다. 칼날에 생살을 베인 것처럼 심장이 스산하게 쓰라렸다.

사내의 이름은 명우라고 했다. 어딘가의 현감이라고, 공쥐가 그의 말을 타다 낙마했기에 병문안을 온 길이라고.

갑자기 머릿속이 새카매졌다. 과거의 기억과 지금 이 순간이 뒤엉켜 엉망이 되었다. 미쳐 버린 것 같은 기분이었다.

시헌을 너무나 그리워한 탓에, 또다시 폭설이 쏟아진 탓에, 명우라는 사내가 하필 시헌과 비슷한 생김새를 한 탓에 그를 보자마자 넋이 나가 버린 게 아닌지 의심스러웠다. 아무것도 믿을 수가 없었다.

"마님, 정녕 괜찮으신 겁니까?"

"잠시 누워야겠다."

"예, 마님. 자리를 봐드릴게요. 잠시만 계십시오. 뜨뜻한 차를 내올 테니 꼼짝 말고 누워 계세요."

급히 이부자리를 정돈한 꽃분이 연신 혀를 차며 방을 떠났다. 서서히 닫히는 방문 사이, 여전히 하얗게 물든 세상이 보였다.

내가 대체 뭘 본 거지.

내가 대체 누구를 본 거지…….

탁, 문이 닫히는 소리. 푸른 어둑발이 내린다. 홍은 가만히 눈을 감았다.

"방문하실 거란 생각은 했습니다만, 이렇게 궂은 날에 여기까지 오실 줄은 몰랐습니다."

안채에 작은 다과상이 들어왔다. 처녀와 외간 사내가 한 자리에 있는 것은 남부끄럽게 여겨지는 일이었다. 보통의 경우라면 계집종이 근방에 머무르기 마련이었으나, 남원댁은 다과상을 들인 이후 조용히 물러갔다.

"한데, 나리."

콩쥐가 조심스레 시헌의 얼굴을 살폈다.

"어디가 편찮으시거나, 불편하십니까?"

"아니오. 괜찮소."

"안색이 그때보다 훨씬 창백하십니다. 추운 날씨에 저를 보러 오셨다가 편찮으시기라도 하면…… 소녀의 마음이 아플 것 같아서 그렇습니다."

수줍은 표정으로 시선을 내리던 콩쥐가 힐끔, 시헌을 바라보았다. 정말로 어디가 아픈 건지, 혹은 무슨 일이 있는 것인지 그는 계속 넋이 나간 사람처럼 굴고 있었다.

시헌에게 어여쁘게 보이겠다는 일념으로 지난 사흘간 매일 아침 분이며 연지를 찍어 바르는 수고를 했던 콩쥐였다. 그러나 같은 자리에 있으면서도 그는 그녀에게 눈길조차 주지 않았다. 이래서는 곤란하다. 제 몸이 나은 것을 확인하면 당장에라도 떠나 버릴 모양새이지 않은가.

"나리."

콩쥐의 손이 시헌의 손등을 살짝 건드렸다. 내내 찻잔을 붙잡고 있었던 덕에 따뜻하게 데워진 살갗의 감촉. 그제야 정신이 든 시헌이 고개를 들었다.

"미안하오. 잠시 생각할 것이 있어……."

"나랏일을 하시는 분이니 오죽 고민이 많으시겠습니까. 괜찮습니다, 나리."

"해서……. 다친 곳은 괜찮소?"

"말에서 떨어졌는데 어찌 며칠 만에 낫겠습니까. 차차 괜찮아지고 있습니다."

콩쥐의 말이 거짓은 아니었다. 의도적인 낙마이긴 했으나, 어쨌든 높은 데서 내동댕이쳐진 것이었으므로 아직 몸 곳곳이 쑤시고 아팠다. 이만하기에 다행이었지, 어쩌면 머리통이 깨질 수도 있었다.

그런 위험을 감수하면서까지 만든 자리였다. 그러니 무슨 수를 써서라도 그를 유혹해야만 했다.

"앞서 말했듯, 의원이든 약이든 치료에 필요한 것이 있다면 망설이지 말고 불러 쓰시오. 내 그 값을 기꺼이 지불할 것이오."

"낙마한 것이 어찌 나리의 탓이겠습니까. 제가 말 타는 데 미숙하여 벌어진 일입니다. 집안과 교분이 있는 의원이 계시니 마음 쓰지 않으셔도 됩니다."

"당연한 도리를 하려는 것뿐이오. 낫는 것이 우선이니 몸조리를 하시오."

"한데, 나리."

콩쥐가 고개를 갸웃하여 시헌과 시선을 맞추었다.

깜빡, 깜빡 움직이는 눈꺼풀. 내내 사내와 한 자리에 있는 것이 부끄러운 듯 눈을 내리깔던 콩쥐였으나 이번에는 대담하게 시헌을 마주 보았다.

"제가 낫게 되면, 나리께서 문병을 오실 일도 없을 테지요? 그럼 이제 영영 나리를 뵈올 수 없는 것입니까?"

"완주에서 장수가 멀지 않고 왕래가 잦으니, 연이 닿으면 또 보게 되겠지요."

"인연이 닿으면……."

시헌의 말을 되뇌던 그녀가 되물었다.

"나리께서 말씀하신 인연이라는 거, 이 정도면 이미 닿은 것 아니겠습니까?"

시헌이 콩쥐를 바라본다. 아마도 콩쥐는, 그와 사랑을 나누던 시절의 홍과 비슷한 또래일 것이다.

콩쥐는 나름대로 꽤 아름다운 처녀였다. 해사한 얼굴, 단아한 자태, 부유한 집안에서 사랑받으며 곱게 자란 여인 특유의 순진하고 스스럼없는 태도. 조신한 아씨처럼 행동하고 있었으나, 호기심 많고 대담한 성격은 불쑥불쑥 튀어나오고 있었다.

완전한 대척점. 홍과 모든 것이 정반대인 여인.

"낭자. 궁금한 것이 있소."

"예, 나리."

"들어오는 길에 젊은 여인과 마주쳤소. 누구인지……."

보일락 말락, 콩쥐의 얼굴이 살짝 구겨졌다.

"계모예요."

"계모?"

"예. 아버지의 첩인데……. 계모나 다름없습니다."

콩쥐가 시헌의 눈치를 살폈다. 혹시나 그 반반한 얼굴에 눈길이라도 준 것이 아닌가, 그리하여 제게 관심을 보이지 않는 건가 싶어 초조했다.

"사실……. 계모와 그 딸의 성정이 워낙에 드센지라, 본처 소생인 저는 이 집에 있는 것이 늘 가시방석이랍니다."

"……딸이요?"

"예. 시집올 때 이전 혼인에서 낳은 딸을 데려왔지요. 아버지께서 계모의 못된 성격을 아셔야 할 텐데, 여인이 보통내기가 아닌지라……."

콩쥐가 살며시 고개를 떨어뜨렸다. 스스로에게 심취하다 보니 절로 눈가에 눈물이 고였다. 시헌의 위로를 바랐건만, 그는 한참이나 말이 없었다.

고개를 숙이고 있던 콩쥐의 시선이 시헌의 무릎에 얹힌 손으로 향했다. 고뿔에라도 든 모양이다. 오한이 나는 겐지, 그의 손이 떨리고 있었다.

"낭자."

"예, 나리."

콩쥐가 기대를 담은 눈을 한 채 고개를 들어 올렸다. 그러나 되돌아온 것은 평범한 작별 인사였다.

"이만 가보겠소. 몸조리를 하시오."

"마님, 그럼 저는 정말 물러가겠습니다! 탕약을 달이려면 두어 시진은 자리를 지키고 있어야 하니까요. 꼼짝 마시고 가만히 누워 계셔야 해요!"

신신당부를 몇 차례나 한 끝에, 마침내 꽃분이가 별당을 떠났다. 뜨거운 차를 내온다, 이마를 짚어본다, 아궁이에 땔감을 넣는다 한참 분주하던 꽃분이가 사라지자 비로소 고요가 찾아왔다.

"……선비님일 리가."

없잖아.

어둠이 내린 방 안에 누워 있던 홍이 낮게 중얼거렸다.

그저 닮은 사람에 지나지 않을 것이다. 당연하지 않은가? 시헌은 죽었으니까. 제가 큰 결례를 범한 것인지도 모른다는 생각이 들었다.

최만춘은 그녀를 후처로 맞이하려 하고 있었다. 그의 부인이 되면 콩쥐는 제 의붓딸이 되는 것이다. 그런 처지에 딸을 찾아온 젊은 사내를 오래도록 뚫어져라 바라보았으니, 자칫하다간 이상한 소문에 휩싸이기 딱 좋은 일이었다.

"하아……."

홍이 낮은 숨을 내쉬었다. 속이 갑갑했다. 생각이 많기 때문이기도 했고, 여전히 사내의 잔상이 어른거리기 때문이기도 했다. 구들장에 불을 너무 땠는지, 후끈대는 열기 탓에 땀이 날 지경이었다.

달칵. 홍은 방문을 열었다. 차가운 공기가 쏟아져 들어오고 후드득 눈발이 튀었다.

"……."

새하얀 세상.

밖을 내다보던 홍의 시선이 멈추었다. 휘몰아치는 눈 탓에 시야가 흐렸다. 거센 눈발 사이, 거뭇한 사내의 그림자가 우두커니 서 있었다.

"함부로 여기까지 찾아오는 것이 큰 결례인 줄 아오나, 여쭐 것이 있어……."

홍이 자리에서 벌떡 일어섰다.

목소리. '그'의 목소리…….

무엇에 홀린 사람처럼, 홍은 벌떡 일어나 툇마루 밖으로 나섰다. 발에 걸리는 대로 급히 신을 신은 그녀가 타다닥 뜰에 내려섰다.

머리가 어지러웠다. 숨이 턱 막혔다. 눈앞에 보이는 것이 무엇인지 분간이 되지 않았다.

그는 죽었다. 이미 죽었어. 시헌은 이 세상 사람이 아니야…….

손만 뻗으면 서로에게 닿을 거리. 다시 한번 그들의 눈이 마주쳤다.

"……."

시헌도, 홍도 단 한 마디도 내뱉지 못했다.

홍은 죽었다. 자진하여 목을 매달았다고, 성치 않은 몸을 이끌고 전주를 찾아 월야관에서 그 사실을 확인한 끝에 대성통곡을 하지 않았나. 그녀는 이 세상 사람이 아니다. 그 끔찍한 밤이 그녀를 앗아갔다…….

"그대는……."

시헌의 입술이 가까스로 떨어졌다.

"대체 누구요?"

털썩, 그의 무릎이 꺾였다. 바닥에 주저앉은 시헌의 눈에서 후두둑 눈물이 쏟아지기 시작했다.

"그대는 대체……."

다시 한번 내뱉은 순간, 휘잉, 불어온 바람이 그녀의 짙푸른 치마폭을 건드렸다. 바닥에 고개를 처박은 채 흐느끼던 사내의 눈에 여인의 두 발이 들어왔다.

새하얀 눈밭 위, 눈이 시리도록 푸릇한 연둣빛 비단 꽃신 한 켤레. 그 운혜의 앞코에 아로새겨진 홍색 구름무늬가 그의 마음을 관통했다.

"홍아."
그가 홍을 부른다.
바닥에 허물어진 사내가 내뱉는, 잊혀진 제 이름. 마치 처음 말문이 트여 오직 그 말밖에 모르는 사람처럼 그는 더듬더듬 홍의 이름을 불렀다. 그의 손길이 그녀의 발목을 스쳤다. 허상을 쥐는 것처럼 덜덜 떠는 손으로 그는 운혜를 쓰다듬었다.
"홍……."
연둣빛 비단 꽃신.
그토록 사랑했다면서, 그녀를 위해 모든 것을 내던졌다면서 선물이랍시고 건넨 것은 고작 비단신 한 켤레가 전부였다.
"……."
홍은 옴짝달싹하지 못했다. 온몸이 마비된 것처럼 감각이 기이했다. 그녀는 숨을 쉬는 것조차 잊었다.
꿈을 꾸는 건가. 쏟아지는 눈보라와 제 앞에 무릎 꿇은 그의 목소리, 손길, 대문간에서 마주쳤던 얼굴……. 모든 것이 하나가 되어 소용돌이쳤다.
"홍."
그가 몸을 일으켜 세웠다. 그렇게, 그들은 마침내 둘만의 공간에서 서로를 마주 보았다.
홍의 귓전에 그가 내뱉은 제 이름이 송곳처럼 박혔다. 그가 그녀에게로 아프게 밀려왔다.
시헌. 시헌이 홍의 앞에 서 있었다.
꿈, 환상, 혹은 길고도 간절한 바람이 만들어낸 허상일까.
"선비님."
마침내 홍이 입을 열었다. 그리고 다시 한번 그를 불렀다.
"선비님……."

"홍아."

살아 있었구나, 죽지 않았구나.

대체 무슨 까닭으로 너와 내가 이토록 긴 시간을 돌아와야 했는지, 무엇이 우리를 칠 년이라는 시간 동안 어긋나게 만들었는지. 우리에게 무슨 일이 일어난 것이기에 너는 '별당마님'이라는 이름으로, 그리고 나는 무관의 옷을 입은 채 살아가고 있는지.

머릿속에 떠오르는 질문은 수십, 수백 가지였으나, 입 밖으로 나오는 것은 오직 서로를 부르는 이름뿐이었다.

그들은 차마 손마저도 내밀지 못했다. 손끝이 닿는 순간 펑 하고 연기처럼 사라질까 봐, 무수히 꾸었던 시린 겨울날의 꿈이 되어 다시 볼 수 없게 될까 봐서. 눈을 깜빡일 수도 없었다. 이대로 영영 사라질까 두려웠다.

순간 홍이 손을 내밀었다. 흰 손끝은 덜덜 떨리고 있었다. 그녀의 손이 시헌의 가슴팍 위에 닿았다.

단단한 사내의 몸.

시헌의 몸.

"아……."

일말의 의심마저 완전히 사라졌다. 믿기지 않았으나, 믿을 수밖에 없었다. 몸이 닿음과 동시에 시헌의 팔이 홍을 휘감았다. 아프도록 강하게 몸통을 조이는 손길. 홍은 참고 참았던 긴 숨을 내뱉었다.

꿈같고, 환상 같고, 허상 같았던 일들이 해일처럼 밀려들어 와 현실이 되었다. 눈송이가 쏟아지고 그가 쏟아졌다. 눈이 휘몰아치고, 그가 휘몰아쳤다. 사방으로 소복소복 쌓여가는 흰 눈처럼 그가 새하얗게 쌓여갔다.

"미안하다. 미안해……."

이토록 생생하게 살아 있었는데 찾지 못해서. 죽었다는 말, 목을 매달았다는 말, 시신조차 내버려 찾을 수 없다는 말, 그게 천한 창기의 당연한 종말이라는 말……. 그 말을 믿은 것이. 그토록 쉽게 의심 없이 죽음을 받아들인 것이.

무슨 이유로 그들의 운명이 이리 어그러졌든 그것만을 탓할 수는 없었다. 근본적인 책임은 시헌 자신에게 있었으므로.

홍을 죽음에 이르게 한 죄. 그녀가 살아 있다 하여 그 죄가 씻기지는 않는다.

체념마저도 죄였다. 홍은 살아 있었다. 이토록 아름답게 살아 있었다. 죽은 이라 체념하여 찾으려 노력하지 않았다는 사실 역시 크나큰 죄였다.

"내가 잘못했어……. 홍아, 내가 잘못했다. 잘못했어……."

"아니요. 아닙니다……."

홍이 고개를 세차게 흔들었다. 고작 한 마디 내뱉는데도 입술이 달달 떨렸다.

묻고 싶은 말이 어찌 없겠는가. 칠 년이라는 시간은 길고 가혹했다.

채 피어나기도 전에 시헌을 만나 독하게 사랑했으나 오직 두 계절 만에 그를 잃고 세상을 놓았다. 개화(開花)는 짧디짧았다. 홍은 빈껍데기가 되어 쓸쓸히 낙화했다. 슬픔, 분노, 미련, 후회, 체념, 망각……. 긴 세월은 홍을 부수고 망가뜨려 다른 사람으로 만들었다.

그러나 이제 아무 상관 없었다. 망가졌으면 어떠한가. 찢기고 상처 입었으면 또 어떠한가. 시헌을 다시 만났으니 되었다.

홍은 간절하게 손을 뻗어 시헌의 몸을 붙잡았다. 등과 팔을 애타게 쓰다듬으며 매만졌다. 손에 잡힌다는 것을, 분명히 만져진다는 것을 끝없이 확인하고 또 확인했다. 쏟아지는 눈과 뒤엉켜 그와 함께 차디차게 굳어간다 해도 아무런 상관 없을 것만 같았다.

"홍아."

"선비님."

결코 서로에게서 떨어지지 않는, 맞닿은 눈길 사이로 쏟아지는 눈. 지난 칠 년간 홍과 시헌을 그토록 고통스럽게 했던 흰 눈. 그들은 누가 먼저랄 것도 없이 눈보라를 뚫고 서로에게 향했다.

뜨거운 숨결이 언 공기를 녹였다. 손을 내밀어 서로를 끌어안고, 입술이 막 겹쳐지려던 순간이었다.

타닥타닥, 조심스러운 발소리와 함께 길이 미끄럽다며 툴툴대는 꽃분이의 목소리가 들렸다. 삽시간에 경직된 홍과 시헌이 서로에게서 한 발짝 뒤로 물러났다. 동시에 무명천을 손에 든 꽃분이가 별당 뜰에 모습을 드러냈다.

"어, 나리께서 어찌……."

꽃분이의 걸음이 멈추었다.

머리에 묻은 눈을 떨어내는 별당마님과, 공쥐를 찾아왔던 장수 원님이라던 사내. 마님이야 그렇다 쳐도, 어찌 안채에 들었던 사내가 별당까지 와 있는지 알 수 없는 노릇이었다.

꽃분이의 표정에서 당황한 기색을 읽은 시헌이 입을 열었다.

"대문으로 나가려던 차에 길을 잘못 들었네. 내 목소리를 듣고 나오신 마님께서 방향을 일러주시던 참이네."

"아, 그, 그러시군요! 아이구, 이를 어째……. 눈이 하도 쏟아지는 바람에 저희들이 오늘 정신이 좀 없어서."

시헌과 눈이 마주친 꽃분이의 뺨이 불그레하게 달아올랐다. 대문간에서 마주쳤을 때는 별당마님에게 신경 쓰느라 미처 사내의 모습을 살피지 못했다. 남원댁이 그런 미남자는 태어나 처음 본다며 입이 마르게 칭찬을 하더니만, 과연 그대로였다.

"미안하오만, 대문까지 나를 안내해 주겠는가? 눈보라 탓에 방향을 잃은 듯하니."

"예! 그럼요. 안내해 드리고말고요. 저를 따라오십시오. 그리고, 마님."

꽃분이가 급히 홍에게 다가섰다. 예닐곱 살 먹은 어린아이도 아니고, 어엿한 마님께서 어찌 이리 말을 아니 들으시는지 모를 일이었다.

"어서 방으로 들어가십시오. 그러다 크게 앓으신다니까요! 아까도 말씀드렸잖습니까. 마님께서 고뿔에라도 걸리셨다간 주인나리께 제가 불호령을 들어요."

꽃분이 홍의 등을 떠밀었다.

"나리님을 배웅해 드리고 곧 돌아오겠습니다, 마님."

"……그래."

홍이 가까스로 답을 건넸다.

"그럼, 이만."

시헌이 홍을 향해 묵례했다.

"살펴 가십시오."

홍이 나지막하게 인사를 받았다. 꽃분이 시헌을 사랑 쪽으로 안내했다. 걸음을 떼던 시헌이 뒤를 돌아보았다.

홍. 그를 바라보고 있는 홍. 칠 년 만의 재회라기엔 너무나도 짧았던 시간이었다.

문득 사무치게 두려웠다. 이대로 되돌아가 이 집을 떠나면, 마치 누군가 꾸었다는 봄날의 일장춘몽(一場春夢)처럼 모든 것이 펑 하고 사라질까 봐서.

"돌아올게."

홍을 바라보던 시헌이 낮게 중얼거렸다. 이미 그들 사이의 거리가 멀어져 들리지는 않았을 것이다. 그러나 홍은 그가 하는 말을 단번에 알아들었다.

"예, 선비님."

홍이 힘겹게 고개를 끄덕였다. 이내 시헌의 모습이 별당을 떠나 사라졌다.

돌아올게.

시헌의 말. 그 말이 있었기에 버틸 수 있었다. 그마저 없었다면 당장에라도 뛰어나가 눈밭을 가로질러 그를 끌어안고 말았을 게다. 누가 보든 말든 그런 것 따위 개의치 않았을 것이다. 모든 것을 버리고 그를 뒤따라갔으리라. 그리고 영영 뒤돌아보지 않았을 것이다.

시헌이 제 앞에 있었던 내내 야속하도록 쏟아져 시야를 가리던 눈발이 드문드문 성기어졌다.

응달에 해가 들었다. 별당 뜰에 자리한 키 작은 매화나무 위로 맑은 햇살이 내리쬐었다. 잎이 모두 떨어져 앙상하게 굽어 있는 나뭇가지 사이사이 따사로운 황금빛 물이 들었다.

"아아……."

그제야 맥이 풀리고 숨이 북받쳤다. 예고 없이 눈물이 와르르 쏟아졌다. 홍은 저도 모르게 치마폭을 꽉 움켜쥐었다.

시헌이 돌아왔다. 홍에게로, 그녀의 삶으로.

"여러모로 송구하구먼요, 나리."

눈을 뽀득뽀득 밟으며 대문까지 가는 길. 시헌의 얼굴을 힐끔거리던 꽃분이가 입을 열었다.

"무엇이 말인가?"

"콩쥐 아씨를 보고 나오실 때부터 모셨어야 하는데, 나리 홀로 집 안을 헤매시게 한 것 말입니다. 주인나리께서 아니 계실 때는 몸종들이 농땡이를 피울 때가 많아서……. 눈이 이렇게 펑펑 쏟아지니 나리께서 길을 잃으신 것도 무리는 아닙니다."

"음."

시헌이 낮은 소리를 내뱉었다.

'주인나리.'

이 집에 방문한 이후 몇 번이나 들었던 이름. 홍과 재회하였다는 감격 탓에 미처 마음 쓸 겨를이 없었던 사실이 그제야 밀어닥쳤다.

"계모예요."

"아버지의 첩인데……. 이제 계모나 다름없습니다."

콩쥐의 아비이자 이 집안의 가주(家主)인 누군가의 첩, 혹은 재취. 그것이 '별당마님'이라는 이름으로 불리는 홍의 신분이었다.

'주인마님'이라는, '별당마님'과 짝을 이루는 것이 분명한 이름은 시헌의 귀에 몹시 거슬렸다. 그러나 주인이라 불리는 그 덕분에 홍이 목숨을 부지했을 것이라는 짐작 역시 어렵지 않았다.

도망 기생, 미천한 창기. 다른 누군가에게 삶을 의탁하지 않았다면, 그녀는 결코 살아남을 수 없었으리라.

그러나 그보다 더 마음에 걸리는 것은 콩쥐가 무심코 내뱉었던 말이었다.

"시집올 때 이전 혼인에서 낳은 딸을 데려왔지요. 계모와 그 딸의 성정이 워낙에 드센지라, 본처 소생인 저는 이 집에 있는 것이 늘 가시방석이랍니다."

시헌이 어지러운 생각들을 털어내려 고개를 저었다. 마음이 벅찬 것만큼이나 머리가 복잡했다.

칠 년이라는 긴 세월이 그와 홍 사이에 가로놓여 있었다. 시헌이 과거의 흔적을 찾을 수 없는 사람이 되었듯, 홍의 삶에도 무수한 질곡들이 있었을 것이다. 그녀를 탓할 마음은 추호도 없었다. 살아 있다는 사실 자체가 기적이었다. 그리고 그들이 다시 만난 이상, 모든 일은 과거가 될 것이다.

"내 물을 것이 하나 있네."

"예, 나리. 말씀하시지요."

"나 때문에 이 댁 아씨께서 다쳤으니 응당 주인께 사죄를 해야지 않겠는가. 한데 주인께서 출타 중이라니……. 해서, 자네에게 묻겠네. 이 댁 어른의 함자가 어찌 되시는가?"

"아, 주인마님이요? 성은 최씨이시고요."

솔거노비와 비슷하게 부려지는 처지에 주인의 이름자를 알아 무엇 하랴. 꽃분이는 기억을 더듬으려 애썼다.

"성은 최씨이시고, 함자는 만자, 춘자를 쓰십니다요! 최만춘 나리이십니다."

"최……."

최만춘. 최만춘……. 이상하게 귀에 익은 이름이었다. 속으로 그의 이름을 되뇌던 시헌에게 둔중한 충격이 엄습했다.

분명히 들어 알고 있었던 이름. 그의 외숙부 강영완의 입을 통해 종종 들었던 이름이 아닌가.

시헌이 병상에 누워 있던 사이 불귀의 객이 되고 만 그의 외숙부가 무척이나 신뢰했던 사내. 아무리 궂은일이라도 그에게 맡기는 이상 아무 걱정 없다던…….

"혹시 주인께서 향리이신가?"

"예! 맞습니다. 완주에서 대대로 향리로 계시는 집안입니다요."

힐끔, 시헌이 바로 코앞에 다가온 대문간을 바라보았다.

계집종에게 집 사정을 시시콜콜 캐묻는 것도 이상한 일이었다. 오늘은 이쯤하고 떠나야만 했다. 그러나 한 가지만은 더 묻고 싶었다. 콩쥐가 말했던 '딸'의 존재 때문이었다.

"하면, 이 댁 어른의 일가가 어찌 되시는가?"

꽃분이의 얼굴에 흥미로운 기색이 떠올랐다. 자꾸만 집안에 대해 묻는 것을 보니, 원님께서 콩쥐 아씨에게 마음이 있는 것이 틀림없다던 남원댁의 말이 허풍은 아닌 모양이었다. 천 도령이 알게 되면 무슨 사달이 날지 몰랐지만, 누가 봐도 그보다야 훨씬 나은 배필 아닌가.

"실제 일가는 주인마님과 콩쥐 아씨 두 부녀이신데, 주인나리께서는 별당마님과 마님의 따님까지 한 가족이라 생각하십니다. 혼인하시지는 않았지만, 별당마님은 첩이 아니라 안주인이나 다름없으시거든요. 그 따님 역시 똑같이 딸로 대우받고 계시고요."

어느덧 그들의 걸음은 대문 바로 앞에 당도하여 있었다. 마지막으로 꽃분이 덧붙였다.

"그러니 일가는 네 식구라고 하는 것이 맞을 겁니다요. 최만춘 나리와 콩쥐 아씨, 별당마님과 팥쥐 아씨까지요."

시헌을 대문까지 배웅한 후, 멀어지는 뒷모습을 멀거니 바라보던 꽃분이가 중얼거렸다.

"콩쥐 아씨는 참 복도 많지. 어찌 저리 근사한 나리님과 인연이 닿았을꼬."

대문을 닫고 빗장을 지르던 꽃분이가 어깨를 으쓱했다.

"역시나 얼굴 반반한 것이 최고인 모양이야."

바깥에서야 콩쥐 아씨더러 참하고 순진하다고 칭찬들을 하지만, 평생 함께 살아온 몸종들까지 속일 수는 없었다.

콩쥐의 성질머리는 어려서부터 유난했다. 콩쥐는 누구든 성미를 거슬렀다간 뺨을 때리든 모욕을 주든 꼭 앙갚음을 하고야 마는 성격이었다.

그 와중에도 저보다 위인 사람에게는 덤비는 법이 없어, 아비 최만춘의 앞에서는 마냥 조신한 아씨처럼 굴곤 했다.

워낙 영민한 데다 아비마저 그녀를 철석같이 믿었으니, 집안 몸종들은 콩쥐의 눈치를 살피느라 바빴다.

"콩쥐 아씨는 곧 시집을 갈 모양이네. 그럴 줄 알고 미리 곳간 열쇠를 마님께 넘겨주셨나 봐……."

두런거리며 별당으로 향하던 꽃분이의 걸음이 멈추었다.

"아씨께서는 또 왜 나와 계세요? 아이고야, 어찌 모녀께서 이리 자꾸 찬바람을 쐬고 그러시냐고요!"

별당 뜰에 쌓인 눈을 쓸고 있는 팥쥐를 본 꽃분이가 질색을 했다.

"도, 돌바닥이 미끄러울까 봐서 눈만 좀 쓸어내려고."

"아이고. 팥쥐 아씨. 아서요, 아서! 아니, 종을 대여섯이나 부리는 집 아씨께서 대체 이런 궂은일은 왜 하시는 거냐고요. 누가 보면 아씨가 아니라 몸종인 줄 알겠습니다!"

"뭐 어때. 미끄러져서 뒤통수에 구멍 나는 것보다 나아."

"낫긴 뭐가 낫습니까? 아씨, 그거 이리 내세요, 어서요."

팥쥐의 손에서 싸리비를 빼앗아 든 꽃분이가 '흐음' 하고 외마디 소리를 냈다. 낡아빠진 붉은 댕기를 맨 팥쥐의 머리카락은 여기저기 잔머리가 튀어나와 뻗쳐 있었다.

칠 년의 세월 동안 팥쥐는 과거와 꽤 달라졌다. 욱하는 성질도 많이 죽었고, 태도도 꽤 처녀다워졌다. 그러나 저 돼지털 같은 머리카락만은 아무리 애를 써도 고와지지 않았다. 식초를 떨어뜨린 물에 머리를 헹구고, 참빗으로 싹싹 빗은 후에 동백기름을 발라도 머리카락은 여전히 억셌다.

"이런 거 하지 마시고, 몸단장도 좀 하고 그러세요. 그래야 팥쥐 아씨께서도 좋은 배필을 만나지요."

"배필?"

'배필'이라는 게 대체 뭘 의미하느냐는 듯이 되묻는 팥쥐의 표정을 본 꽃분이가 장탄식을 했다.

"배필이요. 신랑감 말입니다! 그럼 천년만년 어머니 아버지랑 같이 사실 줄 아셨습니까? 콩쥐 아씨께서 어엿한 낭군을 만나신 모양이니, 그 다음은 당연히 아씨 차례 아니겠습니까?"

"나, 난 시집 같은 거 안 가. 그리고 천인지 뭔지 하는 도령이 어딜 봐서 어엿하다고……."

"에이. 뭘 모르시네. 천 도련님 말고요. 요새 엄청난 미(美)공자가 콩쥐 아씨를 보러 집에 들락거리는 거 모르셨습니까?"

"몰라."

"에이, 아씨께서도 그 나리를 한 번 보시면 소경이 눈을 뜨는 것처럼 새 세상이 열릴걸요. 어찌나 훤칠하니 잘생겼는지……. 그뿐인 줄 아세요? 이런 촌구석에서는 보기 힘든 어엿한 벼슬아치라고요."

"그러거나 말거나……."

"한데 걱정이긴 하네요. 정말로 콩쥐 아씨께서 그 나리님과 혼인하게 되었다간, 천 도련님이 절대 가만히 안 있을 텐데……."

꽃분이가 걱정스러운 어조로 중얼거렸다. 그러나 팥쥐는 내내 심드렁한 표정이었다. 제가 시집가는 것도 아닌데 대체 뭐라고 저리 호들갑인지 모를 노릇이었다.

'알 게 뭐람.'

차라리 천의 눈이 돌아가 칼부림이라도 벌인다면 꼴좋을 텐데.

그러나 그간 보아온 결과, 그 멍청한 도령은 콩쥐만 보면 개처럼 꼬리를 흔드는 얼간이에 지나지 않았다. 그런 재미있는 일은 결코 일어나지 않을 것이다.

"콩쥐 아씨, 천 도련님께서 오셨습니다."

"……."

콩쥐는 잠시 대꾸하기 귀찮은 표정으로 침묵을 지켰다. 이어 재차 천의 방문을 알리는 목소리가 들려왔다.

"하……."

한숨을 내뱉은 콩쥐가 살짝 문을 열었다. 긴 대화를 나눌 마음은 추호도 없었고, 잠깐 안부나 전할 심산이었다. 그러나 천이 불쑥 내민 것은 예상외의 물건이었다.

"받아."

"이게 뭐야?"

"포목점 사람을 앞에서 만났어. 별당마님이 주문한 네 옷이라고 하더라. 내가 가져다준다고 받아왔다."

"별당에서?"

천이 내민 꾸러미를 들춰본 콩쥐가 아, 하고 외마디 소리를 냈다.

팥쥐 때문에 버린 분홍 비단 당의. 제 돈으로 물어주겠다던 별당의 말이 허풍은 아니었던 모양이었다.

"그런데, 무슨 옷이야?"

"그냥. 새 옷이 하나 갖고 싶어서……."

콩쥐가 천의 물음을 대충 얼버무렸다. 혼담을 넣을 때 사용할 의복이라는 사실을 천이 알았다간 그야말로 난리 법석이 날 것이 분명했다.

"콩쥐야. 내가 식년시에 급제만 하면, 정말 나한테 시집올 거지?"

"그렇대도. 그치만……."

콩쥐가 착잡한 듯 옷 꾸러미를 만지작거렸다.

"내 나이도 벌써 열일곱이야. 열여덟이 넘어서까지 시집 못 간 처녀로 남기는 싫단 말이야. 아버지께서도 그걸 바라지는 않을 거야."

"그러니 혼인 먼저 하자는 거잖아."

"그러다가 식년시에 급제 못 하면? 그때는 어쩔 건데?"

"식년시에 급제 못한다고 해도, 너 하나 먹여 살릴 수는 있다."

"너 아니어도 나는 잘 먹고 잘살 수 있어. 그걸 몰라?"

"……."

천의 표정이 서늘하게 굳어졌다.

콩쥐의 말이 맞다. 그가 양반이고 콩쥐가 중인이라는 사실은 별 의미가 없었다. 그들 집안의 부는 감히 비교조차 할 수 없을 만큼 큰 차이가 났으니까. 그런 까닭에, 어엿한 양반인 제 아비 역시 중인인 최만춘에게 굽실대며 딸을 시집보내 달라 눈치를 살피는 것이다.

"그럼 꼭 약조하는 거다."

"그래. 약조한다니까."

"내년까지, 나 기다릴 거지?"

"응."

콩쥐가 태연하게 대꾸했다. 집안 사이의 혼약이 아닌 의미 없는 말 한 마디일 뿐이다. 나중에 천이 난리를 피운다 해도 제 아비가 단번에 해결해 줄 것이었다.

무엇보다 천은 태평한 성격이었고 의지도 약했다. 그런 그가 일 년 사이에 급제를 할 리 없었다.

"나, 며칠 후에 떠나."

"떠난다고?"

"산에 들어갈 거다. 식년시에 일 년 만에 급제하려면 그 방법밖에 없어."

콩쥐의 눈이 반짝 뜨였다. 가뜩이나 천이 신경 쓰이던 차였다. 혹여나 현감과 천이 마주치기라도 했다간 산통 다 깨지는 꼴이 될 수도 있기 때문이었다.

이런 마당에 천이 제 발로 산에 들어가다니. 역시나 하늘은 제 편이었다.
"천아……. 일 년 동안이나 산에 가 있으면, 너 보고 싶어서 어쩌지?"
콩쥐의 목소리가 갑자기 고분고분해졌다. 그녀가 천과 시선을 맞추었다.
"콩쥐야……."
그래. 콩쥐도 저를 좋아하고 있는 게다. 속마음을 좀체 드러내지 않는 성격인 탓에 늘 잔망을 떨지만, 막상 떠난다는 말을 듣자 표정이 달라지지 않나. 콩쥐 역시 저를 연모하는 것이 틀림없었다.
"꼭 장원급제해서 돌아올게. 어엿한 벼슬아치가 되어 너를 한성으로 데려갈 테니 딱 일 년만 참으면 돼."
"천……."
콩쥐가 그를 응시했다. 며칠 전, 별당 계집에게 뺨을 맞았던 일을 떠올리며 눈을 깜빡이자 금세 그렁그렁 눈물이 고였다.
"왜 울기까지 해. 나…… 가지 말까?"
식년시는 본래 천의 계획에 없던 일이었다. 원래 천은 장수로 갈 생각이었다. 근래 무슨 까닭인지 장수에 많은 무인들이 모여들고 있었던 것이다. 용병을 모으고 있는 이는 장수에 새로 부임한 현감이었다.
"아니야. 나도 더 이상 울지 않을게. 우리 마음 단단히 먹자."
눈물을 찍어낸 콩쥐가 천을 바라보았다.
천은 혼기가 꽉 찬 사내였다. 올해 나이 스물, 그는 가뭇한 살결에 훤칠한 체격을 가졌고 용모 역시 나쁘지 않았다. 만일 천이 조금 더 나은 집안의 자제였거나 좀 더 야심을 가진 사내였더라면 콩쥐 역시 그와의 미래를 꿈꿨을 것이다.
그러나 천의 꿈은 출세도, 벼슬도, 권력도 아닌 오직 콩쥐 자신뿐이었다. 역설적이게도 그것이 콩쥐가 결코 천을 사랑할 수 없는 이유였다. 그런 하찮은 감정으로 평생을 살아가기엔, 콩쥐는 야심도 많고 꿈도 큰 여인이었기에.

"천. 잠깐만 이리 와볼래?"

"응?"

콩쥐가 살랑살랑 천을 향해 손짓을 했다. 그녀는 천이 더 이상 딴마음을 먹지 못하도록, 저를 쟁취하겠노라는 의지를 불태우며 일 년간 산에 처박혀 있을 수 있도록 선물 하나를 선사할 생각이었다.

성큼, 천이 콩쥐에게로 다가섰다. 그가 방문 밖으로 빼꼼 나오는 콩쥐의 얼굴을 홀린 듯 바라보았다. 오늘따라 콩쥐는 더 곱고 예뻤다. 마치 분이라도 바른 듯 뽀얀 뺨과 복사꽃 물이 든 것 같은 입술…….

"일 년 후에 봐. 기다릴게."

콩쥐의 얼굴이 천에게로 다가갔다.

촉- 소년의 가슴을 우렁우렁 설레게 만들었던 그 첫사랑을 닮은 감촉이 천의 입술에 닿았다.

대문간으로 향하는 길목, 팥쥐를 발견한 천이 걸음을 멈추었다.

맞은편에서 걸어오던 팥쥐가 천을 보고 인상을 찌푸렸다. 도둑 취급을 한 일에 대한 사과는 받았지만 그렇다고 마음이 풀어지지는 않았다.

"잘 지냈느냐?"

"예."

천을 흘끗 바라본 팥쥐가 입술을 비죽였다. 무슨 일이 있었는지 몰라도, 천은 술이라도 마신 듯 뺨이 붉어진 게 잔뜩 들뜬 모양새였다.

"당분간은 보기 힘들 게다. 나, 과거 공부하러 가거든."

"아."

그러거나 말거나. 팥쥐가 천을 빤히 응시했다.

"팥쥐야."

"왜요?"

"어차피 나중에 형부와 처제 사이가 될 것 아니냐. 마음에 맺힌 것이 있다면 풀고 지내는 게……."

피식. 팥쥐의 입에서 헛웃음이 흘러나왔다.

"형부요?"

"그래. 형부."

팥쥐의 입에서 키득대는 웃음이 흘러나왔다. 천이 당황한 표정으로 팥쥐를 바라보았다.

"왜 웃어?"

"떠, 떡 줄 사람은 생각도 않는데 형부, 처제 거리는 게 우스워서요."

"무슨 소리야? 나, 콩쥐와 혼약한 사이라고."

"그래요?"

팥쥐가 반문했다. 기가 막히게 잘생기고 지체도 높은 사내가 콩쥐를 보러 들락거린다더라, 하고 나불댈까 생각했지만 팥쥐는 이내 마음을 고쳐먹었다. 지지든 볶든 제가 알게 뭐란 말인가.

"아무튼 알았으니 사, 살펴 가세요."

천을 지나친 팥쥐가 종종대며 별당으로 걸음을 옮겼다.

"호구 등신이 따로 없네."

별당으로 접어들던 팥쥐가 중얼거렸다.

집 안에 기거하는 모든 이들이 잠든 고요한 밤.

오직 홍 하나만이 깨어 있었다. 자리에 누운 채 까만 천장을 바라보던 홍이 눈을 감았다.

몇 번이고 떠올리고, 떠올리고, 또 떠올렸던 낮의 기억. 또다시 손에 잡힐 듯 선명하게 시헌의 얼굴이 아른거린다……. 그의 눈, 손길, 몸, 목소리, 향기가.

시헌의 등장은 오직 그들이 재회했다는 행복한 사실만을 의미하지는 않았다. 어떤 관계이든 간에, 최만춘은 홍의 지아비라 할 수 있는 사람이었다. 그러나 시헌의 존재가 너무 벅찼기에 긴 하루 동안 단 한 순간조차 다른 생각을 할 겨를이 없었다. 그저 돌아오겠노라 말하던 시헌의 모습만을 끊임없이 떠올릴 뿐이었다.

그때였다. 저벅저벅, 언 땅을 밟는 건조한 소리가 고요한 밤의 사위를 깨웠다.

"……."

홍이 살짝 몸을 일으켰다. 아마도 아궁이를 살피러 온 꽃분이거나 문 앞을 기웃대는 팔쥐일 것이다. 그게 누구든 오늘은 조용히 혼자만의 시간을 보내고 싶었다.

살짝, 홍이 방문을 열었다.

"누구……."

"홍아."

종일 머릿속에서 반복되던 목소리가 다시금 들려오는 순간, 온몸에 전율이 일었다.

"……선비님."

홍이 소리 죽여 내뱉었다. 시헌은 순식간에 어둠을 뚫고 홍에게로 다가왔다.

홍의 정인. 그녀가 유일하게 연모했던 사내. 칠 년의 무수한 밤을 넘어 돌아온 그녀의 연인.

"도저히 이대로는 잠들 수가 없어서 왔어."

"……."

홍은 가까스로 고개를 끄덕였다.

여전히 믿기지 않았다. 강렬한 환희가 밀어닥쳤지만 동시에 공포도 함께 엄습했다. 별당은 이 집 안에서도 폐쇄적인 공간이었다. 그녀의 방에 출입이 허락된 이는 오직 셋뿐이었다.

팔쥐, 꽃분이, 그리고 최만춘.

"두려우냐?"

홍은 말없이 시헌을 응시했다.

그가 말했듯 두려웠다. 그러나 공포의 실체는 불명확했다. 그와 함께 있는 장면이 발각되는 것이 두려운 건지, 아니면 그를 다시 보지 못할까 봐 두려운 건지.

"나는…… 조금도 두렵지 않아."

시헌의 목소리는 나지막하게 잠겨 있었다.

"또한 나는 부끄럽지 않아. 다른 사내의 여인이 된 너를 보고자 깊은 밤을 헤치고 달려온 것이, 보고픈 마음을 누르지 못하고 남의 집 담을 넘어 네게 온 것이."

"……."

"나는 내 행동이 조금도 부끄럽지 않다. 본디 나는 네 것이고, 너 역시 나의 것이니까."

홍의 눈시울이 뜨끈해졌다. 툭, 옷깃을 타고 굵은 눈물방울이 굴러떨어졌다.

어둠 속에서, 시헌의 청이 들려왔다.

"그러니 홍아. 나를 들여보내다오."

시헌은 그녀의 방문 앞까지 다가와 있었다.

열린 문틈 사이로 홍과 시헌의 시선이 마주쳤다. 차가운 밤바람을 타고 풍겨오는 향기. 오랜 기억을 상기시키는 향기가 홍의 주변을 떠돌았다.

코끝을 시리게 하는 겨울바람 냄새, 그리고 그 끝에 실린 희미한 묵향.

"어서."

시헌의 음성은 나지막했으나 단호했다. 그에게는 당연한 일이었다. 지난 칠 년의 세월, 그가 홍과 함께하지 않은 날은 단 하루도 없었으므로.

홍이 죽었다는 사실을 의심하지는 못했다. 그러나 그것이 그녀를 떠나보냈음을 의미하지는 않았다.

시헌의 칠 년은 매일매일이 똑같았다. 푸르스름하게 동녘이 밝으면 홍이 곁에 없다는 슬픔과 함께 잠에서 깨어났고, 어둑발이 내려 캄캄해지면 꿈에서나마 그녀를 만나길 소망하며 잠이 들었다. 쉬이 깨기를 반복하는 얕은 잠의 와중에도 그는 한 순간이나마 홍을 잊어본 적이 없었다. 가혹했던 칠 년. 시헌의 삶은 늘 홍의 그림자와 함께하고 있었다.

홍은 시헌의 전부였고, 그녀는 당연하게도 그의 것이었다. 그러므로 시헌은 조금도 의심치 않는다. 정히 제 것인 여인이 그를 기다리고 있음을.

"선비님."

속삭이는 듯한 홍의 목소리. 이어 조심스레 장지문이 양쪽으로 열렸다.

긴 세월 동안, 이 집의 주인인 최만춘을 비롯한 누구에게도 좀체 허락되지 않았던 홍의 방. 그 은밀한 방문이 활짝 열렸다. 그녀를 감질나도록 애타게 만들었던 시헌의 향기가 차디찬 공기와 함께 확 밀려왔다. 천지에 진동하는 그의 향기에 취한 듯 어지러웠다.

더 이상 망설일 이유도, 머뭇댈 까닭도 없었다.

홍은 시헌에게로 팔을 뻗었다. 생명줄을 붙잡듯, 흰 손으로 시헌의 검은 철릭 자락을 꽉 쥐었다. 그녀는 시헌을 새카맣고 비밀스러운 자신만의 공간 안으로 끌어당겼다.

이로 인하여 어떤 대가를 치른대도 상관없다. 어차피 빈껍데기와 다르지 않았던 삶. 홍의 평생에 있어 가진 것도, 잃은 것도 오직 시헌뿐이었다. 그가 그녀에게 돌아왔으므로 무엇도 두렵지 않았다. 시헌은 그녀의 전부였고, 또한 당연하게도 그녀의 것이었다.
덜컥. 방문이 굳게 닫혔다.

문이 닫히자 희미하던 달빛마저 사라졌다.
은밀한 방문이었다. 그렇기에 불을 켤 수도, 소리를 낼 수도 없었다. 칠흑 같은 어둠이 홍과 시헌을 삼켰다.
"하아……."
누군가의 억눌린 숨소리. 그들은 누가 먼저랄 것 없이 서로를 끌어안았다.
새카만 암흑 속을 더듬어 살갗의 온기를 찾았다. 간절한 손길이 목덜미와 어깨와 가슴과 허리를 오갔다. 손끝을 통해 다시 한번 서로가 살아 있음을 확인했다. 그리고 칠 년의 시간이 가져온 변화를 가늠하려 애썼다.
그들은 소경처럼 서로의 얼굴을 더듬었다. 여인보다 더 해사하고 보드랍던 시헌의 살결은 칠 년 사이 꽤 거칠어졌다. 도도록하게 젖살이 올라 있던 홍의 뺨 역시 수척해져 광대뼈의 굴곡이 느껴졌다. 흘러가 버린 시간은 시헌이 사랑한 소녀를 앗아갔고, 홍이 사랑한 젊은 공자를 세월의 뒤안길로 밀어냈다.
"홍아……."
시헌이 홍을 품에 안았다. 그는 그녀의 입에서 헉, 하는 거친 숨결이 튀어나올 만큼 허리를 꽉 감쌌다. 시헌은 홍의 풀어 내린 머리카락과 잘게 떨리는 어깨, 하얀 소복 자락을 쓰다듬고 또 쓰다듬었다.
홍은 그가 기억하는 것보다 훨씬 더 야윈 듯했다. 가녀린 몸을 타고 움직이던 그의 손길은 종종 불거진 뼈마디에 가로막히곤 했다. 하지만 긴 세월의 흔적도, 연인을 잃었다는 고통이 남기고 간 상흔들도 홍의 아름다움을 흐리게 하지는 못하였다.

시헌의 손가락이 홍의 메마른 입술에 닿았다.

"아……."

잔뜩 긴장해 있던 홍의 입술이 파르르 경련했다. 입술 사이로 흐른 더운 숨결이 흩어졌다.

실낱같은 빛조차 없는 캄캄한 어둠 속. 그러나 보이지 않았기에 오히려 오감은 극도로 예민해졌다.

시헌의 품 안에서 떨고 있는 가녀린 몸, 살갗의 매끄러운 감촉, 그의 가슴에 얼굴을 파묻은 그녀가 움직일 때마다 사각사각 들려오는 옷자락 스치는 소리. 새까만 방 안의 어둠에 대비되어 희게 빛나는 비단 자락, 홍의 젖은 눈가에 입 맞추었을 때 입안에 퍼지던 찝찌름한 맛과, 홍의 몸에서 풍겨오는 달착지근한 살결의 향기.

"홍아."

그리웠어. 그리웠다고……. 차마 감히 입 밖으로 내지 못할 만큼 네가 사무쳤다고.

그러나 세월을 먹고 커진 그리움의 크기가 너무나 거대하여, 그들은 섣불리 무엇도 말하지 못했다. 단지 확인하고 또 확인했다. 그들 중 누구도 죽지 않았음을, 살아 숨 쉬고 있으며 이 순간 함께하고 있다는 분명한 사실을.

조금씩 호흡이 가빠지고, 숨결이 농밀해졌다. 살아 있음을 확인하던 간절한 손길에 욕망이 맺혔다. 깊고 아득한 어둠 속에서 조금씩 더 가까이 서로에게 몸을 붙였다. 체온이 서서히 올라갔다. 쇄골이며 가슴 사이에 고인 땀방울이 뜨거워졌다.

침을 삼키는 작은 소리, 축축한 습기와 열기를 머금은 숨결.

더 이상은 참을 수 없었다.

"……이리 와요."

나른하게 잠긴 홍의 목소리. 곧이어 긴 세월 닫혀 있던 입술이 열리고, 뜨겁게 입술이 포개졌다.

그들은 마치 이 순간만을 기다려 온 사람처럼 애타게 서로에게 매달렸다. 틈 없이 맞닿은 입술을 통해 숨결과 타액이 서로에게 흘러갔다. 그들은 연거푸 탐닉하고 또 탐닉했다. 갈 곳 없이 몸 안에 갇혀 있던 욕망의 둑이 허물어졌다. 벌어진 입술 사이로 억눌린 신음이 흘렀다.

"흐읏……."

젖은 입술이 맞닿는 찰싹대는 마찰음. 뜨겁고 끈적거리며 미끌미끌한 색욕(色慾)의 감각. 그것은 생존의 방증이었고 또한 살아 있다는 증명이었다.

욕망이 펄떡거렸다. 비밀스러운 어둠 속에서 몸을 엉겨 하나가 되고 싶다는 욕구가 솟구쳤다. 심장이 터질 듯 고동쳤다. 칠 년이라는 세월에 씻겨 바래진 감각들이 제자리를 찾아갔다. 손, 입술, 혀. 움직일 수 있는 모든 것을 동원하여 탐닉하고픈 열정이 몸을 잠식했다.

홍의 입술에 포개어져 있던 시헌의 입술이 떨어졌다.

그는 빈 입술로 홍의 여린 목덜미를 물고, 연거푸 그녀의 살결 위에 입술을 눌렀다. 조급한 손길이 홍의 옷자락 사이로 파고들었다. 얇디얇은 소복 자락이 흩날리며 옷섶이 벌어졌다. 오래도록 빛을 보지 못한 흰 가슴이 느리게 출렁였다.

새카만 어둠 속에서 창백하게 빛나는 살결. 시헌은 그대로 얼굴을 묻으며 홍을 껴안았다. 거친 숨결, 당장에라도 터져 나올 듯한 교성. 날 선 쾌감이 온몸을 옥죄었다.

시헌의 품에 갇힌 홍의 몸이 팽팽하게 긴장했다. 발끝까지 힘이 잔뜩 들어갔다. 그녀의 손이 바닥에 흐트러진 제 치마폭을 꽉 쥐었다. 하읏, 낮은 신음과 함께 입술을 깨물었다. 홍은 그의 머리를 꽉 끌어안았다. 드러난 가슴팍에 와 닿는 뜨거운 체온에 몸이 녹아내릴 것만 같았다. 이대로 그와 엉겨 붙어 하나가 되고 싶었다.

제 몸을 탐닉하는 시헌의 거친 숨소리, 향기, 살결에 비벼지는 단단하게 단련된 몸. 살갗 곳곳에 낙인처럼 내려찍히는 뜨거운 입술.

그 순간, 홍의 눈동자가 멍해졌다.

그녀는 이 별당에서 칠 년의 세월을 보냈다. 그러나 이 장소와 시헌은 어울리지 않는다. 홍이 그의 몸을 밀어냈다.

"선비님."

홍은 욕망에 몸이 달아 망각했던 사실을 비로소 상기했다.

이곳은 최만춘의 집이었다. 그가 출타 중이라는 사실은 중요하지 않았다. 시헌을 원했지만 이곳에서는 바라지 않았다. 마치 서방질을 하는 계집처럼 바깥의 소리에 온 신경을 곤두세운 채, 초조한 마음으로 다급하게 일을 치르는 것과 다르지 않았으므로.

홍은 최만춘을 사랑하지 않는다. 그러나 이런 식으로 그를 기만하고 싶지는 않았다. 그는 홍을 위해 최선을 다하지 않았는가. 최만춘의 집에서 시헌을 탐하고 있다는 사실은 재회의 의미마저 퇴색시키고 있었다.

"여기서는……."

홍이 말끝을 흐렸다. 칠 년간 살아온 공간이 기이할 만큼 낯설게 느껴졌다. 잠시간, 시헌이 거친 숨을 고르는 소리가 어둠 속을 채웠다.

"홍아."

"예, 선비님."

"말하지 않아도 돼. 네 마음, 알 것 같으니."

"……예."

시헌은 어둠 속에서 흐릿하게 반짝이는 그녀의 눈동자를 응시했다.

보이지 않아도 보였다. 느껴졌다.

죽은 줄로만 알았던 평생의 정인을 다시 만난 운명적인 밤. 그러나 타인의 시선에서는, 야음을 틈타 외간 남자를 끌어들인 탕녀의 유희에 지나지 않을 밤.

시헌은 제 행동이 부끄럽지 않았으나, 그것은 스스로의 생각일 뿐이다. 이 집에서 그는 이방인이었다. 그는 마치 밤손님처럼 은밀히 찾아들었고 곧 홍의 거처에서 떠나갈 것이다. 이후는 오롯이 홍의 몫이었다. 시헌은 홍이 느끼는 갈등을 이해해야만 했다.

"하지만 이것만은 기억하도록 해. 두려워하지 마라, 그 무엇도."

"……."

"내가 반드시 너를 지키겠다. 나를 믿어."

이제 시헌은 과거의 풋내 나는 애송이가 아니었다. 그는 완전히 달라졌다. 복수 하나만을 위한 일념으로 칠 년의 세월을 살아낸 그였다. 칠 년의 끝에서 마주친 것이 복수의 대상이 아닌 홍이라면, 그는 그녀를 지키기 위해 무엇이든 하고야 말 것이다.

"잘못된 것을 바로잡는 데는 시간이 필요하겠지. 하지만 나는…… 너를 다시 만난 것만으로는 결코 만족하지 않아. 절대 그것만으로는 만족할 수가 없다."

당연한 일이었다. 고작 짧은 재회로 끝날 것이라면 이토록 머나먼 길을 돌아와야 했을 리 없다. 다른 사내의 여인이 된 홍의 행복을 빌어주는 것으로 이야기를 끝맺을 것이라면, 완주 한복판에서 운명처럼 그녀를 마주치는 일 따위 벌어지지도 않았을 것이다.

운명은 끊임없이 시헌을 시험했고, 그 과정은 지난한 고통이었다. 잔인한 운명 앞에 그는 굴복하지 않았다. 결코 패배하지도 않았다. 그러므로 이제 답은 하나뿐이었다.

"나는 반드시 너를 되찾을 거야. 그리하여 너와 함께 살아갈 거다."

"……."

"나는 너를 다시 잃지 않을 거다. 절대로. 우리는 함께할 테니."

어떤 대가를 치르더라도, 무슨 수를 써서라도. 그들은 함께할 것이다.

"선비님."

"응?"

"꼭……."

홍이 간절하게 내뱉었다.

"저를 데려가세요."

제발.

홍의 말끝이 살짝 떨렸다. 지금 할 수 있는 말은 오직 그것뿐이었다. 뜨끈한 것이 가슴 속 깊은 곳에서부터 치밀어 올랐다. 목구멍이 시큰했다.

결국 이렇게 될 것이었는데, 어찌하여 그토록 긴 시간을 헤매었는지. 어찌하여 운명이라는 것은 그들에게만 이토록 가혹한 것인지…….

"대체 무슨 일이 있었던 게냐. 너와 나 사이에……."

시헌이 중얼거렸다. 궁금했다. 멀쩡하게 살아 있는 홍을 죽은 사람으로 만든 이들이 누구인지가.

고인이 된 외숙부가 없었다면 불가능했을 일이다. 홍의 죽음을 처음 알린 이는 시헌의 어머니였으니 그녀 역시 뭔가를 알고 있었을 것이다. 또한 월야관의 행수기생 옥련, 홍이 목을 매 죽었다고 입을 모으던 기생들. 모두가 비밀의 공범일 것이었다.

홍 역시 그가 죽었다 믿으며 살아온 것이 분명했다. 저를 마주친 순간, 피안(彼岸)에서 걸어온 이를 마주친 듯 얼어붙지 않았는가.

비록 지옥 같은 시절이었으나, 어쨌든 시헌은 죽지 않고 살아 있었다. 그랬던 그를 굳이 죽은 이로 만들어야 했던 이유가 무엇일까. 홍은 혼자 몸으로 무엇 하나 할 수 없는 천한 신분이었다. 그녀에게 굳이 거짓을 꾸며낸 까닭이 무엇인지를 밝혀야만 했다.

그 순간, 덜그럭- 문밖에서 들려온 소리. 홍과 시헌은 그대로 얼어붙었다.

이내 뜰을 가로지르는 발소리가 들리며 문밖이 환해졌다. 누군가 밤길을 밝히기 위해 호롱불을 들고 온 것이 분명했다.

시헌이 다급히 홍을 잡아끌었다. 문밖의 부산스러운 기척과는 정반대로 방 안에는 오싹한 적막이 고였다. 그들은 감히 숨소리조차 내지 못했다.

문밖에서는 여전히 부스럭대는 소리가 들려왔다. 아궁이 쪽에서 들려오는 소리는 불청객의 정체가 꽃분이임을 말해주었다.

잠시라도 긴장을 늦출 수 없는 순간이었다. 혹시라도 꽃분이가 방문이라도 열었다간 꼼짝없이 발각되고 마는 것이다. 그 이후의 일은 감히 상상하기조차 버거웠다.

세상이 멈춘 것처럼 느껴진 억겁 같은 시간. 작게 구시렁대는 소리, 불쏘시개로 아궁이를 들쑤시는 기척이 하룻밤처럼 길게 느껴졌다.

그러나 결국 꽃분이는 별당을 떠났고, 뜰을 비추던 초롱불 빛 역시 자취를 감췄다. 다시금 어둠이 찾아왔다.

"하아……."

그제야 홍과 시헌의 입에서 긴 한숨이 흘러나왔다.

"선비님. 이만 돌아가시는 것이 좋겠습니다."

홍의 목소리는 나지막하게 떨고 있었다.

시헌이 문밖을 힐끔 내다보았다. 아직까지 문밖은 캄캄하기만 했다.

겨울밤은 길었다. 미명이 밝기엔 지나치게 이른 시각이었다. 그러나 겨울날의 새벽은 소리 없이 밀려온다. 유독 푸르른 겨울 별빛에 시선을 빼앗기다 정신을 차려보면, 어느새 새벽이 밝아 있곤 했다.

"그래. 이만 가야겠구나."

시헌의 음성은 착잡했다. 칠 년을 기다려 만났거늘, 재회의 시간은 찰나처럼 짧기만 했다.

"남의 눈에 띄지 않고 은밀히 만날 수 있는 장소를 찾아놓겠다. 그간의 이야기는 그곳에서 나눌 수 있겠지. 내 반드시 하루 이틀 안에 은신처를 마련하여 돌아올 것이다."

시헌이 홍의 손을 꼭 붙잡았다.

"그러니 기다려라, 홍아."

"예, 선비님."

홍이 작게 고개를 끄덕였다.

낯설고 기묘한 기분. 제가 무엇을 원하는지 스스로도 종잡을 수가 없었다.

당연하게도 여전히 그를 원했다. 시헌의 체온을 간절히 바랐다. 그를 곁에 붙들어놓고, 그의 품 안에서 잠을 깨는 행복을 누리고 싶었다. 그러나 한편으로 시헌이 어서 떠나기를 바라기도 했다. 당장에라도 누군가가 방문을 박차고 들이닥칠까 초조했다.

홍의 걱정의 대상은 제가 아닌 시헌이었다. 저야 어차피 가진 것 없는 천한 여인 아닌가. 하지만 시헌은 다르다.

세월이 흘렀으나 그들 사이에 가로놓여 있던 신분의 벽은 여전히 무너지지 않았다. 아니, 어쩌면 칠 년이라는 긴 시간 동안 시헌의 벽은 더 높고 견고해졌을지도 모르는 일이다. 그는 홍과는 달리 잃을 것이 너무나 많은 사람이었다.

자리에서 일어선 시헌이 흐트러진 옷매무새를 가다듬었다. 풀어진 매듭을 다시 짓고, 벌어진 옷섶을 여몄다. 마지막으로 그는 허리춤을 확인했다. 과거의 그라면 보는 것만으로도 질색했을 법한 날 선 단도가 그의 허리께에 숨겨져 있었다.

"홍아."

"예, 선비님."

"나는…… 네가 살아 있는 것만으로 족하다. 우리가 살아 있다는 것, 그리고 곧 함께하게 되리라는 것. 그 두 가지만 생각하도록 해."

그럴 수 있다면 얼마나 행복할까.

최만춘, 제 신분, 팔쥐, 사람들이 그녀에게 거짓을 말한 이유. 마음을 괴롭히는 일들은 모두 망각한 채, 오직 시헌과의 삶만을 생각할 수 있다면 정말로 행복할 것이다.

하지만 시헌은 그를 믿으라 했다.

"예. 그리할게요."

홍이 간절히 고개를 끄덕였다.

시헌이 다시금 문밖으로 시선을 돌렸다. 이제 정말로 가야 할 시간이다. 그러나 좀체 발걸음은 떨어지지 않았다.

오직 두 가지만 생각하자. 홍이, 그리고 저 자신이 살아 있다는 것. 그리고 무슨 수를 써서라도 곧 그녀와 함께하게 되리라는 것.

"홍."

떠나기 전, 마지막으로 시헌은 그녀의 이름을 속삭였다.

긴 세월 금기되었던 이름, 망각해야만 했던 이름이 그의 음성을 타고 되살아났다.

붉을 홍(紅).

이름이 상징하듯, 어둠에 감추어진 홍의 눈가는 계절 끝물의 꽃잎처럼 선연하게 붉었다.

"선비님."

홍 역시 속삭였다. 이 집에 찾아왔을 때, 그는 자호를 '명우'라 밝혔었던가. 홍이 '단'이라는, 최만춘이 지어준 이름으로 불리듯 그에게도 제 본명을 버려야만 했던 까닭이 있는 것이리라.

그러나 부르고 싶었다. 칠 년 전, 그를 만나 사랑을 시작한 시절에조차 감히 부르지 못했던 귀한 공자의 이름을.

"시헌 선비님."

홍의 목소리가 그의 귓전에 스미었다. 칠 년간 스스로를 탓하고 또

탓했던 그의 해묵은 고통을 쓰다듬고 위안하는 듯한 음성이었다.

홍으로 인해 그는 비로소 시헌이라는 제 이름을 되찾았다.

명우(銘訧). 죄를 새긴 자, 그 무엇으로도 속죄할 수 없는 죄를 짊어진 자.

치기 어리고, 무지하고, 두려움을 몰랐던 탓에 제가 유일하게 사랑했던 여인을 잃었고, 아울러 제 삶까지 나락에 처박고 만 죄 많은 자.

"시헌 선비님."

그러나 홍이 시헌이라는 제 이름을 불러줌으로써 그는 마침내 죄를 씻었다. 이제 시헌은 명우라는 자호를 버릴 것이다.

그리고 그는 스스로에게 맹세했다. 다시금 죄를 되풀이하지 않기 위해, 무슨 수를 써서든 홍을 되찾아 제자리로 돌리고 말 것이라고.

날이 개었다. 전날 휘몰아치던 눈보라가 무색하게도 하늘은 청명했다. 겨울도 이제 끝물이었다. 햇살이 닿는 별당 뜰 곳곳마다 쌓였던 눈이 녹아내렸다. 기세가 한 풀 꺾인 한낮의 바람에서는 상쾌한 숲 향기가 났다.

홍은 느지막이 자리에서 일어났다. 늦잠을 잔 것은 아니었다. 단지 생각할 것이 많아 오래도록 이불 속에 머물러 있었을 뿐이다.

시헌. 홍의 주변은 온통 그로 가득 차 있다.

"하……."

자리에 앉아 손을 꼽아보던 홍의 입에서 낮은 한숨이 흘러나왔다.

최만춘. 평안도로 출타한 그가 돌아올 날이 머지않았다.

최만춘은 보름 후에 돌아온다는 말을 남기고 떠났다. 그러나 예상이 그렇다는 것뿐, 그는 예고했던 기간과는 관계없이 불쑥 돌아오곤 했다.

그를 떠올리자 돌덩이라도 얹은 듯 마음이 무거워졌다.

생각해 보면 참 이상한 일이었다. 지난 세월 동안 무기력한 유령처럼 살아왔기 때문일까.

지난 칠 년간 홍은 최만춘에 대해 깊이 생각해 본 적이 없었다. 자진하려던 저를 살려낸 사람, 그녀를 위해서라면 무엇이든 아끼지 않는 사람, 비록 입 밖으로 발설한 적은 없지만, 홍을 진심으로 사랑하는 것이 틀림없는 사내.

그러나 최만춘이라는 사람 자체는, 먼 과거 그들이 처음 만났던 순간부터 수수께끼투성이였다. 홍에게는 하루하루 살아가는 것이 고통이었기에 그가 어떤 사람인지 고민해 보지 않았을 뿐이다.

최만춘은 누구일까.

중인이지만, 어떤 양반보다 더 극진한 대우를 받고 있는 사람. 향리직에 있으나 흔한 향리들처럼 자질구레한 일을 맡지도, 관원들에게 굽실거리지도 않는 사람.

무엇보다 누구도 쉽게 장담하지 못한 일– 즉, 기생인 홍을 성공적으로 빼돌려 제집에 숨긴 사람…….

"이렇게 큰 신세를 졌으면서, 정작 그분에 대해서는 아는 게 아무것도 없네……."

홍이 나지막하게 중얼거렸다.

사실 최만춘은 극도로 말수가 적은 사람이었다. 그는 스스로에 대해 말하지 않을 뿐 아니라, 홍에게도 무언가를 질문하는 경우가 극히 드물었다. 지금껏 홍은 그의 침묵을 배려라고 생각했다. 시헌을 잃은 그녀의 마음을 헤아려 굳이 캐묻지 않는 것이라고.

과거에 대해 거의 언급하지 않던 그가 불쑥 곳간 열쇠를 건네며 혼인을 이야기하는 것이 낯설다. 홍이라는 존재는 지워지고, 오직 그가 '단'이라 이름 붙인 여인만이 남아 있는 것 같았다.

"나쁜 계집……."

홍이 쓰게 내뱉었다. 당연하게도, 이는 스스로에게 건네는 비난이었다.

배은망덕한 일. 긴 세월, 최만춘이 저를 위해 헌신했음을 잘 알고 있는 그녀였다. 그의 집 지붕 아래 숨어 목숨을 부지하고 지금껏 호사를 누렸으면서, 시헌과 재회하자마자 그의 흠결을 찾으려는 제 자신이 문득 혐오스러웠다. 홍은 복잡한 생각을 애써 털어내려는 듯 고개를 내저었다.

"무슨 생각을 그리 골똘히 해요?"

들려오는 목소리에 홍이 고개를 들었다. 열린 방문 사이로 보이는 것은 별당에서는 보기 힘든 인물, 콩쥐였다.

"여긴 어쩐 일로……."

홍이 의아한 표정으로 물었다. 제 발로 찾아왔으면서도, 콩쥐는 뭔가 꿍꿍이가 있는 듯 새치름한 표정이었다.

"분홍 당의, 받았어요. 잘 입을게요."

잠시 말끝을 늘이던 콩쥐가 덧붙였다.

"어머니."

"……."

홍의 눈동자가 흔들렸다. 가뜩이나 혼란스러운 상황이었다. 거기에 콩쥐까지 생전 안 하던 짓을 하니 갈피를 잡을 수가 없었다.

며칠 전만 해도 첩이면 첩답게 굴라며 패악을 떤 것도 모자라 제 운혜를 훔쳐 신기까지 하지 않았나. 그로 인해 홍에게 뺨까지 맞았던 콩쥐였다. 그런 콩쥐의 입에서 튀어나온 '어머니'라는 말. 홍은 그저 당황스러울 따름이었다.

"어머니라니……?"

"아버지께서 열쇠를 맡기시기도 했고, 저도 머잖아 시집을 갈 거 아닙니까. 아버지께서 선택한 분이니 응당 어머니로 대접해야지요."

홍을 바라보던 콩쥐가 눈을 내리깔았다.

"어머니. 제가 잘못한 것이 있다면 너그럽게 용서해 주세요. 앞으로는 좀 더 마음 쓰도록 해 볼게요."

홍은 대답 대신 잠시 콩쥐를 응시했다. 정말로 잘못을 뉘우친 사람처럼 콩쥐는 안쓰럽게 미소 지었다.

"그래."

홍이 대꾸했다. 홍과 콩쥐의 시선이 부딪쳤다. 나이 차이가 얼마 나지 않는 데다, 콩쥐의 성숙한 분위기 탓에 모녀지간은커녕 기껏해야 자매로밖에 보이지 않는 그들이었다.

"그럼 가보겠습니다, 어머니."

콩쥐가 사뭇 공손하게 고개를 숙였다. 이런 것 역시 홍으로서는 처음 겪는 일이었다. 사뿐사뿐, 콩쥐가 별당을 떠났다.

"흐."

그 뒷모습을 바라보던 홍의 입가에 보일락 말락, 옅은 조소가 스친다. 그 순간의 홍의 모습은 생기를 잃은 별당마님이 아닌, 아득한 과거 또 다른 별당 시절의 그녀를 닮아 있었다.

다른 이들이야 콩쥐의 말간 미소에 깜빡 속아 넘어갈지 모르지만, 어려서부터 기생들 사이에서 잔뼈가 굵은 홍을 속여 넘길 수는 없다. 솔직히 말하자면, 홍은 콩쥐를 볼 때마다 먼 과거 악연이었던 누군가를 떠올리곤 했다. 제가 가장 잘나고 가장 아름다워야 하고, 모든 사내들이 저를 떠받들어야 하며, 제 이익을 위해서는 무슨 말이든 천연덕스럽게 내뱉곤 하던 기생 애랑의 모습을.

그러므로 더욱 궁금했다. 대체 무슨 꿍꿍이가 있어 콩쥐가 저리 살가운 척을 하는 건지. 무엇보다 콩쥐가 내뱉은 '어머니'라는 말이 소름끼치게 낯설었다.

그러나 불행하게도 지금 홍 홀로 결정할 수 있는 것은 많지 않았다. 일단 곧 돌아오겠노라는 시헌을 기다리는 것밖에는.

❀

같은 시각. 시헌은 홍을 되찾기 위해서 반드시 알아야만 하는 사내를 파악하기 위해 길을 나선 참이었다.

"최만춘에 대해서요?"

"그러하네. 그자에 대해 소상히 알려주게."

"그것이……. 나리 같은 외지 분께서는 모르는 것이 약일 것인데……."

그것이 최만춘에 대해 알고 싶다는 질문에 대한 사내의 대답이었다.

'모르는 게 약이다.'

시헌에게 그 말은 꽤나 이상하게 들렸다. 최만춘에 대해 묻는 것이 대단히 위험한 일이라, 제 신상을 걱정하는 말처럼 들렸기 때문이었다. 사내는 '알면 다친다'는 말을 완곡하게 표현한 것이나 다름없었다.

그러나 최만춘은 일개 향리, 시헌은 어엿한 고을의 수령 아닌가.

모르는 게 약. 과연 제가 모르는 것이 무엇인지가 시헌은 궁금해졌다.

"자네 말처럼, 나야 타지 사람 아닌가. 별 뜻이 있어 묻는 것은 아닐세. 그저 호기심이 좀 생겼을 뿐이지."

시헌은 정말 별일 아니라는 듯 태연하게 대꾸했다. 사내가 힐끔, 시헌을 곁눈질했다.

"나리. 외람된 말씀 한 마디 올려도 되겠습니까요?"

"그리하게."

"나리. 한성과 여기 완주는 다릅니다."

"뭐가 다르다는 말인가?"

시헌이 반문했다. 사내가 말을 이었다.

"한성에야 벼슬아치며 관원들이 수백수천일 것이지만, 완주는 작은 고을입지요. 나리께서 수령으로 계신 장수 역시 마찬가지입니다. 한성에서야 뒤를 캐고 주변을 감시하는 것이 필요했을 겁니다. 하나 이런 작은 고을에서는, 글쎄요."

"……."

"작은 고을에는 오래된 규칙들이 있지요. 이런 고을에서는, 가만히 내버려 두는 것이 오히려 더 좋은 법입니다요."

수수께끼 같은 말.

시헌은 그저 최만춘에 대해 알고 싶다는 말 한 마디를 던졌을 뿐이었다. 한데 이런 답이라니. 그야말로 대단한 과민반응 아닌가.

시헌의 미간이 좁아졌다. 감히 지방 아전 주제에 옆 고을 수령을 가르치려 드느냐며 역정을 낼 수도 있었지만, 그러기엔 석연치 않은 구석이 많았다.

향리는 주로 뒤치다꺼리를 하는 가장 낮은 계급의 관리들이었다. 그들은 특별히 비밀스러울 것도, 유별날 것도 없는 자들이었다. 그러나 최만춘에 대해 답하는 사내의 태도는 지나칠 정도로 조심스러웠다.

"하, 참."

내내 무표정이던 시헌이 벙긋 웃음을 지었다. 처음부터 무리할 필요는 없다. 사내의 경계를 푸는 것이 먼저였다.

"다른 뜻으로 물은 것은 아니네. 우연히 어떤 낭자를 만났는데, 그 낭자가 최만춘이라는 향리의 여식이라기에."

시헌이 멋쩍은 표정으로 말을 이었다.

"그래서 궁금하여 물었을 뿐이네. 쑥스럽구먼. 별일 아니니 이만 하지."

"아, 콩쥐 아씨요?"

"뭐……."

시헌이 긍정의 의미로 고개를 살짝 끄덕였다.

"아하하하!"

갑자기 사내가 웃음을 터뜨렸다.

"난 또……. 나리, 처음부터 그리 말씀하시지 그러셨습니까. 하기야, 콩쥐 아씨가 근방에서 보기 드문 미인이기는 하지요."

사내의 얼굴에 역력하던 경계심이 그제야 사라졌다. 그가 능글맞은 표정으로 시헌을 바라보았다. 그는 시헌이 콩쥐에게 첫눈에 반했다고 확신하는 듯했다.

"아, 뭐……."

시헌은 가타부타 대답하지 않았다. 그저 애매하게 계속 말끝을 흐릴 뿐이었다. 그런 태도가 사내를 더욱 조바심 나게 한 모양이었다.

"제가 넌지시 혼담이라도 넣어볼까요? 아무리 최 향리께서 날고뛰는 자라지만, 원님을 사위로 맞을 수 있다면야 그보다 더 좋은 일이 있겠습니까?"

"에이, 혼담은 무슨!"

정말로 그런 뜻이 아니라는 듯, 시헌이 손사래를 쳤다.

"그런 소리 말게. 조금 궁금한 마음에 물었을 뿐이니……."

"젊은 사내의 마음이 아름다운 여인에게 가는 것이 어찌 흉이겠습니까? 뭐, 걱정되는 바가 없진 않지만……."

"걱정되는 바?"

시헌은 지나친 관심을 드러내지 않기 위해 노력하며 반문했다.

"예. 최 향리께서는 좀 유별나시거든요. 따님에 대해서……."

"무엇이 유별나기에 그러는가?"

"금이야 옥아 길렀으니까요. 사별한 부인이 남긴 유일한 피붙이이니 그럴 테지만요. 생전에도 얼마나 끔찍하게 부인을 아꼈는지……."

'끔찍하게'라는 말을 뱉으며, 사내는 살짝 인상을 찌푸렸다.

"부인이 그리 흉하게 가버렸으니 딸에게 더욱 극진할 수밖에요. 그나마 첩을 들인 후에는 관심이 그쪽으로 쏠린 것 같습니다만……."

첩. 다름 아닌 홍을 의미하는 말이다. 그러나 첩이라는 말 이전에 시헌의 신경을 거스르는 이야기가 하나 있었다.

"부인이 흉하게 가버렸다는 것은 무슨 소린가?"

"아……."

사내가 말끝을 흐렸다.

괜한 소리를 꺼냈다. 여식의 중매를 서서 최만춘의 환심을 사볼까 설레발을 쳤다가 선을 넘을 뻔한 것이다. 자칫하다간 목이 달아날 수도 있다는 것을 뻔히 알면서.

"아닙니다. 뭐, 젊은 나이에 그리되었으니 안타까워 한 말일 뿐입니다."

"안된 일이구먼."

시헌이 사내의 말에 수긍했다. 작은 관심만 보여도 사내는 바로 꼬리를 감추었다. 경계심이 들게 해서는 곤란했다.

"아비가 여식을 극진히 대하는 거야 칭찬받을 일이지. 그나저나 최 향리라는 사람, 상심이 컸겠구먼. 딸만 남겨놓고 그리 애틋하던 부인이 세상을 떠났다니……."

"그럼요. 사실 좀 지나칠 정도로 부인을 애지중지했었거든요. 꽤나 오래전 일이지만, 부인을 늘 이름으로 살갑게 불렀습니다. '단아, 단아.' 하고서요."

"금슬이 좋았나 보군."

"금슬이 좋았다기보단……. 뭐, 아무튼 애틋하긴 했습니다. 사실 부인 쪽은……."

무심코 운을 떼던 사내가 갑자기 입을 다물었다.

뭐에라도 홀린 모양이다. 왜 자꾸 주절주절 최만춘의 이야기를 내뱉고 있는지 모를 노릇이었다. 정신을 바짝 차려야 했다. 괜히 꼬투리를 잡혔다가는 무슨 봉변을 당할지 모른다.

"아이구, 나리. 이만 저는 볼일이 있어 일어나야겠습니다."

"……그러한가? 알겠네."

"예. 나리. 살펴 가십시오."

황급히 일어선 사내가 도망치듯 자리를 떠났다.

"음……."

시헌의 표정이 일그러졌다.

처음 목적은 최만춘이 어떤 이인지를 알고자 하는 것이었다. 홍을 분란 없이 빼내려면 일단 그에 대해 알아야 했기 때문이었다.

시헌은 홍을 되찾기 위해서라면 무엇이든 할 각오가 되어 있었다. 최만춘이 재물을 요구한다면 억만금이라도 기꺼이 내줄 것이다. 그러나 집을 둘러본 바, 최만춘은 상당히 부유한 자였다. 일개 향리가 그토록 사치스러운 취향을 갖기는 쉽지 않았으므로, 시헌은 그가 부정한 방법으로 부를 축적했으리라 생각했다. 나랏돈에 손을 대는 것 같은 일 말이다.

그러나 아전의 과도한 반응을 맞닥뜨리니, 문득 그런 생각이 들었다. 그 '부정'이라는 게 생각보다 더 무거운 것일지도 모르겠다고.

"대체 뭐 하는 자이기에……."

사내와의 대화는 길지 않았지만, 소득이 아주 없지는 않았다. 사내가 내뱉는 말의 행간 곳곳에서 최만춘에 대한 실마리를 찾을 수 있었기 때문이었다.

사내와 최만춘은 같은 신분의 중인. 그러나 사내는 최만춘을 칭할 때 시헌에게 하듯 깍듯이 존대를 썼으며, 심지어 그 딸인 콩쥐에게조차 '아씨'라는 경어를 사용했다. 또한 사내는 무심코 최만춘이 어떤 자인지를 내비치기도 했다.

"날고뛰는 자."

다소 부자연스럽던 사내의 태도를 떠올리던 시헌이 그의 말을 되뇌었다.

나름대로 말을 아끼려 노력한 듯했으나, 사내의 태도로 시헌은 중요한 사실 하나를 깨달았다. 그 사내는 최만춘을 두려워하고 있었다. 그것도 대단히 많이.

그리고 예상컨대, 최만춘에게 공포심을 느끼는 자가 그 아전 하나만은 아닐 것이다.

❀

"팔쥐야."

"으응?"

"옛날 기억…… 나?"

"옛날?"

느지막한 오후. 홍과 팔쥐는 모처럼 마주 앉아 있었다. 그들 사이에는 고뿔을 예방해야 한다며 꽃분이가 가져온 쌍화차며 주전부리 몇 가지가 놓여 있었다.

"월야관 시절 말이야."

팔쥐가 어리둥절한 표정으로 홍을 바라보았다. 월야관. 그 이름을 홍이 입 밖으로 내는 것이 얼마만인지 기억조차 나지 않았다.

근래의 홍은 완전히 과거를 망각한 사람처럼 보였었다. 그녀는 월야관은 물론이거니와 '홍'이라는 제 이름조차 입에 담지 않았다. 그랬던 그녀가 갑자기 월야관 시절을 이야기하다니. 참으로 이상한 일이었다.

"기, 기억이야 나죠, 당연히……."

"그때로 돌아가고 싶지 않아?"

아, 홍이 잠시 말을 멈추었다.

팔쥐가 그때로 돌아가고 싶을 턱이 있겠는가. 팔쥐는 제 어미에게 버림받았을 뿐 아니라 철저히 기만당했다. 또한 어린 나이부터 조롱과 멸시에 시달리지 않았는가.

"내 말은……. 그 시절로 돌아가는 걸 얘기하는 게 아니라, 우리의 관계 말이야."

"우, 우리 관계가 왜, 왜요?"

당황할 때면 으레 그렇듯 팔쥐는 평소보다 더 말을 더듬고 있었다.

"한동안……. 적응하는 데 힘들어했잖아. 나를 언니가 아닌 어머니라 불러야 하고, 내게 꼬박꼬박 경어를 써야 하는 거……."

"하, 하지만, 그, 그, 그게 당연한 거잖아요."

"……당연할까."

홍이 자문하듯 팔쥐의 말을 되뇌었다.

팔쥐를 속일 수는 없다. 아니, 속인다고 속여질 일이 아니었다. 낮의 손님으로 찾아오든, 아니면 은밀한 밤손님으로 들든 시헌은 다시 이 집으로 돌아올 것이다. 그것은 시헌과 팔쥐가 언제든 마주칠 수 있다는 사실을 의미했다.

아무런 귀띔도 받지 못한 채 무방비 상태로 그를 마주쳤을 때, 팔쥐가 어떤 반응을 보일지를 생각해 보면 한시라도 빨리 진실을 고백하는 편이 나았다.

"팔쥐야. 선비님 생각 나?"

"선비님이요? 어떤 선비……."

반문하던 팔쥐의 입이 딱 벌어졌다.

시헌이라는 이름의 공자. 홍은 그의 이야기를 하고 있는 것이다.

이 역시 처음이었다. 이곳에 온 이래 몇 년간, 어쩌면 지금까지도 홍이 시헌을 그리워하고 있음을 안다. 그러나 그녀 입으로 그 이름을 꺼낸 적은 단 한 번도 없었다.

"그, 그분은……. 돌아가셨잖아요."

팔쥐의 말이 홍의 가슴을 아프게 찔렀다. 그러나 이전보다는 훨씬 나은 고통이었다.

"팔쥐야. 만약에 선비님이 돌아가신 게 아니라면, 나는 어떡해야 할까?"

"에……?"

팔쥐가 홍을 바라보았다. 가뜩이나 까무잡잡한 팔쥐의 낯빛이 더욱 어두워졌다.

"어, 어떡하겠어요. 어쨌든 지금은 아버지께서 계신데……. 하, 할 수 없잖아요."

"할 수 없나."

홍이 혼잣말처럼 조용히 말을 이었다.

"애당초 잘못된 일이라면, 바로잡을 수도 있는 거 아닐까?"

"바, 바, 바로잡다니요. 왜 갑자기 그런 말을 해요……."

팔쥐의 눈동자가 거세게 흔들렸다. 홍이 그런 팔쥐의 어깨를 살며시 두드렸다. 팔쥐를 진정시키는 것이 우선이었다. 그녀가 지나치게 흥분했다간 무슨 일이 벌어질지도 모른다.

그때였다. 꽃분이가 별당 뜰에 모습을 드러냈다. 꽃분이는 사뿐사뿐 춤이라도 추듯 가벼운 발걸음에, 어쩐 일인지 콧노래까지 흥얼대고 있었다.

"쌍화차는 다 드셨습니까요? 한 방울도 남기지 말고 다 자셔야 고뿔에 안 걸려요. 쇤네가 힘들게 달여온 거 아시죠?"

꽃분이의 태도만이 들뜬 것이 아니었다. 그녀의 목소리에마저 운율이 담겨 있었다.

"꽃분아. 뭐, 좋은 일이라도 있느냐?"

"좋은 일이라기보다는, 뭐……."

꽃분이가 생글생글 웃음을 지었다.

"콩쥐 아씨를 찾아오셨던 현감 나리 말이에요. 그 나리께서 또 오셨답니다. 제 주제에 딴 마음을 품은 건 아니지만, 대단한 미남자를 보니 절로 콧노래가 나오지 뭡니까."

조잘조잘, 꽃분이의 수다는 멈출 줄을 몰랐다.

"아무래도 원님께서 콩쥐 아씨에게 홀딱 반한 것이 분명해요! 그렇지 않고서야, 이리 문턱이 닳도록 드나들 리 없잖습니까? 콩쥐 아씨가 저리 대단한 양반의 마음을 사로잡다니! 어엿한 안방마님이 되실지도 모른다니……!"

한참이나 떠들어대던 꽃분이는 뒤늦게서야 아무런 반응이 없다는 것을 깨달았다. 꽃분이가 머쓱한 듯 입을 다물었다. 그토록 열변을 토했음에도 팥쥐는 당과를 골라 먹는 데 열중할 뿐 관심을 보이지 않았다. 게다가 별당마님은…….

"마님! 혹시 어디 편찮으세요?"

"아니다."

꽃분이의 걱정 어린 시선을 받은 후에야, 홍은 제가 지나치게 경직된 태도를 취하고 있었음을 깨달았다. 저도 모르는 사이 움켜쥐고 있던 치맛자락에 우글우글 주름이 져 있었다.

"정말로 괜찮으세요? 낯빛이 새하얀데……."

"괜찮대도. 아무렇지도 않다."

평온을 가장한 홍의 목소리. 꽃분이가 그제야 안심이 된 듯 고개를 끄덕였다. 꽃분의 시선이 멀뚱멀뚱 자리에 앉아 있는 팥쥐에게로 향하였다.

"팥쥐 아씨. 저랑 가실래요?"

"가긴 어딜?"
"어디긴 어디겠어요. 콩쥐 아씨에게 가보자는 거지!"
"내가 거, 거길 왜 가냐?"
"아이 참, 아씨께서도 잘생긴 나리님 한번 보셔야지요. 형부가 될지도 모르는데. 저랑 가서 우연인 척 인사라도 하시는 게 어떻겠습니까?"
"인사는 무슨. 난 그런 거 관심 없대두……."
"에이, 아씨! 그러지 마시고 같이 가자니까요. 어서……."
"안 돼!"
갑작스럽게 홍이 내뱉었다. 꽃분이는 물론이거니와, 내내 심드렁하던 팥쥐마저 홍을 돌아보았다. 당황한 홍이 마른침을 삼켰다.
"마님, 어찌 그러십니까?"
"그런 행동은 예의가 아니지 않나. 주인어른께서 아니 계시니, 인사를 한다면야 내게 먼저 하는 것이 옳지."
예의를 운운하며 인사의 순서를 따진다는 것은 콩쥐의 어미 노릇을 하겠다는 말이나 다름없었다. 평소의 홍이라면 결코 이런 소리를 입 밖에 내지는 않았을 것이다. 그러나 생각을 정리할 틈이 없었다.
"아, 뭐……. 그렇긴 하네요."
홍의 말에 수긍하면서도, 꽃분이는 미심쩍은 표정으로 그녀를 바라보았다. 오늘따라 별당마님의 태도가 어딘지 부자연스러웠다.
'감투가 자리를 만든다니 딱 그런 건가. 마님께서 이러실 줄은 몰랐네.'
홍의 눈치를 살피던 꽃분이가 다기며 접시들을 정리했다.
"그럼 마님, 아씨, 저는 이만……. 오늘은 종일 부엌에 있을 것이니 손이 필요하면 부르십시오."
별당을 떠난 꽃분이는 부러 길을 돌아 안채 앞을 기웃거렸다. 안방 섬돌 위에는 콩쥐의 꽃신 외에도, 무관들이 주로 신는 검은 목화신 한 켤레가 단정하게 놓여 있었다.

꽃분이가 별당으로 달려가 시헌의 방문을 알렸던 시각. 정작 시헌은 그닥지 않게 당황스러운 표정을 한 채 뜰을 서성이고 있었다.

공식적으로는 마지막이 될 방문이었다. 애당초 크게 다친 것이 아니었으므로 콩쥐의 몸은 회복되었을 것이다. 시헌은 치료에 든 비용을 치르고 콩쥐에게 작별 인사를 고할 생각이었다.

물론 그것은 표면적인 이유에 지나지 않았고, 실제 목적은 따로 있었지만.

"낭자. 계시오?"

집 대문을 열어준 것은 남원댁이라고 불리는 이 집의 여종이었다. 손님을 맞은 몸종이 해야 할 일은 분명했다. 시헌을 안채로 데려간 후, 콩쥐에게 손님이 왔음을 알리는 것. 그것이 당연한 의무였다.

"나리. 잠시만 계십시오. 금방 오겠습니다."

한데 무슨 까닭인지, 안채 입구까지 시헌을 안내한 남원댁은 자못 급한 듯 종종대며 사라졌다. 거의 한 다경에 가까운 시간이 지났으나 남원댁은 돌아오지 않았다.

결국 시헌은 제 발로 콩쥐의 방문 앞까지 갈 수밖에 없었다. 그러나 문은 굳게 닫혀 있었다. 몇 번이고 조심스레 콩쥐를 불렀으나 대답 역시 돌아오지 않았다.

"하……."

시헌이 난감한 표정으로 미간을 모았다. 이렇게 손님을, 그것도 처녀를 방문한 사내를 몸종 하나 없는 안뜰에 세워놓다니. 반가에서는 절대 있을 수 없는 일이었다.

'돌아가야 하나.'

굳게 닫힌 방문을 바라보던 시헌이 다시 한번 '으흠' 하고 헛기침을 했다. 그러나 여전히 사방은 기척이라고는 없이 고요했다. 그때였다.

"저고리 가지러 간 남원댁은 왜 이리 안 오누."

내내 미동 없이 닫혀 있던 공쥐의 방문이 열리며, 문밖으로 여인의 손부터 팔꿈치까지가 쓱 튀어나왔다. 문으로 시선을 돌린 시헌이 무언가 이상하다는 낌새를 챘을 때는 이미 늦었다. 문밖으로 나온 여인의 팔은 흰 맨살이었다.

"아악! 나리!"

공쥐가 외마디 소리를 내며 급히 문을 잡아당겼다. 그러나 손이 미끄러진 모양이다. 문은 닫히기는커녕 오히려 더 활짝 열린 꼴이 되고 말았다.

몸에 걸친 것이라고는 오직 새하얀 속곳 치마뿐. 공쥐가 다급히 가슴골을 손으로 가렸다. 헐벗은 가슴 위를 가로지른 치마끈 매듭이 들썩거렸다. 동시에 시헌이 몸을 빙글 돌려 공쥐를 등졌다.

"아무것도 보지 못했소. 들어가시오."

"나, 나리……. 어찌 그곳에 기척도 없이 계십니까?"

"기척을 여러 차례 하였으나, 답이 돌아오지 않았소."

"아……. 아무리 그래도……."

등 뒤에서 들려오는 공쥐의 당황한 목소리. 시헌의 입에서 끄응 앓는 소리가 흘러나왔다. 이게 대체 무슨 날벼락이란 말인가. 그로서는 예상조차 하지 못한 일. 참으로 공교로운 일이 아닐 수 없었다.

"아이고, 아씨!"

갑자기 요란한 발소리가 났다. 남원댁이 그제야 발을 구르며 달려온다. 남원댁의 손에는 분홍색 당저고리가 들려 있었다.

"세상에 이게 무슨 일이래……. 아씨!"

시헌은 뒤돌아 선 채였으므로 공쥐가 어떤 꼴을 하고 있는지 알지 못했다. 그저 들려오는 목소리로 상황을 짐작할 뿐이었다.

"아이고, 아씨! 이 일을 어쩝니까? 세상에!"

후우, 시헌이 한숨을 내쉬었다. 그의 등 뒤로 '우리 아씨 시집은 다 갔네!'라는 남원댁의 목소리가 들려왔다. 다시금 콩쥐의 방문이 닫혔다.

시헌은 한참을 기다린 끝에야 콩쥐를 볼 수 있었다. 옷을 차려입은 콩쥐는 해쓱하게 질린 얼굴로 시헌을 맞이했다.

"본의는 아니었으나, 송구하오."

시헌이 정중하게 사과를 건네었다.

당연하게도 억울한 일이다. 몇 번이나 그녀를 부르며 기척을 하지 않았나. 그러나 제 말에서 낙마하여 다친 여인의 병문안을 온 길. 의심스러운 정황이 있다 하여 캐물을 수도 없는 노릇이었다.

무엇보다 콩쥐를 찾아온 것은 눈속임에 지나지 않았다. 그의 진짜 목적은 홍을 보는 것이었으므로.

"……어쩔 수 없지요."

콩쥐의 목소리에는 체념의 한숨이 스며 있었다. 큰 수치를 당한 듯, 바닥을 내려다보고 있던 콩쥐가 시선을 들어 시헌을 보았다.

콩쥐가 몸을 살짝 움직이자 풍겨오는 향기. 콩쥐에게서는 옅은 분 냄새와 희미한 사향 냄새, 동백기름 냄새가 났다. 먼 과거의 일이었지만, 한때 기방을 제집처럼 드나들었던 시헌이었다. 그는 공들여 몸단장을 한 여인 특유의 향취를 단번에 알아챘다.

시헌이 무심히 콩쥐의 눈길을 마주했다. 마치 아무런 화장을 하지 않은 민낯처럼 보였지만, 실상은 꽤나 공을 들여 본연의 얼굴처럼 보이도록 정교하게 화장을 한 얼굴. 시헌에게 맨살을 보인 것이 부끄러워 견딜 수 없는 것처럼 눈을 굴리는 와중에도 콩쥐는 주도면밀하게 주변을 살피고 있었다. 콩쥐의 태도는 부자연스러웠고 일상적이지 않았다.

"하지만 솔직히……. 여인의 몸으로 외간 사내에게 그런 모습을 보였다는 게 수치스러워서…….”
시헌과 살짝 눈을 맞춘 콩쥐의 긴 속눈썹이 바르르 떨렸다.
“저는 이제 어떻게 살아가야 할지 모르겠습니다.”
눈을 깜빡대던 그녀가 시선을 내리깔았다.
“수치스러워 마시오. 나는 그대의 팔 외에 아무것도 보지 못했소.”
“팔을 보인 것 역시 수치스럽기는 매한가지이지요.”
“낭자도, 나도 의도치 못한 사고일 뿐이오. 빈말이 아니라오. 나는 아무것도 보지 못했으니, 계속 곱씹어 생각하지 마셨으면 하오. 내 진심으로 사죄하리다.”
콩쥐는 아무 말이 없었다. 힐끔, 그녀가 시헌의 표정을 살폈다.
무덤덤한 표정. 마치 제가 수작부린 것을 다 알고 있다는 듯한…….
순간, 시헌이 입을 열었다.
“낭자.”
“예, 나리.”
“무엇을 원하시오?”
“예?”
“내게 무엇을 원하시냐 했소.”
시헌을 마주 본 콩쥐의 시선이 흔들린다.
“무슨 뜻으로 그리 물으시는 겁니까?”
“꽤나 난감한 일을 겪었으니, 보상을 하겠노라는 뜻이오. 낭자에게만 당황스러운 일이 아니오. 나에게도 예상치 못한 일이었다오. 그러나 사내 된 도리로 당연히 그대에게 사죄하리다. 그것으로 마음이 풀리지 않으면 무엇이든 원하는 것을 드리겠소. 편한 대로 하시오.”
“편한 대로요?”
“그러시오. 원하는 것을 말씀하시오.”
시헌의 말은 꽤나 직설적이었다.

콩쥐는 생각했다. 그렇다면, 저 역시 직설적으로 답하면 되는 걸까? 내가 원하는 것은 당신과의 혼인이라고. 팔이며 가슴을 훤히 내놓은 채 문을 열어젖히는 저열한 수를 쓰면서까지 당신의 부인 자리를 갖고 싶었노라고. 아무리 노력해도 닿지 않고, 미소로 유혹하여도 바라보지 않고, 인연을 맺으려 했으나 매번 거부하였으므로 나 역시 별 도리가 없었노라고.

"소녀가 원하는 것은……."

하고자 하는 말이 혀끝에서 맴돌았으나 어찌 그런 너저분한 이야기를 꺼낼 수 있겠는가. 정숙과 순결을 중요시하는 조선 여인이라면 절대 그런 말을 입 밖에 내지 않는 법이다. 좀 더 고상하고 우아하게 대화를 주도해야만 했다.

잠시 숨을 고른 콩쥐가 말을 이었다.

"수치스러워 마라, 곱씹지 마라 하시지만 나리께서는 이미 제 몸을 보셨습니다. 한데 어찌 처녀 마음이 편하겠습니까?"

"그래서요?"

"어찌 이런 말까지 제 입으로 꺼내게 하시는지……."

콩쥐가 부끄러운 듯 시선을 돌렸다.

"사대부의 도리대로 저를 거두시는 것, 그것뿐입니다."

시헌은 놀라는 기색조차 보이지 않았다. 마치 그녀가 그런 소리를 할 줄 알았다는 듯한 반응이었다.

"그것은……."

그가 긴장과 기대를 품은 시선으로 저를 바라보고 있는 콩쥐를 마주 보았다.

이제는 까마득한 기억이 되어버린 먼 과거. 한성의 모든 기방을 섭렵한 파락호로 이름을 날리던 젊은 공자 김시헌은 여인이라면 마다하는 일이 없는 난봉꾼이었다.

그런 그가 질색팔색하는 부류가 있었으니, 그것은 눈에 빤히 보이는 수작으로 제게서 뭔가를 얻어낼 수 있다 여기는 멍청한 것들이다.

“절대 아니 되오.”

마치 눈앞의 여인, 콩쥐처럼.

홍의 방문은 활짝 열린 채였다. 시헌이 도착했다는 소리를 들은 이후부터 내내 좌불안석이던 홍이 뜰을 내다보았다.

시헌이 어떤 식으로 그녀를 찾아올지 가늠하기란 쉽지 않았다. 어쩌면 그는 지난번처럼 야음을 틈타 찾아올 생각인지도 모른다. 콩쥐와 혼인을 하네 마네 하는 소리를 들은 터라 괜스레 초조한 마음이 들었다.

그때였다.

발소리. 별당으로 빠르게 다가오는 발소리를 인식함과 동시에, 푸른 철릭 차림의 시헌이 모습을 드러냈다.

선비님, 이라고 부르려던 홍이 입을 다물었다. 훤한 대낮, 어디에 눈과 귀가 있을지 모르는 일이었다. 시헌 역시 같은 생각을 하고 있는 듯했다. 그는 지체 없이 홍에게로 다가왔다.

“모레 미시 반 각에…….”

그가 홍의 귀에 속삭였다.

“동구 밖 물레방앗간으로 와다오.”

다른 볼일을 보러 가는 중에 우연히 마주친 사람처럼, 시헌은 바람처럼 나타났다 순식간에 홍의 시야에서 사라졌다.

4장. 선택

"마님. 어디 나가십니까?"

꽃분이의 목소리에 홍이 문간을 돌아보았다.

겨울도 다 지났는지, 볕이 좋고 바람이 달아 방문을 열어놓은 것을 잊었던 게다.

"어인 일로 의복들을 죄 꺼내놓으시고, 경대를 보고 계십니까?"

꽃분이의 얼굴에 호기심이 차올랐다. 확실히 마님은 평소 같지 않았다. 세수만 하고 앉아 있어도 빛이 나는 것을 스스로도 아는지, 생전 단장이라고는 하는 적 없는 분이었다. 그랬던 마님이 옷가지를 늘어놓고 면경까지 꺼내 보고 있는 모습이 생경했다.

"외출하려고."

"외출을요? 어디를 가시기에요?"

"시전에……."

"뭐 필요한 물건이라도 있으십니까? 제게 말씀하십시오. 제가 얼른 다녀오겠습니다."

꽃분이가 고개를 갸웃했다. 별당에 자리를 잡은 이래 외출이라고는 생전 한 적 없는 마님이었다.

"아니야. 혼자 다녀올게. 이제 나도 슬슬 바깥에 익숙해져야 하니……."

"팥쥐 아씨도 아니 데려가신다고요?"

"응."

홍이 꽃분이를 바라보았다. 거짓을 말할 때는 망설이는 기색을 보이면 안 된다.

"얼마나 바깥이 달라졌는지, 사람 사는 세상은 어떠한지 잠시 혼자 거닐어보고 싶어서 그래."

"아……. 예, 마님. 알겠습니다요. 아, 참."

자리를 뜨려던 꽃분이가 다시 툇마루에 엉덩이를 붙였다.

"아무래도 콩쥐 아씨께서 진짜로 시집을 가시려나 봐요."

경대를 정돈하던 홍이 꽃분이를 바라보았다.

"그 원님 말입니다. 장수 현감이라는 나리요. 세상에, 그제 무슨 일이 있었는지 마님은 아직 못 들으셨지요?"

"무슨 일?"

홍은 애써 차분한 어조로 반문했다. 까닭 없이 목구멍이 깔깔했다.

"콩쥐 아씨께서 속곳만 입은 채로 방문을 열었는데, 하필 마당에 그 나리께서 계셨다지 뭡니까."

툭! 홍의 손에 들려 있던 면경이 떨어졌다. 태연한 척 해야 해. 동요를 드러내서는 아니 된다. 홍은 아무 일도 없었다는 듯 떨어뜨린 면경을 집어 경대 안에 넣었다.

"그 일이 있고, 나리와 콩쥐 아씨 둘이서만 한참 얘기를 나눴다 하더라고요."

"무슨 얘기를?"

"자세히는 모릅니다만, 시집도 안 간 처녀 몸을 보았으니 별수 있겠습니까? 소문이라도 새나갔다간 콩쥐 아씨는 처녀 귀신이 될 것인데요. 아유, 주인나리께서 출타 중이시기에 망정이지, 만약 어제 집에 계셨다면 그 나리라는 양반은 뼈도 못 추렸을 텐데……."

꽃분이가 제풀에 부르르 몸서리를 쳤다.

"참 공교로운 일입니다. 잠들 때조차도 속곳 바람인 적 없는 아씨잖습니까? 그런 아씨께서 하필 나리께서 오신 시각에 그런 모습으로 문을 열어젖혔다는 게……."

꽃분이의 말끝에 약간의 웃음기가 번졌다. 홍은 그 말 안에 은근한 뼈가 있음을 깨달았다.

홍이 평범하게 살아온 여인이었다면, 열일곱 처녀가 그런 일을 벌였다는 사실을 믿지 못했을 것이다. 그러나 홍은 기방 출신이었다. 매듭을 헐겁게 묶어 가슴골을 내보인다거나, 부러 치마를 펄럭거려 종아리를 드러내는 일 따위야 기생들 사이에서 흔해 빠진 잡기에 지나지 않았다.

홍이 튀어나오려는 한숨을 삼켰다.

이런 기분을 대체 뭐라고 표현해야 할까. 당연하게도 시헌은 그런 얕은 수에 넘어가지 않았을 것이다. 그것을 알면서도 신경이 곤두섰고 열이 치밀어 올랐다. 꼭 그런 기분이었다. 먼 과거, 사사건건 자신의 심기를 건드리려 애쓰는 애랑을 마주할 때 같은 기분.

"아무튼 조만간 이 집에 큰 경사가……."

그때였다. 자박자박 들려오는 발소리. 홍과 꽃분이 동시에 고개를 돌렸다.

"아, 아씨……."

"뭘 그리 놀라고 그래?"

모습을 드러낸 것은 다름 아닌 콩쥐였다. 제풀에 화들짝 놀란 꽃분이의 얼굴이 붉게 달아올랐다.

"저, 저는 이만 부엌일을 하러 가보겠습니다요. 필요한 게 있으시면 언제든 찾으십시오!"

꽃분이는 입을 놀린 것을 들킬세라 종종대며 사라졌다. 콩쥐가 홍에게로 시선을 돌렸다.

"어머니. 오늘따라 참 곱게 단장하셨네요."

콩쥐가 홍을 보며 방긋 웃었다.

"어디 좋은 데라도 가시나요?"

"시전에."

콩쥐가 방문 앞 툇마루에 걸터앉았다. 흩어진 의복들, 열려 있는 경대. 방 안을 훑던 콩쥐의 시선이 홍에게로 향했다.

순간 보일락 말락 콩쥐의 입술 끝이 뒤틀렸다. 생전 안 하던 화장이라도 한 건가. 아니면 처음 보는 화려한 홍색 치마 때문인가.

별당 계집은 본래 아름다운 여인이기는 했다. 싫어한다 해서 눈에 뻔히 보이는 사실을 기어이 아니라고 우길 마음은 없었다. 어쨌든 그녀는 아버지의 여인이었으니, 질투심이나 열등감을 느낄 까닭도 없었다. 무엇보다 지나치게 음울하고 어둑한 분위기는 그녀의 아름다움을 상쇄시켰다. 몇 년간 제 방, 기껏해야 별당 뜰에 처박혀 종일 죽을상을 하고 있으니 양귀비인들 어여뻐 보일 리가 없는 것이다.

그러나 지금 눈앞의 여인은 평소와는 어딘지 다른 모습을 하고 있었다. 안색이 밝아진 덕인지, 그게 아니면 오늘따라 일렁일렁 그녀를 비치고 있는 햇살 때문인지도 모르겠다. 홍은 오늘 대단히 아름다웠고, 그것이 콩쥐의 심기를 불편하게 했다.

"……."

홍과 눈이 마주친 콩쥐의 시선이 살짝 흔들렸다.

용모에서 풍기는 분위기만이 달라진 것이 아니었다. 당장에라도 눈물을 쏟을 듯 흐리멍덩하던 눈빛마저 이전과 달랐다. 저를 표독스럽게 노려보거나 도끼눈을 치뜬 것도 아닌데, 그녀의 눈을 마주 보고 있자니 왠지 자꾸만 기분이 나빠졌다.

콩쥐가 부러 흐흠, 하고 헛기침을 했다.

"어머니, 요새 좋은 일이라도 있으신가 봐요. 점점 고와지시네요."

"무슨 일이야?"

"일은요. 그냥 어머니께서 뭐 하시나 와본 겁니다."

사실 용무 없이 별당을 찾은 것은 아니다. 또한 까닭 없이 순수한 마음으로 홍을 '어머니'라 부르는 것도 아니었다.

콩쥐는 나름대로 이후의 상황들을 계산하고 있었다. 장수 현감과의 혼인을 바랐으나, 그는 좀체 콩쥐의 도발에 넘어오지 않았다. 이제 유일한 희망은 머잖아 집으로 돌아올 그녀의 아버지였다.

아버지. 누군가에게는 공포의 대상이었으나 콩쥐에게는 한없이 자상한 그녀의 아버지. 그는 연모하는 이가 생겼다는 딸의 간절한 호소를 결코 모른 척하지 않을 것이다.

별당 계집에게 마음에도 없는 소리를 하며 살랑대는 것은, 그녀가 좋아서가 아니라 아비의 비위를 맞추기 위해서였다. 혹시 아는가. 그녀가 제 편이 되어 아비를 설득시켜 줄지.

"어머니, 제가 도와드릴 일 같은 건 없을까요?"

"무슨 일을?"

"글쎄요. 드시고 싶은 거라든가, 아니면 심부름이라든가……. 말씀만 하십시오. 저도 곧 시집을 갈 테니, 미리 아녀자가 할 일들을 알아놓는 것도 좋지 않겠습니까."

"시집."

홍이 콩쥐의 말을 받아 중얼거렸다. 그들의 시선이 마주쳤다. 콩쥐는 진심이라는 듯 웃었으나 홍은 무표정했다.

타고난 감이라고 해야 할까. 혹은 콩쥐의 빤한 속내가 드러나서일까.

그것도 아니면, 시헌과 얽혀 있는 콩쥐를 향한 질투심일까.

"왜요? 제 얼굴에 뭐라도 묻었어요?"

"아니. 아니야."

"제가 시집을 가면, 어머니께서도 아버지와 정식으로 혼인을 하시겠지요? 당연하게도, 저는 찬성입니다."

그럴 리가. 그럴 수는 없다. 콩쥐의 바람이 무엇인지를 깨달은 홍의 표정이 굳어졌다.

시헌과의 혼인을 꿈꾸고 있는 건가. 콩쥐는 시헌의 부인이 되어 이 집을 떠나고, 저는 최만춘의 재취가 되어 집의 안주인이 되는 그림을 그리고 있었던가. 그것은 홍에게 일어날 수 있는 일들을 통틀어 가장 끔찍한 상상이었다.

소름이 오싹 끼쳤다. 말도 안 된다. 어떻게 그를 되찾았는데, 어떻게 그와 죽음을 넘어 다시 만났는데…….

"뭐 도울 일 없냐고 물었지?"

"예. 시키실 일이 있으면 말씀하세요."

홍의 입가가 서늘하게 굳어졌다. 꽤나 유치한 복수라는 생각을 했지만, 이렇게라도 해야 기분이 풀어질 것 같았다.

홍을 보필하는 꽃분이가 하는 여러 일들 중에, 가장 힘들고 고달프다 툴툴대는 어려운 일.

"밖에 다녀와서 목욕을 좀 하고 싶은데, 우물물을 길어와 물독에 가득 채워줄 수 있을까?"

"우물물이요?"

콩쥐가 되물었다. 우물까지 걸어가는 데만도 한 다경은 족히 걸린다. 거기에 물독을 가득 채우려면, 우물을 적어도 열 번은 왕복해야 할 판이었다.

"어려울까?"

"아, 아니요. 아니에요. 제가 해놓을게요, 어머니."

"고맙다."

자리에서 일어선 콩쥐가 짧은 순간 홍을 노려보았다. 생각지도 못한 어려운 일을 떠맡은 까닭에 소태를 씹은 듯 입안이 썼다.

콩쥐가 오만상을 찌푸린 채 별당을 떠난 직후. 붉은 치마와 미색 저고리, 쪽빛 배자 위에 어두운 색 장옷을 둘러쓴 홍이 방문을 나섰다.

섬돌에 가지런히 놓인 건, 홍색 구름무늬가 아로새겨진 연둣빛 꽃신.

홍이 운혜에 발을 밀어 넣었다. 물레방앗간으로 오라는 시헌의 청을 들어줄 시간이었다.

❀

물레방앗간은 한적한 앵곡에서도 유독 외진 지역에 위치했다.

게다가 아직 입춘 전이었다. 농사꾼들 대부분은 구들장에 누워 곰방대를 피우거나, 집에서 빚은 독한 술을 마시며 소일했다. 그런 까닭에 홍은 마을 초입까지 가는 동안 누구도 마주치지 않았다.

처음 홍은 쫓기기라도 하는 사람처럼 수시로 주변을 두리번거렸다. 그러나 민가들이 저만치 뒤로 사라지고 황량한 논밭이 펼쳐지자 그녀는 대담해졌다. 그때부터는 더 이상 뒤를 돌아보지도, 누군가를 마주치지 않을까 싶은 걱정에 심장이 두근거리지도 않았다.

칠 년 사이 잃어버렸던 그녀 자신이 서서히 돌아오고 있다. 어둡고 침울한 별당 여인은 사라지고, 제 욕망에 솔직하고 무엇에도 기죽지 않는 홍이.

바쁜 걸음을 옮기던 홍이 자리에 멈춰 섰다.

"하아……. 하아……."

오랜만에 먼 길을 걸어왔기 때문인지 숨이 가빴다.

동구 밖 버려진 물레방앗간. 몇 년 전 불이 나 반쯤 타버린 데다, 그 때 죽은 귀신이 나온다는 흉흉한 소문 탓에 사람들이 좀체 접근하지 않는 곳. 이 황폐한 장소는 비밀스러운 만남에 더할 나위 없이 적합한 조건을 갖추고 있었다.

물레방앗간으로 향하던 홍의 걸음이 멈추었다. 허물어져 가는 오두막보다 훨씬 시선을 잡아끄는 무엇인가를 발견했기 때문이었다.

푸르르, 말이 콧김을 내뿜는 소리. 물레방앗간 바로 옆 말뚝에 거대한 흑마가 매어져 있었다. 처음 보는 말이었지만 아름다운 흑마의 주인이 누구인지 단번에 알 수 있었다.

"앗……!"

순간 말 뒤쪽에서 불쑥 팔이 튀어나왔다.

시헌의 복장이 검정 일색이었던 탓에 그가 있음을 눈치채지 못했다. 순식간에 시헌은 홍을 그의 품으로 끌어당겼다.

"홍아. 오느라 힘들지는 않았느냐?"

시헌이 홍의 방으로 숨어들었던 밤, 미치도록 보고 싶었던 얼굴. 그토록 그리워하던 그의 얼굴이 홍의 코앞에 있었다. 시헌 역시 같은 마음이리라. 홍을 바라보던 그의 눈동자가 벅차게 일렁거렸다.

"안 힘들었습니다. 하나도요."

홍이 고개를 저었다. 며칠간 홍은 두려웠다. 시헌과의 만남이 그녀의 망상일까 봐서. 잠에서 깨어나면 사라지는 한 조각 꿈일까 두려웠다.

그러나 지금은 다시 꿈을 꾸는 것만 같다. 영영 깨고 싶지 않은 행복한 꿈을. 시헌의 품에 안겨 있다는 사실 하나만으로, 지난했던 모든 고통이 씻겨지는 것 같았다.

"이대로 시간이 멈추었으면 좋겠구나."

시헌의 말은 진심이었다. 그러나 그 전에 할 일이 있지 않은가.

"가자, 일단."

"어디로 갑니까?"

홍이 되물었다. 물레방앗간에서 만나자 하였으니, 그곳에서의 밀회를 예상하고 있었는데.

"은신처를 구해두었다. 멀지 않다. 말을 타고 가면 금방이다."

"예에, 선비님."

약간 당황한 듯한 홍의 얼굴을 본 시헌이 피식, 웃음을 터뜨렸다.

"나를 모르는구나, 아직도."

"무엇을 말입니까?"

"설마 내가 이렇게 음침하고 흉흉한 장소에서 사랑하는 여인을 맞이하리라고 여긴 게냐?"

사랑하는 여인. 시헌의 말이 홍의 가슴을 가득 채웠다. 용기, 열정, 희망이 다시금 뜨겁게 솟구쳤다. 시헌의 사랑을 받고, 또 그를 미치도록 사랑하고픈 욕구가 치밀었다. 그와 사랑하며 살 수만 있다면 어떠한 대가라도 기꺼이 치르리라. 어떤 금기라 해도 홍은 겁내지 않을 것이다.

"가자."

칠 년 전 어느 건조한 겨울날 그러했듯, 홍과 시헌을 태운 준마가 앞으로 나아가기 시작했다.

홍의 평생에 말을 타는 경험은 오늘로써 세 번째였다. 그녀가 말에 오를 때 곁에는 항상 시헌이 있었다. 그와 함께 말을 달렸던 날들은 홍에게 잊을 수 없는 기억으로 남았다.

오늘 역시 그렇게 되리라.

문득 떠오르는 오래전 어느 날. 싸늘하던 겨울날, 제 마음 속에 꿈틀대는 감정이 무엇인지조차 모르던 어린 동기의 앞에 그는 위풍당당한 밤색 준마를 끌고 나타났다. 처음 보는 말이라는 짐승의 피모에서는 그 어떤 비단보다 매끄러운 윤기가 흘렀었다.

"선비님께 합(合)을 청합니다."

홍이 내뱉었던 그 말로부터 시작된 그들의 열정은 결코 평범하지 않았다. 그들의 관계는 흔한 한량과 기생의 사랑 놀음과는 완전히 달랐다. 홍은 조선이라는 사회에 속한 여인이라기엔 지나치게 생각이 많은 데다 매사 뒤틀려 있었고, 그것은 사대부로 태어나 살아온 시헌 역시 매한가지였다.

두 번째 말에 올랐던 기억은 홍과 시헌 모두에게 지혈되지 않는 상처를 남겼다. 그들의 도피는 칠흑처럼 새카맣던 대둔산길에서 파국을 맞았다.

이후 칠 년의 세월. 그때부터 홍은 말이라는 짐승을 두려워하게 되었다.

최만춘은 여러 필의 말을 소유하고 있었다. 좋은 것, 아름답고 가치 있는 것을 수집하기 좋아하는 취향에 따라, 그의 말들은 어디 내놔도 빠지지 않을 훌륭한 준마들이었다. 그러나 홍은 마구간 쪽으로는 걸음조차 하지 않았다. 그러므로 홍이 말을 타는 것은 꼬박 칠 년 만의 일이었다.

등에 닿은 시헌의 몸이 묵직하게 그녀를 감쌌다. 시헌은 한 손으로는 고삐를, 다른 손으로는 홍의 허리를 단단히 감싼 채 말을 달렸다. 휙휙 뒤로 물러가는 스산한 겨울 풍경들마저 칠 년 전 어느 겨울날을 닮아 있었다. 채 머리조차 올리지 않은 동기와 소년티를 벗지 못한 젊은 공자가 그러했듯, 그들은 칠 년의 세월을 지나 다시금 같은 계절에 만나 함께 말을 달리고 있었다.

등에 꽉 맞닿은 시헌의 가슴팍이 홍의 등을 덥혔다. 뒷목에 시헌의 미지근한 숨결이 닿을 때마다 오소소 소름이 끼쳤다. 그의 숨소리, 안정적이고도 규칙적인 말 등의 움직임, 그로 인해 하나가 되어 오르내리는 그들의 몸. 시헌과 함께하는 순간의 아주 작은 것들마저 놓치고 싶지 않았다.

홍은 가만히 눈을 감았다.

"다 왔다."

시헌의 말 그대로 말을 달리는 시간은 길지 않았다.

눈을 뜬 홍이 주변을 둘러보았다. 달려온 거리로 미루어 그녀가 살고 있는 고을에서 그리 멀지는 않을 것이다. 그러나 주변에 펼쳐진 풍경은 완전히 생소했다.

뒤편으로는 희끄무레하게 빛바래 가는 갈대숲이 끝없이 펼쳐져 있었다. 바람이 불 때마다 스산한 소리를 내는 갈대숲 사이로 반짝이는 은빛 수면이 보였다. 갈대밭 앞에는 밭 하나가 있었는데, 잡초가 무성하여 사람의 손을 탄 지 오래된 듯한 모습이었다.

그리고 갈대밭과 밭을 경계 짓는 작은 가옥. 까닭은 모르겠으나, 벌판 한가운데 오도카니 놓인 작은 집은 꽤 이질적으로 보였다.

"여기는 누구의 집입니까?"

"내 집이다."

"선비님 댁이라고요?"

"너와 함께 시간을 보낼 만한 은신처를 수소문했지. 며칠간 장소를 빌릴 수도 있었지만, 소문이라도 새어 나갔다간 네가 곤란해질 것 아니냐. 마침 적당한 집이 있기에 사들였다."

"……."

"그렇게 오래 이곳을 사용하게 될 리는 없지만, 겨울만 아니라면 꽤나 풍경이 아름다울 것 같지 않으냐?"

홍이 새삼스러운 눈으로 십수 칸 남짓 될 법한 아담한 가옥을 바라보았다.

홍은 그제야 가옥의 모습이 낯설어 보인 이유를 깨달았다. 주변의 황량함과는 대조적으로, 가옥은 사람의 손길이 구석구석 닿은 듯 정돈되어 있었다. 아궁이에서는 연기가 흘러나오고 마당은 잘 정리되어 있었으며, 마루며 문살 사이사이 역시 먼지 하나 없이 깔끔했다.

"들어가자, 홍아."

시헌이 홍의 손을 꼭 붙잡았다. 홍이 낮게 숨을 내뱉었다. 마치 그의 신부가 되어 초야의 신방(新房)을 향해 발을 내딛는 사람처럼 이상하게 마음이 벅차올랐다.

달칵. 방으로 들어간 그들의 뒤로 문이 굳게 닫혔다. 이윽고 홍의 연둣빛 꽃신, 시헌의 검은 목화만 섬돌 위에 오도카니 남았다. 문밖 말뚝에 매인 흑마가 한가로이 마른 갈대를 씹기 시작했다.

❀

"아이 씨……."

첨벙!

콩쥐가 두레박을 우물 안으로 내던졌다.

두레박을 끌어 올리기 위해 우물을 내려다보는 콩쥐의 얼굴이 수면에 비쳤다. 가뜩이나 성이 나 일그러진 그녀의 얼굴이 흔들리는 물살 탓에 이지러졌다.

홍의 목욕물을 담아놓는 물독의 크기는 어른 둘이 들어가고도 남을 만큼 거대했다. 이미 세 번이나 우물과 집을 왕복했음에도 물독은 반의 반도 채 채워질 기미가 보이지 않았다.

"내가 제 몸종도 아니고, 이런 일을 시키는 게 말이나 돼?"

맡길 일이 없냐고 물은 것은 콩쥐 자신이었으나, 이런 일을 예상한 것은 아니었다. 기껏 마실 것을 갖다 주거나, 버선을 기우는 등의 사소한 일을 해주겠다는 소리였는데 이런 고된 일을 떠맡기다니.

"미친 계집이야. 정말로, 제정신이면 이렇게 할 수가 없어! 첩실 따위가 감히 정실 여식한테……."

이영차, 물동이를 들어 올리던 콩쥐가 분에 차 중얼거렸다. 제게 목욕물을 길어와 달라 말하던 홍의 뻔뻔한 표정이 떠올라 바드득 이가 갈렸다.

다시 생각해 봐도 괴상한 계집이었다. 몇 년간 귀신처럼 해쓱한 얼굴로 별당에 처박혀만 있더니, 꽃바람이라도 분 것처럼 온갖 단장을 하고 집을 나서지 않았는가. 마치 서방질이라도 나서는 계집 같은 꼴이었다.

'그럴 주제가 될 리 없잖아.'

힘겹게 물동이를 들고 가던 콩쥐가 고개를 저었다. 꼴 보기 싫은 것은 사실이었으나, 그녀가 집 안에만 칩거하며 누구와도 교분하지 않았다는 사실은 누구보다 콩쥐가 더 잘 알고 있었다.

'곧 아버지께서 정실로 삼아주실 듯하니, 허파에 바람이 든 게지.'

콩쥐가 이를 까득 물었다. 벌써부터 이리 저를 괄시하니, 만일 애라도 뱄다간 얼마나 큰 유세를 떨지 걱정이 앞섰다.

그때였다. 휙, 옆에서 나타난 검은 그림자.

"꽃분이며 남원댁은 무얼 하고 왜 네가 이런 힘든 일을 해?"

동시에 콩쥐의 손이 가뿐해졌다.

"천……."

콩쥐가 감격한 목소리로 그를 불렀다. 천을 알고 지낸 긴 세월을 통틀어, 지금처럼 그의 존재가 구원처럼 느껴진 적이 없었다.

"어휴, 나한테도 무거운걸. 너처럼 연약한 처녀가 이런 걸 어떻게 들어 나른다는 거야? 몸종들은 다 어디 갔어?"

"몸종들이 어디를 간 게 아니고……."

심술이 잔뜩 나 있던 콩쥐의 눈매가 사르르 가라앉았다.

"별당에서 시켜서……. 어쩔 수 없이 해야 하는 일이야."

"별당에서?"
이해가 안 간다는 듯, 천이 중얼거렸다.
"아무리 그래도 그렇지, 첩실이 정실 자식한테 이런 일을 시킨다고?"
"천……."
콩쥐의 걸음이 우뚝 멈추었다. 그녀의 어깨가 힘없이 늘어졌다.
"아무래도 아버지께서, 별당 여인을 정실로 맞이하실 생각인 것 같아."
"그렇다 해도 정도가 있지. 어찌 너한테……."
천이 딱한 눈으로 콩쥐를 바라보았다. 여리디여린 콩쥐의 어깨가 잘게 떨리고 있었다.
"콩쥐야. 내가 들어줄 테니 걱정 마. 옆에서 말동무나 해줘."
"물독이 엄청나게 커. 목욕물을 채워놓는 독이거든. 열 번은 족히 우물가를 왕복해야 돼."
"걱정 말라니까. 내가 하면 금방이라고."
천이 별일 아니라는 듯 빙긋 웃었다. 콩쥐를 위해서라면 무엇이든 하겠노라 맹세한 그였다. 고작 물동이쯤 날라주는 거야 일도 아니었다.
"한데 천, 우물가엔 네가 어쩐 일이야? 이쪽 길목으로 다닐 일이 뭐 있다고……."
"관청에 좀 다녀왔어. 식년시 공부하러 가기 전에 해결할 일이 좀 있어서."
"해결할 일이라니?"
"별건 아니지만……. 얘기했었잖아. 원래 장수에 용병으로 갈 생각이었거든. 하지만 식년시를 준비해야 하니……. 사정을 말하고 받은 돈을 돌려줬어."
"장수?"
옆 고을, 장수. 능금이 유명하며 가마솥을 만드는 솜씨 좋은 장인들이 여럿 있다던가. 그 외에, 지금껏 콩쥐는 단 한 번도 장수라는 고을에 관심을 가져 본 적이 없었다.

그러나 이제 상황은 달라졌다. 장수는 명우가 현감으로 있는 고을이었기 때문이었다.

“장수 현감이 얼마 전부터 완주에 와 있어. 용병을 대대적으로 모집하고 있거든. 많은 인원을 뽑고 있는 데다 삯도 아주 후해.”

“그래서, 천 너도 지금 거기 다녀왔다는 거야?”

“그렇대두.”

“그럼, 장수 현감도 직접 봤어?”

“봤다마다. 용병으로 선발되려면 현감의 승인이 있어야 하니까. 하지만 할 수 없지, 뭐. 사정을 말하고 받았던 삯은 모두 돌려줬어. 현감께서도 아쉬워하는 눈치더라.”

천의 어조에는 꽤나 서운한 듯한 기색이 묻어 있었다. 그러나 콩쥐의 관심이 쏠려 있는 것은, 천이 얼마의 돈을 받았다거나 장수 현감이 무슨 까닭으로 용병을 모집하고 있다거나 하는 일은 아니었다.

“덕분에 현감을 만나러 객사(客舍)에도 처음 가봤지. 대단한 인물인지, 평범한 객사가 아니라 관청 뒤쪽에 지어진 새 객사를 쓰고 있더라고. 사실 현감이라기엔 놀랄 만큼 젊어. 꽤 미남자이기도 하고……”

용병을 모으는 이유에 대해서는 소문만 무성할 뿐 사람들도 아직 모른다는 둥, 젊고 건장한 사내들만을 모집하는 것을 보니 범 사냥을 떠나려는 것일지도 모르겠다는 둥……. 주워들은 소식을 두서없이 떠들던 천의 말이 뚝 끊겼다.

“콩쥐야! 왜, 왜 울어? 무슨 일로…….”

“아니야, 흐흑…….”

콩쥐의 뺨 위로 후드득 흘러내리는 눈물을 본 천이 당황하여 말을 더듬었다. 그가 손에 들고 있던 물동이를 바닥에 내려놓았다.

"왜 그래? 응?"
"실은…… 오늘이 외가에서 큰 잔치가 있는 날이거든."
"외가에서? 외가에 가야 하는 걸 알면서도, 별당 여인이 이런 일을 시켰단 말이야?"
"으응."
눈물이 뚝뚝 떨어지는 얼굴로 콩쥐가 고개를 끄덕거렸다. 그 모습이 어찌나 처연하고 서글퍼 보이는지, 천은 제 마음이 찢겨나가는 것 같았다.
"콩쥐야."
천이 콩쥐를 향해 손을 뻗었다. 순식간에 가녀린 몸이 천의 다부진 품 안으로 안겨들었다.
"콩쥐야. 걱정 말고 다녀와. 물독은 내가 모두 채워놓을 테니."
"하지만……. 다른 이들 눈에 띄면 분명 별당에서 나를 괴롭힐 거야."
"걱정 마. 나, 원래 남의 눈에 띄지 않고 돌아다니는 데는 일가견이 있으니까."
천이 콩쥐를 바라보았다. 응당 제 부인이 될 여인. 제가 아니면 달리 누가 콩쥐의 어려움을 헤아려 준단 말인가. 콩쥐가 그토록 한성으로 가기를 원하는 까닭을 알 것도 같았다.
"콩쥐 네가 워낙 착하게 살아서, 하늘이 도와주는 거라고 생각해."
"천아……."
"난 괜찮대도. 내 이름이 괜히 하늘 천(天)이겠어? 어서 가봐."

❀

"아이구, 나리. 오셨습니까?"
완주로 향하는 길목. 니산현(縣) 초입에 위치한 객주의 주모가 반색을 하며 달려 나왔다. 이어 객들을 맞이하는 노복이 사내의 말고삐를 받아 쥐었다.

니산에는 유독 타지 사람들이 많이 들락거렸다. 조선 팔도 중앙에 위치했고 한성과도 가까웠기 때문이었다. 그중에서도 매달 한 번 이상 꼭 방문하는 사내는 주모가 특히 눈여겨보는 손님이었다.

중년에 이른 사내는 대단히 눈에 띄는 용모와 풍채를 가지고 있었다. 거무스레한 살빛에 형형하게 빛나는 눈빛, 웬만한 장정들 머리 하나쯤 위에 있는 큰 키와 묵묵한 태도. 사내의 복장은 단정했으나 더할 나위 없이 고급이었고, 타고 다니는 말 역시 보기 드문 명마였다.

주모만이 그 사내를 특별하게 생각하는 것은 아니었다. 젊은 과부도, 뒷집 처녀도 그 사내를 힐끔대며 얼굴을 붉혔다. 그의 사내다움에 홀린 여인들은 언감생심 하룻밤의 운우지정(雲雨之情)이라도 나누어보았음 여한이 없으리라 생각하곤 했다.

그러나 사내는 늘 한결같았다. 필요한 말 외에는 하지 않았고 웃음을 보이는 적은 결코 없었다. 그는 이름도, 성씨도 말해주지 않았다.

"오늘도 하룻밤 보내고 가십니까?"

주모의 물음에 최만춘은 하늘을 바라보았다. 해가 기울고 있었다. 평소였다면 당연하게도 하룻밤을 묵고 갔을 것이다. 그러나 오늘은 어쩐지 내키지가 않았다.

단을 보지 못한지도 어느덧 열흘이 넘었다. 곤히 잠든 그녀의 머리맡에 열쇠 꾸러미를 놓아두고 집을 나선 것이 마지막이었다. 눈이 쏟아지던 밤, 그의 앞에서 눈물을 쏟던 그녀의 모습이 떠올랐다.

입 밖으로 말을 내지 않을 뿐, 최만춘도 알고 있었다.

단은 그 사내를 잊지 못했다. 김시헌이라는 젊은 공자를.

문득 그는 먼 과거의 기억을 더듬어본다. 최만춘이 강영완의 수족 노릇을 하던 시절, 김시헌을 만날 기회는 몇 번이나 있었다. 그러나 매번 만남은 어그러졌고 그들은 끝내 얼굴을 마주하지 못했다.
대단한 미공자라더라, 한성에서 난봉꾼으로 꽤나 이름을 날렸다더라 하는 이야기는 최만춘 역시 들어 알고 있었다.
본래 최만춘은 금탯줄을 쥐고 태어나 치기만 넘치는 자들을 혐오했다. 그렇다고 단이 이해 가지 않는 것은 아니었다. 그 당시 단은 어린 동기였고, 그는 그녀에게 딱 어울릴 법한 나이의 젊은 귀공자였으니까.
그러나 이제는 모두 지난 일. 칠 년은 긴 세월이었다.
반신불수가 되어 한성으로 돌아간 김시헌에 대한 소식은 들려오지 않았다. 한때 명문가로 이름이 드높던 그의 집안은 김시헌의 몰락과 함께 침몰했다. 정치 일선에서 아무런 영향을 끼칠 수 없는 위치가 된 데다, 유일한 아들까지 불구의 몸이 된 탓에 그의 집안은 소리 소문 없이 중심부에서 사라졌다. 아울러 강영완 역시 불귀의 객이 되어버렸으므로, 이후 그 집안의 이야기가 들려온 적은 한 번도 없었다.
최만춘 역시 경계를 거두었다. 단은 그가 죽었다고 굳게 믿고 있었고, 김시헌이 그의 삶에 끼어들 걱정을 할 필요는 없었다.
그런데 왜 하필 오늘 그 공자가 떠오르는 걸까.
"나리?"
"음."
어느덧 바로 곁에까지 와 있던 주모가 최만춘을 향해 물었다.
"방을 준비할까요, 나리?"
"아니네. 요기를 하고 떠날걸세."
"오늘은 아니 주무시고 가신다고요?"
퍽이나 아쉬운 듯, 주모가 눈을 끔뻑이며 물었다.
"그렇네. 그냥 가겠네."
"알겠습니다. 앉아 계십시오. 곧 상을 올리겠습니다."
최만춘이 고개를 끄덕였다. 그가 무심한 눈길로 주변을 훑었다.

짐짝이며 봇짐을 잔뜩 끌어안고 있는 보부상들이 보였다. 그들의 목적지가 남쪽 지방이라면 분명 객주에서 하룻밤을 묵어갈 것이다. 돈이 되는 물건을 끌어안고 대둔산길을 지나치는 것은 제 목숨을 잡아가라 내놓는 일이나 다름없다. 그렇기에 대부분의 상인들은 이른 새벽에 길을 떠나 산기슭을 빙 돌아가는 것을 선택하곤 했다.

"한데 나리, 주무시지 않고 바로 출발하신다면……. 설마 대둔산길로 가시려는 겁니까?"

최만춘의 앞에 물그릇을 내려놓던 주모가 물었다.

"글쎄."

최만춘은 가타부타 대답하지 않았으나, 주모는 대단히 걱정스러운 표정이었다.

"그러다 큰일 납니다. 그냥 하룻밤 객주에서 묵으시고 내일 일찍 출발하십시오. 요즘은 밤은 물론이거니와 대낮에도 절대 혼자서는 다니지 않는 길입니다."

"음."

최만춘은 여전히 애매한 소리를 흘릴 뿐이었다. 속이 갑갑한 듯, 주모가 조금 더 목소리를 높였다.

"자주 오시는 분이니, 오늘은 돈 받지 않을 테니 걱정 마시고……."

"근방에 머물 곳이 있어 가는 것이니 걱정 말게."

"그러십니까? 다행입니다. 혹시라도 흉한 일이 생길까 봐서……."

주모는 그제야 최만춘이 입을 굳게 다물고 있다는 사실을 깨달은 모양이었다. 주모가 무안한 표정을 지으며 빠른 걸음으로 사라졌다.

"음."

비로소 주모의 수다에서 해방된 최만춘이 낮은 한숨을 내쉬었다. 시끄러운 것은 딱 질색이다. 그의 이런 성정은 나이를 먹을수록 점점 더 심해졌다. 평안도에 머무는 내내 열변을 토하는 이들에게 둘러싸여 있어 머리가 지끈거렸는데, 주모의 수다까지 들어줘야 할 까닭이 무어 있겠는가.

주막 입구가 소란해졌다. 왁자하게 웃으며 주막으로 들어서는 사내 셋. 포졸 복장을 한 그들을 본 최만춘의 눈이 가늘어졌다.

가까스로 주모에게서 벗어났는데, 술 취한 관군들의 목소리에까지 시달려야 하다니. 한시 빨리 이곳을 벗어나야 할 듯싶었다.

"그래서, 평안도는 여전히 불안한가?"

"그렇다고 하네. 아무래도 조만간 일이 나도 크게 나지 싶은데……."

"그래봤자 낫이나 쟁기나 쓸 줄 아는 농민들 아닌가? 평안도야 워낙 척박한 지역이니, 봉기(蜂起)를 해 봤자 오합지졸에 지나지 않지."

"그렇긴 한데, 요즘 뭔가 분위기가 달라진 모양이야. 갑자기 농민군들이 어엿한 무기를 들고 무장을 한 채 나타났다지 뭔가? 뒷돈을 대주는 자가 있는 게 틀림없다고."

"하이고야, 경기도도 충청도도 아니고, 저 머나먼 평안도 일까지 어찌 신경을 쓰겠는가. 빈 배 속이나 채워야지."

"하긴. 내 코가 석자이고 내 목구멍이 포도청인데 누구 걱정을 해. 나라님께서 어련히 알아서 하실 일이지……."

툭. 막 끼니를 한 술 뜨던 최만춘이 수저를 내려놓았다. 그사이에도 포졸들은 제집인 양 소리 높여 떠들어대고 있었다.

"아이고 나리, 어찌 끼니를 한 술도 안 뜨고 가십니까? 입맛에 맞지 않으십니까?"

"일이 있어 가네. 말을 데려오게."

아쉬운 마음에 뭔가 더 말을 붙이려던 주모가 입을 다물었다.

늘 무표정하고 단조롭던 사내의 태도가 평소답지 않았다. 그의 눈빛은 위압적이었고, 목소리는 단호했다. 저도 모르게 주모는 몸을 떨었다.

"이랴!"

안장에 오른 최만춘이 말 옆구리를 걷어찼다. 히힝, 뿌연 흙먼지를 일으키며 말이 전진하기 시작했다.

"가자."

최만춘이 그의 준마를 향해 나지막하게 속삭였다.

엄청난 거리를 달린 후에 기껏 반 시진조차 쉬지 못했음에도, 그의 말은 지친 기색 없이 힘차게 달리고 있었다. 칠 년에 달하는 시간 동안 장거리를 달린 적 없는 말이라고는 믿을 수 없을 만큼 대단한 체력이었다.

역시나 먼 길을 나서며 이 말을 선택한 보람이 있다. 최만춘이 반드르르 윤기가 흐르는 말의 밤색 갈기를 쓱 쓰다듬었다.

이내 대둔산의 검푸른 기암괴석 사이로 최만춘을 태운 말은 모습을 감추었다.

❀

"나, 남의 집에서 뭐 해요?"

"으! 깜짝이야."

부엌에서 걸어 나오던 천이 외마디 소리를 내뱉었다.

콩쥐의 신신당부가 있었던 데다, 양반 처지에 물을 길어 나르는 꼴을 보일 수는 없어 최대한 기척 없이 들락거리던 참이다. 한데 다른 이도 아닌 팥쥐와 맞닥뜨릴 건 또 뭔지.

"남의 집 부엌에서 뭐 하냐니까요? 대, 대답 안 해요? 그럼 하는 수 없지요. 이보시오! 마당쇠 돌쇠 꽃분……. 으으읍!"

천이 목이 터져라 외치는 팥쥐의 입을 틀어막았다. 그러나 호락호락하게 당하고만 있을 팥쥐던가. 팥쥐는 제 입을 막고 있는 손을 대뜸 깨물어 버렸다.

"아악!"
"어, 어디를 틀어막고 지랄이에요!"
"아이 씨, 야……. 너 진짜……."
"아이 씨는 무슨 놈의 아이 씨!"
"아, 알았어. 알았다고! 알았으니까 쉿. 그 입 좀 다물어라, 제발."
"내가 왜 입을 다물어야 하는데?"
팥쥐가 인상을 쓰며 천을 노려봤다.
"이상한 일 하는 거 아니니까 나 좀 도와달라고."
"그, 그러니까, 대체 도령께서 왜 그런 물동이를 들고 남의 집 부엌을 들락거리냐고 묻잖습니까."
"아무한테도 얘기하지 않겠다고 약속하면……. 말해줄게."
평소 성질 같아선 야무지게 쏘아붙이고선 종들을 불러 모으고도 남았을 것이다. 그러나 천의 말투가 하도 처량한 탓에 팥쥐의 표정이 누그러졌다.
"뭔데요?"
"콩쥐가 부탁한 일이다."
"코, 콩쥐 언니는 어디 가고요?"
"외가 잔치에 갔어. 대신 내가 해주는 거라고."
팥쥐의 얼굴에는 웃음기조차 떠오르지 않았다. 팥쥐의 입꼬리가 비뚜름하게 올라갔다.
"외가 잔치 좋아하시네. 그, 그런 게 있을 리가 없잖아요. 내 여기서 십 년이 다 되도록 살았지만 콩쥐네 외가에서 겨울에 잔치를 했다는 소리는 들어본 적도 없거든요?"
천의 얼굴이 흐려졌다. 그러나 그는 애써 팥쥐의 말을 부정했다.
"설마 콩쥐가 나한테 거짓말이라도 했다는 거야?"
"아……. 됐습니다요."

팥쥐가 지쳤다는 듯 고개를 흔들었다. 그러거나 말거나 뭔 상관이람.
"그러니까 도, 도련님이 맨날 호구 등신 소리를 듣는 거예요."
"뭐, 호구 등신? 누가 그러는데?"
"내가."
쌩, 팥쥐가 몸을 돌려 걸음을 옮겼다. 그때였다.
"야."
성큼성큼, 한달음에 팥쥐를 따라잡은 천이 그녀의 팔을 붙들었다.
"왜이래요? 놔요!"
"너한테 할 말이 있어서 그러거든."
"뭔 말이요?"
팥쥐가 천을 향해 눈을 치떴다. 참 꼴값도 못한다, 라고 팥쥐는 생각했다.
천은 절대 호락호락해 보이는 용모는 아니었다. 길게 찢어진 눈매는 날카로웠고, 가무잡잡한 피부에 날렵한 체격 역시 무척 단련된 느낌을 주었다. 천이 무예를 닦는다는 소문이 있었지만 얼마나 대단한 실력을 가졌는지는 모른다. 그러나 그의 용모에서 풍기는 느낌만은 꽤나 날이 서 있었다.
하지만 그럼 뭐 하나. 콩쥐한테 개처럼 질질 끌려 다니며 사는 인생인데. 보나 마나 저 도령은 콩쥐에게 헌신하다 헌신짝이 되어 버려지리라. 마치 과거, 월야관 기생들이 단물을 다 빼먹은 무지한 객들을 문전박대했듯 말이다.
"팥쥐 너는…… 내가 우스우냐?"
"예."
팥쥐는 망설이는 기색조차도 보이지 않았다. 덕분에 말문이 막힌 것은 천 쪽이었다. 미간을 찌푸리고 있던 그가 마침내 입을 열었다.
"너는 몰라."

"제가 뭘 모릅니까?"

"너처럼 성격 더러운 계집애가 그런 경험을 해 봤을 리 없잖아."

"파, 팔이나 놓고 얘기해요. 언제부터 나를 봤다고 팔을 덥석덥석 붙들고 난리입니까?"

팥쥐를 붙들어 세워두던 천의 손이 떨어졌다.

"대체 뭔 경험이요?"

팥쥐가 재차 물었다. 천은 잠시 머뭇거렸다.

"그 사람이 나한테 뭔가를 해주지 않아도, 바라만 봐도 마냥 좋은 거. 그저 보기만 해도 행복하고, 세상 모든 걸 다 얻은 것 같은 그런 경험 말이다. 넌 그런 거, 모르잖아."

"……뭐요?"

"나한테 주는 게 없어도 상관없어. 그저 내 쓸개라도 빼다 주고 싶고, 뭐든지 들어주고 싶고, 해주고 싶고……."

천의 목소리가 점점 풀죽은 듯 나지막해졌다.

"걔가 나를 좋아하지 않아도 돼. 그저 내 곁에 붙들어둘 수만 있다면, 무엇이든 기꺼이 할 수 있는……."

"……."

"너는 모르잖아, 그런 거. 그래서 그리 나를 한심하게 보는 걸 테고."

오만상을 찌푸리고 있던 팥쥐의 표정이 멍해졌다.

"너도 언젠가 정히 연모하는 사람이 생기면, 내 마음 알게 될 거다. 그러니까 나한테 너무 그러지 말라고. 좀 착하게 굴어라, 팥쥐."

말을 마친 천이 몸을 돌렸다. 아직 물독은 채 반도 차지 않았다. 앞으로도 우물을 예닐곱 번쯤 더 왕복해야 물독을 채울 수 있으리라.

"나 간다. 앞으로 심보 좀 곱게 써라. 안 그럼 벌받는다, 너."

천의 모습이 성큼성큼 멀어져 갔다. 한 손에 그와는 좀체 어울리지 않는 물동이를 덜렁덜렁 들고서.

"……호구 등신."

뒤에 남아 있던 팔쥐가 조그맣게 중얼거렸다.

"너보단 내가 훨씬 잘 알아, 그게 뭔지……."

한동안 우두커니 멈춰 서 있던 팔쥐가 종종대며 별당으로 향했다.

갑자기 모든 것이 권태롭고 짜증이 났다. 결국 제 방에 틀어박힌 팔쥐는 종일토록 밖으로 모습을 보이지 않았다.

❀

비좁은 방 안이었으나 그렇기에 더 완벽한 공간이었다.

칠 년이라는 세월은 잘 느껴지지 않았다. 홍과 시헌은 세상에 존재하는 것이 마치 그들뿐인 것처럼 서로를 응시했다. 이미 재회는 이루어졌으나, 이토록 환한 낮 시간에 서로를 오래도록 바라보는 것은 허락되지 않았었다. 그런 까닭에 그들은 서로를 눈에 담고, 담고, 또 담았다.

홍의 손이 시헌의 마른 뺨을 쓰다듬었다. 이전에는 없던 꺼칠한 감촉에 손끝이 간질간질했다. 그녀의 손가락이 스무 살 공자의 얼굴 위를 노닐던 순간에는, 그의 살갗을 만지는 것이 이토록 특별한 일이라고는 생각지 못했었다.

"내 모습이 달라진 것 같으냐?"

소경이 처음 마주치는 물건의 생김새를 가늠하듯, 조심조심 제 얼굴 위를 오가는 홍의 손길을 느끼고 있던 시헌이 물었다.

"달라진 것 같기도 하고, 아닌 것 같기도 해요."

"너는 달라지지 않았어."

"그럴 리가요. 세월이 흐른 것을요."

"시간이 흐른 것은 알지만……. 그럼에도 불구하고 달라지지 않았다."

시헌은 처음, 최만춘의 집 대문간에서 홍을 마주쳤던 순간 닥쳐 왔던 충격을 떠올렸다.

마치 세상이 쏟아져 그의 머리 위로 무너져 내리는 것만 같았다. 그 순간의 홍은 지금과 달랐다. 분명 홍의 얼굴을 하고 있었는데, 태도며 분위기며 눈빛이며 모든 게 완전히 다른 사람처럼 바뀌어 있었다. 눈에 잘 띄지 않고, 지극히 고요하며, 제 속에만 침잠하고 있는 사람 특유의 음울함. 그런 까닭에, 시헌은 홍을 마주하고서도 그녀임을 확신하지 못했다.

그러나 참으로 이상한 일. 고작 며칠 사이 홍은 과거의 모습으로 되돌아왔다.

마치 동면을 마친 짐승처럼 홍은 빠르게 본연의 모습을 되찾았다. 눈빛에 생기가 돌아왔고 행동에 거침이 없어졌으며 우울한 흔적 역시 씻은 듯 사라졌다. 생의 의미인 시헌이 돌아옴과 동시에 얼어붙어 있던 홍의 삶은 해빙(解氷)을 맞이했다.

이제 그녀는 봄을 갈망하고 있었다. 더 이상 겨울이 그녀의 삶을 가두어두지 못하도록, 무슨 수를 써서라도 과거의 굽힐 줄 모르는 독한 여인으로 되돌아가기를 꿈꾸고 바랐다.

"홍아. 먼저…… 나는 꼭 알고 싶은 것이 있어. 어떻게 월야관을 떠나 최만춘의 집으로 오게 되었는지를 말해다오."

홍이 그날의 일을 떠올리는 것은 꽤나 오랜만의 일이었다.

시헌을 잃었던 날을 떠올리는 것은 고통스러웠다. 그의 마지막 모습에 대해서는 수천수만 번 곱씹고 또 곱씹었으나, 그녀가 월야관을 떠나던 날의 기억을 떠올린 적은 별로 없었다. 당시의 홍은 완전한 나락에 이르러 있었기 때문이었다.

"대둔산에서 어떤 일이 있었는지, 누가 저를 월야관으로 데려갔는지는 기억이 나지 않아요. 제가 기억하는 것은…… 정신을 차렸더니 월야관으로 되돌아가 있었다는 것뿐입니다."

"그리하여서?"
"강영완 나리께서 저를 찾아오셨어요."
"외숙부께서……."
짐작했던 일이었다. 그럴 수만 있었다면 시헌 역시 외숙부에게 그날의 일을 캐물었으리라. 그러나 외숙부는 그가 병석에 누워 있는 사이 싸늘한 주검이 되었다.
사냥터에서 발생한 사고였다 했다. 끔찍하게도, 강영완은 날아온 유시(流矢)에 눈을 꿰뚫려 숨을 거두었다. 그러나 화살을 쏜 이가 누구인지는 끝내 밝혀지지 않았다. 강영완이 남긴 막대한 자산의 일부는 시헌에게 상속되었으나, 그가 그토록 알고 싶어 했던 사건의 전모는 외숙부의 죽음과 함께 땅속에 파묻혔다.
그날의 기억을 더듬는 홍의 미간에 작은 주름이 잡혔다. 대둔산에서의 일들이 마치 몸에 새겨 넣은 듯 생생한 데 반해, 시헌을 잃은 후의 기억들은 운무에 가려진 것처럼 흐릿했다.
"강영완 나리께서 저 때문에 선비님이 잘못되셨다 하셨던 기억이 납니다."
불현듯, 홍은 제가 한 말을 되뇌었다.
"잘못되셨다……."
이제와 생각해 보니 그랬다. 강영완은 시헌이 죽었다 말한 적 없었다. 단지 '잘못되었다'는 말로 극한의 공포심을 불러일으켰을 뿐.
시헌에게 죽음을 선고한 것은 어쩌면 홍 자신이었다.
"나는 꽤 긴 시간 외숙부의 집에 있었다. 의식이 없었기에 한성으로 돌아가는 것이 쉽지 않았거든. 하나 나는 분명 살아 있었는데, 네게 그 사실을 말해주지 않았던 게로구나……."
"나리께서는 제게…… 자진을 명하셨습니다."
시헌의 눈동자가 먹먹하게 잠긴다. 그가 홍을 품으로 끌어당겼다.

작은 어깨. 지금도 여전히 가냘프지만, 칠 년 전 그날에는 더욱더 여리고 유약했을 어깨.

시헌에게도 죽음을 원했던 시절이 있었다. 홍이 죽었을 뿐 아니라, 제 몸이 반신불수가 되어 걸을 수조차 없다는 사실을 깨달았던 그 시절. 그러나 그가 종말을 꿈꾼 것은 스스로의 선택이었고, 홍이 자진을 강요당한 것은 자의가 아닌 타의에 의해서였다.

"그때는…… 세상을 등지는 일이 큰일처럼 느껴지지 않았어요. 당연히 선비님과 함께하리라 생각했는데……."

홍은 잠시 머뭇거렸다. 시헌이 괜찮다는 듯 그녀의 등을 부드럽게 쓰다듬었다.

"자진하려고 마음을 먹었던 순간이었던 것 같습니다. 최만춘 나리께서 나타나신 것이……. 나리께서는 저뿐만 아니라 팔쥐 역시 목숨을 구할 수 있도록 해주셨습니다."

"……."

"자세한 내막은 모릅니다. 어떻게 제가 월야관에서 벗어나게 되었는지도 알지 못해요. 그저…… 그분 덕에 팔쥐와 함께 살아가고 있다는 것 정도만 알고 있어요."

말을 잇는 홍의 눈동자에는 약간의 망설임이 배어 있었다.

"저 역시 자유로운 몸이 되어 선비님과 이렇게 다시 만났다면 참 좋았겠지요. 하지만…… 그럴 수가 없었습니다. 애당초 천한 계집인지라, 제 힘으로는 그 무엇도 바꿀 수가 없었어요."

홍이 시선을 들어 시헌을 응시했다. 진심 어린 목소리가 그녀의 입술 사이로 흘러나왔다.

"그러니 용서하세요……. 선비님."

"홍아."

시헌이 고개를 저었다.

"나는 조금도 네 탓을 하고 싶지 않아. 모든 것은 내 잘못이지, 너의 탓이 아니다. 살아 있는 것만으로도 기적이야."

"그렇게 생각해 주시니 위안이 됩니다."

홍이 문득 되물었다.

"선비님께서는 어찌 사셨습니까? 선비님께서도…… 어엿한 벼슬을 하셨으니 가정을 이루셨을 텐데……."

마지막 말을 내뱉는 홍의 가슴은 새삼스레 두방망이질 치고 있었다.

시헌의 나이 올해 스물여덟. 이토록 잘난 사내가, 그것도 대를 이어야 하는 사대부의 사내가 홀몸이리라고는 생각할 수 없었다.

"운명에 휩쓸려 원치 않은 삶을 살게 된 것이 너 하나만은 아니다."

"무슨 일이 있으셨기에요?"

"혼인을…… 했었지. 하나 내가 원한 혼인은 아니었다. 내가 사경을 헤매고 있을 때, 신랑조차 없이 신부 홀로 치른 혼례였거든. 어머니는 며느리를 보고자 한 것이 아니었다. 혹시라도 내가 죽을까 봐, 아들을 총각 귀신으로 만드는 일을 피하고자 했을 뿐이지."

"그렇다면, 부인되시는 분은요?"

"그녀와 나는 합의 하에 혼인을 해제했다. 서로가 자유의 몸이 되기로 했지. 혹시 네가 오해할까 싶어 말하건대, 그녀는 부인이라기보단 나를 간병하는 사람에 가까웠다."

시헌이 나지막하게 말을 이었다.

"그 말은……. 나는 말이다, 홍아. 너를 잃은 이후로 그 어떤 여인에게도 준 적 없다. 그것이 몸이든, 마음이든 간에."

홍이 그의 말을 이해하는 데는 약간의 시간이 걸렸다.

기쁨이라고 표현하기에는 지극히 복합적인 감정. 시헌이 이렇게까지나 그녀만을 사랑하고 있었다는 사실에 대한 감격이 밀려왔다.

"저 역시 그랬어요."

"……너 역시 그러했다고?"

"예. 선비님과 헤어진 이후는 물론이고 그 이전에도……."

그에게 진즉 말해줬다면 마음이 좀 가벼웠을 것을.

먼 과거, 월야관에서의 기억이 떠올랐다. 홍의 방에서 나오는 최만춘을 보고, 그와의 관계를 캐묻는 시헌 앞에서 그녀는 어떤 변명도 하지 않았다. 어차피 기생으로 살아갈 평생, 온갖 사내들의 손을 타는 것이 당연한 삶. 굳이 구차한 변명을 하기 싫었기 때문이었다.

"제게는 평생 오직 선비님뿐이었습니다. 그 어떤 사내도 가까이해 본 적 없습니다."

홍을 바라보던 시헌의 시선이 떨어졌다.

"홍아."

"예, 선비님."

"한데, 나는……."

그는 잠시 말을 잇지 못했다.

"당시의 나는, 왜 네게 그리 가혹했을까? 나 자신은 조금도 깨끗하지 않았으면서, 너를 만나기 전까지 더러운 난봉꾼으로 살았으면서. 왜 네게는 오직 나만을 바라보라 강요했을까……."

"그것이……. 당연한 세상이었으니까요. 저는 제 몸뚱이 하나 제 맘대로 할 수 없는 기생이었고, 선비님께서는 무슨 일을 해도 괜찮은 사내이시니까……."

"그 이후에도 종종 생각하곤 했다. 조선이라는 나라는 참으로 뭔가 뒤틀려 있다고."

"저도 운명을 원망합니다. 어찌하여 여인으로, 기생으로 태어났을까. 어찌하여 지금은 또 이런 삶을 살아가게 된 걸까……."

지난 칠 년간, 그 누구 앞에서도 꺼내어보지 못한 채 꼭꼭 묻어놨던 진심을 홍은 털어놓았다.

"하지만 선비님을 원망하지 않아요. 단 한 번도 그래본 적 없습니다."
"……."
시헌은 쉽사리 입을 떼지 못했다.
칠 년. 가슴 속에 맺힌 응어리는 세월을 먹고 돌덩이처럼 단단해졌다. 때로는 제가 슬픔을 짊어진 것이 아니라, 시헌 자신이 슬픔이라는 거대한 세상의 일부에 지나지 않는 것처럼 느껴지기도 했다.
"홍아, 나는……. 늘 두려웠어."
시헌은 가까스로 입을 열었다. 그의 입술이 바르르 떨리고 있었다.
"네가 죽었다고 믿었기에 늘 두려웠다. 네가 마지막 순간에 나를 원망하였을까 봐……. 나약한 나 때문에, 너를 지키지 못한 나 때문에 잔인한 결말을 맞이했다 생각하여 나를 미워했을까 봐서……."
툭. 시헌의 눈에서 눈물이 떨어졌다. 고개 숙인 그의 얼굴을 타고 흐른 눈물이 바닥에 놓여 있던 홍의 손등을 치고 튀어 올랐다. 뜨거운 눈물이었다.
"그게 가장 두려웠다. 늘…… 네가 나 때문에 그리되었다는 게, 내가 아니었다면 너는 그런 일을 겪지 않았어도 되었다는 사실이……."
"저는…… 그렇게 생각하지 않습니다, 선비님."
홍의 손이 시헌의 뺨을 감쌌다. 축축하고 뜨거운 열기가 전해졌다.
"저는 그리 생각하지 않아요. 아시잖습니까. 그 시절, 제가 어떤 여인이었는지……."
홍과 시헌은 그들의 강렬했던 첫 만남을 상기했다.
그들은 처음부터 사랑하진 않았다. 처음부터 세상에 오직 그들만이 존재하는 것처럼 서로에게만 집중하지는 않았었다. 오히려 그들은 번번이 어긋났고 뒤틀렸으며 쉽게 비뚤어졌다. 자꾸만 비껴가기를 반복하던 그들의 마음이 하나가 되는 데는 꽤 긴 시간이 필요했다.
한때 시헌은 홍에게 그리 말하곤 했다. 독한 여인, 독취를 풍기는 계집. 여인답지 않은 이상한 생각을 하고, 조선에서는 용납되지 않는 생각을 품고 사는 기이한 여인…….

"선비님이 아니었으면 제게는 그 누구도 없었을 거예요. 선비님께서 떠나자고 해주셨던 것이 제 평생 유일한 공감이었으니까요. 그 시절마저 없었다면, 제 삶에 행복이라고는 아무것도 없었을 겁니다."

"행복……."

시헌이 홍의 말을 되뇌었다.

그에게도 그 말은 대단히 낯선 것이었다. 그 역시 홍을 만나기 이전에는 단 한 번도 느껴본 적 없었던 감정. 홍과 함께했던 두 번의 계절 동안 찬란했던 행복이라는 감정은, 칠 년 전 대둔산의 암흑 속에 파묻혀 송두리째 사라져 버렸다. 그리고 영영 잊혔다.

홍을 떠올리면 오직 슬픔만이 밀려들었기에, 그녀로 인해 누렸던 행복에 대해서는 미처 돌아볼 여유가 없었다.

"홍아."

시헌이 홍의 손을 붙잡았다.

"우리는 다시 할 수 있어. 다시 행복해질 수 있고, 다시 둘이 함께……."

홍의 손을 잡아 제 가슴께로 가져가던 시헌의 시선이 그녀의 손목 위로 떨어졌다.

시헌은 홍의 손목에 난 세 개의 점을 바라보고 있었다. 세 개의 검은 점은 이전에는 없던 것이었다. 그가 제 손목을 바라보고 있다는 것을 깨달은 홍이 옅게 얼굴을 붉혔다.

"이건……. 바늘로 떠서 먹을 넣은 자국입니다."

"그것인 줄은 알겠다만, 어찌 손목에 이런 문양을 새겼느냐?"

불현듯 홍이 시헌의 옷소매자락을 만지작거렸다. 그러나 시헌이 입은 옷은 검은색 철릭. 어떠한 흔적조차 남기지 않는 색이었다.

"예전에 선비님께서 저를 찾아오실 때면, 옷소매에 먹물이 튀어 있곤 했었거든요. 처음 선비님을 뵈었던 날도 그러했고……."

"그래서, 이것이……?"

"예. 선비님의 소맷부리에 튀어 있던 먹물 자국……."

홍이 눈을 내리깔았다.

"부끄럽지만……. 저는 글을 모르니까요. 선비님께서 어떤 자(字)를 쓰시는지도 몰랐고요. 하지만 이렇게나마 선비님을 잊지 않고 싶어서……."

홍이 제 저고리 소매를 조금 걷어 올렸다. 빛을 보지 못해 창백한 살결 위, 콕콕콕 자리 잡은 세 개의 둥근 점.

"이것이 있어 그래도 조금이나마 위안이 되었습니다."

그때였다. 시헌이 제가 입은 철릭의 매듭을 잡아당겼다. 한쪽으로 치우친 매듭 두 개가 스륵 풀어졌다.

작게 펄럭이는 검은 옷자락, 망설임 없이 입고 있던 옷을 벗는 그의 손길. 시헌은 곧 상체를 드러낸 맨몸이 되었다.

홍은 크게 동요하지는 않았다. 그녀의 시선이 시헌의 드러난 상체 위로 오갔다. 과거에는 없던 세월의 흔적들, 그가 선택한 새로운 삶이 남긴 자흔들이 즐비한 몸. 싸움의 길을 선택한 사내의 살갗에는 크고 작은 흉터들이 새겨져 있었다.

그러나 홍의 시선이 머문 것은, 그의 어깨며 가슴 위에 난 아문 상처들이 아닌 팔뚝 위에 자리한 선명한 검은 이름이었다. 문자는커녕 언문조차 알지 못하는 무지렁이 같은 처지였으나, 적어도 저 글자만은 그녀 역시 잘 알고 있었다.

"홍……."

붉을 홍(紅). 시헌의 팔뚝에 깊이 각인된 그녀의 이름.

뜨거운 눈물이 왈칵 솟음과 동시에, 홍은 시헌의 목에 매달려 그와 입술을 포개었다.

"홍아."

"선비님……."

두 입술이 뜨겁게 겹쳐졌다. 홍과 시헌은 애타게 서로에게 매달려 입술을 탐닉했다. 아프도록 입술을 세게 누르고, 타액을 마시고, 살점을 훑었다. 스물한 살 젊은 공자를 사랑했던 소녀는 성숙한 여인이 되어, 그리고 그 소녀로 인해 비로소 삶의 의미를 발견했던 공자는 스물여덟의 어엿한 사내가 되어 서로의 몸을 겹쳤다.

홍은 시헌의 팔뚝에 새겨진 선명한 홍(紅), 제 이름을 간절히 어루만졌다. 홍의 손목 위 묵향이 피어오르는 듯한 세 개의 먹물 자국에 포개진 시헌의 입술이 팔과 어깨를 지나 목덜미를 깨물었다.

"하아……."

홍의 잇새로 낮은 신음이 흘러나왔다.

시헌의 손길이 점점 조급해졌다. 그가 홍의 옷고름을 풀어 헤쳤다. 빳빳한 명주로 지은 저고리며 새하얀 견(絹)으로 지은 속저고리가 비벼지며 사락거렸다. 욕망 어린 손끝 아래, 나비가 허물을 벗듯 후드득 옷가지들이 떨어졌다. 가슴을 둘둘 감싼 무명으로 만든 가리개를 풀어내는 손길이 다급했다.

맨살을 맞대고 제 체중으로 홍을 누른 시헌은 그녀의 입이며 뺨과 턱, 흰 목덜미에 입술을 포갰다. 등골을 쭈뼛하게 만드는 날 선 희열의 감각, 온몸으로 느껴지는 여인의 몸에서 느껴지는 매끄러운 감촉. 극한까지 치달아 절제를 잃은 제 몸을 따라 거칠게 출렁대는 홍의 가슴을 꽉 쥔 채, 그는 그녀의 몸 곳곳을 쓰다듬고 입 맞추고 어루만졌다.

점점 호흡이 거칠어지고 숨결이 습해졌다.

홍의 입에서 흘러나오는 밭은 숨 위로 시헌은 입술을 포갰다. 홍의 숨결은 다디달았다. 단 한 조각도 바깥으로 흘리고 싶지 않을 만큼, 모조리 제가 삼켜 버리고 또 삼켜 버리고 싶을 만큼 달고 뜨거웠다.

마침내 시헌은 만개한 꽃잎처럼 너르게 펼쳐진 붉디붉은 치마폭 안으로 손을 밀어 넣어 단속곳을 끌어 내렸다. 흰 속곳들이 바닥에 내팽개쳐져 서로 뒤엉켰다. 새카만 철릭과, 눈 속에 피어난 동백처럼 처연한 홍색이 뒤섞여 서로를 물들였다.

"홍아."

시헌은 그녀의 눈을 바라보며 이름을 불렀다.

"홍……."

다시 한번, 그리고 또다시 한번. 부르고 또 부른다.

얼마나 오래도록 부르고 싶었던 이름인지 몰라. 홍, 홍아, 나의 홍.

잠 못 드는 새벽녘, 불그레한 달무리가 지는 밤, 그리고 앞이 보이지 않을 만큼 거센 눈보라가 치는 겨울날이면 유독 사무치게 떠오르던 홍. 그녀가 살아 있고, 제가 살아 있으며, 오직 둘만이 함께할 수 있는 공간에서 살을 맞대고 있다는 사실이 벅차게 밀려왔다.

시헌이 홍을 내려다본다. 새까만 눈동자와 말간 살결은 칠 년 전과 조금도 달라지지 않았으나, 성숙한 여인의 아름다움은 소녀의 것에 비길 바가 못 되었다.

홍의 쇄골이며 가슴이며 배 위에 흐드러진 불그레한 흔적들. 그녀의 곳곳에 그의 입술이 남긴 희열의 자국들이 낙화하여 있었다.

"선비님."

시헌을 마주 보던 홍의 눈이 스르르 감겼다. 조금이라도 더 그에게 가까이 닿고 싶어, 그녀는 몸을 바르작거렸다. 칠 년간 금욕하며 살았던 사내의 몸이 거칠게 움찔거렸다.

다시는 절대로 떨어지지 말자.

다시는, 죽음도 우리를 갈라놓지 못해.

그렇게 약조하듯, 시헌은 홍의 양손을 꽉 붙잡았다. 손가락 사이사이

손깍지를 끼고, 다시금 입술과 목덜미와 쇄골과 가슴에 입을 맞추었다. 홍의 잇새로 달콤한 신음성이 터졌다. 그리고 비로소 서로를 향해 미끄러지듯 나아가 하나가 되었다.

"하아……. 하아……."

망설임 없이 몸을 섞었다. 아무리 까마득한 세월도 그들이 하나가 되는 순간을 방해할 수는 없었다.

칠 년이라는 세월은 따지고 보면 아무런 걸림돌도 아니었다. 죽음조차도, 이미 이 세상 사람이 아니라는 믿음조차도 그들의 정절과 헌신을 방해하지는 못했기 때문이었다.

칠 년? 아니, 칠십 년이 흘러 백발노인이 되었다 해도 서로를 원하는 마음은 달라지지 않았으리라.

"하읏……."

조금 더 가까이, 조금 더, 조금만 더……. 그들은 완전한 하나가 되기 위해 몸부림치며 서로에게 매달렸다. 입술을 탐닉하고, 어깨를 깨물어 잇자국을 내고, 가슴과 살갗 곳곳에 지워지지 않을 붉은 흔적들을 남겼다.

문밖의 겨울이 무색해지도록 뜨거운 땀이 서로의 몸을 적시며 입안으로 흘러들었다. 혀를 빨아들이고, 상처를 입술로 더듬고, 눈물을 입으로 받아먹었다.

몸의 움직임은 서서히 더 격렬해져 갔다. 탐닉하고, 만끽하고, 완벽히 서로에게 몰두했다.

내뱉는 숨이 뜨거워 데일 것만 같았다. 뒤엉킨 입술 사이로 더운 입김이 흘러나왔다. 꽉 맞물린 몸뚱이 사이로 뚝뚝 떨어진 땀이 질척하게 바닥에 고였다. 치덕대는 소리가 점점 빨라지고, 고조되는 신음은 차마 억누를 수 없을 만큼 격해졌다.

강렬하게 온 신경을 관통하는 희열. 쾌락의 정점이 코앞이다.

그들은 신음하며 몸부림쳤다. 서로를 향해 간절히 팔을 뻗고 미끌대는 살갗을 움켜쥐었다. 거칠게 들이마신 들숨이 심장 가까이에서 뭔가에 턱 막힌 것처럼 멈추었다. 잠시 죽음처럼 아득한 적막이 새까맣게 시야를 뒤덮었다. 동시에 배 속 깊은 공간에서 무언가가 펑펑 터져 나가는 것처럼 절정이 시작되었다.

쾌락 하나, 둘, 셋, 넷, 다섯……. 수십 수백의 환희가 몸속에서 휘몰아치듯 점멸했다.

"하앗……."

시헌과 홍이 완벽하게 뒤섞이고 뒤엉켜 하나가 된 순간, 새까매졌던 세상에 하얀 빛이 찾아왔다. 태양보다 눈부신 강렬한 쾌감이 폭포처럼 쏟아져 몸을 뒤덮었다.

시헌의 목에 감겨 있던 홍의 팔이 바닥으로 툭 떨어졌고, 동시에 그의 몸이 무겁게 그녀를 덮쳐 들었다. 그러나 기분 좋은 나른한 무게감이었다.

"하아……. 하아……."

거친 숨소리 외에, 잠시간 아무 소리도 들려오지 않았다. 이윽고 시헌이 느리게 얼굴을 들어 올렸다.

"홍아."

"예, 선비님."

"내가 너를 얼마나 연모하는지…… 알고 있느냐?"

간절하고 애타는 질문. 그의 물음에 홍은 대답 대신 고개를 끄덕였다. 서서히 식어가는 몸을 타고 미지근한 땀방울이 흘러내렸다.

밀려드는 나른함. 꼭 반 시진만이라도, 그의 품에 안겨 단잠을 이룰 수 있다면 얼마나 행복할까.

"내가 하는 말을 빈말이라 생각지 마라. 나는 반드시 너를 되찾을 거야, 무슨 수를 쓰더라도."

시헌의 목소리가 아득하다. 홍은 완전히 기진맥진한 상태였다. 그녀에게 시헌의 목소리는 자장자장 다독이는 노래처럼 느껴졌다.

홍은 가까스로 묵직하게 내려앉는 눈꺼풀을 조금 들어 올렸다.

"최만춘 나리께…… 저와 팥쥐는 큰 신세를 졌습니다."

차마 시헌 앞에서 그가 생명의 은인이라느니, 그를 배신하는 것이 마음에 걸린다느니 하는 말을 할 수는 없었다.

어쩔 수 없는 일. 그를 버리고 떠나는 것 외에 방법이 없다는 것을 홍은 받아들이고 있었다. 그러나 떠나는 것과는 별개로 최만춘이 해를 입기를 바라지는 않았다.

"네가 무슨 말을 하려는지 알아. 나도 최만춘이라는 사람에 대해 알아보려 애쓰고 있다. 그가 어떤 사람인지 아직은 확신할 수가 없어."

사람들이 최만춘에 대해 말하는 것을 꺼리고 쉬쉬한다 하여, 그가 악인이라 단정할 수는 없었으므로.

"그는 월야관 기생이었던 너를 자유의 몸으로 만들었지. 그것은 세상 누구에게도 결코 쉽지 않은 일이다."

"예……."

"나도 알고 있다. 그가 너를 살렸어. 지금껏 너를 보호한 것만으로도, 나는 그에게 은혜를 입은 것이나 다름없어. 나도 그것을 잊지 않으려고 노력할 게다. 그러나, 홍아."

시헌이 무겁게 입을 떼었다.

"모두가 행복할 수 있다면 좋겠지만, 그런 결말은 없어. 내 주변 사람들 모두가 더할 나위 없이 행복하다면, 내가 떠맡아야 하는 것은 불행한 사람의 역할일지도 모른다. 그게 삶의 이치라는 것을 나는 깨달았다."

잠이 달아난 눈으로 홍은 시헌을 바라보았다. 시헌의 눈동자 안에는 뜨거운 무언가가 일렁이고 있었다. 그것은 사랑의 감정과는 또 다른 열기였다.

시헌은 홍을 바라고, 행복을 바랐다. 불행은 지난 칠 년간 겪었던 일만으로도 충분했다. 그는 이제 결코 행복을 포기하지 않을 것이다. 모두가 행복할 수는 없다는 것이 인생이라는 이름의 전래동화라면, 그는 이번만은 반드시 행복을 쟁취하는 주인공이 될 생각이었다.

"그러니 나와 함께 행복할 수 있다는 것을 믿어. 우리는 그렇게 할 수 있다, 홍아."

그때였다. 스르르, 열린 문틈으로 서늘한 바람 한 줄기가 밀려들어왔다. 홍과 시헌의 벗은 몸 위로 한 줄기 스산한 바람이 불었다.

그들이 동시에 문을 향해 고개를 돌렸다. 열기로 가득 차 있던 방 안에 스민 찬바람이 유독 소슬했다.

"문이 열렸구나. 잠시만……."

혹시나 땀에 젖은 홍의 몸에 한기가 들까 싶어, 시헌은 바닥에 아무렇게나 널브러져 있던 이불을 그들의 몸 위로 끌어당겼다. 그가 문고리를 향해 팔을 쭉 뻗었다. 그러나 거리가 다소 길었던 탓에 손끝은 아슬아슬하게 문고리를 스쳤다. 그 바람에 열린 문틈은 더욱 넓어졌다.

사랑하는 연인들에게는 겨울바람의 장난마저도 꽤나 재미있는 일처럼 느껴지는 법이다. 시헌의 입에서 나지막한 웃음소리가 흘러나왔다.

그가 다시금 문고리를 향해 손을 뻗었다. 이번에는 틀림없이 고리를 쥐었다 생각한 순간이었다.

"……."

활짝, 문이 열렸다. 소름 끼치도록 차디찬 냉기가 방 안으로 쏟아져 들어왔다. 문간에 우뚝 서 있는 사람의 그림자를 발견한 홍과 시헌의 얼굴이 얼음처럼 싸늘하게 굳어졌다.

적막.

방 안에 있던 사람도, 문밖에 있던 누군가도 입을 열지 못했다.

침묵은 진실보다 오히려 더 무거웠다. 그러나 결코 긴 시간은 아니었다. 얄궂은 운명의 장난으로 그 자리에서 마주친 이들에게 길게 느껴졌을 뿐, 실상은 몇 번 눈길이 오갈 만큼의 짧은 순간에 지나지 않았다.

"하으……."

문밖에 서 있던 불청객의 입에서 '하하'도 아니고 '흐흐'도 아닌 외마디 신음이 흘러나왔다. 충격적인 장면 앞에 헤벌어져 있던 그녀의 입꼬리가 경련하듯 실룩거렸다.

콩쥐의 경악한 시선. 그녀가 연거푸 내뱉는 낮은 탄식이 멈춰 있던 시간을 깨웠다.

시헌이 헉, 하고 거친 숨을 내뱉었다. 홍의 눈동자가 무언가에 세게 얻어맞은 사람처럼 크게 확장됐다. 아직 채 식지 않은 몸을 포개고 있던 홍과 시헌의 몸이 다급하게 떨어졌다. 시헌은 그들이 사랑을 나누는 동안 내뿜은 땀과 체액에 젖어 축축해진 이불로 황급히 홍의 몸을 가렸다.

"그대가 여기에 어찌……."

시헌이 가까스로 내뱉을 수 있는 말은 그것뿐이었다.

콩쥐와 시헌의 눈이 마주쳤다. 흐음, 콩쥐의 입 끝이 묘한 호선을 그리며 비틀렸다.

시헌은 가까스로 하체만을 가리고 있었다. 콩쥐의 시선이 수련으로 단련된 그의 몸을 주룩 훑었다. 싸늘한 그녀의 눈길이 시헌의 팔뚝 언저리에서 멈추었다.

지금 콩쥐가 느끼는 감정처럼 거무튀튀한 글자. 먹으로 물들인 홍(紅)이라는 글자는 그가 흘린 땀으로 번들거리고 있었다.

콩쥐의 새카만 머릿속에 온갖 더러운 감상들이 떠올랐다 사라졌다. 벌거벗은 채 뒤엉켜 있는 남녀를 보고 있었지만 부끄럽다는 생각은 들지 않았다. 땀에 젖은 시헌의 몸뚱이와, 그의 배 아래 깔려 내내 울부짖었을 계집의 달아오른 뺨을 보니 속이 울렁거렸다. 오장육부가 뒤틀리는 것 같았다.

그리고 어지럽던 머리가 정리되자, 곧이어 또 다른 감정이 밀려왔다. 분노였다.

"음탕한 년."

콩쥐가 홍을 향해 독살스럽게 내뱉었다.

더럽다. 추접스러웠다. 출신도 근본도 알 수 없는 계집이었다. 그런 주제에 제 아비의 은혜를 입어 귀한 마나님 대우를 받으며 살지 않았는가. 그랬던 계집이 감히 다른 이도 아닌 제가 원하는 공자를 유혹한 것이다. 감정들이 폭발하여 이성을 마비시켰다.

"주제도 모르는 년. 요망한 계집! 더러운 년!"

홍은 대답하지 못했다. 몸이 떨리기 시작했다. 콩쥐가 내뱉는 욕설과 비난이 귓전으로 쏟아졌다.

이불을 머리끝까지 끌어 올리고 모든 일을 회피하고 싶었다. 콩쥐가 비난하듯, 그런 계집이 된 기분이었다. 남편이 출타한 사이, 집을 드나드는 사내를 유혹하여 서방질을 하는 그런 천박한 계집이.

"추잡한 년, 할 짓이 없어 의붓딸을 찾아오는 사내를 유혹해? 나리를 불러내 몸을 섞어? 돌팔매를 맞아 죽어도 시원찮을 계집!"

"낭자."

"그런 역겨운 생각으로 살고 있었으면서, 제가 뭐라도 된 것처럼 정숙한 부인 흉내를 낸 거야? 근본 없는 계집년! 아버지에게도 그렇게 하여 혼을 빼놓았겠지? 그동안 얼마나 많은 사내들과 붙어먹었을지 알 게 뭐람. 분명 사내종들과도 이렇게 뒹굴었을 거야! 그렇지?"

"낭자!"

대충 옷을 걸쳐 입은 시헌이 콩쥐의 앞을 막아섰다. 콩쥐가 그를 쏘아보았다.

"낭자. 그런 것이 아니오."

"아닙니까?"

피식, 콩쥐가 조소를 내뿜었다.

"나와 이야기합시다. 어서."

콩쥐를 뒤로 밀어내며 시헌은 문밖으로 나섰다. 방문이 닫혔다.

"무슨 말씀을 하시려고 이러십니까?"

콩쥐의 목소리는 싸늘했다. 그녀의 시선이 시헌을 위아래로 훑었다.

철릭은 제대로 매듭지어지지 않아 몸에 걸치다 만 듯한 꼴이었다. 벌어진 옷자락 사이로 드러난 가슴팍에는 누군가의 입술이 낸 듯한 붉은 흔적이 선명했다.

"낭자가 생각하는 것이 전부는 아니오."

"그럼 무엇이 전부입니까?"

콩쥐가 되물었다. 제가 무슨 짓을 벌여도 넘어가지 않던 사내였다. 속살을 내비치고 유혹의 미소를 흘릴 때조차 성인군자처럼 시치미를 떼고 있던 자였다. 그러던 그가 이런 꼴을 하고 있다니. 역겹다기보단 우습고 같잖았다. 결국 그 역시 계집에게 홀려 아랫도리를 동동댄 것 아닌가. 그런 주제에 어찌 제 앞에서는 그리 깨끗한 척을 했는지 모를 일이었다.

하기야, 본디 고결한 척하는 종자들만큼 더러운 것이 없는 법이라던가.

남원댁이 입버릇처럼 내뱉던 말이 떠올랐다. 양반이고 상놈이고 간에 허리 아래로는 다 똑같은 게 사내라던 말이.

"그럼 무엇이 전부냐고 묻지 않습니까? 나리, 말씀해 주십시오. 소녀가 모르는 뭔가가 더 있습니까?"

시헌의 눈빛이 캄캄해졌다.

콩쥐에게 무엇이라 말해야 할까. 진실을 고백해야 할까? 그녀가 생각하는 것처럼 지저분한 관계가 아니라고. 그들은 운명의 피해자일 뿐이라고. 누구보다 절절하게 서로를 사랑하며, 육욕에 눈이 멀어 치정을 저지른 것이 아니라고.

그렇게 말할 수 있겠는가…….

"하……."

시헌의 입에서 짙은 한숨이 흘러나왔다. 철릭 자락 사이로 바람이 들어와 생살이 시렸다.

그러나 콩쥐의 눈빛은 단단했고 얼음장처럼 차가웠다. 시헌은 단 한 마디조차 내뱉지 못한 채 천치처럼 서 있었지만 콩쥐는 그렇지 않았다. 그녀가 낮게 헛기침을 했다. 치밀어 올랐던 분노는 빠르게 사그라졌다.

콩쥐가 긴 숨을 내뱉었다. 흥분하여 좋을 일이 뭐 있겠는가.

"소녀에게도 워낙 충격적인 일이었던지라 당황하여 거친 말이 나왔습니다만……."

콩쥐가 시헌을 바라보았다. 사내는 나약한 표정을 하고 있었다. 지금껏 단 한 번도 약한 모습을 보인 적 없는 그가 이다지도 안절부절못한다는 게 낯설게 느껴졌다.

"아무튼, 소녀는 나리의 탓을 하고 싶지는 않습니다. 저 계집이 문제이겠지요. 나리께 무슨 잘못이 있겠습니까?"

콩쥐의 말에 시헌이 고개를 들었다. 그와 눈이 마주치자, 콩쥐는 대범하게도 미소를 지어 보였다.

"사내라면, 그럴 수 있습니다. 한 번의 실수야 누구나 하는 것이니까요. 저리 요망한 계집이 작정하고 유혹하는데 흔들리지 않을 사내가 어디 있겠습니까? 저 계집의 탓이지 나리의 탓이 아닙니다."

콩쥐가 시헌을 응시했다. 도전적인 시선이었다. 그녀는 그에게 아량을 베풀기로 마음먹었다.

"그러니 나리, 수치스러운 꼴을 보였다 상심하지 마십시오. 소녀는 큰 일을 할 사내의 작은 실수에 경거망동할 만큼 여인의 도리를 모르지 않습니다."

콩쥐가 자애로운 미소를 지었다. 모든 것을 이해할 수 있다는 듯이, 한순간의 일탈 정도야 얼마든지 포용할 수 있다는 듯이.

어차피 무슨 상관이란 말인가. 콩쥐는 눈앞의 사내를 요만큼도 은애하거나 연모하지 않았다. 어차피 그녀가 바란 것은 현감의 아내라는 번듯한 자리일 뿐. 그러므로 그녀의 분노는 시헌이 아닌 홍에게로 향해 있었다.

더러운 계집, 요사한 계집. 뒤에서는 온갖 음탕한 일들을 벌이면서, 앞에서는 마치 고귀한 마나님이라도 된 것처럼 요망을 떨던 교활한 계집. 제 아비의 은혜를 저버린 입살스러운 년.

"아니오. 그렇지 않소."

갑자기 시헌이 입을 열었다. 내내 묵묵히 침묵을 고수하던 그의 목소리는 예상외로 단호했다.

"아니오. 그대가 생각하는 것과는 다르오. 그렇지 않소."

"뭐가 그렇지 않습니까?"

"그녀의 잘못이 아니오. 내 탓이오. 모든 것은 내 잘못이고, 나로 인해 생긴 일이니 나를 탓하시오. 홍에게는 잘못이 없소."

시헌을 바라보던 콩쥐의 표정에 미묘한 변화가 일어났다.

무언가 귀에 거슬리는 이름.

"홍?"

콩쥐가 반문했다.

처음 듣는 이름이었다. 아비는 별당 계집을 '단'이라 불렀다. 그러므로 콩쥐 역시 철석같이 그것이 그녀의 이름이라고 믿고 있었다.

그 이름이 세상을 떠난 제 어미의 이름과 같다는 사실 역시 콩쥐는 알고 있었다. 그러나 '단'이란 흔한 이름이었기에 콩쥐는 마땅찮은 우연일 뿐이라고 생각했다. 어차피 기억에도 없는 어미였다. 굳이 신경 쓰고 싶지 않았다.

하지만 '단'이 아닌 '홍'이라지 않는가. 그녀와 몸을 섞고, 문밖까지 헐떡대는 소리가 흘러나오도록 교합하며 열정을 속삭이던 사내가.

게다가 그 홍이라는 이름은…….

"하."

콩쥐가 시헌의 철릭 자락을 손에 쥐었다. 워낙 갑작스러운 일이라 시헌은 그녀를 저지하지 못했다. 다급하게 걸쳐 입은 탓에 헐렁하게 벌어져 있던 옷자락이 우악스럽게 뒤로 젖혀졌다.

홍(紅). 시헌의 팔뚝에 선명하게 새겨진 이름.

그것은 분명 연비(聯臂)였다. 사랑하는 남녀가 서로의 마음을 고백하며, 영영 헤어지지 않겠다는 정표로 서로의 몸에 새겨 넣는다는 문신말이다. 패설 읽기 좋아하는 꽃분이가 말하기를, 어우동(於于同)이라는 여인의 몸에는 사내들이 새긴 연비 수십 개가 남아 있었다던가.

"대체……."

콩쥐의 눈동자가 거칠게 요동쳤다.

약 한 시진 전, 콩쥐는 다급히 마을을 나섰다. 천 덕에 장수현감이 머무는 장소를 알았으므로, 그를 만나 다시 한번 저를 책임지라 요구할 생각이었다.

마을을 벗어나 관청으로 향하던 콩쥐의 눈에 띈 검은 짐승. 갈대밭에 매어져 있던 흑마가 콩쥐의 시선을 끌었다.

완주에 그렇게 풍채가 좋은 말을 가진 이는 오직 그녀의 아비뿐이었다. 처음에는 누군가 아비의 말을 훔친 게 아닐까 생각했다. 그러나 가까이 다가선 그녀는 그 말이 명우의 것임을 깨달았다.

그리고 그 순간, 남녀의 거친 신음 소리가 들려왔다. 마치 생의 끝자락에 매달려 있는 듯한 절박하고도 색정적인 소리는 한참 동안이나 끊이지 않았다.

더럽고 우스웠다. 제 청을 단칼에 거절했던 까닭이 이것이던가. 이리 은밀한 장소를 빌려 정을 통해야 하는 계집이라면 결코 평범한 처녀는 아니리라고 콩쥐는 생각했다. 그리고 섬돌 위에 가지런히 놓인 두 켤레의 신, 그중에서도 연둣빛 운혜를 발견했던 것이다.

콩쥐는 내내 문밖에 서 있었다. 한 번의 교합이 끝나고, 입술이며 살이 부딪치는 소리가 치덕치덕 들려왔다. 계집 쪽은 오히려 말수가 적었으나, 무엇이 그리 즐겁고 행복한지 사내는 끝없이 무어라 속삭여 댔다.

"설마, 지금……."

콩쥐의 입술이 바르르 떨렸다. 그제야 헝클어져 있던 머릿속 실타래가 풀렸다.

병문안을 한답시고 저를 찾아온 내내 온 신경이 다른 곳에 가 있는 듯하던 그의 태도. 허파에 바람이라도 든 듯 들떠 있던 별당 계집의 모습. 저를 거두어 혼인해 달라는 청을 단호하게 거절하던 그의 목소리. 문밖으로 흘러나오던 애틋한 속삭임과, 제 몸을 가리기보단 먼저 계집을 감싸주던 그의 모습.

그리고 고통을 참으며 한 땀 한 땀 생살을 뜨고 먹을 넣어 새겼을 연비까지.

"당신 탓이라고요?"

콩쥐가 물었다.

서방질을 한 사내가 처벌받는 경우는 많지 않았다. 그들은 아주 좋은 핑곗거리를 가지고 있기 때문이었다.

계집이 먼저 나를 유혹했다, 계집이 치마를 올리고 달려드는데 넘어가지 않을 사내가 어디 있겠는가- 이 말은 곧 면죄부가 되었다.

그런 까닭에 사내가, 특히 양반 신분을 가진 사내가 벌을 받는 일은 드물었다. 대부분 죄는 여인 쪽에서 뒤집어쓰기 마련이었다. 여인들은 조리돌림이나 멍석말이를 당하고, 비난받고, 돌팔매에 얻어맞거나 소박을 당했고 때로 분노한 남편에게 맞아 죽거나 자진을 강요당했다. 서방질의 대가는 목숨으로 치러야 했지만, 계집질의 대가는 사내라면 할 수 있는 실수라는 말 한마디로 무마되곤 했다.

그게 조선의 법이었다.

"모든 것이 내 탓이오."

그러나 그는 모두 제 탓이라 한다. 별당 계집은 아무 죄가 없고 모두 제가 벌인 일이라고 한다.

단인지, 홍인지 이름을 알 수 없는 저 계집을 보호하려고? 하룻밤, 길어야 며칠간의 열정으로 그런 일을 벌일 리는 없었다.

"설마, 저 계집과 연모하는 사이라는 겁니까?"

콩쥐가 따지듯 물었다.

이제야 알겠다. 마침내 조각조각 흩어져 있던 단서들이 하나의 그림을 이뤘다. 문밖에서 그들이 속삭이던 이야기의 와중, 한두 차례 등장했던 정체를 알 수 없는 공간의 이름을 콩쥐는 내뱉었다.

"……월야관."

월야관. 콩쥐의 입에서 튀어나온 말. 제게는 금기와 같았던 그 공간의 이름을 들은 시헌의 눈동자가 거칠게 흔들렸다.

"기방이죠? 그런 거였어. 기방에서 지내던 계집인 거였어!"

콩쥐가 두서없이 떠들기 시작했다. 그녀의 눈이 이채로 번뜩였다.

아버지 앞에서 순종의 가면을 쓰고 지냈던 까닭에 호기심을 드러내지 않았을 뿐, 콩쥐는 늘 별당 계집의 정체가 궁금했다.

외진 고을에 처박혀 살기엔 범상치 않은 화려한 얼굴, 음울하고 비밀스러운 태도, 그리고 딸이라기엔 지나치게 나이가 많은 팥쥐의 존재까지. 돌이켜 보면 이상한 점이 한두 군데가 아니었다.

기생이란 의심을 품지 않았던 것은 여인의 태도가 경박하지 않고 수더분했기 때문이었다. 그러나 그녀는 글을 모를 뿐 아니라 수를 놓는다거나 베를 짜는 것 같은 아녀자의 일에도 무지했다. 때로 여인의 무표정한 얼굴에서는 섬뜩한 날것의 느낌이 나기도 했다.

이제야 아귀가 딱딱 맞아떨어지는 느낌이 들었다.

"도망 기생."

확신에 찬 어조로, 콩쥐는 차갑게 내뱉었다.

그것이 이유였다. 거의 칠 년간 비좁은 별당 안에 칩거한 것도, 저 계집이라면 끔찍하게 생각하는 아비가 단 한 번도 그녀와 함께 밖에 나가지 않은 것도. 이제 와서 아비가 계집에게 외출을 종용한 까닭 역시 분명했다. 세월이 흘러, 도망 기생인 그녀를 위협하던 이유들이 사라진 것이리라.

"아니오. 그렇지 않소."

시헌의 목소리를 들은 콩쥐의 입꼬리가 스리슬쩍 실룩거렸다. 그녀는 재미있었다. 즐거웠다. 제 추리가 딱딱 맞아떨어지고 있다는 데에 희열을 느꼈다. 내내 고고한 척하던 나리께서 안절부절못하는 꼴이 우스웠다.

"도망 기생이잖습니까, 저 계집. 우리 아버지의 작품, 아닙니까?"

'우리 아버지의 작품.'

비범한 확신을 담은 콩쥐의 말이 시헌을 당황하게 했다.

"그렇지 않소."

희미하게 떨리는 말끝, 흔들리는 눈동자, 바짝 마른 입술. 시헌을 바라보던 콩쥐가 조소를 머금었다.

사내들이란 정녕 이따위밖에 안 되는 것들인가. 멍청한 천 하나만으로도 족했는데, 제 인생을 걸어도 되리라 여겼던 사내마저 이 모양이라니.

게다가 제 아비는 또 어떤가. 찔러도 피 한 방울 나오지 않을 법한 아버지가 벌인 일에 기막혀 입이 떡 벌어질 지경이었다. 하기야, 제 아비는 본래 뭔가에 미치면 일을 내고야 마는 사람이기는 했다.

그때였다. 덜컥, 소리와 함께 굳게 닫혀 있던 방문이 열렸다.

홍의 창백한 얼굴이 모습을 드러냈다. 그녀는 이곳을 찾았을 때 입었던 복장으로 돌아와 있었다.

"들어가 있어."

시헌의 목소리. 그러나 홍은 그의 말을 듣지 않고, 섬돌 위에 가지런히 벗어둔 운혜에 발을 밀어 넣었다.

"제가 얘기하겠습니다. 제 일입니다."

"어찌 이것이 너만의 일이냐? 너의 일이라면, 곧 내 일이기도 해."

"지금까지 하신 것으로도 충분합니다, 선비님."

홍이 고개를 쳐들었다.

콩쥐가 나타나기 전까지는 모든 것이 아름다웠다. 꿈에 그리던 재회였다. 이 세상 무엇과도 바꿀 수 없는, 평생 오지 않으리라 여기던 행복한 순간이었다.

그러나 아직도 그의 흔적이 선연한 방 안에서, 그야말로 서방질을 하다 들킨 계집처럼 벗은 몸을 감싼 채 오들오들 떨고 있는 제 모습은 조금도 아름답지 않았다. 모든 것을 그에게 떠맡긴 채 숨어 있는 제 모습은 하찮고 비겁하기만 했다. 그러므로 홍은 더 이상 숨어 있을 수 없었다.

홍은 이불을 걷어내고 차근차근 옷을 입었다. 그 와중에도 문밖에서는 콩쥐와 시헌의 말소리가 들려왔다. 모든 것이 제 탓이라는 시헌의 말이 그녀의 가슴을 찔렀다.

행복과 불행 모두를 함께 나누었는데, 그는 홀로 죄인이 되고자 하는 것이다. 더 이상은 참을 수 없었다. 시헌이 홍을 책임지기를 바라듯 그녀 역시 그에게 모든 짐을 지우고 싶지 않았다.

"하지만, 홍아."

"선비님. 저는 이곳에서 칠 년을 살았습니다. 선비님께 제 삶을 모두 맡길 수는 없어요. 지금까지 지내왔던 시간들의 책임은 저에게 있습니다."

설령 그것이 그녀가 원한 것이 아니라 해도.

"……."

시헌이 홍을 응시했다.

먼 과거, 그들이 어긋나고 비틀린 사랑을 시작했던 시절의 홍은 늘 이런 느낌이었다. 홍은 시헌을 사랑하고, 춤을 사랑하고, 몽상하는 것, 생각에 잠기는 것, 그리고 별 보는 것을 사랑했다. 그러나 그녀가 가장 사랑한 것은 춤도 시헌도 아닌 자기 자신이었다.

홍은 창기라는 비참한 처지에 있으면서도 제 삶의 고삐를 타인이 쥐는 것을 용납하지 않았다. 그녀가 제 삶의 주도권을 손에서 놓은 것은 꼭 한 번뿐이었다.

시헌과 도피하던 그 밤. 그 선택으로 인해 홍은 목숨을 걸어야 했고 칠 년을 칩거해야만 했다.

그런 게 홍이다. 그게 홍이라는 여인이었다. 그것이 시헌이 사랑한 홍의 본모습이었다.

그러므로 시헌은 일단 물러나야만 한다, 지금 이 순간만큼은.

"하."

피시식, 콩쥐의 입에서 조소가 흘러나왔다. 서방질, 계집질이나 하는 주제에 뭐 저리 애틋하게 구는지 모를 노릇이었다.

"무슨 말씀을 하시려고 그러십니까, 어머니?"

'어머니'라는 말에 콩쥐는 부러 힘을 주어 비아냥댔다. 그러나 그녀를 마주한 홍의 표정에는 별다른 변화가 보이지 않았다.

한동안 최만춘이 마련해 준 그늘 아래 숨어 잊고 살았을 뿐이다. 홍은 본래 그런 존재였다. 멸시받고, 천대당하고, 모욕당하는 것이 일상이었던 기생, 창기. 칠 년의 세월이 지났다 하여, 제 뼛속에 새겨진 통탄스러운 신분마저 망각하지는 않았다.

그러므로 홍은 발끈하지도, 동요하지도 않는다. 단지 마주 볼 뿐이다.

콩쥐 네가 가진 것들, 권력을 가진 아비와 부유한 집안과 원한다면 무엇이든 할 수 있는 자유. 누구에게나 명령할 수 있고, 고개를 쳐들 수 있고, 당당하게 무슨 말을 해도 뺨을 맞거나 술이 끼얹어지거나 우악스럽게 옷을 찢기거나 하지 않으리라는 확신. 네 삶을 다른 이에게 휘둘리지 않을 수 있는 권리.

그것은 네 손으로 쟁취한 것이 아니야.

조선이라는 나라, 신분으로 점철된 세상에서 단지 그렇게 타고났을 뿐, 그것은 너의 영광이 아닌 그저 운에 지나지 않아.

가난한 양반의 딸로 태어났던 내가, 세상에서 가장 천대받는다는 몸 파는 창기가 되어 나락의 삶을 살았던 것이 내 탓이 아닌 것처럼.

"하실 말씀이 있다면 하세요. 왜, 이제 와 나를 보니 부끄럽소? 하기야, 아무리 낯짝이 두껍기로소니 서방질 하는 꼴을 들켰으니, 사람이라면 수치스러운 줄 알아야……."

"나는."

콩쥐를 바라보고 있던 홍이 입을 열었다.

"부끄럽지 않아."

"……하?"

콩쥐가 당황한 듯 한 마디 내뱉었다. 콩쥐의 눈동자가 싸늘해졌다.

"그리 추접스러운 음행(淫行)을 저지르고서도 수치를 모르니, 금수와 다를 게 무엇이람? 더러운 계집……."

"네가 뭐라고 생각한다 해도 할 수 없어. 너에게는 더러운 일처럼 보이겠지만, 나에게는 그렇지 않아. 너는 나에 대해 아무것도 모르지. 내가 어떤 삶을 살았는지, 나와 선비님 사이에 무슨 일이 있었는지 너는 알지 못해."

"무슨 일이 있었든, 그건 과거의 일이잖아! 서방질을 했다는 사실이 달라진답디까? 하, 참으로 뻔뻔하여 차마 무슨 말을 해야 할지도 모르겠네."

콩쥐가 바락바락 악을 썼다. 그러나 홍은 그저 무심했다.

"그래서 콩쥐 너는 나에게 무엇을 바라는 게야?"

"뭐?"

"무엇을 바라냐고. 아버지에게 사실을 말하려고? 나를 비난하려고? 옷이라도 벗겨 조리돌림이라도 하고 싶은 게냐?"

"당연한 소리! 아버지에게 말하고말고! 우리 아버지가 네게 베푼 은혜가 얼마나 큰데, 배은망덕도 유분수가 있지! 조리돌림뿐 아니라 돌팔매에 맞아 죽어도 싼 짓이야. 어찌 너 같은 계집이 감히……."

"원한다면 그렇게 해."

"뭐?"

"네가 바라는 대로 하라고. 결국은 알려질 일이야."

"알려질 일이라니, 무슨 소리야?"

콩쥐가 반문했다. 기가 막히고 코가 막혔다. 제 앞에 무릎을 꿇고, 다리를 붙들고 머리를 찧으며 애원하기는커녕 이리 당당하게 고개를 쳐들고 있다니. 정녕 미친 계집인 게다.

"나는……."

홍의 시선이 몇 발짝 떨어져 등을 보인 채 서 있는 시헌에게로 향했다. 등만 보아도 알 수 있다. 그가 어떤 표정을 짓고 있을 것인지. 얼마나 잇새를 꽉 문 채, 얼마나 고통스러운 얼굴을 하고 있을 것인지.

시헌이 그녀에게 어떤 제안을 할지 역시 홍은 짐작하고 있었다.

도피. 그가 이룬 모든 것을 버리고 떠나는 것. 그는 분명 홍과 함께 도망치려 할 것이다. 그러므로 콩쥐를 향한 지금 이 말은, 홍이 시헌에게 전하는 진심이기도 했다.

"나는 이대로 살지 않을 거야. 나는 선비님을 선택했어."

"……."

"나는 최만춘 나리가 아닌 선비님과 함께할 거야. 그게 내 선택이야."

"선택?"

콩쥐의 입이 경악으로 벌어졌다. 그녀의 입에서 외마디 소리가 흘러나왔다.

"미친년."

콩쥐가 싸늘하게 내뱉었다.

어처구니가 없는 정도가 아니었다. 제 방에 틀어박혀 벽만 쳐다보고 있다 돌았나, 머리가 어떻게 된 건가. 비록 혼인을 하지 않았을 뿐 그녀가 최만춘의 여인이라는 것을 온 마을 사람들이 다 알았다. 감히 그런 계집의 입에서 선택이라는 말이 나오다니. 콩쥐로서는 받아들일 수도, 인정할 수도 없는 이야기였다.

분노가 치밀었다. 선택이란 말은 저런 계집이 함부로 말할 수 있는 것이 아니다. 선택은 제게 주어진 특권이었다. 천이 아닌 어엿한 벼슬아치인 옆 고을 원님을 신랑감으로 선택하는 것처럼.

한데 천한 기생이었던 하찮은 계집이 뻔뻔하게 선택을 운운하는 것이다. 그것도 하나는 제 아버지, 그리고 또 하나는 제가 갖고자 했던 사내를 양손 위에 올린 채.

주제를 모르는 계집, 금수만도 못한 계집. 저런 계집은 당장 사지를 찢어 죽이는 것이 옳다.

"참도 그렇게 되겠다. 주제 파악을 좀 해. 너나 네 딸년이나 주제를 모르고 날뛰는 데는 일가견이 있는 것 같으니."

순간 콩쥐가 '아' 소리를 냈다.

"잊었네. 네 딸년일 리 없잖아? 팥쥐의 낯짝을 보면, 절대 네년의 딸일 리가 없지. 그년도 설마 기방에서 주워온 건가? 하필 그런 더러운 걸 가져와서 칠 년간 내 심기를 불편하게 하다니……."

"하고 싶은 말이 있으면 내게 해. 팥쥐를 끌어들이지 마."

"주제에 같은 출신이라고 역성을 드는 게야? 하, 참……."

홍을 가만히 쏘아보던 콩쥐가 내뱉었다.

"저 나리를 선택했다고? 감히 너 따위가? 사내들은 진심으로 연모하는 계집과는 그렇게 더럽게 붙어먹지 않아. 그건 그저 잠깐의 음심(淫心)일 뿐이라고! 누구와 놀아났든 정작 혼인은 정숙한 규수와 하는 것이 사내들이야. 그런 것도 모르면서 날뛰다니. 한심한 년."

"마음대로 생각해."

홍의 반응은 이상할 만큼 냉하고 무심했다. 제 목숨이 경각에 달려 있음이 뻔했음에도 그녀는 좀체 동요를 내보이지 않았다. 그것이 콩쥐를 더욱 약 오르게 했다.

"너는 몰라! 내 아버지가 어떤 사람인지. 내가 아버지 앞에서 입을 뻥긋하는 순간 너는 갈기갈기 찢겨 죽을 거야. 뼈 하나도 추릴 수 없을 거라고! 돌팔매? 조리돌림? 웃기지 말라고 해. 너는 몰라. 내 아비가 얼마나 무서운 사람인지!"

악에 받친 콩쥐가 내뱉고 만 제 아버지에 대한 이야기.

'정말 그런 걸까.'

홍은 생각했다. 홍은 최만춘을 잘 모른다. 많은 부를 가지고 있으며 저에게 헌신한다는 것 외에 그녀가 그에 대해 알고 있는 것은 많지 않았다. 그러나 콩쥐는 그의 딸이었고 평생을 함께한 가족이었다. 콩쥐의 말은 분명 진실일 것이다.

홍을 바라보던 콩쥐의 입가가 비틀렸다.

겁을 집어먹은 게지. 제가 얼마나 엄청난 짓을 저지른 건지 이제야 깨달은 모양이었다. 한낱 가진 것 없는 계집 따위, 제 아비에게 몸뚱이를 저당 잡힌 천박한 기생년 따위가.

"이 사실을 알자마자, 아버지는 네년을 찢어 죽일 거야. 내 어머니에게 그랬던 것처럼."

콩쥐가 의기양양하게 내뱉었다. 콩쥐의 말보다 더 섬뜩한 것은 그 말 안에 담긴 확신이었다.

홍뿐 아니라 멀찍이 자리한 시헌 역시 섣불리 입을 열지 못하고 침묵했다. 서느런 고요 사이로 바람에 스친 갈대밭이 스산하게 울었다.

"그러려고 네년에게 어머니의 이름을 붙여준 걸 거라고!"

이제야 제게 붙어 있는 이름이 어디서 온 것인지를 깨달은 홍의 입술이 살짝 벌어졌다.

왜 하필 '단'이냐고 이유를 물은 적은 없었다. 그러나 어쩌면 조금쯤 예감하고 있었는지도 모른다. 저를 바라보는 최만춘의 눈 안에 담긴 갈망의 무게가 너무나 컸기 때문에.

"그게 네 종말일 게다! 음탕한 계집아!"

홍은 콩쥐를 가만히 응시했다. 그녀는 최만춘을 모르듯 콩쥐 역시 잘 몰랐다. 아니, 관심이 없었다고 말하는 것이 올바를 것이다.

홍은 콩쥐를 좋아하지는 않았지만, 그렇다고 미워한다고도 생각해 본 적 없었다. 단지 저와는 다른 종류의 사람이라 생각해 왔을 뿐이다. 그것은 월야관 시절, 무엇인가를 얻기 위해 수단과 방법을 가리지 않는 기생들을 마주할 때 느꼈던 것과 비슷한 감정이었다.

그러나 콩쥐의 눈빛과 태도는 홍을 당황시켰다.

최만춘을 배신했다는 비난은 응당히 받아들일 수 있었다. 그러나 본래 콩쥐 소유였던 것을 빼앗긴 사람처럼 악에 받친 것은 이해할 수 없었다. 시헌과 콩쥐 사이에 실낱같은 인연이 닿았던들 근래의 일일 뿐이다. 홍은 단 한 번도 콩쥐를 적(敵), 더군다나 연적이라고는 생각해 본 적 없었다.

"나는…… 두렵지 않아."

홍이 마침내 입을 떼었다.

최만춘이 콩쥐의 어머니에게 그러했듯 홍을 죽일 것이라는 섬뜩한 예언에 대한 답.

"나는 두렵지 않아. 네 아버지도, 너도."

그것이 홍의 답이다.

두려운 것은 시헌과의 작별이었다. 그녀에게 진정 두려운 것은, 또다시 그를 잃고 혼자가 되는 것이었다. 이미 시헌이 죽었다 생각했을 때 놓아버린 생. 죽음보다 더 두려운 건 목적 없는 삶이었다. 텅 비어버린, 빈껍데기의 삶.

"그래서, 나에게……."

운을 떼던 홍이 말을 정정했다.

"아니, 우리에게 원하는 게 뭐야?"

이번에 말문이 막힌 것은 콩쥐였다. 마치 물벼락을 맞은 것처럼 씩씩대던 콩쥐의 표정이 기묘해졌다.

잠시 흥분하여 이성을 잃었던 게다. 콩쥐가 아프도록 입술을 깨물었다.

콩쥐는 결코 불필요한 행동을 하는 법이 없었다. 그녀의 모든 행동은 분명한 목적을 가지고 있었다.

무언가를 얻어내는 것. 그 상대가 누구이든 간에.

콩쥐에게 사람이란 제게 득이 될 것을 얻어내는 대상, 그뿐이었다. 아주 어린 시절부터 콩쥐는 이익에 따라 행동했지 감정에 휘둘리지 않았다. 당연하게도 지금 콩쥐가 보인 태도는 그녀답지 않은 것이었다.

고래고래 소리를 치고, 욕지거리를 내뱉고, 홍을 비난하는 것은 지금 상황에 결코 도움이 되지 않는다. 소모적인 행동은 당장 멈추어야 했다. 그리고 반드시 찾아내야만 한다. 이 일을 통해 그녀가 얻어낼 수 있는 최대치가 무엇인지를.

"아."

콩쥐가 낮은 소리를 내뱉으며 입술을 핥았다. 어찌나 떠들어댔는지 입안이 바짝바짝 말랐다. 흥분을 가라앉히려는 듯, 콩쥐는 느린 손길로 제 잔머리를 쓸었다.

쌕쌕대던 거친 호흡이 가라앉고, 벌겋게 달아올랐던 뺨의 열기가 식었다. 눈동자에 치던 격랑이 잔잔해졌다.

"내가 좀 흥분했나 봐요. 이런 꼴을 볼 줄은 상상도 못 해서……. 이해하시지요?"

말의 말미에, 콩쥐는 살짝 웃음을 지었다. 마치 제 행동에 민망함을 느끼는 소녀처럼.

"……."

홍이 느리게 눈을 깜빡였다. 오히려 제게 욕지거리를 퍼부을 때가 나았다. 면을 싹 바꾸는 콩쥐의 모습은 기이하다 못해 오싹했다.

"바라는 게 뭐냐고 물으셨습니까? 당황한 나머지 실언을 좀 했지만, 정말로 어머니가 다치거나 죽기를 바라는 건 아닙니다."

"나를, 그렇게 부르지 마."

"왜요? 불편하신가요?"

"나는 네 어머니가 아니니까."

"아."

콩쥐는 아무런 감정을 느끼지 못하는 사람처럼 홍을 마주 보았다. 콩쥐가 메마른 목소리로 내뱉었다.

"그리 생각하셨다니 슬픕니다. 어릴 때 어머니를 잃은 터라 늘 어머니가 계셨으면 좋겠다고 생각했는데……."

"그만하지."

그 순간, 뒤편에 서 있던 시헌이 그들에게로 다가왔다.

시헌의 시선이 콩쥐를 훑었다. 가증스러웠다. 한기가 들 만큼 기묘한 태도를 보고 있자니 살갗 위로 벌레가 기어 다니는 것처럼 소름이 돋았다.

"무엇을 그만합니까?"

"이런 의미 없는 이야기, 그만하자는 뜻이오."

"의미가 없다니요. 저는 해결책을 제시하려는 겁니다."

"해결책? 방금 전까지 그대의 아비께서 홍을 찢어 죽일 것이라 장담하지 않았소? 그것이 그대가 생각하는 해결책이라면 나에게도 나름의 방법이 있겠지. 대화는 이쯤으로 충분하오."

시헌은 더 이상 콩쥐를 바라보지 않았다. 그의 시선은 굳건하게 홍을 향해 있었다.

변화란 쉽지 않은 일.

홍은 칠 년을 최만춘의 여인으로 보냈고, 시헌 역시 긴 세월 동안 복수를 꿈꾸는 무관의 삶을 살았다. 그들에게 약간의 시간이나마 주어졌다면 더 좋았을 것이다. 그러나 이제 선택지란 하나뿐이었다.

"우리는 떠날 것이오."

시헌이 홍의 손을 붙잡았다. 움찔, 홍의 손이 경련하듯 떨렸다. 그러나 그는 손아귀에 더욱 힘을 주었다.

변화하는 것은 쉽지 않은 일. 그러나 본래 변화란 갑작스럽게 닥쳐와 세상을 바꾸는 것이다.

콩쥐를 마주친 것은 새삼스러울 것도 없는 운명의 장난질이었다. 그는 지금껏 몇 번이나 운명의 모진 장난질에 휘말려 긴 시간을 허송세월했다. 그러므로 그는 도망치지 않을 것이다. 회피하지 않을 것이다. 이제 더는 지지부진하게 시간을 끌지도 않을 것이다. 그것이 홍과 함께하기 위해 필요한 일이라면, 시헌은 무엇이든 망설임 없이 행할 생각이었다.

"도망친다 하셨습니까? 한 고을의 원님씩이나 되시는 분께서 백성들을 내치고 떠나 버린다고요?"

콩쥐의 시선이 홍에게로 향했다.

"해서, 딸인지, 동생인지 애지중지하던 팥쥐마저 내버려 둔 채 이대로 둘이서 손을 붙잡고 가버린다고? 이렇게 무책임하게요? 그렇게 평생 도망자로 살아간다고요? 중인의 첩을 데리고 도망친 수령, 도망 기생을 빼돌린 양반이 되어서?"

"그건 그대가 신경 쓸 일이 아니오."

"게다가 이대로 떠나 버리면 팥쥐는 어떡하라고요. 그 계집애도 기방에서 넘어왔다고 했으니, 도망친 노비에게 응당한 벌을 받게 되려나요?"

허윽, 홍의 입에서 한동안 참았던 숨이 흘렀다.

이대로 시헌의 손을 잡고 모든 것을 뒤에 남긴 채 떠나가서 살아간다면 행복할 수 있을까. 이제 지옥이나 다름없어질 그 집에 팥쥐를 홀로 남겨 놓고서. 지난 세월 동안 시헌이 이룩한 모든 것들을 내버려 둔 채로…….

"자신 없잖아요. 팥쥐를 내팽개치고 살 자신, 없잖아."

콩쥐의 눈이 요사하게 번뜩였다. 그녀가 마른 입술을 핥았다. 뱀처럼 빨간 혀가 작은 입술을 타고 움직였다.

"그러니 내 제안대로 해요. 그러면 모두 행복해질 수 있어요."

"모두가 행복해지는 이야기 따위는 없어."

시헌이 내뱉었다.

무책임하다는 소리를 들어도 좋다. 하잘것없는 사내라는 오명을 뒤집어쓰고, 수치를 모르는 자로 남아도 상관없었다. 그는 이대로 떠날 생각이었다. 저기 기다리고 있는 그의 말 위에 홍을 태울 것이다. 그리고 칠 년 전 그날처럼 거침없이 길을 달려갈 것이다.

대둔산 산적들을 토벌하기 위해 준비해 온 시간들이 스쳐 가지만, 시헌은 그마저도 내던질 수 있었다. 그와 홍은 대둔산의 그림자조차 밟지 않으리라. 이대로 홍을 안은 채, 멀리멀리 누구도 찾을 수 없는 곳으로 도피할 것이다.

"아니요, 있어요!"

콩쥐가 의기양양하게 내뱉었다.

"나리께서는 이대로 수령으로서 살아갈 수 있고, 홍은 홍대로 다치거나 손가락질받지 않고 살 수 있어요. 팥쥐 역시 평범한 처녀처럼 탈 없이 지낼 수 있다고요."

말을 들을 가치도 없다는 듯, 시헌이 콩쥐에게서 고개를 돌렸다. 콩쥐의 눈빛은 정상이 아니었다. 그녀의 눈동자를 이토록 들뜨게 하는 것이 열인지, 망상인지, 혹은 꿈인지 알 수 없었다.

마침내 콩쥐는 제 펄떡대는 욕망을 숨김없이 내뱉었다.

"나와 혼인해요."

"그대는……."

시헌이 지친 말투로 중얼거렸다.

"그대는 미쳤소."

"미쳤다고 해도 상관없어요."

콩쥐가 말을 이었다.

"저는 나리를 연모하지 않습니다. 나리의 마음 같은 거, 관심도 없어요. 내가 바라는 건 수령의 부인 자리, 그것뿐입니다."

"대체 허울뿐인 부인 자리를 얻어 뭘 하려고 그러는 게요?"

"제가 바라는 건 오직 하나뿐이니까요."

콩쥐가 꿈이라도 꾸듯 몽롱한 눈길로 받아쳤다.

"나를, 한성으로 데려가 줘요."

"……."

"수령으로 오래 머무실 건 아니잖습니까. 한성으로 돌아가실 때 나를 데리고 가주십시오."

"하."

기껏 열일곱 처녀가 어찌 저런 뻔뻔한 요구를 눈 하나 깜빡하지 않고 할 수 있을까. 시헌은 도무지 믿기지 않았다.

"완주를 벗어나 한성 여인이 되는 것. 양반가의 여인, 어엿한 벼슬아치의 부인! 그게 내 평생의 꿈입니다. 혼례를 올린 후에 나를 한성에 남겨두세요. 그리고 떠나세요. 한성에 부인을 남겨둔 채, 다른 양반나리들이 그러하듯 홍이랑 뭐든지 하며 살아가시면 되잖습니까."

콩쥐가 의기양양하게 고개를 쳐들었다.

모두가 행복해질 수는 없다고? 그럴 리가. 그녀가 제시한 것이 곧 해답이었다. 시헌은 그의 지위를 무너뜨리지 않을 수 있고, 홍은 도망 기생이라는 사실이 발각되지 않은 채 살아갈 수 있다. 팥쥐 역시 여느 처녀들과 같은 삶을 영위할 수 있으리라.

그리고 콩쥐 자신은, 그토록 원하고 바라온 꿈을 이루는 것이다.

"지금껏 그대의 아비를 배신했다는 이유로 홍을 비난하지 않았나?"

"제 아버지요?"

콩쥐가 되물었다. 마치 제 아비의 존재를 망각하고 있었던 사람과 같은 반응이었다.

"아버지야 아버지의 방식대로 살아가겠지요."

콩쥐가 고개를 들어 시헌을 바라보았다. 갸륵한 척, 상냥한 척, 여리고 세상 물정 모르는 여인인 척해야 할 시간은 이제 끝났다. 그녀는 원하는 것을 쟁취할 것이다.

"하지만 이것 하나만은 장담할 수 있습니다. 만일 나리께서 이대로 홍과 함께 도망친다면, 제 아비에게서 벗어날 수는 없을 겁니다."

"자꾸만 그대의 아비 이야기를 하며 나를 겁박하는데, 나는 한낱 향리 따위가 함부로 대할 수 있을 만한 사람이 아니라오."

"뭐, 나리께서야 당연히 그리 생각하실 테지만요."

공쥐가 태연자약한 시선으로 시헌의 얼굴을 훑었다.
평생을 양반이라는 구름방석 위에서 살아온 그는 당연히 모를 것이다. 제 아비가 얼마나 대단하고도 끔찍한 사람인지를.
물론 콩쥐 역시 아비에 대해 모든 것을 알지는 못했다. 딸인 그녀에게도 최만춘은 변함없이 비밀스러운 사람이었기 때문이었다.
"나리께서 생각하시는 것만이 전부는 아니랍니다. 어쩌면 나리께서야 무사하실 수도 있겠지요. 하지만 홍은, 그리고 팥쥐는?"
콩쥐가 고개를 흔들며 말끝을 흐렸다.
해가 오후의 뭉게구름 뒤로 숨었다. 순식간에 사방이 어둑어둑해졌다. 스산하게 서걱대던 갈대밭에서 불어오는 바람은 그새 꽤나 서늘해졌다. 이상하게 오한이 들어, 홍은 부르르 몸을 떨었다.
"나리님. 이만 저는 집으로 돌아가 보겠습니다. 어차피 아버지는 출타 중이시니, 뭐가 됐든 그리 급하게 행동하실 까닭은 없을 것이랍니다."
콩쥐가 홍에게로 시선을 옮겼다.
"만약 정말로 떠날 생각을 하고 계신다고 해도요. 가여운 팥쥐에게 작별 인사 정도는 해줘야지 않겠습니까? 팥쥐가 딸인지, 혹은 피붙이인지 내 알 바 아니지만 그것이 도리일 테니까요."
콩쥐와 홍의 눈이 마주쳤다. 먼저 시선을 피한 것은 홍이었다.
"그럼 저는 먼저 돌아갈게요. 오늘 일에 대해서는 당분간 함구할 생각이니 걱정 마십시오. 설령 집으로 돌아오지 않고 이대로 두 분이 떠난다 해도 아무 말 않겠습니다."
시헌에게로 향한 콩쥐의 얼굴에 옅은 미소가 피어났다.
"그저 팥쥐가 측은할 따름이지만요."
"팥쥐를 볼모로 삼지 마."
홍이 떨리는 목소리로 중얼거렸다. 콩쥐가 새치름하게 웃었다.

"그러니, 생각해 보세요. 제가 바라는 건 정말이지 단 하나뿐이랍니다. 저와 혼인한 후에, 저를 남겨둔 채 떠나시면 두 분은 행복할 수 있어요."

그 말을 남긴 콩쥐가 마침내 걸음을 떼었다. 사뿐사뿐 걸음을 옮기던 콩쥐가 손을 뻗어 길가에 무성한 갈대 줄기를 훑었다. 우수수 마른 잎이 떨어졌다.

시헌과 홍은 멀어지는 콩쥐의 모습을 바라보고 있었다.

불현듯 시헌의 손이 허리춤을 더듬었다. 손아귀에 검파가 잡혔다. 무인으로서 살아왔던 몇 년간의 삶. 무수히 검을 휘두르고 많은 것들을 베었지만, 살육을 목적으로 사람의 목숨을 거둔 적은 없었다.

그러나 앞서가는 여인의 가냘픈 등– 지금껏 마주쳤던 그 어떤 운명보다 더 잔혹하게 그들을 조롱하는 저 등. 멀어지는 콩쥐의 뒷모습을 바라보던 시헌은 처음으로 살생의 욕망에 사로잡혔다. 강렬하고도 순수한 살의였다.

그렇게 해서라도 홍과 함께 행복해질 수만 있다면.

마치 무언가에 홀린 사람처럼 콩쥐의 뒷모습을 응시하던 시헌의 손이 철릭 안에 숨겨진 단검을 쥐었다. 그의 손아귀에 힘이 잔뜩 들어갔다. 팔뚝이 터질 듯 팽팽하게 긴장했다.

"안 돼요."

홍이 시헌의 팔을 꽉 붙잡았다.

"홍아. 이 방법뿐이야."

"아니에요. 그렇지 않을 겁니다."

시헌이 무슨 일을 벌이려는지 깨달은 홍의 목소리는 간절했다.

그들 앞에 가로놓인 벽은 높고 견고했으며 또한 복잡하게 뒤엉켜 있었다. 콩쥐를 해하는 것은 살생의 죄를 짓는 것을 의미할 뿐이다. 그것이 모든 문제를 해결해 주지는 않는다.

"선비님, 제발……."

그제야 시헌은 쥐고 있던 칼자루를 놓았다. 근육이 격렬하게 팽창한 탓에 살갗이 터질 듯 따가웠다.

"후……."

시헌이 장탄식을 내뱉었다. 잠시 정신을 놓았던 것 같다. 잃어버렸던 이성이 돌아오고, 그제야 머리가 조금 맑아졌다.

그사이, 콩쥐의 모습은 먼 갈대밭 너머 길목으로 사라져 보이지 않았다.

"홍아."

"예, 선비님."

시헌은 홍을 마주 보았다. 그에게는 선택의 여지가 없었다.

"떠나자."

떠나가자. 당장, 내 손을 잡고서.

오싹하게 술렁거리는 갈대밭을 벗어나고, 너를 속박한 완주라는 고을을 떠나 아주 멀리 가자. 네가 칠 년간 살아왔다는 기이한 부녀가 사는 집, 현감이 오기를 기다리는 관원들이 모여 있는 장수의 관사, 그리고 우리를 갈라놓았던 세월의 강마저 뒤로한 채 나와 떠나자.

멀리 도망가자.

"……."

그러나 홍은 대답하지 못했다. 그녀의 눈동자 안에는 저를 바라보는 시헌과, 그의 등 뒤로 펼쳐진 너른 갈대밭이 춤추고 있었다. 갈대밭 뒤편 연못에는 동면에서 깨어난 개구리가 속없이 텀벙거렸다.

이상하게 마음이 쓰라렸다. 생살이 도려내진 것처럼 바람이 시렸다.

"그 집으로 돌아갈 필요 없어. 이대로 떠나 버리면 그만이다."

시헌은 콩쥐가 확신 어린 어조로 늘어놓던 말들을 되새겼다.

콩쥐는 시헌과의 혼인만이 답이라고 했다. 저를 부인으로 삼기만 하면 된다고. 저를 한성으로 데려가 준다면, 시헌과 홍의 관계에 대해서는 입을 굳게 닫고 비밀을 지키겠다고.

콩쥐가 말한 해답의 실체는 역겨운 것이었다. 홍은 딸의 집에 머무르는 친정어머니의 얼굴을 한 채 시헌과의 관계를 유지할 것이고, 시헌은 아내의 젊은 계모를 탐하는 사내가 될 것이다.

그것이 모두가 행복해지는 길이라고? 아니, 그럴 리 없다. 그것은 홍과 시헌의 사랑을 추잡한 것으로 만들려는 수작에 지나지 않았다. 그런 궤변 따위가 해답이 되어줄 리 없었다.

"하지만 이리 급하게 떠날 수는 없습니다."

홍이 간절한 시선으로 시헌의 얼굴을 바라보았다. 그녀의 손에 전해지는 시헌의 열기. 그의 강인한 손길은, 그가 결코 그녀를 포기하지 않으리란 확신으로 뜨거웠다.

"기다린다고 뭐가 달라지겠느냐? 어차피 떠날 것이라면 한시라도 빨리 움직이는 것이 낫다."

시헌은 홍의 어깨를 붙잡아 그를 마주보게 했다.

"이대로 도망치면, 선비님의 삶은 어찌 됩니까?"

"내 삶?"

"그동안 이루신 것이 많지 않습니까. 벼슬도 하시게 되었고, 한 고을을 책임지는 수령이 되셨는데……."

"홍아."

맥이 탁 풀린 것처럼, 시헌은 그녀의 이름을 불렀다.

"내 삶? 나의 삶……."

시헌이 홍의 말을 연거푸 되뇌었다. 그게 무엇을 의미하는지 되새김질하는 사람과 같은 행동이었다.

"나에게 그런 건 애당초 없어. 내게 삶이란 게 무슨 의미이겠느냐? 네가 없는데, 네가 없었는데……."

"……."

"쓸데없는 걱정이야. 네가 없으면 나도 없다. 너와 재회하기 이전의 일들, 그건 삶도 뭣도 아니었어. 그저 숨만 쉬고, 목숨만 이어나간다고 해서 그게 살아가는 걸 의미하진 않는다."

시헌이 홍의 두 뺨을 손으로 감쌌다.

"알겠느냐? 내가 무엇을 했든, 어떤 벼슬을 했든, 혹은 어떤 책임을 지고 있든 간에 그런 것 따위 아무 의미 없다. 그러니 홍아. 너 역시 그렇다면, 너 역시 나와 같이 생각한다면 떠나자. 지금 당장."

홍은 멍하니 시헌을 바라보고 있었다.

그의 말이 옳다. 지난 칠 년은 살아도 산 것 같지 않은 나날들 아니었는가. 시헌이 없는 삶이란 알맹이라고는 없는 빈 쭉정이일 뿐이다. 그런 건 애당초 삶이 아니었다.

"저도 같아요. 저도 선비님과 똑같은 마음입니다."

그러나 마음이 같다 하여, 상황까지 같지는 않았다.

"떠나기 싫은 것이 아닙니다. 단지, 팥쥐를 어찌해야 할지……."

홍의 목소리는 간절했다.

"제가 떠나고 나면 팥쥐는 혼자가 될 텐데……. 콩쥐의 말이 진실이라면, 정말로 그분이 그렇게 무서운 사람이라면……."

"홍아……."

"선비님. 팥쥐는 저 때문에 여기 왔어요. 이대로 아무런 말도 없이 훌쩍 가버릴 수는 없습니다."

시헌은 짧게 침묵했다.

제가 당장 모든 것을 훌훌 벗어버린 채 떠날 수 있다 하여, 홍에게마저 그것을 강요해서는 아니 된다.

시헌은 먼 과거 팥쥐의 모습을 떠올렸다. 거무튀튀한 얼굴, 툭 튀어나온 고집스러운 입술, 뺨을 뒤덮은 마마 자국. 월야관 시절, 작은 눈구멍 사이로 끊임없이 눈치를 살피던 팔쥐의 눈동자는 홍을 보는 순간에만 유독 반짝였었다.

홍에게 유독 집착하던, 애답지 않게 음산하던 계집아이. 그러나 그 이제는 처녀로 성장했을 그 아이가 홍에게 나름의 의미가 있는 사람이라면…….

"홍아, 나는……. 그 애가 소란을 일으키지 않을까 걱정이 돼."

"그렇지 않을 겁니다."

"어찌 그리 믿느냐?"

"팔쥐는 제 말을 따르지 않은 적이 없으니까요. 칠 년 전에, 선비님과 제가 처음 떠나려던 때에도 그 애는 순순히 받아들였어요. 제게는 제 삶이 있고, 그 애에게는 그 애의 삶이 있다는 것을요."

"으음……."

시헌이 애매하게 말끝을 흐렸다.

홍과 팔쥐의 인연은 그들의 만남 훨씬 이전부터 시작된 것이다. 홍과 팔쥐 사이에 쌓인 수많은 세월의 무게를 그의 기준으로 판단할 수는 없는 노릇이었다.

그러나 어쩐지 불안했다. 비록 최만춘이 아직 돌아오지 않았다지만, 정체를 알 수 없는 사내와 그 못지않게 오싹한 딸이 주인인 집으로 홍을 돌려보낸다는 것이. 멀어지는 콩쥐의 등을 바라볼 때 밀려들었던 강렬한 살의가 어떤 전조처럼 느껴졌다.

"홍아. 팔쥐를 데리고 떠날 수는 없다."

"알고 있어요."

한가로운 나들이를 떠나는 것이 아닌, 다시 한번 그들의 생을 걸고 도망치는 길. 아무리 빼어난 명마인들 태울 수 있는 인원은 오직 둘뿐이었다.

"우리는 선택을 해야 해. 떠나서 둘만의 새 삶을 살 것인지, 아니면 남아서 콩쥐가 말한 괴상한 삶을 살 것인지를."
"……."
"나는 이미 선택을 했어. 너는 내 삶을 걱정하지만, 나는 선택을 하면서 나 자신에 대한 생각 따위는 조금도 하지 않았다."
시헌이 홍을 응시했다. 그의 눈빛은 간절함으로 가득 차 있었다. 그녀에 대한 간절함, 그녀와 함께할 삶에 대한 간절함으로. 그건 거의 애원에 가까운 눈빛이었다.
"그러니 너도 선택을 해야 한다. 부디, 나와 함께하는 삶을 선택해 다오. 누군가를 남기고 떠나야 하는 것이 고통스러울 것을 안다. 하지만 홍아, 나를 위해 결정해 다오."
"……."
짧은 침묵의 끝. 홍은 마침내 고개를 끄덕였다. 주룩, 그녀의 눈에서 눈물이 떨어졌다.
홍에게 팥쥐는 소중한 이였다. 그러나 시헌과의 도피를 망설일 정도로 고통스러워서 고민하는 것은 아니었다. 제가 떠남으로써 팥쥐의 신상에 어떤 변고가 일어날지도 모른다는 사실. 제 행복 뒤에 팥쥐의 피가 뿌려질지도 모른다는 공포가 홍의 마음을 옥죄고 있었다.
"하……."
시헌은 홍의 눈동자에 가득한 슬픔을 보았다. 저를 되찾게 된 대가로, 홍은 또 다른 마음의 짐을 짊어지고 살아가게 된 것이다.
"마지막 인사 정도는."
고심 끝에 시헌이 내뱉은 말. 어차피 최만춘은 집에 없지 않나. 몇 차례 드나들며 보아온 결과, 그 집에는 매사 권태로워 보이는 노복 하나가 유일한 사내였다.
"마지막 인사 정도는 해도 되겠지. 오늘 밤, 모든 준비를 마치고 내가 너를 데리러 가겠다. 혹시나 콩쥐나 팥쥐 탓에 밤에 떠나는 것이 힘들어지면, 저 집에 쳐들어가는 한이 있어도 내 반드시 너를 데리고 나올 것이다."

단호하고 굳세며, 반박을 허용치 않는 확신으로 가득한 시헌의 말.

"예, 선비님."

슬픔을 걷어낸 홍이 고개를 끄덕였다.

"콩쥐에게는 제안을 들어주겠노라고 말해야 한다. 콩쥐는 우리가 제 뜻에 따르리라 믿는 동안에는 절대 비밀을 발설하지 않을 것이니. 알겠느냐?"

"예."

"홍아."

이름을 부르는 것과 동시에, 시헌은 홍을 품에 안았다. 아무렇게나 걸쳐져 있던 철릭 자락이 펄럭이며 흘러내렸다.

작은 창상들, 찔리거나 베었던 크고 작은 상처들. 인고의 세월이 남긴 자흔들 아래, 오직 한 여인만을 위해 뛰던 심장이 뜨겁게 박동한다. 홍을 안은 그의 팔뚝 위에는 그녀의 이름이 선명하게 새겨져 있었다.

"다시는 헤어지지 말자. 다시는 어긋나지 말자."

시헌은 홍을 더욱 가까이 끌어안았다.

"다시는, 함께가 아닌 각자로서 살아가지 말자."

살아 있음을 확인하고, 마음을 합치고 몸을 섞어 온전한 하나가 되었음에도 그는 여전히 부족했고 여전히 불안했다.

완주를 떠난다면 이 불안이 사그라질까. 한성으로, 평양으로, 더 먼 곳으로 떠나간다면. 국경을 넘어 조선에서 벗어난다면 홍을 다시 잃을지 모른다는 두려움이 없어질까.

'최만춘.'

시헌은 이름으로만 들었을 뿐 본 적 없는 사내의 이름을 곱씹었다. 홍을 속박하는 것은 고을이나 나라가 아닌 그 사람이었다. 그가 살아 있는 한 그들의 사랑은 안전하지 않다.
시헌은 홍을 안은 팔에 더욱더 꽉 힘을 주었다.
"하……."
홍의 입에서 밭은 숨이 흘러나왔다.
"선비님."
이토록 강인한 몸을 소유했으면서, 원하는 것이라면 뭐든 할 수 있는 능력을 가졌으면서, 완전무결한 사내의 모습을 하고 있으면서도 시헌은 저를 볼 때마다 여전히 두렵고 여전히 슬픈 눈을 한다.
"헤어지지 않아요. 절대로, 우리는 다시 떨어지지 않을 거예요."
홍은 까치발을 들어 시헌의 목을 팔로 휘감았다. 홍의 입술이 그녀만을 생각하며 긴긴 세월을 버텨낸 사내의 입술을 위로했다.
고통이라면 얼마든지 겪어봤기에 아무렇지도 않았다. 마음이 찢기고, 몸이 부서지는 일 따위 조금도 겁나지 않았다.
평온한 삶, 보장된 삶, 두려움 없는 삶. 그들은 그것을 기꺼이 내던지기로 했다. 그들은 위험한 삶, 무슨 일이 생길지 몰라 불안해하고 신분을 감추어야 하는 삶, 혹시라도 다시 떨어지게 될까 매일 애간장을 태워야 하는 삶, 그러나 매 순간이 서로를 향한 열정으로 가득 찰 뜨거운 삶을 향해 뛰어들기로 결정했다.
생사를 넘어 서로에게로 돌아온 홍과 시헌이었다. 그렇기에 그들은 죽음도 두렵지 않았다.
이제 피안(彼岸)도 그들을 갈라놓을 수는 없었다.

5장. 대면

몇 발짝 앞에 보이는 높다란 솟을대문.

칠 년간 '별당마님'이라는 이름으로 최만춘의 집에서 살아왔지만, 안에서 보이는 모습에 익숙할 뿐 밖에서 바라보는 대문은 낯설기만 했다.

저 육중한 문을 지나 집 안으로 들어가는 것도 이것이 마지막이리라.

홍은 조심스레 옷매무새를 확인했다. 머리가 흐트러지지 않았나 살피고, 옷차림에 단정치 못한 데가 있나 점검했다. 혹시라도 목덜미에 시헌의 입술이 남긴 흔적이라도 있을까 싶어 그녀는 장옷을 단단히 여몄다.

홍이 손으로 살짝 눈가를 쓰다듬었다. 눈치 빠른 꽃분이가 제가 울었다는 것을 알아채지 못했으면 좋겠는데.

"돌쇠야."

사내종의 이름을 부른 홍이 문고리를 두어 번 내려쳤다. 그러나 안에서는 아무런 대답이 없었다. 다시 한번 홍은 문고리를 향해 손을 뻗었다. 싸늘한 무쇠의 감촉에 등골이 오싹했다.

순간, 별다른 기척도 없이 문이 열렸다.

"……."

홍의 눈동자가 순식간에 팽창했다. 주변에 떠돌던 스산한 냉기가 그녀의 부릅뜬 눈 속으로 빨려 들어갔다.

"단아."

최만춘이 홍을 향해 손을 뻗었다.

낯설다.

최만춘을 마주한 지금, 홍을 지배하는 감정은 두려움이나 놀라움이 아닌 낯설음이었다.

매일같이 살갑게 얼굴을 보지는 않았을지언정, 같은 지붕 아래에서 칠 년을 살았다. 그러나 기껏 보름 남짓 보지 못했을 뿐임에도 그가 너무나 낯설게 느껴졌다.

달그락, 조심스레 찻잔을 내려놓는 소리. 제가 느끼는 복잡한 감정이 얼굴에 드러나지 않기를 바라며 홍은 고개를 들었다.

"혼자서 외출을 다 하고, 이제 바깥이 두렵지 않은 모양이구나."

당연하게도 최만춘은 아무 뜻 없이 내뱉은 말일 뿐이다. 그의 목소리에는 그녀를 기특하게 여기는 듯한 어조가 실려 있었다.

그러나 최만춘의 말을 듣고 있는 홍은 그렇지 못했다. 혹시나 그의 말에 어떤 뼈가 들어 있는 것이 아닌가, 그녀는 잠시 고민했다.

"조금씩 나다니려 노력하는 중입니다."

"하지만 아직 날이 차다. 고뿔이라도 들까 걱정이구나."

"……."

"날이 따스해지면, 함께 꽃구경이나 하러 나가면 어떻겠느냐?"

"……좋습니다."

짧은 답을 하는 것마저도 힘이 들었다. 그러나 떨어서도, 긴장한 티를 내서도 아니 되는 일이었다.

"확실히 집에만 있을 때보다 얼굴이 좋아졌다."

"그렇습니까?"

"낯빛이 늘 창백하여 걱정이었다. 혈색이 도니 보기 좋구나."

최만춘이 홍을 본다. 다소 긴장한 상태였으나, 홍은 용케 시선을 피하지 않고 그를 마주했다.

최만춘의 모습은 여전했다. 떡 벌어진 어깨와 북방의 이민족처럼 이목구비가 뚜렷한 용모도 이전과 다를 바 없었으며, 그녀를 바라보는 애틋한 눈빛 역시 달라진 데가 없었다.

홍은 콩쥐가 떠들었던 이야기를 상기했다. 최만춘은 부인이었던 콩쥐의 어미를 죽였다고, 그는 상상도 못할 만큼 끔찍하고 잔인한 사람이라고. 무조건적으로 믿을 수는 없는 말이다. 그렇다고 그 말을 부정하기에 그녀는 최만춘에 대해 아는 것이 없었다.

그러나 홍을 바라보는 최만춘의 눈동자는 평온하고 따뜻했다. 지난 칠 년 동안 늘 그래왔듯이.

"생각보다 일찍 돌아오셨습니다."

"일을 마쳤는데 굳이 지체할 것이 무어 있겠느냐."

최만춘이 차로 목을 축였다.

"하루 이틀 더 머물 수도 있었지만……. 네가 그리워서."

'네가 그리워서'라는 말을, 최만춘은 민망하다는 듯 빠르게 읊었다. 무어라 대꾸할까, 고심하던 홍이 어색하게 미소를 지었다.

"받아라."

최만춘이 옆에 놓여 있던 나무함을 내밀었다.

"무엇입니까?"

"무엇이긴. 관서(關西)까지 다녀왔는데 빈손으로 돌아올 수는 없는 노릇 아니더냐."

홍이 조심스레 시꺼먼 옻칠을 한 상자를 열었다.

겨울이 끝물이었으나 어쨌든 봄은 먼 얘기였다. 집 안이나 집 밖이나 눈에 보이는 것들은 황량했다. 그런 까닭에 최만춘이 내민 상자 안에 들어 있던 화사한 푸른빛에 눈이 부셨다.

푸른 보석이 박힌 단작노리개. 파란 명주실 매듭 위에 반짝이는 섬세하게 가공된 큼직한 청옥은 값을 헤아릴 수 없을 만한 물건이었다.

"마음에 드느냐?"

"……예쁩니다."

"단이 네게 잘 어울릴 것 같았다."

노리개를 내려다보던 홍이 시선을 들었다.

노리개는 분명 무척 아름다운 물건임에 틀림없었다. 그러나 저렇게 스산한 청색이 제게 어울리던가? 먼 과거, 옥련은 홍이 푸른색 옷을 입을 때마다 송장처럼 창백하게 보인다며 타박하곤 했다.

"고맙습니다, 나리."

감사를 전한 홍이 노리개를 다시 목함 안에 넣었다. 덜컥 뚜껑 닫히는 소리가 요란했다.

"무슨 걱정이 있느냐?"

"아닙니다."

"그렇다면 마음 상하는 일이라도 있었던 것이냐? 표정이 좋지 않구나."

"아니요. 오랜만의 외출이라 좀 피곤하여 그렇습니다."

"그러하냐. 피곤하면 쉬어야지."

최만춘의 목소리는 변함없이 다정했다.

"한데, 단아."

"예, 나리."

홍의 대답을 들은 그는 잠시 그녀를 지그시 응시했다.

"어찌 다시 나를 나리라 부르는 게냐?"

"아……."

홍이 당황한 듯 외마디 소리를 내었다.

"아직 호칭이 입에 붙지 않아서……."

"그래. 그러하겠지."

최만춘은 순순히 수긍했다. 그의 입가에 희미한 미소가 감돌았다. 홍의 눈에는 왠지 쓸쓸해 보이는 웃음이었다.

다시금 콩쥐가 내뱉었던 말들이 떠오른다. 그러나 아무래도 믿어지지 않았다. 이토록 부드럽고 다정다감한 그였다. 그토록 잔혹한 사람이라는 말은 믿을 수 없었다.

"언젠가는 너도 익숙하게 그 호칭을 사용할 날이 있겠지. 그렇지 않으냐, 단아?"

'단'이라는 이름. 본래부터 제 것이 아니었던 그 이름이 오늘따라 유독 귀에 거슬렸다.

"나리께서는……. 제가 싫지 않으십니까?"

"어찌 그런 질문을 하느냐?"

"응당 죽었을 삶을 구해주시고, 기생에서 벗어나게 해주시고, 저뿐 아니라 팥쥐까지 거두어주셨는데……. 나리께서 바라는 아주 작은 일 하나 들어드리지 못하는 제가 밉지 않으시냐는 뜻입니다."

"그럴 리가. 아니다."

최만춘은 홍을 응시했다. 보름 남짓 만에 마주하는 얼굴. 그 길지 않은 시간 사이, 그녀의 무엇인가가 변화하여 있었다. 단지 빛이 돌아온 것과 같은 용모의 변화만은 아니었다. 마치 먼 과거, 월야관 동기 홍이던 시절 가졌던 기개가 되살아난 느낌이랄까.

"시간은 많은 것들을 해결해 주지. 내가 너를 아끼고…… 은애함을 너도 알고 있으리라 생각한다."

최만춘의 말투는 묵묵했으나, 이는 연모의 고백이나 다름없었다.
"그러나 내가 너를 은애한다 하여, 너 역시 같은 마음을 갖는 것이 당연한 일은 아니겠지. 해서 나는 기다릴 뿐이야."
"……."
"언젠가는 단이 너도 나와 같아지겠지. 그런 바람을 가지고 있다."
홍이 시선을 들었다.
최만춘에게서는 세월의 원숙함이 느껴진다. 돌이켜 보면, 홍은 그의 나이조차도 물어본 적이 없었다. 긴 세월 동안 그녀는 그에 대한 그 무엇도 궁금해하지 않았다. 온갖 혜택을 누리며 살았을 때는 그에게 관심조차 가지지 않았으면서, 떠날 마음을 먹은 후에야 의문을 가진다는 사실이 알량하게 느껴졌다.
살인자, 무뢰한, 상상할 수 없는 끔찍한 일을 저지를 수 있는 사람이라고 최만춘의 딸이 말했던가. 그러나 아무리 살펴보아도 그는 결코 그런 사람으로 보이지는 않았다.
"나리. 여쭐 것이 있습니다."
"무엇이?"
"단이라는 제 이름 말입니다……. 무슨 까닭으로 이런 이름을 지어주신 겁니까?"
"……의미 있는 이름이니까."
의미 있는 이름. 꽤나 애매모호한 답이었다.
"어찌하여 그런 것을 묻느냐?"
"시전에 나갔다가 그런 말을 들어서요. 나리의 부인이었던 분의 함자가 단이었다는……."
최만춘은 홍이 이 사실을 알고 있으리라고는 예상치 못한 듯했다. 감정을 드러내는 일이 드문 그의 얼굴에 한순간 당황한 기색이 번졌다.
"제가 괜한 이야기를 꺼낸 겁니까?"

"아니다. 네가 들은 말이 맞다. 콩쥐 어미의 이름이 단이었다."

홍은 애꿎은 찻잔을 만지작거렸다. 찻잔에 머물던 온기는 이미 사라지고 없었다.

"실망했느냐? 세상을 떠난 이의 이름을 붙여서?"

"그런 것은 아닙니다만……."

홍이 고개를 들었다.

그녀는 최만춘을 믿고 싶었고, 속이고 싶지 않았다. 오히려 신뢰가 가지 않는 쪽은 그가 아닌 콩쥐였다.

그렇기에 생각했다. 차라리 모든 것을 털어놓는다면 어떨까. 그에게 솔직하게 속죄하고 저를 놓아달라 간청하는 편이 낫지 않을까.

"나리. 저는 단이 아닙니다. 단이 될 수 없습니다."

"……."

"제게는 제 이름이 있습니다. 홍, 홍이라는 이름……."

순간 홍이 말을 멈추었다. 최만춘과 눈이 마주친 탓이었다. 숨이 턱 막힌 것처럼 더 이상 말이 나오지 않았다.

암흑처럼 검은 눈동자. 돌이켜 보면 그의 눈은 늘 저랬다. 동요하는 적 없고, 감정을 드러내는 적 없는 눈. 홍은 한때 그 무감함을 선량함이라 여겼다.

그러나 지금 최만춘의 눈동자 속에는 지금껏 단 한 번도 본 적 없는 낯선 감정들이 감돌고 있었다.

분노, 혹은 악의라고 부르는.

"으음……."

최만춘이 낮은 소리를 내뱉었다. 동시에 홍 역시 참았던 숨을 내쉬었다. 콩쥐에게 그런 이야기를 들었기 때문일까. 등골이 오싹했다.

"나리, 저는 그저……."

홍이 입을 떼려는데, 안채에서 들려오는 악다구니가 얼어붙어 있던 사랑의 공기를 뒤흔들었다.

❀

"네가 나한테 어떻게 이럴 수 있어?"

천이 제 가슴을 쥐어뜯었다.

"네가 나한테 어떻게 이렇게 할 수 있냐고! 네가, 다른 이도 아닌 콩쥐 네가!"

핏대를 세우면서도, 분노에 차 일갈하면서도 천은 제발 콩쥐가 아니라고 말해주기를 바랐다. 그러나 열린 방문 사이로 보이는 콩쥐의 얼굴을 본 천은 제가 들었던 말이 사실임을 깨달았다.

제집 계집종이 꽃분이에게 들었다는 말을 전한 순간, 천의 하늘이 무너졌다.

콩쥐가 장수의 현감과 정분이 났으며, 주인나리가 돌아오는 대로 혼담이 진행될 것이라는 말. 산으로 들어가기 위해 봇짐을 싸고 있던 천은 청천벽력 같은 그 말을 믿지 않았다. 식년시에 급제만 하면 반드시 혼인하겠노라고 약조한 콩쥐였다. 약조의 증거로 제게 뜨거운 입맞춤을 남기지 않았나.

그렇기에 믿을 수 없었다. 그랬기에 더더욱 용서할 수 없었다.

"뭐라고 말을 좀 해 봐!"

천이 버럭 고함을 내질렀다. 그제야 달려온 몸종들은 천의 기세에 발만 동동 구르고 있었다.

"내가 아닌 다른 사내와 혼인을 한다고? 그것도 장수 현감의 재취로? 나에게 했던 말들은 다 뭐고?"

콩쥐는 여전히 대답이 없다. 그녀는 그저 머릿속으로 계산하고 있을 뿐이었다.

상황이 끔찍하게도 좋지 않았다. 진즉 산으로 들어가라 종용할 것을. 이렇게 된 이상, 더 이상 거짓말은 통하지 않을 것이다.

"말 좀 해 봐. 콩쥐야. 콩쥐야, 제발……. 너도 나 연모한다고 했잖아……."

"하……."

콩쥐가 노골적으로 한숨을 내쉬었다.

"처녀 집에 함부로 들어와서 이 무슨 행패야? 천이 너, 누가 들여보내 줬어?"

천의 읍소는 들리지도 않는지, 콩쥐는 발을 동동 구르고 있는 꽃분이와 남원댁을 향해 눈을 부라렸다.

"지금 그게 문제냐고!"

천이 거칠게 일갈했다. 콩쥐가 천을 쏘아보았다.

"그래서 천 너는, 내가 한 말을 다 믿었다는 거야?"

"콩쥐야."

"내가 너와 혼인을 할 거라고? 그래서 볼 거라고는 양반이라는 알량한 신분 하나뿐인 너희 집 귀신이 될 거라고? 벼슬이라 봤자 쥐꼬리만 한 거밖에 할 능력이 없는 너를 내조하면서, 생원의 마누라로 늙어갈 거라고?"

"너……."

"눈치가 있어야지. 어릴 때부터 나를 그리 졸졸 따라다녔으면, 내가 너를 같잖게 여긴다는 것 정도는 알았어야지. 아니, 눈치가 없으면 염치라도 있어야지. 다 망해가는 집 아들이 언감생심 나를 부인으로 얻으려는 게 말이나 되는 소리야?"

"콩쥐……."

"필요 없고. 제발 다시는 나 좀 귀찮게 하지 마. 얼마나 지겨웠는지 알아? 줘도 안 가질 싸구려 따위나 선물하고, 그런 걸로 생색이나 내고."

"이러지 마. 너 정말……."

"왜? 내 말이 틀렸어? 네가 준 쓸모없는 것들 대부분 우리 집 몸종들에게 줘버렸어. 한데 종년들도 그런 건 안 쓰더라."

콩쥐가 경대 서랍 안에 들어있던 물건들을 꺼내 내던졌다. 반 동강이 난 옥반지, 조그마한 꽃 장식을 단 뒤꽂이며 머리장식 따위가 쨍강 소리를 내며 바닥에 나뒹굴었다.

"하지 마!"

성큼성큼 콩쥐에게 다가선 천이 콩쥐의 손목을 붙잡았다. 동시에 콩쥐의 입에서 새된 비명이 흘러나왔다.

"아악!"

순간, 퍽! 하는 소리와 함께 천의 몸이 돌계단을 데굴데굴 굴렀다. 그의 눈앞에 번개가 쳤다. 이어 다시 한번 둔중한 충격이 머리에 가해졌다.

"허억……."

입안에 차오른 피를 뱉으며, 천은 고개를 돌렸다.

거대한 체구를 가진 사내. 저를 가격한 이가 다름 아닌 최만춘이라는 사실을 깨달은 천의 눈이 경악으로 물들었다.

"감히 내 딸에게……."

얻어맞은 자리가 하도 아파 정신이 혼미했다. 천은 가까스로 정신을 차렸다.

"퉤!"

입안에 고인 피를 뱉어낸 천이 자리에서 일어서려던 순간이었다.

"으윽!"

최만춘의 발이 천의 배를 사정없이 짓밟았다.

"감히 내 딸에게 손을 대려 했나."

최만춘의 음성은 소름 끼치도록 음산했다. 몸을 짓누르는 무게가 엄청나, 천은 외마디 소리를 내뱉었다. 오장육부가 터져 나갈 것 같았다. 마치 거대한 바위에 깔리기라도 한 것처럼 옴짝달싹할 수 없었다. 지금껏 겪어본 적 없는 엄청난 완력이었다.

"무슨 짓을 하는 거냐고 묻잖으냐."

"난, 난 아무 짓도 하지 않았소. 향리어른, 이게 대체 무슨 짓이오?"

천이 경악한 표정으로 최만춘을 바라보았다.

"이게 대체 무슨 짓이냐고!"

이럴 수는 없다. 장인 될 사람이라 생각하여 깍듯이 예를 지켰을지언정 최만춘은 중인이었고, 천은 양반이었다. 조선 하늘 아래서는 결코 일어날 수 없는 일이었다.

"발을 치우시오! 나는 아무 잘못도 없소. 당신의 딸에게 물어보란 말입니다!"

천이 버럭 외친 순간, 최만춘이 그를 짓누르던 발을 떼었다. 천의 입에서 피비린내 나는 거친 숨이 쏟아졌다.

이웃에 사는 고을의 존경받는 향리이자, 제가 모든 것을 걸고 사랑한 콩쥐의 아비. 그러나 그가 아무리 돈이 많다 해도, 아무리 벼슬아치 못지않은 권세를 가졌다 해도 이럴 수는 없다. 이는 절대로 일어날 수 없는 일이었다.

"다, 당신 딸이 나를 농락했어. 나를 속이고, 이용하고, 기만하며 가지고 놀았다고!"

천이 비틀대며 자리에서 일어났다. 아무리 굴욕적인 일을 당했을지언정 그는 양반이기 이전에 무인이었다. 얻어맞은 개처럼 꼬리를 말고 도망치고 싶지는 않았다.

숨을 몰아쉬며 최만춘을 마주 본 천의 얼굴이 싸늘하게 굳어졌다.

최만춘은 천보다 한 뼘 이상 키가 컸고 기골이 장대했다. 그러나 위압적인 체구보다 더 천을 당황시킨 것은 그의 눈이었다. 살기. 살의. 끝이 보이지 않는 증오와 악의. 당장이라도 저를 갈기갈기 찢어 죽이고 뼈와 살을 으깨 버리고 말 듯한 눈빛.

지옥처럼 자욱한 증오가 최만춘의 눈동자 안에 각인되어 있었다.

"……."

천은 저도 모르게 마른침을 삼켰다.

"다, 당신이 나에게 이럴 수는 없소."

"왜 없소?"

최만춘이 싸늘하게 대꾸했다. 잠시 이성을 잃었던 것이 무색하게도 그는 완벽하게 스스로를 제어하고 있었다. 최만춘의 심장박동은 평소와 같이 평온했다.

"당신이 내게 이럴 수는……."

"도령께서는 양반이고, 나는 중인이라서?"

되묻는 최만춘의 음성은 무미건조했다.

"그, 그야 당연한 소리를……."

"그것이 당연하오?"

최만춘이 물었다.

"정말로 그리 생각하시나? 내가 도령을 해할 수 없다고?"

천은 숨을 몰아쉴 뿐 대꾸하지 못했다.

이상했다. 대단한 무골(武骨)을 타고났다거나, 혹은 세상을 호령할 무장은 아니었으나 천 역시 오랫동안 수련을 해온 무인이었다. 그는 기가 약하지도, 담력이 모자라지도 않았다. 그러나 인정하고 싶지 않았음에도 자꾸만 오금이 저렸다.

마치 그런 기분이었다. 몇 년 전 겨울, 산속에서 스윽 지나가는 범을 보았던 순간과 같은 기분.

최만춘에게서는 상상도 못했던 살기가 뿜어져 나오고 있었다.

"도령, 나를 벌하고 싶으면 그리하게."

"……."

"할 수 있다면 얼마든지 해보시게나."

최만춘의 입 끝이 미세하게 꿈틀거렸다.

"아버지……."

방 안에서 상황을 관망하던 콩쥐가 최만춘을 불렀다. 최만춘이 힐끔, 제 딸에게 시선을 던졌다.

눈물에 젖은 콩쥐의 얼굴.

이유가 무엇이든, 제 것에 감히 손을 대려 하였으니 천이라는 도령은 대가를 치러야 할 게다.

그때였다.

"아, 아버지!"

뒤늦게야 별당에서 내달려온 팥쥐가 최만춘의 팔을 붙들었다.

"아, 아버지! 그, 그만하세요! 이 정도면 추, 충분히 알아들었을 거예요……."

팥쥐의 간절한 호소. 그제야 몸을 돌리던 최만춘의 몸이 굳어졌다.

"……."

그는 잠시 말을 잃었다.

홍. 그녀는 대체 언제부터 저기에 서서 저를 바라보고 있었던 걸까. 방금 전까지 훨씬 혈색이 좋아졌다 생각했던 홍의 얼굴은 창백하다 못해 파리하게 질려 있었다. 그녀의 입술이 파르르 떨리는 것이 보였다. 홍의 눈동자에 깃든 것은 극심한 공포였다.

최만춘이 느리고 진중한 태도로 팥쥐의 손을 떨쳐 냈다. 그가 스치듯 홍과 팥쥐에게 시선을 던졌다.

홍. 처음 본 순간부터 간절하게 갖고 싶었던 여인. 그리고 팥쥐. 팥쥐가 아니었다면, 결코 이런 가족을 이룰 수는 없었을 것이다.

"도령."

최만춘이 나지막하게 내뱉었다. 그제야 천 역시 주변의 시선을 상기했다.

거짓 눈물로 얼룩진 얼굴을 하고 있는 콩쥐. 예상치 못한 선의를 베푼 팥쥐. 그리고 지금껏 콩쥐의 말만 믿고 늘 나쁜 계집이라 여겼던 그녀의 계모와 수많은 몸종들까지.

굴욕은 이것으로 족하다. 이 순간에까지 벌벌 떨며 바닥을 길 수는 없었다. 천은 가까스로 고개를 들고 최만춘을 마주 보았다. 제가 떨고 있다는 사실을 들키고 싶지 않아, 그는 잇새를 꽉 깨물었다.

"다시는 얼씬거리지 말게."

최만춘이 몸을 돌렸다.

"꽃분아. 마님을 모시어라."

"예, 나리!"

안채를 벗어난 최만춘이 사랑으로 걸음을 옮겼다. 그가 안채 입구에 멍하니 서 있는 홍의 곁을 슥 지나쳤다.

그는 홍의 얼굴을 볼 자신이 없었다. 그녀의 눈동자에서 비난을 발견할까 봐, 혐오를 발견할까 봐. 먼 과거, 그가 모든 것을 내던져 사랑한 여인이 그러했듯, 그녀 역시 저를 공포의 대상으로 여길까 봐서.

최만춘으로서도 처음 있는 일이었다. 다른 이도 아닌 홍 앞에서 제 민낯을 드러낸 것은.

"가요!"

최만춘이 떠나고, 콩쥐마저 제 방으로 모습을 감추었다. 팥쥐가 천의 등을 떠밀었다.

"빠, 빨리 나가라고! 어서!"

"마님. 괜찮으신 거예요?"

홍을 바라보는 꽃분이의 시선에는 걱정이 잔뜩 묻어 있었다.

"마님, 안색이 엄청 창백하십니다. 입술까지 달달 떠시구. 아유, 안 되겠네……."

꽃분이 자리에서 벌떡 일어났다.

"탕약이든 뭐든 있는 대로 가져올 테니 잠시만 계세요, 마님."

꽃분이가 허둥지둥 방을 나섰다.

"아……."

제 방에 홀로 남은 홍이 그제야 긴 한숨을 내쉬었다. 그녀가 제 손마디를 부여잡았다.

콩쥐의 말이 맞았던 게다. 단지 최만춘이 천을 짓밟았기 때문에 놀란 것이 아니었다. 그가 내뱉었던 말, 살기로 점철된 눈, 일말의 망설임조차 보이지 않던 그의 태도, 그리고 신분의 차이 따위 아무 의미 없다는 듯 행동하던 모습까지. 그 모든 것들은 홍이 지금껏 알아온 최만춘의 모습과는 완전히 달랐다.

무엇보다 홍을 공포에 질리게 한 것은 천이 반가의 도령이라는 사실이었다.

콩쥐의 이야기를 들었음에도, 홍은 시헌에 대해서는 그다지 걱정하지 않았다. 시헌은 어엿한 현감이었고 최만춘은 한낱 향리였기 때문이었다. 계급의 최하층에 속한 창기로 살며 신분 차가 얼마나 뿌리 깊고 견고한 것인지를 실감했던 그녀였다. 그렇기에 홍은 최만춘이 시헌을 다치게 할 수 있으리라는 생각은 추호도 해 본 적이 없었다.

그러나 그녀가 틀렸다. 천에게 해볼 테면 해보라고 말하던 최만춘의 입가에는 오만한 미소가 드리워져 있었다.

처음 보는 그의 모습에 충격을 받은 것은 다음 문제였다. 최만춘은 얼마든지 시헌에게 위해를 가할 수 있는 사람이라는 공포가 홍을 옥죄었다.
그때였다. 인기척도 없이 다가온 누군가가 홍의 방문을 톡톡 두드렸다.
"누구……."
홍이 채 말을 다 꺼내기도 전에 방문이 열렸다.
"그래서, 어떻게 하실 거예요?"
대뜸 문지방을 넘은 콩쥐가 다짜고짜 자리를 잡았다.
기이한 부녀. 최만춘과 콩쥐. 그들을 일컬어, 시헌은 그렇게 말했었다. 최만춘에게 진 마음의 빚 때문에 애써 그를 믿으려 했던 제가 한없이 어리석게 느껴졌다.
"어떻게 하실 거냐고 묻잖습니까."
콩쥐가 은밀한 작당이라도 하는 사람처럼 홍의 곁으로 몸을 붙였다.
"아버지가 이리 일찍 돌아오실 줄은 저도 몰랐어요. 아버지께서 당신을 찾으러 나가겠다고 하는 바람에 제가 오히려 진땀을 뺐다고요."
마치 홍에게 큰 선심을 베풀었다는 듯 으스대는 태도로 콩쥐는 말을 이었다.
"아무튼, 어서 대답이나 하세요. 나도 꽤 피로하니까."
"……."
홍은 잠시 할 말을 고심한다. 그녀의 시선이 콩쥐에게로 향했다.
열일곱, 콩쥐. 그녀는 나이답게 피어나는 생동감을 지닌 처녀였다. 홍에게도 열일곱 시절이 있었고, 그 나이의 그녀에게도 무슨 수를 써서라도 가지고픈 욕망의 대상이 있었다. 미천한 창기였던 열일곱 살 홍의 도전은 파국으로 막을 내렸지만, 어쨌든 당시의 그녀에게도 삶을 쟁취하고픈 강렬한 열정이 존재했다.
하지만 욕망과 열정. 모든 것을 경험했다 하여 콩쥐를 이해할 수는 없었다.

홍은 다른 이를 무너뜨리는 것을 바라지 않았다. 다른 이들의 삶에 고통을 주거나, 기만하거나, 누군가를 이용하고 관계를 망가뜨리는 것을 꿈꾸지 않았다. 그저 홍은 시헌과의 행복 오직 하나만을 원했을 뿐이다.

그러나 콩쥐가 바라는 것은 기이할 만큼 뒤틀리고 헝클어진 기묘한 혼인이었다. 콩쥐가 꿈꾸는 해괴한 혼인으로 인해 얼마나 많은 사람들이 나락으로 떨어지게 될지, 그녀는 과연 생각이나 해 본 걸까.

"말씀 안 하실 거면, 저도 하는 수 없어요."

단호하게 내뱉은 콩쥐가 대범한 시선으로 홍을 마주 보았다. 도전적인 눈빛, 그리고 본능적이고도 원초적인 욕망만이 남은 눈빛이었다.

그 눈을 마주 보던 홍이 먼저 시선을 돌렸다.

"네 뜻대로 하기로 했어."

"현감나리도?"

"그래."

"나와 혼인을 하신다고?"

"그렇대도."

홍의 분명한 답을 들은 콩쥐의 입가가 실룩거렸다. 그녀의 얼굴에 숨길 수 없는 만족감이 파문처럼 번지기 시작했다.

"아버지께 어서 소식을 알려야겠어요."

콩쥐가 다시 홍을 향해 몸을 기울였다.

"비밀은 절대적으로 지킬 거예요. 혼례식이 끝난 후 나와 함께 장수로 가요. 어머니가 딸네 집에 머무르는 걸 탓할 이는 아무도 없을 테니까. 아버지 역시 내게 맡기십시오."

고맙다고 말해야 하나. 홍은 침묵을 지켰다.

홍이 콩쥐를 마주 보았다. 진득한 혐오감이 온몸에 덕지덕지 들러붙는 느낌이었다. 살갗 위로 다리 많은 벌레들이 지나가는 것처럼 속이 울렁거렸다. 그러나 홍은 콩쥐를 속여야만 했다. 무사히 이 집을 벗어나, 시헌과 함께 머나먼 곳으로 떠나갈 때까지.

"설마, 다른 생각을 품고 있는 건 아닐 테죠?"

"전혀."

홍이 무미건조하게 내뱉었다.

"생각해 보면, 답이 이것뿐이란 걸 알게 될 거예요. 이렇게 해야 당신도 살고, 팥쥐도 살 테니까."

갑자기 무슨 생각이 떠올랐는지, 콩쥐가 깔깔 듣기 싫은 소리를 내며 웃었다.

"그나저나, 팥쥐가 천을 그리 살갑게 생각하는 줄은 꿈에도 몰랐네."

"……."

"팥쥐에게는 알아서 말씀하십시오. 혹시라도 나중에 명우 나리를 보고 이상한 소리라도 하면 곤란하니까."

들어왔을 때와 같이, 홍이 채 대꾸하기도 전에 콩쥐는 자리에서 일어섰다. 콩쥐가 황홀한 표정을 지으며 방문을 열었다.

"어머, 팥쥐구나."

콩쥐가 배시시 웃었다. 그녀가 가진 욕망의 온도만큼 활활 타오르는 불길을 향해 뛰어드는 불나방처럼, 콩쥐는 가뿐한 걸음걸이로 팥쥐를 지나쳐 제 방으로 돌아갔다.

"팥쥐, 왔어?"

홍이 팥쥐에게 말을 건네었다.

해묵은 거짓과 진실이 교차하는 시간. 그사이 푸른 어둠이 선뜩대며 모여들고 있었다.

"팥쥐야. 왜 그리 멀뚱대며 서 있어? 어서 들어오지 않고."

홍이 팥쥐에게 들어오라 손짓을 했다. 그러나 어쩐 일인지, 제집처럼 그녀의 방을 드나들던 팥쥐는 묵묵히 자리에 서 있기만 했다.

"코, 콩쥐가 왜 거기서 나와?"

"할 얘기가 있어서."

"무슨 얘기?"

뚝뚝 잘라 내뱉는 지친 목소리. 팥쥐의 얼굴은 해쓱했다.

"들어와서 얘기해. 어찌 거기 그러고 있어."

홍이 팥쥐의 손을 잡아끌어 그녀를 방 안으로 들였다.

"너, 괜찮은 거야?"

"그러는 어, 언니는?"

팥쥐는 이제야 조금 입에 붙은 '어머니'라는 호칭은 사용하지 않았다. 오늘만은 더 이상 경어를 쓰지도 않을 것이다. 스스로도 까닭을 모르겠지만 왠지 그렇게 하고 싶었다.

사실 오늘만의 일은 아니다. 팥쥐에게는 내내 이상한 날들이었다. 아마도 홍과 꽃분이와 함께 시전을 구경하고 돌아왔던 그즈음부터가 아니었을까 싶다.

홍은 그때부터 이상해졌다. 아니, '이상해졌다'는 말은 어울리지 않는다. 정확히 말하자면, 홍은 본래의 모습을 되찾고 있는 것처럼 보였다.

최만춘의 집 별당에서 살아온 칠 년 동안 홍은 모든 것을 팥쥐와 공유했다. 그들은 매일 함께 시간을 보내고, 밥을 먹고, 대화를 나누었다.

그러나 갑자기 홍은 변했다. 그녀는 더 이상 팥쥐를 보며 미소 짓지 않았다. 그렇다고 팥쥐를 밀어내는 것은 아니었다. 단지 홍은 그녀만의 세상 속에 머물고 있었다. 월야관에서 살던 시절, 차갑고 도도한 동기였던 그녀가 그러했듯이.

홍의 세상은 너무나 견고했다. 그래서 팥쥐가 아무리 기를 써봐도 좀체 들어갈 틈이 보이지 않았다. 팥쥐가 홍을 알고 지낸 긴 세월 동안 홍의 세상에 들어갈 수 있었던 사람은 오직 하나뿐이었다.

김시헌. 홍을 사랑했던 사내. 그리고, 홍이 사랑했던 유일한 사내.

"언니."

홍을 가만히 바라보고 있던 팔쥐가 불현듯 입을 열었다.

"응?"

"홍 언니."

"팔쥐야, 왜 자꾸 그리 불러?"

홍이 반문했다. 그녀를 바라보던 팔쥐가 눈을 껌뻑였다.

"내가 언니라고, 그, 그리고 '홍'이라고 불렀는데……. 노, 놀라거나 당황하지도 않네."

팔쥐가 저를 그리 불렀던가. 평소 같았으면 홍이 먼저 주의를 주었을 일이었다. 시헌과 재회한 이후, 다시 제 이름에 익숙해진 까닭에 미처 깨닫지 못한 것이다.

그랬다. 시헌이 홍에게로 돌아오기 전에는, 그녀의 본래 이름을 기억해 주는 이는 오직 팔쥐 하나뿐이었다.

"그게 본래 내 이름이니까."

"으응……."

팔쥐가 자신 없는 표정으로 시선을 떨어뜨렸다. 팔쥐의 심장이 고동치기 시작했다. 불안했다. 홍이 무슨 생각을 하고 있는지 알 수 없었기에 초조했다. 그리고 궁금했다.

"언니는…… 행복해?"

"그게 무슨 뜻이야?"

"여, 여기서 사는 거 말야. 무, 물론 과거에는 힘들었지만……. 그래도 언젠가부턴 언니도 스, 슬퍼만 하지는 않았잖아."

홍은 팔쥐가 던진 생경한 질문을 곱씹고, 또 곱씹었다.

"나는……. 지금껏 삶이라는 걸 살면서 행복했던 적이 없었어."

"어, 없었어?"

팔쥐의 말끝은 살짝 떨리고 있었다.

"행복이라니."
홍이 한숨처럼 낮은 헛웃음을 내뱉었다.
행복하냐고? 솔직히 말하자면, 거의 평생 동안 저를 보아온 팔쥐가 이런 질문을 던진다는 것 자체가 이해가지 않았다.
"내가 어찌 행복할 수 있었겠어? 월야관에 속해 있던 나는 기생이었어. 창기였다고. 그런 내가 어찌 행복하다는 생각을 할 수 있었겠어."
"하, 하지만 지금은……. 이제 언니는 기생이 아니잖아. 차, 창기도, 무엇도 아니잖아. 어엿한 마나님이 되었잖아! 그럼 지금은 행복해야 하는 것 아냐?"
"지금?"
홍이 힘없이 되물었다.
"나는……."
홍이 잠시 말을 멈추었다. 갑작스레 무언가 뜨끈한 것이 가슴을 쳤다. 속에서 불길이 치솟는 것처럼 심장이 뜨거웠다.
이미 새카맣게 타버려 재만 남은 줄 알았는데. 아직도 탈 게 남았나.
"여기 온 이후 나는……. 죽지 못해 살았어. 매일 아침, 내가 살아 있다는 것이 소름 끼치게 싫었다고."
"……왜?"
툭. 투둑. 홍의 뺨을 타고 흘러내리는 눈물을 홀린 듯 바라보던 팔쥐가 물었다.
"왜? 여기 와서 왜 행복하지가 않은 건데? 더, 더 이상 기생도 아니고, 나쁜 객들에게 손찌검을 당하지 않아도 되고, 오, 옥련이나 애랑이처럼 언니를 괴롭히려는 사람들도 없잖아."
팔쥐가 열에 들뜬 사람처럼 고개를 흔들었다.
"아, 아버지께서는 언니가 바라는 거라면 뭐든지 다 들어주시고, 다정하시고 치, 친절하시잖아! 이렇게 크고 좋은 집에, 원하는 것은 다 가질 수 있잖아! 대체 왜 행복하지 않다고 하는 거냐고……."

"팥쥐야, 나는……."

홍이 고개를 들었다. 눈물은 여전히 하염없이 흐르고 있었다.

"내가 행복했던 순간은 오직 그때뿐이었어. 선비님과 함께했던 순간. 그뿐이야. 그때 말고는…… 나는 한 번도 행복해 본 적 없어. 그분을 만나기 전에는…… 그런 감정 같은 거, 느껴본 적 없었어."

단 한 번도. 한 순간도.

그러니 제발 나를 떠나가게 해줘. 벗어나게 해줘. 내게 행복하라고 말해줘.

내 생각은 하지 않아도 된다고, 팥쥐 너는 너대로의 삶을 살아갈 테니 어서 그 사람의 손을 잡고 멀리 도망치라고, 뒤도 돌아보지 말고 떠나가라고. 다시는 이곳으로 돌아오지 말고 모든 것을 잊으라고. 이제는 부디 행복하라고.

그렇게 말해줘. 나도 행복해질 수 있다고 해줘…….

"한 번도……?"

난생처음 접하는 기이한 물건을 앞에 둔 사람 같은 표정으로, 팥쥐는 홍을 바라보고 있었다.

"어, 없었어?"

팥쥐가 재차 물었다. 믿기지 않는다는 표정을 한 채.

"다, 단 한 순간도 없었어? 딱 한 번조차도 없었어? 그 선비를 만나기 전까지는?"

"없었어."

팥쥐가 눈을 끔벅였다.

홍은 제 생의 빛이었는데.

월야관에서 살던 시절, 제가 옥련의 딸이라는 사실은 진즉 알았다. 모르는 이의 것보다 더 모질고 더 아팠던 매질과 모욕, 천대에 시달렸으나 팥쥐는 늘 행복했다. 팥쥐에게는 홍이 있었으므로.

어린 나이부터 굳은살이 더덕더덕 박인 계집아이의 손을 쓰다듬어 주고, 고뿔에 걸리지 말라 옷으로 몸을 감싸주고, 돼지터럭 같은 머리카락에 어울리지도 않는 비단 댕기를 달아주던 홍이 있었기 때문에 팥쥐는 늘 행복했다. 사람들의 눈치를 보고, 야단을 맞고, 구박덩이로 사는 것 따위는 아무렇지도 않았다. 고된 하루의 끝에는 언제고 홍을 볼 수 있었기 때문이었다.

월야관 시절이 그러했는데, 최만춘의 집으로 들어온 이후의 삶에 대해 말해 무엇 하랴.

이곳에서 팥쥐는 모든 소망을 이루었다. 다정하고 부유한 아비가 있었고, 같은 지붕 아래 사는 홍이 있었다. 속을 긁는 콩쥐나, 은근히 저를 무시하는 집안 종들의 존재 따위는 아무래도 상관없었다. 팥쥐의 새로운 세계는 완벽했고 아름다웠다.

그래서 팥쥐는 늘 두려웠다. 제게 주어진 믿기지 않는 행복이 어느 순간 펑 하고 깨져 버릴까 봐.

"다, 단 한 번도 없었단 말이야……? 그 선비가 죽은 후에도? 여, 여기에서 살게 된 칠 년 동안에도……?"

"팥쥐야."

홍이 고개를 들었다. 붉어진 눈가, 젖은 뺨 위로 흐르는 눈물. 그런 그녀의 얼굴을 바라보던 팥쥐의 표정이 참담하게 일그러졌다.

알았다. 어찌 제가 모를 수 있단 말인가. 지난 칠 년간 홍이 늘 저런 표정을 짓고 있었는데. 슬픈 표정. 세상에 아무런 애착을 느끼지 못하는 표정. 모든 것을 잃은 표정.

팥쥐는 알면서도 외면했을 뿐이다. 제가 행복했기에, 팥쥐의 완벽한 세상 속에 홍이 있었기 때문에. 홍 역시 괜찮으리라고 팥쥐는 믿어버렸다. 아니, 그렇게 믿을 수밖에 없었다.

홍의 불행은 모두 팥쥐 제 탓이었으니까. 홍의 고통과 슬픔을 인정하는 것은, 제가 그녀를 나락으로 떨어뜨렸다는 사실을 인정하는 것과 다르지 않았으므로.

"팥쥐야. 선비님은 죽지 않았어."

"……."

팥쥐는 홍의 말을 이해하지 못했다. 팥쥐는 어쩌면 홍의 머리가 어떻게 된 건지도 모르겠다고 생각했다.

이 역시 모두 제 탓이다. 제가 홍을 미치게 만든 것이다.

"언니……. 그 선비님은 주, 죽었어. 벌써 치, 칠 년이나 지난 일이라고."

"아니. 죽지 않았어."

시헌은 찬란하게 살아 홍에게로 되돌아왔다. 그것은 홍에게 주어진 정당한 대가였다. 고통을 이겨낸 대가, 단 한 번도 행복한 적 없었던 억겁의 세월을 버텨낸 대가. 시헌은 그녀의 모진 삶에 대한 선물이었다.

그러므로, 절대로 이번에는 운명 앞에 무릎 꿇지 않으리라. 회피하거나 외면하지 않을 것이다.

"선비님은 죽지 않았어. 살아 계셔. 잘못 알고 있었던 것뿐이야."

팥쥐는 말문이 막힌 듯했다. 그녀는 마치 고양이에게 쫓기다 막다른 길에 다다른 쥐처럼 안절부절못하는 모습이었다. 조그만 눈구멍 안에 자리한 눈동자가 격렬하게 흔들렸다.

믿지 못하는 거겠지. 그러나 홍은 팥쥐에게 사실을 털어놔야만 한다. 아무 말 없이 홀연히 떠나는 것으로 팥쥐를 제 삶에서 내쫓아 버릴 수는 없었다. 팥쥐에게도 제 삶을 선택할 권리를 주어야 했다. 그것이 홍이 마음의 짐을 조금이나마 덜 수 있는 유일한 방법이었다.

"팥쥐야. 나는 너를 믿어."

홍이 팥쥐의 손을 붙잡았다.

그 온기. 찢어지고 갈라지고 못이 박인 열 살 계집애의 손을 위로해 주던 유일한 온기.

이제 팔쥐의 손에는 더 이상 굳은살이 없었다. 팔쥐는 여느 부유한 집 딸과 다를 바 없는 매끌매끌한 손을 가졌다. 그렇다고 해서, 제 삶의 빛이자 유일한 기쁨이었던 홍의 온기가 달라진 것은 아니었다. 그녀는 과거에나 지금이나 천덕꾸러기인 팔쥐를 믿어주는 유일한 사람이었으니까.

팔쥐는 비로소 깨달았다.

그런 홍의 삶을 내가 망가뜨렸구나. 내가 홍을 불행하게 만들었구나.

"그러니 너도 내 말을 믿어야 해. 선비님은 돌아가시지 않았어."

"하지만……. 언니가, 언니가 직접 말했잖아. 그 선비님이 주, 죽었다고. 그래서 그렇게 슬퍼했던 거잖아."

"내 착각이었어. 선비님은 내가 죽었다 믿었고, 나 역시 선비님이 돌아가셨다고 믿었던 거야."

"어, 언니……."

제발. 진실인지, 거짓인지 구별이 가지 않아 팔쥐는 부르르 몸서리를 쳤다.

김시헌이 죽지 않았다고? 그가 살아 있다고?

"그리고 나……. 그분을 만났어."

"마, 말도 안 돼."

팔쥐가 허망하게 중얼거렸다. 여전히 믿을 수 없었다. 죽지 않았는데, 어찌 이토록 긴 시간 나타나지 않았단 말인가?

"어, 언니가 잘못 안 거야. 너무 슬퍼서 허, 헛것을 본 거라고. 닮은 사람을 보고 착각이라도 한 거겠지. 그럴 리가 없잖아. 그럴 리가……."

"팔쥐야. 내 말을 믿어야 해."

"아니야. 그 서, 선비는 죽었어! 대둔산에서 죽었잖아! 대둔산 산적들에게 붙들려서 주, 죽고 말았다고!"

팔쥐가 발칵 성을 냈다. 홍에게 화를 내려던 것은 아니었다. 그저 제가 저지른 죄의 무게가 스스로를 덮쳐 오는 것만 같아 참을 수가 없었을 뿐이다.

"……."

그리고 침묵. 홍의 침묵은 이상할 만큼 길었다.

팔쥐는 차마 말을 잇지 못한 채 홍의 눈치만을 살피고 있었다. 그녀가 왜 저런 표정을 짓는 건지, 대체 왜 저런 눈으로 나를 바라보는 건지…….

긴 침묵 끝에, 홍이 물었다.

"팔쥐 너……. 그 장소가 대둔산이라는 건 어떻게 알았어?"

질문을 던지는 홍의 목소리는 차갑게 경직되어 있었다. 팔쥐는 대답 대신 눈만 끔뻑거렸다. 마치 홍이 하는 말을 이해하지 못하겠다는 듯한 표정이었다.

"어떻게 알았냐고. 그날 사고가 있던 장소가 대둔산이었다는 거."

"어, 언니한테 들었어. 언니가……. 대, 대둔산이라고……."

"내가?"

이번에는 홍이 되물었다. 정말로 그 말을 내뱉었다고? 내가?

그녀가 세차게 고개를 저었다. 그럴 리 없다.

칠 년 전, 암흑으로 뒤범벅된 대둔산의 밤. 홍은 시헌이 죽었다는 말을 들은 이후 이상한 약에 취해 정신을 잃었다. 깨어났을 때, 홍은 월야관으로 되돌아와 있었다. 대체 무슨 일이 있었냐며 옥련이 캐물었지만 그녀가 내뱉은 말은 오직 하나뿐이었다.

"죽었어요."

죽었다. 시헌이 죽었다…….

그뿐이었다. 홍은 더 이상 어떤 말도 하지 않았다.

최만춘으로 인해 목숨을 구제받아 팔쥐와 함께 완주로 온 후 흘러간 칠 년의 세월. 그러나 여기에서도 마찬가지였다. 홍은 그날 밤의 일에 대해서는 누구에게도 말한 적 없었다. 그날의 일을 입에 담는 생각을 하는 것만으로도 생살을 파내고 거죽을 찢는 것처럼 고통스러웠기 때문이었다. 결코 아물지 않은 상처가 되어버린 그 밤은, 오직 홍의 안에서만 머무르고 있었다.

"그럴 리 없어. 나는 그 얘기, 단 한 번도 꺼낸 적 없다고. 내가 그랬을 리…… 없어."

"어, 언니……."

홍의 시선은 팔쥐의 얼굴을 떠나지 않았다. 홍의 눈빛. 한동안 빛을 잃은 듯하던 그녀의 눈동자는 다시금 강렬하게 빛나고 있었다.

팔쥐가 시선을 떨어뜨렸다. 오금이 저렸다. 두려웠다. 변명을 해야 한다. 무슨 소리든 일단 지껄이기라도 해야만 했다. 홍을 실망시킬 수는 없었다. 제가 얼마나 끔찍한 짓을 저질렀는지, 제가 그녀를 어찌 기만하였는지가 밝혀진다면 홍은 다시 저를 바라봐 주지 않을 것이다.

순간 공포가 밀려왔다.

이미 홍은 알고 있는 게 아닐까. 제가 무슨 짓을 벌였는지 이미 진실을 알고 있으면서, 저를 떠보려 저렇게 말하는 게 아닐까.

제발…….

"팔쥐야."

갑자기 홍이 팔쥐의 양손을 모아 쥐었다.

"내가 착각했나 보다. 진정해. 내가 뭔가 오해한 모양이야."

"어, 언니."

팔쥐의 목소리가 덜덜 떨렸다. 그런 팔쥐를 바라보던 홍의 눈에 측은한 빛이 어렸다.

팔쥐는 이제 열일곱 살, 어엿한 처녀라 할 수 있는 나이였다. 이곳에서 보낸 세월은 천덕꾸러기였던 팔쥐를 변화시켰다. 근래의 팔쥐는 여염집 처녀나 다름없이 보였다.

그러나 홍 앞에만 서면, 그리고 그녀에게 군소리를 들을 때면 불쑥불쑥 먼 과거 월야관 구박덩이이던 팔쥐가 튀어나오는 것이다.

"미안해. 내가 지나쳤어."

홍은 완주로 온 후 몇 해간을 정신을 놓은 사람처럼 보냈다. 그사이 팔쥐에게 진실을 털어놓고서 망각한 것인지도 모른다.

이게 무슨 짓인지. 팔쥐를 남겨둔 채 떠난다는 양심의 가책을 지우고자 괜한 꼬투리를 잡는 꼴이 아닌가.

"언니……."

팔쥐의 어깨가 축 늘어졌다. 죄를 들키지는 않은 모양이다. 그러나 그게 전부는 아니었다. 김시헌이 돌아왔노라고, 홍은 분명 그리 말했으므로.

한참을 머뭇대던 팔쥐가 물었다.

"그래서……. 그 서, 선비님을 만났다고?"

"그래."

팔쥐가 마른침을 꼴깍 삼켰다. 팔쥐의 손은 초조한 듯 제 치마폭을 쥐락펴락하고 있었다.

"그래서 언니는……. 어, 어떻게 하려는 거야?"

나는 떠날 거야, 라고 말하려던 홍이 팔쥐를 바라보았다.

홍은 본래 차가웠다. 스스로도 제 냉한 성정을 알고 있었다. 시헌을 만나기 전 홍은 누군가에게 진심을 내보인 적이 없었다. 팔쥐에 대한 마음도 늘 그러했다. 딱히 팔쥐에게 애틋한 정이 있어서가 아니라, 눈을 돌리는 곳에 항상 있었기에 익숙해졌을 뿐이다.

그러나 단지 익숙하다, 는 말 한 마디로 정의하기엔 너무나 긴 세월. 홍이 원했든, 원하지 않았든 간에 팔쥐에게 제가 세상이고 하늘이었음을 안다. 그렇기에 미안함을 느꼈다.
"팥쥐야."
"응……."
"이거, 가져."
"이게 뭐야?"
홍이 내민 것은 푸른 비단으로 지어진 주머니였다. 주머니 속에 든 무엇인가가 묵직하게 쩔그렁거렸다. 손에 느껴지는 감촉은 그것이 금은으로 만든 가락지며 장신구라는 것을 말해주었다.
"안에 몇 가지 패물이 들었어. 언제고 필요할 때가 있을 거야."
"이, 이런 걸 내가 어디다 쓰라고……."
제 손에 쥐여진 비단 주머니를 바라보며 웅얼대던 팥쥐가 소스라치며 고개를 번쩍 들었다.
"언니, 서, 설마……."
말문이 턱 막혔다. 비로소 뼈아픈 깨달음이 엄습했다.
"응."
홍이 작게 고개를 끄덕인다. 그것은 분명한 긍정이었다.
"팥쥐야. 나는 내 삶을 되찾을 거야. 칠 년 전에 어떤 이유로 망가졌던 내 삶을. 그 시간들을 되돌리고, 원래 내 것이었던 운명대로 나아가고 싶어."
숨을 쉬는 것조차 잊었던 팥쥐의 입에서 긴 탄식이 흘러나왔다.
그런 거구나. 떠나려는 거구나. 칠 년 전, 그 밤에 그랬듯이. 홍은 팥쥐를 남겨둔 채, 김시헌이라는 자와 다시 도망치려는 것이다.
"칠 년 전 그날에도 너에게 같은 이야기를 했었지. 나에게 내 삶이 있듯, 너에게도 너만의 삶이 있을 거야."
"내 삶?"
"그래. 팥쥐 네 삶."

팔쥐는 그저 눈만을 끔뻑거릴 뿐, 말을 잇지 못했다.

"팔쥐야. 너는 나와는 달라. 너는 도망 기생도 아니고, 노비이거나 관에 속한 처지도 아니야. 잊어서는 안 돼. 너는 자유의 몸이라는걸."

"자, 자유……?"

"그래. 자유. 너는 무엇이든 해도 돼. 어디든 갈 수 있고, 무엇에도 얽매이지 않아도 돼. 그리고…… 너는 나에게도 얽매일 필요 없어."

"어, 얽매이는 게 아니야! 나, 나는 정말로 어, 언니가 좋은 거야! 언니가 소중한 거……."

"알아. 알아……."

팔쥐가 아주 어린 시절 그랬듯, 홍은 그녀의 머리를 쓰다듬었다.

"나도 네가 참 좋아. 나도 네가 소중해. 하지만……. 그렇다고 내 삶을 포기할 수는 없어."

툭, 팔쥐의 눈에서 눈물이 떨어졌다.

"그 선비님이 그렇게 좋은 거야? 그 사람을 그렇게 사랑하는 거야? 모, 모든 걸 버리고 그 선비를 따라간 만큼? 두, 두 번씩이나?"

"나는…… 따라가는 게 아니라 스스로 떠나는 거야. 그리고 나는……."

팔쥐의 눈물을 바라보던 홍이 말을 이었다.

"나는, 나를 사랑하는 거야. 그래서 내 행복을 찾아 가려는 거야."

팔쥐는 한동안 아무 말 없이 비단 주머니를 만지작거리고 있었다.

행복. 그 말을 입 밖으로 내는 홍의 표정에 담긴 간절함을 본 순간, 생각하던 모든 것이 뿌옇게 흐려졌다. 팔쥐는 비로소 깨달았다. 홍이 말하는 행복이 어떤 것인지를.

"나는 내 삶을 살게. 너도 네 삶을 살아가. 그러다 보면, 우리도 언젠가 반드시 만날 날이 오겠지."

홍의 목소리는 다정했다. 멈췄던 눈물이 다시 왈칵 쏟아질 만큼.

"어, 언니. 나……. 궁금한 게 하나 있어."

"뭔데?"

"그, 그냥 떠날 수도 있었잖아. 나 같은 거, 모른 척하고……. 그런데, 치, 칠 년 전에도 그렇고 오늘도 나에게 이렇게 말하는 이유는 뭐야? 내가…… 훼방이라도 놓으면 어쩌려고. 모, 못 가게 붙들기라도 하면 어쩌려고……."

"팔쥐 네가?"

홍이 반문했다. 절대 그럴 리 없다는 듯이.

"나는 너를 믿으니까."

"……."

"내가 행복해지길 팔쥐 너도 바란다는 걸 아니까. 그런 너를 믿으니까."

홍이 팔쥐를 바라보며 엷게 웃었다. 팔쥐로서는 오랜만에 보는 그녀의 미소는 가슴에 사무치도록 눈부셨다.

팔쥐는 그 얼굴을 영영 잊지 못할 것이다.

시헌은 서녘 하늘을 바라보고 있었다. 하늘은 온통 진홍빛이었다. 저 노을이 산 너머에 가라앉은 후에는 짙푸른 어둠이 몰려들 것이다. 시헌은 세상을 뒤덮은 파란색이 발밑까지 가라앉을 깊은 밤을 기다리고 있었다.

준비는 모두 끝났다.

장수에는 파발꾼을 수소문하여 전갈을 보냈다. 해야 할 업무를 미리 처리하고 온 데다 본디 평온하고 순박한 사람들이 사는 고을이었으므로 별다른 소요는 없을 것이다. 장수 관원들이 수령이 지나치게 오래 돌아오지 않고 있다는 사실을 깨달았을 즈음, 시헌은 이미 홍과 함께 멀리 떠났으리라.

무책임한 처사라는 것을 그도 안다. 그러나 어쩔 수 없는 일.

시헌은 한성을 통과하는 길에 밀서(密書) 하나를 임금에게 보낼 작정이었다. 과연 아직 젊디젊은 왕께서 제 뜻을 헤아릴지는 자신이 없었지만 그 무슨 상관이랴. 이번 도피는 지난 생과의 완전한 단절을 뜻했다. 시헌은 홍과 새로운 삶을 향해 갈 생각이었다.

'두 번의 실패란 없어.'

말고삐를 쥔 채 걷고 있던 시헌이 흑마의 옆구리를 쓰다듬었다.

저녁이 서서히 밀려들고 있었다. 객사(客舍)에서 밤을 기다려야 할지, 아니면 은신처에서 대기해야 할지 그는 잠시 고민했다.

시헌보다 오히려 말에게 더 긴 여정이 될 밤이었다. 그러나 객사의 마구간에 깊은 밤 들락대다간 불필요한 관심을 끌 수도 있었다.

행선지는 정해졌다.

저벅저벅, 시헌의 발걸음 뒤로 따라오는 말발굽 소리. 은신처로 향하는 그의 걸음은 최만춘의 집이 보이는 길목을 지나치고 있었다.

홍은 무얼 하고 있을까. 홍을 제 품에서 떠나보낸 이후 내내 지속되던 불안함은 여전히 가시지 않았다.

'홍 혼자 저 집으로 보낸 것이 과연 잘한 짓일까.'

시헌은 마치 운명 같았던 콩쥐와의 첫 만남을 상기했다. 그 조우가 운명처럼 느껴지는 것은, 콩쥐의 존재 때문이 아닌 그녀의 발에 신겨 있다 냇물에 떠내려간 연둣빛 운혜 때문이었다.

시헌의 눈에 콩쥐의 이중성이 비치지 않을 리 없었다. 처음부터 보이는 게 전부는 아니리라 짐작하였으나, 그저 또래 처녀다운 내숭이라 생각했을 뿐이다. 그러므로 콩쥐가 이토록 대범하고 괴상망측한 요구를 해올 줄은 상상조차 하지 못했다.

콩쥐는 간악했다. 그녀의 제안은 곧 비틀린 내면의 방증이나 다름없었다.

결국 시헌은 걸음을 멈추었다. 그는 신중한 시선으로 홍이 머물고 있을 집 뒤편을 살폈다. 그녀가 마당에라도 나와 있다면 좋을 텐데.

그때였다.

“어, 나리!”

집 뒤편에서 걸어 나온 여인이 알은체를 했다. 시헌은 곧 그녀가 이 집 몸종인 꽃분이인 것을 깨달았다. 꽃분이가 종종대며 시헌에게 다가왔다.

“아이고 나리, 오셨습니까? 콩쥐 아씨를 보러 오신 게지요?”

꽃분이의 목소리는 잔뜩 들떠 있었다.

이토록 잘생긴 사내를 마주 보는 것은 태어나 처음이었다. 꽃분이는 콩쥐 아씨가 시집을 가면, 몸종으로 따라가게 해달라 졸라봐야겠다는 생각을 하며 싱글거렸다.

“아.”

시헌이 애매하게 대꾸했다.

“나리, 아씨를 불러 드릴까요?”

“그래주겠나?”

“그럼요! 그렇다마다요!”

꽃분이가 호들갑을 떨며 고개를 주억거렸다.

시헌이 마음을 다잡았다. 차라리 잘되었다. 안 그래도 홍 홀로 돌려보낸 것 때문에 마음이 편치 않은 상황이었다. 콩쥐는 제가 그녀와 혼인할 것이라 믿고 있을 테니, 적당히 비위를 맞추어 마음을 놓게 하고 동정을 살피면 될 것이다.

“아, 그런데 나리, 사실 집에 주인어른께서…….”

“어찌 이리 밖이 시끄러우냐?”

꽃분이의 말이 채 끝나기도 전에, 끼익- 하는 귀에 거슬리는 소리와 함께 대문이 열렸다.

문턱을 사이에 두고 두 사내의 시선이 마주쳤다.

시헌은 최만춘을, 최만춘은 시헌을 바라보고 있었다.

"……."

그를 마주한 순간, 시헌은 그가 콩쥐의 아비이자 홍의 지아비라 불리는 문제의 사내임을 깨달았다. 동시에 시헌은 한 가지 사실을 더 상기했다.

칠 년 전, 생전의 외숙부는 여러 차례 최만춘이라는 사내를 소개해 주려 했었지만 만남은 좀처럼 성사되지 않았다. 그러므로 그들은 서로에게 완전한 초면이었다.

그러나 저 체격마저 잊을 수는 없었다. 최만춘의 체구는 장대했다. 시헌보다 주먹 하나쯤 더 큰 키에 북방의 장수를 연상시키는 거대한 체구. 시헌이 이런 몸을 한 사내를 본 것은 평생 딱 한 번뿐이었다. 칠 년 전, 월야관에서의 어느 밤 홍의 방에서 나오던 사내의 그림자가 꼭 이러했음을.

"누구십니까?"

최만춘이 먼저 입을 열었다. 그의 미간이 좁아져 있었다. 그가 제집 대문 앞에 서 있는 낯선 사내를 뚫어져라 응시했다. 험지(險地)에서 살아온 자다운 본능으로 그는 짧은 순간 시헌에게서 풍기는 기운을 감지했다.

'무인이다.'

굳이 철릭을 걸쳤기 때문이 아니었다. 글월만 읽은 선비로서는 결코 가질 수 없는 단련된 몸 자체가 그가 무인임을 말해주는 증거였다. 또한 그가 입은 철릭은 두꺼운 견직(絹織)으로 지은 것이었다. 견직물에 검은 물을 들이는 것은 드문 일. 그것은 사내가 검을 쥐는 와중에도 비단옷을 입을 만큼 부유한 자라는 것을 의미했다.

다시 한번, 최만춘과 시헌의 시선이 허공에서 부딪쳤다.

기실 최만춘과 눈을 맞추고 오랜 시간 버틸 수 있는 자는 많지 않았다. 만일 그런 자가 있다면 무슨 수를 써서라도 굴복시키는 것이 최만춘의 방식이다. 그게 평생을 드러낼 수 없는 신분으로 살아온 그의 세상의 법칙이었다.

"누구시냐고."

싸늘한 최만춘의 음성. 입을 떼기 전, 시헌은 먼저 제 눈에 드러난 날 선 경계를 지웠다.

"아, 저는……."

시헌은 잠시 고민했다. 최만춘이 돌아왔으리라고는 예상치 못했다.

콩쥐가 거짓을 말한 것일까? 그러나 그것을 따질 상황은 아니었다. 지금 중요한 것은 오직 한 가지. 최만춘이 제가 김명우가 아닌 김시헌임을 알고 있냐는 사실뿐이었다.

"아, 주인마님! 콩쥐 아씨께 아직 말씀을 못 들으셨는지……. 이, 이 분은……."

최만춘의 싸늘한 모습에 더럭 겁을 집어먹은 꽃분이가 더듬대며 시헌을 소개하는 와중, 다급한 발소리와 함께 콩쥐가 모습을 드러냈다.

"나리."

시헌과 최만춘의 시선이 동시에 콩쥐에게로 향했다.

배시시. 미소 짓는 콩쥐의 뺨에 볼우물이 파였다. 마치 진정으로 사랑하는 제 정인을 마주한 여인처럼.

"아버지, 아까 말씀드렸던 그분이에요."

"……현감?"

"예. 소녀가 전해 드리고 싶은 게 있어 오시라 하였는데, 영 부끄럽고 쑥스러워 깜빡 잊고 말씀을 못 드렸습니다."

"음."

최만춘은 가타부타 긴 말은 하지 않았다.

집에 돌아온 이후, 그의 심기는 내내 불편했다. 천과의 일 때문은 아니었다. 천은 그저 운 나쁘게 제 눈에 걸려들어 화풀이의 대상이 된 가여운 도령일 뿐이다.

"제게는 제 이름이 있습니다. 홍이라는 이름……."

그 말. 홍의 그 말이 모든 문제의 원천이었다.

최만춘은 알고 있었다. 비록 입 밖으로 과거를 내뱉지 않을 뿐, 홍의 시간은 여전히 칠 년 전 그 시절 속을 헤매고 있다는 것을.

겨울이 오면 유독 잦아지는 눈물, 마구간에서 들려오는 말의 울음소리만 들어도 싸늘하게 굳어지는 표정. 무엇보다 그녀를 지배하고 있는 슬픔의 그림자.

홍은 그 선비를 잊지 못했다.

김시헌. 강영완의 조카, 철없는 난봉꾼이라 악명이 자자하던 젊은 사내를.

이토록 긴 시간이 흐르도록 홍이 변하지 않을 줄은 미처 몰랐다. 물론 탓할 수는 없는 노릇이었다. 그 역시 단을 잊지 못했으니까. 그리고 홍에게 단의 모습을 투영하고 있었으므로.

옳지 않은 일이라는 것을 그도 안다. 단이 살아 있다면, 얼마나 혐오스러운 표정으로 그를 바라볼지도 알고 있었다. 그러나 도저히 멈출 수가 없었다.

머나먼 과거, 강영완과 밀사(密事)를 의논하던 밤. 붉은 비단에 휩싸여 방으로 들어왔던 단을 꼭 닮은 여인을 마주친 순간부터.

"아버지?"

콩쥐가 최만춘의 소맷부리를 살짝 잡아당겼다.

"나는 아직 허락하지 않았다."

"그, 그렇지만……."

콩쥐의 얼굴빛이 흐려졌다.

정인이 생겼다는 콩쥐의 고백 앞에 아비는 묵묵부답이었다. 그녀에게도 아비 최만춘은 두려운 사람이었지만, 그렇다고 해서 제 뜻을 들어주지 않는 이는 아니었다. 그렇기에 콩쥐는 아비의 침묵을 무언의 긍정이라 생각했다.

"그래도 아버지. 기왕 여기까지 오셨는데……."

최만춘의 시선이 다시금 시헌에게로 향하였다.

"함자가 어찌 되십니까?"

사내는 어엿한 벼슬아치였다. 이토록 젊은 나이에 현감의 자리에 올랐다는 것은 꽤나 지위가 있는 집 자손이라는 것을 의미했다.

일단 양반이라면, 게다가 이미 벼슬까지 한 젊은 사내라면 콩쥐의 배필로 당연히 나쁘지 않다. 최만춘 역시 제 신분을 여식에게 물려주고 싶지는 않았기 때문이었다.

딸과의 혼인을 바라는 젊은 사내에게까지 깍듯이 존대를 갖추어야 하는 것. 이것이 모든 것을 이룬 사내 최만춘이 유일하게 가지지 못한 타고난 신분의 굴레였다.

"제 이름은……."

시헌은 잠시 숨을 고르고 침착함을 되찾았다.

최만춘이 그를 알아보는 순간 모든 계획은 물거품이 된다. 불필요한 피를 보게 되는 일이 없기를 바랄 뿐이었다.

"김가(家) 명우입니다, 어른."

최만춘이 다시금 시헌을 힐끔 바라보았다. 꽤나 형형하던 그의 눈빛이 차분하게 가라앉았다.

"잠시 안으로 드시어 차라도 한잔 들고 가시지요."

최만춘이 깍듯이 예를 갖추어 정중하게 청했다.

"예. 청해주시어 감사합니다. 한데 말을 데리고 있어……."

"말은 마구간에 넣어두라 하겠으니 걱정 말고 들어오십시오."

"예. 그럼 잠시 실례하겠습니다."

명우라는, 제 허물과 죄를 상징하는 이름으로 스스로를 소개한 시헌이 최만춘의 뒤를 따랐다. 시헌이 곁을 지나치던 순간, 콩쥐가 그를 향해 손을 뻗었다.

"아버지께는 부인과 사별했다고 말씀드렸어요."

제 옷깃을 붙든 손길이 역겨워 시헌은 말없이 그녀를 지나쳤다. 그런 시헌의 마음을 아는지 모르는지, 뒤에 남은 콩쥐는 세상을 다 얻은 것처럼 사특하게 웃었다.

세상 가장 무서운 공포의 대상이라는 제 아비도, 그리 잘났다는 미래의 서방도 모두 제 손바닥 위에 노니는 꼭두각시나 다름없었기에.

"한 고을의 수령쯤 되시는 분께서 어찌 중인과의 혼인을 원하시는 겁니까?"

"신분이 중하다 생각하지 않습니다. 마음이 통하는 여인을 내자(內子)로 맞는 것이 오랜 꿈이었습니다."

"공심이에게 듣자니 사별을 하셨다던데?"

"예. 안타깝게도 그리되었습니다."

"자손은?"

"없습니다."

일단 마음먹은 이상 시헌은 흔들림 없이 꼿꼿한 태도를 유지했다. 최만춘이 던지는, 딸을 가진 아비로서 당연한 질문들을 그는 능청스럽게 받아넘겼다. 마치 정말로 그녀의 정인이라도 된 것처럼.

그런 시헌의 대범한 태도는 최만춘의 호감을 불러일으켰다. 대부분의 사내들은 최만춘 앞에서 고양이 앞의 쥐처럼 쩔쩔매기 마련이었다. 그러나 콩쥐와의 혼인을 바란다는 이 사내는, 그 앞에서 예를 지키면서도 약한 모습은 보이지 않았고 눈길을 피하는 법 역시 없었다.

마음에 드는 사내였다. 다른 관계로 만났다면, 꽤나 큰일을 맡길 수 있으리라는 생각이 들 만큼.

“젊은 나이에 현감이 되셨습니다. 딸아이에게 말을 듣고 연배가 있는 분이라 여겼습니다만…….”

“운이 좋아, 몇 년 준비하지 않고 일찍 식년시에 급제하였습니다.”

“아버님의 함자를 여쭈어도 되겠습니까?”

“아버님의 함자는…….”

찰나의 순간, 시헌이 멈칫했음을 최만춘은 눈치채지 못했다.

“경주 김씨 태사공(太史公)파, 시(是)자, 열(烈)자 되십니다.”

당연하게도 이는 거짓이다. 한동안 까마득하게 잊고 지냈던, 아버지의 막역한 친우의 이름이 또렷하게 떠오른 것이 다행이었다.

“그러시군. 하여, 혼례를 하고자 하는 마음이 확고하신 것입니까?”

“예. 확고합니다.”

시헌이 고개를 들었다.

“허하여 주십시오, 어른.”

최만춘에게 확신을 주어야 한다. 이 집의 모든 사람들이 저를 철석같이 믿어야만 거사를 성공시킬 수 있었다.

“사주단자를 보내십시오. 우리도 준비를 하고 있겠습니다.”

마침내 최만춘의 허락이 떨어졌다. 시헌은 정말로 사랑하는 여인과의 혼인을 허락받은 사내처럼 쑥스러운 웃음을 지었다.

“시간이 늦었는데, 어디서 주무십니까?”

“일단은 장수로 돌아가려 합니다. 부끄러운 말씀입니다만, 따님을 만나느라 한동안 공무를 소홀히 한 것이 마음에 걸립니다.”

"흐."

최만춘이 낮고 짧게 웃었다. 이런저런 대화를 나누는 동안 그가 웃음을 보인 것은 처음이었다. 시헌 역시 원하는 여인을 얻은 기쁨을 차마 누르지 못하는 사내처럼 미소를 지었다.

최만춘. 그는 분명 비밀을 감추고 있었다. 그는 기생이었던 홍을 별당마님이라는 이름으로 살게 했다. 돈도, 권력도 필요했겠지만 무엇보다 홍을 향한 연정이 없었다면 결코 불가능한 일이었다. 그러나 그의 연정 속에 담긴 저의가 선의인지, 혹은 악의인지 시헌은 알지 못했다.

어쩌면 최만춘은 그의 딸의 증언대로 잔혹하고 악독한 자인지도 모른다. 또한 그는 단지 홍을 살리고자 많은 희생을 감내한 선량한 사내에 지나지 않는지도 모르는 일이었다.

그러나 지금은 그런 것을 따질 상황이 아니었다. 최만춘이 돌아온 이상, 오늘밤 예정된 그들의 도피가 수포로 돌아갈 수도 있었기 때문이었다.

최만춘이 홍의 방에서 잠이라도 청한다면?

차마 생각조차 하기 싫은 일이었다.

"공심이와 약조를 하셨지요? 그럼 더 늦기 전에 돌아가셔야 하겠습니다."

"예. 저는 이만 일어나겠습니다."

그때였다. 밖에서 사내종의 목소리가 들렸다.

"주인마님. 아재비께서 오셨습니다. 기다리시라고 할까요?"

"곧 손님께서 나가신다. 잠시만 계시라 해라."

"예, 마님."

최만춘과 인사를 나눈 시헌이 사랑을 나섰다.

사랑방 문 앞뜰에는 꽤 푹해진 날씨에 걸맞지 않게 가죽옷을 껴입은 사내 하나가 서 있었다. 시헌을 본 사내가 고개를 깊이 숙였다. 무슨 까닭인지, 얼굴을 보이지 않으려는 듯한 태도였다.

시헌이 힐끔 그의 모습을 살폈다. 땅딸막하지만 힘깨나 쓸 것 같은 사내의 목 뒤편에는 두건처럼 보이는 의복 자락이 비죽 튀어나와 있었다. 사내의 허리춤에 매달린 큼직한 은빛 노리개가 유독 눈에 띄었다. 그의 복장과 영 어울리지 않았기 때문이리라.

"객이 와 있어 멀리 배웅을 못 하는 것을 양해하십시오."

"양해하다마다요. 괜찮습니다."

"나리를 공심이에게로 안내해 드려라."

최만춘이 사내종에게 일렀다. 시헌은 종종걸음 치는 사내종을 따라 걸음을 옮겼다. 그의 등 뒤로 최만춘과 얼굴을 감춘 사내의 목소리가 들려왔다.

"들어가지."

"어르신, 누구입니까?"

"공심이와 혼인할 사람이네."

"벌써 아씨께서 그럴 나이가 되셨습니까?"

두런대는 최만춘과 사내의 목소리. 이윽고 방문이 닫히는 소리와 함께 그들의 목소리가 끊겼다.

"나리?"

"……."

"나리. 어디가 불편하십니까?"

갑작스레 시헌이 걸음을 멈추자, 사내종이 걱정스러운 표정으로 물었다.

"아, 아니네. 어서 가지."

"예, 나리."

사내종이 다시금 앞장서 걷기 시작했다. 그를 따라 다시 걸음을 떼던 시헌이 갑자기 몸서리를 쳤다.

이상한 일이다. 까닭을 알 수 없었다. 고개를 숙이고 있던 사내의 목소리를 듣자 갑작스레 목덜미에 우두두 소름이 돋았다.

저 목소리. 저 음침하고 땅딸한 사내의 음성. 시헌은 분명 저 목소리를 들은 적이 있었다.

"흠……."

미간을 찌푸린 시헌이 낮은 한숨을 내쉬었다.

기분 나쁜 목소리였다. 그러나 언제, 어디서 들은 것인지는 좀체 떠오르지 않았다. 머릿속이 안개가 낀 것처럼 뿌옇고 불분명했다.

"오셨습니까? 한데 어찌 그리 표정이 어두우십니까?"

생각에 잠겨 있는 사이, 어느덧 시헌은 안채 앞에 당도해 있었다. 콩쥐가 손짓을 하자 노복은 꾸벅 허리를 숙이고선 자리를 비켰다.

"아버지께서 뭐라 말씀하셨습니까?"

기억을 더듬는 데 집중하고 있던 시헌이 고개를 들었다. 그는 마치 낯선 이를 마주하는 듯한 표정으로 그녀를 바라보았다.

서로를 보고 있었으나 머릿속은 동상이몽(同床異夢). 콩쥐의 눈은 기대와 초조함이 뒤섞여 빛났으나 시헌은 무표정이었다.

"사주단자를 보내라 하시었소."

"아아, 그러셨습니까?"

콩쥐의 얼굴이 확 펴졌다. 사주단자를 보내라는 것은 혼인을 승낙한 것과 같은 의미. 모든 것이 그녀의 생각대로였다. 아무리 그녀의 아비가 대단한들, 어엿한 사대부 집안과의 혼인을 거부할 수는 없었을 것이다.

"아버지와 대화가 잘되신 모양입니다. 생각보다 일찍 나오신 것을 보니……."

"낭자의 아버지를 찾아온 사람이 있어 일찍 나왔을 뿐이오."

"아, 아재비가 오셨나 보네요."

시헌의 신경을 긁던 목소리를 가진 사내는, 이 집에서는 꽤나 익숙한 객인 모양이었다. 시헌이 지나치듯 말을 꺼냈다.

"사랑방에서 나오다가 마주쳤는데 몸을 휙 돌려 버리더군. 그 아재비라는 사내 말이오."

"원래 그런 사람입니다. 얼굴에 큰 흉터가 있거든요. 밖에서는 늘 두건을 푹 눌러써서 얼굴을 가립니다."

"오래도록 그대의 집안과 왕래한 자인가 보오."

"그야 뭐, 아버지의 수하이니까요."

콩쥐는 대수롭지 않게 대꾸했으나, 그녀의 말은 시헌의 신경을 거슬렀다.

수하(手下). 전장에서나 쓰일 법한 말이다. 시헌은 물론이거니와, 대단한 세도가를 비롯한 양반들 누구도 그런 말을 쉽게 사용하지 않았다. 사사로운 목적으로 사병을 두는 것은 불법이거니와 역모로 몰릴 수 있는 일이기 때문이었다. 하물며 세습직 향리의 여식이 쓰기에는 더욱 어울리지 않는 말.

"마음 쓰실 필요 없습니다. 나리께만 그리 행동하는 게 아니라 모든 사람에게 그렇습니다. 아주 어릴 때부터 보아온 제 앞에서도 얼굴을 드러낸 적이 없는 것을요."

콩쥐가 누그러진 목소리로 시헌을 달랬다. 아재비가 예를 갖추지 않은 탓에, 콧대 높은 양반나리의 심기가 상한 모양이다. 역시나 양반들의 알량한 자존심이란.

"나리. 그냥 가십니까? 별당에라도 잠시 다녀오시지요. 아재비가 왔으니 아버지께서는 한동안 두문불출하실 겁니다."

콩쥐의 목소리는 우는 아이의 손에 떡을 쥐어주어 어르기라도 하는 것처럼 다정했다.

"별당?"

"보고 싶으실 것 아닙니까. 홍 말입니다."

콩쥐가 '홍'이라는 이름을 길게 늘여 발음했다.

"되었소."

콩쥐를 바라보던 시헌이 고개를 돌렸다.

시헌은 오늘 밤 홍과 함께 예정대로 완주를 떠날 것이다. 최만춘의 등장은 예상치 못한 일이었으나, 그렇다고 해서 계획을 수정하거나 연기할 마음은 들지 않았다. 어차피 도피를 선택하는 순간 위험은 어느 곳에나 있기 마련이었다.

칠 년의 세월은 시헌을 어떤 일에도 흔들리지 않을 만큼 단단하게 만들었다. 그는 자신만만했을 뿐 아니라, 이미 뼈아픈 실패의 경험을 가지고 있었다. 실패가 반복되는 일은 없으리라.

"나리. 저를 믿지 못하시는 게지요?"

"나는 본래 쉽게 사람을 믿지 않소."

"하지만 저는 나리의 부인이 될 사람인걸요."

"미안하지만, 나는 내 첫 번째 부인 역시 그다지 신뢰하지는 않았다오."

"매정하시군요."

그러나 '매정하다'는 말을 내뱉는 콩쥐는 그다지 서운한 기색은 아니었다.

"우리는 거래를 하는 거요. 계약은 계약일 뿐이오. 낭자가 바라는 바를 들어주겠소. 하니, 낭자는 내가 원하는 것을 주시오. 어차피 불필요한 감정은 피차에게 불편하기만 하지 않겠소?"

콩쥐의 입가에 옅은 웃음기가 번졌다. 시헌의 냉랭함과 단호함이 오히려 더 믿음직스러웠다. 시헌이 무분별하게 제 비위를 맞추려 했다면 결코 그를 믿지 못했을 것이다.

"그래요. 알겠습니다. 아무튼 잊지 마십시오. 제가 나리의 협력자라는 것을요."

콩쥐가 먼저 몸을 돌렸다. 그녀가 손으로 행랑채 너머를 가리켰다.
"이쪽으로 오십시오. 마구간까지 안내해 드리겠습니다."

끼익- 마구간 문이 무겁게 열렸다. 어둠 속에 잠들어 있던 말들이 깨어나 주위가 부산해졌다. 건초 냄새, 말똥 냄새가 자욱했다.
"놀라셨습니까?"
한성의 어느 사대부도 가지지 못했을 법한 으리으리한 마구간. 적잖이 당황한 듯한 시헌의 얼굴을 본 콩쥐가 새치름하게 웃었다. 이런 그의 표정이 보고 싶어서 굳이 마구간까지 따라나선 그녀였다.
시헌은 마구간 안에 있는 말이 제 것을 제외하고서도 네다섯 필 이상이라는 것을 깨달았다.
보고서도 믿기지 않는 일이다. 장수의 관아에 속해 있는 말이 총 여섯 필이었다. 일개 향리가, 한 고을의 관아와 비슷한 수의 말을 보유하고 있다니. 한성의 세도가들 중에도 이런 경우는 극히 드물었다.
"나는 점점 궁금해지오."
"무엇이요?"
"왜 굳이 나와의 혼인을 바라오? 그대의 아비가 가진 재력은 상상보다 훨씬 대단한 것 같은데 말이오. 혹시 몰라서 그러는 것이오? 이런 말 한 필 값만 있어도 양반 족보를 충분히 사들일 수 있소."
"사서 얻은 것이 무슨 의미가 있겠습니까? 게다가 족보를 파는 자들은 근본을 알 수 없는 이들인 것을요."
"나에 대해서도 잘 모르지 않소? 내 집안이 별 볼 일 없는 한미한 가문이면 어쩌려고 그러시오?"
"그럴 리가요."
콩쥐가 피식 웃었다. 그녀의 눈동자가 영악하게 빛났다.
"나이 서른도 되기 전에 원님으로 부임하신 나리께서, 한미한 집안의 자손이실 리가 있겠습니까."

시헌은 가타부타 대답하지 않았다. 슬금슬금 모여든 푸른 어둠이 발목까지 차오른 시간. 빛 한 점 들지 않는 마구간은 꽤나 캄캄했다.

"불을 밝혀 드리겠습니다."

콩쥐가 초롱에 불을 붙였다. 등잔 안에 담긴 피마자유 특유의 냄새가 퍼졌다. 그 빛에 의지하여 제 흑마를 찾아낸 그가 말고삐를 풀었다.

"어디로 가십니까?"

"장수로 돌아가오."

물론 거짓이다. 시헌은 은신처에서 밤이 깊기를 기다릴 생각이었다. 그에게도 휴식이 필요하지만, 무엇보다 절실한 것은 긴 밤을 종일 달려야 할 말의 상태였다. 시헌이 흑마의 잔등을 쓰다듬었다.

그때 들려오는 '히힝!' 하는 요란한 소리. 마구간 안쪽에 매어져 있던 말 한 마리가 앞발을 들어 올리며 우짖었다.

"빛 때문에 말이 놀랐나 보오."

"저 말은 본래 사납습니다. 아버지께서 가장 아끼는 말이지만요."

콩쥐가 시헌의 흑마를 바라보았다. 그녀는 본래 이재에 밝았다. 어린 나이부터 형식상으로나마 안주인 노릇을 해왔기 때문이었다.

시헌을 처음 마주쳤을 때, 그가 대단히 부유한 사내임을 깨달았던 까닭은 다른 것이 아닌 그가 타고 있는 말 때문이었다. 웬만한 사람들은 평생의 노력으로도 살 수 없을 말. 미천한 것들의 목숨 몇 따위보다 훨씬 가치 있는 말은 그야말로 부의 상징이었다.

콩쥐는 시헌에게 과시하고 싶었다. 마구간에 당도했을 때 시헌의 얼굴에 떠오른 당황한 표정이 얼마나 고소하고 통쾌했는지 모른다. 제 아비의 부(富)가 그로서도 결코 무시할 수 없는 수준이라는 것을 똑똑히 보여주고 싶다는 욕구가 치밀었다.

"나리께서도 말을 보는 데 일가견이 있으시지요? 어디 한번 보시겠습니까?"

"괜찮소. 내 말로도 충분하오."

"한번 보시라니까요. 감탄하실 겁니다."

시헌을 지나쳐 마구간 안쪽까지 들어간 콩쥐가 초롱불을 쳐들었다. 갑작스러운 빛에 놀란 말들이 푸르르 콧김을 내뿜으며 소리를 냈다.

히힝—

콩쥐가 그토록 자랑하기를 바랐던, 밤색 말이 다시 한번 길게 울었다.

"……."

시헌이 자리에 우뚝 멈춰 섰다. 그의 입이 서서히 벌어졌다. 노랗게 어룽대는 흐린 초롱 불빛 속에서 시헌은 눈을 크게 끔뻑였다.

윤기가 자르르 흐르는 불그레한 갈색 피모, 평범한 말 따위 조랑말이나 당나귀처럼 보이게 할 만큼 특출한 거대한 몸집, 유독 짧은 이마 갈기. 그리고 무엇보다, 콧잔등에서부터 가슴까지 마치 범처럼 독특한 물결무늬를 그리며 나타나 있는 흰 반점.

시헌이 망아지 때부터 애지중지 훈련시킨 밤색 말.

저 말을 잃은 이후, 시헌은 눈에 들어차는 말을 구하기 위해 긴 시간 팔도의 말 상인들을 수소문해야 했다.

"대단한 말이지요? 아버지께서도 무척 아끼셔서, 수년간 훈련만 할 뿐 실제 타고 나가신 적은 거의 없는 귀한 말이랍니다."

시헌은 얼음처럼 굳어 있었다. 그 이유가 훌륭한 말을 보고 감탄했기 때문이라고 여긴 콩쥐가 뿌듯한 표정을 지었다.

"낭자의 아버지께서는 이런 말을 대체 어디서 구하셨는지 궁금하오."

시헌의 말에, 콩쥐가 의기양양하게 대꾸했다.

"아버지를 만나고 나오실 때 아재비를 보셨다 하셨지요? 얼굴을 가리고 다닌다는 그 사람이요."

"보았소."

"그 아재비가 데려온 말이에요."

"……."

시헌이 나오는 것을 보자마자 몸을 돌리던 사내.

다시금 쭈뼛 소름이 돋았다. 서늘한 마구간의 냉기 탓일까. 아니면 시헌을 자극하는 어떤 악의가 느껴지기 때문일까. 등줄기가 오싹했다.

"이 말은…… 나이를 몇 살이나 먹었겠소?"

제 목소리가 타인의 것처럼 낯설다. 콩쥐의 손에 들린 초롱불이 윤기가 흐르는 말의 몸을 비추었다.

"글쎄요. 이 말이 집에 온 지 꽤 오래되었거든요. 아, 홍이 집에 오고 얼마 안 되었을 즈음이었으니 칠 년 전?"

시헌의 열다섯 살 생일. 늘 방 안에 틀어박혀 글월만 읽는 아들의 건강을 염려한 어머니께서 유명한 말 상인에게 구입하여 선물해 준 망아지. 망아지는 갓 세 살이 되어 막 훈련을 시작할 시기였다.

그때 이후로 십이 년이 흘렀다. 그러므로 이제 말의 수령은 열다섯 살이다.

"그때 예닐곱 정도로 보인다고 했으니, 지금은 열다섯 살쯤 되었을 겁니다. 아직은 한창 때지요."

"그렇구려."

시헌은 가까스로 답했다. 목이 시큰했다. 쓴물이 올라왔다. 대둔산에서의 기억이 빛처럼 점멸했다.

새카만 암흑, 잔뜩 긴장하여 날카롭게 곤두서 있던 신경, 멀찍이서 그들을 쫓던 말발굽 소리. 그리고 제 가슴에 등을 기댄 채 밭은 숨을 내쉬던 홍의 온기. 귀를 찢을 듯 요란하던 말의 울음소리와, 바닥에 내팽개쳐져 나뒹굴던 순간의 진흙 냄새. 흑암 속에서 저벅대며 들려오던 발소리.

바닥에 쓰러진 시헌과 홍 앞에 나타났던 땅딸막한 사내는 두건 같은 것을 뒤집어쓴 채 얼굴을 드러내지 않았다.

소름 끼치게 새카만 악의, 그 속에서 들리던 목소리.

"계집 하나에 사내 하나. 어디, 눈 맞아 야반도주라도 하는 연놈들이신가?"

"사내들이야 지겹도록 보지만, 저리 젊고 예쁜 계집이 제 발로 굴러 들어오는 경우는 흔치 않거든."

한동안 의식적으로 기억하지 않으려 애쓰던 그 목소리가 귓전에 속삭이기라도 하는 듯 선명하게 떠올랐다. 그 밤의 대둔산 같은 마구간의 암흑 속. 스멀스멀, 스멀스멀 다리 많은 벌레가 등줄기를 타고 올라오는 것처럼.

아는 목소리. 분명 들었던 목소리. 기껏 반 시진도 채 되기 전, 이 집 안에서 마주한 목소리.

"어르신, 누구입니까?"

"벌써 아씨께서 그럴 나이가 되셨습니까?"

그 사내였다.

시헌과 홍의 삶을 갈기갈기 찢어놓았던 사내. 그리고 콩쥐가 '최만춘의 수하'라고 표현했던 바로 그 사내의 목소리였다.

6장. 진실

시헌은 도망치듯 마구간을 빠져 나왔다. 빠르게 어둠이 내리기 시작한 것이 다행이었다. 환한 대낮이었다면, 콩쥐는 분명 이상한 낌새를 알아챘을 것이다.

콩쥐는 그 사내가 아주 어린 시절부터 집에 드나들었다고 말했다. 또한 '아재비'라는, 마치 가까운 친척이나 살가운 이웃에게 붙일 법한 호칭으로 그를 불렀다.

"아버지의 수하이니까요."

그 말을 내뱉는 콩쥐의 태도는 마냥 평온했다.

"이랴!"

시헌이 애마의 옆구리를 걷어찼다. 잠시의 휴식으로 기력을 되찾은 말이 어둠을 가르기 시작했다.

내달리는 말의 속도에 몸을 맡긴 그가 폐부로 쏟아져 들어오는 푸른 저녁 공기를 들이마셨다. 극심한 충격에 머리가 지끈거렸다. 식은땀에 젖은 등이 축축했다. 속이 메스껍고 오장육부가 뒤틀렸다. 실타래처럼 뒤엉킨 머릿속은 아수라장이나 다름없었다.

칠 년 전의 기억들. 잊지 않고 있었던 것들은 물론이거니와, 망각했던 것들마저 봉인이 깨어진 것처럼 와르르 쏟아졌다.

홍과 월야관, 외숙부와 최만춘. 시헌과 홍이 강행했던 깊은 밤의 도피. 그리고 대둔산…….

"최 향리가 대둔산 산적들을 소탕한 덕에 무사히 상단을 움직일 수 있었단다."

먼 기억. 대단히 흡족한 표정으로 최만춘을 칭찬하던 외숙부의 목소리가 떠올랐다.

최만춘은 애당초 대둔산 산적들을 토벌하기 위해 고용된 자였다. 향리 따위가 어떻게 산적들을 퇴치할 수 있었는지는 차치하고서라도, 이상하게 느껴지는 점이 한두 가지가 아니었다.

대둔산(大芚山).

험한 산세 속 우뚝 솟은 기암괴석들 사이, 산신(山神)과 용의 보금자리가 있다는 전설이 떠도는 산. 그 덕에 근방 사람들이 치성을 드리러 찾곤 하던 산은 언젠가부터 공포의 이름이 되었다.

산적들은 시헌과 홍이 그 장소를 지나치기 이전부터 악명을 떨치고 있었다. 한성으로 향하던 투전판 파락호 완은 대둔산길에서 죽음을 맞았다. 월야관을 드나들던 보부상 역시 대둔산 산적들에게 목숨을 잃었다.

순간 시헌이 말고삐를 잡아당겼다. 갑작스러운 행동에 말이 앞발을 들어 올렸다. 말발굽 아래 뿌연 흙먼지가 일었다.

스르르, 꼬여 있던 매듭이 풀린다.

완은 홍을 겁간하려 했다. 보부상 역시 신참례를 하는 도중 홍을 욕보이려 했었다는 말을 들었다. 두 사내는 홍을 해하려 했다는 공통점을 지니고 있었다. 그리고 둘 모두 대둔산에서 죽었다.

대둔산에서 시헌과 홍을 사로잡았던 사내는 최만춘의 수하였고, 그 와중에 잃어버렸던 시헌의 말은 최만춘의 소유가 되어 있었다…….

"허……."

시헌이 뜨거운 탄식을 쏟아냈다. 꽉 다물고 있던 잇새가 뻐근했다.

왜 하필 지금 그가 사경을 헤매던 시절, 사냥에 나섰다 유시에 맞아 불귀의 객이 되고 만 외숙부가 떠오른 것일까.

강영완에게 화살을 쏜 자가 누구인지는 끝내 밝혀지지 않았다. 외숙부의 죽음과 함께 그 악독한 밤의 비밀도 모두 파묻혔다. 아니, 파묻혔다고 생각했다.

"찾았어."

찾았다. 마침내 찾았어.

"찾았다고……."

시헌이 고통스럽게 중얼거렸다. 독약을 마신 것처럼 목구멍이 따끔거렸다.

칠 년. 홍과 시헌이 서로를 죽었다고 믿으며 보내야 했던 가혹하기 짝이 없는 세월. 그 책임을 물어야 할 사람을, 그날의 전모를 알고 있는 사람을, 칠 년간 스스로의 죄를 새기고 또 새기며 복수를 다짐했던 대상을 찾고야 말았다.

얼굴을 가리고 다니는 땅딸막한 사내는 콩쥐의 말 그대로 수하에 지나지 않을 것이다. 시헌은 최만춘에 대한 정보를 캐내기 위해 접근했던 아전이 내뱉었던 말을 상기했다. 그가 술잔을 밀어내며 말하길, '그에 대해서는 모르는 게 약'이라 했었던가.

시헌과 홍이 미처 알지 못하는 사이, 그들을 처음부터 따라다녔던 대둔산의 괴물. 끔찍하게 뒤엉켜 있던 더럽고 추악한 실타래가 펑 폭발했다.

"최만춘."

시헌이 복수해야 할 대상은, 대둔산의 첩첩산중에 숨어 있지 않았다. 그는 홍의 바로 곁에서 살고 있었다. 그녀의 지아비로서.

"홍아."

추악한 진실 앞에 치를 떨던 시헌이 홍의 이름을 내뱉었다.

최만춘. 그 끔찍한 작자가 홍과 같은 지붕 아래에 있지 않은가. 모르고 살던 시절에야 그럴 수 있었을는지 몰라도, 알고서는 결코 내버려 둘 수 없는 일이었다.

"안 돼."

아니 된다. 잠시라도 그 괴물 곁에 홍을 둘 수는 없었다.

"이랴!"

히힝! 말이 울부짖었다. 시헌을 태운 검은 말이 그사이 파도처럼 덮쳐 와 세상을 뒤덮은 암흑 속을 달리기 시작했다.

"마님, 어찌 나와 계십니까?"

꽃분이의 목소리. 홍이 뒤를 돌아보았다.

"잠깐 바람을 쐬고 있었어."

꽃분이가 흐흠, 콧소리를 냈다. 꽃분이가 들고 있는 소반 위 사발에서 모락모락 김이 솟아오르고 있었다.

"수정과를 데워왔어요. 이거 드시고 푹 주무십시오."

소반을 마루 위에 내려놓은 꽃분이가 홍의 눈치를 살폈다. 꽃분이가 들릴 듯 말 듯 하게 중얼거렸다.

"아까 일 때문에 놀라셨을 테니……."

"무슨 일?"

무심코 되묻던 홍이 아, 하고 외마디 소리를 냈다. 생각에 잠겨 있었던 탓에, 낮에 최만춘과 천 사이에서 난리가 났던 것을 잊고 있었다.

"마님께서는 처음 보시는 일일 테니까요. 기실 천 도령께서 뭐 그리 엄청난 죄를 지은 것도 아닌데……."

주절주절 떠들던 꽃분이가 아차, 싶었는지 입을 다물었다.

"그러니까 제 말은, 주인나리께서 잘못하셨다는 게 아니라……. 그렇게까지 역정을 내시는 걸 보는 건 하도 오랜만이라……."

변명을 주워섬기던 꽃분이가 홍의 눈치를 살폈다. 그러나 홍은 가타부타 대답하지 않았다.

무엇이 그를 그토록 분노케 한 것일까. 정말로 콩쥐 때문에? 천이 콩쥐에게 해코지를 할 것이라 여겼기 때문에?

최만춘은 딸을 무척 아꼈다. 대놓고 티를 내는 사람은 아니었으나, 그가 콩쥐를 소중히 여긴다는 것은 분명한 사실이었다. 그러나 천에게 했던 행동에는 확실히 꽃분이의 말처럼 지나친 데가 있었다.

아무리 딸을 아낄지언정, 그가 별것도 아닌 일로 그리 이성을 잃어버릴 만한 사람이던가.

아니다. 홍이 보아온 최만춘은 절대 그럴 사람이 아니었다. 최만춘은 무슨 일이 있어도 흐트러진 모습을 보이지 않는 사람이었다. 먼 과거, 월야관에서 홍을 욕보이던 보부상을 제압하던 순간에조차 최만춘은 감정이 없는 사람처럼 싸늘했다. 그는 그런 사람이었다.

"나는 괜찮다. 꽃분이 너야말로 놀란 것 아니냐?"

"아, 아닙니다요. 저야 이런 일에는 익숙하니까……."

꽃분이가 내뱉은 말 한 마디가 홍의 주의를 환기시켰다.

"이런 일에 익숙하다고?"

꽃분이의 말이 영 이상하게 들려, 홍은 반문했다.

최만춘은 천을 모욕했고 가혹하도록 그를 짓밟았다. 그것이 어찌 익숙할 수 있는 일이란 말인가.

"뭐……. 몸종들이 큰 실수를 하였을 때는 응당 벌을 받아야 하는 것이니까요. 매 맞는 일 정도야, 뭐……."

꽃분이가 힐끔대며 홍의 눈치를 보았다.

"아무래도 쇤네가 괜한 소리를 했나 봅니다……. 어쨌든 마님께서 이곳에 오신 이후로 그런 일은 거의 없었습니다. 그리고 주인마님께서 직접 매질을 하는 것도 아니니까요."

꽃분이의 말은 홍을 더욱 혼란스럽게 했다.

콩쥐가 말하는 최만춘은 제 아내를 죽인 잔인한 사람이었다. 그리고 꽃분이가 말하는 최만춘은 잘못을 저지른 자들에게 자비 없는 주인이기도 했다.

그러나 홍이 아는 최만춘은?

한없이 너그럽고, 따뜻하며, 하해와 같은 이해심을 가진…….

비로소 홍은 깨달았다. 잔인함도, 다정함도 모두 최만춘의 얼굴이다. 악의도 그의 것이었고, 선의 역시 그의 것이었다.

"저는 단이 아닙니다. 단이 될 수 없습니다."

"제게는 제 이름이 있습니다. 홍, 홍이라는 이름……."

홍이 '단'이라는 이름을 거부했을 때, 최만춘의 눈동자에 새겨지던 그 섬뜩한 빛. 그때 최만춘을 자극한 것은 콩쥐도, 천도, 혹은 그들의 다툼도 아니었다.

홍이 던진 말. 그의 죽은 아내의 이름이 아닌, '홍'이라는 제 이름을 되찾고 싶다는 그녀의 말이 그의 절제심을 무너뜨린 것이리라.

"별당마님……. 괜찮으십니까?"

"괜찮지 않을 것이 무어 있겠어? 이제 그만 가봐도 된다."

"예. 알겠습니다, 마님."

말실수 때문인지 꽃분이는 확연히 기가 죽은 듯했다.

"꽃분아."

홍이 꽃분이의 어깨에 살며시 손을 놓았다. 꽃분이는 꿈에도 모를 테지만, 이는 그녀가 건넬 수 있는 최대치의 작별 인사였다.

오늘 밤, 홍은 시헌과 함께 완주를 떠날 것이다. 시헌의 말처럼 다른 이들에 대해서는 생각지 않기로 했다. 그러니 꽃분이를 보는 것도 이것으로 마지막이겠지.

"왜 그러십니까, 마님?"

멀뚱대던 꽃분이가 물었다.

"고마워서 그래."

함께한 긴 세월이 고마워서 그러했다. 처음 이곳에 발을 디뎠을 때 세상을 놓은 듯 무기력했던 홍이었다. 꽃분이는 그런 그녀를 보듬으며 칠 년의 세월을 수족처럼 헌신했다.

"마님도 참. 제가 하는 일이 뭐 있다고요."

쑥스러운지 시선을 피하면서도, 꽃분이의 입가엔 웃음이 걸려 있었다.

"저는 아궁이를 살펴보고 들어가 쉬겠습니다. 마님께서도 너무 늦게까지 깨어 있지는 마시어요."

꽃분이가 홍을 보며 배시시 웃었다.

고마운 아이. 마음 같아선 무엇이라도 쥐여주고 싶었으나, 기실 홍이 가진 것들 대부분은 최만춘의 재산이었다. 마지막이 될 순간에도 저를 위해 부산하게 움직이는 꽃분이를 바라보던 홍의 눈빛이 먹먹하게 가라앉았다.
"고마워."
멀어지는 꽃분이의 등을 향해 홍은 다시금 말을 건네었다.
마침내 홍은 혼자가 되었다. 그녀의 시선이 멀지 않은 곳에 자리한 자그마한 내별당 처마로 향했다.
팔쥐가 머무는 방. 그러나 일찌감치 잠들었는지 방의 불은 꺼져 있었다.
타닥타닥, 얼마 남지 않은 등불의 심지가 타는 소리. 반닫이를 열어 어두운 색 장옷이며 발이 편한 갖신을 꺼낸 홍이 등잔불을 후 불어 껐다.
최만춘의 집에서 맞는 마지막 밤이었다. 시헌이 머잖아 그녀를 찾아올 것이다. 그 후에는 그의 손을 붙잡고 함께 떠나가리라.
가난한 반가의 딸로 태어났던 첫 번째 생. 월야관에 팔려가, 창기라는 비참한 운명을 짊어졌던 두 번째 생. 그리고 새로운 삶을 꿈꾸었으나 철저히 실패하여 나락으로 떨어진 이후 찾아왔던 세 번째 생.
이제 그 모든 것과의 작별이었다. 어둠이 몰려가고, 희고 아름다운 아침이 밝아오면 홍의 네 번째 생이 시작되는 것이다.
"하……."
미동 없이 누워 있던 홍이 낮은 한숨을 내쉬었다. 얼마나 시간이 지났는지 감이 오지 않았다. 극도의 긴장 탓에 정신은 완전히 말똥말똥했다. 사방은 소름 끼칠 만큼 고요했고 여전히 주변은 암흑에 갇혀 있었다.
그때였다. 느리고, 지극히 조심스럽고, 은밀한 발소리.
홍이 자리에서 벌떡 일어났다. 곁에 놓아두었던 장옷과 갖신을 집어 들던 홍의 손이 멈칫했다.
혹시라도 시헌이 아닌 다른 이라면? 최만춘이거나, 꽃분이거나, 팔쥐나 콩쥐거나…….

"홍."

들릴락 말락, 아주 낮고 조용한 시헌의 목소리. 긴장한 채 경직되어 있던 홍이 작게 안도의 한숨을 내쉬었다. 그녀가 조심스럽게 문을 열었다.

보름달이 뜬 밤. 처마 위에 걸린 달빛이 시헌의 어깨 위로 쏟아진다. 홍은 시헌을, 시헌은 그녀를 본다. 한가로이 서로의 모습을 감상하고 있을 만큼 여유로운 상황이 아니라는 것쯤은 둘 모두 잘 알고 있었다. 그러나 그들은 잠시간 닿은 시선을 떼지 못했다.

마침내 숨을 고른 홍이 손에 들고 있던 장옷을 펼쳐 들었다. 검푸른 비단 자락이 밤공기를 머금고 부풀어 올랐다. 밤빛을 닮은 옷으로 몸을 숨기고 옷깃을 여몄다.

그제야 비로소 실감이 났다. 오늘 밤 떠난다는 것이. 이 집을 떠나, 시헌과 새 삶을 향해 나아간다는 사실이 선명하게 와 닿았다.

"선비님."

그러나 최만춘이 돌아왔음을 알리는 것이 먼저였다. 홍은 시헌이 이미 최만춘과 대면했다는 사실을 알지 못했다.

"그 사람이…… 집으로 돌아왔어요."

"알고 있다."

그런 것 따위 아무 상관 없다는 듯 시헌은 홍을 향해 손을 내밀었다.

"가자."

시헌은 홍을 더 이상 이 집 안에 둘 수가 없었다.

최만춘은 홍과 시헌을 갈라놓은 장본인이었다. 그는 그들을 헤아릴 수 없는 고통의 구렁텅이로 밀어 넣었다. 그랬으면서 은혜를 베푼 선량한 사내의 가면을 쓴 채 홍을 곁에 두고 있었던 것이다. 그것이 최만춘의 끔찍한 민낯이었다.

긴 세월 동안 시헌이 바란 것은 오직 복수뿐이었다. 대둔산 산적들을 토벌하고 그 우두머리의 목을 베겠다는 신념만이 그를 지탱했다. 그러므로 최만춘을 무너뜨리고, 넘어뜨리고, 갈기갈기 찢어버리고 싶은 시헌의 욕망은 지극히 당연한 것이었다.

최만춘은 용서받지 못할 괴물이었다. 시헌은 괴물의 목줄기에 칼을 꽂기를 원했다. 그의 눈을 멀게 하고, 혀를 뽑아내고 싶었다. 그의 피만이 지난 고통을 씻어낼 수 있으리라 믿었다.

하지만 지금 시헌 앞에는 그보다 훨씬 중요한 일이 놓여 있었다.

"홍아. 이제 떠날 시간이다."

과거에 얽매어 또다시 일을 그르칠 수는 없다. 복수를 갈망하던 시절의 시헌은 미래가 없는 삶을 살고 있었다. 아무 의미 없는 생이었기에 미래 역시 궁금하지 않았다. 그런 까닭에 그는 오로지 과거를 밝히기 위해 매달렸다.

그러나 이제 시헌에게는 홍이 있었다. 홍과 함께할 미래와 새로운 삶이 있었다. 그러므로 그는 과거를 묻기로 했다. 누가 제 몸을 망가뜨렸는지, 무슨 이유로 그들을 죽은 사람으로 만들었는지 따위 더 이상 궁금해하지 않기로 했다.

비겁하다 해도 좋았다. 겁쟁이라 해도 상관없었다. 시헌은 최만춘을 향한 눈을 질끈 감은 채, 홍과 함께 새 삶을 향해 걸어갈 것이다. 그들은 떠날 것이고, 모든 고통스러웠던 것들은 뒤에 남겨질 것이었다.

"가자, 홍아."

"예, 선비님."

홍이 시헌이 내민 손을 잡았다. 서늘한 손끝이 그의 손바닥을 긁었다. 그 간질간질한 감촉에 왈칵 마음이 벅찼다.

그 순간, 멀찌감치서 일렁이는 빛무리. 그 빛은 그들을 향해 다가오고 있었다.

저벅저벅. 사람의 발소리.

홍이 다급히 숨을 삼켰다. 선택의 여지가 없었다. 시헌은 별당과 담장 사이의 틈으로, 홍은 다시금 방 안으로 급히 뛰어 들어갔다. 방문이 살짝 닫힘과 동시에 뜰이 확 밝아졌다.

"으음……."

최만춘의 손에 들려 있던 초롱이 어룽어룽 흔들렸다.

최만춘은 선불리 입을 열지 않은 채 홍의 방문을 응시하고 있었다. 방 안에는 장옷을 벗어 황급히 이불 안에 감춘 홍이 숨을 고르는 중이었다. 또한 최만춘으로부터 고작 몇 걸음 떨어진 담벼락 아래는 시헌이 숨죽인 채 그를 주시하고 있었다.

기묘하고 묵직한 침묵이 내려앉았다. 별당 뜰은 등골이 오싹할 만큼 고요했다. 홍과 시헌은 숨소리조차 제대로 내지 못했다.

'어떻게 해야 하지.'

홍이 마른침을 삼켰다. 그 소리마저 섬뜩하도록 크게 느껴졌다. 바람에 흔들리는 불빛이 이곳저곳에 빛무리를 만들었다.

이러다 숨어 있던 시헌이 발각되기라도 한다면 큰일이다. 작심한 듯, 입술을 잘근 깨문 홍이 방문을 열었다.

"나리."

쏟아져 들어오는 불빛에 홍은 잠시 눈을 감았다.

"나 때문에 깬 것이냐?"

"아니요. 잠이 오지 않아 뒤척이고 있었습니다."

홍을 바라보던 최만춘의 눈에 작은 의구심이 어렸다.

이슥한 밤. 그 역시 홍이 깨어 있으리란 기대를 품고 별당을 찾은 것은 아니었다. 그러나 홍은 잠자리에 누워 있던 사람처럼 보이지는 않았다. 소복이 아닌 평복 차림에, 쪽을 풀어 내리긴 했으나 머리 역시 막 땋아 내린 것처럼 단정했다.

"아……. 잠시 뜰이나 거닐까 싶어 옷을 입었습니다."

최만춘의 미심쩍은 눈빛을 알아챈 홍이 재빨리 대꾸했다.

그녀의 머릿속엔 어서 최만춘을 돌려보내야만 한다는 생각뿐이었다. 도망치는 것은 그 이후의 문제다. 시헌은 검을 가지고 있었고, 최만춘 역시 늘 무기를 소지했다. 최만춘이 시헌의 존재를 깨닫게 되는 순간 일은 걷잡을 수 없이 커질 것이다.

"한데 이 시각에 무슨 일로 여기까지 오셨습니까?"

홍의 목소리는 차분했다. 그녀는 동요하는 기색을 보이지 않기 위하여 혼신의 힘을 다하고 있었다.

"낮에 있었던 일 때문에 놀랐을 것이라 생각하여 잠시 왔다."

"천이라는 도령의 일 말입니까?"

최만춘이 고개를 끄덕였다.

"내 본의가 아니었음을 네게 설명하고 싶었다. 날이 밝은 후에 대화를 청하는 것이 옳았겠지만, 급히 나가야 할 일이 생겼거든. 부득이하게 며칠간 또다시 출타하게 되었구나."

"또…… 집을 비우신다고요?"

"위쪽에 일이 있어 간다. 오래 비우지는 않을 것이다. 길어야 이틀이나 사흘 정도……."

"아, 예……."

혹시나 제 목소리에 안도하는 기색이 드러나지나 않았을까 싶어, 홍은 슬그머니 시선을 떨어뜨렸다.

"하여…… 네게 미안하다는 말을 하고 싶었다."

"제게 미안하실 것 없습니다."

"놀랐을 것이다. 그로 인해 나를 다시 보게 되었을지도 모르지. 모두 내가 부족하여 생긴 일이다."

"저는 크게 마음 쓰지 않았습니다."

홍이 정말로 대수롭지 않다는 듯 대꾸했다. 물론 진심은 아니다. 지금은 그를 내보내야 한다는 사실 외에 다른 생각을 할 겨를이 없을 뿐이었다.

"너는 왜……. 마음을 쓰지 않았느냐?"

"예?"

"너는 왜 내게 마음 쓰지 않았다고 말하는 것이냐."

최만춘의 물음은 예상치 못한 것이었다. 홍은 대꾸할 말을 찾지 못했다.

"너와 내가 이곳에서 함께한 지 어언 칠 년이 지났다. 나는 네 앞에서 단 한 번도 화를 내거나 싫은 표정을 지은 적이 없었지. 그런 내가 돌변하여 사람을 때리고, 짓밟고, 모욕했음에도 정녕 마음이 쓰이지 않더냐?"

"나리……."

"너에게 나는 그런 사람인 게냐? 무엇을 하든, 어찌하든 마음 쓸 가치조차 없는……."

최만춘이 말끝을 흐렸다. 아주, 아주 지친 표정으로.

"제게 화가 나셨습니까?"

"아니. 화가 난 것이 아니다. 그저…… 야속하구나. 칠 년이라는 세월조차도 단이 네 마음을 움직이기에는 부족한 듯하여."

홍이 고개를 들어 최만춘을 보았다. 마음이 급했지만, 이 말만은 꼭 해야만 할 것 같았다.

"나리. 제게 칠 년은…… 사람 하나를 잊기에도 부족한 시간이었습니다."

홍의 목소리는 차분하고 단정했다. 최만춘뿐 아니라 시헌 역시 그녀의 말을 듣고 있었다. 시헌의 마음은 뜨겁게 벅차올랐으나, 최만춘에게는 날아와 꽂힌 비수나 다름없는 말이었다.

"너를 탓하거나, 무언가를 강요하려던 것은 아니었다."

불현듯 최만춘이 홍을 보며 쓰게 웃었다.

"하지만 믿는다. 단이 너도 언젠가는 내 마음을 알아주겠지. 단지 시간이 더 필요한 것 아니겠느냐."

"……."

"너를 향한 내 마음은 변하지 않는다, 단아."

단. 최만춘이 제 손으로 죽였다는 그의 부인의 이름.

"나리께서는……."

이제 떠나려는 듯, 몸을 돌리던 최만춘이 홍을 바라보았다.

"홍이 아닌, 단이라는 분을 사모하시는 것 아닙니까?"

"……."

최만춘의 침묵은 묵직했다.

그는 문득 제 곁을 짧게 살다 간 여인의 모습을 떠올린다. 비스듬히 치켜 올라간 검은 눈썹, 늘 촉촉하게 젖어 반들거리던 눈동자, 끝이 살짝 올라간 긴 눈초리, 연지로 물들인 불그레한 입술.

최만춘은 단을 보듯 홍을 본다. 단의 눈동자, 단의 입술, 단의 눈썹과 뺨을.

가혹한 운명.

젊은 최만춘이 반가의 노비 신분인 아름다운 여인에게 마음을 빼앗긴 것은 인력으로 제어할 수 없는 이끌림이었다. 그러나 그의 연정을 눈치챈 부하가 그녀를 사들여 최만춘의 방으로 밀어 넣은 것은 그의 선택은 아니었다.

만취했던 최만춘으로서는 기억조차 나지 않는 밤이었다. 그렇게 단은 그의 여인이 되었고, 그것은 그들 모두를 불행으로 몰고갔다.

젊은 날의 최만춘은 지금의 그처럼 감정을 제어하는 데 능하지 못했다. 최만춘은 단에게 헌신했다. 아니, 그것은 헌신을 넘어선 숭배였다. 단이 저를 멀리할수록, 그를 외면하면 할수록 소유욕은 점점 더 불타

올랐다.

단이 혼인을 약조했던 노비 시절의 정인을 그리워하는 듯한 모습을 보일 때마다 최만춘은 잔인해졌다. 집은 단을 가두어두는 감옥이 되었다. 단은 누구도 만나지 못했고 어디에도 마음대로 가지 못했다.

그리고 콩쥐가 태어난 지 얼마 되지 않은 어느 봄날. 단은 그들의 집에서 허드렛일을 하는 사내종과 사랑에 빠지는 것으로 저를 속박하는 지아비에게 복수했다.

단이 사랑한 사내는 죽음을 맞았다. 최만춘이 그를 죽였다. 그의 숨통을 끊는 순간에도 최만춘은 일말의 가책을 느끼지 않았다.

그러나 단의 죽음은, 최만춘이 의도한 바는 아니었다.

"나리."

상념에 잠긴 최만춘에게 홍의 목소리가 들려왔다. 퍼뜩 정신이 들었다.

그녀를 보고 있으면 정신이 혼미해진다. 새까만 눈동자는 단을 닮았다. 아름다운 눈썹과 매끈한 미간도, 아담한 콧대도, 작은 입술도 단을 닮았다. 그리하여 홍을 처음 본 순간 최만춘은 감히 미동조차 할 수 없었다.

"남은 이야기는 일을 마치고 돌아온 후에 하도록 하자."

"예, 나리."

"네 물음에 대한 답 역시 돌아와 들려주겠다."

최만춘이 고개를 들어 하늘을 보았다. 달은 이미 중천을 넘어 동녘으로 기울었다. 떠날 시간이다. 그에게는 갈 곳이 있었다.

"시간이 늦었다. 이만 잠자리에 드는 게 좋을 것 같구나."

"예, 나리. 살펴 가시옵소서."

최만춘에게서 시선을 떼지 않으며 홍은 천천히 인사를 전했다.

너무 슬퍼하지 말기를. 그리고 평안히 살아가기를.

홍은 최만춘에 대해 알지 못했다. 운명의 장난질에 휘말려, 그녀와 시헌 사이의 거대한 장애물이 되어버린 사내라고 생각할 뿐이다. 그를 원망하고 싶지는 않았다.

"살면, 살아가면 안 되겠느냐? 살고픈 생각이 들지 않아도, 조금만 인내하여 네 삶에 기회를 주면 아니 되겠느냐?"

그날, 자진하려 마음먹었던 홍에게로 찾아온 최만춘이 건넸던 말. 그의 청이 아니었다면 홍은 이미 세상을 등졌을 것이다.

최만춘은 홍에게 인내하라 했다. 인내하여 그녀의 삶에 기회를 주라 했다. 칠 년이 흐른 후, 그의 말은 마치 예언처럼 이루어졌다. 그런 까닭에 원망은 가당치 않았다.

기나긴 세월 동안 최만춘은 오직 홍 하나만을 바라보며 살았다. 그의 헌신 앞에 마음 한 자락 나눠주지 못한다는 사실이 홍은 늘 죄스러웠다. 그가 사랑하는 것이 그녀가 아닌 '단'이라는 것을 깨달았지만 죄책감은 완전히 사라지지 않았다.

최만춘이 몸을 돌렸다. 그의 너른 등이 어둠 속에서 움직였다.

그리고 최만춘으로부터 고작 몇 발짝 너머에 모습을 감추고 있었던 시헌의 손은 환도(環刀) 위에 놓여 있었다.

최만춘은 무방비 상태였다. 그리고 별당은 너른 집 안에서도 폐쇄적인 공간이었다. 단숨에 급소를 베어 죽인다면 그 누구도 알지 못할 것이다. 집안 몸종들은 대부분 여인들이었고, 사내종이라 한들 시헌의 상대가 될 리 만무했다. 머지않은 곳에 말을 매두었으니, 발각된다 해도 그들을 따돌리고 홍과 함께 떠나가면 그만이었다.

어쩌면 이건, 마지막으로 하늘이 내려준 복수의 기회가 아닐까.

비좁은 틈. 시헌은 천천히 구부렸던 등을 폈다. 그의 손에 단단한 검자루가 잡혔다. 부서졌던 뼈가 붙고 망가졌던 몸이 회복된 이후 한시도 손에서 뗀 적 없는 장검이었다.

한때는 붓이, 또 한때는 투전판의 투패를 쥐는 것이 전부였던 손. 거친 일이라고는 해 본 적 없는 선비의 손이 검을 제 몸처럼 여기게 된 것 역시 최만춘의 업(業)이리라.

시헌이 검파를 꽉 쥐었다. 그 순간─

"홍."

걸음을 떼던 최만춘의 목소리. 튀어나가기 위해 잔뜩 몸을 도사렸던 시헌이 움찔했다. 마침내 떠나는 최만춘을 바라보던 홍 역시 마른침을 삼켰다.

그리고 그녀는 깨달았다. 그가 저를 단이 아닌 홍이라고 불렀던가.

"나는 네가 곁에 있어주는 것만으로 족하다. 네게 괜한 투정을 부렸음을 용서해 다오."

"아닙니다, 나리."

"홍이라 불리길 바란다면 그리하겠다. 원하는 것이 있다면 무엇이든 들어주겠다. 네가 나의 곁에 머무는 것으로 족해. 내가 바라는 것은 오직 그뿐이다."

홍은 대답하지 못했다. 최만춘이 가진 단 하나의 바람은, 홍으로서는 결코 들어줄 수 없는 것이었으므로.

"이만 가겠다."

최만춘의 걸음이 별당 뜰을 가로질렀다. 홍은 그의 뒷모습을 바라보며 서 있었고, 시헌 역시 떠나가는 최만춘을 응시하고 있었다.

그의 등을 마주하고 있었을 홍에게는 보이지 않았을 것이다. 떠나가는 최만춘의 표정이 어떠하였는지. 그러나 시헌은 달빛에 비친 최만춘의 얼굴을 똑똑히 보았다.

고통과 절망, 깊은 슬픔.

그는 이미 벌을 받고 있었다. 홍이 그를 사랑하지 않는다는 사실 자체가 최만춘에게는 형벌이었다. 홍을 잃은 최만춘은 죽음보다 더 큰 고통에 빠질 것이다. 그에게는 그것이 가장 잔혹한 단죄였다.

시헌이 검을 잡았던 손을 거두었다. 최만춘의 발소리가 사라지고 고요만이 남았을 무렵, 시헌은 다시 모습을 드러냈다.

행랑채 너머에서 마구간 문 여닫히는 소리가 났다. 말들이 스산하게 울었다. 이윽고 들려오기 시작한 말발굽 소리가 점점 멀어져 갔다.

"괜찮은 게냐?"

"괜찮습니다. 어찌 아니 괜찮겠습니까."

순간 홍의 눈에서 눈물 한 방울이 툭 떨어졌다.

"괜찮다 하더니 어찌 눈물을 흘리는 거야."

시헌의 물음. 그의 걱정스러운 눈길 앞에서 홍은 천천히 고개를 저었다.

"행복해서요."

이 시간을 너무나 오래 기다렸기에, 마침내 시헌과 둘만의 삶을 살아갈 수 있게 되었기에 흐르는 기쁨의 눈물. 시헌이 홍의 뺨을 적시는 눈물을 닦아주었다.

"죽음이 우릴 갈라놓을 때까지, 영원히 행복할 게다."

"죽음이 우리를 갈라놓을 때까지 영원히."

홍은 시헌의 말을 따라 되뇌었다. 당연하게도 그들의 사랑은 죽음보다 강하다. 죽음은 칠 년간 홍과 시헌의 삶을 관통했지만 그들의 사랑을 꺾지 못했다.

"가자."

빠른 걸음으로 그들은 별당 뒤편에 나 있는 작은 문으로 향했다. 순간 앞서나가던 시헌이 자리에 멈춰 섰다.

담벼락 아래 기척 없이 서 있는 작은 체구의 여인. 혈색이 느껴지지 않는 가무잡잡한 얼굴은 눈물로 젖어 있었다.

"팔쥐."

그녀의 정체를 깨달은 시헌이 작게 중얼거렸다. 그의 기억 속에서 늘 땅바닥에 고개를 처박고 다니던 아이는 제법 처녀티가 나는 여인으로 성장해 있었다.

"팔쥐야."

홍이 팔쥐에게 다가섰다.

투둑, 팔쥐의 눈에서 굵은 눈물방울이 떨어졌다. 뺨을 타고 흐른 눈물이 팔쥐의 입으로 흘러들었다. 눈물에서 지독하게 짠 맛이 났다.

"이, 인사하려고……."

팔쥐가 더듬더듬 중얼거렸다.

팔쥐는 오래전부터 이 자리에 있었다. 홍은 언제 떠날 것이라 말해주지 않았지만 그것이 곧 닥칠 일이라는 것을 팔쥐는 예상할 수 있었다. 그날도 그러했으니까. 떠날 것을 고백한 그날 밤 홍은 시헌과 야반도주를 했었다.

"팔쥐야."

팔쥐의 뺨에 흐르는 눈물을 정성껏 닦아준 홍이 작은 손을 꼭 잡았다.

"어, 언니……."

따뜻했다. 포근한 손길이었다. 그 온기만으로도 마음에 뻥 뚫린 구멍이 메워지는 것 같았다.

많은 기억들이 떠올랐다.

팔쥐는 그들의 첫 만남을 기억하지는 못했다. 단지 아는 것은, 사람의 손길이 필요한 모든 순간에 홍이 곁에 있었다는 것 정도일까. 마마에 걸려 펄펄 열이 끓던 팔쥐의 곁을 지켜준 이도 홍이었고, 험한 일에 지친 손을 감싸주는 것도 그녀뿐이었다.

홍은 외톨이였던 팥쥐의 삶에 존재하는 유일한 온기였다. 어미에게 버림받고 모두에게 멸시받았던 팥쥐에게 홍은 우상이었고 빛이었다.

하지만 여기까지다. 팥쥐는 홍에게 죄를 지었다. 돌이킬 수 없는 짓을 벌였다.

"가, 언니."

가. 그 말 한 마디를 내뱉는 게 어찌나 힘들고 고통스러운지 모른다. 그러나 팥쥐는 다시금 용기를 냈다.

"어서 가. 코, 콩쥐나 다른 이들에게는 내, 내가 최대한 둘러댈 테니까……. 어서, 어서 가……."

"홍아, 가자."

시헌이 홍을 잡아끌었다. 홍의 손을 먼저 놓은 것은 팥쥐였다. 쪽문이 열리고, 손을 꽉 잡은 시헌과 홍의 발이 문밖의 세상을 밟았다.

마지막 순간, 홍과 팥쥐의 시선이 마주쳤다. 팥쥐가 손을 들어 올렸다. 휘휘, 망설이지 말고 어서어서 멀리 가라는 듯이.

"흐윽……."

팥쥐의 눈에서 뚝뚝 눈물이 떨어졌다. 하고 싶은 말이 무척이나 많았는데 목구멍이 꽉 막혀 말이 나오지 않았다. 가득 차오른 눈물 탓에 멀어지는 홍의 뒷모습은 물 위에 뜬 달처럼 이지러지고 있었다.

홍이 행복했으면. 부디 행복했으면. 팥쥐의 바람은 오직 그뿐이었다.

들썩이는 팥쥐의 어깨 위로 칠 년 전 그 밤의 기억이 떠올랐다. 그녀가 홍에게 씻을 수 없는 죄를 지었던 그날이.

둥, 둥둥, 두둥.

홍을 더해가는 거문고 소리. 기생들의 웃음소리와 여흥에 취한 사내들이 내뱉는 혀 꼬부라진 말소리. 고작 열 살 어린 나이였지만, 팔쥐에게는 일상이나 다름없는 밤의 소음들.

팔쥐는 기방에서 태어났고 기방에서 자랐다. 사람들은 제가 밖에서 주워온 아이라고 하였지만, 행수와 소화의 밀담을 엿들은 덕에 팔쥐는 옥련이 제 어미라는 사실을 알고 있었다.

그러나 누가 어미인지 따위는 팔쥐에게 별 의미 없는 얘기였다. 애당초 어미가 무엇이고 아비가 무엇인지 가르쳐 주는 이도 없었고, 제 처지와 비교할 만한 또래 동무도 존재하지 않았다. 그저 매질이나 안 당하고 험한 일이나 덜 시키면 그뿐이었다.

천대받고 있었지만 팔쥐에게는 월야관이 집이다. 그리고 그 세상 속에서 팔쥐에게 정을 준 이는 오직 홍 하나뿐이었다.

"으흐흑……."

팔쥐는 흐느끼고 있었다. 사람들 눈에 띄지 않을 법한 담벼락 아래 숨어 하염없이 울고 있었다.

"팔쥐야, 나는 떠날 거야."

"나는 떠나야만 해. 오늘 밤, 나는 떠날 거야. 나는 그렇게 결정을 내렸어."

팔쥐의 전부나 다름없던 홍은 그녀에게 작별을 고했다. 홍은 제 삶을 찾아간다 했다. 행복해지기 위해 떠나는 것이라고, 기생의 운명을 벗어나 정인과 함께 새로운 생을 살겠노라고. 그녀는 언젠가 꼭 팔쥐를 데리러 오겠다며 비밀을 지켜달라고 했다.

홍의 청을 거절하는 것은 있을 수 없는 일이었다. 당연하게도 팔쥐는 그녀와의 약속을 지키기로 마음먹었다.

그러나 슬픔마저 어찌할 수는 없었다. 그리하여 열 살 팥쥐는, 인적 없는 기방 구석에 쪼그리고 앉아 밤이 이슥하도록 눈물을 쏟는 중이었다.

혹시라도 다른 이의 눈에 띄었다간 곤란한 일이 생길 것이다. 팥쥐가 애착을 갖는 대상이 오직 홍뿐이라는 사실을 모두가 알고 있었다. 펑펑 울고 있는 꼴을 본 누군가가 홍이 벌일 일을 눈치채기라도 했다간 큰일이었다.

팥쥐는 홍이 행복하기를 바랐다. 절대로 그녀의 행복을 방해하고 싶지 않았다.

"흐흑……."

그때였다. 새카만 그림자가 웅크려 앉아 울고 있던 팥쥐의 위로 드리워졌다.

"어찌 그리 우느냐."

묵직한 목소리는 따뜻했다. 팥쥐가 고개를 들었다.

"나리……."

거구의 사내가 딱한 시선으로 팥쥐를 내려다보고 있었다. 제게 말을 건네는 이가 최만춘이라는 것을 확인한 팥쥐가 자리에서 벌떡 일어섰다.

"받아라."

제 코앞에 내밀어진 하얀 무명천. 엉겁결에 천 조각을 받아 든 팥쥐가 최만춘을 올려다보았다. 그녀는 다소 어리둥절한 표정이었다.

"눈물을 닦아라."

"아, 예……."

팥쥐는 평소 우는 일이 거의 없는 독한 성격이었다. 설령 눈물콧물이 났다 해도 옷소매로 쓱 닦으면 그만이었다. 최만춘이 내민 무명천이 눈물을 닦는 용도라는 걸 그제야 깨달은 팔쥐가 조심조심 뺨에 난 눈물자국을 지웠다.

"고, 고맙습니다요……."

참 좋은 나리님이다. 저처럼 하찮은 것을 지나치지 않고 돌보아주시다니. 울어서 가뜩이나 북받친 마음이 더욱 시큰했다.

"팔쥐야."

"예……. 예, 나리."

최만춘이 몸을 낮추어 팔쥐와 눈높이를 맞추었다. 당황한 팔쥐가 눈을 끔벅거렸다. 눈꼬리에 맺혀 있던 눈물 한 방울이 또르르 흘러내렸다.

"내게 말해보아라. 어이하여 이리 울고 있는지. 평소 참으로 강한 아이인 줄 알았거늘."

"그, 그것이……."

마주친 시선. 최만춘의 눈은 검고 깊었다.

그의 눈을 마주 보던 팔쥐가 슬그머니 시선을 떨어뜨렸다. 마음이 찢어질 것처럼 아팠다.

홍이 떠난 후에는 이 좋은 나리께서도 더 이상 월야관을 찾아오지 않으시겠지. 그때가 되면 팔쥐에 대해 마음 써주는 이는 단 한 명도 남지 않을 것이다. 그런 생각만으로도 외롭고 사무쳤다.

"홍에게 무슨 일이 있는 게냐?"

당황한 팔쥐가 고개를 들었다. 제 마음이라도 읽은 건가, 싶어 팔쥐의 심장이 철렁했다.

"그, 그런 건 아, 아, 아니고……."

"한데 늘 씩씩하던 네가 어찌 이리 서럽게 울고 있는 게냐."

"그, 그게……."

"팔쥐야. 내게는 말해도 된다."

내게는 말해도 된다- 그 말이 얼마나 따뜻하고 달콤하게 들렸는지 모른다.

부모도, 위안 받을 온기도, 누군가의 애정도 없이 짐승이나 다름없는 취급을 받으며 살아온 팥쥐였다. 홍 하나만이 세상의 전부라 여기고 살던 열 살 계집아이의 마음은 어쩔 수 없이 이리저리 흔들렸다.

"호, 혼자가 되는 게 싫어서요……."

"어찌 혼자가 되겠느냐? 네게는 홍이 있지 않으냐."

투둑. 애써 참으려 노력했지만 순식간에 눈물이 또다시 뺨을 적셨다. 다시 터진 눈물은 좀체 그치지 않았다. 최만춘 앞에서 울음을 터뜨렸다는 사실이 부끄러워, 팥쥐는 고개를 푹 수그렸다.

"음……."

최만춘의 미간에는 깊은 고민의 흔적이 새겨져 있었다. 한동안 침묵을 지키던 그가 입을 열었다.

"어차피 홍은 기생이니, 별다른 일이 없는 한 월야관에 머물 것이다. 그러니 혼자 될까 걱정할 필요 같은 건 없지 않겠느냐?"

"예……."

팥쥐가 주눅 든 목소리로 대답했다.

최만춘이 팥쥐의 마음을 어찌 알겠는가. 홍에게 비밀을 지키겠노라 약속했으니 그의 말에 수긍하는 척이라도 하는 수밖에 없었다.

"세상물정 모르는 젊은 기생이, 못된 자의 꾐에 빠져 화를 자초하는 일이 있긴 하지. 하지만 홍은 현명한 여인 아니더냐. 걱정할 필요 없을 것이다. 그러니 눈물을 그치거라."

"……."

울음을 삼키고 있던 팥쥐가 고개를 들었다.

"화를 자초해요?"

최만춘의 말 중에 영 거슬리는 부분이 있어, 팥쥐는 결국 질문을 던졌다.

"세상에는 좋은 사람만 있는 것이 아니거든. 혼인을 하자거나, 자유를 주겠다거나 하는 말로 순진한 기생을 꾀어내어 도망치려는 자들이 왕왕 있다."
팔쥐의 시선이 크게 요동쳤다.
"그, 그런 후에는 어, 어떻게 되는데요?"
"대부분의 경우 도망 기생을 쫓는 추노꾼에게 붙잡히게 되지."
"추, 추노꾼이요?"
팔쥐가 제 치마폭을 꽉 틀어쥐었다. 추노꾼이란 세상에서 가장 인정사정없는 무서운 존재라는 말을 무던히도 듣고 자란 그녀였다.
"부, 부, 붙잡히면 어, 어떻게 됩니까?"
팔쥐가 덜덜 떨리는 목소리로 물었다.
"죽는다. 슬픈 일이지만……."
최만춘의 답은 무심하기만 했다. 너무나 일상적인 그의 목소리가 오히려 공포심을 부추겼다.
"하, 하지만 부, 붙잡히지 않을 수도 있잖습니까!"
"설령 붙잡히지 않는다 해도, 사내의 마음이 변하면 곧 내쳐져 갈 곳 없는 신세가 되곤 하지. 마음 아픈 일이지만 바깥에서 나는 그런 경우를 많이 보았다. 그렇게 버려진 기생들의 말로는 끔찍할 수밖에 없지."
팔쥐는 차마 입조차 다물지 못했다. 작은 눈은 튀어나오지나 않을까 걱정스러울 정도로 휘둥그레 확장되어 있었다. 팔쥐가 사시나무 떨 듯 요동치는 손을 꽉 맞잡았다.
"음."
최만춘이 낮게 헛기침을 했다. 그가 무안한 듯 옅게 웃었다.
"어쩌다 이런 이야기가 나왔는지 모르겠구나. 다른 이도 아닌 딸처럼 어린 네 앞에서 쓸데없는 이야기를 늘어놓다니……."
'딸'이라는 말을 하며, 최만춘은 석상처럼 얼어붙어 있는 팔쥐의 머리를 살짝 쓰다듬었다.

그 손길 때문이었을까. 아니면, 아비처럼 자애로운 그의 눈빛 때문이었을까.

"나, 나리……."

"응?"

"마, 만약에요. 만약에……. 홍 언니가 도망치다 잡히기라도 하면……."

"홍이?"

"마, 마, 만약에 말입니다. 시, 실제로 그렇다는 건 아니고……."

바들대는 팔취를 바라보던 최만춘의 눈빛이 심각해졌다.

"만일 그렇다면, 그건 너무나 안타까운 이야기이지."

"왜, 왜요?"

"내가 홍을 자유의 몸으로 만들 방법을 강구하고 있으니 말이다."

팔취가 입을 딱 벌렸다.

이럴 수가.

가여운 홍! 홍은 그런 줄도 모르고 도망 기생이 되려는 게다. 시헌이라는 선비의 달콤한 꼬임에 넘어가 목숨을 건 위험한 도피를 하려는 것이었다. 조금만 참으면, 조금만 기다리면 어련히 자유의 몸이 될 것이라는 사실을 꿈에도 모른 채.

팔취가 꿀꺽 침을 삼켰다. 팔취는 홍이 행복하기를 바랐다. 팔취가 바라는 것은 오직 홍의 행복 단 하나뿐이었다.

"나, 나리! 홍 언니를 살려주세요."

팔취가 파들파들 떨리는 손으로 최만춘의 옷깃을 붙들었다. 눈물이 펑펑 쏟아졌다. 팔취는 무릎을 꿇은 채 애원했다.

"제, 제발요. 제발……. 나, 나리! 제발, 언니를 살려주십시오. 어, 언니가 다치지 않도록 도와주십시오……."

❀

휘잉, 한 줄기 들척지근한 바람이 불었다. 어둑발 사이로 파르라니 엷은 빛이 퍼져 나가는 시각. 새벽이 서서히 밝아오고 있었다.

이제 더 이상 홍과 시헌의 모습은 보이지 않는다. 쪽문 너머 푸른 어둠을 응시하던 팔쥐가 눈물을 쓱 닦았다.

변명 같은 말이지만, 비밀을 지키겠노라는 홍과의 약속을 저버린 것은 그녀를 위했기 때문이었다. 홍이 죽기를 바라지 않았기에. 그녀가 창기도, 도망 기생도 아닌 자유의 몸으로 살아가기를 소망하였기에 그런 선택을 했다. 팔쥐의 바람은 오직 하나, 홍의 행복이었다.

그러나 홍은 행복하지 않다고 했다. 이 집에서 살아온 칠 년간, 단 한순간도 행복했던 적이 없었다고도 했다.

행복한 것은 팔쥐 자신뿐이었다. 제가 행복했기에, 꿈에 그리던 자상한 아비를 얻었기에, 좋은 집과 몸종들과 평탄하고 자유로운 삶을 가졌기에 홍 역시 행복하다고 제멋대로 생각해 버린 것뿐이다. 홍을 위해 대단한 일을 했다 자위했으나, 실상은 진즉 행복해질 수 있었던 그녀에게 기생하여 살아온 것이나 다름없었다.

'나는 언니를 팔아넘긴 대가로 이 집으로 온 거야.'

그게 진실이었다.

한데, 이상하다는 생각은 단 한 번도 하지 않았었나? 월야관을 떠나 이 집으로 오는 사이, 단 한 번도 최만춘이 했던 말을 의심하지 않았던가?

"앞으로 나를 아버지라 불러라."

아니. 그렇지 않았다. 팔쥐는 본래 의심이 많았다. 그저 '아버지라 부르라'는 최만춘의 말, 그 말이 가져다주는 격렬한 행복에 취하여 알면서도 애써 눈을 감았던 것뿐이었다.

홍을 팔아 제 행복을 산 게다. 저는 홍의 불행을 자양분으로 뜯어먹으며 자란 끔찍한 괴물 같은 존재였다. 태어난 순간부터 그러했듯이.

"다 끝났어."

팔쥐가 나지막하게 중얼거렸다.

팔쥐의 삶에는 오직 홍밖에 없었으므로. 홍이 완전히 떠나 버린 오늘, 팔쥐의 모든 것 역시 정녕 끝이었다.

❀

귓가를 스쳐 지나가는 바람, 그 바람에 실려오는 이른 새벽의 청명한 향기. 끊이지 않고 규칙적으로 들려오는 말발굽 소리와 그로 인한 진동. 익숙한 소리와 냄새, 느낌들.

홍의 등에는 시헌의 몸이 닿아 있었다. 그의 몸의 단단한 감촉마저도 평생 제 것이었던 것처럼 익숙했다. 그들을 갈라놓았던 시간의 강이 메말라 소멸해 버린 것처럼 모든 것이 낯설지 않았다.

휘휘 부는 바람에 봄 내음이 물씬 배어 넘실거린다. 홍이 그런 생각을 하는 와중에도 흑마는 끊임없이 달려가고 있었다. 지나온 삶을 벗어나 도피하고 있는 것이었으나, 홍은 제 처지가 도망자처럼 느껴지지 않았다. 오히려 마음은 평온했다. 당연히 가야 할 길을 향하고 있는 것처럼.

"홍아."

홍의 허리를 꽉 끌어안은 시헌이 그녀의 귓가에 입술을 밀착했다.

"곧 완주를 벗어난다. 날이 밝기 전에 니산에 도착할 게다."

바람 소리, 말발굽 소리를 뚫고 들려오는 시헌의 목소리. 그의 입술이 홍의 귓불에 닿았다. 장옷에 감싸인 홍의 어깻죽지에 오소소 소름이 돋았다.

"그러니 힘들어도 조금만 참아. 니산까지만 가면 한숨 돌릴 수 있다."

"힘들지 않습니다."

귓가에 스치는 시헌의 따뜻한 숨결. 홍은 나지막하게 대꾸했다.

"이대로 어디든 갈 수 있을 것 같아요. 무섭지도, 걱정스럽지도 않습니다. 하나도 힘들지 않습니다."

"그래서 내게 묻지조차 않는 게냐? 우리가 어디로 가고 있는지를. 행선지가 어디인지, 어떻게 살아갈 것인지조차 너는 물어보지 않았다. 하나도 궁금하지 않은 게냐?"

"궁금하지 않습니다."

"어찌하여?"

"그곳이 어딘지는 큰 관계가 없으니까요. 제게는 선비님과 함께하는 것이 중요하니까……."

홍이 반문했다.

"선비님도 그렇지 않습니까?"

시헌에게서는 한동안 답이 들려오지 않았다.

봄의 초입을 가로지르는 말발굽 소리, 말갈기가 출렁댈 때마다 풍겨오는 단내, 쏜살같이 그들 뒤로 멀어지는 푸르스름한 새벽 풍경과 그녀의 허리를 더듬는 시헌의 뜨거운 손길이 홍의 오감을 채웠다.

"그래. 내 마음 역시 너와 같아."

시헌이 중얼거렸다. 그 역시 가슴이 벅찼다. 오직 빨리 도망쳐야 한다는 마음으로 가득 차 둘러볼 여유조차 없었던 주변 풍광들이 그제야 시야에 들어왔다.

세상이 희붐하게 밝아온다. 어디에선가 시작된 미명이 홍과 시헌의 여정을 푸르스름하게 비추고 있었다. 바람에서는 풀꽃 향기가 났다. 잠시 후 해가 뜨면, 분명 따사로운 봄볕이 그들을 어루만질 것이다.

"어디든, 어서 찾아들고 싶다."

여전히 말고삐를 손에 쥔 채 시헌이 중얼거렸다.

"너와 같이 눕고 싶어. 그 생각뿐이야. 그 외에는 나도 아무런 걱정도, 두려움도 없다."

그가 말간 새벽빛이 고인 홍의 목덜미에 입을 맞추었다.

갈증이 나고 침이 고였다. 당장에라도 입술을 섞고 숨결을 나누고 싶었다. 그렇다면 이 간절한 소갈이 조금이나마 해소되지 않을까.

그러나 아직은 안 될 일. 갈 길이 멀다.

그렇게 시헌과 홍을 태운 말은 완주의 경계를 넘어, 동녘에서 배꼼 모습을 드러낸 아침 햇살 속으로 뛰어 들어갔다.

"잠시 쉬었다 가자."

니산 초입의 외딴 우물가에 당도한 시헌이 잠시 말을 멈추었다.

인적 없는 길을 택해 달려온 탓에 주변은 황량했다. 산길처럼 음침한 지역은 아니었지만, 어쨌든 민가는 보이지 않았다.

말에게 물을 먹인 시헌이 멀찌감치 보이는 산야의 풍경을 바라보았다. 완주에서 꽤 멀어졌음에도 충청과 전라를 아우르는 대둔산의 위용은 여전히 거대했다.

칠 년 전, 전주에서 한성으로 향할 때는 대둔산을 가로지르는 것 외에 별다른 방도가 없었다. 그러나 지금은 이야기가 달랐다. 전주 서문 밖에 위치한 앵곡은 대둔산과는 제법 먼 고을이었다. 그렇기에 이번에는 산길을 타지 않아도 충분히 니산까지 당도할 수 있었다.

"어딜 그렇게 보고 계십니까?"

어느 새인가 시헌의 곁에 와 있던 홍이 말을 붙였다. 시헌의 시선이 향해 있는 먼 동녘을 따라 홍의 눈길이 옮겨간다. 혹시나 대둔산을 보고 있었다는 것을 눈치챌까 봐, 시헌은 그녀의 허리를 감싸 그녀의 몸을 돌렸다.

"얼마나 더 가야 하는지를 가늠하고 있었다."

"얼마나 더 가야 하는데요?"

"말이 지치지 않는다면야 오늘 안에 꽤 멀리까지 갈 수 있겠지. 일단 목표는 최대한 빨리 한성에 도착하는 것이다. 피곤할 테지만 조금만 더 기운을 내보자."

"피로하지 않습니다. 오히려 여느 때보다 머리가 맑습니다."

"그렇다면 조금만 참아다오. 한성에 당도하면 푹 쉴 수 있을 것이니."

한성.

평생을 전주와 완주, 그마저 오직 집 안에 틀어박혀 살았던 것이나 다름없는 홍에게는 미지의 세상처럼 느껴지는 이름.

"그럼 선비님과 제 목적지는 한성입니까?"

"아니. 한성은 그저 지나치는 곳일 뿐이야. 한성에서 처리해야 할 일들이 좀 있거든. 오래 걸리진 않을 것이다. 며칠 안에 바로 다시 출발할 생각이다."

시헌이 홍의 등을 부드럽게 쓸어내렸다.

"어찌 됐든, 한성에 도착하면 일단 마음을 놓아도 된다. 한성은 안전한 곳이니."

시헌의 어조에는 확신이 담겨 있었다.

한성은 안전했다. 완주와 대둔산이 최만춘의 터전이었다면, 반대로 한성은 시헌의 삶을 상징하는 장소였다. 시헌이 조상 대대로 물려받은 부와 권력으로 이루어진 요새가 그곳에 있었다.

머잖아 최만춘은 홍이 사라졌다는 사실을 깨달을 것이다. 또한 콩쥐에게 혼인을 청했던 이가 김시헌이라는 사실 역시 곧 드러날 것이었다. 최만춘은 절대 홍을 단념하지 않을 테니, 그는 둘을 뒤쫓을 것이 분명했다.

그러나 시헌은 두렵지 않았다. 칠 년의 세월은 그를 단련시켰다. 시헌은 삶과 죽음의 경계에서 인내를 익혔고, 섣부른 치기가 얼마나 큰 손실을 초래하는지를 배웠다. 그는 경솔함, 불분명함, 확신 없는 패기가 가져오는 끔찍한 결과에 대해 누구보다 잘 알고 있었다.

과거의 실패는 잔혹했지만 그 경험이 그들의 미래를 인도할 것이다.

누구도 그들을 방해할 수 없으리라.

"한성에서 빠르게 일을 처리한 후엔 다시 떠나가는 게다."

"청으로 갑니까?"

청(淸).

칠 년 전, 푸르른 청춘이었던 시헌과 홍의 꿈을 상징했던 그 이름.

"그래. 청으로 간다."

그들이 꿈꾸는 미래처럼 청명한 그 이름을 입에 담으며, 시헌은 홍을 품에 안았다.

"우리는 개성을 지나칠 것이고, 평양에도 머무를 것이다. 청나라로 가기 위해 자강도(慈江道)를 지나칠 수도 있고, 혹은 황해를 가로지를 수도 있지."

도피가 아닌 여정을 이야기하듯, 시헌의 목소리는 평온했다.

"행선지는 청나라이지만 더 먼 곳도 얼마든지 갈 수 있겠지. 서역이면 어떻고, 혹은 세상이 금으로 이루어졌다는 아유타국(阿踰陀國)[6]이면 또 어떻겠느냐."

시헌의 가슴에 얼굴을 묻고 있던 홍이 고개를 들었다. 그들의 시선이 맞닿았다.

"어디든 관계없어. 중요한 것은 그뿐이니까. 너와 내가 함께 있고, 우리는 자유롭다는 것."

6) 인도 고대 국가의 이름

"선비님과 제가 함께 있고, 우리는 자유롭다는 것."

그녀의 눈동자 안에 미적지근하게 남아 있던 긴장과 두려움이 말끔히 사라졌다.

몸 파는 창기, 웃음을 팔아 생을 연명하는 계집, 말을 알아듣되 입 밖으로는 내지 않는 해어화, 꽃은 꽃이되 누구에게나 쉽게 꺾이는 노류장화. 희롱을 칭찬이라 여기고 모욕을 기쁨 삼아 살아야 하는, 짐승과 다르지 않은 삶.

월야관을 벗어난 것은 다행이었지만, 여전히 그녀의 세상은 별당에 한정되어 있었다. 가장 비천한 삶에서 벗어났을 뿐이다. 별당마님이라 불리던 홍은 여전히 최만춘에게 기대어 목숨을 의탁하는 처지였다.

하지만, 이제는.

"우리가 함께 있고, 또한 우리는 자유라는 것."

홍은 주문처럼 시헌의 말을 반복했다. 칠 년 전, 가진 것이라고는 오직 몸뚱이 하나뿐이던 미천한 창기 홍이 꿈꾸던 모든 것이 그의 말 속에 있었다.

최만춘의 그늘 속에서 살았던 세월은 홍을 바꿔 버렸다. 그녀는 삶에 대한 의지를 잃었다. 그녀가 얼마나 지독하게 생을 갈망했는지, 운명을 뒤바꾸고 싶어 했는지도 망각했다. 홍은 길들여진 집짐승이 되어 최만춘에게 순종하려 애썼다. 그게 당연한 보답이라 믿었다.

그러나 시헌– 홍 스스로 기꺼이 선택한 사내와 함께 있는 지금, 독기 어린 여인, 독취를 풍기는 여인 홍이 되살아났다.

의지와 희열이 동시에 벅차올랐다. 의지는 삶을 향한 것이고, 희열은 삶으로 인한 것이었다. 이제 결코 꼭두각시처럼 몸을 늘어뜨린 채 누군가의 뜻에 따라 살지 않으리라. 스스로 택하고, 결정하고 이루어가며 생을 쟁취할 것이다.

홍은 살아갈 것이다. 그녀는, 시헌과 함께 살아갈 것이다.

"선비님."

발꿈치를 바짝 들어 올린 홍이 시헌의 목에 팔을 감았다. 그녀의 어깨에 걸쳐져 있던 장옷이 스륵 바닥으로 떨어져 내렸다. 시헌이 홍의 허리를 감싸 번쩍 안아 올렸다. 입술이 포개지며 뜨거운 숨결이 하나가 되었다.

포개진 입술 사이, 그들만의 내밀한 공간이 생겼다. 그 길을 통해 서로에게 생명을 불어넣듯 참았던 숨을 나누고 공유했다. 꽉 맞물린 입술의 살점이 점점 더 붉디붉게 물들었다. 허공에 들린 홍의 발에 신겨진 연둣빛 운혜가 살랑거리며 흔들렸다.

청춘을 떠나 보냈다기엔 그들은 여전히 젊은 나이였다. 단지 서로를 잃은 탓에, 젊음을 내다 버린 채 노인처럼 죽음을 꿈꾸었을 뿐이다.

그들이 잃어버렸던 시간들이 시헌과 홍에게로 되돌아왔다. 되바라진 소녀를 보자마자 첫눈에 반해 버린 소년처럼, 흰 눈처럼 쏟아져 들어온 아름다운 선비에게 제 운명을 내던진 소녀처럼. 슬픔의 세월은 겨울처럼 멀어지고, 사랑으로 가득 찰 날들이 봄처럼 덮쳐 왔다.

"가자, 한성으로."

시헌이 말고삐를 다시 손에 쥐었다. 말이 땅을 박차고 출발할 무렵, 동편의 대둔산 사이로 드리우는 강렬한 햇살이 시헌의 눈을 가렸다.

저 기암괴석으로 이루어진 산이 시야에서 완전히 사라질 때까지 여정은 멈추지 않을 것이다.

"으아앗!"

이부자리에서 벌떡 일어난 콩쥐가 제 가슴팍을 부여잡았다.

"아아……. 하아……."

콩쥐의 입에서 거친 숨이 터져 나왔다. 무심코 이마를 짚은 콩쥐의 손이 주룩 미끄러졌다. 이마며 목덜미, 온몸이 땀으로 범벅이었다.

"무슨 이 따위 꿈을 꾸고 지랄이야……. 아으……."

숨을 몰아쉬던 콩쥐의 시선이 방문으로 향하였다. 아직 이른 새벽. 문밖은 시퍼렇게 물들어 있었다.

꿈을 꾸는 일 자체가 드문 콩쥐였다. 한데 꿈도 보통 꿈이 아닌 지독한 흉몽. 정체를 알 수 없는 시커먼 흉물들이 제 다리를 옭아매 한없이 밑으로 끌어당겼다. 손톱이 부러지도록 발버둥을 쳤으나 그럴수록 몸은 더욱더 깊이 빨려 들어갈 뿐이었다. 악귀처럼 몸에 들러붙던 것들의 끔찍한 감촉이 현실처럼 생생했다.

"아우, 찜찜해……."

콩쥐가 이부자리를 걷어냈다. 얼마나 땀을 흘렸는지, 이불이며 요마저 축축하게 젖어 있었다.

"개꿈이야, 개꿈."

혼잣말을 하며, 콩쥐가 와락 방문을 열었다.

입춘이 코앞이었다. 불어오는 바람은 꽤 훈훈했으나, 몸이 푹 젖을 만큼 식은땀을 흘린 탓에 오싹 한기가 들었다.

"퉤퉤퉤!"

역시나 콩쥐는 대범한 성격을 가진 여인이었다. 방문을 등지고 선 그녀가 뜰을 향해 세 번 침을 뱉었다. 그렇게 하면 악운을 물리친다는 소리를 언젠가 들었던 기억이 있었기 때문이었다.

그 덕분일까. 머리는 맑아졌고 기분도 한결 나아졌다.

"끈끈해서 못 견디겠네."

땀이 말라붙은 온몸이 영 개운치 않았다. 남원댁을 깨워 목욕물을 길어오라 시킬까 생각했지만, 사실 몸종을 불러내기에는 지나치게 이른 시각이었다.

"아, 맞다!"

때마침 콩쥐는 한동안 까맣게 잊고 있었던 일을 상기했다. 비위를 맞춘답시고 어머니니 뭐니 하며 살랑대던 콩쥐에게 홍이 요구했던 일. 홍은 물독 가득 물을 채워놓으라 했고, 그 일은 콩쥐가 아닌 천이 대신했었다. 그 물로 몸을 씻으면 될 일이었다.

뜰로 내려선 콩쥐가 별당으로 걸음을 옮겼다. 간밤의 뒤숭숭한 흉몽이 저를 어디로 이끄는지도 모른 채.

별당에 딸려 있는 목욕간으로 향하던 콩쥐의 걸음이 우뚝 멈추었다.

'울음소리……?'

입을 틀어막고 흐느끼는 듯한 울음소리. 가뜩이나 꿈자리가 뒤숭숭하여 기분이 좋지 않은 콩쥐의 귀에 그 소리는 꽤나 섬뜩하게 들렸다. 소리의 진원지가 홍의 방이라는 것을 깨달은 콩쥐가 입술을 비죽였다.

"꼭두새벽부터 뭐 어쨌다고 저리 눈물바람이람……."

못마땅한 표정으로 중얼거린 콩쥐가 홍의 방으로 다가섰다.

"음?"

순간 콩쥐의 미간이 좁아졌다.

섬돌 위에 오도카니 놓여 있는 신 한 켤레.

홍은 늘 비단신을 신었고, 근래에는 주구장창 연둣빛 운혜만을 신고 다녔다. 그러나 섬돌 위에 놓여 있는 신은 비단이 아닌 투박한 가죽으로 만든 밋밋한 것이었다. 이 집에 저런 신을 신고 다니는 계집은 오직 하나, 팥쥐뿐이었다.

설마, 그럴 리가. 성큼 마루에 올라선 콩쥐가 방문을 덜컥 열었다.

콩쥐의 얼굴이 당황으로 일그러졌다. 이불에 얼굴을 파묻고 있던 팥쥐가 고개를 들어 올렸다.

"팥쥐 네년이 왜 여기 있는 거야?"

신경질적으로 쏘아붙이던 콩쥐의 입이 헤벌어졌다. 팥쥐가 여기 있다는 사실이 문제가 아니었으므로.

"홍은 어디 갔어?"

"뒤, 뒷간에 갔어."

자리에서 벌떡 일어난 팥쥐가 황급히 대꾸했다. 팥쥐의 얼굴에는 당황한 기색이 역력했다. 그 꼴을 보자니 더욱 미심쩍었다.

"그럼 너는 대체 왜 여기서 질질 짜고 있는 건데?"

"그, 그런 건 뭣 하러 물어? 어, 언니가 나한테 언제부터 그리 관심이 많았다고……."

콩쥐가 팥쥐를 노려보았다. 마주친 시선 속, 충혈된 팥쥐의 눈동자. 쥐새끼처럼 눈치를 살피는 데 익숙한 못난 얼굴이 흉하게 일그러졌다.

"가서 있나 확인해 보면 알겠지."

콩쥐가 몸을 휙 돌렸다. 순간 갑자기 달려온 팥쥐가 콩쥐의 옷소매를 붙들고 늘어졌다.

"이년이 미쳤나! 안 놔?"

"뒤, 뒤, 뒷간에 갔으면 그런 줄 알지 왜 거, 거기까지 따라가겠다는 거야!"

"이거 놓지 못해?"

콩쥐가 도끼눈을 부릅떴다. 짜악! 콩쥐의 손이 팥쥐의 뺨 위로 세차게 떨어졌다. 나이만 같을 뿐, 콩쥐에 비해 키도 체격도 한참 왜소한 팥쥐였다. 중심을 잃은 팥쥐의 몸뚱이가 바닥에 나동그라졌다.

"가, 가지 마! 나, 남 볼일 보는 데 따, 따라갈 이유가 뭐 있냐고!"

"야 이년아, 이거 안 놔?"

콩쥐가 버럭 소리를 질렀다. 팥쥐의 필사적인 손길이 콩쥐의 발목을 붙들고 있었다.

"미친 계집이!"

꽥 소리를 내지르던 콩쥐의 얼굴이 파리해졌다. 치마가 부욱 뜯어지는 소리가 났다. 또다시 악착같이 엉겨 붙는 팥쥐의 손. 가뜩이나 흉한 계집의 눈에는 악(惡)만이 남아 있었다. 소름이 우두두 등골을 타고 올라왔다.

간밤에 꾸었던 꿈을 꼭 닮은 상황.

등골이 오싹하여, 콩쥐는 잘근 입술을 깨물었다.

생각조차 하기 싫은 꿈. 꿈속에서 제 몸을 아득한 심연으로 끌어당기던 오만 악귀들의 손길과 팥쥐의 모습이 교차한다. 앞뒤 생각할 겨를도 없이, 콩쥐는 있는 힘껏 팥쥐의 얼굴에 발길질을 했다.

"으윽!"

말도, 비명도 아닌 괴상한 소리를 내뱉은 팥쥐의 몸이 뒤로 나자빠졌다. 쿠당탕, 작은 몸뚱이는 마루에서 뜰까지 굴러떨어졌다. 이어 쾅! 하는 묵직한 소리가 울렸다.

"에이씨……."

예상치 못한 상황이다. 콩쥐가 주먹을 꽉 쥐었다.

하여간에 재수도 더럽게 없는 계집. 하필 머리부터 떨어져서 섬돌에 뒤통수를 들이박을 건 또 뭔가. 팥쥐의 뒤통수에서 검붉은 피가 쏟아지고 있었다.

"가, 가지 말라고……."

그 와중에도 팥쥐는 콩쥐를 향해 뻗은 팔을 휘적대고 있었다.

"미친년."

죽지 않았으면 된 게지. 차라리 뒈져 버리면 더 좋은 일이고.

몸에 붙은 버러지를 털어내듯, 콩쥐가 퉤 하고 침을 뱉었다. 망설임 없이 뒷간을 향해 달려간 그녀가 거칠게 문을 열어젖혔다.

삐걱대는 소리와 함께 문이 활짝 열렸다. 텅 빈 측간에서 풍겨오는 악취가 콩쥐의 얼굴을 뒤덮었다.

"어디 갔지?"

콩쥐가 다급히 외쳤다. 머릿속이 새하얘졌다.

망할 년. 결국 도망쳐 버렸다. 저와의 약조 따위 애당초 지킬 생각이 없었던 게 틀림없다. 그토록 천연덕스러운 얼굴로 사람을 속여놓고선, 연놈이 함께 줄행랑을 놓은 것이다.

더러운 년, 음탕한 년, 찢어 죽여도 시원찮을 년! 애당초 그런 천박한 계집을 믿는 게 아니었다.

"설마……."

당황하여 입술을 짓씹던 콩쥐의 미간이 좁아졌다. 스산하게 술렁이던 갈대밭의 풍경이 콩쥐의 뇌리를 스쳤다.

바다처럼 넓게 펼쳐진 누런 갈대밭과, 그 속에 도사린 채 누군가가 발을 헛디디기를 기다리는 듯한 은빛 연못. 그리고 그 중간에 위치한 아담한 가옥.

그 집 안에 있는 것이 누구인지도 모른 채, 마치 운명의 이끌림처럼 그곳을 찾아갔던 날을 콩쥐는 선명하게 기억한다. 방 안에서 들려오던 음란한 신음 소리와 벌거벗은 채 뒤엉켜 있던 몸뚱아리를.

"그래! 거길 간 게야."

콩쥐가 중얼거렸다. 홍은 음욕을 이기지 못하고 사내와 짐승처럼 뒤엉키기 위해 그 집을 찾아간 게다. 필히 그러고도 남을 계집이었다.

"도망쳤을 리 없어. 말이 쉽지, 야반도주라는 게 어디 쉬운 일이야? 분명 거기 간 거라고."

콩쥐가 불길한 생각을 애써 진정시키듯 중얼거렸다.

그 연놈들이 어디를 향해 갔든 제 아비는 결코 그들을 놓치지 않을 것이다. 콩쥐는 그들에게 몇 번이나 일러주었다. 아비 최만춘이 얼마나 잔인한 사람인지, 얼마나 집요하고 무서운 사람인지를.

"가봐야겠다."

그렇다고 멀거니 기다리고만 있을 수는 없는 노릇이었다. 가서 두 눈으로 똑똑히 확인해야겠다는 생각에, 콩쥐는 급히 제 방으로 달려가 장옷을 꺼내 입었다.

대문을 나서던 콩쥐가 힐끔 하늘에 시선을 던졌다. 새벽이 물러가고 날이 밝아오고 있었다. 몸종들이 깨어나기 전에 빨리 움직이는 편이 좋았다.

'혹시라도 그 집에 홍과 현감이 없다면…….'

급히 집을 나서던 콩쥐가 입술을 잘근 깨물었다.

"별수 있겠어? 당장 아버지한테 알려서 연놈들을 찢어 죽여야지."

콩쥐의 잰걸음이 어슴푸레한 새벽을 가르기 시작했다.

❀

대둔산 초입, 빽빽한 나무들 사이에 숨어 있는 작은 민가.

산 한가운데 위치한 탓에 그곳은 민가가 아닌 산사(山寺)처럼 보였다. 그러나 어디에도 불상이나 탱화 같은 것은 보이지 않았다. 세간살이가 많지 않은 내부는 고요했다.

언제나 그렇듯 그곳의 분위기는 착 가라앉아 있었다. 집 안에 자리한 사내들은 하나같이 단단한 체구에 싸움에서 얻은 것이 분명한 여러 개의 흉터를 지녔다. 그런 풍경에 어울리지 않게 방 안에는 은은한 차 향기가 가득했다.

"무슨 까닭으로 이리 급히 오라 했나."

청자기를 손에 쥔 최만춘이 물었다. 맞은편에 앉아 있던 사내가 비굴한 웃음을 흘렸다. 그는 최만춘을 마주 보는 것이 영 불편한 듯했다.

"진즉 말씀드렸어야 했는데, 두령(頭領)의 출타가 길어지는 바람에……. 아무래도 은밀히 말씀드려야 할 것 같아 송구스럽게 여기까지……."

"긴말 말고."

최만춘이 인상을 찌푸리며 짧게 내뱉었다.

두령. 그것이 대둔산을 거점으로 활동하는 자들이 최만춘을 부르는 명칭이었다. 물론 그 호칭은 안가(安家) 안에서만 불릴 뿐이다. 최만춘의 존재는 철저히 비밀에 부쳐져 있었다.

"예……. 두령, 그, 그럼 말씀을 드릴깝쇼?"

최만춘은 고개를 끄덕이는 것으로 답을 대신했다. 그의 눈을 마주 본 사내가 어쩔 줄 모르며 고개를 푹 수그렸다.

사내는 오래전부터 두령의 눈 밖에 난 까닭에 목숨을 부지하는 것 자체가 기적이나 다름없는 자였다. 그런 사내를 바라보는 최만춘의 눈빛은 명백한 혐오를 담고 있었다.

'저자에게 동정을 베푸는 것이 아니었어.'

칠 년 전, 큰 실수를 하였을 때 해치워 버릴 것을.

"대, 대둔산을 본거지로 하는 일당들을 소탕하겠다는 자가 있습니다."

"소탕?"

최만춘이 반문했다. 그러나 그는 '소탕'이라는 말을 그다지 진지하게 받아들이는 표정은 아니었다.

이미 십여 년 전부터 대둔산은 가진 자들에게 공포의 대상이었다. 양반들, 돈 많은 거상들. 대둔산 산적패의 목적은 늘 그들이었다. 사냥은 실패하는 적이 없었다. 그들의 본거지에는 금이 은처럼 즐비했고 은이 돌처럼 굴러다녔다.

양반들로부터 빼앗은 재화의 일부는 꼬박꼬박 관아로 상납되었다. 기실 막대한 금액이었다. 완주에 최만춘이 주는 녹(祿)으로 배를 불리지 않은 벼슬아치는 단 한 명도 없었다. 누구도 최만춘을 저지하려 들지 않았다.

그렇다고 무턱대고 모든 이들을 약탈한 것은 아니었다. 대둔산 산적패는 분명한 기준을 가지고 있었다. 생계를 위해 산길을 넘나드는 가난한 이들이나 부녀자, 아이들은 건드리지 않는 것이 그들의 철칙이었다.

물론 그 원칙이 매번 지켜졌던 것은 아니다. 평생 험하게 살아온 사내들이 득시글거리는 곳이었다. 때로 누군가는 일탈을 했고, 누군가는 최만춘이 세운 법을 어겼다. 특히 아녀자들에 대해 규칙은 잘 지켜지지 않았다. 그러나 그마저 칠 년 전의 일이 마지막이었다.

칠 년 전, 패거리들 중 여럿이 최만춘의 손에 의해 목숨을 잃었다. 두령의 명을 거역했거나 일을 그르친 자들에 대한 벌이었다.

눈앞에서 벌벌 떨며 최만춘의 시선을 마주 보지 못하는 이 역시 그때 죽었어야 했을 사람 중 하나였다.

"소탕이라면, 누가?"

최만춘이 툭 내뱉었다. 물음에 대답하는 사내의 목소리는 덜덜 떨리고 있었다.

"자, 장수에 새로 부임한 현감이……."

최만춘답지 않은 일이었으나, 아무튼 그가 사내가 뱉은 말의 뜻을 이해하는 데는 약간의 시간이 걸렸다.

"현감."

최만춘의 목소리는 서늘했다. 장수 현감. 제 딸 콩쥐와 혼인을 바란다며 제 앞에 나타났던 젊은 사내.

"하."

피식. 최만춘의 입가가 비틀어졌다.

"장수 현감이란 말이지."

문득 속담 하나가 떠올랐다. '호랑이를 잡으려면 호랑이 굴로 들어가라'는 속담 말이다. 그렇다면, 명우라는 자는 저를 잡으러 콩쥐에게 접근한 것이던가.

절로 조소가 흘러나왔다. 범 무서운 줄 모르는 하룻강아지 같으니.

“하, 한데 두령. 그자에 대해 뒷조사를 해 보았는데…….”

다가닥다가닥. 어디선가 괴상한 소리가 났다. 그것이 떨고 있는 사내의 치아가 맞부딪치는 소리라는 것을 깨달은 최만춘이 인상을 찌푸렸다. 늘 저를 두려워했던 자이기는 했다. 그러나 이상할 정도로 과한 반응 아닌가.

“그것이, 두령…….”

사내가 눈을 질끈 감았다.

사내는 칠 년 전, 어마어마하게 큰 실수를 범했다. 최만춘은 잔인한 우두머리였다. 그는 저보다 훨씬 못한 잘못을 저지른 이들의 목이 가차 없이 날아가는 것을 수없이 보았다. 그러나 죽을병에 걸린 아내와 몸이 성치 않은 자식을 둔 그에게 최만춘은 동정을 베풀었다.

이번에도 두령께서 자비를 내리실까. 사내는 덜덜 떨리는 입을 앙다물기 위해 안간힘을 썼다.

“그자가 누구기에 이러는 게야.”

최만춘이 짜증스럽게 타박했다. 마침내 결심한 듯, 사내가 어거지로 입을 떼었다.

“자, 장수 현감이라는 자의 정체가, 저, 전주 거상 강영완의 조카였던 자라고…….”

“…….”

기묘한 침묵.

곧이어 쨍! 하는 소리와 함께 최만춘의 손에 들려 있던 청자기가 바닥으로 떨어졌다. 궁궐에서도 보기 드물다는 진짜 고려청자가 펑 산산조각 나 흩어졌다.

“그자의 이름.”

최만춘이 물었다. 극심한 긴장 탓에 목소리가 나오지 않아, 사내는 마른침을 모아 삼켰다.

"이름!"

그 찰나마저 인내하지 못한 최만춘이 버럭 고함을 내질렀다. 공포에 질린 사내가 마침내 대둔산을 치려 한다는 자의 이름을 내뱉었다.

장수 현감. 강영완의 조카.

선대 중전의 남동생. 한성을 들쑤시던 파락호.

칠 년 전 그 밤, 사내는 그자를 죽이라는 최만춘의 명을 받았으나 실행하지 못하였다.

"김시헌입니다, 두령."

쾅! 최만춘이 자리를 박차고 일어섰다.

7장. 생(生)

니산현 외곽에 당도한 홍과 시헌은 다시 말에서 내렸다. 갑작스레 말의 속도가 느려져, 그 이유를 확인하기 위해서였다.

시헌이 말발굽의 상태를 살폈다. 다행스럽게 심각한 일은 아니었다. 편자 사이에 박힌 돌 조각을 제거하자 말은 원기를 되찾았다.

이제 그들은 밤까지 내리 쉬지 않고 달려갈 예정이었다. 파발이나 역마(驛馬)를 사용할 수 없었으므로 사람보다 오히려 말의 건강이 중요했다. 그사이 홍은 시헌이 준비해 온 음식으로 요기를 하고, 긴 시간 말을 탄 탓에 욱신대는 허벅지를 주물렀다.

"이렇게 멀리까지 나와본 것은 평생 처음입니다."

사방을 둘러보던 홍의 눈동자가 반짝였다.

"이런 건……. 정말이지 처음 봅니다."

그녀가 탄성을 내뱉었다.

"무엇을 처음 본다는 게냐?"

시헌의 시선이 홍이 바라보는 방향을 따라 움직였다. 보이는 것은 그야말로 별것 없는 스산한 풍경에 지나지 않았다. 겨울이 막 지나가 이제야 기지개를 펴기 시작하는 세상은 아직 황량하기만 했다.

"모든 걸요. 이렇게 너른 들판도, 이렇게나 많은 나무도……."

세상을 바라보는 홍의 시선은 경탄을 담고 있었다. 따지고 보면 거의 평생을 집 안에 틀어박혀 산 것이나 다름없는 그녀였다. 홍은 어린 시절에는 집 안에, 팔려가 기생이 된 이후에는 월야관에 갇혀 살았다. 이후 최만춘의 집에서 보낸 세월 역시 그러했다. 평생을 아울러 그녀가 바깥 공기를 마신 것은 채 손에 꼽을 만큼도 되지 않았다.

그러므로 홍에게는 세상 자체가 놀라운 것이었다. 아무리 메말라 있어도, 붉은 꽃 한 송이, 푸른 잎새 하나 움트지 않았다 해도.

이토록 탁 트인 너른 자연 속에 서 있다는 것 자체가 그녀에게는 경이로운 일이었다.

"홍아."

시헌이 그녀의 어깨를 감싸 안았다.

"앞으로 얼마든지 볼 수 있다. 봄도, 여름도, 가을도, 겨울도. 내 네가 원하는 것이라면 세상 끝까지라도 가서 보여주마."

"약조하시는 거지요?"

"그럼. 약조하다마다."

시헌의 눈동자에는 깊은 확신이 담겨 있었다. 그를 보며 미소 짓던 홍의 눈빛이 문득 아련해졌다.

"선비님과 제가 처음 만났던 날을 기억하십니까?"

처음 만났던 날.

홍의 입을 통해 흘러나오는 그날의 이야기를 듣는 순간 선명하게 떠오르는 눈 쌓인 겨울날의 기억. 코끝에 알싸한 눈 향기가 몰려오는 듯했다.

"내 어찌 그날을 잊을 수 있겠느냐. 쏟아지는 눈 속에서 나를 바라보고 있던 홍 너를…….”

“처음 본 순간, 제게 반하셨습니까?”

시헌을 바라보는 홍의 입술 끝에 장난스러운 미소가 걸려 있었다.

시헌이 제 여인의 얼굴을 취한 듯 응시했다. 그녀의 얼굴에는, 칠 년 전 겨울의 눈 폭풍 속에서 그를 단숨에 사로잡았던 아름다운 소녀의 모습이 그대로 남아 있었다.

“반했지. 뭔가에 홀린 것처럼 종일 네 생각만 났다. 내가 그럴 줄은 몰랐는데, 세상에게 된통 얻어맞은 것 같은 기분이었지. 내가 그런 감정을 품게 될 줄은 꿈에도 몰랐거든.”

질풍노도와 같던 시절. 젊은 시헌이 어린 홍을 만났던 그날의 풍경을 떠올리던 그가 문득 물었다.

“너 역시 그러했느냐?”

“저는……. 한눈에 반했다라고 표현하기보단, 뭔가 다른 느낌이었습니다.”

“어떤 느낌?”

“선비님은 세상 같았습니다. 처음 보는 세상……. 담벼락 밖으로도 나가본 적 없는 저였으니까요. 그런 제게 한성이란 곳에서 오셨다는 선비님은 정말 대단한 존재처럼 느껴졌습니다.”

홍은 그날의 시헌을 떠올렸다. 아직 동기에 지나지 않는 소녀였던 그녀의 마음을 단숨에 사로잡았던 시헌. 그의 모습은 눈 속에서 솟아난다는 설죽(雪竹)처럼 차갑고 청명했다.

그러나 시헌의 아름다움보다 더 홍을 사로잡았던 것은 그의 향기였다. 세상을 뒤덮은 차디찬 눈 냄새에 뒤섞여 풍겨오던 시헌의 향기. 홍으로서는 난생처음 맡는 그 냄새에는 자욱한 묵향과 달콤한 백단향, 그리고 원하는 곳이라면 어디든 쏘다닐 수 있는 자유를 가진 사내의 세속적인 향기가 뒤섞여 있었다.

"선비님에게서는 향기가 났어요. 바깥세상의 향기가……. 담장 밖 전주 따위가 아니라, 제가 감히 꿈조차 꾸지 못한 너른 곳의 향기 말입니다. 그런 사람을 만난 것은 처음이었습니다."

그것은 자유의 향기, 세상의 향기. 폭설처럼 쏟아지는 그 향기에 취한 동기의 머릿속엔 온통 그에 대한 생각뿐이었다.

홍은 그렇게 시헌을 사랑하게 되었다.

"내 반드시 약조를 지킬게. 너에게 세상이 얼마나 크고 아름다운지 모두 보여주겠다."

시헌이 말을 이었다.

"나 역시 당시에는 잘 몰랐다. 매 순간 네가 떠오르고, 심장이 뛰고, 어쩔 줄 모르면서도 그 감정이 무엇인지를 몰랐지. 무지하고 어렸던 게다."

"당시의 선비님은 지금의 저보다 더 어리셨으니까요."

"그런 게 진짜 연모의 마음이 아닐까, 나는 생각한다. 사랑인지 알아서 마음에 품는 것이 아니라, 연모니, 연정이니 하는 게 뭔지 몰랐음에도 저절로 그렇게 되는 것 말이다."

"저는 그게 운명이라고 생각합니다."

"그래. 운명이 우리를 이끌고 있는 거야. 지금 이 순간에도."

"그렇다면……."

홍은 잠시 생각에 잠겼다. 운명이라는 말. 한때 홍은 '운명'이라는 말 자체를 두려워했다. 운명은 늘 그녀에게 잔인했기에.

그러나 이제 홍은 혼자가 아니다.

"운명이란 건, 우리를 대체 어디까지 데려갈까요?"

"어디든지."

시헌은 망설이지 않고 대답했다.

"우리가 바라는 곳이라면, 어디든지. 충분히 가혹했으니, 이제 남은 것은 기쁨뿐이리라고 나는 확신한다."

"정말로 그렇겠습니까?"

"그렇다마다. 나를 믿어."

홍은 대답 대신 고개를 작게 끄덕였다. 그녀가 시헌의 품에 얼굴을 파묻었다. 그에게로 감겨드는 홍을 안으며 시헌은 지그시 눈을 감았다. 햇살 한 줄기가 그들을 감쌌다.

홍이 말하길, 시헌에게서 향기가 났다 했던가. 정말로 어떤 '향'이 존재했다고는 믿을 수 없지만, 그 역시 홍을 처음 만난 순간부터 어떤 향취를 느꼈다. 한때 시헌은 그것을 독취라 여겼다. 독한 계집이라 비난하고, 미워하고, 괴롭히고, 밀어내면서도 결국 그녀에게서 헤어나지 못하고 되돌아가기를 반복했다.

사랑을 하면서도 그게 사랑인 줄 몰랐던 철없던 시절. 누구나 과거는 망각하기 마련이라지만 시헌은 그 시절을 떠올릴 때마다 이상한 이질감에 사로잡히곤 했다. 과거의 김시헌과 지금의 그는 완전히 다른 사람이었다. 생각도, 사상도, 바라는 것도, 꿈도 모든 것이 달라졌다.

약관의 시헌의 손은 그야말로 섬섬옥수(纖纖玉手)였다. 붓, 혹은 투패 외에 험한 것이란 쥐어본 적 없는 손마디는 여인 못지않게 희고 매끄러웠었다.

문득 시헌은 지금의 제 손을 내려다본다. 거친 손 곳곳에는 크고 작은 흉터와 굳은살들이 빼곡하게 박여 있었다. 그 손은 시헌의 오늘을 상징한다. 그는 상처투성이였으나, 굳세게 살아남았다.

스물한 살 김시헌과 스물여덟의 김시헌. 공통점은 오직 하나뿐이었다.

홍.

칠 년 전의 그가 홍을 사랑했듯, 지금의 시헌도 홍을 사랑한다. 칠 년 전의 그가 지난한 번뇌 끝에 홍 없이 살아갈 수 없다는 것을 인정했듯, 지금의 시헌 역시 홍 없이는 살아갈 수가 없다.

홍의 물음에 확신하듯 대답했지만, 실제 운명이 그들을 어디로 데려갈지는 시헌 역시 알지 못했다. 당장 다시 말에 오른 후의 운명조차 가늠할 수 없는 것이 삶이었으므로.

그러나 그는 확신한다. 어느 시간, 어느 장소에서든 시헌과 홍은 늘 함께하리라. 그것이면 충분했다.

떠나기 위해 말고삐를 손에 쥐던 시헌이 혼잣말을 했다.

"운명."

시헌은 자신과 홍에게 유독 모질었던 그 말을 입에 담았다.

"가보자. 운명이 어디로 우리를 데려가는지."

그의 말이 땅을 박차는 순간, 반대편에서 달려오는 말발굽 소리가 마치 운명처럼 들려왔다.

먼 하늘에서 시작된 뇌우처럼 서서히 커져 가는 말발굽 소리. 뿌연 먼지를 일으키며 그들을 향해 질주하는 거대한 밤색 말의 모습은 시헌의 눈에 꽤 익숙했다.

운명이란 맞서 싸워야 하는 것. 도망치거나 외면해서는 절대 벗어날 수 없는 것. 끝없이 엇갈리고 어긋났던 홍과 시헌의 재회가 운명인 것처럼, 지독한 악연 역시 그들의 운명이었던 게다.

그렇게 그들은 운명을 마주했다.

이제 피할 수도, 피할 이유도 없었다.

❀

"으흑……."

퉤, 팔쥐가 피 섞인 침을 뱉어냈다. 입안이 터져 피 냄새가 진동했다.

"안 돼."

안 된다. 있을 수 없는 일이다. 또 제가 홍의 앞길을 가로막은 게다.

홍에게 약조하지 않았나. 콩쥐가 그들이 떠난 것을 알아채지 못하게 시간을 벌어보겠다고. 한데 돕기는커녕 오히려 홍이 사라졌음을 알린 꼴이나 다름없었다.

"천치! 병신!"

차라리 죽자. 이렇게 평생 홍을 괴롭히고, 그녀의 앞길이나 가로막으며 살 거 혀라도 깨물고 죽어버리는 게 나았다.

자리에 주저앉아 제 머리를 쥐어뜯던 팥쥐가 벌떡 일어섰다. 머리가 핑 돌았다. 뒷목이 축축하여 손을 대보니, 뒤통수에서 흐른 피가 흥건했다.

"콩쥐를 잡아야 돼."

팥쥐는 피 따위 개의치 않았다. 그녀는 마치 뭔가에 홀린 사람처럼 비척대며 집을 나섰다. 막 쪽문을 벗어난 그녀가 길목으로 들어서던 순간이었다.

"야."

갑자기 팥쥐의 팔을 잡아채는 굳센 손길.

천이었다.

"너 꼴이 왜 이래?"

"놔요!"

"꼴이 대체 이게 뭐냐고. 너, 머리에서 피 나는 건 아냐?"

"피가 나든 뭐든 관계없으니 놓으라고!"

팥쥐가 바락 소리를 질렀다. 팥쥐의 눈동자에는 광기 같은 기이한 이채가 맴돌고 있었다. 당황한 쪽은 오히려 천이었다.

"대체……. 무슨 일이야. 계집애가 어찌 이런 꼴로 돌아다니고 있냐고. 콩쥐도 뭐에 홀린 사람처럼 눈을 희번덕대며 가더니……."

"콩쥐? 콩쥐를 봤어?"

"방금 전에 봤어. 팥쥐 너, 대체 왜 이러는 거냐? 너희 집에 무슨 일이라도 난 거야?"

"콩쥐, 어, 어디로 갔어?"

천의 물음 따위 들리지 않는 사람처럼 팥쥐가 되물었다. 열에 들뜬 것 같은 팥쥐의 태도에, 천이 질린 듯 한 걸음 물러났다.

"어디로 갔냐니까!"

"마을 초입으로 갔어. 그 계집애와 말 섞고 싶지 않아서 어디로 가는지 딱히 묻지는 않았다. 저쪽 길로 갔으니, 방향은 한 군데뿐이겠지."

천이 마지못한 듯 마을 초입을 향해 쭉 뻗어 있는 길을 가리켰다.

"야, 팥쥐 너……."

그러나 천의 말이 채 끝나기도 전에 팥쥐는 무작정 달려가기 시작했다.

"대체 왜 저러는 거야."

저 집에 사는 것들은 하나같이 제정신이 아닌 모양이다.

"가봐야 하나……."

저도 모르게 중얼거리던 천이 급히 머리를 내저었다.

"내가 미쳤다고. 다시 저 집 것들이랑 상종할까 봐서."

천이 스스로에게 다짐하듯 중얼거렸다. 그사이, 팥쥐의 모습은 점처럼 작아져 보이지 않았다.

아침 햇살이 갈대밭을 비추었다. 사방은 무르익은 가을날의 평원처럼 황금빛이었다.

그러나 그것은 태양이 만들어낸 그럴듯한 눈속임에 지나지 않는다.

긴 겨울을 견뎌낸 갈대는 희끗희끗 색이 바랬고, 당장에라도 와사삭 부스러질 것처럼 메말라 있었다.

겉만 번쩍일 뿐, 실제로는 황량하기 짝이 없는 그 갈대숲 사이로 여인 하나가 모습을 드러냈다.

"하아……. 하아……."

마침내 가옥 입구에 당도한 콩쥐가 가쁜 숨을 내쉬었다. 고을 초입의 갈대밭까지 미친 듯 달려온 그녀였다. 미처 숨을 고를 새도 없이, 집 주변을 둘러본 그녀의 표정이 잔뜩 구겨졌다.

"망할 년이 진짜……."

설마 정말로 야반도주라도 한 건가. 그 어디에도 사람이 있을 법한 흔적은 보이지 않았다. 더 이상 사방을 둘러보고 자시고 할 겨를이 없었다. 성큼성큼 문으로 달려간 콩쥐가 우악스럽게 문고리를 당겼다.

덜컹! 문이 열렸다. 방 안에는 콩쥐가 홍과 시헌을 대면했던 날의 흔적임이 분명한 정돈되지 않은 이부자리만이 덩그러니 남아 있을 뿐이었다.

"개 같은 년!"

콩쥐가 괴성에 가까운 소리를 내질렀다. 집에 있는 내내 억눌렀던 화증이 단번에 치밀어 올랐다.

"아아아악!"

악에 받친 비명이 터져 나왔다.

콩쥐가 그들에게 건네었던 제안은 나무랄 데 없이 훌륭했다. 그것만이 지금의 삶을 깨뜨리지 않으면서 모두가 원하는 바를 이룰 수 있는 유일한 방법이었다. 콩쥐는 명문가의 마나님이라는 신분을 얻을 것이고, 홍과 시헌은 그들의 체면을 지킴과 동시에 욕망을 충족시킬 것이다.

그렇게 하겠노라고 철석같이 약조했으면서, 뻔뻔한 얼굴로 저를 속이

다니.

"더러운 연놈들!"

분이 차올라 아무 욕이나 주워섬기던 콩쥐가 이를 악물었다. 뿌드득, 이 가는 소리가 앙다문 잇새로 흘러 나왔다.

이제 방법은 하나뿐이다. 그것들이 더 먼 곳으로 도망치기 전에 아비에게 알려 그들을 잡아들이는 수밖에.

최만춘이 사건의 전모를 깨닫는다는 것은 콩쥐의 혼담 역시 깨어진다는 의미와 같았다. 그러나 콩쥐는 개의치 않았다. 제 것이 되지 않을 바에야 차라리 망가뜨려 버리고 말 테다.

"아버지!"

콩쥐가 다급히 중얼거렸다. 대체 아비는 어디로 갔을까? 관아로 향했을까? 아니면 어린 시절, 그녀를 데리고 종종 향하곤 하던 대둔산 기슭의 안가(安家)로 갔으려나? 홍이 다른 이도 아닌 제 정혼자와 도망쳤다는 끔찍한 사실을 어서 아비에게 알려야만 했다.

다급한 걸음으로 뜰을 가로지르던 콩쥐가 문득 멈춰 섰다. 그녀의 시야에 들어오는 눈부신 빛. 고작 열댓 걸음 떨어진 갈대숲 안에 숨은 연못에 반사된 햇살이 날붙이처럼 번쩍이고 있었다. 눈살을 찌푸린 콩쥐가 시야를 어룽지게 하는 연못에서 고개를 돌렸다.

무심코 하늘로 향한 콩쥐의 눈에 검은 점 하나가 들어왔다.

까악까악, 길게 허공을 비행하는 검은 까마귀 한 마리. 까마귀는 모두가 불길하게 여기는 새였다. 듣기에, 죽어가는 짐승이나 사람이 있는 곳을 귀신처럼 알고 찾아든다던가.

"재수 없게!"

비명처럼 내뱉은 콩쥐가 내달리기 시작한 순간이었다.

"모, 못 가!"

우거진 갈대숲 사이로 나 있는 길목에서 갑작스레 튀어나온 팔쥐가 콩쥐의 앞을 막아섰다. 콩쥐가 짜증스러운 표정으로 팥쥐를 노려보았다.

시꺼멓던 팥쥐의 얼굴에는 푸르뎅뎅한 기운이 돌고 있었다. 저고리는 이미 피 칠갑이었다.

"팥쥐 너, 여기가 어디라고 따라와?"

"그, 그건 알 바 아니고! 모, 못 간다고!"

팥쥐가 작정이라도 한 듯 두 팔을 벌려 콩쥐의 앞을 막았다.

"이년이 진짜, 보자 보자 하니까!"

콩쥐의 분노가 기어이 폭발했다.

"망할 년! 너도 똑같아! 그 홍이라는 계집과 현감이 무슨 관계인지 너도 알고 있었지? 그러고서도 모른 척, 홍이 도망가도록 내버려 둔 거 아냐?"

콩쥐의 목덜미에 핏대가 바짝 섰다. 콩쥐는 숨조차 쉬지 않고 팥쥐를 몰아붙였다.

"배은망덕한 년! 우리 아버지에게 버러지처럼 빌붙어 먹고 자고 누릴 것은 다 누리고 살았으면서! 은혜도 모르는 년! 넌 짐승만도 못해!"

콩쥐는 귀신을 부르는 무당처럼 열에 들떠 내뱉었다. 긴 세월 팥쥐를 바라볼 때마다 느꼈던 혐오감은 마침내 한계에 이르러 숨길 수 없는 지경이 되었다. 분노에 찬 콩쥐가 팥쥐의 멱살을 쥐고 흔들었다.

"더러운 년! 내가 너에 대해 모를 줄 알아? 내가 너와 홍 그년이 어떤 사이인지 모를 줄 아냐고?"

"뭐?"

"네년, 매일같이 음침하게 홍을 엿보고 따라다녔잖아! 밤이 되면 그 문 앞에서 기웃대고, 홍의 뒤를 개처럼 졸졸 따라다니고!"

"그, 그런 거 아니야!"

"아니긴 뭐가 아니야?"

콩쥐가 요란하게 코웃음을 쳤다. 그녀의 시선은 경멸을 담고 있었다.

"누굴 속이려고 드는 게야? 애당초 딸이라는 둥, 동생이라는 둥 할 때부터 난 믿지도 않았다고. 나만 이렇게 생각하는 줄 아니? 몸종들도 다들 너를 혐오스럽게 생각해. 홍을 힐끔대는 네 눈깔만 봐도 몸에 뭐가 기어 다니는 것처럼 소름이 쫙 끼친다고!"

"그, 그런 게……."

"역겨워. 역겹다고! 홍이나 너나 더러운 건 매한가지야."

"더, 더럽지 않아! 홍은 그런 사람이 아니야……."

"더럽지가 않아? 웃기는 소리! 아버지를 두고 외간 사내와 뒤엉키는 홍 그년도 더럽고, 같은 여인을 그렇게 끈적한 눈으로 쳐다보는 너도 더럽지. 역겨운 것들이야! 끔찍한 종자들이라고!"

팥쥐는 대답 대신 고개를 세차게 휘저었다. 그러나 콩쥐는 멈출 생각이 없는 듯했다.

"나만 이렇게 생각할 것 같지? 몸종들만 소름 끼친다고 수군덕댈 것 같아? 아니! 홍이라고 달랐을까? 홍이라고 네가 이리 구역질나는 계집인 걸 몰랐을 것 같아?"

"아, 아니야……. 아니라고!"

"너처럼 흉하게 생긴, 그것도 사내도 아닌 계집이 저를 흠모하는 걸 알았으니까 홍이 이리 떠나 버린 거겠지! 네가 끔찍해서, 네가 소름 끼쳐서, 네년의 얼굴을 보는 것만으로도 토악질이 나서!"

"으아아아아!"

팥쥐가 콩쥐를 향해 달려들었다. 비록 머리통 하나만큼은 작았으나, 팥쥐는 성난 황소처럼 콩쥐에게로 돌진했다.

부지불식간에 중심을 잃은 콩쥐의 몸과 팥쥐의 몸이 한데 엉켰다. 뒤엉킨 두 여인의 몸이 하나가 되어 빽빽한 갈대숲을 가로질렀다. 서로의 머리채를 잡으려는 손이 갈대를 움켜쥘 때마다 바싹 마른 잎이며 줄기가 와작와작 부서졌다. 쿠당탕 바닥에 나뒹구는 콩쥐와 팥쥐의 몸 아래에 깔린 갈댓잎들이 파스스 가루가 되어 흩날렸다.

"망할 년! 이 더러운 년!"

풍덩!

축축한 땅 위를 뒹굴던 그들의 몸이 연못 속으로 굴러떨어졌다.

다행히도 연못 가장자리의 수심은 깊지 않았다. 그 와중에도 콩쥐와 팥쥐의 싸움은 멈출 기색 없이 계속되고 있었다. 입안으로 비릿한 연못물과 함께 시커먼 뻘이 밀려들어 왔다. 서로를 붙들기 위해 필사적으로 휘적대는 손이 물에 잠길 때마다 거친 파문이 일었다.

"팥쥐, 이 망……. 망할……!"

꼬르륵. 입안으로 들이닥치는 차디찬 물.

"크헉!"

가까스로 고개를 들어 올린 콩쥐가 연못물을 뱉어냈다. 그 순간 주르륵, 뻘에 닿았던 발이 미끄러졌다. 콩쥐와 팥쥐의 몸이 동시에 물속으로 잠겨들었다.

그들이 정신을 차렸을 즈음에는, 이미 둘 모두 연못 한가운데까지 밀려들어 가 있었다.

"흐억!"

흙탕물이 입과 코 안 가득 밀어닥쳤다. 숨통이 꽉 틀어 막혔다. 있는 힘껏 발버둥 쳐 보았지만 어디에도 발이 닿지 않았다.

"사, 살려줘!"

콩쥐의 입에서 외마디 비명이 터져 나왔다. 그러나 몸부림을 치면 칠수록 그녀의 몸은 더욱 깊이 가라앉기만 했다.

검고 끈적한 뻘이 입안을 채웠다. 필사적인 발악 탓에 콩쥐의 주변으로 맹렬한 파도가 쳤다. 시뻘겋게 충혈된 콩쥐의 눈에 팥쥐의 모습이 들어왔다. 그러나 의외로 팥쥐 쪽에서는 별다른 움직임이 느껴지지 않았다.

저게 벌써 뒈졌나. 팥쥐는 별다른 움직임 없이 축 늘어져 있었다.

죽은 게다. 뒈진 게야! 눈앞에서 송장을 본 콩쥐의 몸짓이 더욱 다급해졌다.

"으억! 사, 사, 사람 살려!"

콩쥐가 젖 먹던 힘을 다해 외쳤다.

콩쥐의 생각과 달리, 팥쥐는 죽은 건 아니었다. 어쩌면 콩쥐가 하듯 이리저리 몸부림 치고 버둥댄다면 수면 위로 떠오를 수도 있으리라.

'필요 없어.'

하지만 필요 없다. 그런 구차한 생 따위.

유일한 의미였던 홍은 팥쥐의 곁을 떠났다. 팥쥐의 삶은 갈 길을 잃었다. 어디로 가야 할지, 무엇을 해야 할지 알 수 없었다. 이럴 바엔 차라리 죽음을 선택하는 편이 나았다.

시커멓고 차디찬 죽음이 덮쳐 오는 순간, 팥쥐에게 바라는 것이 있다면…….

'홍 언니가 행복했으면.'

제발. 그랬으면 좋겠어…….

그리고 부디 내세에는 이토록 끔찍한 혐오의 대상이 아니기를. 시전이며 개울가며 마을 어디에나 있는 평범하고 평범하며 또 평범한, 그런 사람으로 다시 태어나기를…….

"천! 살려줘! 나 여기 있어! 처, 천! 천!"

순간, 몸부림치며 물 위로 떠올랐던 콩쥐가 비명에 가까운 소리를 질렀다. 그러나 팥쥐에게는 더 이상 어떤 소리도 들리지 않았다.

팥쥐의 눈앞이 새카매졌다. 폐부를 꽉 막고 있던 거대한 물의 존재가 갑자기 공기처럼 가볍게 느껴졌다. 몸이 두둥실 떠오르는 듯했다. 제 존재의 무게도, 고통스러운 번뇌도, 내내 어깨를 묵직하게 했던 생의 업보조차도 느껴지지 않았다.

수면 아래의 고요한 세상 속. 고단한 생보다 차라리 죽음이 더 편안했다.

까악- 까악- 연못 위 허공을 맴돌던 까마귀가 길게 우짖었다.

❀

최만춘을 맞닥뜨린 순간에도 시헌은 놀라지 않았다.

멀리서 갈기를 휘날리며 달려오는 준마를 보았을 때, 그는 방금 전까지 홍과 함께 되뇌었던 '운명'이라는 말을 상기했다. 그들의 사랑이 운명이었던 것처럼, 최만춘과의 만남 역시 그러하리라.

혹독하고도 잔인했던 칠 년의 세월. 최만춘이 바로 그 세월이었다. 그는 시헌과 홍의 삶 속 가장 고통스러운 순간 그 자체였다.

그리고 시헌은 다짐한다. 다시는 저자가 제 운명에 개입하도록 내버려 두지 않겠다고. 운명이 그들을 이끌고 온 이 자리에서, 길고도 질긴 업의 끈을 끊어버리고야 말겠다고.

시헌은 막 튀어나가려던 말고삐를 굳게 붙잡았다. 재빨리 땅으로 뛰어내린 그가 빠른 손길로 홍을 안아 말에서 내렸다.

그리고 그와 거의 동시에, 그들을 향해 질주하던 최만춘의 말-엄밀히 따지면 시헌에게서 빼앗은 말- 역시 자리에 멈춰 섰다.

최만춘은 굳은 표정으로, 그러나 가뿐하게 말에서 뛰어 내렸다.

최만춘, 시헌, 그리고 홍.

마침내 마주친 이들 사이로 벼려진 칼날처럼 스산한 침묵이 감돌았다.

"저만치 떨어져 있어."

먼저 침묵을 깬 것은 시헌이었다. 그가 홍의 몸을 지그시 뒤로 밀어냈다.

"하지만……."

"홍아."

시헌이 조용히, 그러나 단호하게 내뱉었다.

"나를 믿어."

이런 게 운명이겠지.

대둔산 기슭의 안가를 박차고 나와, 집을 향해 말을 달리던 최만춘의 뇌리에 스친 생각 역시 그러했다.

'명우'라는 이름으로 자신을 소개했던 자의 정체가 김시헌이라는 것을 깨달은 순간, 최만춘은 그들이 도주를 꿈꿀 것임을 직감했다. 홍을 잃을 수는 없다. 무슨 일이 있어도 최만춘은 그녀를 떠나보낼 수 없었다.

"이랴!"

그는 뒤도 돌아보지 않고 대둔산을 떠나 집으로 향했다. 말의 옆구리를 걷어차고 있는 힘껏 채찍질을 하고 또 했다. 마른 땅에서 뿌연 먼지가 자욱하게 일어났고 자갈돌이 튀어 올라 각반을 때렸다. 얼굴로 쏟아지는 흙바람 속에서 최만춘은 충혈된 눈을 부릅떴다.

집으로 돌아가기 위해 온 힘을 다해 달려가던 사내, 그리고 떠나가기 위해 필사적으로 달리던 이들이 운명처럼 마주친 길 한복판. 두 필의 말이 내는 기척만이 들리는 소리의 전부였다.

최만춘은 애써 긴장을 억누르며 앞을 응시했다.

홍. 그리고 그녀의 곁에 있는 김명우, 아니, 김시헌.

최만춘은 콩쥐와의 혼인을 청하던 그를 기억하고 있었다. 딸의 정인이라던 사내에게 향하던 것과는 또 다른 시선으로, 최만춘은 몇 걸음

앞에 버티고 서 있는 시헌을 보았다.

칠 년 전, 최만춘은 전주를 제집처럼 드나들었었다. 최만춘과 시헌은 월야관이라는 같은 공간에서 여러 차례 스쳐 지나면서도 결코 얼굴을 마주한 적은 없었다.

'만일 그때 이자를 만났더라면 어땠을까.'

그 시절, 시헌을 소개해 주겠노라는 강영완의 제안을 사양치 않았더라면. 그렇다면 달라졌을까. 오늘의 만남이, 그들의 운명이, 뒤틀리고 엉켜 버린 삶이……. 조금은, 조금은 지금과 달라졌을까?

묵직한 침묵에 감싸인 세 사람의 시선이 어지러이 엇갈렸다.

이미 햇빛이 찬란한 아침이었다. 분위기와 전혀 어울리지 않는 황금빛 햇살 속을 떠다니는 시커먼 흙먼지들은 이곳에서 마주치기까지의 여로가 얼마나 험난했는지를 방증했다.

"여기서 마주칠 줄은 몰랐는데."

먼저 입을 연 것은 시헌이었다.

"……."

최만춘은 시헌의 말에 대꾸하지 않았다. 그는 그저 미간을 좁히며 시헌을 응시할 뿐이다.

저런 눈을 하고 있었나. 집에서 마주했던 모습과 지금 시헌의 모습은 많이 달랐다.

최만춘은 거구의 사내였다. 그의 장대한 기골에 대비된 시헌의 몸은 실제보다 왜소하게 보였다. 누가 보아도 더 강해 보이는 쪽이 최만춘임은 분명한 사실이었다.

그러나 그 순간, 최만춘은 평생 거의 느껴본 적 없는 감정을 경험하고 있었다.

압도감, 믿기지 않는 위축감. 어쩌면…… 열등감?

시헌은 최만춘에게 없는 것들을 가지고 있었다. 시헌은 눈부시게 젊었고, 제 것을 지키고자 하는 용기로 가득 차 있었으며, 원하는 것을 쟁취하려는 열망에 타오르고 있었다. 눈빛만 보아도 알 수 있었다. 이자는 물러나지 않을 것이다. 결코 포기하지 않을 것이다. 무슨 일이 있어도, 저 자신의 삶과 그녀를…….

"최만춘."

시헌이 무겁게 입을 떼었다. 나직한 목소리에는 강렬한 울림이 있었다.

"일단 마주친 이상 결론은 내야 하겠지. 그렇지 않은가, 당신?"

그를 '당신'이라 칭하는 시헌의 얼굴을 바라보던 최만춘의 표정이 희미하게 일그러졌다.

"나는 그대에게는 할 말이 없소."

최만춘이 시헌으로부터 시선을 피했다. 그의 눈길이 몇 걸음 너머, 새하얗게 질린 얼굴로 서 있는 홍에게로 향했다.

"가자."

최만춘이 홍에게 내뱉은 말은 그뿐이었다.

홍의 눈동자가 어지러이 흔들렸다. 그녀는 최만춘이 두렵지는 않았다. 긴 세월 동안 그는 그녀에게 감사의 대상이었을 뿐 공포의 대상이었던 적은 단 한 번도 없었다. 홍이 누리지 못했던 것들을 그는 주었다. 그는 진중했고 배려심이 넘쳤으며 다정하고 친절했다. 홍에게 있어 최만춘은 좋은 사람, 그러나 결코 사랑할 수는 없었던 사람이었다.

만약 시헌과 떨어져 있었던 칠 년 사이, 그녀가 그를 사랑하게 되었다면 어땠을까. 지금 이 자리에 운명처럼 마주한 셋의 모습은 크게 달라졌을 것이다. 어쩌면 셋의 만남 자체가 이루어지지 않았을지도 모른다. 김시헌과 최만춘, 두 사내를 움직이는 주체가 홍 그녀였기 때문이었다.

"가자. 어이하여 여기까지 나와 있느냐? 집으로 돌아가자."

"나리."

"어서."
홍은 결심했다.
"나리, 저는 갈 수 없어요."
늘 상황을 회피했던 그녀였다. 최만춘에게 빚을 졌다 생각했고, 늘 미안한 마음을 가지고 있었기에 홍은 솔직하지 못했다.
홍은 그에게 진즉 말해줘야 했었다. 나는 당신을 사랑할 수 없으며, 당신과 혼인하여 최만춘의 부인으로 살아갈 수 없다고. 내 생에 사랑하는 이는 오직 시헌 하나뿐이라고. 시헌이 살았다는 사실을 깨달은 지금은 물론이거니와, 그가 죽었다 믿었던 시절에도 그 마음은 다르지 않았다고.
홍은 말해야 했다. 늦었더라도, 이제는 반드시 진실을 밝혀야만 했다.
"저는, 돌아가지 않습니다."
"무슨 소리를 하는 게야."
최만춘의 목소리는 분노하거나 당황한 것 같지는 않았다. 여전히 그의 어조는 덤덤했다. 또한 간절하게 들리기도 했다. 마치 먼 과거, 죽음을 준비하던 홍에게 다가와 살아남으라 부탁하던 순간의 목소리처럼.
칠 년 전 그날, 홍은 죽음을 버리고 생을 선택하여 최만춘을 따라나섰다. 그러나 이번에는 결코 그러지 않을 것이다. 이제 시헌이 홍의 생이었다. 생이 없는 삶은 죽음뿐이다.
"저는 돌아갈 수 없어요. 부디 저를 용서하세요."
그때였다. 묵묵히 둘의 대화를 듣던 시헌이 입을 열었다.
"용서 같은 건 필요 없어. 용서를 빌어야 하는 것은 홍 네가 아닌 이 사람이니까. 네게는 아직 말하지 못했지만, 나는 이자에게 물어야 할 것이 있다."
홍 역시 곧 알게 되리라. 최만춘이 어떤 사람인지를.

시헌이 한 걸음 앞으로 움직였다. 이제 시헌과 최만춘의 거리는 얼마 되지 않았다. 시헌은 제 허리춤에 자리한 장검의 길이를 생각했다. 원한다면, 지금이라도 그를 벨 수 있을 것이다.

물론 최만춘 역시 검으로 무장하고 있었다. 그들은 아직 겨루어보지 못한 적이었다. 서로가 강하다는 것은 본능적으로 느꼈으나, 승리에 대한 확신은 둘 모두 가지지 못했다. 둘 중 하나가, 혹은 둘 모두가 피를 흘리게 될지도 모른다. 혹은 이곳의 풍경이 누군가의 생의 마지막 장면이 될 수도.

그러나 피할 수는 없었다. 피할 수 있는 운명이었다면, 이렇게 공교로운 장소에서 셋이 맞닥뜨리는 일은 일어나지 않았으리라.

"그리고 나는 이자에게 받아야 할 빚이 있어."

시헌의 눈빛은 흔들리지 않는다. 그는 오래도록 이 순간을 기다렸다.

"칠 년 전 그날, 당신이 벌인 일은 나를 망가뜨렸어. 내 몸을, 마음을, 정신을 무너뜨렸지. 그래서 나는 당신에게 꼭 물어볼 것이 있소."

그제야 최만춘의 시선이 시헌에게로 향하였다.

"몸이 회복되고 난 후, 내 삶의 목표는 오직 그것뿐이었어. 대둔산 도적들을 궤멸시키는 것, 그들에게 복수하는 것."

시헌의 목소리는 담대했다.

"장수로 온 뒤, 나는 한동안 대둔산 산적들에 대해 조사했지. 산적패들에게는 나름의 규칙이 있었어. 그들은 대형 상단이나 벼슬아치들을 제외한 평범한 민초들은 거의 공격하지 않았네. 산길을 오가는 길손들이 피해를 입는 경우는 드물었지."

여전히 최만춘은 묵묵부답이었다. 그는 마치 저와는 무관한 이야기를 듣는다는 듯 미동 없는 표정이었다. 그러나 시헌은 아랑곳 않고 말을 이었다.

"그러므로 퍽 이상한 일이었지. 그저 밤길을 지나치던 사내와 여인, 몸종조차 데리고 있지 않았던 두 사람에게 그토록 잔혹한 짓을 벌인 건……."

최만춘의 유독 검은 눈동자를 바라보며, 시헌은 자신이 겪었던 몇 년간의 고통을 상기했다. 산산조각 난 몸, 걷지 못하는 다리, 누군가의 도움이 없으면 자리에 앉거나 밥을 먹거나 배설을 하는 일 따위조차 불가능한 삶.

그 고통을 말해 무엇 하랴. 그것이 최만춘이 시헌에게 한 짓이었다.

"이유가 무엇이었나? 나와 홍을 습격했던 이유가."

그래서 시헌은 묻고 싶었다. 아니, 물어야만 했다.

"돈이었나? 나를 볼모로 잡아 외숙부에게 큰 몫을 받아낼 생각이었나? 아니면 다른 이유가 있었던 겐가?"

그때였다. 피식. 최만춘의 입에서 나지막한 헛웃음이 흘러나왔다. 마치 깊은 한숨처럼 들리는 웃음소리였다.

"어찌 웃는 겐가?"

"공자."

내내 침묵을 지키던 최만춘이 마침내 시헌을 향해 입을 열었다. 낮게 잠겨 있는 음성은 음험했다.

"공자, 그대 때문이 아니라네."

"……."

"지나친 자신감 아닌가? 태어난 순간부터 모든 것이 갖추어진 삶을 살아왔으니, 세상에 무슨 일이 일어나든 저 때문이라는 과한 착각에 사로잡히게 되는 게지."

최만춘이 옅게 웃었다.

"돈? 그대의 외숙부의 재력? 그대도 내 집에 드나들지 않았나. 나는 그런 것 따위 눈곱만큼도 관심 없었다네."

홍이 제집에 무사히 있음을 확인하기 위해 미친 듯 말을 달려오는 길, 그는 김시헌에 대해서는 그다지 생각하지 않았다. 그리고 그것은 칠 년 전 먼 과거에도 마찬가지였다.

김시헌은 애당초 그에게 중요한 인물이 아니었다. 그러므로 헛웃음이 났다. 세상의 중심이 저이기라도 한 양 모든 일에 자신을 결부시키는 시헌의 태도에 환멸을 느꼈다.

“그때나 지금이나, 나에게 그대의 존재는 대수롭지 않아. 별거 아닌 훼방꾼, 발에 채이는 걸림돌, 성가신 벌레 따위에 지나지 않는다는 말일세.”

최만춘의 입가가 느른하게 휘어졌다. 긴장이 사라진 그의 태도에 여유가 돌아왔다.

김시헌과 같은 자들을 최만춘은 혐오했다. 태어날 때부터 모든 것을 가진 자들, 양반으로 태어난 덕에 누리고만 살았던 이들. 그들은 자기 생각밖에 할 줄 모르는 이기적인 자들이었다. 그들은 오만방자했고, 교만했으며, 신분이 낮은 이들을 개만도 못하게 여겼다.

딸에게만은 신분의 굴레를 물려주고 싶지 않았던 것은 어쩔 수 없는 아비의 마음이었다. 그러나 인간 최만춘은 양반, 그것도 김시헌처럼 모든 것을 타고난 사대부들을 혐오했다.

“나는 많이 보아왔거든. 자네 같은 양반나리께서 젊은 여인을 꾀어내 어떤 일을 벌이는지를. 일 년, 길어야 이 년? 그대들은 만족할 줄 모르고, 감사할 줄 모르지. 자기보다 신분이 낮은 이라면, 잠시 가지고 놀다 싫증 난 후엔 가차 없이 버리는 게 그대와 같은 고귀한 분들 아닌가.”

최만춘은 단언했다.

“나는 홍을 위해 그리했던 것뿐이네.”

잠시간 기묘한 적막이 흘렀다. 그 고요를 깬 것은, 시헌의 입술 새로 흘러나오는 헛웃음소리였다.

“홍을 위해서?”

최만춘이 내뱉은 말이 도무지 믿기지 않는 사람처럼 시헌은 다시 물었다. 그러나 최만춘은 묵묵부답, 답하지 않았다. 단지 시헌을 쏘아보고 있을 뿐이다. 시헌은 그의 눈에서 결코 물러나지 않을 것임이 분명한 의지와 고집을 읽었다.

시헌은 미동 없이 저를 노려보고 있는 거구의 사내를 응시했다.

무장(武將)의 체격. 타고났을 뿐 아니라 긴 세월 단련되었음이 분명한 체구는 바윗덩이처럼 크고 단단했다. 수많은 산적패를 거느린 우두머리로서 버텨내고 이겨내야 했을 숱한 싸움들이 그를 이토록 강인한 사내로 만들었을 것이다.

그러나 저 견고한 갑옷 같은 껍데기 밑에 야욕을 숨기고 있을 뿐, 그의 내면은 뒤틀린 욕망으로 가득 차 있다. 시헌은 본능적으로 알 수 있었다.

"홍을 위해서 그렇게 했다고? 홍을 위해서 우리를 사로잡고, 죽음의 문턱에 이르게 하고, 내가 죽었다고 믿도록 만들었다는 건가?"

최만춘은 여전히 침묵하고 있었다. 시헌을 마주 보고 있는 그의 눈빛은 늪처럼 암담했다. 최만춘의 눈 안에 비친 감정을 시헌은 읽을 수 없었다.

"홍을 속인 것 역시 그녀를 위해서라고……."

시헌은 나지막하게 물었다.

"그게 당신의 사랑의 방식인가?"

처음으로 최만춘에게서 반응이 왔다. 그의 미간이 움찔 경련했다.

감히, 새파란 애송이 같은 한량이 제 마음의 크기를 이러쿵저러쿵 평가하는 건가.

시헌은 그저 조금 빨랐을 뿐이다. 그는 단지 최만춘보다 조금 일찍 홍을 만남으로써 그녀를 얻어낸 운 좋은 난봉꾼에 지나지 않았다. 그런 그가 제 사랑을 조롱하다니.

"그게 최만춘 당신이 누군가를 사랑하는 방법인가? 여인을 속이고,

가두어놓고, 진실을 감추고 기만하는 것이?"
"그대는 지나치게 말이 많군."
최만춘이 무겁게 입을 열었다.
"입을 다무는 것이 그대에게 좋을걸세."
그러나 시헌은 다시 한번 물음을 던졌다.
"왜. 홍이 당신이 어떤 사람인지 알게 될까 두려운가?"
"두렵냐고?"
최만춘이 되물었다. 그의 시선이 슬쩍 움직였다.
그들로부터 머지않은 곳에는 새하얗게 얼어붙은 홍이 서 있었다. 그러나 최만춘은 차마 홍을 바라보지는 못했다. 그의 시선은 홍과 그 사이 중간의 어느 즈음을 맴돌다 다시 시헌에게로 되돌아왔다.
"홍은 지난날 그대에게 마음을 주었지. 나도 그 사실을 모르지 않네. 하지만 칠 년 전의 그대는……."
최만춘이 시헌을 응시했다. 이제 그가 물을 차례였다.
"과연, 한 여인이 제 전부를 걸 가치가 있는 자였나?"
그리고 그는 재차 물었다.
"생각해 보게. 그날, 대둔산에서 그대가 사로잡히지 않고 무사히 도주했다면 말일세. 과연 그대와 홍은 행복했을까? 그렇게 확신할 수 있으신가?"
최만춘의 어조는 음습했으나 완전한 확신을 담고 있었다.
김시헌. 칠 년 전의 김시헌은 그야말로 고결한 신분을 지닌 자였다. 왕과 그 일가를 제외한 나머지 신분제의 맨 꼭대기에 위치했었던 사내. 그토록 귀한 신분이었던 젊은 공자가 창기를 데리고 도망쳤다면, 그들은 과연 행복했을까.
"그대가 대답을 하지 못하니, 내가 일러주겠네."
최만춘의 표정은 자신만만했다. 잠시 흔들렸던 마음은 곧 제자리를 찾아 다시 굳건해졌다.

칠 년. 길다면 긴 세월. 그러나 흘러가는 것은 육신의 시간일 뿐, 사람의 본성을 바꾸지는 못한다. 김시헌은 예나 지금이나 치기에 사로잡힌 천둥벌거숭이에 지나지 않았다.

“그대는 여인을 버렸을걸세. 그대에게는 어려운 일도 아니었겠지. 누리기만 하며 살아온 이들은 결정도 쉽게 하고 후회도 빨리 하니까. 돌이켜 생각해 보게. 그 시절, 전주에 오기 이전 그대가 취하였다 내팽개친 여인들이 과연 몇이던가?”

그것이 진실이다. 최만춘에게는 그 사실만이 확고한 믿음이었고 진리였다.

김시헌이라는 사내가 홍을 곁에 두었던 시간은 고작 몇 달에 지나지 않았다. 그러나 최만춘의 사랑은, 김시헌이 조소하며 폄훼했던 그의 사랑은 칠 년 이상을 이어온 것이었다. 단 한 순간의 흔들림도 없이.

시헌은 잠시 침묵했다. 그의 침묵이 마치 승전보처럼 느껴져, 최만춘은 잔인하게 웃었다.

“그대도 이제 이해할 수 있겠지. 홍을 위해 한 일이라는 말의 의미를.”

이윽고 최만춘을 마주보던 시헌이 입을 열었다. 무거운 어조였다.

“최만춘, 당신은 오만한 사람이로군.”

“오만한 건 그대일세.”

“아니. 나는 오만하지 않아. 나는 단 한 순간도 운명 앞에서 교만했던 적 없어. 운명은 늘 가혹했지. 그래서 나는 늘 운명을 두려워했네.”

“그대가 겁쟁이라는 사실을 굳이 알려줄 필요는 없네.”

“겁쟁이라.”

시헌의 입꼬리가 얕게 휘어졌다.

“당신은…… 당신이 타인의 운명을 좌지우지할 수 있다고 믿는 것이

잖은가. 마치, 조물주라도 된 것처럼."

최만춘을 바라보던 시헌의 눈동자가 어둡게 침잠했다. 아주 나지막하게, 그리고 서글픈 목소리로 시헌은 내뱉었다.

"당신은 가여운 사람이야."

"뭐?"

최만춘의 미간이 다시금 파르르 떨렸다. 그는 시헌의 말을 잘못 들은 것일지도 모른다고 생각했다. 그럴 상황은 아니었으나, 최만춘은 최대한 신중하게 시헌의 말을 곱씹었다.

가여운 사람. 그 말을 언젠가 들은 적이 있던가?

"그리 오만한 마음으로 운명을 대하였기에, 정작 진실로 사랑했던 이를 잃어버린 것이겠지. 벌을 받은 거야."

"미안하네만, 나는 홍을 잃지 않을걸세."

"나는 홍의 이야기를 하고 있는 게 아니야."

시헌이 그 말을 내뱉은 순간, 최만춘의 인상이 구겨졌다.

"세상을 떠난 당신의 부인 말일세. 이름이, 단이던가?"

최만춘의 입에서 긴 신음 같은 쇳소리가 흘러나왔다. 그의 표정이 기묘하게 일그러졌다.

"감히!"

단. 시헌의 입에서 나온 단의 이름은 최만춘의 이성을 마비시켰다. 고통에 몸부림치는 짐승이 울부짖는 것 같은 소리가 꽉 다문 잇새로 흘러나왔다.

최만춘의 손이 검으로 향하는 것과 동시에, 시헌 역시 검을 뽑아들었다. 시퍼런 칼날 위로 산마루까지 솟아오른 태양이 작렬했다.

챙!

벼려진 칼날이 허공에서 맞부딪쳤다.

홍은 고작 몇 걸음 남짓 떨어진 자리에 우두커니 서 있었다.
그들은 홍의 존재를 까맣게 잊어버린 것 같았다. 최만춘은 물론이거니와, 시헌마저도.
최만춘과 시헌은 수없이 그녀의 이름을 말했다. 그러나 그들은 정작 그녀에게 시선을 던지지는 않았다. 그저 서로를 꼿꼿하게 노려보고 적대하며 싸우고 있을 뿐이었다.
퍼런 칼날에 반사된 햇살 탓에 은빛 섬광이 시야를 가렸다. 칼날 위로 눈부신 빛이 번뜩였다. 칼날이 맞부딪치는 소리가 쩌렁쩌렁했다. 그 날카로운 소리는 등골을 오싹하게 만들었다.
그리고 홍 역시, 마치 그들의 대화에 등장하는 '홍'이라는 여인과는 관계없는 사람이라도 되는 양 멍하니 싸움을 바라보고 있었다. 손끝 하나조차 움직일 수 없었다. 머릿속의 사고마저 잠시 정지했다. 완전히 넋을 잃은 사람처럼 홍은 그렇게 서 있었다.
칠 년.
그 시간 동안, 홍은 늘 죄책감에 시달렸다. 그녀의 깊은 죄의식의 원천은 최만춘을 사랑하지 못한다는 사실이었다.
그에게 삶을 의탁하고 있다는 사실에 늘 감사했던가. 시헌과 재회하기 직전의 어느 날, 그와의 혼례에 암묵적으로 동의했던 기억이 떠올랐다. 그가 머리맡에 두고 간 곳간 열쇠를 보며 호들갑을 떨던 꽃분이의 얼굴이 뇌리를 스쳤다.
홍이 최만춘의 아내가 되겠노라 마음먹었던 까닭은 그를 사랑해서가 아닌 미안함 때문이었다. 홍은 그것이 그의 마음에 대한 보답이라고 생각했다. 제 목숨을 구했고, 천한 창기의 신분에서 벗어날 수 있게 해주었으며, 팔쥐의 삶까지도 구원해 준 고마운 사람. 비록 사랑하지는 못했으나 홍은 그를 존경했다.
그 칠 년의 시간들이 모래성처럼 와르르 무너져 내린다.

모든 게 거짓이고 허상이었다. 그녀는 기만당했다. 속박을 은혜라 믿었다. 숨이 콱 막혔다. 눈물이 잔뜩 고였다. 심장이 거칠게 쿵쾅거렸다.

챙, 챙!

날카로운 금속성의 파열음이 홍의 귓전을 스쳤다. 퍼뜩 정신이 든 홍이 소스라치며 고개를 쳐들었다. 왈칵 쏟아진 눈물이 바닥에 흩뿌려졌다.

검게 확장된 동공 안으로 보이는 광경은 낯설고도 광포했다.

"멈춰요!"

홍의 입에서 새된 비명이 터져 나왔다.

"멈추라고!"

그러나 목소리는 홍 자신에게도 잘 들리지 않았다. 그 순간에도 칼날은 끝없이 맞부딪치고 있었다. 설령 그들에게 홍의 호소가 들렸다 한들 그에 반응할 수는 없었을 것이다. 한 순간이라도 정신을 흐트러뜨리는 순간 패배할 것이기 때문이었다.

허공을 가르는 칼날. 홍의 눈앞에서 세상이 무수한 조각으로 갈라졌다.

싸움은 팽팽했다. 시헌의 검은 빠르고 기술적이었다. 검술로 보자면, 시헌의 실력이 최만춘보다 월등했다. 그러나 최만춘은 엄청난 완력을 가지고 있었다. 또한 그는 완전히 이성을 상실한 상태였다. 최만춘은 맹수처럼 난폭하게 시헌을 밀어붙였다.

"멈춰요!"

칼날이 뒤섞이는 절체절명의 순간, 들려오는 홍의 목소리.

시헌은 잠시 홍의 안위를 확인하지 못했음을 깨달았다. 그의 고개가 홍을 향해 돌아갔다.

찰나였으나, 그가 보인 빈틈을 최만춘은 놓치지 않았다.

펑! 무언가 깨어지는 것처럼 큰 소리와 함께, 거칠게 검이 부딪쳤다. 날붙이에서 시퍼런 불꽃이 튀었다.

"으아아!"

짐승과 같은 포효를 내지르며, 최만춘은 겹쳐진 칼날에 체중을 실었다. 이를 고스란히 받아낸 시헌의 발아래 마른 땅이 푹푹 파였다. 이를 악물고 버티던 시헌의 몸이 주춤주춤 뒤로 물러났다. 그의 잇새에서 고통스러운 신음이 흘러나왔다.

무자비한 힘이었다. 교차된 칼날 너머, 시헌에게 보이는 최만춘의 눈자위는 악귀처럼 벌겋게 충혈되어 있었다.

"허윽……."

인정하기 고통스러웠으나, 시헌은 패배가 닥쳤음을 본능적으로 깨달았다.

교차한 칼날이 그의 바로 코앞까지 밀어닥쳤다. 팔이 부들부들 떨렸다. 이제 죽음 역시 그의 코앞에 이르러 있었다.

"홍……."

쥐어짜는 듯한 목소리로 시헌은 홍의 이름을 불렀다. 차마 고개를 돌릴 수는 없었다.

이상한 감각이 몸을 휘감았다. 사락사락 함박눈 쏟아지는 소리가 들리는 것 같았다. 어디선가 겨울 냄새가 났다. 차디찬 눈발이 몸을 감싸는 것처럼 목 언저리가 스산했다.

죽음 직전에는 지나온 생이 스쳐 지나간다는 말. 그게 이런 거였나.

믿기지 않을 만큼 빠른 속도로 점멸하는 생의 순간들. 죽음의 문턱에 선 시헌은 결코 길지 않았던 제 인생을 관조하고 있었다.

김시헌의 삶, 가장 강렬한 기억 하나.

쏟아지는 눈, 섬묘한 얼굴, 붉은 눈가와 입술.

홍, 나의 홍.

"……도망쳐."

그리고 그 순간, 어떤 일이 일어났다.

시헌의 몸이 바닥에 거칠게 나뒹굴었다. 최만춘의 검이 허공을 날았다. 무지막지하게 가해지던 힘이 갑자기 사라진 탓에 시헌은 중심을 잃고 뒤로 나동그라졌다.

붉은 피가 새파란 하늘 위로 솟구쳤다.

챙그랑! 땅으로 떨어진 검이 돌부리에 부딪쳐 요란한 소리를 냈다.

"홍!"

홍. 시헌과 최만춘이 동시에 홍의 이름을 외쳤다. 오싹하도록 선연한 붉은 피가 치솟았다.

분출하는 피는 시헌의 것도, 최만춘의 것도 아니었다. 맨손으로 최만춘의 검을 붙들어 막아낸 홍의 손에서 쏟아지는 핏줄기가 세상에 흩뿌려지고 있었다. 땅도, 하늘도, 그녀가 입은 의복도 모두 핏빛이었다. 소매 끝동이 새빨갛게 물들었다. 털썩, 홍이 바닥에 허물어지듯 주저앉았다.

홍으로서도 의도한 행동은 아니었다. 시헌의 코앞까지 들이닥친 칼날을 보고 본능적으로 달려가 손을 뻗었을 뿐이다. 날붙이가 생살을 가르는 섬뜩한 느낌조차 홍은 감지하지 못했다.

시헌. 그를 살려야 해. 오로지 그뿐이었다.

기이한 감각이 그녀의 몸을 지배했다. 오히려 고통은 느껴지지 않았다. 느껴지는 것은 손바닥과 손목의 뜨거운 온도, 점액질처럼 미끈대는 피와 체액의 감촉, 그리고 사방에 진동하는 쇳조각을 깨문 것처럼 비릿한 냄새…….

툭, 툭. 치마폭에 고인 피 웅덩이로 떨어진 홍의 눈물이 튀어 올랐다. 아파서 우는 것도, 두려움 탓에 흐느끼는 것도 아니었다. 그것은 순수한 슬픔으로만 이루어진 눈물이었다.

"으흑……."

가슴 전체가 희뿌옇고 먹먹한 슬픔으로 가득 찼다. 그녀 전체가 슬픔의 덩어리가 된 것만 같았다. 무거웠다. 슬픔으로 채워진 몸뚱이가 견딜 수 없이 묵직하여 고단했다. 이윽고 홍은 가라앉기 시작했다. 아득한 땅 밑으로, 심연으로.

"홍!"

다시 한번, 시헌과 최만춘이 동시에 외쳤다. 대경실색하여 검을 내던진 최만춘이 그녀를 향해 달려갔다. 바닥으로 쓰러지며 뒤통수를 호되게 부딪친 시헌 역시 이를 악물고 일어섰다.

홍에게 먼저 도달한 것은 당연하게도 시헌이 아닌 최만춘이었다.

"홍아!"

제가 베었다. 홍을, 홍의 가냘프고 창백한 손을 제가 베었다.

최만춘은 홍이 뛰어드는 것과 거의 동시에 칼을 내던졌으나, 그녀의 행동을 완전히 막지는 못했다. 홍의 손에는 영영 지워지지 않을 상처가 붉은 입을 벌리고 있었다. 흐르는 작은 물길처럼 쏟아지는 핏줄기가 치마폭을 물들이고 마른땅을 적셨다.

"홍아……."

최만춘이 홍의 앞에 무릎을 꿇었다.

그리고 그 순간, 쩌억! 홍의 흰 손이 허공을 갈랐다. 피의 비가 최만춘의 뺨에 뿌려졌다.

"……."

최만춘은 아무런 말조차 하지 못했다. 그의 입이 벌어졌다.

"홍……."

"어떻게 당신이……."

주룩, 홍의 뺨 위로 흐르는 눈물.

슬펐다. 사무치도록 마음이 아팠다. 제 믿음이, 무지함이, 최만춘으로 인해 구원받았다 생각했던 칠 년의 시간이. 최만춘이 벌인 일로 인하여 시헌이 받았던 고통의 시간들이. 그 깊은 슬픔의 무게가 홍을 덮쳐 왔다.

"믿었는데……. 은인이라 생각했는데……. 당신을 믿었는데……."

홍은 낮게 흐느꼈다.

최만춘은 홍을 살린 것이 아니다. 그는 그녀를 죽인 것이나 다름없었다. 그는 홍을 기만했으며 철저하게 속였다.

'생(生)'이라는 것. 아직 스무 살도 채 되지 않았던 월야관 기생 홍에게 생이란, 그저 목숨을 이어가는 것만을 의미하지는 않았다.

홍에게 생이란 끝없는 투쟁의 대상이었다. 홍에게 그저 숨 쉬고 밥을 먹고 잠을 자고 배설하는 것은 삶이 아니었다. 그녀에게 생이란 매 순간을 살고자 하는 의지였고, 자신의 존재에 대한 끊임없는 사유였다. 자신이 돈에 팔리는 고깃덩이가 아닌, 살아 있는 사람임을 증명하기 위한 끝없는 싸움이었다.

창기라는 신분을 가진 탓에, 아무리 몸부림쳐 봤자 홍을 둘러싼 수렁은 그녀를 에워싸고 옥죄이기만 했다. 그래도 홍은 살고 싶었다. 고통이 닥쳐도, 불행이 발목을 붙들어도, 천하고 하찮아도 살고 싶었다. 치열하게 삶을 꿈꾸고 싶었다.

세상에서 가장 천하고 비참하다는 창기의 몸이었으나, 결코 꺾이지 않는 꿈을 꾸는 여인. 홍은 그런 사람이었다. 칠 년 전, 그 밤 이전까지는.

"홍아."

충격을 받은 듯, 멍한 표정으로 홍을 응시하던 최만춘이 힘겹게 입을 열었다.

"나는 너를 위해서 그리했다. 네가 행복하기를 바랐을 뿐이야. 마음을 가다듬고 생각해 보면 너도 깨닫게 될 게다."

"무엇을…… 깨닫습니까?"
홍이 물었다.
"칠 년 전, 그날의 선택이 얼마나 잘못된 것이었는지를……."
그때였다.
"홍에게서 떨어져."
시헌이 내민 장검이 푸른빛을 발했다. 검의 끝은 최만춘의 목을 정확하게 겨누고 있었다.
"홍아, 어서 가자. 손을 치료해야 해."
홍이 시헌을 향해 고개를 돌렸다. 시헌의 얼굴을 마주한 후에야 처음으로 그녀는 옅게 웃었다.
"어서. 피를 많이 쏟았다. 그러나 정녕 큰일이 나……."
"선비님, 잠깐만……. 나리에게 할 말이……."
"이야기는 언제든 할 수 있어. 애당초 그런 자비를 베풀 까닭이 없는 사람이다."
"하지만 해야만 해요. 지금, 여기에서."
시헌이 착잡한 표정으로 이를 악물었다.
홍의 손바닥을 가로지른 긴 상처에서는 여전히 피가 배어나오고 있었다. 맥을 다친 것이 아니므로 목숨이 위험하지는 않겠지만, 그녀는 이미 과하게 피를 많이 흘린 상태였다. 당장 의원에게 보이는 것이 현명한 선택이리라. 그러나 홍의 눈에 담긴 간절함은 시헌을 선불리 움직이지 못하게 했다.
하아, 가쁜 숨을 내뱉은 홍이 최만춘을 향해 고개를 돌렸다.
짙은 운무 속에 잠겨 있는 것처럼 시야가 뿌옜다. 최만춘의 얼굴이 수면에 비친 달처럼 기괴하게 이지러졌다.
그녀가 마른입술을 핥았다. 피가 나는 것은 손인데, 어찌하여 입안에서 쇠 맛이 나는지 모를 노릇이었다.

"나리가 이런 사람인 줄 알았다면, 저는 결코 나리를 따라오지 않았을 텐데……."

몸의 감각이 무뎌지자 마음이며 머리 역시 느려졌다. 서서히 잠에 빠져드는 것처럼, 그녀를 휘감았던 격렬한 분노와 배신감 역시 사그라졌다. 담담했다. 모든 것이 다 부질없게 느껴졌다.

다시금 입을 연 홍의 목소리는 평온하고 나지막했다.

"운명이란 건, 참 알 수 없는 거예요."

월야관에서 살아가던 홍에게 최만춘은 이상한 사람이었다.

시헌마저도 홍을 이해하지 못하던 그 시절. 신분제의 맨 밑바닥, 짐승만도 못한 취급을 받는 창기인 홍을 유일하게 사람처럼 대해주었던 이. 그게 최만춘이었다.

홍을 존중하는 유일한 사람이었던 최만춘이, 그녀의 삶을 나락으로 떨어뜨린 사람이었다니.

"나리를 따라오지 않았다면, 아마 저는 그 자리에서 목을 매 죽었을 겁니다."

홍은 힘없이 웃었다. 생의 막바지에서 모든 것을 체념한 듯한, 그런 웃음이었다.

"만일 그때 죽었다면, 시헌 선비님을 다시 만나지는 못했겠죠……."

홍이 느리게 눈을 깜빡였다. 눈꺼풀에 납덩이를 매단 것처럼 자꾸만 눈이 감겼다.

그러나 홍은 말하고 싶었다. 최만춘에게, 마치 조물주라도 된 것처럼 그녀의 삶을 재단하고 속박하려 들었던 그에게 꼭 이 사실을 말해주고 싶었다.

"당신이 무슨 짓을 했든, 어떻게 우리를 갈라놓으려고 했든, 나를 가지기 위해 무슨 수를 썼든지 간에……."

홍이 감기는 눈을 들어 최만춘을 바라보았다. 눈에 고인 눈물 탓에 세상이 물에 잠긴 것처럼 어룽거렸다.

"우리는 다시 만났어요. 우리는 우리의 운명과 맞서 싸워 이겼으니까."

"……."

"칠 년 전, 그날의 선택이 잘못된 것이라고 했죠? 당신이 틀렸어요."

"……홍아."

거대한 사내가 그녀를 마주 보았다. 이상하도록 축 처진 어깨를 한 채로.

가여운 사람, 이라고 홍은 생각했다.

"나는 너를 위해 모든 것을 했어. 너를 지키기 위해서! 양반이라는 작자들이, 세도가라는 자들이 우리와 같은 이를 어찌 생각하는지 너는 모른다. 나는 저자로부터 너를 지키려 했을 뿐이라고……."

처음이었다. 늘 진중하던 최만춘의 목소리는 부들부들 떨리고 있었다.

"너를 연모하였기 때문에, 사랑했기 때문에……."

"하지만 나리."

불현듯 홍이 최만춘을 향해 손을 뻗었다. 그의 눈물에 홍의 피가 섞였다.

"나는 당신을 사랑한 적이 없는걸요."

"……."

"내가 사랑했던 사람은, 오직 시헌 선비님 한 명뿐입니다."

최만춘의 입이 헤벌어졌다. 거대한 석상이 되어버린 것처럼, 그는 옴짝달싹하지 못한 채 홍을 바라보기만 했다. 그런 최만춘을 보며 홍은 슬프게 고개를 저었다.

"그리고 당신이 사랑한 것 역시 내가 아니잖아요. 당신이 사랑한 사람은 내가 아닌 단이니까."

"나는……."

홍아, 아니, 단아. 아니, 홍아……. 나는…….

무어라 운을 떼던 최만춘이 말끝을 흐렸다. 그의 고개가 툭 떨어졌다.

"가여운 사람."

나지막한 홍의 목소리.

나지막한 단의 목소리…….

❀

대둔산의 봄.

딸 공심이가 태어난 지 기껏 두 해가 지나지 않은 춘삼월이었다. 기암괴석으로 이루어진 산봉우리 곳곳에도 희고 노랗고 붉은 꽃들이 피어났다. 봄꽃 향기가 산야에 진동하는 청명한 날이었다.

최만춘은 단과 함께 이른 아침 안가를 출발했다. 그들은 꽤 긴 시간 산길을 걸어 올라갔다. 그러나 높은 곳에서 완주를 뒤덮은 꽃무리를 보고 싶다던 단은, 정작 풍경에는 큰 관심이 없는 듯했다.

"가여운 사람……."

"무어라 했소?"

최만춘이 고개를 돌렸다.

단, 아름다운 그의 아내 단. 모든 것을 걸고 사랑하였으나, 부인이 된 후에도 결코 그의 마음을 알아주지 않는 단.

최만춘이 아닌, 그의 집에서 부리던 하잘것없는 노비를 사랑한 단…….

"왜 저를 용서하셨나요?"

단이 물었다. 마치 남의 일을 말하듯 무심하게, 아무런 감정 없이.

단은 최만춘의 노비였던 젊은 사내와 몸을 섞었다. 그것이 진짜 사랑이었는지, 아니면 정인이 있던 저를 부인으로 삼은 최만춘에 대한 복수였는지 그는 알지 못했다. 어쩌면 알고 싶지 않았다는 말이 옳았을 것이다.

최만춘은 노비의 목숨을 제 손으로 거두었다. 그러나 단은 죽이지 않았다. 아니, 죽이지 못했다. 외간 사내와 정을 통한 부인을 벌하지 않는 것은 자신의 위신에 먹칠을 하는 일이기도 했다. 그러나 최만춘은 오욕을 뒤집어쓰는 쪽을 택했다.

"왜 저를 용서하셨어요?"

답이 없는 최만춘에게 단이 재차 물었다.

"당신을 연모하니까."

"가여운 사람……."

"지금 뭐라 했소?"

벼랑길 아래 꽃으로 물든 산자락을 내려다보던 단이 빙글 몸을 돌렸다. 그녀가 최만춘을 마주 보았다.

"가여운 사람……."

단이 주춤주춤 뒷걸음질 쳤다. 그녀의 발꿈치에 차인 자갈돌들이 절벽 아래로 데구르르 굴러떨어졌다. 그녀의 등 뒤로는 깎아지른 듯한 낭떠러지. 최만춘이 위험하다는 말을 채 하기도 전에, 단은 벼랑 아래로 몸을 던졌다.

찰나였으나 억겁처럼 긴 눈 맞춤과, '가여운 사람'이라는 마지막 말을 남긴 채.

단을 향해 뻗었던 최만춘의 손이 허무하게 툭 떨어졌다.

짐승의 포효 같은 고통의 소리가 산사를 깨웠다.

❀

가여운 사람.

유언이나 다름없었던, 애증과 슬픔이 담긴 단의 목소리. 그리고 동정처럼 그 말을 내뱉던 시헌의 음성과 사무치도록 심장을 에는 홍의 목소리. 그들 모두 최만춘을 일컬어 가여운 사람이라 했다.

저는 정녕 그런 사람이던가.

세습직 향리라는 별 볼 일 없는 신분을 타고났으나 자신만의 굳건한 왕국을 이룩한 그였다. 권력, 부, 권위. 최만춘은 그에게 허락된 모든 것을 쟁취했고, 허락된 것 이상을 가졌다. 그는 모든 것을 이룬 사람이었다. 그가 갖지 못한 것은 오직 하나, 사랑하는 여인의 마음뿐이었다.

"홍아……."

홍을 바라보던 그는 제가 가질 수 없었던 최초의 여인을 떠올렸다.

단. 아름다웠으나 잔인했고 또한 방탕했던 그의 아내. 그 어떤 순간에조차 그를 사랑하지 않았던…….

"가여운 사람……."

그 말을 내뱉던 단의 목소리가 귓전에 메아리쳤다.

단은 단 한 순간마저도 최만춘에게 마음을 내주지 않았다. 딸 공심이가 태어났으나 단은 조금도 달라지지 않았다. 그녀는 그의 손끝만 스쳐도 소스라쳤고, 일상적인 말 한마디에도 쭈뼛 긴장하며 그를 경계했다. 최만춘의 모든 것을 혐오하는 사람처럼 단은 그를 미워했다.

그리고 봄볕을 품은 작은 회오리바람이 대둔산 곳곳에 꽃비를 몰아오던 어느 날. 비로소 최만춘에게서 벗어날 수 있게 되었다는 사실에 무한한 기쁨을 느끼는 사람처럼, 단은 두려움 없는 걸음으로 세상을 등졌다. '가여운 사람'이라는, 최만춘의 평생을 관통하게 될 한마디만을 남긴 채.

"홍……."

최만춘의 시야가 흐려졌다. 혼란스러운 표정으로 그는 제 앞의 여인을 바라보았다.

단은 홍을 닮았다. 홍은 단과 똑같은 모습을 하고 있었다. 그는 단을 속였다. 아니, 홍을 속였다. 그는 단을 원했다. 그는 홍을 소유하길 바랐다.

최만춘은 단에게 용서를 구하고 싶었다. 또한 변명하고 싶었다. 사랑이었다고, 나는 너를 지키기 위해 희생했다고. 노비였던 너의 삶을 비참한 신분의 굴레에서 건져 냈다고. 고깃덩이처럼 사고 팔리는 창기였던 너를 구원했노라고.

내가 바란 것은 오직 하나뿐이었다고…….

"단."

긴 세월이 흘렀기 때문일까. 찬바람에 씻겨 바랜 듯 단의 얼굴은 창백했다.

해쓱한 얼굴 위에 점점이 작은 꽃잎처럼 번져 있는 붉은 혈흔. 파리하게 질려가는 입술, 그리고 그토록 위태로운 와중에도 흑요석처럼 대담하게 빛나는 검은 눈동자.

원했고, 갈망하였으나 실패로 끝난 사랑.

네가 내 것이 되는 건, 아마도 이승에서는 힘든 일인가 보다. 그것은 피안에서나 가능한 일인가 보다…….

"단……."

최만춘의 고개가 툭 떨어졌다. 눈물이 쏟아졌다. 떨리는 손으로, 그는 흙 위에 펼쳐진 그녀의 치마 끝자락을 쓰다듬었다.

언제부터 단의 치마폭이 저토록 붉디붉었을까. 언제부터, 천지에 이토록 피 냄새가 진동했을까.

단. 나는 너를 죽이지 않았어. 죽음은 내게서 벗어나기 위한 네 그릇

된 선택이었지.

아니, 나는 너를 죽였어. 모두 내가 너를 죽음으로써 징벌했다 믿었고, 나는 침묵했어. 네가 죽음을 선택한 까닭이 오직 나 때문이었다는 것을 알아.

내가 잘못했다. 내가, 잘못했어…….

"가질 수 없다는 사실마저도 받아들이는 게 사랑이에요."

단이 중얼거렸다.

"그가 없는 세상에서도 그를 연모하는 게, 그게 사랑이에요."

홍이 속삭였다.

"홍……."

최만춘이 고개를 들었다. 단, 혹은 홍. 여인의 얼굴이 그의 시야를 가득 채웠다.

지키고 싶다는 말로 욕망을 포장했다. 그녀를 위해서라는 말로 진실을 감추었다.

"그러니 우리가 떠나가게 그냥 두세요. 당신은 나를 막을 자격이 없어요."

비로소 그는 깨달았다. 지키고 싶었던 것은 홍이 아닌 제 마음이었다. 위했던 것은 홍이 아닌 단으로 인해 상처받은 제 영혼이었다.

최만춘의 시선이 떨어졌다. 태산처럼 거대하던, 스스로가 그토록 강하다 믿었던 사내는 그렇게 허물어졌다. 그의 어깨가 거칠게 들썩거리기 시작했다.

최만춘이 하나하나 공들여 쌓아왔던 세상이 와르르 붕괴했다.

시헌은 그 자리에 묵묵히 선 채였다.

그의 손에는 여전히 장검이 쥐어져 있었다. 최만춘이 홍을 위해하려 든다면, 그는 망설임 없이 최만춘을 벨 것이다.

홍과 최만춘의 대화가 이어지는 동안 시헌은 기척조차 내지 않았다. 검을 맞부딪치고 온몸을 던져 싸움에 뛰어드는 것이 시헌과 최만춘의 연(緣)이라면, 홍과 최만춘의 관계는 더욱 깊고 복잡했다. 홍은 싸움 대신 대화를 선택했고 시헌은 그녀의 뜻을 존중했다. 그는 석물처럼 그녀의 곁에 머물렀으나 결코 개입하지 않았다.

감히 어찌 홍을 방해할 수 있었겠는가. 홍은 스스로의 운명의 고리를 끊어내는 중이었다.

고통의 세월. 모진 삶. 홍은 그 너풀대는 갈래들을 하나로 모아 그러쥐었다. 변덕스러운 운명에 휘말려 부유하던 씨실과 날실이 피에 젖은 손아귀 안에서 단단히 매듭지어졌다.

"선비님."

홍이 천천히 고개를 돌렸다. 하얗게 질린 얼굴 위로 시헌의 그림자가 드리워졌다.

그녀가 옅게 웃었다. 힘없는 웃음이었으나, 비로소 모든 짐을 덜어낸 듯한 홀가분한 모습이었다.

"가요, 우리."

함께.

"떠나요, 이제."

"그러자."

시헌이 고개를 끄덕였다. 들고 있던 검을 옮겨 쥔 그가 홍을 안아 일으켰다. 가냘픈 몸이 가볍게 그에게로 딸려왔다.

시헌이 홍의 손을 살폈다. 그녀의 손바닥을 가로지른 상처는 여전히 입을 벌리고 있었다.

시헌에게 향하던 검을 오롯이 받아낸 탓에 생긴 길고 잔혹한 상처. 다행히도 피는 서서히 멎는 중이었다. 많은 피를 흘린 탓에 백지장처럼 새하얗게 질린 얼굴이었지만 어쨌든 그녀는 버텨내고 있었다.

"어서 의원에게 가야겠다. 어찌 이 손으로 칼날을 붙든 것이야……."

시헌이 홍을 부축했다. 그의 목소리가 먹먹하게 잠겼다.

"선비님을 살리고 싶었으니까요."

홍의 대답은 간단명료했다.

오직 그뿐이었다.

살아가고 싶다. 시헌과 함께 살아가고 싶다. 시헌과 함께 살아가며 사랑하고 싶다.

시헌과 함께 사랑하며 오래오래 살아가고 싶었다.

머리가 무거워, 홍은 눈을 감았다. 숨결이 노곤했다. 온몸의 감각이 무뎠지만, 그것 하나만은 확실히 알 수 있었다.

홍은 이제 도망치지 않을 것이다. 이제 도망칠 이유도, 은거할 이유도, 이름을 속이거나 누군가의 시선을 두려워할 필요도 없었다. 그저 떠나면 되는 일이었다. 홍이 사랑하는 시헌의 손을 꼭 붙들고, 그들 앞에 펼쳐진 평화로운 길을 향해서.

홍이 시헌에게로 몸을 기대었다. 무거운 피로감이 썰물처럼 그녀를 뒤덮었다.

그때였다.

"그대."

바닥에 무릎을 꿇은 채 고개를 수그리고 있던 최만춘이 고개를 들었다. 눈물과 핏물, 불그레한 흔적들이 그의 거친 얼굴을 어지럽혔다.

더 이상 사내는 맹수가 아니었다. 깊이를 가늠할 수 없는 늪처럼 캄캄하던 눈동자는 흐리멍덩했다. 모든 것을 포기한 사내는 멍한 시선으로 시헌과 홍을 바라보았다.

그는 완전히 패배했다. 아니, 어쩌면 이기지 못할 것을 알고 있었는지도.

"나에게 자비를 베푸시게."

"자비?"

"그래, 자비."

최만춘의 입술이 벌어졌다. 여전히 음침하고 음험한 웃음소리가 그의 입술 새로 흘러나왔다. 그는 잠시 동안 그렇게 소리 없이 웃었다. 눈물이 말라붙은 뺨이 뻣뻣했다.

"자비를 베풀어주시게. 그대가 이겼으니."

시헌을 바라보던 최만춘의 눈길이 서서히 아래로 떨어졌다. 그의 시선은 시헌의 손에 쥐어진 검을 향하고 있었다.

날붙이에 햇살이 닿았다. 칼날에 반사된 찬란한 빛이 최만춘의 얼굴을 향해 쏟아졌다. 눈이 부셔, 최만춘은 눈꺼풀을 닫았다.

소유하고자 했던 욕망도, 살육의 욕구도, 확신과 믿음도, 그리고 사랑마저도 모두 사라졌다.

단 한 번도 패배한 적 없는 삶. 그러나 졌으므로, 반드시 그 대가를 치러야만 한다. 그게 가진 것 없던 사내, 최만춘이 세상을 살아온 방식이었다.

"나를 죽이게."

그리하여 모든 것이 끝나기를.

마치 대수롭지 않은 일을 부탁하듯, 최만춘이 내뱉었다.

"……."

시헌의 표정은 덤덤했다. 그는 바닥에 허물어진 채, 죽음이라는 괴상한 자비를 베풀라고 요구하는 사내를 바라보고 있었다.

홍은 최만춘을 용서한 듯하지만, 시헌은 그렇지 않았다. 단지 그는 그를 해할 수 없었을 뿐이다. 나락으로 떨어진 자만이 가질 수 있는 그의 눈빛은 시헌의 전의를 상실시켰다.

다친 짐승을 사냥할 수는 없다. 그것이 시헌이 베푸는 자비였다. 그러나 상처 입은 맹수는 다른 방식의 자비를 요구하고 있었다.

대답 대신, 시헌은 고개를 저었다. 그가 제 손에 쥔 검을 내려다보았다. 칼날에 담긴 빛무리가 반짝였다.

무예와는 전혀 연이 없던 시헌이 검을 쥔 것은, 오직 눈앞의 사내에게 복수하겠다는 일념 하나 때문이었다.

그러나 시헌은 최만춘에게서 시선을 돌렸다. 복수는 끝났다. 복수의 대상이었던 사내는 완전히 망가졌고 무너졌다. 시헌은 제 손에 그의 피를 묻히지 않을 것이다. 아무런 의지조차 없는 자의 목숨을 빼앗는 죄를 범하지 않으리라.

순간, 들려오는 홍의 목소리.

"살아요."

홍이 자꾸만 무겁게 내려앉는 눈꺼풀을 들어 올렸다. 최만춘과 그녀의 시선이 마주쳤다.

"살아가요. 살고픈 생각이 들지 않아도, 당신의 삶에게 기회를 줘요."

그 말. 칠 년 전 어느 날, 자진을 결심했던 홍에게 최만춘이 건네었던 말.

최만춘은 물음을 담은 눈으로 홍을 응시했다.

내가 무엇을 하며 살아갈 수 있겠느냐? 단도, 너도 잃은 내가, 어찌 살아갈 수 있겠느냐고…….

"속죄하면서."

홍은 그에 대한 답 역시 내려주었다. 모든 것을 잃은 사내가 힘없이 고개를 떨어뜨렸다.

이윽고 시헌이 홍을 안아 올려 말에 태웠다. 뿌연 흙먼지와 함께 그들을 태운 검은 준마가 발을 구르며 출발했다. 그들의 모습이 순식간에 최만춘의 시야에서 사라졌다.

이제 그는 모든 것을 잃었다. 아니, 아직 하나가 남아 있었던가.

제 피붙이. 아니, 피붙이는 아니었으나 최만춘이 그토록 피붙이라 믿으려 애썼던, 그의 사랑하는 딸.

그러나 최만춘 앞에 닥친 현실은 그의 생각보다 훨씬 더 잔혹했다.

❀

몸에는 그 어떤 무게감도 느껴지지 않았다. 마치 허공에 두둥실 떠올라 있는 듯한 느낌이었다. 꿈과 현실의 경계를 헤매는 것처럼 정신이 몽롱했다. 작은 소리조차 없는 주변은 적막했다.

세상은 완전한 고요에 이르러 있었다. 아니, 소리라는 게 애당초 존재하지 않는 것만 같았다. 불어오는 바람이나 공기의 흐름도 느껴지지 않았다. 아무런 향기도 맡을 수 없었고, 어떤 색채도 보이지 않았다. 제가 눈을 뜬 건지, 눈을 감은 건지조차 알 수 없었다. 아무것도 존재하지 않는 무(無)와 같은 세상은 지극히 평온했다.

이대로 멈춰 있고 싶다― 팥쥐는 그렇게 생각했다.

엄청나게 큰일이 있었던 것 같다는 느낌이 희미하게 밀려들었다. 그러나 기억이 나지 않았다. 아니, 어쩌면 기억하고 싶지 않은 건지도 모른다. 평화롭게 몸을 감싸는 이 아름다운 세상에서 이대로 눈을 감고 싶었다. 아무것도 없어서 마치 저마저 그 일부가 되어버린 듯한 이곳에 머물고 싶었다.

"……야."

"정신을 좀……."

순간 팥쥐의 세상을 침범하는 누군가의 목소리. 무의식적으로 팥쥐는 인상을 찌푸렸다.

깨고 싶지 않아, 나는 결코 이 잠에서 깨고 싶지 않다고…….

"팥쥐야!"

고요가 산산이 부서졌다.

"흐어……."

팔쥐의 입에서 흘러나온 신음 소리. 그 소리와 함께 오감이 되돌아왔다.

허공에 떠 있던 몸이 뚝 떨어진 것처럼 무게감이 밀려왔다. 팔쥐가 가장 먼저 느낀 것은 살을 에는 듯한 추위였다. 동시에 몸이 덜덜 떨리기 시작했다. 물비린내와 개흙 냄새가 밀려왔다. 숨이 턱 막혔다.

"쿨럭!"

갑작스레 욕지기가 치밀었다. 왈칵, 폐부에 가득 차 있던 뿌연 흙탕물이 좌르르 쏟아져 나왔다. 몇 차례 반복된 구토. 목구멍이 타는 듯 쓰라렸다. 끝날 것 같지 않았던 구토가 가까스로 멈춘 후, 마침내 팔쥐는 눈을 떴다.

"너……."

낯익은 얼굴이다. 햇볕에 그을린 거무스레한 얼굴 속, 팔쥐를 바라보는 한 쌍의 갈색 눈동자.

"살았구나……. 살았어……."

팔쥐를 내려다보던 천이 중얼거렸다. 천의 몸 역시 흠뻑 젖어 있었다. 흐트러진 천의 머리카락에 맺혀 있던 물방울들이 우수수 비처럼 쏟아졌다.

천. 그가 이런 모습인 것 역시 연못에 빠졌기 때문이겠지. 꼭 우는 것처럼 보이는 젖은 눈을 하고 있지만 그건 착각일 뿐이리라.

"네가 살렸어?"

한참 그를 바라보고 있던 팔쥐가 물었다.

"나, 네가 살렸냐고."

"응."

천이 고개를 끄덕였다. 마치 아랫것에게 말하듯 하대하는 팔쥐의 말투가 낯설었지만 그런 것에는 신경조차 쓰이지 않았다. 그가 고개를 떨어뜨렸다.

"왜 나를……."

왜 살렸어?

그 말은 질문이기도 했고, 원망이기도 했다. 그러나 몸을 일으키려던 팥쥐의 손끝을 스친 차디찬 감촉. 온몸을 소스라치게 하는 냉기에 놀란 팥쥐가 무심코 고개를 돌렸다.

팥쥐의 곁에 누워 있는 여인의 얼굴은 대단히 낯익으면서 동시에 낯설었다. 아름다웠을 것이 분명한 여인. 그녀의 얼굴은 아궁이에서 흩날리는 다 타버린 재처럼 희끄무레한 회색빛이었다. 벌어진 검푸른 입술 사이로 새카만 동굴이 보였다. 거죽 같은 살결에서는 살아 있는 사람의 생기라고는 느껴지지 않았다.

"코, 콩쥐……."

팥쥐가 저도 모르게 그녀의 이름을 내뱉었다. 그러나 팥쥐는 더 이상 말을 잇지 못했다. 콩쥐의 채 감지 못한 두 눈과 시선이 마주쳤기 때문이었다.

부릅뜬 눈.

팥쥐가 아는 콩쥐는 누구보다 자기 욕망에 충실한 여인이었다. 그러나 텅 비어버린 콩쥐의 눈에는 아무것도 남아 있지 않았다.

어미가 서방질을 통해 낳은 사생아라는 소문 탓에 더욱 집착해야 했던 신분 상승에 대한 희망도, 아비가 저를 내치기 전에 어엿한 집안으로 시집가 일가를 이루리라는 다짐도, 그리고 더 나은 삶을 갈구하며 품었던 온갖 욕망들마저 사라져 버린 눈동자.

콩쥐의 짧은 생을 지배했던 모든 것들이 우수수 빠져나간 눈자위는 죽어 떠오른 물고기의 배처럼 생기 없는 흰색이었다.

"죽었어, 콩쥐……."

문득 들려오는 천의 목소리.

"나 때문이야……. 나 때문에……."

나지막하게 흐느끼는 천의 울음소리가 들려왔다.

그렇게, 콩쥐와 팥쥐의 생(生)과 사(死)가 교차했다. 살고자 하는 콩쥐의 욕망이 오히려 그녀를 죽게 한 걸까. 혹은 죽기를 간절히 바란 팥쥐의 체념이 그녀를 살린 걸까.

운명이란 늘 이렇게 예측 불가하고 가혹한 것이었다. 간절하게 바라는 이에게는 좀처럼 답을 내주지 않지만, 결코 원치 않는 이에게는 선심이라도 쓰듯 덥석 답을 쥐어주곤 하는 것. 그것을 일컬어 운명의 장난이라 부르던가.

"아……."

팥쥐가 장탄식을 내뱉었다. 그녀는 살아났음이 기쁘지 않았다. 행복하지 않았다. 아니, 살면서 단 한 번이라도 행복했던 적이 있었던가?

홍이 그립다. 그러나 웬일인지 그녀의 얼굴은 잘 떠오르지 않았다. 물에 잠겨 있는 동안 머리가 어떻게 되어버린 건지도 모르겠다. 팥쥐의 유일한 행복이자 삶의 의미였던 홍이 떠나 버린 지금, 이제 무엇이 남아서 누추한 생을 지탱해 줄까…….

문득 그런 생각이 들었다.

행복하지 않아도 살아가는 게 삶인 걸까. 행복을 위해 아등바등 남을 밀어내며 사는 게 아니라, 행복하지 않아도 그냥저냥 살아가는 게 삶인가.

어쩌면 나도 그렇게, 살아갈 수 있을까…….

"팥쥐야."

"……응."

저를 부르는 천의 목소리.

"괜찮냐?"

팥쥐가 천을 향해 고개를 돌렸다. 콩쥐에게 끌려 다니는 천을 보며 늘 어수룩하다 비웃었지만, 이렇게 가까이에서 그를 보는 것은 처음이었다.

천의 슬픈 눈. 아무렇게나 흐트러진 머리칼이 짙은 슬픔처럼 그의 어깨 위에 드리워져 있었다.

"천, 너……."

팥쥐가 말끝을 흐렸다. 그제야 기억이 났다. 단 한 번의 몸부림조차 없이 생을 포기했던 순간, 물속으로 잠겨드는 제 몸을 와락 끌어당기던 손길.

그러나 모든 것을 체념했던 팥쥐의 마음과는 달리, 그 순간의 수중은 조금도 평온하지 않았다. 얼마 떨어지지 않은 곳에 필사적으로 허우적대는 콩쥐가 있었기 때문이었다.

콩쥐는 천의 이름을 목 놓아 부르고 있었다. 구해달라고, 살려달라고. 나를 구해준다면, 반드시 너의 여인이 되겠노라고. 그러니 제발 나를 살려달라고.

그럼에도 천은 콩쥐가 아닌 팥쥐를 선택했다.

대체 왜 천은 콩쥐가 아닌 저를 구했을까. 한때 그토록 콩쥐를 사랑했으면서.

"너……."

"왜?"

이유를 묻고 싶었으나, 이상하게도 입이 떨어지지 않았다. 팥쥐와 천의 시선이 마주쳤다. 그가 팔을 들어 쓱 눈물을 닦았다.

천으로서도 꽤 긴 시간 동안 고민하게 될 것이다. 두 목숨 중 하나만을 구해야 한다는 끔찍한 선택의 기로에서, 어찌하여 연모했던 여인이 아닌 팥쥐를 택하였는지를.

"왜?"

"아니야."

축 처진 천의 어깨를 바라보던 팔쥐가 무심코 고개를 들었다.

햇빛. 새하얗게 빛나는 세상. 머리 위로 솟아오른 태양에서 쏟아지는 강한 햇살 탓에 아프도록 눈이 부셨으나, 팔쥐는 차마 눈을 감지 못했다.

세상이 눈 안으로 벅차게 쏟아져 들어왔다.

새파란 하늘, 눈부신 햇빛, 일렁이는 기류, 물과 흙과 바람의 냄새, 서늘한 공기.

살아 있다는, 살아가게 되리라는 온갖 삶의 증거들.

"흐윽……."

팔쥐의 입에서 긴 날숨이 흘러나왔다. 피안의 강을 건너 차안으로 건너온 이만이 내쉴 수 있는 길고 긴 생의 숨결이.

멍하니 하늘을 바라보던 팔쥐가 몸을 일으켰다. 자리에서 일어선 그녀가 퉤퉤 침을 뱉었다. 입안에 남아 있던 미끌대는 뻘의 맛과 비릿한 물 내음이 사라졌다. 이윽고 그녀가 입을 열었다.

"난 이제 갈 거야."

"가?"

팔쥐의 말에, 천이 되물었다.

"집으로?"

"아니. 집으로는 안 가."

"그럼 어디로 간다는 소리야?"

"나도 몰라. 하지만 집에는 안 가. 거기, 내 집 아니야."

팔쥐가 무심히 대답했다. 천은 여느 때처럼, 참 이상한 계집애라 생각하는 듯한 표정이었다. 불현듯 천이 입을 열었다.

"나도 같이 가도 되냐?"

"……그러든가."

팔쥐는 까닭을 묻지는 않았다. 지금은 무엇이 어떻든 간에 아무 상관

없다는 생각이 들었기 때문이었다.

타박타박, 팥쥐와 천이 걸음을 옮기기 시작했다.

"팥쥐야."

"응?"

"너 이제 말 안 더듬는 거, 아냐?"

"내가?"

그랬나. 팥쥐가 머쓱하게 시선을 돌렸다.

"너, 앞으로는 어떡할 거냐?"

"뭘?"

천의 물음에 팥쥐가 고개를 돌렸다. 애당초 무언가 계획이 있어 나선 길은 아니었다. 최만춘의 집으로는 돌아갈 수 없다. 거기는 본래 팥쥐의 집이 아니었으므로.

"그냥, 다."

"글쎄."

팥쥐는 잠시 생각했다. 앞으로 어떻게 할까. 어떻게 지내야 할까.

짧은 고민을 마친 팥쥐가 대답했다.

"그냥 사는 거지, 뭐."

"그런 건가."

더 이상 천은 묻지 않았다. 팥쥐 역시 아무런 말이 없었다.

"이게 다 하늘의 뜻인가 보지."

갑자기 천이 내뱉었다. 팥쥐가 무슨 뜻이냐는 듯 그를 바라보았다.

"아버지께서 그런 의미로 지어주신 이름이거든. 하늘 천(天). 하늘의 뜻을 행하는 사람이 되라고."

흠. 팥쥐의 입술 새로 작은 소리가 흘러나왔다. 한숨 같기도, 헛웃음 같기도 한.

더 이상 연못은 보이지 않았다. 갈대밭 역시 등 뒤로 멀어졌다. 그들의 걸음 뒤로 물에 젖은 발자국들이 생겨났다. 어디로 향할지 모르는, 길고 자유로운 여로를 의미하는 축축한 걸음들이.

❀

홍과 시헌을 태운 말은 여전히 달리고 있었다. 그러나 사력을 다한 질주는 아니었다. 그럴 이유가 없었기 때문이었다.

시헌은 더 이상 말의 옆구리를 걷어차거나 채찍질을 가하지 않았다. 거센 바람 탓에 눈을 질끈 감곤 했던 홍 역시 이 순간만은 탁 트인 시야에 펼쳐지는 세상을 만끽했다.

아름다운 봄날이었다. 빛나는 초록, 따사한 바람, 막 꽃망울을 터뜨리기 시작한 희고 붉고 노란 꽃들로부터 시작된 달콤한 봄의 향기. 이 봄날이 영영 이어질지도 모른다는 행복한 예감이 그녀를 사로잡았다.

"홍아."

다정하게 홍을 부르는 시헌의 목소리. 그의 손길이 홍의 허리를 안온히 감쌌다.

"저 앞에 민가가 보인다. 저 정도 규모의 고을이라면, 분명 의원이 있을 거야."

"예, 선비님."

문득 홍은 제 오른손을 들어 올렸다.

피는 진즉 멎었다. 꽤 깊게 자리 잡은 붉은 흉터 위에는 찐득한 핏자국이 말라붙어 가고 있었다.

손바닥을 들여다보던 홍은 먼 과거, 월야관의 누군가에게 들었던 이야기를 떠올렸다. 손바닥에 새겨진 세 개의 굵은 선들 중에, 손목까지 세로로 쭉 뻗은 긴 손금을 생명선이라고 부른다던가.

그 생명선을 딱 절반으로 나누고 있는 길고 깊은 흉터. 어쩌면, 완전히 새로운 생을 의미하는 것일지 모르는 그 붉디붉은 선을 홍은 한참이나 바라보고 있었다.

무르익어 가는 봄날 속에서.

8장. 귀한 여인

등잔불의 심지가 타닥타닥 타오르는 소리. 귓전에 대고 속닥거리는 듯한 그 소리를 듣고 있자니 비로소 마음이 편안해졌다.

시헌은 곤히 잠든 홍을 바라보고 있었다. 여전히 그녀의 얼굴은 창백했으나, 푸르스름하던 입술에는 혈색이 돌아왔다.

"다행이다."

그가 나지막하게 중얼거렸다.

"다행이야……."

시헌이 닫힌 문으로 시선을 돌렸다. 어느덧 저녁이 되어, 푸른 어둠이 문살 사이사이를 채우고 있었다. 홍의 손에 남은 자상은 깊었고, 치료에는 꽤 긴 시간이 소요되었다. 의원이 돌아간 이후 그녀는 죽은 듯 깊은 잠에 빠져들었다.

시헌은 자신이 홍의 운명을 이끈다고 생각하며 길을 떠났다. 그러나 그들의 여정을 지켜냈을 뿐 아니라 최만춘과의 악연의 실을 끊어낸 것은 그가 아닌 그녀였다.

"홍."

시헌은 들릴락 말락, 작은 소리로 그녀의 이름을 되뇌었다.

최만춘에게서 벗어나 완주를 떠나는 것이 홍의 몫이었다면, 앞으로 살아갈 훗날의 일들은 시헌의 몫이다. 잠든 여인의 얼굴을 바라보며 그는 그들이 나아갈 길에 대해 생각했다.

조선에 머무르는 것은 쉽지 않은 일이었다. 어느 산골에 처박혀 속세와의 연을 끊고 살아간다 해도, 사대부의 나라인 조선에 머무르는 한 그들은 완전히 자유로워질 수 없었다.

답은 역시 청(淸)뿐이던가.

칠 년 전, 청나라로 떠나 자유로이 살아가자는 그들의 약조를 지킬 때가 마침내 찾아온 듯했다.

아무런 준비 없이 무작정 떠나는 것은 무모한 일이었다. 어쨌든 한 번은 한성에 들러야만 했다. 재화를 처분하고 신변을 정리하는 데 그리 긴 시간이 필요치는 않을 것이다.

무엇보다 시헌은 제 부탁을 선뜻 들어주었던 이에게 감사를 표해야만 했다. 그가 아니었다면, 홍과의 재회 역시 불가능했으리라.

"선비님."

귓전에 들려오는 홍의 목소리. 생각에 잠겨 있던 시헌이 고개를 돌렸다.

"언제 깨어났느냐?"

아직 잠기운이 남은 눈으로 시헌을 바라보고 있는 홍의 얼굴. 눈이 마주치자, 아직 잠이 달아나지 않은 여인의 얼굴에 작은 웃음이 번졌다.

"방금 전에요. 제 이름을 부르시지 않았습니까?"

"아주 작은 소리로 불렀지. 내 목소리가 들렸느냐?"

"꿈속에서 들었습니다."

"무슨 꿈을 꾸고 있었기에?"

시헌의 물음에 홍의 눈동자가 아련해졌다.

"처음 선비님을 만났던 날의 꿈을요."

홍의 눈동자가 반짝였다. 그 눈이 젖어 있음을 깨달은 시헌이 그녀의 눈꺼풀에 입을 맞추었다. 그녀의 눈꼬리에 맺혀 있던 눈물 한 방울이 그의 입술을 적셨다. 홍의 눈물에서는 진한 짠맛이 났다.

"홍아, 어찌 우는 것이냐."

"아니요……. 그냥, 새로워서 그렇습니다."

"무엇이 새롭다는 것인지 내게 말해다오."

홍이 시헌을 응시했다. 그는 궁금증을 담은 눈으로 홍을 마주 보고 있었다.

무심코 들어 올린 오른손에 붕대가 칭칭 감겨 있음을 깨달은 홍이 멈칫했다. 그녀가 왼손으로 시헌의 뺨을 살며시 어루만졌다. 그가 실제로 존재하는 사람임을 만져서 확인하려는 듯이.

"선비님이 나오는 꿈은 이루 셀 수 없을 만큼 많이 꾸었습니다. 지난 칠 년 내내 말입니다. 하지만……. 꿈에서 깨어났을 때, 선비님이 제 곁에 계신 것은 처음 있는 일이니까요."

홍의 답을 듣는 순간, 목 언저리가 시큰해진 시헌이 고개를 끄덕였다.

"나 역시 그렇다. 이런 순간이 오리라고는 생각조차 해 본 적이 없었어."

홍은 꿈에서 깨어나 그를 보는 것이 새롭다 했지만, 시헌은 오히려 지금 이 순간이 꿈처럼 느껴졌다.

"이제 떨어지지 않을 것이니 걱정 마라. 꿈에서도, 현실에서도. 절대로 헤어지거나 따로 걷지 말자."

시헌의 어조는 나지막하지만 간절했다.

"영영 서로의 곁에 머무는 거야. 알겠지?"

"예. 그리할 것입니다."

시헌이 홍의 손에 입술을 가져다 댔다. 손바닥 위에 한 번, 그리고 손등을 뒤집어서 다시 한번. 느리고 온화하게 시헌은 홍의 손에 입을 맞추었다.

"으음……."

홍은 천천히 눈을 감았다. 손바닥과 손등을 간질이던 시헌의 입술이 소매 끝동 아래 드러난 여린 손목 위에 머물렀다.

세 개의 검은 점. 그들이 처음 만났던 날, 시헌의 도포 소매에 튀어 있던 세 방울의 먹자국을 떠올리며 새겨 넣었다는 검은 문신.

한 번, 두 번, 세 번. 시헌은 홍의 손목 위 검은 점에 연거푸 입술을 눌렀다.

그는 누구보다 잘 알고 있었다. 영영 볼 수 없을 연인과의 기억을 바늘로 뜨는 것이 어떤 의미인지를. 그 역시 팔뚝 위에 홍의 이름을 새겨 넣었기 때문이었다.

생살을 스스로 파내는 것은 지극한 고통이었다. 그러나 그런 고통으로나마 잊고 싶었던, 지켜내지 못했던 연인을 향한 슬픔. 홍의 살갗 위에 새겨진 새카만 자국을 감싸 쥐며, 시헌은 그녀의 입술을 향해 고개를 숙였다. 따스한 숨결이 그의 입술에 닿았다.

"이제는 익숙해져야 해. 이렇게 함께 있는 것에 말이다."

닿을 듯 말 듯 가까운 입술 사이로 시헌은 속삭였다. 기대에 들뜬 들숨과 날숨이 뒤섞이고, 동시에 입술이 포개어졌다.

"하아……."

홍이 짙은 신음을 흘렸다. 축축한 입술 사이를 가르고, 제 마지막 숨결 한 방울까지 내주어도 아깝지 않을 여인의 향기를 들이마시던 시헌이 긴 숨을 내쉬었다. 그가 느리게 입술을 떼었다.

"아쉽지만, 몸을 회복하는 것이 먼저……."

순간, 홍이 고개를 쳐들어 그에게 입술을 포개었다.

"쉬잇."

홍을 걱정하는 시헌의 목소리가 붉은 입술에 삼켜져 사라진다. 막막한 갈증을 해갈하려면 이 정도로는 어림도 없었다. 숨결은 뜨겁고 축축했다.

마침내 시헌이 홍의 옷고름을 손에 쥐었다. 풀어지는 옷고름, 벌어지는 옷섶 사이로 드러난 말간 살이 출렁이며 흔들렸다. 새하얀 비단으로 지은 가슴 속곳이 그의 손길 아래 흩어졌다.

흰 눈이 쌓인 고즈넉한 뜰 같은 살결. 그리고 겨울이 끝났음을, 이제는 봄날이 찾아올 것임을 약속하는 매화꽃잎처럼 가슴 위를 물들인 분홍빛 흔적.

"흐읏……."

시헌의 입술이 움직이기 시작하자, 홍의 입에서 나른한 신음이 흘러나왔다. 거추장스럽게만 느껴지는 속곳이며 옷가지들이 다급한 손길 아래 벗겨져 방바닥에 나뒹굴었다. 이마와 귀밑, 목덜미, 쇄골과 가슴 사이에 송골송골 땀이 솟아났다. 시헌의 손길 아래 홍은 몸을 비틀며 바르작대었다.

홍에게는 오직 시헌뿐이었다. 칠 년의 시간이 지났음에도 손에 잡힐 듯 생생한, 눈 쏟아지는 월야관 별당의 풍경. 마치 설산에서 내려온 산신처럼 낯설고 아름다웠던 사내는 홍의 모든 처음이 되었다.

시헌과 야음을 틈타 나누었던 첫 입맞춤의 서느런 맛, 검은 너울을 뒤집어쓴 채 제 몸을 팔기 위해 앉아 있던 홍 앞에 나타난 그의 잔인하고도 고통스러운 표정. 그가 쏟아냈던 절박한 눈물과, 제발 저를 사랑해 주면 아니 되겠느냐는 물음. 모골이 송연하도록 온몸의 감각을 곤두서게 했던 첫 합(合)의 기억까지. 칠 년 전의 일들은 이제 영영 지워지지 않을 홍의 일부가 되어 있었다.

"내게 말해보라."

무겁게, 그러나 달콤하게 깔리는 시헌의 목소리. 몸 가장 예민한 곳들을 소용돌이치게 만드는 시헌의 입술과 손길에 몸을 내맡기던 홍이 눈꺼풀을 들어 올렸다.

쾌락에 젖어가는 눈동자. 사랑에 취한 눈동자. 이곳이 하룻밤 빌려 신세지는 객주의 방이든, 혹은 세상 그 어드메든 간에 그들의 눈에 보이는 것이라고는 오직 서로의 모습뿐이었다.

이미 문밖은 선득대며 밀려든 어둠으로 인해 캄캄했다. 존재하는 것은 몇 가지 종류의 빛들. 그들의 벗은 몸 위를 비추는 낮은 등잔불 빛, 시헌을 향한 홍의 눈빛과 그녀를 내려다보는 시헌의 눈동자에 깃든 갈망의 빛. 그리고 그들의 밤을 더욱더 은밀하게 만드는, 문밖 하늘 위에 걸린 손톱 달이 내뿜는 희미한 달빛. 그것이 전부였다.

"말해다오. 우리가 처음 하나가 되기 이전, 네가 했던 말."

시헌이 나지막하게 속삭였다.

"네가 원하는 걸 내게 말해다오."

그의 손길이 홍의 가슴으로부터 허리, 둔부까지 이어진 곡선을 부드럽게 쓰다듬었다.

"아앗……."

홍의 입에서 애타는 신음이 흘러나왔다. 검을 쥐는 자리마다 굳은살이 박여 단단해진 시헌의 손바닥. 거친 손이 매끄러운 살갗을 스치는 감촉에 온몸의 감각들이 아우성치듯 일어섰다.

홍은 시헌을 원했다. 그가 주는 달콤하고 격렬한 쾌락이 갈급했다.

"선비님을……."

하아, 하아 차오른 숨결이 뿌옇게 흩어졌다.

"선비님을 원합니다."

홍이 두 눈을 크게 떴다.

천한 기생이었던 홍, 속박되어 사랑하지 않는 자의 여인으로 살아가야만 했던 홍. 여인들이 욕망을 드러내는 것이 결코 허락되지 않는 세상, 조선에서 태어난 홍.

"선비님과의 합(合)을 원합니다."

달아오른 숨결 탓에 축축한 음성이었으나, 그녀는 한 마디 한 마디 또박또박 정확하게 내뱉었다.

홍은 시헌을 선택했다. 그건 창기의 선택도, 별당마님이라 불리는 여인의 선택도, 사대부의 나라 조선이 만들어낸 제도 속에서 살아가는 여인의 선택도 아니었다. 그저 홍 그녀 자신, 생의 모든 순간들이 제 이름 붉을 홍(紅)처럼 뜨겁게 타오르길 바라는 여인 스스로의 선택이었을 뿐이다.

원한다. 홍은 시헌을 간절히 원하였다. 원하므로 가져야만 했다.

그는 그녀에게 선택된 사내였기에.

"하읏……."

마침내 그들의 몸이 하나로 이어진 순간, 사랑의 기억들과 슬픔의 순간들은 완전하게 하나가 되었다. 슬픈 것에는 슬픔만이 있지 않았고, 행복한 것에도 행복만이 있지는 않았다. 칠 년의 세월로도 조금도 무뎌지게 할 수 없었던 그들의 사랑. 그 사랑 속에 뒤섞인 행복과 고통, 환희와 슬픔들이 섞이고 뒤엉켰다.

그들의 몸과 마음은 결코 멈출 수 없는 불길이 되어 서로를 향해 뜨겁게 흘러갔다.

문밖, 봄밤 속에 모습을 감추었던 홍매화 꽃망울이 비밀스러운 개화를 마치고 푸른 새벽 속에 만개할 때까지.

대문을 벗어나 먼 앞길까지 나가 있던 꽃분이가 불안한 표정으로 하늘을 올려다보았다.

해는 이미 머리 꼭대기를 넘어가는 중이었다. 하늘은 안료를 푼 것처럼 새파랬다. 문턱에 다다른 봄을 시샘하듯 때늦은 눈보라가 몰아치던 날씨는 거짓말처럼 포근해져 있었다. 여느 때의 꽃분이었다면 푸른 하늘이며 봄빛 산천을 바라보며 아름답다 감탄했을 것이다.

"하이, 참……."

그러나 꽃분이는 초조한 듯 손바닥을 비벼대고 있었다. 청명하게 갠 하늘 위를 오점처럼 맴도는 검은 점 여러 개를 응시하던 그녀가 제 가슴팍을 짚었다.

"아유, 불안해……. 귀신이 곡할 노릇이지. 대체 다들 어디로 가신 건지……."

꽃분이가 깊이 심호흡을 했다. 어떻게든 마음을 진정시키려 애쓰던 그녀의 귀에 들려오는 '까악- 까악-' 울어대는 까마귀 소리. 그 불길한 소리에 놀란 심장이 다시금 두근대기 시작했다.

까마귀가 모여들고 있는 곳은 고을 초입에 위치한 너른 갈대밭 근방이었다.

"저놈의 까마귀! 아유, 저 소리 좀……."

울상이 된 꽃분이가 입술을 잘근 깨물며 긴 한숨을 토했다.

그러니까, 모든 일은 이른 아침 별당에서부터 시작된 거였다.

❀

그날 아침. 여느 때와 같이 꽃분이는 따뜻하게 데운 소셋물을 들고 별당을 찾아갔다.

"마님, 일어나셨지요? 꽃분이입니다. 소셋물을 가져왔습니다요."

그러나 아무리 불러도 대답은 돌아오지 않았다.

"별당마님, 소인 안으로 들어가겠습니다."

마님답지 않게 늦잠을 주무시나 싶어 살포시 문을 연 꽃분이의 눈동자가 흔들렸다. 방은 텅 비어 있었다.

"측간에라도 가셨나……."

방금 전까지 누군가 들고 난 것처럼 펼쳐져 있는 요와 이불을 바라보던 꽃분이가 중얼거렸다. 그러나 칠 년간 별당마님을 모셨던 그녀에게는 다소 당황스러운 일이었다.

"이렇게 이른 아침부터 방에 안 계셨던 적은 한 번도 없었는데……."

꽃분이가 미심쩍은 표정으로 혼잣말을 했다. 그러나 당장 보이지 않는 사람을 어찌하겠는가. 뒤가 급해 측간에 갔거나, 아침 산책이라도 나선 것이겠지. 혹은 간밤 급한 일로 출타하신 주인나리께서 마님을 데리고 가셨는지도 모른다.

별수 없이 꽃분이는 아직 김이 오르는 소셋물이 담긴 대야를 마루에 내려놓고 몸을 돌렸다.

"으응?"

돌계단을 내려오던 꽃분이의 발길이 멈칫했다.

"에구머니나! 이, 이게 대체 뭐람……?"

소셋물을 쏟지 않는 데 온 신경을 집중한 터라 올 때는 미처 보지 못했던 계단 위 선명한 자국.

갑자기 쭈뼛 등골이 서늘했다. 계단 위에 퍼져 있는 저 검붉은 흔적은 대체…….

"피……. 피 아녀?"

꽃분이의 얼굴이 새하얗게 질렸다. 어쩌면 제가 저걸 지르밟았는지도 모른다는 생각에, 꽃분이는 부르르 몸서리를 쳤다.

그제야 깨닫지 못했던 비릿한 악취가 났다. 확인하고 자시고 할 필요도 없이, 분명한 피 냄새였다.

"나, 남원댁! 남원댁!"

피가 고인 계단을 밟지 않기 위해 풀쩍 아래로 뛰어내린 꽃분이가 떨리는 목소리로 남원댁을 불렀다. 몸 전체에 소름이 돋았다. 이상한 예감이었다.

"별당마님께 대체 무슨 일이 생긴 거지……."

발을 동동 구르며 검게 말라붙어 가는 핏자국을 바라보던 꽃분이가 중얼거렸다.

집 안은 그야말로 혼돈에 휩싸였다. 주인 일가는 모조리 사라지고, 몸종들만 덩그러니 남은 꼴이 되었기 때문이었다.

집의 주인인 최만춘은 지난밤 말을 타고 출타했다. 언제나 그렇듯 그가 돌아올 날짜는 그 누구도 알지 못했다.

문제는 별당마님이었다. 그녀는 계단에 핏자국을 남긴 채 감쪽같이 사라졌다. 텅 빈 방 안에 곳간이며 광의 열쇠 꾸러미만을 덩그러니 남겨놓은 채. 게다가 콩쥐 역시 보이지 않았고, 팥쥐마저 행방이 묘연했다. 이제 집에 남은 이들은 몸종들뿐. 꽃분이처럼 알 수 없는 두려움에 몸을 떠는 이도 있었고, 식구들끼리 봄나들이라도 간 것 아니겠냐며 사람들을 안심시키는 이도 있었다.

별당 계단에 낭자한 핏자국에 대해서도 의견이 분분했다. 사람의 피가 아닌, 별당마님께서 사술(邪術)을 쓰느라 닭이라도 잡은 것 아니냐는 억측까지 나왔다.

"그런데 말이야."

오래전부터 일해온 늙수그레한 사내종 하나가 눈치를 보며 말을 꺼냈다.

"혹시라도……. 주인마님께서 또……."

모여 앉은 몸종들 사이로 싸늘한 바람이 불었다. 그가 하려는 말이 무언지 다들 알고 있었다. 그러나 모두 속으로만 생각할 뿐 아무 말도 듣지 못한 사람처럼 고개를 돌렸다.

'또'. 사내종의 그 말은 많은 의미를 가지고 있었다. 대부분의 몸종들은 그 말의 뜻을 그렇게 이해했다.

주인마님께서 또, 당신의 손으로 사랑하던 부인을 해쳤을지도 모른다고. 최만춘과 과거 어느 봄날 꽃놀이를 떠났던 그의 부인이, 벼랑 밑에서 산산이 부서진 채 발견되었던 것처럼.

"저기, 남원댁이랑 돌쇠아재가 돌아와요!"

대문 밖을 초조하게 응시하던 꽃분이가 대뜸 소리를 내질렀다. 혹시나 일가의 자취를 찾을 수 있을까 싶어 마을 곳곳을 살펴보러 나갔던 남원댁과 사내종 돌쇠가 돌아오고 있었다.

"그런데, 돌쇠아재가 지고 오는 게 대체 뭐지?"

돌쇠의 등짝 위에 얹혀 있는 무언가. 꽃분이가 '업혀 있다'가 아닌 '지고 있다'고 말한 것은, 그것이 사람의 형상을 하고 있되 기이하리만큼 미동 없이 뻣뻣했기 때문이었다.

"사람처럼 보이기도 하고……."

순간, 꽃분이의 말문이 턱 막혔다. 꽃분이의 입에서 새된 비명이 터져 나왔다. 몸종들의 얼굴 역시 새파랗게 질렸다.

"콩쥐 아씨께서 돌아가셨어……."

남원댁이 울음을 삼키며 내뱉었다.

"연못에서 뭔 일이 났던 모양이야. 물에 빠져 돌아가셨다고……."

누렇게 얼굴이 뜬 돌쇠가 뜰 한가운데 콩쥐의 시신을 내려놓았다. 툭, 생명을 잃은 몸뚱이가 나무토막처럼 땅 위를 굴렀다. 하필 콩쥐의 시신이 굴러온 자리가 바로 발 앞이라, 이미 충격으로 반쯤 넋이 나가 있던 꽃분이가 질겁하며 뒤로 풀썩 물러났다.

푸른 기가 도는 회색빛 얼굴. 차마 감지 못하고 부릅뜬 눈.

참혹한 모습을 차마 바라볼 수가 없어 꽃분이는 고개를 돌렸다.

"주인나리……."

그 순간, 대문 너머로 모습을 드러낸 거구를 본 꽃분이의 얼굴이 새하얗게 질렸다.

"……."

항상 그의 편이었던 운명은, 한 번 마음을 돌리자 걷잡을 수 없이 폭주한다.

모든 것을 포기한 듯한 얼굴로 제집 대문간을 넘어오던 최만춘의 시선이 바닥에 널브러진 딸의 시신 앞에 정지했다.

❀

그날 밤. 최만춘은 잠들지 않았다.

불을 켜지 않은 방 안은 캄캄했다. 그는 주위를 새카맣게 침범한 암흑을 뚫어져라 응시하고 있었다. 초점 없는 눈으로 검은 벽을 바라보자니, 마치 살아 있는 무엇인가가 허공을 스멀스멀 움직이는 듯한 환각이 찾아왔다.

"흐……."

한숨도, 탄식도, 웃음도 아닌 음산한 소리가 주변의 공기를 깨웠다.

최만춘이 있는 사랑 바로 옆 안채에는 그의 딸의 시신이 놓여 있었다. 갑작스러운 죽음인 탓에 콩쥐를 누일 관조차 마련되지 않았다. 그런 까닭에 시신에는 멍석을 덮어놓았다.

하루. 죽은 이를 애도할 시간은 오직 하루뿐이다. 시집도 가지 않은 젊은 처녀의 죽음은 애도의 대상이라기보다 쉬쉬하며 비밀스럽게 처리해야 할 가정사에 가까웠다. 날이 밝아 상여가 도착하는 대로 콩쥐의 시신은 선산에 묻힐 것이다.

"아이고, 아씨……. 꽃다운 우리 아씨께서 어찌 이리 허망하게 가셨는지……. 아이고, 아이고……."

몸종들이 곡을 하며 흐느끼는 소리가 들려왔다. 서글픈 울음소리를 듣던 최만춘은 생각했다. 저는 울었던가. 딸의 죽음을 맞닥뜨리고서 눈물을 흘렸던가? 충격을 받았던가?

아니다. 그렇지 않았다. 최만춘은 그저 멈추어 서서 딸의 얼굴을 내려다보았을 뿐이다.

물에 빠져 죽은 사람 특유의 얼굴. 미끌미끌한 물고기 배처럼 회색빛으로 질린 딸의 얼굴을 보며, 그는 눈물을 흘리거나 울부짖지 않았다. 그저 모든 것이 막막하고 캄캄했다.

콩쥐가 발견된 갈대밭 위 창공을 나는 까마귀의 수가 수십 수백에 달했다던가. 콩쥐의 시신은 연못가에 반듯하게 놓여 있었다고 했다. 누군가 마른 갈대를 이불처럼 덮어놓았다고도 했다. 밝혀진 것은 아무것도 없었다. 단지 팥쥐의 의복이 연못에 떠다니고 있었다는 도움 되지 않는 사실 하나를 전해 들었을 뿐이다.

어쩌면 최만춘은 이것이 형벌인지도 모른다고 생각했다.

별 볼 일 없는 세습 향리 집안의 장자로 태어나, 자신만의 거대한 왕국을 이루기까지 그는 무수하게 많은 이들의 피를 손에 묻혔다.

아니, 차라리 살기 위해 죽였다면 운명은 저를 용서했을까. 칠 년 전, 오직 여인을 얻겠다는 욕망 하나로 그가 범했던 살생의 희생자들이 떠오른다. 한양에서 내려왔다는 젊은 유생, 거들먹거리기 좋아하던 보부상, 그리고 전주를 쥐락펴락하던 거부 강영완……. 이제야 그 대가를 치르는 걸까.

운명이 그를 등지자 모든 것이 와르르 무너졌다. 수십 년간 쌓아올린

탑이 무너진 것은 한 달도, 일 년도 아닌 오직 하루만의 일.

최만춘은 몰락했다. 이제 그에게는 아무것도 남지 않았다.

무언가를 결심한 듯, 최만춘은 사랑채 문을 열고 밖으로 나섰다. 안채 마루에 앉아 있던 남원댁과 꽃분이가 황급히 자리에서 일어섰다.

"남원댁."

"예, 주인어른."

"상여가 나가는 대로 자네들 모두 이곳을 떠나게."

"예?"

당황한 남원댁이 되물었다. 그러나 최만춘은 두 번 말하지 않았다. 단지 무엇인가를 마루에 툭 떨어뜨렸을 뿐이었다.

"나눠 가져라."

그 말이 전부였다.

열린 안방 문 사이로 피어오르는 향과 흔들리는 불빛. 몸을 돌려 사라지는 최만춘을 바라보던 남원댁과 꽃분이가 어깨를 늘어뜨렸다. 주인의 말은 무슨 일이 있어도 거역할 수 없는 것이기 때문이었다.

딸의 제단을 물끄러미 바라보던 최만춘이 고개를 돌렸다.

다음 날 이른 아침, 상여가 나간 직후.

몸종들이 하직 인사를 올리기 위해 사랑채로 찾아갔을 때는, 최만춘은 이미 홀연히 사라진 뒤였다.

❀

같은 날. 홍과 시헌 역시 치료를 위해 머물렀던 객주를 떠나 한성으로의 새 여정을 시작했다.

"한성에 그리 오래 머물지는 않을 게다."

시헌의 목소리가 홍의 귓불을 간질였다. 이제 달리는 말 위에서 나누는 대화는 지극히 익숙하게 느껴졌다. 봄바람의 향취를 만끽하던 홍이 물었다.

"누구를 만나시려는 겁니까?"

"아무리 연을 끊은 모자지간이나, 자식 된 도리에 어머니께 마지막 인사는 해야 할 것 같아서."

이내 시헌이 말을 이었다.

"사실 어머니를 보는 건 내게 그리 중요한 일은 아니다. 한 분 더, 만나 뵐 이가 있지."

"그게 누구입니까?"

홍의 물음에, 잠시 뜸을 들인 시헌이 대답했다.

"주상전하를 알현하려 한다."

❀

비 내리는 운종가(雲從街).

홍과 시헌이 한성에 당도했던 날, 도성에는 갑작스레 포근해진 날씨를 시샘하는 듯한 봄비가 내렸다.

비는 멎을 듯 말 듯 추적추적 이어졌다. 예상치 못한 비를 만난 탓에 그들은 우산도, 갈모(葛帽)도 준비하지 못했다. 그들의 옷자락은 내리는 빗줄기에 젖어 금세 묵직해졌다. 그러나 몸에 달라붙는 젖은 옷자락도, 어쩔 수 없이 따라붙는 오슬오슬한 한기도 홍의 들뜬 마음을 가라앉히지는 못했다.

한성은 너른 세상이었다. 작은 고을 안에서 유폐되다시피 살아온 그녀가 생각했던 것과는 비교조차 할 수 없는 너른 세상.

내리는 비 탓에 '사람들이 구름처럼 몰려든다'는 뜻을 가진 운종가의 풍경은 평소보다 훨씬 한가로웠다. 그러나 그마저 홍에게는 놀라우리만치 많은 사람들이었다. 홍은 경이로운 시선으로 처음 목도하는 조선의 중심지를 바라보고 있었다.

"온통 사람들뿐인데, 뭐가 그리 신기하여 연신 주변을 둘러보는 게냐?"

곳곳을 살피느라 자꾸만 걸음이 느려지는 홍에게, 말고삐를 손에 쥔 채 걷고 있던 시헌이 물었다.

"모든 게요. 모든 것이 다 신기합니다, 선비님."

"대체 여기 무엇이 있다고 그리 신기해하는 것이야? 보아라. 홍아, 여기 있는 것이라고는 오직 주막과 시전들뿐이다."

"저는 주막이라는 것도 처음 봅니다. 시전이라 봤자 길에 좌판을 놓은 것이나 봤지, 이렇게 으리으리하게 큰 시전은 태어나 한 번도 본 적이 없습니다."

"허허. 맑은 날 육조(六曹)거리에라도 나갔다간 정녕 넋을 잃을까 걱정이구나."

휘둥그레진 눈으로 사방을 두리번대는 홍의 모습이 평소의 도도한 모습과는 완연히 달라, 시헌은 실소를 터뜨렸다.

그때 그들의 뒤편에서 갑작스레 들려오는 요란한 발소리. 내리는 빗줄기를 가르고 달려온 한 무리의 여인들이 쏜살같이 홍과 시헌을 앞질러 갔다. 그녀들의 푸른 치마폭이 바람에 펄럭였다.

"야야, 문복자! 나랑 같이 가! 너만 살자고 달려가지 말고! 하아……."

"그렇게 발이 느려서 어쩌시려고요! 이러다 정녕 통금 시간에 늦는다니까요? 건춘문(建春門)이 닫힌다고요! 방개 항아님, 얼른 달려요, 달려! 빨리!"

여인 중 누군가가 까르르 웃음을 터뜨렸다. 땅에 부딪쳐 튀어 오르는 빗방울처럼 경쾌한 웃음소리를 남긴 여인들이 순식간에 홍의 시야에서 멀어졌다.

"홍아."
"아, 예."
여인들의 뒷모습을 넋을 잃고 바라보던 홍이 그제야 정신을 차렸다.
"아는 이를 닮기라도 하였더냐? 어찌 저 여인들을 그리 뚫어져라 바라보는 게냐."
"놀라워서요."
"놀라워?"
"예. 놀라워서 바라보았습니다."
홍의 표정은 웃음기 하나 없이 진지했다.
"무엇이 놀랍다는 뜻이냐?"
"여인들이 저리 웃으며 뛰어가는 모습을 처음 보아서요. 옷차림을 보니 양가의 규수들 같은데, 어찌 저리 자유로워 보이는지……."
"서로를 항아님이라 부르고, 새앙머리를 한 것을 보니 필시 궁녀들일 것이다. 문이 닫히기 전에 궁으로 돌아가려고 저리 용을 쓰는 것일 테지."
"궁녀요?"
"그래. 궁녀. 궁궐에서 일하며 녹(祿)을 받는 여인들 말이다."
시헌의 말을 들은 홍이 여인들이 달려간 저 앞으로 시선을 던졌다. 당연하게도 궁녀들의 모습은 사라져 보이지 않았다.
"궁궐에서 일을 하고 녹을 받는다면, 저 여인들도 기생처럼 노비이거나 천한 신분입니까?"
"관에 속한 노비를 궁녀로 차출하는 경우도 꽤 많지. 그러나 모든 궁녀가 노비 신분은 아니다. 중인들도 많고, 양반의 여식이 궁인이 되는 경우도 드물지 않아. 설령 천출이라 해도 일단 궁녀가 되면 어느 정도 신분을 보장받게 된다. 왕이나 왕후를 모시는 상궁들은 웬만한 벼슬아치보다 더 귀하게 대우받기도 하지."

홍의 얼굴에 놀란 기색이 번지고 있었다.

홍은 평생을 갇혀 살아온 여인이었다. 그녀가 살아온 세상 속에서, 여인들이 뜻을 내세우거나 삶을 스스로 개척하는 것은 불가능에 가까웠다. 홍 자신마저도 자유를 얻기 위해 얼마나 큰 대가를 치러야만 했던가.

정당한 노동의 대가를 받고, 사내에게 의탁하지 않고서도 생계를 꾸릴 수 있으며, 벼슬을 하는 사내들보다 더 대우받는 삶이라니. 홍으로서는 생각조차 해 본 적 없는 일이었다.

"그렇다면, 선비님."

"응?"

"저도 궁녀가 돼야겠습니다. 궁녀가 될 수 있는 방법을 알려주십시오."

"뭐?"

홍의 선언에 시헌은 잠시 말을 잃었다. 눈을 끔뻑이던 그가 갑자기 웃음을 터뜨렸다.

"어찌 웃으십니까?"

"아니. 너는 궁녀가 될 수 없다. 절대로! 절대 그럴 수는 없어. 아아, 홍아. 그건 정말이지 말도 안 되는 일이다."

"어째서요? 왜 저는 궁녀가 될 수 없습니까?"

"궁녀란 모름지기 모두 왕의 여인이거든. 궁궐에 발을 들인 순간부터 그들은 오직 임금만을 지아비로 섬기며 살아가야 한다."

"아……. 그런 겁니까?"

홍이 작게 내뱉었다. 시헌의 표정이 짐짓 장난스러워졌다.

"그런 말은 다시는 입 밖에도 내지 마라. 내 너를 얻기 위해 칠 년을 보낸 끝에 죽음을 이기고 되돌아왔거늘. 다른 이도 아닌 전하와 너를 두고 다투고 싶지는 않아."

진심으로 생각조차 하기 싫다는 듯 시헌이 진저리를 쳤다. 그러나 전하, 라는 이름을 내뱉는 그의 태도는 장난스러웠고 거리낌이 없었다.

"선비님. 한성에 온 이유가 전하를 뵙기 위해서라고 하셨지요?"

"그래. 꼭 전하를 알현하여 드릴 말씀이 있어서."

"무슨 말씀을 하시려고 그러십니까?"

"음……."

시헌이 말끝을 길게 늘였다.

조선의 임금과 시헌의 관계는 복잡미묘했다. 왕은 중전의 소생, 즉 적자(嫡子)가 아닌 후궁에게서 태어난 서자(庶子)였다. 그는 궁궐의 법도에 따라 시헌의 누이인 중전의 아들로 입적되었다. 안타깝게도 중전은 곧 세상을 떠났으나, 아직 약관이 되지 않은 젊은 임금은 시헌을 외숙부라 부르며 따르고 신뢰했다. 시헌 역시 마음 기댈 곳 없는 젊은 왕을 진심으로 대하였기에 그들의 관계는 꽤 가까운 편이었다.

"전하께 부탁드릴 것이 있어 찾아뵈려 한다. 어떤 부탁인지는……. 지금은 말하기가 좀 곤란하구나."

"저와 선비님과 관련된 일입니까?"

홍의 말에, 시헌이 고개를 끄덕였다.

"그래. 오직 그분만이 하실 수 있는 일을 청해보려 한다."

홍의 눈에 호기심이 어렸다. 그러나 그녀는 굳이 묻지 않기로 했다. 시헌이 말을 아끼는 데는 분명 이유가 있으리라.

"그분께서 청을 들어주신다면야 우리에게는 더할 나위 없이 좋은 일이겠지. 하나 확신이 들지는 않는구나. 내 전하를 알현한 뒤에 소상히 이야기해 주겠다."

"예, 선비님."

"그나저나, 두런두런 이야기를 나누는 사이에 비가 그쳤구나."

시헌의 말에 홍이 고개를 들어 하늘을 올려다보았다.

찌푸린 회색 구름들이 몰려가고 마침내 모습을 드러낸 한낮의 태양. 비에 젖어 축축한 어깨를 따스한 햇살이 어루만졌다.

"자, 저기가 우리가 묵을 보행객주다. 이전에 머물렀던 객주들보다는 훨씬 지내기 편할 것이다."

시헌이 홍을 이끌어 인도했다. 보통의 객주와는 달리, 돈 많은 장사치나 지방 세도가들을 모시는 고급 객주답게 몸종이 달려 나와 말고삐를 받았다.

"어서 오십시오, 나리."

홍과 시헌을 맞이한 주인이 힐끔, 홍의 얼굴을 곁눈질했다.

"아뢰옵기 송구하오나 두 분께서는 어떤 사이이십니까, 나리?"

객주의 주인이 시헌에게 고개를 조아리며 물었다.

"우리는."

시헌이 입을 열었다.

"부부라오."

진심 어린 바람을 담아, 반드시 그러리라는 희망을 안고.

❀

"외숙부!"

장수 현감 김시헌이 알현을 청한다는 전갈을 들은 왕은 몸소 자리에서 일어서 시헌을 맞이했다.

"외숙. 안 그래도 과인이 몹시 걱정하던 차였습니다. 정녕 무탈하신 게요?"

하루에도 수없이 반복되는 정무와 경연(經筵)의 사이, 잠시 평온이 찾아온 늦은 오후의 경복궁. 왕의 침전인 강녕전(康寧殿)에서 시헌을 맞이한 임금은 대단히 반색하는 모습이었다.

"보시다시피 무탈하다마다요. 한데 전하, 어찌 그리 놀란 어조로 물으시옵니까?"

"때마침 오늘 상소가 하나 올라와서 그렇습니다. 장수 현감이 며칠째 모습을 드러내지 않고 행방이 묘연하다는 상소였지요."

"아……. 벌써 상소가 올라왔나이까, 전하."

"올라왔지요. 그 상소 덕에, 과인도 외숙부께서 완주에서 겪은 비통한 일에 대하여 들었습니다."

"예?"

"어떤 말로 외숙을 위로하여야 할지 모르겠습니다만……."

젊은 임금이 진심으로 슬프다는 듯 고개를 끄덕였다.

"혼인을 약조한 처자가 연못에서 시신으로 발견되었다니 얼마나 원통하였겠습니까? 가뜩이나 힘든 시절을 보낸 외숙에게 또다시 이런 일이 생기다니 과인의 마음 역시 참담합니다. 내 외숙의 고통을 감히 헤아리지 못하겠습니다."

"아뢰옵기 송구하오나, 전하."

시헌의 얼굴에 당황이 번져 갔다. 혼인을 약조한 처자의 죽음이라니. 시헌으로서는 금시초문인 이야기가 아닌가.

"신은 대체 전하께서 무슨 말씀을 하시는지 모르겠나이다. 다시 한번 설명을 해주시겠습니까?"

시헌의 반응에 오히려 당황한 것은 임금 쪽이었다. 잠시 눈을 끔뻑인 왕이 입을 열었다.

"완주 향리의 여식과 혼인을 약조하지 않으셨소? 그 처자가 그만 연못에 빠져 세상을 등지는 바람에, 외숙께서 상심하여 관직을 내버리고 떠난 듯하다고 상소에 쓰여 있었습니다."

"향리의 여식이 죽었다고요?"

시헌이 반문했다. 그러나 놀라움이 배어 있을 뿐 슬픔이나 비통함이 느껴지는 태도까지는 아니었다.

"외숙의 태도를 보아하니, 그 여인과 혼인할 사이였다는 상소는 사실이 아니었던 게로군. 향리의 여식뿐 아니라 일가족 모두가 하루아침에 연기처럼 사라진 탓에 완주에 흉흉한 소문이 돌고 있다 하였습니다."

시헌의 미간이 좁아졌다. 향리의 일가 모두가 사라졌다는 말이 그의 주의를 끌었다.

연못에 빠져 죽었다는 콩쥐와 새 삶을 향해 떠나온 홍 외에, 최만춘과 팥쥐의 일신에도 무슨 일인가가 일어난 듯했다.

"조사하고 있다니 곧 소식이 오겠지요. 기이한 사건이지만, 중앙에서 그런 일에까지 신경을 쓸 수는 없는 노릇입니다."

왕이 대수롭지 않다는 듯 화제를 전환했다.

"한데 숙부. 한 가지 묻겠습니다."

"하문하시옵소서, 전하."

"혼인 이야기가 나왔기에 묻는 것입니다. 외숙께서는 정녕 다시 혼인하지 않으시고 영영 홀로 살아가실 생각이시오?"

마치 시헌의 마음을 읽은 듯한 질문이었다. 시헌이 천천히 고개를 들었다. 그가 제 바람을 이뤄줄 수 있는 유일한 사람인 조선의 임금을 바라보았다.

"전하. 신에게는 정혼자가 있사옵니다."

"정혼자라."

왕이 시헌에게 혼인할 마음이 없냐 물었던 것은 사사로운 호기심 탓은 아니었다. 혼인이란 곧 정착을 의미했다. 왕은 시헌이 한시 빨리 한성으로 돌아와 제 조력자가 되어주기를 바라고 있었다. 그런 까닭에 혼인할 마음이 없느냐 넌지시 물었던 것이다.

그러나 '정혼자'가 있음을 밝히는 시헌의 태도는 왠지 비장했다.

"언젠가 전하께서 소신에게 물으신 적이 있었습니다. 어이하여 혼인을 해제하였는지, 또 어이하여 재취를 들이지 않고 홀아비와 다름없이 살아가는지를."

"그래요. 과인이 외숙부에게 물은 적이 있었지요. 한데 외숙께서는 답을 하지 않으셨던 것으로 기억합니다."

젊은 왕의 시선이 시헌에게로 향하였다. 비록 피 한 방울 섞이지는 않았으나, 시헌을 외숙부라 부르는 왕의 음성은 다정했다.

김시헌은 입지전적인 인물이었다. 그는 끔찍한 부상으로 죽음의 문턱을 넘나들었으나 끝내 굴복하지 않고 일어섰다. 시헌의 굳센 의지와 삶에 대한 열정은 당시 어린 소년이었던 왕에게 큰 감명을 주었다. 그는 마음 깊이 시헌을 존경했고 또 신뢰하고 있었다.

"해서, 이제 그 질문의 답을 해주시려는 겁니까?"

"예, 전하."

고개를 숙이고 있던 시헌이 시선을 들었다. 그는 속을 알 수 없는 오묘한 눈을 하고 있었다.

시헌은 지난 칠 년간 누구에게도 홍과의 인연에 대해 말한 적이 없었다. 아니, 정확히 말하자면 오직 한 명에게 사랑했던 여인이 있었노라 고백한 적이 있긴 했다. 그 대상은 설희. 시헌의 병수발을 들게 하려는 목적으로 그의 무정한 어머니가 정략적으로 혼인시킨 전주 여인. 즉, 이제는 먼 기억이 되어버린 과거의 부인이었다.

그러나 설희에게도 자세한 내막을 말했던 적은 없다. 그저 목숨과도 바꿀 수 있을 만큼 사랑한 여인이 있었으나 세상을 떠났다는 사실만을 쓸쓸히 고백했을 뿐.

"긴 이야기가 될 것이옵니다, 전하."

"기꺼이 듣지요."

왕이 문으로 시선을 던졌다.

"상선(尙膳), 밖에 있는가."

"예, 상감마마. 하명하시오소서."
왕의 부름에, 내관(內官)이 자리에 있음을 고했다.
"오늘 경연은 취소하겠노라 전하고, 강녕전 주위에 사람을 물리도록 하라."
"분부 받잡겠사옵니다."
상선의 답과 함께 자리를 뜨는 궁인들의 기척이 들렸다.
"마음 편히 말씀하십시오, 외숙부."
시헌은 잠시 생각했다. 어디서부터 이야기를 시작하는 것이 옳을까.
그가 홍을 처음 만났던 눈보라가 휘몰아치던 어느 겨울날로부터?
아니면, 홍과 생이별을 해야 했던 칠 년 전 그날로부터?
"전하."
"말씀하시오, 외숙부."
"무정한 부모가 자식을 사고파는 일이 횡행하고, 천출이 아닌 이들이 돈에 팔려가 기생이며 노비로서 살아가고 있음을 아십니까?"
"그것은 국법으로 엄격히 금지된 일일 텐데요."
"전하께서 말씀하신 그대로입니다."
시헌이 고개를 들었다. 이제 그의 눈은 확신을 담고 있었다.
"저는 반가에서 태어났으나, 기방으로 팔려가 천기로서 살아야만 했던 여인의 이야기를 들려 드리려 하옵니다."
시헌의 이야기의 시작점은 그와 홍의 인연이 닿았던 날도, 그들의 운명이 찢겨져 나부꼈던 날도 아니었다.
물론 그날의 기억들은 시헌의 삶에 지울 수 없는 각인을 남겼다. 그러나 왕 앞에서 그들의 만남이 얼마나 아름다웠는지를 설명하거나, 그들이 헤어지게 된 과정을 시시콜콜 털어놓고 싶지는 않았다. 시헌은 왕의 감정에 호소하여 무언가를 청탁하기 위해 온 것이 아니었기 때문이었다.

시헌은 바로잡고 싶을 뿐이었다. 처음부터 운명의 장난에 휩쓸려 풍랑 속을 내달려야 했던 홍의 삶을.

시헌의 목소리는 담담했고, 왕 역시 진지하게 경청했다. 그들의 밀담은 밤이 이슥토록 끊이지 않았다.

❀

방문을 살짝 연 홍이 담장 위 높이 뜬 달을 올려다보았다.

임금을 알현하기 위해 오후 즈음 떠난 시헌은 밤이 깊도록 깜깜무소식이었다. 정확한 시간을 가늠할 수는 없었으나, 이미 객주의 몸종이 저녁상을 날라온 데다 문밖이 조용한 것으로 보아 꽤 늦은 밤중일 것이다.

"어찌 이리 늦으시나……."

홍이 한숨처럼 말끝을 늘였다. 시헌의 부재 탓인지 신경이 다소 날카로웠다.

시헌은 아무 걱정 말고 편히 있으라 당부하며 떠났으나, 사실 홍에게는 쉽지 않은 일이었다. 처음 경험하는 세상에 대한 동경만큼 두려움이 커, 그녀는 좀체 문밖으로 나가지 못했다. 진종일 방에만 틀어박혀 있었더니 무료함을 견디기 힘들었다.

살랑살랑, 봄밤의 바람이 분다.

살짝 열린 문틈으로 밀려드는 녹진한 봄꽃 향기. 이 짙은 향기가 어디서 오는 것인지 궁금하여, 문밖을 살핀 홍은 결심한 듯 뜰로 걸어 나갔다.

휘어진 초승달 너머 반짝이는 별무리들이 펼쳐진 검푸른 밤하늘. 그 하늘로부터 시선을 조금 내리자 꽃송이들이 시야를 가득 채웠다. 담장을 따라 심어진 홍매화나무와 명자나무 가지마다 분홍 꽃송이들이 빽빽하게 피어나 있었다.

생각해 보면, 봄이란 매년 돌아오는 것에 지나지 않았다. 홍매화는 어디서나 볼 수 있는 흔한 꽃이었고 명자나무 역시 최만춘의 집을 비롯한 어디에나 있었다. 그러나 홍은 단 한 번도 봄을 만끽하지 못했다. 그녀의 마음은 늘 시헌을 만났던 날의 겨울눈 속에 갇혀 있었기 때문이었다.

봄을 맞을 준비가 되어 있지 않은 사람은, 결코 봄날을 누릴 수 없다.

"봄이 왔다……."

그러므로 홍은 잊지 않고 기억할 것이다. 비로소 맞이하는 이 따스하고 행복한 봄날을.

발갛게 물든 꽃송이를 바라보던 홍이 무심코 손을 뻗었다. 그녀가 순간 멈칫했다.

사박, 사박. 등 뒤에서 들리는 크지 않은 발소리를 인지한 홍이 휙 몸을 돌렸다.

"뉘십니까?"

홍이 물었으나 여인에게서는 아무런 답도 돌아오지 않았다. 그저 아주 못마땅하다는 듯 미간을 찌푸린 채 홍을 바라보고 있을 뿐이었다.

"뉘시냐 묻지 않습니까?"

홍이 재차 질문했다.

장소에 어울리지 않을 만큼 지체 높은 이로 보이는 여인이었다. 희끗희끗하게 새기 시작한 머리는 한 올의 흐트러짐도 없이 쪽을 찌었고, 어깨를 감싼 두꺼운 명주 장옷 아래 입고 있는 옷은 극히 격식을 갖춘 비단 당의였다.

"음……."

여인이 구겨져 있던 미간을 폈다. 여인의 시선이 신 하나 없이 비어 있는 댓돌과 홍의 사이를 천천히 오갔다. 방 안에 다른 이가 있는지를 살피는 듯한 눈길이었다.

"현감께서는 어디 가셨느냐?"

지긋해 보이는 나이가 무색하리만큼 카랑카랑한 기세가 느껴지는 목소리. '현감'은 분명 시헌을 지칭하는 것이리라.

이번에는 반대로 홍이 꿀 먹은 벙어리가 되었다. 시헌은 이 객주가 대단히 안전한 곳이라고 했다. 누구도 홍을 위협하지 않을 테니 걱정할 필요는 조금도 없다고 단언한 그였다. 한데, 그 말의 여운이 채 사라지기도 전에 찾아와 시헌의 행방을 캐묻는 낯선 여인이라니.

"내 물음이 들리지 않느냐?"

여인의 어투는 도도하고 오만했다. 홍은 금세 느낄 수 있었다. 여인의 거만한 말투는 누군가에게 명령을 내리는 것을 당연하게 여기며 살아왔을 삶을 방증하고 있었다.

"누구를 뜻하시는지 모르겠습니다."

당황한 속내가 드러나지 않기를 바라며 홍이 대꾸했다.

홍과 시헌의 한성 방문은 다분히 비밀스러운 것이었다. 누군지도 모르는 여인에게 시헌의 행선지를 밝힐 수는 없는 노릇이었다.

"표정 하나 바뀌지 않고 감히 거짓을 말하는구나. 역시나 천한 것들이란."

여인이 냉랭하기 짝이 없는 목소리로 내뱉었다. 홍을 바라보는 여인의 눈빛에는 분명한 경멸이 떠올라 있었다. 벌레라도 보듯 홍을 쏘아보던 여인의 미간이 다시금 구겨졌다.

"내 이미 연통을 받고 오는 길이다. 현감께서 이곳에 숙객(宿客)으로 드셨다는 것을 알고 왔으니 불필요한 거짓으로 나를 피곤하게 하지 마라. 내 다시 묻겠다. 현감께서는 어디 가셨느냐?"

홍이 마른침을 삼켰다. 그녀가 숨을 가다듬었다.

여인은 안하무인이었다. 또한 말투와 표정, 눈빛과 태도까지 모든 것을 동원하여 홍을 향한 혐오감을 드러내고 있었다.
"뉘시기에……."
홍 홀로였다면, 결코 여인의 모욕을 묵묵히 감당하지는 않았으리라. 고개를 쳐들고, 상대의 무례함을 배로 갚아주었을 것이다. 그러나 거듭 시헌의 행방을 묻는 여인의 태도는 홍을 위축되게 했다. 여인은 시헌에 대해 잘 알고 있는 사람, 또한 무척 가까운 사람처럼 느껴졌기 때문이었다.
마침내 여인의 인내심도 바닥에 다다른 듯했다. 그녀가 짜증스럽게 내뱉었다.
"내가 누군지 알면 뭘 어찌하려고 그러는 게냐?"
"하나, 뉘신지도 모르는 분의 물음에 순순히 답할 수는 없지 않겠습니까?"
"하."
꽤나 당돌한 계집이로군, 하는 것이 분명한 눈초리로 홍을 바라보던 여인이 거만하게 턱을 치켜들었다.
"나는 시헌의 어미 되는 사람이다. 이제 대답이 되었느냐?"
주춤주춤, 홍이 두 걸음 뒤로 물러섰다.
시헌의 가족을 만나게 되리라는 생각은 한 번도 해 보지 못했다. 대부분의 시간을 기방에서 보낸 홍이었다. 정인의 어머니를 마주쳤을 때 지켜야 하는 예절이 무엇인지 그녀가 알 리 만무했다.
"내 이럴 줄 알았지."
당황한 기색이 역력한 홍을 바라보던 부부인의 입가에 조소가 스쳤다. 짐작했던 바 그대로였다. 요망하기 짝이 없는 화려한 생김새, 예의를 모르고 허둥대는 태도. 분명 시헌이 욕구를 해소하기 위해 잠시 끼고 있는 천한 계집에 지나지 않으리라.
부부인이 홍에게 성큼 다가섰다.

"긴말하고 싶지 않으니 당장 여기서 나가라."

홍의 얼굴이 새하얗게 질렸다. 부부인이 묵직한 것을 꺼내 툇마루에 내던졌다. 쩔그렁! 요란한 소리가 적막한 뜰을 울렸다.

"네년 몸값으로 충분하고도 남을 만큼이다. 지금 이곳을 떠나라."

그때였다. 부부인의 뒤편에서 긴 사내의 그림자가 모습을 드러냈다.

"어머니."

막 객주 뜰로 들어서던 시헌이 자리에 우뚝 멈추어 섰다.

낯선 풍경이었다. 그의 삶에 가장 큰 족적을 남긴 두 여인이 한 자리에 있는 것은.

시헌이 어머니를 마주하는 것은 실로 오랜만의 일이었다. 전 부인 설희와 혼인을 해제하는 일로 큰 다툼이 오간 것이 모자(母子)의 마지막 만남이었다. 긴 세월 쌓여온 감정이 폭발했고, 시헌은 어머니와 의절하여 왕래를 단절했다. 그게 이미 수년 전의 일. 장수에 현감으로 부임하기 전부터 이미 모자의 관계는 돌아올 수 없는 강을 건넌 상태였다.

"아드님!"

몇 년 만에 보는 아들의 감격스러운 얼굴. 부부인은 홍을 모욕주고 있었다는 사실마저 잊고 사랑하는 아들을 반겼다.

"아니, 아드님! 어찌 이리 얼굴이 상하셨는지……."

순간 시헌이 성큼성큼 뜰을 가로질렀다. 부부인이 그토록 그리던 아들을 향해 손을 내밀었으나, 불행히도 그녀의 손은 시헌의 몸에 닿지 않았다.

"괜찮은 게냐?"

홍에게로 다가간 시헌이 물었다. 어머니를 등지고 홍을 마주 본 시헌이 그녀의 얼굴을 살폈다.

"예. 아무 일도 없었습니다."

홍이 나직하게 대답했다. 그러나 시헌이 그런 말에 속아 넘어갈 리 있겠는가. 그는 제 어머니에 대해 지나칠 정도로 잘 알았다.

홍과 어머니가 같은 장소에 있는 한, '아무 일도 없다'는 말은 결코 진실일 수 없다.

"아드님."

부부인이 시헌의 옷자락을 살짝 당겼다. 부부인의 평소 성정대로였더라면, 어찌 어미가 아닌 계집을 끼고 도냐며 푸닥거리라도 해야 직성이 풀렸을 것이다. 그러나 워낙 오랫동안 끊어졌던 모자지간인 탓에, 부부인에게도 인내심이라는 것이 생긴 듯했다.

"아드님. 참으로 오랜만입니다. 부모자식 간의 정이란 그 누구도 끊을 수 없는 천륜(天倫)이거늘, 어찌 몇 년 만에 마주한 어미에게 매정하게도 등을 보이십니까?"

"어머니……."

시헌이 천천히 몸을 돌렸다.

한쪽에는 그의 애증과 고통의 근원인 어머니가, 또 한쪽에는 제 운명이자 생명이나 다름없는 홍이 있다. 시헌과 부부인 사이에 흐르는 팽팽한 긴장감은 곁에 있는 홍에게도 고스란히 전해지고 있었다.

당연하게도 홍 역시 즐거운 기분은 아니었다. 아무리 시헌의 어머니인들, 홍으로서는 처음 보는 생판 남이었으니 말이다. 그런 여인이 다짜고짜 돈푼을 내던지며 '떠나라'고 명하다니 치욕스럽지 않을 리가 없었다.

그러나 모욕감보다 먼저 밀려들었던 것은 익숙함, 그리고 그 익숙함으로 인한 깊은 자괴감이었다. 제 앞에 누군가 돈더미를 들이미는 것이 낯설지 않게 느껴진다는 사실. 홍에게는 그것이 부부인의 언사보다 오히려 더 모욕적이었다.

"어머니. 여긴 어찌 아시고 오셨습니까? 또……."

'또다시 미행이라도 붙인 것이 아니냐.'는 질타가 나올 것을 예상한 듯, 부부인이 재빨리 말을 채갔다.

"집에 드나드는 이가 우연히 보았다며 알려주었습니다. 아드님께서 이곳에 머물고 계신다고요. 하여 소식을 듣자마자 한달음에 달려온 것입니다. 아드님이 그리워서요."

"……."

"이 어미의 마음을 아직도 몰라주시는 겁니까?"

부부인의 목소리에는 짙은 회한이 드리워져 있었다.

어찌 시헌이라고 모르겠는가. 아무리 애증으로 점철된 모자지간이라지만, 어머니의 악행과 집착이 결국 사랑에서 비롯되었다는 것을 그도 알고 있었다. 그런 까닭에, 그토록 미워했으면서도 마지막 인사 정도는 올리리라 마음먹었던 것이다.

"한데……."

시헌의 등에 가려진 홍에게 힐끔 시선을 던진 부부인이 눈을 내리깔았다.

"어이하여 현감께서 장수를 비워두고 한성으로 오신 겐지 까닭을 묻는 것이 먼저이겠지요. 하나 그에 앞서 궁금한 것을 물어야겠습니다. 어찌 멀쩡한 집을 두고서 이런 객주에 머무시는 겁니까?"

부부인의 주름진 눈꼬리가 새치름하게 길어졌다.

"그것도 천한 계집을 옆에 끼고서……. 한성에는 보는 눈이 많습니다. 누군가 목격하여 조정에 말이라도 돌았다간 어쩌려고 그러십니까?"

시헌의 꾹 다문 입가가 파르르 떨렸다.

과거의 시헌은 이런 일이 반복될 때마다 어쩔 수 없이 어머니에게 굴복하곤 했다. 어머니가 옳다고 생각해서가 아니라, 평생 세뇌처럼 지속돼 온 속박에 완전히 지친 상태였기 때문이었다. 그러나 이제 시헌은 참지 않을 것이다.

"어머니."

시헌이 무겁게 입을 떼었다.
"그간 강녕하시었습니까?"
시헌의 목소리는 정중했다. 안부를 묻는 아들의 차분한 목소리에 감격한 듯, 부부인의 목소리가 잘게 떨렸다.
"보시다시피 이 어미는 잘 지냈습니다. 아드님이 잘되라고 매일같이 치성을 드리며 지냈지요."
"어머니."
"예, 아드님."
시헌이 착잡한 시선을 들었다. 이미 의절한 관계라 믿고 살았지만, 시헌이 생각한 '의절'이란 결단이 아닌 회피에 지나지 않았다. 그저 싸움을 피하고 싶었기에 외면했을 뿐이다. 모자는 단 한 번도 그들의 문제에 대해 터놓고 대화해 본 적이 없었다.
어쩌면 이것이 마지막 기회일 것이라고, 그는 생각했다.
"어머니께 자식의 도리를 하지 않고 지낸 지 벌써 꽤 긴 시간이 지났습니다."
"아드님……."
시헌의 말을 그간의 절연(絶緣)에 대한 후회로 받아들인 부부인의 목소리가 가느다랗게 떨렸다.
"그 시간 동안……. 소자는 가끔 생각했나이다. 이제 어머니께서도 변하지 않았을까. 조금쯤 고집을 꺾고, 타인의 마음을 헤아릴 줄 아는 분이 되지 않았을까……."
시헌이 그의 어머니를 바라보았다.
"어머니께서 바라는 아들의 모습이 아닌, 제 자신이 바라는 저의 모습을 받아들여 주시지 않을까……."
평생의 애증. 공포와 미움의 대상인 동시에 그를 위해 헌신해 온 기묘한 존재.

시헌을 세상으로 내보낸 숭고한 이, 어머니.
“아드님.”
부부인이 시헌을 마주 보았다. 세월의 흔적이 역력한 그녀의 입가에는 뜻 모를 미소가 희미하게 배어 있었다.
“아드님께서는 아직 어려요. 세상을 모릅니다.”
부부인의 목소리는 단호했다.
“이 어미가 알려드리지요. 사람이란, 그리 쉽게 변하는 존재가 아니랍니다.”
부부인이 거만하게 고개를 치켜들었다.
“당장 아드님의 모습을 보면 알 수 있지 않습니까? 완전히 개과천선하시었다 생각하여 믿었거늘, 또다시 저런 천한 계집을 끼고 객주를 전전하고 계실 줄이야.”
“어머니.”
“어미를 등지고 사신 결과가 고작 저런 계집과의 유희입니까? 정작 아드님은 변한 것 하나 없이 그대로이시면서, 어찌 어미에게만 변화를 원하시는지요. 이 어미는…….”
“어머니!”
시헌의 목소리가 순간 높아졌다. 그의 흰자위에 핏발이 섰다.
어머니는 사랑이라는 이름으로 그의 아들을 모욕한다. 그의 모든 것을 깡그리 부정하고 무시하면서, 사랑이라는 이름으로 핍박을 포장했다. 그러나 그 자신의 분노는 두 번째 얘기였다. 가장 참을 수 없는 것은, 자신의 뜻을 내세우기 위해서는 누구든 희생시켜도 관계없다 생각하는 어머니의 태도와 그로 인해 상처받는 홍의 존재였다.
이제 시헌 역시 인정할 수밖에 없었다. 어머니의 말은 일정 부분 옳았다.
그의 어머니는 변하지 않을 것이다, 영영. 아무리 긴 시간이 흐른다

해도.

“왜요? 이 어미의 말이 틀렸습니까? 체통을 지키시란 말입니다! 이제 아드님께서는 더 이상 어린 공자도, 투전장을 전전하는 난봉꾼도 아니란 것을 잊으셨습니까? 아드님은 어엿한 벼슬아치이십니다. 설마, 아직도 천한 기생과 도망가 새 삶을 산다느니 하는 엉터리 같은 꿈을 꾸고 계신 건 아니겠지요?”

부부인의 조소. ‘천한 기생’이라는 말을 내뱉는 음성 사이에는 피식하는 웃음이 섞여들어 있었다.

“엉터리 같은 꿈이라 하셨습니까?”

시헌이 어머니의 말을 되뇌듯 내뱉었다.

“엉터리 같은 꿈. 제가 연모했던 여인과 함께 새 삶을 살고자 했던 것을 그렇게 말씀하셨습니까?”

“예. 그리 말했지요. 틀린 말이기라도 했답디까? 뭐, 연모요? 그래서, 아드님께서 꾸신 그 꿈의 결과가 어땠습니까? 대단했습니까? 성공하셨습니까? 그저 실패로 끝난 꿈 아닙니까?”

“어머니!”

이제 시헌의 눈에는 불길이 타오르고 있었다.

“그 순간, 칠 년 전 전주에서 어머니가 말씀하시는 엉터리 같은 꿈을 꾸던 순간! 그 순간이 저를 지금까지 살게 했습니다. 아무런 희망도, 열정도, 용기도 없던 나약한 자를 눈 뜨게 하고, 비로소 살게 한 것이 바로 그 꿈이었단 말입니다!”

시헌이 주먹을 꽉 움켜쥐었다.

“제 생에, 행복했고 아름다웠던 순간들은 오직 전주에서 보냈던 그날들뿐이었습니다. 그 여인만이 전부였단 말입니다.”

“하, 이 어미가 너무 오래 살았나 봅니다. 이런 말 같지 않은 소리를 들어야 하다니…….”

부부인은 결코 굴복하지 않았다. 그녀의 눈동자 역시 분노로 얼룩져 있었다.

"그래봤자 천한 기생년입니다! 천것 하나를 잊지 못해서 지금 어미에게 이리 대드시는 게요?"

"아니요!"

시헌이 버럭 소리를 내질렀다.

"천하지 않습니다. 대체 무엇이 천하고 무엇이 귀합니까? 본인의 뜻을 위해서라면 타인 따위 짓밟고 무시해도 좋다고 생각하는 어머니의 마음이 귀합니까? 신분이 높다는 이유 하나로 모든 것을 발밑에 놓고 천히 여기는 그 마음이 귀합니까? 신분이야 날 때부터 정해진다지만, 세상천지 귀하지 않은 목숨이 있습니까?"

"아드님. 대체 지금 무슨 소리를 늘어놓으시는 것이오?"

부부인은 완전히 질렸다는 듯한 표정이었다. 그러나 시헌은 멈추지 않았다. 아니, 멈출 수 없었다.

"적어도 제게는! 오만에 사로잡혀 타인의 귀함을 보지 못하는 사람이야말로 천합니다! 사대부라는 신분에 안주하여 다른 이들을 할퀴고 괴롭히며 살아가는 사람이야말로 미천하기 짝이 없단 말입니다!"

순간, 시헌이 팔을 뻗어 홍을 손을 꽉 붙잡았다. 그가 홍을 제 곁으로 끌어당겼다. 그의 팔이 홍의 허리를 단단히 감쌌다. 그를 바라보던 부부인의 눈가가 경련하듯 꿈틀거렸다.

"기생이라서, 천한 신분이라서……. 소자의 평생을 걸고 연모한 여인입니다. 제 모든 것을 바꾼 여인입니다! 고작 신분, 그 따위가 무어라고 홍이 그런 소리를 들어야 한단 말입니까?"

"……."

"제게 홍은 귀한 여인입니다. 귀하고 또 귀한 사람입니다. 비록 신분이 낮을지언정, 주어진 운명에 순응하기보다 맞서 싸우는, 그런 삶이야말로 정녕 귀하고 또 귀하단 말입니다!"

말을 마친 시헌이 가쁜 숨을 몰아쉬었다. 그를 보고 있던 부부인 역시 말을 잇지 못했다. 하릴없이 달싹이던 그녀의 입술이 이내 딱 벌어졌다.

"평생을 걸고 연모했다고?"

부부인이 반문했다.

"평생?"

부부인의 시선이 시헌과 홍의 얼굴을 어지러이 오갔다. 마침내, 둔중한 깨달음이 그녀를 덮쳐 왔다.

"그럼 이 계집이 설마……. 칠 년 전 그……. 그 기생이라는 말씀이시오? 아드님을 그토록 크게 다치게 만들었던, 그 계집……?"

부부인이 시헌을 노려보았다. 시헌은 대답하지 않았으나, 눈빛만으로도 답은 충분했다.

"지금, 기생을 데려와서 귀한 여인이네 어쩌네 말씀하시는 것이오? 사대부 중의 사대부인 아드님께서, 그 고생을 하고서도 정신을 못 차리고 천한 기생년에게 눈이 멀어……."

그때였다. 새까만 어둠이 깔려 있던 입구 쪽에서 걸어 나오는 호리호리한 사내.

"헛!"

어딘지 낯익은, 한참 젊은 얼굴을 바라보던 부부인의 입에서 외마디 소리가 터져 나왔다.

한동안 자신이 임금과 동행하고 있었음을 망각했던 시헌 역시 다급히 고개를 숙였다.

"외조모님."

왕은 부부인을 그렇게 불렀다. 물론 친조손(祖孫) 간도 아니었고, 중전이 세상을 떠난 이후 얼굴을 마주할 일이 거의 없는 사이이긴 했다. 그러나 아무리 임금인들 외조모에게 예를 갖추는 것은 당연한 일이었다.

"자리가 이러하여 문안을 드리지 못함을 용서하소서, 외조모님."

"상감마마, 어찌 귀하신 분께서 친히 이곳까지 납시셨나이까."

부부인의 목소리는 달달 떨리고 있었다.

왕의 권위란 그런 것이다. 그저 존재만으로도 몸을 떨게 하는 것. 그러나 왕은 아직 어렸다. 그는 소년과 청년의 사이 어디쯤에 위치한 해사한 얼굴을 하고 있을 뿐이었다.

"외숙부와 오랜만에 이야기를 나누 중, 꼭 만나보고 싶은 이가 있어 잠시 출궁했습니다."

젊은 왕이 빙긋 웃었다.

사실 부부인은 왕을 좋아하지 않는다. 왕 역시 그것을 알고 있었다. 어찌 보면 그건 당연한 일이었다. 부부인은 선대 왕후 생전 대단한 야욕을 숨기지 않았다. 자신의 딸이 반드시 아들을 낳아 왕의 생모가 되리라는 화려한 꿈을 좇던 그녀에게, 후궁 소생으로 끝내 보위를 가져간 임금이 달가울 리 없었다.

"이유야 어찌 되었든 덕분에 외조모님을 뵙게 되었습니다. 잠행(潛行)에 나서기를 잘한 것 같군요."

왕의 목소리는 따뜻하고 친절했다. 제 아들의 살가운 목소리를 들어본 지 참으로 오래된 부부인의 마음이 감격스러워질 만큼.

"저도 마마를 뵈옵게 되니 참으로 기쁘기가 한량없나이다. 전하의 앞에서 이런 꼴을 보인 못난 외할미를 용서하시오소서."

"용서라니요. 어찌 그런 말씀을 하시옵니까."

왕의 다정한 목소리는 부부인의 경계를 허물어뜨렸다.

왕이 누구인가. 조선이라는 세상, 천한 것들이 귀한 이들을 받치며 살아가는 계급 사회의 맨 꼭대기에 위치한 사람이었다. 그런 왕 앞에서 어미에게 바락바락 대든 것도 모자라 천한 계집의 편을 들다니. 시헌 역시 더 이상 할 말이 없으리라고 부부인은 생각했다.

“한데, 마마……. 꼭 만나고픈 이가 있어 나오셨다는 것은 무슨 말씀이신지요?”

부부인의 물음에, 왕은 선량한 표정으로 대답했다.

“외숙부께서 사랑하시는 정혼자가 여기 계시다 하여, 그분을 보고자 따라나선 길입니다.”

“저, 정혼자요……?”

부부인이 저도 모르게 말을 더듬었다. 설마설마하였으나, 왕의 시선은 분명하게도 홍에게로 향하고 있었다.

부부인이 부르르 몸을 떨었다. 참을 수 없는 분노가 치밀어 가슴을 옥죄었다. 제 뜻대로 되지 않는 아들 하나만으로도 터지기 일보 직전이던 화(禍)가 몸을 태울 듯 휘몰아쳤다.

그러나 어찌할 것인가. 상대는 이 나라 조선의 왕, 임금이었다.

“정혼자라니요. 마마, 어찌 그리 말씀하시나이까. 저건 천출입니다. 한낱 기생이란 말입니다.”

상상만으로도 끔찍한 일이라는 듯 부부인이 도리질을 쳤다.

“양인과 천민의 혼인을 금하는 양천통혼금지법(良賤通婚禁止法)이 엄연히 존재하지 않습니까. 한데, 국법을 다스리는 마마께서 어찌 천부당만부당한 말씀을……!”

“해서, 외조모님.”

왕이 부부인의 말을 끊었다. 그의 시선이 부부인을 지나 뒤편에 서 있는 홍에게 잠시 닿았다. 왕의 시선을 마주한 홍이 당황하여 시선을 떨어뜨렸다.

조선의 왕. 그러나 그는 아직 소년티를 벗지 못한, 수염조차 나지 않은 말간 얼굴을 하고 있었다.

‘임금’, ‘왕’, 또는 ‘마마’……. 소년을 칭하는 거창한 이름들. 그러나 화려한 용포(龍袍)가 아닌 평범한 도포를 입고 있는 그는 보통의 사람과 다르지 않았다. 시헌처럼, 여느 선비들처럼. 그리고, 어쩌면 홍 그녀처럼.

부부인의 질타와 모욕 앞에서 생각했던 것을 홍은 다시금 떠올렸다.

대체 무엇이 귀하고 무엇이 천한 걸까. 무엇이 왕을 만들고, 무엇이 창기를 만드는 걸까.

고개 숙인 채 묵묵히 서 있던 홍의 귀에 왕의 목소리가 들려왔다.

"과인은 왕의 권한으로, 이 여인의 신분을 면천(免賤)시킬 생각입니다."

"며, 면천……!"

부부인이 입을 딱 벌렸다. 그녀는 차마 숨조차 쉴 수 없었다.

"그리고, 외조모님."

왕의 부름에 부부인이 떨리는 시선을 들었다. 그녀가 제 손마디를 성마르게 부여잡았다.

"본의 아니게 외조모님과 외숙부의 언쟁을 듣고 말았습니다. 말씀하시기를, 사람이란 본디 쉽게 변하지 않는 존재라 하셨던가요?"

"예, 전하. 그, 그러하옵니다만……."

"외람되지만, 나라를 다스리는 왕으로서 하던 생각을 잠깐 말씀드려볼까 합니다."

부부인에게 하는 것인지, 아니면 스스로에게 말하는 것인지 모를 정도로 왕의 목소리가 나직해졌다.

"변하지 않는 것은 낡은 것이다. 변하지 않는 낡은 생각으로는 결코 세상을 나아지게 할 수 없다……."

"마, 마마……."

부부인이 황망하게 중얼거렸다. 믿을 수 없는 일. 부부인의 얼굴이 파리하게 질렸다.

"그러니 외조모님, 이제 외숙부와 저 여인의 일은 저들에게 맡겨두십시오."

"하, 하지만……."

"어명입니다."

바들바들 떨리며 부부인의 입술이 끝내 닫혔다. 활활 타는 분노로 일렁이던 눈빛 역시 바닥으로 떨어졌다. 더 이상 토를 달 수는 없었다. 이제 그녀가 물러날 때였다.

부부인이 사나운 눈초리로 홍을 노려보았다. 애석하게도 여전히 부부인의 생각은 바뀌지 않았다.

나쁜 것은 시헌도, 임금도 아니었다. 요망한 계집, 음란한 술수로 제 귀한 아들을 유혹하여 나락으로 몰고 가려는 저 계집. 모든 것은 저 요사하기 짝이 없는 천한 계집의 탓이다.

화를 억누르지 못하여 붉으락푸르락하던 부부인이 휙 몸을 돌렸다. 치밀어 오르는 화증 탓에 그녀는 임금의 앞이라는 사실조차 잊었다. 그렇게 하직 인사도 하지 않은 채, 임금의 면전에 감히 등을 보이는 중죄를 지으며 부부인은 도망치듯 객주를 떠났다.

한순간, 세 사람이 남은 객주 뜰에 고요가 찾아왔다.

"전하. 성은이 망극하옵니다."

시헌의 목소리가 뜰을 울렸다.

임금과 동행한 상황에서 어머니를 마주친 것은 시헌에게도 예상치 못한 일이었다. 그러나 방금 전까지 소용돌이치던 분노와 울화는 눈 녹듯 사라졌다. 왕의 지엄한 약조를 얻어냈기 때문이었다.

왕은 홍의 신분을 면천해 주겠노라 했다. 시헌이 한성을 찾아 군이 왕을 알현하며 바란 것은 오직 그 하나뿐이었다. 더 이상 홍이 남들 눈을 피해 숨어 사는 것을 원하지 않았기 때문에, 그녀에게 진짜 자유를 선사하고 싶었기 때문에. 평생 그녀를 괴롭혔던 신분의 굴레를 떨쳐 버리기를 바랐기 때문에…….

"외숙부. 안에서 이야기를 나누는 것이 어떻겠습니까."

옅은 미소를 띤 왕이 힐끔, 밤하늘을 가로지르는 초승달을 바라보았다.

"한 시진만 다녀오겠다 상선에게 약조를 하고 나선 잠행이지 않습니까. 이제 과인에게는 시간이 많지 않습니다."

왕이 먼저 객주의 방을 향해 걸음을 옮겼다.

"홍아."

시헌의 목소리를 듣고서야, 홍은 퍼뜩 정신을 차렸다.

"어서 안으로 들자. 전하께서 기다리신다."

"예……."

대꾸하는 홍의 표정은 다소 기묘했다. 그녀의 얼굴에 떠올라 있는 것은 기쁨도, 감격도, 혹은 슬픔도 아닌 듯한 묘한 표정이었다.

양인이 된다. 다시 양인 신분으로 돌아간다. 상상하지 못한 엄청난 일이었다…….

아니, 엄청난 일이던가? 엄청난 일인 동시에, 어쩌면 아무 일도 아닐 일. 혼란스러운 기분에 휩싸인 채, 홍은 정식으로 조선의 임금을 마주했다.

"연통도 없이 불쑥 찾아와 놀라셨겠습니다."

"아닙니다, 전하. 성은이……."

응당 '성은이 망극하옵니다'는 말을 하는 게 옳았으리라. 그러나 홍은 예의범절에 대해 잘 알지 못했다. 평생 교육이랄 것을 받아본 적 없는 홍이 왕을 알현하는 예의에 대해 알 리 만무했다.

"편하게 계시어도 됩니다. 외숙부의 정혼자이시면, 결국 과인의 외숙모가 되실 것이니."

듣고서도 차마 실감이 나지 않는 소리에, 홍은 고개를 들어 임금을 마주했다. 왕은 선량한 눈을 가지고 있었다.

"전하. 소신과 신의 정인에게 베풀어주신 성은에 어찌 보답하여야 할지 모르겠나이다."

시헌이 왕의 앞에 머리를 조아렸다.

"외숙부. 감사는 도리어 제가 할 일입니다."

"무슨 말씀이십니까?"

시헌이 고개를 들어 젊은 왕을 마주보았다.

따지고 보면 가까운 것이 더 이상하달 수도 있는 사이. 시헌의 누이와 왕의 생모는 생전 왕의 총애를 놓고 치열하게 싸웠던 경쟁자였다. 그런 까닭에 부부인은 진즉부터 시헌이 왕과 가깝게 지내는 것을 탐탁지 않게 여겼다. 본디 권력의 중심에서 벗어난 외척의 목숨이란 바람 앞의 등불과도 같은 것이었으므로.

그럼에도 시헌이 왕의 마음을 받아들인 이유는 달리 있지 않았다. 궁궐 안에 마음 기댈 곳이 없어, 그가 올 때마다 반색하는 왕의 모습에서 과거 방황하던 시절의 제 모습을 떠올렸기 때문이었다.

"제가 외숙부를 왜 좋아하는지 아십니까?"

"말씀해 주시겠습니까?"

"외숙부의 젊은 날 이야기들이 꼭 과인의 마음을 대변하는 것 같기에 그렇습니다. 제 생각에, 저와 외숙부는 닮은 구석이 꽤 있는 것 같거든요."

"……전하."

시헌이 감격스러운 표정으로 고개를 숙였다. 왕의 얼굴에 빙긋 웃음이 스쳤다.

"아까 외숙부께서 하신 말씀, 제게는 큰 가르침이 되었습니다."

"어떤 말을 뜻하시는 것인지요?"

"이렇게 말씀하셨습니다. 대체 무엇이 천하고 무엇이 귀한가, 신분이야 태어나면서 정해진다지만, 그렇다 하여 세상천지 귀하지 않은 목숨이 있던가."

왕이 말을 이었다.

"비록 신분이 낮을지언정, 주어진 삶에 순응하기보다 운명에 맞서 싸우는 그런 삶이야말로 정녕 귀하고 또 귀하다. 사람의 목숨과 존엄함에는 귀함과 천함이 따로 없다……."

왕은 시헌이 쏟아냈던 말들을 되새김질하듯 신중히 내뱉었다.

"외숙부, 과인은 이 말을 늘 되새기며 백성들을 대하려 합니다."

"전하. 부족한 신의 마음을 헤아려 주심에 성은이 망극하옵니다."

"그리고……."

젊은 왕의 시선이 시헌을 떠나 홍에게로 향하였다. 긴장 탓에 경직된 얼굴. 그러나 여인에게 주눅 든 기색은 찾을 수 없었다. 제일 먼저 눈길을 끌었던 것은 빼어나게 아름다운 용모였지만, 그녀에게는 화려한 미색보다 더 왕의 마음을 끄는 무엇인가가 있었다.

"그대에게 질문 하나를 던져도 되겠소?"

예상치 못한 말에, 홍이 고개를 들었다.

홍의 눈. 왕의 시선을 끌었던 것은 바로 그녀의 눈빛이었다. 아리따운 여인이었으나 결코 사내로서의 호기심은 아니었다. 단지 처음 접하는 눈빛이 왕의 주의를 환기시켰을 뿐이다.

"말씀하시옵소서, 전하."

"과인이 신분을 면천하여 준다는 이야기를 하였을 때 그대의 표정을 보았습니다. 그대는…… 기쁘지 않은 듯했소. 단지 놀란 듯 보였을 뿐 감격하거나, 행복한 표정은 아니었습니다."

"……그랬습니까."

홍이 지그시 왕을 바라보았다. 당연하게도, 용안(龍顔)을 똑바로 응시하는 것은 용납되지 않는 일이다. 그러나 홍은 왕실의 의례에 대하여 배운 적이 없는 사람이었다. 애당초 아는 것이 없었으므로, 그런 법도들은 홍에게 아무런 의미를 가지지 못했다.

"궁금증을 불러일으키는 표정이었습니다. 그때 무슨 생각을 하고 있었는지 말씀해 주시겠소?"

"저는……."

홍이 시헌에게로 살짝 시선을 돌렸다. 혹시나 말실수라도 하여 시헌을 곤란하게 할까 봐 두려웠기 때문이었다.

"전하께는 무엇이든 솔직하게 말씀드려도 괜찮다."

시헌이 나지막하게 전했다. 그제야 홍은 신중하게 입을 열었다.

"저는…… 전하께서 말씀하신 '면천'이라는 말의 뜻을 생각하고 있었습니다."

"면천이라는 말의 뜻 말입니까? 아……. 그것은, 그대의 신분을 천민에서 양인으로 되돌려 주겠다는 의미입니다."

왕은 기생으로 살았던 홍이 그 말이 뜻하는 바를 모른다고 생각한 듯했다.

"아니요. 전하, 말뜻을 몰라서 생각하고 있던 것은 아니었습니다. 단지……."

홍이 왕을 바라보았다.

왕의 얼굴.

어쩌면 그저 평범한 소년. 혹은 어쩌면, 세상 모두를 발아래에 둔 고귀한 사내…….

홍은 경험해 본 적 없는 기묘한 기분을 느끼고 있었다. 평생 신분제의 가장 낮은 곳에 위치해 있던 그녀였다. 그런 홍의 말에 조선의 임금이라는 자가 귀 기울이고 있다는 사실이 도무지 믿기지 않았다.

"제 신분이 면천된다 하여 저 자신이 달라지는 것은 아니기에, 선뜻 기쁘거나 감격하지 못하였을 뿐입니다."

홍의 말을 경청하던 왕의 표정이 미미하게 변화했다. 그의 눈동자에 호기심이 감돌았다.

"물론, 전하께서 베풀어주신 은혜에 감사하는 마음은 이루 헤아릴 수 없을 만큼 큽니다. 하지만 면천이라는 말을 들은 순간의 제 기분은……. 그랬습니다. 별다르지 않았습니다."

왕은 홍의 뜻을 가늠하려 노력하는 듯했다. 그가 다시금 질문을 던졌다.

"자신이 달라지지 않는다는 말이 어떤 뜻인지 설명해 주시겠소?"

"설명이 필요하겠습니까? 그저 제 자신을 말하는 것입니다. 비단옷을 입었든, 누더기를 입었든 그저 배씨 성에 홍이라는 이름을 가진 여인인 저 말입니다."

그제야 긴장이 풀린 듯, 홍은 망설임 없이 말을 이어나갔다.

"저에게는 양반이었던 시절도 있었고, 기생이었던 나날도 있었으며 또한 그 무엇도 아닌 신세가 되어 숨어 지내던 때도 있었습니다. 그러나 저 자신은…… 달라지지 않았습니다. 저는 늘 지금과 같은 사람이었나이다. 앞으로도 마찬가지일 것이고요. 제 신분이나 지위가 달라진다 하여, 배홍이라는 사람이 바뀌지는 않을 것입니다."

"아……."

갑자기 왕의 입에서 낮은 탄성이 흘러나왔다. 홍에게 재차 질문을 던지는 그의 눈동자는 알 수 없는 흥분으로 반짝이고 있었다.

"하면, 그대는 나나 외숙부 역시 민초들과 다를 바 없는 사람이라 생각하시오?"

"……."

잠시 홍은 숨을 고르며 생각을 정리했다.

홍은 교육받지 못한 무지한 여인이었다. 그렇다고 해서 왕이 던진 질문이 무엇을 뜻하는지마저 모르지는 않았다. 홍의 곁에 있는 시헌의 몸이 긴장한 듯 느껴지는 것 역시 그런 까닭이리라. 조선의 지존인 왕을 한낱 백성에 비유하는 것은 자칫 큰 화를 불러들일 수 있는 일이었기 때문이었다.

홍이 천천히 시선을 들었다. 왕의 선량한 눈동자를 마주한 그녀는, 시헌 외의 사람에게는 내보인 적 없는 진심을 털어놓기로 했다.

"타고난 신분이 다를 뿐, 결국은 모두 같은 사람입니다. 저는 기생으로 살며, 귀한 이가 천한 짓을 하는 것을 보았습니다. 또한 천하기 짝이 없는 신분임에도 한없이 귀한 이도 보았습니다. 해서, 믿게 되었습니다."

"무엇을?"

"귀천은 삶 속에 있을 뿐, 태생에 있는 것이 아니라고요."

"귀천은 태생이 아닌 삶 속에 있다……."

"예. 제게 어떻게 태어났는지는 중요치 않았습니다. 어찌 살아가는지가 중요했을 뿐입니다. 아는 것이 없는 처지라 제 생각을 잘 설명할 수는 없지만……. 저는 가장 천했던 순간에도 제가 귀한 사람이라 믿으며 살았습니다. 그 믿음이 저를 살게 했나이다."

홍이 고개를 꼿꼿이 쳐들었다.

홍은 이제 왕이 두렵지 않았다. 제 미천함이 고귀한 자들의 심기를 거스를까 심려되지 않았다. 그녀는 더 이상 무엇에도 마음 쓰이지 않았다.

임금과 양반만이 귀한 것이 아니다. 그녀의 마음이 가진 가치는 그 누구도 가늠할 수 없다. 누군가 홍을 손가락질하며 천한 존재라 한다 해서 그녀가 천해지는 것이 아니었다. 그 행동으로 인해 천해지는 것은 손가락을 내민 누군가에 지나지 않았다. 홍은 그저 스스로 믿는 그대로, 귀한 사람일 뿐이다.

"어떤 이들에게는 하찮기 짝이 없는 누군가의 삶도 눈부시게 빛날 수 있다는 것을……. 저는 믿습니다."

그것이 전부였다.

아무리 운명에 모질게 뒤흔들려도, 생이라는 파도 앞에 표류하고 좌초해도, 넘어지고 또 넘어져 주저앉아도. 홍은 늘 그녀 자신이었다. 그녀는 자신을 지탱하기 힘들 때조차 자신이고자 애쓰며 살았다.

기억조차 가물가물한 아득한 과거, 월야관의 행수기생 옥련이 대발식을 앞둔 동기 홍에게 말했던가.

"어렵게 생각지 마라. 스스로를 가엾게 여기지도 마라. 시간이 흐르면 자연히 살아지는 것이 삶이란다."

아니. 옥련이 틀렸다. 자연히 살아지는 삶이란 없다. 그건 살아가는 것이 아닌, 삶을 방관하는 것이다. 그리고 홍은 지금껏 그래왔듯 앞으로도 결코 그녀의 삶이 운명에 순응하여 흘러가도록 내버려 두지 않을 것이다.

"아……."

왕의 나지막한 목소리.

그가 평생 살펴야 할 조선. 조선의 가장 낮은 곳에 살았던 여인의 담담한 고백이 젊은 왕의 마음을 뒤흔들고 있었다.

그제야 홍은 시헌을 돌아보았다. 그리고 시헌의 얼굴에서 그녀를 향한 것이 분명한 벅찬 감정을 읽는다. 시헌의 얼굴에 드러난, 숨길 수 없는 뿌듯함과 자랑스러움을. 오직 그녀만을 담고 있는 그의 눈동자 안에서 무한하게 반짝이는 깊은 사랑을.

"신분을 면천하는 일은 과인이 속히 시행토록 명하겠습니다."

자리에서 일어나던 왕이 잠시 걸음을 멈추었다. 그가 입을 열었다.

"오늘 두 분께 참으로 큰 가르침을 얻고 돌아갑니다."

"가르침이라니 과찬이십니다. 전하께옵서도 늘 같은 생각을 하셨기에, 홍의 말이 전하의 마음을 움직였다 생각합니다."

"그랬을지도 모르지요. 양반만이 백성이 아닌 조선의 모든 이들이 제 백성이니까요."

빙긋 웃은 왕이 홍과 시헌을 향해 살짝 고개를 숙였다. 떠나던 그가 아쉬운 듯 다시금 입을 열었다.

"그러나 그것 외에, 대단한 것 한 가지를 깨닫고 배우고 갑니다."

"그것이 무엇입니까?"

젊은 왕의 시선이 시헌과 홍에게 잠시 머물렀다.

왕은 결코 이 순간을 잊지 않으리라.

"사랑을 배우고 갑니다."

그가 덧붙였다.

"위대한 사랑이 어떻게 운명을 뒤바꾸는지를 배우고 갑니다."

그 말을 남긴 채, 왕은 객주를 떠났다. 훗날 제게도 운명을 뒤바꿀 만큼 크고 아름다운 사랑이 찾아오기를 바라면서. 저들이 그러하였듯이.

남은 것은 이제 둘. 귀하디귀한 사랑으로 서로의 운명을 변화시킨 홍과 시헌 둘뿐이었다.

"홍아."

객주 밖까지 임금을 배웅하고 돌아오는 길. 소담하게 피어난 홍매화나무 곁을 지나치던 시헌이 홍의 손을 잡았다.

홍은 시헌을, 시헌은 홍을 바라본다. 그제야 긴장이 풀리고 마음이 편안해졌다. 동시에 그들의 얼굴에 웃음이 번져 갔다.

"긴 여정이었지?"

홍의 볼을 양손으로 감싸며 시헌이 나지막하게 속삭였다. 굳이 설명하지 않아도, 그 말이 무엇을 의미하는지 홍은 알아들을 수 있었다.

"이게 끝이라는 게 믿기지 않습니다."

"하나의 여정이 끝났을 뿐이야. 이제 새로운 시작이다."

새로운 시작. 그 말이 마음에 들었는지, 홍은 평온하게 미소 지었다.

"기분이 이상합니다."

"어찌하여서?"

"더 이상 도망치거나, 걱정하거나, 누군가 저를 알아볼까 두려워하지 않아도 된다는 것이 낯설어서요. 너무 많은 것이 주어진 까닭에 도리어 어쩔 줄을 모르겠습니다."

"나도 다르지 않아. 나 역시 너와 같다."

시헌을 만난 이후의 홍의 삶이 단 한 순간도 평탄하지 않았음을 그는 알고 있었다. 검을 들고 전장을 누비는 것만이 싸움은 아니었다. 홍의 싸움은 어쩌면 그보다 더 길고 잔혹했다. 수십 번 찔리고, 찢기고, 쓰러졌지만 홍은 결코 포기하지 않았다.

그러므로 이것은 여정의 끝인 동시에, 지난했던 투쟁의 끝이기도 했다.

"이제 무엇이 하고 싶으냐?"

"음……."

홍은 잠시 답이 없었다. 시헌의 얼굴에서 떨어지지 않던 그녀의 눈동자가 그의 어깨 너머 자욱하게 내리깔린 어둠을 응시했다.

"모르겠습니다. 일단 지금은요."

하고 싶은 것이 많았기에 오히려 아무런 생각조차 나지 않았다.

단지 그렇게 바랄 뿐이다. 지금 그들을 둘러싸고 있는 한없이 평온한 밤처럼 앞으로의 삶 역시 그러하기를. 고통도, 슬픔도 존재하지 않기를. 서로를 바라보며, 고요한 밤의 항해자들처럼 그들 앞에 주어진 생이라는 바다를 담담히 유영하기를.

"어디로 갈지, 무엇을 할지는 차차 생각하자. 서두를 까닭은 아무것도 없으니."

"예, 선비님."

"불편한 객주에 머물 까닭도 없다. 내 집이 지척이다. 날이 밝으면 나와 함께 집으로 가자."

우리의 집으로 가자.

"예. 함께 가겠습니다."

"홍아."

시헌이 그녀의 이름을 불렀다. 마치 제 입에 담을 수 있는 가장 귀중한 것의 이름을 말하듯, 그는 다시 나지막하게 되뇌었다.

홍. 나의 홍아.

"너는 아직 뭘 할지 모르겠다 말하지만, 내게는 반드시 해야만 하는 일 하나가 있어."

"그것이 무엇입니까?"

"홍."

홍을 바라보며, 시헌은 입을 열었다.

"부디 나와 혼인해 다오. 내 평생 너만을 사랑하고 섬길 것이다."

"……."

순간, 홍의 입가에 환한 미소가 드리웠다.

그런 것이로구나.

왕이 그녀에게 선물한 '면천'이라는 것은, 단지 신분이 달라진다는 사실만을 의미하는 것은 아니었다. 홍에게 주어진 것은 크나큰 자유였다. 시헌을 사랑할 수 있는 자유. 그와의 미래를 꿈꿀 자유. 이전에는 이루어지리라 생각조차 하지 않았던 일들을 꿈꾸고 행할 수 있는 자유가 그녀의 손 안에 있었다.

홍은 무엇이든 선택할 수 있고, 또한 무엇이든 원할 수 있다. 그리고 원한다면, 어느 것도 선택하지 않을 자유 역시 가지고 있었다.

"내 청을 들어주겠느냐?"

그러나 홍은 기꺼이 선택한다.

김시헌, 겨울날의 눈 폭풍을 뚫고 나타나 그녀에게로 봄을 가져온 아름다운 사내를.

"예, 선비님. 들어드리겠습니다."

벅찬 행복감이 파도처럼 밀려들었다. 그들이 만난 이래, 가장 행복하고 가장 아름다운 미소를 지으며 홍은 그의 목에 팔을 휘감았다.

거리낌 없이 서로의 입술을 맞대었다. 누군가 올까, 누군가 볼까 걱정 같은 것은 전혀 하지 않았다. 그들은 서로를 사랑할 자격과 자유를 가지고 있었다. 틈 없이 겹쳐진 입술을 통하여 서로의 향기에 한껏 취한 채, 앞으로 영영 하나가 되어 떨어지지 않을 긴 생의 숨결을 섞고 또 섞었다.

때마침 불어온 나른한 바람 한 줄기가 홍매화나무 가지를 흔들었다. 이 순간을 기념이라도 하듯 쏟아진 꽃잎들이 홍과 시헌의 머리 위로 흩날렸다.

혹독한 겨울 끝에 찾아온 길고 긴 봄날의 시작이었다.

종장. 붉을 홍(紅)

"또 그러고 있냐."

"……."

"야."

연거푸 불러보지만, 등을 보인 여인의 그림자는 미동조차 하지 않는다.

저물어가는 낙조. 진홍빛, 선명한 빨강, 옅은 분홍과 주홍. 세상 붉은색이란 붉은색은 죄 모아놓은 것 같은 서녘을 멍하니 올려다보는 뒷모습을 응시하던 사내가 푹 한숨을 내쉬었다.

"팔쥐야."

"아."

그제야 천이 저를 부르고 있다는 사실을 깨달은 팔쥐가 무안한 듯 자리에서 일어섰다.

"언제 왔어?"

"방금 전에."

"기척이라도 하지."

"이름을 세 번이나 불렀거든."

"흠."

그들의 말투는 다정하지도, 살갑지도 않았다.

발길 닿는 대로 유랑하는 두 사람을 목격한 이들은 그들이 남매지간일 것이라 추측했다. 팔쥐가 쪽찐 머리가 아닌 댕기머리를 늘어뜨리고 있었기 때문이었다. 남매라기엔 여인의 용모가 너무 빠진다며 뒷말을 늘어놓는 이들도 있었지만 그들은 신경 쓰지 않았다.

남들이 이해를 하든 말든 상관 없었다. 팔쥐와 천은 그저 여정의 동반자로 살아가고 있을 뿐이었다. 다정함이나 살가움 따위 끼어들 틈 없는, 그런 '적당한' 사이로써.

"또 그 사람 생각하냐?"

팔쥐는 가타부타 대답하지 않았다.

해 질 녘 하늘을 하염없이 바라보는 건, 언젠가부터 생긴 팔쥐의 습관이었다. 석양에 물든 하늘을 바라볼 때면 홍 생각이 났다. 온갖 노을빛 중에는 홍이 입던 치마폭의 색도 있었고, 그녀의 눈가처럼 불그레한 빛깔도 있었다.

"집 나간 서방이 있었대도 그렇게 그리워하지는 않겠네."

"네가 뭘 안다고 그래. 주접떨지 마."

팔쥐에게 면박을 들은 천이 씩 웃었다. 어차피 이런 것이 그들의 일상이었으니까. 천이 퍼뜩 생각났다는 듯 입을 열었다.

"저잣거리에서 엄청난 소식 하나를 들었어. 대둔산 산적들이 토벌됐다더라."

"대둔산?"

"그래. 대둔산. 내가 기억하기론, 벌써 십여 년째 산적들이 극성이었거든. 거기서 죽은 사람이 많았는데……."

"잠깐 잠잠해졌다 다시 산적질을 하겠지."

"아니야. 완전히 궤멸됐대. 임금이 친히 천거한 젊은 무장(武將)이 토벌대를 이끌었다던데. 관군들이 수백이었다더라. 산꼭대기에 고립된 도적들 대부분이 낭떠러지 아래로 몸을 던져 자진했다던걸?"

"뭐, 잘됐네."

팥쥐가 대수롭지 않게 중얼거렸다. 천이 고개를 끄덕였다.

"산적들은 죄다 토벌됐는데, 정작 두령이라는 자의 시신은 나오지 않았다는 말이 있긴 하지만……. 졸개들이 다 죽은 마당에 두령이라 봤자 별수 없겠지."

이야기를 마친 천이 힐끔 하늘을 바라보았다. 어느덧 새빨갛던 하늘에 검푸른 어둠이 번져 가고 있었다.

"어두워진다. 가자."

"그래."

천과 팥쥐가 걸음을 옮기던 찰나, 툭- 무엇인가가 바닥으로 떨어졌다.

"아……."

팥쥐가 제 머리채에서 떨어진 댕기를 주워 들었다.

붉은 비단으로 지은 댕기. 과거에는 꽤나 고운 물건이었을 비단 댕기는, 긴 세월을 지나며 낡아 해어지고 금박마저 죄 벗겨진 상태였다.

"팥쥐야."

"왜?"

"마침 잘됐다. 이거……."

주머니를 뒤적거리던 천이 무언가를 팥쥐에게로 쓱 내밀었다. 새파란 비단 댕기였다.

"이건 왜?"

"오, 오다 주웠어."

"뭐?"

"아니, 네 댕기가 하도 낡아빠져서……. 지나가다 보이기에 하나 샀어."

"돼지터럭 같은 머리에 댕기 따위 뭘 해도 똑같은데."

팔쥐가 태어났을 때부터 억셌던 제 머리카락을 어색하게 쓰다듬었다.

"돼지털은 무슨. 그냥 보통 여인네들 머리랑 똑같은걸. 아무튼, 하고 다닐 거지?"

천이 재차 물었다. 힐끔, 그를 바라본 팔쥐가 심드렁하게 대꾸했다.

"그러든가."

대답을 듣고선 씩 입꼬리를 올리는 천을 바라보던 팔쥐가 제 양손을 번갈아 바라보았다.

오른손엔 붉은 댕기, 왼손엔 하늘빛처럼 푸른 댕기.

흘러간 과거는 마음속에 고이 간직한 채 현재를 보며 살아야지.

"팔쥐 너, 지금 웃었냐?"

"웃기는."

"아니, 웃었는데?"

"눈깔이 삐었어?"

주거니 받거니, 구시렁대며 걷던 팔쥐가 무심코 하늘을 바라보았다. 붉은 노을은 완전히 사라지고, 푸른 어둠으로 물든 세상. 이제 제가 살아가야 할 그 푸른 세상 속으로 팔쥐는 걸음을 내디뎠다.

❀

여인은 꽤나 독특한 차림새를 하고 있었다. 머리는 여느 부인들처럼 쪽을 찌었지만 입고 있는 의복은 조선의 것이 아닌 청의 것. 흔히 기포(旗袍)[7]라고 불리는 차림이었다.

7) 치파오

드문드문 오가는 이들이 이국의 복장을 한 여인을 신기하다는 듯 바라보았다. 그러나 그녀는 타인의 시선 따위 신경 쓰지 않는 듯했다.

여인이 서 있는 장소는 북촌 안의 높다란 솟을대문 앞이었다. 무슨 사연, 혹은 고민거리라고 있는 듯 대문을 노려보던 여인의 면전에서 갑자기 문이 열렸다.

"뉘십니까?"

고개를 불쑥 내민 어린 계집종의 물음.

"아……."

잠시 당황한 듯하였으나 여인은 이내 평정을 되찾았다.

당황할 일이 무어 있겠는가. 이곳에 살고 있는 사내는 한때 그녀의 서방이었던 것을.

"객이 왔다 전하라."

"아, 안방마님을 찾아오신 분입니까?"

"안방마님?"

여인이 반문했다.

"예. 마님과 주인나리께서 곧 청으로 여행을 떠나신다더니, 그 때문에 오신 분인가 보지요?"

"나리께서 혼인을 하셨더냐?"

"혼인이요? 그럼요. 벌써 일 년도 넘은 일인걸요."

"저런."

여인이 푸훗, 헛웃음을 터뜨렸다.

죽은 정인을 잊지 못하여 매일을 고통스럽게 울부짖던 사람이 재취를 들였단 말인가. 다른 이라면 모를까, 시헌마저 그럴 줄은 꿈에도 몰랐는데. 역시나, 사내들이란.

"하면, 누구라고 전해 드릴까요?"

계집종의 물음에, 여인이 대답했다.

"주인나리께 전해다오. 심설희가 찾아왔노라고."

"이게 대체 얼마만이요?"

다과상 사이로 시헌을 마주 보고 있던 설희가 찻잔을 내려놓았다.

"오륙 년쯤 되었을까요? 나리께서 자리에서 일어나신 지 얼마 되지 않아 혼인을 해제하였으니까요."

"벌써 그리되었소? 시간이 빠르구려."

설희를 물끄러미 바라보던 시헌이 말을 이었다.

"좋아 보이시오, 과거보다 훨씬 더."

설희. 비록 이름뿐인 부인일지언정, 그리고 제가 기억하지 못하는 혼인일지언정 한때 부부 사이였던 여인.

"나리께서도 얼굴이 활짝 피셨습니다."

설희의 입가에 희미한 웃음기가 배었다.

"혼인하셨다 들었습니다. 부인과 행복하신 모양입니다."

설희의 말투는 약간 미묘했다. 시헌의 혼인에 기분이 상했다거나 질투심을 느끼는 것은 전혀 아니었다. 그녀는 단지 황당했을 뿐이다.

산산이 부서진 몸뚱이를 하고서, 매일 '홍'이라는 죽은 정인의 이름을 목 놓아 부르던 시헌 아닌가.

"부인이 계신 줄 알았다면 결코 찾아오지 않았을 것입니다. 사실 나리께서 혼인을 하셨으리라고는 미처 생각지 못하여……."

그때였다. 톡톡- 나지막하게 문을 두드리는 소리. 이어 문밖에서 인기척이 들려왔다.

"서방님. 실례가 안 된다면 잠시 들어도 되겠습니까?"

설희의 말을 듣는 내내 묘한 미소를 띠고 있던 시헌이 반색하며 답했다.

"안 그래도 부인을 소개하려던 참이었소. 안으로 드시오."

"예, 서방님."
이어 장지문이 열리며 시헌의 '새 부인'이 모습을 드러냈다.
방으로 드는 여인을 바라보던 설희의 눈에 감탄이 어렸다. 탄성을 불러일으킬 만큼 아름다운 용모의 여인. 과연, 그토록 사랑했던 정인마저도 잊게 할 만한 미색이었다.
"홍아. 인사 나누어라. 네가 그토록 만나보고 싶다던 그분이다."
홍.
시헌의 입에서 나온 이름을 들은 설희의 눈이 휘둥그레졌다.
"지금 홍이라 하셨습니까?"
"그렇소. 여기 내자(內子)의 이름이라오."
"하지만 홍이라는 여인은 분명……."
설희가 고개를 갸웃했다. 설마, 이름이 같은 여인인가. 아니면 마음에 드는 여인을 재취로 삼아 '홍'이라 부르기라도 하는 건가. 그러나 시헌은 그렇게 소름 끼치는 일을 할 만한 위인은 절대 아니었다.
혼란스러운 표정을 짓고 있는 설희를 바라보던 홍이 입을 열었다.
"뵙게 되어 기쁩니다. 꼭 한번 인사를 드리고 싶었습니다. 배홍이라 합니다."
홍의 입가에 옅은 미소가 드리웠다.
"서방님께서 죽었다 알고 있었던, 그 전주 여인 홍입니다."
"세상에……."
설희가 저도 모르게 중얼거렸다.
죽은 것이 아니었던 모양이다. 어떤 오해가 있었는지야 모르지만, 그토록 고통스러워하던 시헌의 모습이 떠올라 저마저 기가 막혔다.
"놀랍습니다."
평정을 되찾은 설희의 입에서 처음 나온 말은 '놀랍다'는 감탄이었다.
"한데, 어떤 이유로 저를 보고 싶다 하셨는지요?"

"감사를 표하고 싶었습니다. 그 시절, 서방님 곁을 지켜주시고 힘이 되어주신 것에 대해서요."

홍의 표정과 목소리에는 진심이 담뿍 담겨 있었다. 홍을 바라보던 설희가 민망한 듯 어색한 미소를 지었다.

"당연한 일을 했을 뿐입니다. 당시에는 그게 제 할 일이었으니까요. 게다가 나리께서는 제게 과분할 만큼 큰 호의를 베푸셨답니다. 덕분에 이리 자유로운 삶을 살고 있으니, 오히려 감사는 제가 할 일이지요."

"서방님께서 어찌하셨든 저는 저 나름의 감사를 전하고 싶었습니다. 고맙습니다, 진심으로요."

설희는 시현이 인생에서 가장 고통스러웠던 순간들을 버텨내는 동안 곁에 있어준 사람이었다. 언젠가 꼭 마음을 전하고 싶었는데, 이렇게 만나게 될 줄이야.

홍과 설희의 시선이 교차했다. 다소 경직되어 있던 설희의 표정이 풀어졌다. 그를 사랑했든, 사랑하지 않았든 그들은 시현이라는 사내로 인해 삶이 바뀐 이들이었다.

"한데 그대는 어찌 지내고 있으시오? 청에서 큰 상단을 꾸리고 있다는 이야기는 나도 들었지만……."

설희는 눈치가 상당히 빠른 여인이었다. 그녀는 시현이 말끝을 애매하게 흐리는 까닭을 단번에 눈치챘다.

"혼인이라면, 하지 않았습니다."

"여인의 몸으로 혼자, 그것도 타국에서 상단을 이끄는 것이 쉽지 않았을 터인데."

"여인 혼자 타국에서 상단을 이끄는 것만으로도 고단해 죽겠습니다. 굳이 사내라는 골칫덩이까지 떠맡을 생각은 추호도 없습니다만."

지극히 설희다운 대답이다. 시현이 너털웃음을 터뜨렸다.

"혼인은 한 번으로 족한 것이오?"

"제가 파는 비단과 혼인한 셈 치려고요. 사내라면 지긋지긋합니다. 뭐 있겠습니까? 사사건건 가르치려 들기나 하고, 쓸데없는 타박이나 늘어놓을 게 뻔한 것을요."

본래 호락호락하지 않은 성격이었던 설희는, 청에서 보낸 시간 동안 누구에게도 지지 않는 강인한 여인으로 거듭나 있었다.

문밖을 내다본 설희가 일어설 채비를 했다.

"이만 저는 돌아가야겠습니다."

"바쁜 일이라도 있으시오?"

"예. 새로 거래하게 된 애송이 같은 역관(譯官)이 사사건건 트집을 잡는 통에 담판을 지으려고요. 여인이라 하여 우습게 여기는 모양인데, 단단히 본때를 보여줄 생각입니다."

"그대는 여전하구려."

시헌의 얼굴에 웃음이 번졌다. 설희가 잘 지내고 있어 다행이었다, 진심으로.

"나오지 마십시오. 대문까지는 혼자서도 찾아갈 수 있으니."

설희가 손을 맞대고 고개를 숙이는 청나라식 인사로 작별을 고했다.

대문으로 향하던 설희에게 먼 과거의 기억 하나가 떠오른다.

깊은 밤, 신열에 들뜬 시헌의 입술 새로 끝없이 흘러나오던 이름. 부서진 뼈, 망가진 몸뚱이 앞에서도 분노할 뿐 결코 울지 않던 사내를 밤새 아이처럼 흐느끼게 만들었던 홍이라는 여인.

"운명이란 게 있기는 있는 모양이야."

설희가 중얼거렸다.

"내게도 그런 게 오려나."

무심코 내뱉은 설희가 헛웃음을 지었다.

"이 무슨 나답지 않은 소리람."

급히 웃음기를 지운 설희가 걸음을 옮기기 시작했다. 한 치 앞도 예측할 수 없는 그녀만의 운명을 향하여.

❀

뉘엿뉘엿 해가 넘어가는 시각.

안주인인 홍의 성정이 고요한 탓일까. 몸종만 십 수 명, 거의 백 칸에 달하는 대저택은 차분한 정적에 잠겨 있었다.

가을이 무르익었다. 벌써 집 뒤편 북악산 자락은 노랗고 붉은 단풍으로 물들었다. 바람에서는 차고 눅눅한 흙냄새가 났다.

너른 뜰 곳곳에 자리한 배롱나무 꽃들이 낙화하는 계절. 툭, 툭 하나 둘씩 떨어진 붉은 꽃들이 나무 둥치 아래 소담하게 쌓여가고 있었다. 차르르- 홍이 기거하는 안채 홑처마 아래 매달린 풍경(風磬)이 맑게 울었다.

시헌과 혼인하여 이 집의 안주인이 된 직후, 홍은 손수 풍경 하나를 사 왔다. 풍경은 먼 과거 동기 홍이 지내던 월야관 별당 처마에 매달려 있던 것을 닮았다. 시헌을 처음 만났던 겨울날, 눈 폭풍에 휘말려 뎅뎅 울어대던 것과 비슷한 물고기 모양 풍경이었다.

새순의 풋 냄새를 실은 봄바람, 소나기를 품은 여름 돌개바람, 단풍 사이를 유영하는 가을날의 바람, 그리고 홍과 시헌을 감상에 젖게 하는 차디찬 겨울 눈보라까지. 계절과 날씨에 따라 풍경이 우는 소리도 달라졌다.

차랑차랑- 오늘의 풍경 소리는 한동안 잊고 있던 누군가를 떠오르게 한다. 조심성 없는 조막발로 곰실곰실 홍의 근처를 얼씬대던 까무잡잡한 얼굴의 계집아이를.

"홍아."

사랑과 안채를 잇는 중문 쪽에서 들려오는 시헌의 목소리. 홍이 고개를 들어 제 서방을 바라보았다.

"무슨 생각을 하고 있었느냐?"

시헌의 물음에 홍은 대답 대신 살짝 웃었다.

홍은 그녀가 오롯이 자신으로서의 삶을 살아가고 있듯 팔쥐 역시 그러리라고 믿고 싶었다. 팔쥐를 떠올리면 여전히 마음 한편이 시큰하지만 그들의 인연은 거기까지였던 거라고.

팔쥐도 분명 팔쥐 자신만의 행복을 발견했을 것이라고.

"풍경 소리가 좋아 듣고 있었습니다. 손에 들고 계신 것은 무엇입니까?"

"아, 이것 말이다……."

시헌이 말끝을 애매하게 늘였다. 마치 이 물건을 홍에게 보여야 하나, 말아야 하나 망설이는 사람처럼 그는 들고 있던 서책을 만지작거렸다.

"요새 장안 새책점에서 불티나게 나간다는 언문책이다. 아녀자들마다 이 책을 읽어보려고 안달이 났다지."

"승은궁녀전(承恩宮女傳)같은 책인가 봅니다."

"승은궁녀전?"

"고자라는 소문이 있는 세자와 순심이라는 궁녀가 나오는 패설(稗說)입니다. 올 초에 아녀자들 사이에서 대단한 인기였는데, 서방님께서야 패관소설을 읽지 않으시니 모르실 밖에요."

"글공부를 열심히 하더니, 이제 언문책 정도는 무엇이든 쉽게 읽는 모양이구나."

"배우는 것이 그리 어렵지 않았습니다. 한데, 그 서책이 대체 무엇이기에……."

"가져올까 말까 고심하였는데, 일단 보겠느냐?"

시헌이 명주실로 엮은 작은 서책을 내밀었다. 장안의 화제라는 말을 방증하듯 손때 묻은 표지가 반들반들했다. 서책을 받아 든 홍이 표지를 내려다보았다.

"콩쥐……."

콩쥐팥쥐전.

홍의 시선이 살짝 흔들렸다. 그러나 이내 홍은 평정을 되찾았다. 콩쥐니, 팥쥐니 하는 이름은 개똥이나 순이만큼이나 흔한 이름이었다.

"무슨 내용입니까?"

"그 책, 우리의 이야기를 담고 있더구나."

"우리 이야기요?"

이번에는 홍 역시 당황했다. 그녀의 눈이 휘둥그레졌다.

"우리의 이야기이긴 한데……. 글쎄다. 우리의 생각과는 완전히 다른 시각에서 쓰여진 이야기 같았다."

홍이 조심스러운 손길로 서책의 첫 장을 넘겼다. 이내 또박또박 필사한 언문이 눈에 들어왔다.

-전라도 전주 서문 밖에 최만춘이라는 향리가 부인 조씨, 딸 콩쥐와 살았니라. 콩쥐가 태어난 지 고작 백일, 부인 조씨가 불귀의 객이 되니 최만춘의 슬픔은 가히 가없어라. 최만춘은 훗날 배씨라는 여인을 후처로 맞았으니, 배씨는 시집오며 팥쥐라는 딸을 데려왔니라. 하나 배씨와 팥쥐는 성정이 사특하고 악하여 착한 콩쥐를 몹시 구박하였더라.

-어느 날 마을에 큰 잔치가 있어, 배씨는 콩쥐에게 온갖 일을 떠맡긴 채 팥쥐만 데리고 가버렸니라. 이에 상심한 콩쥐가 울고 있자니 하늘신이 콩쥐를 갸륵히 여겨 고운 옷과 비단신을 내려줬더라.

-징검다리를 건너던 콩쥐가 비단신을 물에 빠뜨려 맨발로 자리를 떠나니, 마침 그 길을 지나던 원님이 나타나 비단신을 건져 냈더라. 그 인연으로 콩쥐는 원님의 후실이 되니라. 이를 시샘한 팥쥐가 콩쥐를 연못에 밀어 넣어…….

묵묵히 책장을 넘기던 홍의 손이 멈추었다. 그녀가 서책을 덮었다.

"마음이 상하였더냐? 나 역시 그 책을 읽고 나니 기분이 몹시 이상했다."

"저 역시 기분이 이상하긴 합니다만……. 재미있습니다."

"재미있어?"

"예. 책의 내용이 재미있는 것이 아니라, 이 이야기를 쓴 사람의 생각이 궁금하고 흥미롭습니다. 어찌 이렇게 같으면서 또 다른 이야기를 지어낸 것일까요?"

"한데 어찌하여 끝까지 읽지 않고 덮었느냐?"

홍이 서책 표지를 살짝 쓰다듬었다.

책에는 홍의 이름은 나오지 않는다. 사악하고 못된 계모 '배씨'가 존재할 뿐. 최만춘, 콩쥐, 팥쥐……. 소설 속에 등장하는 이름들은 그녀가 잘 알고 있는 이들이었으나, 또 하나같이 다른 모습을 하고 있었다.

"이것은 이야기일 뿐이니까요."

홍이 서책을 내려놓았다.

"진실이 아닌 허구일 뿐이니까요. 그러니 신경 쓰지 않습니다."

"네가 그리 생각한다면 다행이다. 흥미롭게도, 나는 악인이 아닌 선인(善人)으로 등장하더구나. 이상한 일이지."

"좀 억울하긴 하지만 상관없습니다."

홍이 엷게 웃었다. 그녀의 말은 속속들이 진심이었다.

"저것은 콩쥐가 주인공인 이야기일 뿐인걸요. 저하고는 관계없습니다.

콩쥐팥쥐전 속의 저는 잠깐 등장하는 사악한 계모에 지나지 않지만 제 삶의 주인공은 바로 저, 홍이니까요."

홍이 담담하게 말을 이었다.

"제가 주인공인 이야기 속 홍은 악하지도 잔혹하지도 않습니다. 오히려 귀하고 또 귀한 사람이라 믿습니다. 그렇게 앞으로의 제 생을 살아갈 생각입니다."

홍이 시헌을 바라보았다. 그녀의 까만 눈 속에 시헌의 얼굴이 비쳤다.

홍이라는 여인 안에 들어 있는 세상이 얼마나 거대하고 아름다운지, 어찌 이리 놀라운 여인이 제 곁으로 올 수 있었는지 새삼스레 감탄하는 그의 얼굴. 영영 헤어 나올 수 없는 사랑이라는 수렁에 빠진 사내의 모습이 그녀의 눈 안에 아로새겨졌다.

"홍아."

"예, 서방님."

"저 서책에 제목이 있듯, 네가 주인공인 이야기의 제목을 지어줄까?"

"무엇이 좋겠습니까?"

홍의 물음에, 시헌은 망설임 없이 대답했다. 홍의 이야기를 완벽하게 표현할 수 있는 말은 오직 하나밖에 떠오르지 않았으므로.

"붉을 홍(紅)."

"제 이름 말입니까?"

"그래. 네 이름처럼 이 이야기의 제목에 들어맞는 것이 어디 있겠느냐? 네 삶은 주인은 너다. 너에게 삶이란, 나도, 세상 그 무엇도 범접할 수 없는 오롯이 네가 주인인 이야기이니까."

"붉을 홍……."

홍이 작게 제 이름을 되뇌었다. 그녀의 입가에 미소가 번졌다.

"아주 마음에 듭니다."

"그렇다면……."

어느새 노을이 지고, 달차근한 어둠이 내리깔리는 시각.

시헌이 홍에게로 얼굴을 기울였다. 그의 서늘한 입술이 홍의 볼 위를 살짝 스쳐 귓불에 닿았다.

"나 역시 내 이야기를 써나가야겠다."

"무슨 내용을 쓰실 겁니까?"

"사랑하는 여인과 영영 잊지 못할 행복한 밤을 보내는 사내의 이야기."

귓전을 간질이는 시헌의 숨결. 홍은 목을 움츠리며 웃음을 터뜨렸다. 이내 시헌의 굳센 팔이 홍의 몸을 감싸 안았다.

주변에 모여든 어둠이 홍과 시헌의 몸 위로 푸른 집을 지었다.

별빛이 쏟아지는 이야기. 밤바람에 달랑이는 청량한 풍경 음률의 이야기. 입맞춤의 틈새로 흘러드는 배롱나무 꽃향기의 이야기. 매 순간을 영원처럼 사랑하는 연인의 이야기와, 그들의 사랑으로 말미암아 훗날 잉태될 또 다른 삶의 주인공의 이야기.

그리고 그 후로도 오래오래 지속되어 행복한 결말을 맞이하게 될, 동화 같은 사랑 이야기가 쓰이는 밤이었다.

붉을 홍 完

외전. 푸를 청(靑)

그해 봄은 유독 푸르렀다. 처마 아래 깊은 곳까지 찾아든 봄볕 덕에 툇마루는 종일 따스했다. 북악산 자락을 타고 내려온 달콤한 봄꽃 향기가 북촌을 뒤덮었다.

꽃 내음, 바람 냄새, 새순의 향기 물씬한 봄날. 길을 오가는 이들의 걸음에마저 봄의 향취가 잔뜩 묻어 있었다.

시헌과 혼인한 홍이 여든여덟 칸 대갓집의 안주인이 된 이후 맞이하는 세 번째 봄.

한성이라는 너른 고을, 반가의 여인이라는 새 신분, 그리고 안주인으로서 응당 해야만 하는 일들이 마냥 낯설기만 하던 홍도 그사이 제법 바뀐 환경에 익숙해졌다.

그러나 홍은 양반 여인의 삶에 안주하지는 않았다. 아니, 어쩌면 태생적으로 그리 살 수 없는 것일지도 모른다. 그녀의 일상은 보통의 반가 여인들과 달리 폐쇄적이거나 단조로운 것과는 거리가 멀었다. 홍에게 세상의 모든 것을 보여주겠노라 호언장담했던 시헌 때문이었다.

시헌은 종종 홍과 함께 출타했다. 그는 아름답다 소문난 장소라면 그곳이 어디든 홍과 함께하기를 바랐다. 사랑도, 열정도 여전했다. 자유, 오직 그녀만을 향한 사랑을 굳게 맹세한 사내. 조선에서 태어난 여인으로서 가지기 결코 쉽지 않은 두 가지가 홍의 곁에 있었다.

"오늘은 어찌 저리 까치며 제비들이 진종일 짹짹 울어대나 모르겠어요."

바로 지척에서 들려오는 계집종 옥이의 목소리. 생각에 잠겨 있던 홍이 고개를 돌렸다.

"아이구, 쇤네 때문에 놀라셨습니까요, 마님?"

"놀라기는. 아니다."

봄날의 정취에 취해 있던 터라, 듣고서도 한 귀로 흘렸던 지줄대는 새소리가 그제야 크게 들려왔다.

옥이의 말 그대로였다. 한 쪽에서는 까치들이, 또 한 쪽에선 제비들이, 그리고 또 이름 모를 별별 새들이 봄날을 노래하는 소리가 뜰 안에 가득했다.

"지난번에 제비 새끼 다리가 부러졌다 하지 않았더냐?"

"예. 부엌 처마 아래 제비집에서 새끼 한 마리가 떨어져 다리를 다쳤었지요. 어찌 그걸 물으십니까?"

"혹시나 또 그런 일이 생기지 않았나 싶어 묻는 것이야."

"특별히 그런 기색은 없었습니다요. 그리고 그 다리 부러진 제비는 허드렛일을 도와주는 남촌 아재가 치료해 준다며 데려갔답니다. 지금쯤 다 나았을 테니 걱정 아니 하셔도 될 것입니다."

"좋은 사람이 구해준 모양이구나. 다행한 일이다."

"예. 흥부라고, 착해 빠져 가지고……. 짐승이든 사람이든 누가 다친 걸 보면 절대 못 넘기는 아재 하나 있거든요."

그사이, 또다시 깍깍 우짖어대는 요란한 까치 울음소리가 들려왔다.

옥이가 말을 이었다.

“너무 개의치 마십시오, 마님. 뭐, 그런 말이 있잖습니까? 까치가 울면 반가운 손님이 온다고요.”

“반가운 손님이라…….”

홍이 옥이의 말을 되뇌었다.

사실 홍을 찾아오는 이는 달리 없었다. 이 집에 정착하여 새 삶을 일구게 된 지 삼 년. 그간 홍을 찾아온 손님이라고는 단 한 명도 존재하지 않았다. 가족도, 벗이나 지인이랄 수 있는 이 하나 없는 그녀였으니 어찌 보면 당연한 일이긴 했다.

‘나도 나이를 먹어가는 건가?’

귓전을 때리는 새소리를 듣고 있던 홍이 생각에 잠겼다.

가끔, 미약하지만 낯선 외로움이 찾아든다. 물론 홍의 삶은 시헌으로 완전히 채워져 있었다. 부족한 것 없는 나날들이었으나, 사랑과 열정, 혹은 재물과 같은 풍족한 삶으로도 만족되지 않는 헛헛함이 그녀를 환기시키고는 했다.

그러나 세상에 완벽한 삶이 어디 있으랴. 홍은 지금의 삶을 사랑했다. 홍은 충분히 행복하게 살아가고 있었다.

“주인나리께서 일찍 귀가하시려는가 보지요. 마님께서 제일 반가워하고 기뻐하실 손님이라면, 나리밖에 더 있으시겠습니까? 헤헤.”

옥이가 실없이 얼굴을 붉히며 웃었다. 아직 시집조차 가지 않은 계집종이 보기에도 주인 부부의 사랑은 유독 견고하고 뜨거웠다.

시헌은 홍에게 혼인을 청하며 했던 약속을 지켰다. 그녀만을 사랑하며 섬기겠다는 말. 그는 홍을 위해 헌신하며 살아가고 있었다.

부부는 한시도 떨어져 있길 바라지 않았다. 서방은 사랑에, 부인은 안채에 기거하는 것이 반가 부부의 도리였으나 이 집에서는 그런 법도조차 지켜지는 법이 없었다. 홍과 시헌은 늘 하나였다. 낮이나, 밤이나.

함께 있는 매 순간마다.

그런 까닭에 옥이는 작은 의문 하나를 가지고 있었다.

"한데 마님. 그 흥부라는 아재 말입니다. 자식이 무려 열이나 된다더라고요. 사람들이 그 집 아주머니 고쟁이를 얻어가려 그리 애를 쓴답니다."

"고쟁이를? 그걸 뭐 하러?"

"그걸 얻어다 입고 자면 없던 태기도 생긴다지 뭐예요."

"아……."

홍이 옅게 헛웃음을 내뱉었다. 언젠가 그런 미신이 있다는 것을 들어본 것 같기도 했다.

"그래서, 마님."

홍의 눈치를 살피던 옥이가 대뜸 한 마디를 던졌다.

"마님께도 하나 얻어다 드릴까요? 종종 먹을 것을 얻어가는 양반이니 흔쾌히 들어줄 터인데……."

홍이 으음, 소리를 냈다.

홍과 시헌이 혼인한 지 곧 삼 년이 가까워 온다. 그러나 아직 홍에게는 태기가 없었다.

첫해와 두 번째 해까지는 그녀도 태기가 없는 것을 대수롭게 생각하지는 않았다. 자식이라는 게 운우지정(雲雨之情) 한두 번으로 그리 쉽게 생기지 않는다는 것을 알고 있었기 때문이었다. 그러나 총 여덟 번의 계절을 보낸 후에는 문득 걱정스러워졌다.

정말로 괜찮은 걸까.

정말로, 괜찮은 건가?

홍이 무심코 고개를 흔들었다. 작년엔가 물을 얻어 마시고 감사의 의미로 진맥을 보아준 의녀(義女)도 그녀의 몸이 아주 건강하다지 않았는가. 쓸데없는 걱정이었다.

"마님. 쇤네가 이상한 소리를 하여 심기를 어지럽힌 것입니까? 잘못했습니다."

홍의 침묵의 원인을 제 오지랖 때문이라 여긴 옥이가 어쩔 줄 몰라 하며 고개를 수그렸다. 홍이 부드러운 미소를 지었다.

"어찌 기분이 상하겠느냐? 나를 생각하여 그리 말해준 것을. 괜찮다."

"제가 또 주제 넘는 소리를 한 듯합니다, 마님."

"곧 소식이 오겠지. 나도, 서방님도 아직 크게 걱정하지 않는다."

"예, 그럼요. 두 분 다 젊으시고 금슬이 그리 좋으시니까요. 쇤네는 그저 마님과 주인마님을 반씩 닮은 아기씨가 태어난다면 얼마나 기쁠까 싶은 마음에……. 저도 모르게 그만……."

옥이가 고개를 수그리며 거듭 사죄했다.

"송구합니다, 마님."

"옥이야."

"예, 마님."

"감주가 남았거든 한 그릇 가져다주겠느냐? 갈증이 나는구나."

"예. 얼른 가서 가져오겠습니다. 잠시만 기다리시어요."

흘끗대며 눈치를 살피던 옥이가 이때다 싶었는지 종종대며 자리를 떠났다.

이제 안뜰에 덩그러니 남은 것은 홍과 분주히 떠드는 새들의 울음소리뿐. 그 속에 홀로 고즈넉하게 서 있던 홍이 고개를 들었다. 문득 오래전 일 하나가 떠올랐다. 이제 꼬박 십 년이 흘러간 먼 과거의 일.

희끄무레한 기억 속, 시헌과의 도피를 준비하던 밤에 벌어졌던 그 일을 홍은 가끔 떠올리곤 했다.

"사내와 교합한 지 며칠 내에 간장을 한 사발 들이켜면 들어섰던 애도 놀라서 없어지고 마는 겨. 알갔어?"

월야관의 식모였던 덕이 어멈이 사발 가득 담아왔던 시커먼 씨간장. 반 강제로 그것을 꿀꺽꿀꺽 들이마셔야 했던 날의 기억이었다.

아주 가끔 홍은 생각하곤 했다. 불길하게 출렁거리는 끔찍한 검은 것은 정말 간장에 지나지 않았을까. 혹여 그 안에 몹쓸 독이라도 들어 제 몸의 어딘가를 망친 게 아닐까.

"그럴 리 없어."

홍이 상념을 털어내듯 고개를 흔들었다. 그녀의 몸에는 아무런 문제도 없었다. 평생 달거리는 규칙적이었고, 고뿔 한 번 앓은 적 없을 정도로 건강했다. 시헌 역시 강건한 모습 그대로였다. 혹시라도 홍이 마음 쓸까 걱정되는지, 시헌은 단 한 번도 아이 이야기를 꺼낸 적이 없었다.

문득 문간이 조금 소란해졌다. 곧 끼익 하고 솟을대문의 빗장이 열리는 소리가 들려왔다.

문간을 지키는 사내종과 옥이의 목소리 외에 낯선 여인의 음성이 들려왔지만 홍은 개의치 않았다. 그녀가 이 집의 안주인으로 자리한 이래, 물이나 음식을 청하는 이를 돌려보내는 법이 없었기 때문이었다. 집에 드나드는 흥부 같은 이들 모두가 그렇게 연이 된 사람들이었다.

'지나가던 이가 물 한 그릇 청하러 온 모양이야.'

대수롭지 않게 생각한 홍이 자리에서 일어섰다. 여전히 새들은 쉼 없이 재잘대는 중이었다. 지척인 홍매화 가지 위에 올라앉은 작은 제비 두 마리가 포로롱 하늘로 날아올랐다.

그때였다.

"이리 고마울 데가 있갔어? 내래 주인마님께 감사하다는 인사라도 드려야겠다우."

대문간에서 들려오는 나이 든 여인의 음성. 묘하게 귀에 익은 그 목소리가 안방으로 향하던 홍의 걸음을 붙들었다.

여인은 억양이 강한 관서 말씨를 쓰고 있었다. 홍이 평안도 사투리를 듣는 것은 아주 오랜만의 일이다. 여인의 독특한 어조는 먼 과거 월야관 시절을 상기하게 만들었다. 월야관에서 보냈던 시간 동안 무수하게 들었던 말투였기 때문이었다.

그러나 한성은 크고 넓은 고을 아닌가. 관서지역 말씨를 쓰는 여인이 세상천지 하나일 리 없다.

"기러지 말고 인사라도 드려야겠으니, 나를 마님께로 데려다 달라우."

"아이 참, 마님께서는 인사치레를 받는 것이 낯 부끄럽다시며 좋아하지 않으신다니까요."

순간 홍의 입술이 헤벌어졌다. 그녀의 미간이 좁아졌다. 그녀는 평소답지 않게 빠른 걸음으로 대문간으로 향했다. 이내 제집 대문 안에 서 있는 여인의 모습을 발견한 홍은 그만 우뚝 멈춰 서고 말았다.

이러려고 까치가 종일 그리 깍깍대며 우짖었나 보다.

"마님, 어찌 여기까지 나오셨습니까? 지나가던 아주마이인데요, 물 한 그릇을 청하여 들인 참인데, 마님께 인사를 드리겠다며 고집을 피워서……."

홍에게 자초지종을 설명하던 옥이의 낯빛이 바뀌었다. 옥이가 걱정스러운 표정으로 홍을 바라보았다.

"마님? 정녕 괜찮으십니까? 어디가 불편하시거나 안 좋으세요?"

그러나 옥이의 말이 전혀 들리지 않는 사람처럼 홍은 멍하니 한 곳을 바라보고 있을 뿐이었다.

여인. 중년을 넘음직한, 나이를 꽤 먹은 여인…….

내내 잊고 살았던 과거의 인물이었으나, 가끔 꿈결처럼 스치는 그녀의 거문고 소리를 떠올릴 때마다 마음이 먹먹했던 홍이었다.

홍이 그녀의 이름을 불렀다.

"소화."
비록 용모가 뛰어나지 않아 사내들을 끌지는 못했을지언정, 거문고 솜씨만은 세상 그 어느 명기(名技) 못지않다 소문이 자자했던 평양 출신 기생 소화.
"소화!"
자신을 부르는 목소리에 소화가 고개를 들었다. 홍과 시선이 마주친 소화의 눈이 등잔불처럼 휘둥그레졌다.
"아이고 부처님! 이게 누구래. 이게 대체 누구래……!"
소화 역시 홍을 마주한 것이 믿기지 않는 모양이었다. 소화가 떨리는 손을 홍에게 내밀었다.
"에미나이래, 내가 아는 홍이가 정녕 맞지? 맞는 기지?"
"예. 접니다. 홍이에요."
홍이 소화의 손을 맞잡았다. 워낙 오랜만에 마주한 얼굴이기 때문일까. 미처 예상치 못하게 가슴 깊은 곳이 뜨끈해졌다. 마치 그녀를 오래도록 그리워하기라도 한 것처럼 먹먹한 감정이 차올랐다.
옥련이나 애랑이 같은 이들은 홍에게 좋은 기억을 남기지 못했다. 그러나 소화는 조금 달랐다. 홍은 옥련보다 오히려 더 긴 시간을 소화와 함께 보냈다. 소화가 타던 거문고 소리가 귓전에 생생하게 울렸다.
"여기서 마주치다니 어찌 이런 우연이 있단 말입니까. 다시 뵙게 되어 참으로 기쁩니다."
홍의 목소리에는 진심이 배어 있었다.
십 년의 세월은, 소화에게 짙은 흔적을 드리우고 있었다. 소화가 살이 없는 앙상한 손을 들어 주름진 눈가를 훔쳤다.
"안 기래도 내래 가끔씩 에미나이 생각을 했디. 홍이가 요래 대단한 귀부인이 되어 있을 줄은 꿈에도 몰랐다우."
감격 어린 눈으로 소화는 홍을 바라보았다. 소화의 눈가에 고인 눈물이 반짝였다.

“이리 귀한 모습으로 잘 살아 있다니 더 이상 기쁠 데가 있네? 내래 까무러칠 만큼 놀라고 말았다우. 기래, 정승나리집 첩이라도 된 기야?”

“아니, 이 아즈마이가! 감히 무슨 소리를 하는 거예요!”

옆에서 멀뚱대던 옥이가 발끈하며 핏대를 세웠다.

“첩이라니! 대갓집 마나님한테 이 무슨 막말이랍니까?!”

“옥아.”

옥이가 홍의 과거를 알 턱이 없다. 그런 옥이를 달래는 홍의 말투는 힐난조였음에도 부드러웠다.

“나와 긴 인연이 있는 분이다. 내게는 참으로 귀한 손님이야. 그리 목소리를 높여선 아니 된다.”

“아, 예……. 알겠습니다요, 마님.”

핀잔을 들은 옥이가 고개를 주억거리며 한 발짝 뒤로 물러났다.

“옥아, 잠시 안방에서 이야기를 나누겠으니 다과상을 내오도록 해라.”

“예. 마님. 금방 준비하여 들겠습니다.”

소화를 힐끔댄 옥이가 이내 부엌으로 사라졌다.

“어서 안으로 드시어요. 나누고 싶은 이야기가 많습니다.”

홍이 소화를 안채로 안내했다. 이내 방문이 닫혔다.

“아이고, 홍아.”

소화는 여전히 지금 상황이 믿기지 않는 표정이었다. 그녀는 ‘아이고, 홍아’, ‘아이고, 홍아’ 하는 말을 연거푸 되뇌었다.

“대체 이게 어이 된 일이네? 내래 꿈인지 생시인지 아직까지 분간이 가디 않아. 에미나이, 정녕 혼인하여 정실부인이 된 것이네? 첩이 아니고 본처가 된 것이라고?”

"예. 정식으로 혼인하였습니다."

"여염집 사내도 아닌, 이런 으리으리한 대궐 같은 집에 사는 양반에게 시집을 갔다는 거 아이네? 하이고야, 세상 오래 살고 볼 일이라우."

소화의 눈에 그렁그렁 눈물이 고였다.

"내래 늘 에미나이 생각을 하면, 마음 한편이 돌덩이로 누르는 것처럼 갑갑했다우. 기렇게 죽은 사람이 되어 사라지고 나서……. 내래 에미나이가 죽디 않은 것이야 본래부터 알고 있었지마는, 그때를 생각하면 어찌나 마음이 타들어가는지……."

소화가 옷고름을 들어 눈물을 찍어냈다.

"그때 참으로 고생 많았디. 내래 알고 있어. 알고 있다우……."

소화가 말하는 '그때'란, 분명 홍이 시헌과의 야반도주에 실패하여 월야관으로 되돌아왔던 그날을 의미하는 것일 터였다. 이제 까마득한 과거가 된 일. 그러나 그 순간의 고통은 지워지지 않는 각인처럼 홍의 안에 선명하게 남아 있었다.

살아갈 모든 의지를 상실한 채 슬픔에 잠겨 있던 그녀 앞에 던져졌던 강영완의 칼. 그리고 그 시퍼런 날붙이보다 더 모질게 느껴졌던 옥련이 건넨 무명 끈.

시헌의 죽음에 책임을 지라는 이유로, 혹은 다른 이들을 살려야 한다는 이유로 사람들이 홍에게 죽음을 강요했을 때 그녀를 위해 용기를 냈던 이는 오직 팔쥐 하나뿐이었다.

"내래 그날부터 지금까지 마음 편한 날이 단 하루도 없었다우. 옥련이 그 짓을 할 때 어찌 말리기라도 했어야 하는 기였어. 목구멍이 포도청이라고, 천한 목숨 줄 따위 뭐 그리 대단하다고 말 한 마디 못하고 외면한 거인지……."

소화의 뺨을 타고 눈물 한 줄기가 흘러내렸다.

"내래 잘못했다우. 이제 와서 이런 소리 하는 기 무슨 의미가 있나 싶겠디만……. 에미나이래, 부디 나를 용서하라."

"저는……. 이해해요."

홍이 소화의 손을 잡았다.

긴 세월 거문고를 벗 삼아 살아온 여인의 손. 젊은 날에는 섬섬옥수라 칭송이 자자했다던 길고 가녀린 손가락에는 지울 수 없는 세월의 흔적들이 새겨져 있었다. 수십 년간 거문고 현을 튕겼던 앙상한 손가락이 홍의 손을 감쌌다.

문득 그 시절이 떠오른다. 소화의 손끝 아래 섬묘하게 피어나던 선율 속, 세상 모든 시름을 발아래 둔 채 노닐던 시절이.

그때의 저는 무엇 같았을까. 누군가는 꽃이라 했고, 누군가는 독초라 했으며, 또 누군가는 운명이라 했던 시절. 그 시절 붉디붉었던 홍이라는 동기가 불현듯 측은해졌다.

월야관에서 살았던 시절은 결코 아름답지 못했지만, 소화의 음률에 맞추어 춤추던 순간의 환희는 홍의 기억 속에 여전히 아로새겨져 있었다.

"이해해요. 그러니 미안하다는 말씀 마세요."

"내래 에미나이가 그리 수모를 겪는 것을 보고도 모른 척 눈을 감았디. 이런 나를 어찌 용서한다 말하는 거이네?"

"월야관에서 살던 사람들은……. 그럴 수밖에 없었으니까요. 그럴 수밖에 없던 시절이었으니까요. 누구인들 그렇게 살고 싶어 살았겠습니까. 어쩔 수 없었던 게지요."

"홍아……."

"저는 괜찮으니 혹시라도 마음의 짐일랑 가지지 마세요. 저는 소화를 원망하거나 미워했던 적이 단 한 번도 없습니다."

"고맙다우, 에미나이……."

고개를 떨어뜨리고 있던 소화가 눈물을 훔쳐 냈다. 그녀가 시선을 들어 홍의 얼굴을 찬찬히 살피었다.

홍이 월야관을 떠난 날로부터 십 년. 그제야 미처 깨닫지 못했던 변화가 눈에 들어왔다. 홍은 여전히 아름다웠으나, 또한 크게 달라져 있었다.

"본디 초년고생은 사서도 한다 안 하네? 물론 그런 말로 퉁 치기엔 너무 가혹하도록 고생이야 했디마는……. 기래도 이리 어엿한 마나님이 되어 살고 있으니, 고생한 보답을 받은 기야. 암, 그렇고말고."

소화가 마른 손으로 홍의 어깨를 쓰다듬었다.

매일같이 경대 속 제 얼굴을 마주하는 홍은 모르고 있었으나, 월야관을 떠난 이후 십 년간 그녀의 얼굴은 꽤 많은 변화를 거쳤다.

선연하게 붉은 눈가와 입술, 마치 누군가 그린 듯 선이 분명한 화려한 이목구비, 전신을 타고 흐르는 묘묘한 기색. 그런 타고난 것들까지 달라지지는 않았으나, 강산이 바뀐다는 십 년의 세월이 지난 지금 홍의 얼굴은 훨씬 유하고 평온해져 있었다.

월야관 시절, 생을 짓밟는 운명에게 덤비고 대들던 독기는 시헌과의 이별을 거치며 완전히 사라졌다. 한때 무엇과도 비교할 수 없는 독취를 내뿜던 홍은 최만춘의 집 별당마님이라는 이름으로 불리게 된 순간부터 스스로 꽃잎을 떨구고 가시를 거두었다.

월야관 기생이었던 홍이 독화(毒花)였다면, 최만춘의 여인이었던 그녀는 고작 하룻밤 피어난 후 시들어 버린 처연한 꽃 한 송이에 비유할 수 있으리라. 그러나 시헌과의 재회는 홍을 완전히 변화시켰다.

이제 홍은 더 이상 꽃이 아니다. 누군가의 눈에 들기 위해 안간힘을 쓰는 꽃도, 오가는 이라면 누구나 꺾을 수 있는 길가에 핀 노류장화도 아니었다. 또한 잔혹한 삶 앞에 내던져진 몸뚱이가 두려워 날을 세우는 가시꽃도, 순종하며 살라고 강요하는 이들을 향해 피를 쏟듯 독기를 토해내던 독화도 아니었다.

꺾이지 못해 가여운 꽃도, 꺾여서 슬픈 꽃도 아니다. 홍은 이제 더는 꽃이라 불리길 바라지 않았다. 그녀는 그저 벌과 나비를 부르기 위하여 피어나는 꽃으로 세상을 살아가지는 않을 것이다. 굳건한 뿌리, 생동하는 줄기, 푸르른 잎사귀, 아름다운 꽃 이파리와 훗날을 기약하는 과실과 그 씨앗까지. 잠깐 피었다 지는 꽃 하나만이 아닌 그 모든 것이 홍을 이루고 있었다.

그러므로 홍의 얼굴은 평화롭다. 굳이 강인할 필요도, 독기를 내뿜을 필요도, 날을 세우거나 불안에 떨 필요도 없는 삶. 기쁨과 환희, 슬픔과 고통 모두가 뒤섞여 함께하는 것이 삶임을 깨달은 사람만이 가질 수 있는 평온함. 그런 까닭에 홍의 날 선 눈매는 한결 온화해졌고, 앙다문 입가에는 미소가 드리울 때가 훨씬 많아졌다.

"행복하구나, 에미나이."

홍을 지그시 바라보던 소화가 문득 내뱉었다.

"예. 그렇습니다."

과거의 홍을 본 이들은 결코 상상할 수 없을, 고요하고도 선량한 눈빛을 한 그녀가 소화를 마주 보며 웃었다.

"잘된 일이라우. 잘된 일이고말고."

홍의 손을 쓰다듬던 소화가 문득 궁금한 듯 물었다.

"기래, 그, 최만춘인지 하는 향리네 집이 풍비박산 났다는 소문이 전주까지 파다하게 났었디 않아? 내래 그때 홍이 네가 어찌 된 거이 아닐까 한참 마음을 졸였다우. 그 집에서 대체 무슨 일이 있었던 기야?"

"그건, 너무 긴 이야기예요."

홍이 작게 웃었다.

몇 년 전 장안을 휩쓸었다는 '콩쥐팥쥐전'이라는 이름의 패설을 과연 소화는 읽었을까? 하기야, 소화야 평생 거문고와 분첩과 술병 외에는 손에 쥐어본 것이 없다고 말했던 여인이었다. 기방에서 태어나 평생을 보낸 여인이 글을 배웠을 리 만무하지 않은가.
"말 못할 긴 사연이 있는 모양이네?"
소화가 서운한 내색 없이 고개를 주억거렸다.
"하디만 이거이 하나는 참으로 궁금하다우. 하면, 서방 되시는 양반은 어찌하여 만난 기야?"
"서방님은……."
살짝 말끝을 흐리던 홍의 입가에 서서히 미소가 퍼졌다.
홍은 이제 면천(免賤)되어 양인으로 되돌아왔다. 또한 시헌은 나라의 녹을 먹는 사람이었다. 시헌은 다시 관직에 나설 생각이 없다 못 박았으나, 왕은 그가 범인으로 살도록 내버려 두지 않았다.
시헌은 종친부(宗親府)의 체아직(遞兒職)[8]에 임명되었다. 왕을 보필하게 된 그는 때로는 사신단의 일원으로, 또 때로는 왕에게 충언을 던지는 조언자로서 양지와 음지를 오가며 나랏일을 하고 있었다.
그래. 굳이 말하지 못할 이유가 또 무어 있으랴. 월야관이나 완주에서 보냈던 날들은 세월에 매몰되어 잊힌 과거였다.
홍의 이야기가 '콩쥐팥쥐전'이라는 이름의 패관 소설로 재탄생한 이후, 오히려 그녀의 과거는 깨끗이 지워진 셈이 되었다. 최만춘 일가의 이야기가 더 이상 실제의 일이 아닌, 서책 속에 등장하는 흥미로운 잡설 정도로 기억되고 있기 때문이었다.
"서방님은……. 소화도 보아 알고 있을 분이십니다."
"엥?"
소화가 멀뚱한 표정으로 되물었다.
"내래 무슨 수로 이런 고랫등 같은 집에 사는 양반나리를 알갔네? 내래 아는 양반나리라고 해 봤자 기껏 전주에서 소작들 등골이나 빨아먹는 영감탱이들이 전부라우."

8) 정해진 녹봉 없이 일하는 임시직

소화가 당최 무슨 소리를 하냐는 표정으로 실소를 터뜨렸다.

"내래 사십 평생을 살면서 보았던 한성 나리님이라고는 오직 한 명뿐이었네."

"그게 누구입니까?"

"누구긴 누구 갔어. 에미나이가 제일 잘 알겠……."

소화가 황급히 입을 다물었다.

분명 소화는 시헌의 이야기를 하려던 것이었으리라. 겨울부터 늦은 봄날까지, 전주의 밑바닥 기방에 나타나 파란을 일으키고 사라졌던 사내, 김시헌 말이다.

"내래 늙어서 이런다우. 자꾸만 생각 없이 헛소리가 바락바락 튀어나오니……."

아차, 싶었는지 소화가 머쓱하게 입을 다물었다.

"하지만……. 그분이 맞는걸요."

"뭐이라?"

소화가 반문했다. 말문이 턱 막힌 듯, 소화는 잠시 멀거니 홍을 바라만 보고 있었다.

"그분이 맞다 했네?"

"예. 김시헌 선비님. 그분이 제 서방님이십니다."

"그, 그, 그때 에미나이와 같이 야반도주하다 죽었다던, 그, 그 선비 말하는 거이네?"

"……예. 그분이십니다."

"허이고야……."

한성에서, 그것도 이런 으리으리한 집에서 홍을 마주친 것만으로도 놀랄 노자였다. 한데 그 선비가 살아 있다는 소식까지 들을 줄이야. 거기에 홍과 시헌이 혼인하였다는 사실까지 더해졌으니, 소화는 정녕 제 뺨이라도 때려보고 싶은 심정이었다.

"기, 기럼……. 그 최가 향리 나리네 집안을 풍비박산 낸 것도……."

"아니요."

홍이 단호하게 고개를 저었다.

최만춘의 몰락은 시헌의 탓도, 홍의 탓도 아닌 그 자신의 과오였다. 시헌은 그를 징벌하지 않았다. 홍 역시 그를 단죄하지 않았다. 최만춘을 파멸시킨 것은 그 스스로의 의지로 행한 죄과(罪科)들일 뿐이다.

따지고 보면 최만춘과 같은 이들은 어디에나 있었다. 누군가에게는 한없이 다정하고 친절하였나, 또 다른 누군가에게는 잔혹하고 인정사정 없는 사람. 자신의 욕망을 위해 상대를 구속하고 망가뜨리면서도 그것이 사랑이라고 굳게 믿는 사람. 어딘가는 잔인하고, 어딘가는 온화하며, 또 어딘가는 엉망으로 뒤틀렸으나 또 어딘가는 더할 나위 없이 반듯한 사람…….

어쩌면 인간이란 선과 악을 명확히 구분 지을 수 없는 존재인 게 아닐까. 그것이 인간이라는 이들이 평생 짊어지고 가는 업보이자 그들의 본질이던가. 그러나 홍 스스로도 알 수 없는 생(生)의 문제를 소화 앞에서 단언할 수는 없었다.

최만춘은 죄를 지었다, 운명은 죄지은 자를 내버려 두지 않는다. 파멸의 대가는 파국이다. 그뿐이었다.

소화에게 그 모든 과정을 말할 수는 없었다. 며칠 밤을 꼬박 새워 이야기를 나눈다 해도, 지난 세월을 온전히 표현할 수는 없으리라.

"그저……. 그렇게 되었습니다."

홍이 할 수 있는 이야기라고는 그것뿐이었다.

소화 역시 홍의 지난날을 잠깐의 대화로 풀어낼 수 없으리라는 사실을 이해한 모양이었다. 소화가 고개를 끄덕였다.

"잘되었으니 다 된 기라고 생각하련다. 그렇디 않어? 끝이 좋으면 다 좋은 거 아이네?"

마치 마음을 읽은 사람처럼 홍의 어깨를 두드리는 소화의 손길. 문득 처음 거문고 음률에 맞추어 발끝을 떼던 시절이 떠올라, 홍은 희미하게 웃었다.

한결 표정이 밝아진 홍이 소화에게 질문을 던졌다.

"한데 어찌 한성까지 오셨습니까? 월야관은 어찌 되었기에……."

"아유, 월야관은 진즉 없어졌네. 에미나이래 완주로 떠나 버린 후에 기껏 삼사 년 남짓이었나. 완전히 사라졌다우."

"없어졌다고요?"

"기래. 난리도 그런 난리가 없었다우."

혹여 바깥에 소리라도 새나갈까, 소화가 은밀히 목소리를 낮추었다.

"기실 월야관이 창기방인 걸 전주에 모르는 이가 어디 있었겠네. 옥련이 매해 가을마다 관아에 찾아가 알랑방귀도 뀌고, 돈푼도 찔러주고, 여차했다간 계집들한테 수청도 들게 하였디 않네? 하니 다들 알면서도 눈감아준 거 아이겠어?"

소화의 말에는 틀림이 없었다. 본디 기생이라 한들 드러내 놓고 몸을 파는 것은 용납되지 않는 일. 그러나 월야관 안은 무법천지나 다름이 없어서, 그런 법도 따위 누구도 지키지 않았다.

"빽하면 이방이라는 자도 오고, 향리라는 사람들도 오고, 별의별 이들이 다 월야관에 다녀가디 않았네? 관아에서 일을 보는 양반들치고 월야관 기생 치마폭에 안 들어갔다 나온 이가 어디 있겠네. 한데……."

월야관이 풍비박산 나던 그날의 기억을 떠올리는 소화의 표정이 먹먹하게 가라앉았다.

"그랬던 관원들이 면을 싹 바꾸고서 쇠몽둥이를 들고 들이닥친 거라우. 기래봤자 평생 술 먹고 곰방대 피우느라 한 다경 뛰지도 못하는 계집들 뿐이거늘. 기방에 쇠몽둥이가 웬 말이냔 말이네."

여전히 그때를 생각하면 소름이 끼친다는 듯, 소화가 부르르 몸서리를 쳤다.

“아무튼, 풍기를 문란케 했다며 그날로 관원들이 월야관을 다 때려 부쉈다는 거 아이네. 어디 집만 부쉈을라고. 눈에 보이는 게 있으면 닥치는 대로……. 그 난리통에 그만…….”

운을 떼던 소화가 침울하게 입을 다물었다. 그녀가 제 마른 손마디를 맞잡았다.

한때는 제 손 자체가 거문고와 하나인 듯 느껴지던 시절이 있었는데. 손끝에 암팡지게 달라붙는 거문고 현(絃)을 만진 것이 언제였는지 까무레하다. 이제 그 감촉마저 잘 기억나지 않았다.

“그럼……. 그곳에 있던 기생들은요?”

“다들 뿔뿔이 흩어졌다우, 별수 있갔네?”

“옥련이나 애랑이도요?”

“옥련이랑 애랑이는……. 뭐…….”

소화가 고개를 들어 홍을 바라보았다.

“내래 기실 얼마 전에 한 번 만나기는 했디. 애랑이는 전주를 떠나기 전에 보았고, 옥련은 내래 신기하게도 한성으로 오는 중간에 딱 마주쳤지 뭐이네. 그거이 참으로 질긴 인연인가, 싶게…….”

소화가 씁쓸한 미소를 띠었다.

“에미나이야 전주를 떠나 있었으니 소문 같은 거 듣지 못했을 테지만, 한때 애랑이도 꽤 유명세를 떨쳤다우. 하기야, 유명이라고 해 봤자 기생들 사이에서나 화젯거리이긴 했디만 말이네.”

“다른 기방으로라도 갔습니까?”

“아니. 기생은 무슨…….”

옷고름을 슬쩍 풀어 가슴을 내보이며 은밀히 웃던 애랑의 모습이 홍의 뇌리를 스쳤다.

홍이 아는 그 누구보다 기생이라는 업에 충실했던 이가 애랑 아닌가.

그랬던 애랑이 기생이 아닌 다른 삶을 살고 있다니. 호기심을 드러내는 일이 드문 홍으로서도 꽤나 궁금한 일이 아닐 수 없었다.

"기생이 아니라면 애랑은 지금 어찌 살고 있습니까?"

홍이 물었다. 소화가 마치 엄청난 비밀을 말해주듯 홍에게로 얼굴을 기울여 속닥였다.

"애랑이 고년, 제대로 된 물주를 붙들었다우."

"물주라니요? 아……."

무심코 되묻던 홍이 알겠다는 듯 고개를 끄덕였다.

기실 기생의 삶이란 별다르지 않았다. 사람들은 기생을 일컬어 해어화, 즉 말을 알아듣는 꽃이라 부르곤 했다. 그러나 꽃이란 본디 한철 눈부시게 피었다 곧 지고 마는 것. 아무리 미색이 좋고 잡기에 능한들 기생의 전성기는 젊음과 함께 쉬이 스러졌다.

그런 까닭에 나이가 들어가는 기생들이 오매불망 바라는 것은 오직 한 가지뿐. 재물깨나 있는 사내의 첩으로나마 들어앉아 여생을 보내는 것이 그네들의 공통된 꿈이었다.

"애랑이 바라던 대로 돈 많은 사내의 소실이라도 된 모양이지요?"

"그랬다우. 돈깨나 많은 양반을 물어 첩으로 들어앉았으니, 애랑이 나름대로는 꿈을 이룬 거이네."

"다행한 일입니다."

의례적인 말을 건네면서도 홍은 문득 생각했다.

정말 다행한 일일까. 천한 신분으로 태어났다는 이유 하나로, 제 어미가 기생이었다는 이유 하나로 평생을 기방에 사로잡힌 채 살아가는 삶. 일단 기생 신분을 가지게 된 이상, 가장 젊은 시절에는 아무리 애써도 결코 기생의 삶에서 벗어날 수 없다. 그러나 반대로 나이가 든 후에는, 그게 누구든 선뜻 남은 생을 의탁해야 하는 것이 대부분 기생들의 운명이었다.

바깥에서 마주치는 사람들은 그녀들을 보고 몸 파는 계집이라 손가락질하곤 했다. 그러나 사람들은 알지 못한다. 해어화로 살아가는 이들이 파는 것은 몸이 아닌 삶이라는 슬픈 사실을.

한 조각 한 조각, 제가 온전히 누려야 할 생을 뜯어내 팔며 살아야 죽음이나마 보장받을 수 있는 것이 기생의 삶이었다.

"애랑이 그년 성질머리가 어찌나 고약스러운지, 홍이 너도 잘 알디 않네?"

"뭐, 저와도 사이가 좋지는 않았으니까요."

"기랬었디. 월야관이 문을 닫을 즈음엔, 고년 성깔이 똥간보다 더럽다고 온 전주 바닥에 소문이 나서 인기가 이전만 못했다우. 나이를 먹을수록 못된 심보가 얼굴에 드러나는 거인지, 나날이 낯짝도 못나져서래 말이네."

소화의 말투에는 애랑을 향한 적개심이 배어 있었다.

"기러던 참에 마침 돈 많은 홀아비 하나가 걸려든 거이네. 애랑이 고것도 이 나리 아니면 죽는다, 생각했는지 더러운 성질을 숨기고 온 정성을 쏟았다우."

소화가 고깝다는 표정으로 말을 이었다.

"하여 첩으로 들어앉았는데, 그러자마자 애까지 들어서서 그야말로 마누라 노릇을 하게 된 거이지. 한성으로 떠나오기 전에 우연히 마주쳤는데, 그 에미나이래 건방이 그야말로 하늘을 찌를 기세였다우."

소화가 흥, 코웃음을 쳤다.

"하기야, 자식이라고는 딸 둘 있는 홀아비에게 떡두꺼비 같은 아들을 안겨주었으니 얼마나 기세가 등등하갔네. 그러니 나 같은 이는 사람으로도 안 보이는 기지."

"소화에게 꽤나 서운하게 한 모양입니다."

"서운하게 한 정도가 아이네! 아주 사람을 비렁뱅이 취급을 하지 않갔어?"

"저런……."

홍의 입가에도 쓴웃음이 감돌았다. 애랑도 참 여전하다 싶었다.

"애랑이 고 에미나이가 마음을 곱게 썼으면 좋겠다우. 내래 본 것이 있어 마음이 좋지 않아."

"무엇을 보셨기에요?"

"화려하게 차려입은 부인이 지나가기에 고개를 돌려보이 애랑이 아이갔네? 가만 보니 의붓딸 둘을 데리고 있었다우. 한데 애랑이는 왕후장상(王侯將相)처럼 요란뻑적지근하게도 꾸몄는데, 본처 소생 딸이라는 애들은 행색이 어찌나 초라한지……."

소화가 안타깝다는 듯 혀를 끌끌 찼다.

"하여간에 본처 소생들이라고 온갖 구박이란 구박은 다 하는 게 틀림없다우. 의붓딸들 이름이 하나는 장화고, 또 하나는 홍련이라던가. 그이 고운 이름을 가진 애들이 어찌나 눈칫밥을 먹었는지 얼굴이 시허옇게 떠설랑은……."

애랑의 한 발짝 뒤, 음울한 얼굴로 서 있던 두 자매를 떠올린 소화가 착잡한 표정을 지었다.

"애랑이 고년, 기리 살다 분명 천벌을 받을 거라우! 암, 기렇고말고."

홍은 잠시 생각에 잠겼다.

시헌과 한성에 당도하여 며칠간 객주에 머물렀던 날의 기억. 다짜고짜 홍을 찾아와 돈주머니를 내던지며, 당장 시헌의 곁을 떠나라 명령하던 그의 어머니가 그리 말했던가. 본디 사람의 본성이란 결코 변하지 않는 것이라고.

그리고 그 말을 들은 조선의 임금께서는 이렇게 화답하셨다.

"변하지 않는 것은 낡은 것이다. 변하지 않는 낡은 생각으로는 결코 세상을 나아지게 할 수 없다……."

왕의 그 말은 홍의 마음에 깊은 울림을 가져왔다. 삶의 귀천(貴賤)이란 스스로 만들어가는 것일 뿐, 태생으로 결정되는 것이 아니라 믿었던 홍에게 왕의 말은 큰 감동을 주었다.

그러나 소화에게서 애랑의 이야기를 들은 그녀는 문득 그런 생각 역시 해 본다. 무엇으로도 결코 바뀌지 않는 부류의 사람들이 있는 모양이라고. 일 년에 한 번 볼까 말까 하는 시헌의 모친이, 홍을 마주할 때마다 여전히 벌레라도 씹은 듯한 표정을 짓는 것처럼.

"사람의 본성이란 건, 잘 변하지 않는 걸까요?"

홍이 소화에게 물었다.

"애랑이 때문에 하는 말이네?"

"예."

"변하지 않기는! 무슨 소리래. 애랑이 고년, 엄청 변했다우. 변했다마다."

"변하였다고요?"

"고럼."

소화가 밉살스러워 죽겠다는 듯 내뱉었다.

"더 나쁜 쪽으로 변했다우. 예전에야 지 욕심밖에 모르는 철없는 계집이었더라도, 기렇게까지 눈알에 표독이 번쩍거리지는 않디 않았네? 지금은 낯짝 자체가 딴 사람처럼 변했다우. 그리 떵떵거리고 살면서도 세상 아귀처럼 탐욕스러운 눈동자라니."

"……."

"나쁜 사람이 좋은 이가 되는 것만이 변화가 아이네. 좋은 이가 더 좋은 이가 되는 것도 변화이고, 나쁜 이가 더 나빠지는 것도 변화하는 거이지."

"아."

작은 깨달음. 홍이 고개를 끄덕거렸다.

나쁜 사람이 좋은 이가 되는 것만이 변화가 아니다.

'좋은 이가 더 좋은 이가 되는 것도 변화…….'

소화가 지나가듯 던진 말을 홍은 속으로 곱씹었다.

"아유, 애랑이년 이야기 따위 해서 뭐 하갔네. 고 더러운 계집 이야기는 이만하자우. 내래 이제 다른 이야기를 해주갔네."

"다른 이야기라면, 옥련 이야기입니까?"

"기럼. 기렇지. 말하디 않았네? 내래 한성으로 올라오는 길에 옥련 형님을 마주쳤지 뭐이네. 옥련은 오만 사내들을 벗겨먹으며 잘 살고 있다우."

소화가 킬킬 웃었다.

옥련. 홍이 그 이름을 떠올리는 것은 꽤 오랜만의 일이다.

열 살 어린 나이에 동기가 된 홍에게 옥련은 많은 것들을 가르쳤다. 한때 홍은 옥련이 가장 아끼는 동기이기도 했다. 홍의 가슴 속에 스스로도 무언지 알 수 없는 불길이 타오르기 전까지는. 즉, 시헌이 홍 앞에 나타나기 전까지 옥련은 그녀의 말이라면 달도 별도 따줄 것처럼 굴었다.

그러나 생각해 보면, 옥련은 기생으로서의 홍을 아꼈던 것일 뿐이었다. 옥련에게 있어 홍의 존재란 기생일 때 가치를 가질 뿐. 기생이 아니기를 바라는 홍 따위 결코 아끼지도, 소중히 여기지도 않았던 것이다. 사람답게 살고파 하는 기생이란, 옥련에게 아무짝에도 필요 없는 존재였기 때문이었다.

그런 까닭에 십 년이 지난 지금에조차 옥련을 떠올리면 묘한 기분이 들었다. 기실 누군가 홍 앞에서 '어머니'의 이야기를 꺼낼 때면, 그녀의 뇌리에는 단 한 번도 본 적 없는 생모가 아닌 옥련의 모습이 스쳐 지나가곤 했다. 두껍게 분칠을 하고, 홍화씨를 기름에 개어 만든 연지를 새빨갛게 칠한 중년 여인의 얼굴이.

하지만 옥련은 홍에게 죽음을 종용한 이이기도 했다.

"옥련이 무얼 어쩌고 있기에 그리 웃으십니까?"

복잡한 마음을 가라앉힌 홍이 소화에게 물음을 건넸다.

"월야관이 그리 풍비박산 났으니, 내래 옥련도 꼼짝없이 곤장을 맞아 황천 갈 줄로만 알았디. 한데 그간 모아놨던 돈푼을 뿌려 살아남았는지, 용케 목숨은 건졌다우."

피식, 소화가 헛웃음을 흘렸다.

"그 뒤로 얼치기 같은 사내 몇을 꼬여내 홀랑 벗겨먹더니만, 전주를 떠나 모습을 감추었다우. 하여간에, 쉰이 넘은 처지에 수완이 대단하긴 대단하지?"

"그럼 소화도 옥련을 오랜만에 만난 겁니까?"

"그렇다우. 한성으로 올라오는 길에 노상 주막에서 떡 마주쳤지. 한데, 지금껏 본 적 없는 사내와 꼭 들어붙어 있었다우."

"누구와 있었기에요?"

"나야 모르는 사내였다우. 한데, 좀 신기하긴 했네. 그 사내, 소경이었거든."

"소경이요?"

"그래. 앞 못 보는 봉사였다우. 에미나이래, 다른 이도 아닌 옥련이 봉사의 수발을 들고 있는 것이 상상이나 가이네?"

"뭐……. 옥련답지 않은 일이긴 하네요."

홍이 기억하는 옥련은 매정한 여인이었다. 제게 득이 된다 생각이 들면 간이고 쓸개고 몽땅 빼줄 것처럼 살랑거리지만, 조금이라도 해가 되거나 귀찮은 일이 생기겠다 싶으면 바로 면을 바꾸고 문전박대하는 그런 사람.

생각해 보면 제 배로 낳은 자식인 팔쥐에게조차 그리 잔혹하게 굴었던 옥련 아닌가. 그게 옥련의 본모습이었다. 그런 옥련이 눈 먼 봉사의 수발을 들고 있는 모습이라니. 사실 홍으로서도 잘 상상되지 않는 일이기는 했다.

"수발 정도가 아니었다우. 아주 수족 노릇을 하고 있지 뭐이겠네? 게다가 내래 옥련 형님! 하며 달려갔더니만, 도끼눈을 치뜨며 그 이름으로는 다시 부르지도 말라 하지 뭐이겠네. 이제 기생 시절 이름으로는 불리지 않을 거라며 엄포를 놓지 않갔네?"

소화가 흥, 코웃음을 쳤다.

"보나 마나 이 사내 저 사내 하도 등골을 빼먹은지라, 제 이름을 떠들고 다녔다간 쥐도 새도 모르게 붙들려 갈까 두려워 그런 거이지. 뺑 뭐시기 어멈인가 하는 이름으로 불러달라던데, 내래 잊어버렸다우."

"그럼 옥련도 이제 더 이상 기생이나 행수 노릇은 하지 않는 거네요."

"그렇다우. 기생이 뭐람. 주막에서 봉사 서방이랑 희희덕대는 걸 보자니 아주 백년 천년 해로할 기색이었다우."

소화의 말을 들은 홍이 빙긋 웃었다.

좋든 싫든 이제 기억 저편에서 사라진 사람들. 소화 덕에 먼 과거의 기억을 끄집어낸 셈이 되었지만, 기분 나쁘거나 고통스럽게 느껴지지는 않았다.

생이란 본래 그렇게 흘러가는 것 아니던가. 시간은 쉼 없이 흐르고 과거는 점점 더 멀어져 흩어진다. 아련한 기억들을 되짚어보면 당시에 안달복달했던 것들도 아무 일 아닌 듯 느껴지곤 하는 것이 삶이다.

기쁘다 여겼던 순간에는 오직 기쁨만이 있던 것이 아니고, 고통 역시 지난 후에 돌이키면 오로지 고통스러운 얼굴만을 하고 있지는 않았다. 또한 끝이라 여겼던 순간 역시 진짜 끝은 아니었다.

홍이 옳다 여기며 살아온 것들도 누군가에게는 터무니없는 헛꿈처럼 느껴질 수 있었다. 홍이 지키고자 애썼던 것들은 오직 그녀 자신을 위한 것일 뿐. 제게 귀중한 신념이라 하여 남에게까지 그러리라는 보장은 어디에도 없었다. 그러므로 홍은 그저 받아들이기로 했다. 제 삶이 중요하듯, 타인의 삶 역시 제 잣대로 재고 규정할 수는 없는 것임을.

"그 소경의 성이 심가라던가 하였는데, 비록 눈이 멀었을 뿐 옥련보다 열댓 살은 젊어 보이지 않갔네? 허우대도 꽤나 좋아 보이고 말이네. 그 심 봉사라는 소경이 눈이라도 번쩍 떴다간, 옥련 보고 마누라가 아니라 오마니라고 부를지도 모르는 거라우."

소화가 재미있다는 듯 깔깔 웃었다.

"이제 소화의 이야기를 좀 해 보세요."

홍이 새삼스러운 눈빛으로 소화를 바라보았다. 마지막으로 소화를 보았던 날로부터 어느덧 십 년. 소화는 그사이 확실히 나이를 먹었다.

그런 시절이었다. 기생 나이 마흔이 가까우면 첩실은커녕 뉘 집 몸종으로도 가기 힘들다는 푸념을 늘어놓던 시절. 나이가 들어 더 이상 사내의 부름을 받지 못하는 기생이 할 수 있는 일은 많지 않았다.

애랑과 같은 경우는 드물었다. 돈 많은 사내의 마음을 사, 첩이 되어 들어앉는 것은 기생에게 있어 크게 성공한 삶이라 할 수 있었다. 혹은 나름의 능력이 있다면 과거 옥련이 그러했듯 행수가 되어 기방을 꾸려 가기도 했다. 그러나 그런 삶을 사는 이들은 극소수였다.

사내가 만들어주는 그늘도, 기방이라는 둥지조차도 없는 퇴기들은 대부분 험지로 내몰렸다. 저를 거둬주는 곳이라면 그곳이 어디든 적응해야만 했다. 목구멍이 포도청이라, 무슨 일이든 해야만 살아남는 법이었으므로. 들병이가 되어 떠도는 기생들에게는 때때로 차마 입에 담지 못할 험한 일도 일어났다.

평생 술과 가악을 벗 삼아 살던 기생들이 노동을 하며 살아가는 것은 결코 쉽지 않은 일. 잔인하게도 그것이 기생들의 현실이었다.

"어찌 사셨습니까, 그동안."

"나? 내래 뭐 있갔네……."

소화가 말끝을 흐렸다. 그녀가 홍의 눈길을 슬그머니 피했다.

"나이 먹은 퇴기들 사는 거이 다 거기서 거기라지. 안 그렇갔네?"

"그래도 거문고 솜씨가 보통 남달랐어야지요. 어느 기방에서라도 선뜻 받아주지 않았습니까? 전주 근방에 소화의 거문고 솜씨를 따를 이가 없다는 말이 자자하였으니 말입니다."

"기래 되었다면야 참으로 좋은 일이겠지만……. 내래 거문고를 품어 본 지 꽤나 오래되어 이제 어찌 타는지도 가물가물하다우."

"그게 무슨 말씀이십니까? 거문고는 어쩌시고요?"

내내 평온을 유지하던 홍도 이번만큼은 정말이지 당황했다.

소화와 거문고는 마치 한 몸과도 같은 존재가 아니었던가. 월야관 시절, 종일 거문고를 끌어안고 애지중지하며 지낸 탓에, 사내가 아닌 거문고를 서방 삼아 잠든다는 우스갯소리까지 들었던 소화였다.

"내래 아까 말하지 않았네? 관원들이 쇠몽둥이를 들고 들어와 월야관을 때려 부쉈다고. 그때 거문고도 다 부서져 버렸다우. 내래 관원들 바짓가랑이를 붙들고 애원했지만 그치들이 들어주갔네?"

"그게 대체 몇 년 전의 일인데……. 그 이후로 아예 연주를 그만두셨다는 말씀입니까?"

홍의 물음에, 소화가 고개를 저었다.

"내래 평생 배운 기라고는 오직 거문고 타는 거 하나뿐 아이네. 바로 그만두기야 했갔어. 한데 거문고라는 물건이 좀 값이 나가는 것이어야디. 한두 푼 하는 물건이 아이니……."

"아……."

홍이 나지막하게 탄식했다.

소화에게 거문고라는 악기가 어떤 의미인지 다른 누구보다 더 잘 알고 있는 홍이었다. 그녀 나이 열 살, 기생이 무엇을 하는 이들인지조차 잘 모르던 시절부터 소화의 거문고 연주에 맞추어 춤을 추지 않았나. 소화의 손을 타고 흘러나오던 구성진 가락이 아직도 귓전에 생생했다.

"가끔 동냥질이라도 하듯 남의 기방을 찾아가 거문고를 빌려 타긴 했디만……. 가악 좀 한다는 에미나이치고 제 물건 중하지 않은 이가 어디 있갔네. 나였대도 내가 애지중지 아끼는 거문고를 남 손에 맡기고 싶지는 않았을 거이니, 어쩔 수 있갔네?"

소화가 옅게 웃었다. 그녀의 눈꼬리에 부채꼴 모양으로 퍼져 가는 세월의 그림자가 처연했다.

"가지지도 못하는 거, 남에게 애원해 가며 한두 번 쓰다듬어 봤자 마음만 더 허하지. 하여, 그만두었다우."

소화의 목소리는 건조하고 담담했으나, 말의 행간에 들어 있는 깊은 슬픔은 홍에게 고스란히 전해졌다. 차마 무슨 말로 위로를 해야 할지 알 수 없었다. 홍은 묵묵히 소화를 바라보기만 했다.

"에미나이래, 으찌 그런 눈을 하고 쳐다보는 기야? 내래 괜찮다. 괜찮고말고. 내래 더 이상 기방에 속해 있는 것도 아니고, 집도 절도 없이 떠도는 신세 아이네? 이런 처지에 거문고가 있어봤자 거추장스럽기나 하지 않갔네."

소화가 꾸밈없이 허허 웃었다.

"그 이후로는 그냥 여기저기 떠돌며 사는 거이네. 허드렛일이 있으면 하고, 사내와 눈이 맞으면 하룻밤 정도 나누고. 이리 물 흐르듯 살다 보이, 우리 홍이도 만나지 않았네."

"소화……."

"에이, 에미나이래, 그런 표정 짓지 마라우. 어쩔 수 있나. 기생이란 본래부터 다 이런 것이니."

소화는 웃고 있었으나, 그녀의 웃음 뒤에 감춰진 마음 어딘가에는 분명 큰 구멍 하나가 나 있으리라. 그러나 소화 앞에서 더 이상 슬픈 표정을 짓고 있을 수는 없는 노릇이었기에 홍 역시 얼굴에 진 그늘을 지웠다.

"에미나이, 혼인한 지는 얼마나 되었네?"

"오월이 돌아오면 이제 삼 년이 됩니다."

"아이고, 벌써 삼 년! 기럼 토끼 같은 자식들도 보았갔네. 에미나이를 닮아 참으로 이쁘겠다우."

소화는 당연하게도 홍이 어미가 되었으리라 믿는 눈치였다. 홍이 어색한 미소를 지었다.

"아니요. 아직이에요, 아이는."

"잉? 기래?"

제가 말실수를 한 것을 깨달은 소화가 얼굴을 붉혔다.

"내래 자손을 보았을 줄 알고 괜한 소리를 지껄였다우."

"아닙니다. 당연히 그리 생각하실 수 있는 것을요."

"기래. 고작 삼 년이면 아무 걱정할 필요 없다우. 서방이 백발노인인 것도 아니고, 에미나이도 이리 젊고 고운데 무엇이 걱정이갔어? 생각해 보라우. 기생들 중에, 나이 사십 넘어서까지 자손을 보는 이들이 수두룩하지 않았네?"

"예. 걱정 안 합니다. 지금은 이대로가 편하기도 하고요."

"기래. 기러다 보면 자연히 아들딸이 주렁주렁 생길 것이라우."

홍을 보며 말하는 소화의 목소리에는 따스한 진심이 담겨 있었다. 소화가 퍼뜩 생각났다는 듯 입을 열었다.

"아이 이야기를 하다 보이 생각나는 거이 있다우. 내래 며칠 전에 점쟁이에게서 엄청 남세스러운 이야기를 들었지 뭐이니?"

"무슨 이야기를 들으셨기에 그러십니까?"

소화가 실없이 웃었다.

"며칠 전에 점쟁이 영감 하나를 만났다우. 해서 내래 언제쯤 팔자가 좀 나아지나 물었더니, 나더러 나이 사십에 귀한 자식을 얻을 거라 아이 하갔네? 내래 서방도 없는 늙은 계집을 놀리느냐며 발칵 화를 내었더니, 반드시 그리될 거라면서 나보고 남원으로 가라지 뭐이네."

"남원이요?"

"기래. 전주에서 지척인 남원 말이네. 내래 힘들게 한성까지 올라왔더니 한다는 소리가 고작……."

소화가 한숨을 푹 내쉬었다.

"기뿐인 줄 알어? 내래 이리 박복한 거이 다 이름 때문이라며 새 이름도 하나 지어주고 갔다우. 달 월(月), 매화나무 매(玫). 꼭 월매라는 이름을 쓰라고 하디 뭐이네."

"그래서, 남원에는 가실 생각이십니까?"

"내래 한성에 연고가 있는 것도 아이니, 여기 있어봤자 달라지는 기 뭐 하나 없지 않갔네?"

소화가 온화한 웃음을 지었다.

"해서, 오늘 내일 중으로 남원으로 가려던 참이라우. 그리 마음먹은 차에 다른 이도 아닌 에미나이를 만나다니, 참으로 인연이란 거이 신기하지 않갔네."

소화가 홍의 어깨를 살짝 쓰다듬었다. 마치 먼 과거, 거문고 소리만 들려오면 절로 발끝을 세우던 동기를 기특해하던 그 시절처럼.

"어이구, 이러다 해가 넘어가겠다우. 내래 이만 일어나야겠어."

"하룻밤 주무시고 가시어요. 손님방을 내어드릴 테니……."

"에이. 에미나이! 그런 소리 말라. 어디 어엿한 반가에 퇴기가 객으로 들락거리갔네? 흠 잡힐 일 하지 마라우. 오늘 문전 박대하지 않고 맞이해 준 것만으로도 내래 고마울 뿐이네."

"그래도 어찌……."

홍이 아쉬운 듯 말끝을 흐렸다. 그사이, 자리에서 일어선 소화가 빙긋 미소 지었다.

"어찌는 무슨 어찌. 에미나이는 에미나이대로, 나는 나대로 잘 살아가면 되는 거이야. 인연이 닿으면 언제고 다시 만나게 될 꺼이네. 암, 기렇게 되고말고."

차마 손을 놓지 못하는 홍을 바라보던 소화가 따뜻하게 미소 지었다. 그녀가 홍의 어깨를 토닥토닥 두드렸다.

"다행이라우."

"무엇이 다행입니까?"

"내래 기억하는 에미나이는, 늘 독초처럼 가시가 비죽비죽한 처자였는데……. 무엇이 우리 홍이를 이리 유한 사람으로 바꾸었는지 내래 참으로 궁금하다우. 아마도, 귀한 서방님이시겠지?"

소화의 물음. 홍은 미소로 긍정의 답을 대신했다. 못내 아쉬운 표정을 짓고 있던 홍이 퍼뜩 생각난 듯 몸을 돌렸다.

홍이 저고리의 끝단을 살짝 들추었다. 허리께에는 붉은 색실로 연결된 단작노리개 하나가 매달려 있었다. 망설임 없이 홍은 노리개를 풀어 손에 쥐었다.

"소화."

"으잉?"

소화를 향해 내밀어진 홍의 손.

"받으세요."

홍이 건넨 밀화(蜜花)보석이 매달린 노리개를 본 소화가 휘휘 손을 내저었다.

"내래 이런 것을 어찌 받는단 말이니? 도로 넣으라. 내래 무슨 염치가 있어 이걸 받을 수 있갔네."

"소화. 제 부탁이에요. 제 마음이라 생각하시고 부디 받아주세요."

"내래 어찌……."

홍은 거듭 사양하는 소화의 손에 노리개를 꼭 쥐어주었다.

"꽤 값어치가 나가는 물건이니 꼭 좋은 값을 받고 파세요. 이걸 팔면 거문고 하나 정도는 살 수 있을 겁니다."

"에미나이……."

소화의 주름진 눈가가 바르르 떨렸다.

"제가 너무 아쉬워서 그럽니다. 잊으셨습니까? 제가 늘 소화의 연주에 맞추어 춤을 추었던 것을요. 나중에, 언젠가 인연이 닿아 우리가 다시 만날 때쯤에……. 그때 소화가 연주하는 거문고 소리 꼭 한 번 더 듣고 싶어 드리는 것입니다."

간곡한 부탁이었다. 더 이상 거절할 수 없다 생각한 소화가 노리개를 받아 들었다. 그녀의 앙상한 손마디가 달달 떨렸다.

"에미나이래. 내래 반드시 거문고를 사서, 예전처럼 신명나게 타보갔어. 에미나이의 고마운 마음을 생각해서라도 반드시 그리 하갔다우."

"예. 꼭 그렇게 하셔야 해요."

"하지마는……."

비록 홍이 과거의 일을 이해한다 말하였으나, 소화는 홍에게 늘 미안한 마음을 가지고 있었다.

홍이 야반도주에 실패하여 월야관으로 돌아온 이후 일어났던 일련의 사건들. 대부분의 기생들은 홍이 목을 매 자진했다 믿었다. 그렇지만 소화는 애당초 사건의 진위를 알고 있는 사람이었다. 소화는 입을 다물었고, 침묵의 동조자가 되는 것을 택했다. 옥련의 뜻을 거슬렀다간 당장 월야관에서 쫓겨나 갈 데 없는 신세가 될 처지였기 때문이었다.

그러나 홍에게 진 마음의 빚은 긴 세월이 지난 지금도 그녀의 마음을 묵직하게 누르고 있었다. 그런 홍에게 이토록 큰 선물을 받게 되다니.

"내래 어찌 이런 것을 그냥 받을까……."

소화가 중얼거렸다. 그러나 수중에 가진 것이라고는 옷 한 벌과 곰방대 하나, 남원까지의 여비로도 넉넉지 않은 엽전 몇 푼이 전부인 신세. 순간, 소화의 얼굴이 밝아졌다.

"에미나이래, 내래 이리 귀한 물건을 덥석 받아놓고 이런 소리를 하는 것이 영 염치없게 느껴지기는 하지마는……."

"무슨 말씀이시기에요?"

"내래 차마 이거이 기냥 받을 수가 없다우. 사실 내래 얼마 전에 꽤나 신묘한 꿈을 꾸었지 않갔네?"

"신묘한 꿈이요?"

"기래. 하니, 내 그 꿈을 홍이에게 팔갔어!"

소화가 허공을 쥐어 채는 시늉을 하더니, 홍의 손 위에 빈주먹을 턱 내려놓았다.

"그 꿈 값으로 이 노리개를 받은 거이네. 알갔어? 에미나이래, 내게서 꿈을 산 거라우."

"예. 제가 소화에게서 꿈을 샀습니다."

그렇게라도 마음의 짐을 덜고 싶은가 보다, 하는 마음에 홍은 흔쾌히 고개를 끄덕였다.

"한데, 무슨 꿈이기에 제게 파셨습니까?"

"참으로 심장이 벅차오르는 꿈이었다우. 꿈속에서, 내래 나루터에서 배를 기다리고 있었지. 한데, 갑자기 시퍼런 물살이 저리 하늘까지 마구 올라가디 안 갔네?"

"물살이 하늘까지요?"

"기래, 아무튼 간에, 꿈속에서도 내래 하도 놀라 주저앉아 하늘을 올려다보니……. 허연 용 한 마리가 물에서 나와 하늘로 치솟고 있었다우. 순간 그 백룡과 눈이 마주쳤는데, 그 눈알이 어찌 그리 새파랗게 번쩍거리는지……."

꿈속에서였지만, 바다처럼 시푸른 눈동자를 마주하던 순간의 전율은 여전히 생생했다. 소화가 살짝 몸서리를 쳤다. 소화의 꿈 이야기를 들은 홍이 입을 열었다.

"용꿈이면 대단히 길한 꿈 아닙니까? 그런 귀한 꿈을 제게 파시다니요. 아니 될 일입니다."

"아이 될 일이 어디 있갔네? 내래 팔면 파는 기지. 게다가 이미 거래를 하였으니 무를 수는 없는 노릇 아이니? 에미나이가 산 꿈이니, 잘 간수하고 있으라우. 필시 좋은 일이 있을 거이네."

"예, 그럴게요. 좋은 일이 생길 겁니다. 소화가 이리 큰 선물을 주었으니……."

"기래. 기러면 되는 기야."

소화가 손에 들고 있던 노리개를 품 안에 넣었다.

"이러다 정녕 해가 떨어지겠다우. 내래 이만 가겠어. 나오지 말라. 대갓집 마나님은 뜰 밖에 함부로 돌아다니는 거 아이라우."

말을 마친 소화가 안방 장지문을 열었다.

"언젠가 다시 뵙게 되겠지요?"

"인연이 닿는다면야, 오늘처럼 불쑥 만나게 될 거이네."

안방을 나와 신을 신던 소화가 홍을 돌아보았다. 홍의 눈가도, 소화의 눈시울도 갑작스레 뜨거워졌다.

"홍이. 훗날 우리 만나는 날에 내래 반드시 거문고 한 곡조 들려주갔네."

"예. 꼭 그리해 주십시오……."

홍을 향해 고개를 끄덕인 소화가 몸을 돌려 걸음을 떼었다. '나오지 마라'는 말을 수차례 되뇌면서.

소화의 뒷모습은 곧 안뜰을 지나 대문간을 향해 사라졌다. 뒤에 남은 홍은 소화의 모습이 사라진 이후, 사박사박 발소리가 들리지 않을 때까지 계속 그녀가 떠난 문간을 바라보고 있었다.

손가락만 앙상한 줄 알았는데. 소화의 뒷모습조차 저렇게 작고 가냘팠었구나.

눈물 한 방울이 툭 떨어졌다. 소화가 안뜰을 떠난 이후에도 홍은 한참이나 빈 공간 속에 남아 있었다.

"에미나이래, 내래 말하디 않은 게 하나 있다우."

솟을대문을 지나 밖으로 나온 이후, 걸음을 옮기던 소화가 혼잣말을 했다.

"백룡과 눈만 마주친 거이 아이네. 그 백룡이 내 치마폭 안으로 대뜸 뛰어들고 말았지 뭐이네. 기러니 분명 좋은 소식이 올 기라우. 기렇고말고."

중얼거리던 소화가 고개를 위로 쳐들었다. 어느덧 슬금슬금 서녘 하늘을 물들이는 진홍빛 구름들. 오늘따라 하늘이 타오르는 것처럼 붉다.

그 선연한 석양 속에서, 소화 역시 '월매'라는 새로운 이름으로 새 인생을 일구어갈 약속의 땅 남원으로 향하기 시작했다.

"그런 일이 있었단 말이오?"

푸른 어둠이 내리깔린 밤. 저녁을 겸상한 이후에도 부부의 이야기는 밤이 이슥하도록 끊이지 않았다.

노랗게 불을 지핀 등잔불이 살랑살랑 빛의 그림자를 만드는 밤이었다. 입궐하였다 어스름이 깔린 후에야 돌아온 시헌에게 가장 중요한 일과가 시작되는 시간. 그는 홍에게 궁궐에서 있었던 이야기며 바깥에 도는 기이한 소문들을 샅샅이 전해주었다.

시헌의 이야기가 끝난 이후에는 홍의 이야기가 시작된다. 시헌은 평소보다 훨씬 늦게까지 홍이 들려주는 소화와의 이야기에 귀를 기울이고 있었다.

"백룡이었다고?"
"예. 하얀 용이었다 했습니다. 게다가 새파란 눈을 가졌다고요."
"해서, 그 꿈을 부인이 샀다는 것이고?"
"예. 어찌하다 보니 그런 셈이 되었지요."
"그렇다면……."
시헌이 홍의 얼굴을 빤히 응시했다.
"어찌 그리 쳐다보십니까, 서방님?"
"어찌 쳐다보기는. 내 그대가 아름다워서 바라보는 것이지."
말을 마친 시헌의 입꼬리가 슬쩍 휘어졌다. 그는 무척 즐겁다는 듯 웃고 있었다.
"어찌 웃으셔요?"
"푸른 눈을 가진 백룡이 나오는 꿈이라니, 어찌 웃지 않을 수 있단 말이오."
"그것이 어찌 우스우십니까?"
시헌이 다시 한번 씩 웃었다. 영문을 모르겠다는 표정으로 그를 마주 보고 있던 홍 역시 결국 미소를 짓고 말았다.
그들이 부부의 삶을 살게 된 지 어언 삼 년. 그러나 지금껏 시헌은 십 년 전 눈 폭풍을 뚫고 홍의 앞에 나타났던 스무 살 공자와 같은 싱그러움을 여전히 간직하고 있었다.
말갛던 얼굴은 다소 그을렸고, 어느 여인보다 낭창하던 몸의 선 역시 꽤나 사내답게 다부지게 변하였다. 그러나 한 가지 결코 변하지 않는 사실. 여전히 시헌에게서는 먼 과거의 선비에게서 나던 청아한 향기가 풍긴다.
"백룡 꿈이라니 참으로 길한 태몽이랄 수 있지 않겠소? 나 역시 비슷한 태몽으로 태어났거든. 하여 절로 웃음이 나는 것이지."
"태몽이요?"

반문한 홍의 볼이 조금 발그스레해졌다. 그러나 웃음도 잠시. 홍의 마음에 옅은 그림자가 드리웠다.

"서방님께서도 어서 자식을 보고 싶으신 게지요?"

"자식이라. 글쎄……. 부인을 닮고, 나를 닮은 아이가 태어난다면 어찌 그것을 싫다 하겠소? 당연히 대단히 기쁜 일이겠지. 하지만……."

시헌이 말끝을 늘이며 홍의 볼을 살짝 쓰다듬었다.

"그것은 나중의 일이지. 일어날지, 일어나지 않을지도 모르는 일이란 말이오. 이토록 사랑하는 부인이 나의 곁에 있는데, 부인을 닮은 아이 하나가 없다고 투정하는 것처럼 멍청한 짓이 어디 있겠소?"

홍이 시헌을 바라보았다. 그의 눈동자를 보고 있으면 마음이 평온해진다. 그것은 확신 덕분이었다.

시헌의 눈동자 속에 담길 이가 오직 저뿐이라는 확신. 그의 마음속에 자리한 사람이 오직 그녀 하나뿐이라는 확신.

그런 생각 또한 들었다. 그의 눈동자와 너른 마음 안에 그녀 외에 작은 아이들이 자리한다면, 그것 역시 대단히 행복한 일이 아닐까.

"하지만……. 저는 갖고 싶은걸요."

"자식을 말이오?"

"예. 서방님을 닮은 아이를요."

홍이 작게 속살거리자, 시헌의 입술 사이로 즐거운 웃음소리가 흘러나왔다.

"부인께서 그렇게 사랑스러운 표정을 지을 때마다, 사대부의 예를 어기고 그대를 이렇게 부르고 싶어진다오."

시헌이 홍의 어깨를 감쌌다. 따뜻하고 은근한 손길이었다. 그가 홍의 귓가에 속삭였다.

"홍아."

홍. 나의 홍아.

내 모든 것을 걸고 간절히 원하였던, 나의 홍아.

"내 너에게 혼인을 청하며 맹세했지 않았느냐. 너를 위하여 헌신하고, 또한 너만을 섬기며 살아가겠노라고."

시헌의 입술이 홍의 귓불을 스쳤다.

"그러니 내게 무슨 힘이 있을까. 네가 자식을 바란다면, 나 역시 너의 뜻에 따라 함께 바랄 수밖에."

후– 시헌이 등잔불을 불어 끄는 소리. 곧이어 푸른 어둠이 그들에게 밀어닥쳤다.

길고 긴 대화는 끝났다. 이제 목소리가 아닌, 몸으로 서로에게 속삭일 시간이었다.

"홍아……."

시헌의 입술이 홍의 입술 위로 포개졌다. 그녀의 더운 숨결에서는 달콤한 맛이 났다.

때로 소년처럼, 또 때로는 능글맞은 한량처럼 구는 시헌이었지만 이 순간에는 더 이상의 말이나 웃음은 필요하지 않았다. 그의 조급한 손길 아래 홍의 저고리 옷고름과 치마끈이 풀렸다. 이내 시헌은 낮은 한숨을 내쉬었다.

"너무 많아."

시헌이 불만스럽게 중얼거렸다. 그의 입술은 드러난 홍의 목 위에 포개져 있었다.

간질간질하면서도 짜릿한 감촉에 몸을 바르작대던 홍은, 시헌이 투덜대는 까닭을 깨닫고선 곧 작게 웃음을 터뜨렸다.

"너무 많다. 옷들 말이다."

반가의 여인이 입어야 하는 옷은 무척이나 많았다. 곱게 깃을 덧댄 삼회장저고리의 옷고름을 풀고 난 후에는 속저고리, 속적삼, 새하얀 무명으로 지은 가슴싸개가 그를 기다리고 있었다. 치마끈을 풀어내면 그 아래 풍성하게 지은 겹치마가, 그리고 그 겹치마 안에는 또다시 너른바지와 속속곳이 시헌의 애를 태웠다.

"어엿한 선비께서 어찌 이리 참을성이 없으십니까?"

홍이 장난스럽게 물었다. 홍의 목덜미를 덥히던 그의 숨결이 잠시 멀어졌다.

"글쎄다. 홍 네 곁에 있으면……. 나는 늘 그렇게 된다."

시헌은 이러한 감정을 먼 과거에도 느꼈었다. 하나가 되고, 매 순간을 함께하고 있었으므로 언젠가는 나아질 거라 생각했지만 그것은 그의 착각에 지나지 않았다.

"어쩔 수가 없어. 그냥 도저히……. 참을 수가 없게 돼."

홍의 비단 치마 아래, 순백의 속곳이며 속속곳들. 그날따라 유독 짙푸른 어둠 속에서 희게 빛나는 의복들의 산을 타넘어, 제가 모든 것을 걸고 사랑한 여인과의 유희를 시작하는 밤.

비단이며 숙고사며 무명으로 지은 온갖 옷가지들이 금침 옆에 쌓여갔다. 마침내 낮 시간 내내 그들을 속박했던 사대부의 격식으로부터 완전히 자유로워진 시헌과 홍이 몸을 맞대었다.

"아흣……."

홍이 나지막하게 신음을 내뱉었다. 그녀가 팔을 뻗어 시헌의 벗은 등을 껴안았다. 그가 홍의 이마와 뺨과 입술에 입을 맞추었다. 그녀의 입술 위에서 잠시 머물던 그는 곧이어 몸을 내려 홍의 목덜미에 얼굴을 묻었다.

목선과 쇄골을 지나, 오직 시헌 하나에게만 허락된 새하얀 가슴 위에 내리찍히는 그의 뜨거운 입술.

"아……. 하아……."

어둠 속에서, 홍은 감았던 눈꺼풀을 들어 올렸다. 자욱한 어둠 탓에 시헌의 얼굴은 잘 보이지 않는다. 단지 느껴질 뿐이다.

그의 숨결, 향기, 체온. 홍의 곁에 있을 때면 좀체 가라앉지 않는 그의 심장의 박동과, 점점 더 뜨거워지는 몸의 온도. 간절하게 몸 곳곳을 쓰다듬는 그의 손길. 그리고 사랑에 빠진 사내가 내뱉는 아찔하도록 달콤한 신음성.

"이리 와."

시헌이 잠긴 목소리로 속삭였다.

"어서, 내게로 오라."

그의 굳센 팔이 홍을 안았다. 미지근한 땀방울이 서로의 몸 사이에 고였다. 살갗이 치덕대며 부딪치는 소리가 울렸다. 홍의 등을 감싸 안아 좀 더 가까이 끌어당기며, 시헌은 그녀의 안으로 천천히 파고들었다.

"아흐읏……."

홍이 손을 뻗어 시헌의 어깨를 붙잡았다. 흔들리는 몸의 움직임을 따라 배 안쪽에서 시작된 기분 좋은 전율이 점점 커져 간다. 살갗을 조이고 발끝을 오므리게 하던 달콤한 쾌감은 곧 폭풍 같은 희열로 변모하여 그들의 몸 전체를 점령했다.

"하아……. 영영, 너와 이렇게 있고 싶어."

위아래로 움직이는 몸, 뒤섞이는 숨결, 점점 고조되는 열기. 시헌이 폭설처럼 홍에게로 쏟아져 내리는 길고 긴 밤.

그 밤은 그들의 숱한 나날들처럼 한결같은 열정과 사랑으로 가득 차 있었으나 사실은 무언가 조금 달랐다. 그리고 대체 무엇이 달랐던 것인지, 홍과 시헌은 시간이 조금 흐른 후에야 깨닫게 되었다.

❀

축축한 물비린내가 사방에 자욱했다.

청과 조선을 오가는 서선(西船)[9]이 삼개나루에서 출항을 준비하는 날. 청으로 떠나는 관원들이며 역관들, 그리고 청을 왕래하는 장사치들이 모여든 나루터는 일찍부터 발 디딜 틈 없이 북적였다.

초여름치고는 꽤나 무더운 날씨였다. 강가에서 불어오는 습기 찬 바람 탓에 여인들의 치마폭이며 옷고름은 무겁게 축축 늘어졌다.

"정녕 가는 겁니까?"

홍이 물었다. 이미 세 번째 물음이었다. 그녀는 여전히 잘 믿기지 않았다.

홍이 시헌과 혼인한 지 삼 년하고도 얼마간의 시간이 지났다. 지난 삼 년의 시간 동안 홍은 시헌과 함께 조선 곳곳을 누볐다. 금강산 유람도 했고, 동해며 남해의 너른 바다도 보았다. 경복궁 경회루며 창덕궁 후원 관람도 했다. 십 리에 가까운 산야를 샛노랗게 물들여 장관을 이룬 산수유꽃도, 영험한 호랑이가 출몰한다는 호암산(虎巖山) 바위도, 지리산 한가운데 선녀가 목욕하러 올 듯한 오색빛 연못도 보았다.

그러나 오늘 그들의 출타는 평소와 완전히 다른 것이었다. 조선이 아닌 더 먼 곳으로 떠나는 여정이기 때문이었다.

먼 과거, 그들에게 반드시 가야만 하는 미지의 땅이었던 곳.

시헌과 홍은 청(淸)나라 유람을 위해 나루터에 나와 있었다.

"하……."

홍이 경탄 어린 시선으로 거대한 서선을 바라보았다.

아무리 생각해도 믿기지 않는 일이다. 한때는 몸 한둘 겨우 뉘일 만한 비좁은 방이 세상의 전부였던 홍이었다. 그랬던 그녀가 조선 곳곳을 돌아다니는 것으로도 모자라 청나라를 향해 떠나게 되다니.

"정녕 가고말고. 청나라 땅을 밟는 데 참으로 긴 시간이 걸렸다. 그러니, 기왕 간 김에 많은 것을 보고 와야지 않겠느냐?"

9) 청나라를 오가던 배

"아직도 청으로 떠난다는 것이 잘 실감나지 않습니다."

"걱정할 것 없다. 사람 사는 세상이야 다 거기서 거기인 것을."

시헌이 안심하라는 듯 빙긋 웃었다.

"단지 네가 뱃멀미를 하지나 않을까 걱정이구나. 꽤 긴 여정이 될 터이니……."

"저도 그것 때문에 마음이 쓰입니다. 태어나 배를 타본 적이 한 번도 없거든요."

홍이 걱정스러운 표정으로 힐끔, 서선에 시선을 던졌다.

"너무 걱정을 해서 그런지, 며칠 전부터 꼭 체한 것처럼 속이 울렁거리기까지……."

"내 미리 뱃멀미에 좋은 약재를 준비해 두었다. 배에 타면 옥이에게 꺼내달라 하자꾸나."

그러나 홍은 가타부터 대답이 없었다.

시헌이 홍의 얼굴을 바라보았다. 그녀의 미간에 잡힌 작은 주름. 홍은 골똘한 고민에 잠긴 듯한 모습이었다.

"홍아, 어찌 그러느냐? 무슨 문제라도……."

그때였다. 출항을 준비하던 서선 선미에 올라선 관원 하나가 목청껏 소리를 높였다.

"배가 곧 떠나니, 어서 줄을 서시오!"

"배가 곧 출항하오! 다들 줄을 서시오!"

이내 역시나 상기된 표정으로 승선을 준비하고 있던 옥이와 사내종 복동이가 홍과 시헌에게로 다가왔다.

"주인마님, 배가 출발한답니다. 이제 어서 채비를 하셔야겠습니다."

"알았다. 이만 출발하도록 하지."

시헌이 자연스레 홍의 손을 붙잡았다. 그러나 홍은 꿈쩍하지 않았다. 당황한 그가 그녀를 돌아보았다.

"홍?"

"……."

"어찌 그러느냐? 어디 불편하기라도 한 것이야?"

"그런 게 아니고……."

"그런 게 아니긴. 얼굴이 하얗게 질렸다. 이런, 큰일이로구나. 정녕 괜찮은 것이냐?"

시헌이 걱정스럽게 홍을 바라보았다. 홍은 대단히 큰 충격을 받은 것 같은 얼떨떨한 표정을 짓고 있었다.

"홍아. 내 몹시 걱정이 된다. 말해다오. 어찌 그러느냐? 어디가 아픈 게야?"

"서방님."

"응?"

"아무래도……."

홍이 시헌을 바라보았다. 두근두근. 홍의 심장이 요동치고 있었다. 당장에라도 튀어나갈 것처럼.

며칠간 계속되었던 미열과 약한 감기 기운, 체한 모양이라고, 혹은 이른 더위를 먹은 탓이라고 여겼던 계속되는 메슥거림.

청으로의 여행을 준비하느라 내내 바빴던 통에 미처 깨닫지 못했다. 늘 정확하던 달거리가 한 달하고도 반이 지나도록 소식이 없다는 것을.

"서방님, 아무래도 저는……. 이번에는 청에 가지 못할 것 같습니다."

"아니, 홍아. 그게 무슨 말이냐? 그렇게까지 몸이 좋지 않은 게야? 어디 보자."

시헌이 홍의 이마를 손으로 짚었다. 순간 몸을 살짝 비틀어 시헌에게서 벗어난 홍이 그를 마주 보고 섰다.

"서방님."

홍과 눈이 마주친 시헌이 의아한 듯 고개를 갸웃했다. 그녀는 웃고 있었다. 아니, 울고 있었던가. 활짝 웃음 짓고 있는 홍의 눈 안에 그렁그렁 눈물이 차오르고 있었다.
“서방님, 저 이제야 깨달았는데…….”
홍이 시헌에게로 몸을 기울였다. 그녀가 그의 귓가에 나지막하게 속삭였다.
“아무래도 우리에게 새 가족이 생길 건가 봅니다.”
“새 가족이라니? 그게 무슨…….”
새 가족. 새로운 가족…….
홍이 내뱉은 말의 의미를 깨달은 순간, 시헌 역시 석상처럼 굳어졌다.
“새 가족…….”
그가 홍의 말을 재차 되뇌었다.
“새 가족이 생긴다고…….”
그때였다.
“아이참, 주인마님! 이러다 맨 꼬래비로 배를 타겠습니다! 어서 출발하셔야지 된다니까요. 어서…….”
“복동아.”
“예, 마님.”
“우리는 배에 안 탄다.”
“예? 그게 대체 무슨 말씀이십니까요?”
사내종이 어안이 벙벙한 표정으로 반문했다.
“안 간다, 청나라. 안 간다고!”
“그, 그게 무슨 말씀이십니까?”
“집으로 되돌아간다는 소리다. 어서 역참으로 가 말을 구해오라! 아니, 큰일 날 소리. 말은 위험해서 안 돼. 가마가 필요하겠다. 어서 가마를 수소문해 보아라!”
“엥? 뭐라굽쇼?”

"가마를 구해오라고! 어서!"

시헌이 훠훠 손을 내저었다. 대체 주인양반이 왜 이러시나, 싶은 표정을 짓던 사내종이 주춤주춤 자리를 벗어났다.

"새 가족이라 했어?"

방해꾼을 퇴치한 시헌이 도무지 믿기지 않는 사람처럼 다시 한번 물었다. 시헌의 목소리가 설핏 떨리었다. 그의 눈동자 속에는 격한 감격이 춤추고 있었다.

"예. 새 가족이라 하였습니다."

하하. 시헌의 입술 새로 맑은 웃음이 흘러나왔다.

기쁨, 환희. 이루 말로 표현할 수 없을 만큼 거대한 행복감이 그를 덮쳤다.

"홍아."

"예, 서방님."

"지금까지는 홍 너의 사내로 사는 것 하나만이 내 생의 의미였다. 한데 이제는 새로운 준비를 해야겠구나."

고개를 끄덕이는 홍의 입가에 환한 웃음이 솟아났다. 그가 가지게 될 새로운 책무 역시 대단히 잘 해내리라는 것을 홍은 믿어 의심치 않았으니까.

"약조하마. 내 반드시 좋은 아비가 되겠다."

"당연히 그리하실 겁니다."

"홍아."

시헌이 홍을 바라보았다. 그녀의 검은 눈동자 속에는 드넓게 펼쳐진 물길의 푸른빛이 감돌고 있었다.

존재만으로도 제 인생을 뒤바꾸었던 이 아름다운 여인이 또 무엇으로 제 삶을 바꾸려는 건지 그는 문득 궁금해졌다. 벅찬 행복감이 가슴 속을 꽉 채웠다.

“청에는 훗날 꼭 함께 가는 게야. 너와 나, 그리고 우리의 아이와 함께.”

비로소 그는 실감했다. 제가 얼마나 홍을 닮은 아이의 아비가 되기를 간절히 소망했었는지를.

“서방님. 아이의 태명은 무어라고 지으실 겁니까?”

“태명은……. 아, 이게 좋겠다.”

그리고 시헌과 홍은 동시에 그 이름을 내뱉었다.

“청.”

푸를 청(靑).

부창부수(夫唱婦隨)라던가. 동시에 같은 이름을 말한 홍과 시헌이 웃음을 터뜨렸다.

“가자. 우리 집으로 돌아가자.”

시헌이 홍의 손을 잡았다.

짙푸른 물결, 새파란 하늘, 푸르르게 세상을 물들이는 신록. 그리고 홍과 시헌을 반씩 빼닮아, 그들의 또 다른 행복이 될 사랑스러운 아이.

부부의 삶이 그러했듯, 가족의 삶 역시 청명하고 푸르게 흘러갈 것이다.

우웅— 서선에 타고 있던 관원이 길게 뿔피리를 불었다.

푸른 물살을 가르며 청(淸)으로 향하는 배처럼, 홍과 시헌 역시 청(靑)과 함께할 세상을 향해 기쁜 걸음을 옮겼다.

푸를 청 完

남원에서 보내는 편지

어머니, 아버지. 강녕하시옵니까.

소녀가 남원에 내려온 지도 어느덧 백 일이 가까워지네요. 처음 남원에 발을 들였을 때는 바래봉 산자락에 철쭉이 만발했는데, 이제 꽃은 지고 신록이 푸르릅니다. 어디를 둘러봐도 초록이 아닌 곳이 없답니다.

어머니와 아버지께서는 잘 지내고 계시겠지요? 월매 아주머니께서는 하나뿐인 자식이 부모에게 서찰 하나 안 보내서 되겠느냐며 매일 저를 닦달하십니다. 하지만 결코 아주머니 때문에 서찰을 쓰고 있는 건 절대 아니에요. 저를 믿어주세요.

소녀는 잘 지내고 있습니다. 남원은 아주 아름다운 고을이에요. 저는 종종 서책이며 지필묵을 싸 들고 광한루에 가곤 합니다. 광한루 풍경은 주상전하께서 보여주신 궁궐 향원정 못지않게 고즈넉해요.

광한루는 월매 아주머니의 딸인 춘향이가 처음 데려가 줬어요. 춘향이가 광한루에서 서방인 몽룡을 만나 혼인했거든요. 다른 얘기지만, 몽룡이 팔불출처럼 굴 때마다 저는 아버지가 생각나요. 혼인도 보통 혼인이 아니라, 남원 전체가 떠들썩한 난리 법석이었습니다만 일단 각설하고…….

어머니 아버지는 모르시겠지만, 춘향이는 정말 신기한 애예요. 저와 같은 나이이지만 저와는 모든 게 정반대랍니다. 일찌감치 혼인하여 가정을 꾸린 것도 그렇지만, 다른 것들도 저와는 달라요. 은근 대찬 구석도 있고 씩씩해서 저는 춘향이가 정말 마음에 듭니다. 가끔 서방에게 질질 끌려다니는 것 같아 답답하지만, 그래도 저와는 죽이 척척 맞는 동무예요.

사람들은 춘향이가 부럽지 않냐며, 저도 혼인할 생각을 하라는데 글쎄요. 저는 아직은 그럴 생각이 없어요. 어머니와 아버지처럼 서로를 동등하게 여기는 부부는 극히 드물고, 조선 여인의 삶은 참 녹록치 않으니까요.

부모님과 함께 으리으리한 한성 집에서 살 때는 보이지 않았던 것들을 여기서 깨닫곤 합니다. 이 역시 저에게는 좋은 배움이 될 거라 믿어요.

월매 아주머니도, 춘향이도, 향단이며 방자 같은 이 집의 식솔들 모두 저에게는 아주 잘 대해주세요.

그렇지만 사실 누구도 저를, 그리고 아직 스물도 안 된 처녀를 선뜻 남원까지 내려 보내신 부모님을 이해하지는 못하는 것 같아요. 제가 글공부를 하고 있다고 하면, 사람들은 눈을 둥그렇게 뜨고 계집이 글 따위를 배워서 어디다 쓸 생각이냐고 묻곤 하거든요. 처음에는 그런 말이 듣기 싫어 발끈했는데, 요즘은 다른 방도를 생각하고 있답니다.

이곳 여인들은 글을 잘 읽지 않습니다. 글을 배울 필요도 없다고 생각하고요. 서책이라 봤자 문자가 가득한 어려운 것들이나, 여인들에게 오만 규칙을 강요하는 내훈(內訓) 같은 책들뿐이니 읽고 싶지 않은 게 당연해요.

그런 이유로, 저는 요즘 춘향이와 재미있는 일 하나를 시작했습니다. 바로 패설을 쓰는 거랍니다. 기껏 조용히 글공부가 하고 싶다 하여 먼 남원까지 보내놨더니 웬 패설이냐 생각하시겠지만, 저는 이게 의미 있는 일이라고 생각합니다.

공자 왈 맹자 왈 하는 어려운 책보다, 술술 읽히고 재미있으며 뒷이야기가 궁금한 그런 서책. 그런 책들이 늘어난다면, 조선의 여인들도 자청하여 글을 배우게 되지 않을까요? 그리고 글을 알게 되면, 여인들이 할 수 있는 일 역시 훨씬 많아지겠지요.

해서, 저는 요즘 패설을 쓰고 있습니다. 제목은 '춘향뎐'인데. 예. 짐작하신 대로 춘향이와 서방인 몽룡의 이야기를 글로 묶은 거예요.

곧이곧대로 사실만 쓰면 재미가 없을 듯하여서, 나름대로 지어낸 살을 붙여 꾸며 쓰고 있답니다. 아직은 절반도 채 쓰지 못했지만, 춘향뎐이 완성되면 서책으로 만들어 어머니 아버지께도 보내 드릴게요.

참. 월매 아주머니는 이야기보따리를 이고 사는 사람 같아요. 얼마 전에는 장화와 홍련이라는 가련한 아이들 이야기를 들려주셨는데, 춘향뎐을 쓴 후에는 그 아이들을 주인공으로 한 이야기를 써볼까 해요.

패설 이야기는 이쯤 하고, 어머니와 아버지의 삶은 어떠신가요?

청나라는 어떤 곳인지 궁금합니다. 혹시라도 제가 두 분을 따라가지 않고, 일 년간 글공부에 매진하겠다 선언한 걸 서운하게 여기지 않으셨으면 해요. 솔직히 아버지는 어머니를 독점하게 되어 기뻐하셨을 것 같지만요.

어머니와 아버지를 사랑하지 않아서 함께 가지 않은 게 아니에요.

청(靑)은 제 태명인 동시에 아명인지라 저도 청나라가 궁금하긴 했거든요.

그렇지만 어머니, 아버지. 저는 두 분이 지난 십팔 년간 저를 위해 충분히 헌신하셨다고 생각합니다. 이제 저도 제 앞가림을 할 나이가 되었으니, 두 분께서 자유롭게 여정을 즐기셨으면 하는 마음이라 따라가지 않은 거예요. 그러니 두 분께서 청에서 할 수 있는 모든 것들을 누리셨으면 좋겠습니다.

아. 갑자기 부모님 생각이 나서 서찰을 쓰게 된 건, 어제 있었던 일 때문입니다. 광한루를 거니는 중에, 외지인처럼 보이는 잘 차려입은 부인 한 분이 저를 한참이나 바라보시더라고요. 얼굴에 마마 자국이 있는 아주머니였는데, 하염없이 저를 보시더니 눈물을 흘리는 게 아니겠어요?

궁금하여 까닭을 물으니, 그리운 이를 닮아서 그렇다며……. 나중에 자리를 떠나시며 저에게 복주머니 하나를 쥐여주시더라고요. 주머니를 열어보니 청나라 당과가 나왔답니다.

신기한 일이지요. 어머니도 가끔 그리운 이가 있다며 청나라 당과를 찾으셨으니까요. 당과를 보니 더욱 어머니 생각이 났답니다. 더군다나 청나라에서 온 당과였으니 청에 계신 두 분 생각이 날 수밖에요.

서찰이 너무 길어졌네요. 패설만 쓰며 지내는 건 아니고, 글공부도 열심히 하고 있습니다. 지난해 주상전하께옵서 하신 약조를 부모님도 기억하시지요? 제가 남장을 하고 과거에 응시하여 급제하면, 여인들에게도 관직을 가질 수 있는 길을 열어주시겠다는 약조를요. 예. 저는 그 날을 위해 오늘도 열심히 글공부에 매진하고 있어요.

청나라는 조선의 북쪽이니, 아직 봄이겠지요?

어머니, 그리고 아버지. 저를 낳고 키우시느라 어머니와 아버지의 청춘을 보내셨으니, 청나라의 봄 속에서 다시 두 분만의 청춘을 만끽하셨으면 좋겠습니다. 제 동생을 만들어 오셔도 저는 괜찮답니다. 너무 되바라졌나요? 요즘 춘향뎐을 집필하다 보니 자꾸 남사스러운 소리가 입에 배서 이 모양이에요. 아무래도 저는 아버지를 닮은 것 같습니다.

다가올 가을, 한성에서 다시 뵐게요.

여름 광한루에서, 잘난 여식 미상(美想) 올림.

작가 후기

전래동화 '콩쥐팥쥐전'에 등장하는 '계모 배씨'는 악한 조연이지만 별 존재감은 없는 인물입니다. 제가 그를 주인공으로 한 이야기를 구상한 건 2014년의 일이었습니다. 그러나 개인적인 사정이 겹치며, '붉을 홍紅'은 내내 하드 안에 잠자고 있었습니다.

'붉을 홍紅' 작업에 돌입했을 무렵은, 세상을 변화시키기 위한 여성들의 움직임이 커진 시기였습니다. 여성인 동시에 주로 여성들에게 읽히는 글을 쓰는 저 역시 그 움직임의 일부가 되었습니다. 시대의 변화는 저뿐 아니라 작품에도 영향을 끼쳤습니다. 구상 단계에서는 잔혹한 면이 부각되었던 주인공 '홍'의 캐릭터는 그런 변화를 반영하며 달라졌습니다.

조선시대를 주로 다루는 입장에서, 여성 캐릭터를 그리는 건 늘 고민의 대상입니다. 어떤 시대보다 여성이 억압되었던 시절이기 때문입니다. '붉을 홍紅'의 주인공인 홍의 캐릭터를 구상할 때는 그 고민이 더욱 깊었습니다. 지금 이

순간에도 불평등에 맞서 싸우는 여성들이 도처에 있는 것처럼, 조선이라는 억압된 사회 속에서도 존엄한 인간으로서 살아가고자 노력하는 주인공을 그리고 싶었습니다.

'붉을 홍紅' 최종 교정고를 앞에 둔 지금, 두 가지가 마음에 걸립니다. 하나는 작중 등장하는 기방 풍경이고, 또 하나는 최만춘의 본거지로 등장하는 대둔산의 설정입니다.

조선 전기, 중기 기방에 대한 자료가 희소하고, 특히나 '월야관'은 '은근짜'들의 기방이라는 설정을 한 탓에 묘사에 작가의 상상이 많이 들어갔습니다. 월야관의 모습은 역사 속 기방과는 다르며, 기생들이 몸을 파는 것 역시 일상적인 일이 아니었음을 밝힙니다.

또한 산적들이 출몰하는 것으로 설정된 대둔산 역시 실제와는 다릅니다. 대둔산은 절경으로 이름난 산이고, 동학농민군이 최후의 저항을 했던 의미 깊은 장소이기도 합니다. 작중 등장하는 대둔산은 완전한 허구의 공간임을 말씀드립니다.

감사의 마음을 전하는 것으로 후기를 마무리하려 합니다. 긴 시간 작품을 기다려 주신 도서출판 청어람 로맨스팀과 이은주 담당자님, 조윤희님, 연재 기회를 주신 카카오페이지, 매 작품마다 한자 감수를 도와주는 초객 안정빈 작가, 늘 힘이 되어주는 동료 작가들과 가족, 내 사랑하는 고양이 엣지, 호밀, 연두. 늘 고맙습니다.

무엇보다 독자님들께 깊은 감사를 전합니다. '붉을 홍紅' 연재 중 보내주신 따뜻한 응원은 영영 잊지 못할 거예요. 제 마음의 빛이자 빛으로 늘 간직하겠습니다.

'붉을 홍紅'은 제 여섯 번째 출간작입니다. 요즘 저는 독자님과의 일곱 번째 만남을 준비하고 있습니다. 여섯 번째보다 일곱 번째가, 일곱 번째보다 여덟 번째가 더 나은 글을 쓸 수 있기를 소망해 봅니다.

독자님들의 귀한 삶을 응원하며.

2019년 여름, 작가 김정화 올림.

참고 문헌

정병설, '나는 기생이다', 문학동네, 2007
이능화, '조선해어화사', 동문선, 1992
한재락, '녹파잡기', 김영사, 2007
김준형, '이매창 평전', 한겨레출판, 2013
권기중, '조선시대 향리와 지방사회', 경인문화사, 2010